小さな夜をこえて

小さな夜をこえて

対話集成

今福龍太

水声社

目次

まえがき

はじまりの対話から、小さな夜をいくつも越えてきた。どのような相手であれ、対話し、ことばを交わすことが、小さな夜を越える経験となった。

「対話」といえばやや余所行《よそゆ》きふうにも聞こえるが、それを「ディアーローグ」すなわち「二人のあいだで行き来することば」という原義に戻してやれば、それは物心すらつかないうちにすでに親や兄弟姉妹とのあいだに交わされていた稚拙でイノセントな会話にはじまっている。そんな他愛ないお喋りの時でさえ、言葉はやりとりされるたびに、私に新しい意味の地平を静かに広げてくれた。意識せぬうちに、すでに知っていた地平の夜が去り、未知の地平の朝が明けた。私は日々、一つの小さな夜を越えていたのである。

既知のことばの世界だけによって限界づけられていた意識が、対話による他者の感化によって成長し、変容し、たそがれののちに夜、すなわちひとつの終焉（＝死）を経験したとき、翌朝の目覚めはきっと鮮烈だった。あらたな光のもとでの再生、自己の小さな甦りである。知ることの襞が深まり、その襞のなかに、いままで意識すらしなかった喜びや悲しみを織り込んで、私はすこしだけ賢くなった。その繰り返し。それは自足したイノセンスの喪失ではあったが、その過程を免れるものはだれひとりいない。私たちは人間であるかぎり、このイノセンスの喪失、すなわち賢《かし》こさと賢《さか》しさの同居する、後戻りできない理性の領土へと、いくつもの夜を越えて進むほかないのである。言語理性という道具のはかりしれなさ、重さに覚醒するのも、そんな道程のなかのある瞬間である。けれど私たちは対話をやめない。ことばの交信こそがヒトという種の可能性を拓いてきたのだという生命記憶が、だれの体内にも眠りながら脈打っているからである。この眠りのなかで発光する記憶こそが、いくつもの小さな夜と朝を交替させてきた真の力だった。

それは、苦渋や絶望を内に秘めた、生きることの恩寵を示す道程である。対話は、私に他者というものの存在のかけがえのなさを教えた。他者によって発見される自己があることを教えた。さらに、私が他者の意識を揺り動かすという小さな奇蹟が起こることも教えた。他者との対話によって、昼と夜の境界をいくどもいくども渡るたびに、そのつど私はなにものかに「触れた」。その「触れ」は私の内部に確実に「震え」を呼び起こし、なにかを変成させせた。私というテリトリーの一部は少しだけ、しかし確実に振動し、損なわれ、傷ついた。痛く、また快い傷だった。損なわれることによって、なにかを与えられているという経験。知や精神の無償の贈与を受けるためには、失うことを怖れる必要はないのだと、その経験は語っていた。

二〇一七年一月、イギリスの美術批評家ジョン・バージャーが九〇歳で亡くなったとき、私は彼がこの「触れ」「震え」「傷」の究極のあり方について書いていたことを思い出した。

この特異な透視力を持った思索者とは、生前に直接対話することは無論なかったが、書物を通じて無限の知的贈与を私に与えつづけてくれた人である。九・一一が象徴する「世界」そのものの傷を深く抱えた思索によって印象的なバージャーの著書『すべてを愛おしく抱いて』*Hold Everything Dear: Dispatches on Survival and Resistance*（二〇〇七）の冒頭に、「死者の摂理についての一二のテーゼ」という鮮烈な断章があった。謎めいた、難解な部分を含むテーゼ集であるが、私はそれをこんなふうに敷延して理解していた。

「生きている者は死者たちにとり囲まれている。だがそのことに気づかず、私たちは死者をかつて生きていたがもはや死んだ者として、この世界から分離する。けれども死者には時間も空間もない。だから死者たちは、生きている者をも彼ら自身の魂の共同体のなかに取りこむ。死者から見れば、私たちもすでに死者たちの共同体の一部なのである。生きている者の未来とは、死者たちの想像力との共同作業の結果である。だがその共同作業は目に見えない。ただ時間と無時間のあいだをふと越える瞬間に受ける傷によって、かすかに予感するほかないのである」。

生者だけが特権的に生きているのではない。死者が完全に死んでしまっているわけでもない。だがこの二者の世界は、時間と無時間をよこぎって交差しているため、はっきりと出合うことはない。だからその時間と無時間のはざまで、かすかな交信が起こり、何らかの対話の萌芽のようなものが起こるとき、私たちはその境界を「無傷」で通り過ぎることはけっしてできないのである。無傷（＝"intact"）とは、ラテン語の"in-tactus"すなわち「触れられていない」に由来するが、その損なわれていない完全さは、他者を自らのなかに受け止めることのできない脆さでもあった。そうであれば、バージャーがいうように、私たちは他者と、そして死者と「触れ」合うときの「傷」によってしか、自らの位置を深く知る方法を持たないのである。

小さな夜をこえてゆく旅は、私のなかに、そんないくつもの傷を、すなわちいくつものあらたな悦ばしき学びと発見とをもたらした。そして同時代を生きる他者たちとの対話は、その小さな震えの感触とともに、すでに死者となった多くの先人たちの魂との対話を、きっとどこかに孕んでいた。それが、生者と死者の真の共同体に一歩でも近づく試みであったのなら、と願わずにはいられない。


本書は、そのような小さな夜をいくつも越えてきた私自身と他者たちとの交わりの軌跡を、二五年におよぶ年月のあいだに行われた一七篇の対話を年代順に集成することで示したドキュメントである。その意味で、本書は著者の存在と発言を中心化した「対談集」というジャンルから、できるだけ遠くに離れていこうとしている。本書が、一九七〇年代以降の〈知の連鎖〉が与えてくれた刺戟を糧にして自己形成を遂げた者の経験と思考をめぐる、集合的なアーカイヴであってほしいからである。

ここに収められた対話は、私たちの世代が知的な覚醒と深化を経験していった時代の知の環境がどのようなものであったか、そして学問や芸術のジャンルを超えていかなる豊かな連鎖や交響が生じていたかを、くっきりと証言している。そしてその知の連鎖・連動の様相を、現在のより若い世代（一九七〇年～一九八〇年代の知の成果の脱ジャンル的な豊かさを知るための回路が少ない世代）に向けて、ひとつのアーカイヴとして提示することは、私たちの世代の責務でもあると思われる。

ここには、多木浩二・山口昌男・高橋悠治・吉増剛造・大塚信一といった先行世代との対話、沢木耕太郎・西谷修・伊藤俊治・沼野充義・巽孝之・港千尋・島田雅彦・上野俊哉といったほぼ同世代との対話、さらには近年の中村隆之・松田法子といった若手研究者との対話が、それが成立する文脈や背景を描いた私自身による解題とともに、一九九二年以後の時系列順に収録されている。話題はきわめて多岐にわたり、語り口のトーンもそのときどきで違いはあるが、これらのディアローグが、一九七〇年代にはじまった知の地殻変動を証言する、横断性のヴィジョンと知の変革への情熱によって裏打ちされていることだけはまちがいない。

稀有な豊かさを生みだした一時代の知的冒険の経験を記録するアーカイヴとして、この対話集が読者に受けとめられれば幸いである。

沢木耕太郎との対話

1992

終わりなき旅の途上で

一九九二年は私にとってあらたな飛躍となる経験が与えられた年だった。長期のアメリカ滞在である。もちろん、飛躍と書いたのは現在から振り返ったときの話で、あの頃の私自身の感触から言えば、移動や越境をめぐる文化理論の可能性を、コロンブスによる「発見」からちょうど五〇〇年を迎えたアメリカ大陸の歴史経験に重ねるようにして問いながら、西部や南西部の赤茶けた大地を車でやみくもに踏破するような日々であった。ともかくこの年の四月から約一年間、私はカリフォルニアとニューメキシコにほぼ半年ずつ滞在しながら、自分にとっての「アメリカ」を五年ぶりにじっくりと体験する機会を得たのである。『クレオール主義』(初版一九九一)として文化混淆の動態をめぐる一つの試論を書き終えた私は、そこでの理論的・方法論的なパースペクティヴを抱えて再びヒスパニック系やアジア系の(別様の)「アメリカ」の揺籃の地に赴き、「クレオール」の世界ヴィジョンをさらに深めたいと考えていた。メキシコや南米コロンビア、さらにハワイへの旅も含めたこの一年間のアメリカ滞在記は、毎月日本に送られて雑誌『中央公論』に掲載された(のちに連載をまとめて『移り住む魂たち』として中央公論社から一九九三年刊。増補・解題された新版『ボーダー・クロニクルズ』は水声社から二〇一七年刊)。作家沢木耕太郎氏とのこの対話は、その年の秋に東京で開催されたTASC二〇周年記念シンポジウム「混合主体のエチカを求めて」に出席するため一時帰国した際に、『中央公論』誌での私の連載の企画者だった河野通和氏の仲立ちによって行われたものである。ノンフィクションとトラヴェローグの優れた先達との対話は、楽しくかつスリリングなものだった。沢木氏も、フィールドに出た人類学者がノンフィクションの書き手ときわめて近接した問題意識を持っていることに驚かれたようだった。鋭敏な聞き手でもある沢木氏の思いがけない方向からの問いかけにたいし、私は自分自身の「旅」と「アメリカ」をめぐる思索がどこまで深い場所に降りてゆけるかを、迷いとともに自問していたように思う。この対話の初出は『中央公論』一九九三年二月号。のちに沢木耕太郎『深夜特急 4——シルクロード』（新潮文庫、一九九四）に収録され、さらに沢木耕太郎『貧乏だけど贅沢』（文春文庫、二〇一二）に再録されている。

PROFILE

沢木耕太郎 一九四七年生。作家。著書に『一瞬の夏』『深夜特急』『壇』『凍』など。

サムシング・ハプンズの世界へ

沢木耕太郎…ぼくは今福さんのこれまでの軌跡が面白そうだなあ、と思ってね、今日はその話をうかがいたくて来たんです。

今福さんの著書は『クレオール主義』『荒野のロマネスク』の二冊しか読んでないのですが、これはどちらもある地点に行ってしまった後の話がほとんどで、その手前のことが全然書かれていない。ぼくとしては、その手前の部分を知ってみたいという気がしましてね。

たとえばぼくの『深夜特急』という本は、デリーからロンドンまでバスで行くというある仮の目的を設定して、そこから逸脱したり、右往左往しながらも一応帰還して、というふうに単純にある地点からある地点まで移動していった記録のようなものなんですね。今福さんの場合、この地点からあちらの地点へ行かなければならなかった、あるいは行こうと思った契機は何だったんでしょう。

今福龍太…世界には二種類の場所があるという気がぼくにはするんです。沢木さんも似たようなことを書かれていたと思うんですが、つまり、放っておいても物事が起こってしまう場所と、自分のほうからアクションをしかけないと物事がなかなか起きないという場所。どうもその二種類の場所があるような気がする。

日本やアメリカは後者に属するでしょう。日常生活のかたちがすでに成立していて、抵抗なく、決まりきったルーティーンをこなしていくことが可能な社会。それこそ毎日あちこちで予定外のハプニングが起きたら、近代的な都市機能は麻痺してしまいますしね。

しかし、沢木さんが旅した東南アジアや西アジア、あるいはぼくが比較的よく知っている中南米といった地域は、こちらからアクションを起こす前に、すでに周りで無数の物事が起きてしまっている——英語で言えば、サムシング・ハプンズという場所。そこは自分から何かを仕掛けるメイク・サムシング・ハプンの場所とは違う。この二つは、場所の属性としてはっきり異なっているのではないかと思います。

ふつうわれわれは、日本という逃れられない起点を持ち、そこからサムシング・ハプンズの世界のほうへ入っていく。境界を越えて違う種類の世界へ自分が踏み込んでいく、そのときにぼくは旅というものを自覚します。だからロサンゼルスやニューヨークへ行っても、そこは言わば同じ世界だから、旅するという感覚は希薄ですね。

沢木…でも、どうなんだろう。何かが勝手に起きてしまうという地点に行く前、たとえば東京という起点にいたときに、自らそういう場所を望んで行ったのか、あるいは行ってみたら結果としてそうだったのか――今福さんの場合はどうなんですか。
今福…その辺が旅の思想、と言うとちょっと大袈裟だけれど、パラダイムの変化と関わっているんでしょうね。つまり旅に出る動機みたいなことです。沢木さんは旅に出る動機、もしくは旅を終える動機……。
沢木…あるいは旅を続ける動機かな。
今福…そういうものに非常にこだわりを持って考えておられますね。たぶんぼく自身の精神構造のなかでは、いわゆる動機づけの部分は希薄なんだろうと思うんです。
沢木…関心がないということなのかな。
今福…日常と旅のあいだの境界があいまいになっている、ということでしょうか。今日では物理的な移動というのは誰にでもできてしまう。だから、どこかへ出かける時も、非常に明確な動機づけや理由づけをする必要がなくなってきてしまっている、と思うんです。

〈越境者〉との接点

沢木…今福さんが『クレオール主義』のなかで書いている、定住と移動という概念を単純に対にして扱わないという考え方には賛成で、ぼくもその二つは対概念ではないと思います。旅に関して言えば、旅の属性とは二つしかない。つまり、留まるか、通り過ぎるか。
たとえば、今福さんがある場所に三カ月ほど住んだ経験について、それは旅行者が恣意《しい》的に滞在することとはちょっと違うだろう、というニュアンスで書かれた箇所がありましたね。しかし、それはやはり住むということではないと思う。「住む」という概念に対応するのは「出る」という概念ですからね。
ぼくが今こだわっている点は、今福さんは住んでいた東京からいったんは出たわけですね。出た後はたぶん、通り過ぎたり留まったり、また離れていったりと、東京はもう住んでいる場所じゃなくなっているだろう。いったん留まった場所から動いていくのは「出る」という概念じゃなくて、離れていくか、あるいは移るかのどちらかですよね。その場所に思いが深ければ「離れていく」ということになるだろうし、ほかの場所と等価であれば単に違う場所へ「移る」んだろうと思うんです。そういう意味で、今福さんは東京を離れてまた戻ってきて、留まって、また移っていく、というなかで心理的な変遷を遂げていったのではないか。とすれば、最初の地点、つまり東京から出ていくという体験は、それほどバカにしたものではないということになる（笑）。
今福…その意味で言えば、ぼくは最終的にはまだ出ていない人間です。どうやったら出られるか、ということは常に考えているんですけどね。古い言い方をすれば、国を捨てて永遠の放浪の旅に出よう、という出方もあるでしょう。しかし、出方はもちろんそれだけじゃない。ぼくが今、意識的に接触しようとしているのは、自分が帰属している場所なり土地からほんとうに「出た」人間たちなんですね。

沢木…ぼくもその点に一番関心があったんですが、たとえば越境するということ。今福さんは越境者たちをどういう関心をもって捉えているんですか。

今福…移民や亡命者というのは、本質的な意味で「出てしまった」人間で、どこかに辿り着きながらもそこを完全な安住の地としているわけではない。「出た」ということにおいて世界を生きている人間たちですね。ぼくなどは、どうあがいても一時的に自分の国を離れているだけにすぎない。「出ていない」ぼくが「出た」人間たちと接触したり、彼らについて考察するなかで思ったのは、もしかしたら現代の人間は誰もが知らないうちにどこかへ「出てしまっている」のではないか、実は今の世界はそういう人間の生存の仕方になりつつあるんじゃないか、ということなんです

だとすれば、明確に「出てしまっている」人間たちと、自分も意識の上でのある種の連帯が可能なんじゃないか。別の意味で自分もある地点からすでに出立している人間である、と考えることもできるわけです。

沢木…今福さんが『中央公論』に連載中の「移り住む魂たち」を読んでも、混ざり合っている人間たちとか、越えていっちゃう人間に対して強い関心を持っていることがわかります。ところが、ぼくも旅のなかでいくつもの国境を越えてきたけれど、ただ通過するだけだったんですね。本質的にどこかへ向かって越えていくという感覚ではない。

だから、本質的に「出てしまった」人間たちと今福さんはどういう対応ができるのかな、と思うんです。あるいは逆に、彼らから今福さんはどう見えるのか。それは、文化人類学者がたとえばフィールドワークでインディオと接触するときにインディオにはどう映っているのか、といった単純な話ではなくて、今福さんの場合はそこに一種の擬制を自覚しながら、なおかつ彼らと接触していこうと意志していらっしゃる——その構図の二重性みたいなものが面白いなあと思ったんです。

人類学的アプローチの破綻

今福…人類学という学問のこれまでの方法論としては、異文化、つまり自分の文化とは違う慣習や規則性が共有されている世界へ入っていって、自分が言わば無色透明

な存在となってその世界を観察する、というのが一般的だったわけです。見えるものを綿密に観察し、その社会の全体的見取り図を客観的にテクスト化していく、といった方法ですね。

ところが、ここ一〇年ぐらいのあいだに、そういうナイーヴなかたちで異文化に接するのは文化人類学ではほとんど不可能になってきている。たとえば昔、マリノフスキーがトロブリアンド諸島に住んで調査したときにあったような、非常に鮮明なかたちでの二つの世界の対峙とか、相互にまったく影響を持たない二つの世界のコントラスト、そのあいだをまさに文字が乗り越えていくという体験は、現在ではすでに不可能なわけです。

ところが現在の文化人類学の主流は、そういう境界がいまだに存在していて、相手の世界を鏡にして自分の世界を観ることができるとする。それを否定すると文化人類学という学問分野そのものが成立しない、ということもあるからです。だから、観察者としての作業がいまだ可能だという立場に固執している部分がある。ぼくにはそれがもはや不可能だという予感があり、むしろそういうマニュアルが崩れ去っていくプロセスを見てみたいという思いがありました。だから最初にメキシコへ行ったときも、マニュアルどおりの調査などは途中からまったく放棄した。『荒野のロマネスク』はそのプロセスを書いたものです。

沢木……ぼくはノンフィクションというジャンルで取材をして書くのを職業としているわけですが、その作業は文化人類学者のフィールドワークとどこかで似ていなくもない。いずれもその中核にあるのは聞き取り、インタヴューですね。しかしインタヴューというのはどこまで信用できるのか、という問題がある。

『荒野のロマネスク』でも、語られる言葉の意味と、叙述される言葉の乖離についての思考が繰り返されている。で、今福さんは結局、あるものを別のものに移しかえることの絶対的な不可能性に到達する。そこで「直覚」という言葉も出てきますね。これは直観と解釈してもいいのかな。

ぼくが一人の人間を書く場合、できる作業は二つしかない。一つは当人に尋ねて直接言葉をもらうこと。もう一つは外部の資料、それは書かれたものであれ他人が話したものであれ、そうした材料を手に入れていくという作業です。でも相手の言葉というのはどこまで信じられるものなのか、その言葉を自分は文章とやらに移しかえることができるのか、という本質的な疑問がある。大袈裟に言ってしまえば、この十数年間それをずっと考え続けてきた。

それは結局は移しかえられないもので、人は本当のことはしゃべってくれないものだ、という結論に達したとする。にもかかわらずやり続けているのは何か。それは、自分に甘く格好良く言ってしまえばある種の強い断念であり、もっと単純に言ってしまえば開き直りで、嘘を書くということでしかないと、自分を折り合わせていく。

そこで質問なんですが、人類学や民族学が学問として成立し得るとして、その嘘に気がついたとしても、なお学問としてやっていけるのですか？

今福…それはたぶん、いま一番自覚的な人類学者たちが厳しく自らに問いかけている点ですね。現にこのところ、人類学者たちがある種フィクショナルなものを書き始めているんです。

フィクションでもノンフィクションでも取材してから書くケースがありますが、見かけ上はそれらの作品とほとんど区別がつかないようなテクストが人類学の世界でも出てきています。これまで科学が対象としてきた客観性や真実性と、小説が提示するリアリティーとのあいだにはある種の断絶があった。もちろんフィクションとしての真実というのは別の問題としてあるわけですが。しかし客観的なデータというもの自体も、結局はフィクショナルなイデオロギーだったのではないか、という批判や反省が人類学のあいだから出てきています。

それを突きつめていくと、ノンフィクション・ライターや小説家が事実情報をベーシックな素材として扱うのと同じような意識において、人類学者も自らの知見を扱っていくことになるでしょう。今、すでに文化人類学者の小説家化が起こりつつあります。

沢木…ただぼくの意識から言うと、ノンフィクション・ライターと小説家とは画然と違う。そこがすごく大きな問題でね。文化人類学者の叙述するものがフィクショナルなものへ移行しつつあるというお話でしたが、実はそれと同じ形態の移行がノンフィクション・ライターと小説家、あるいはノンフィクションとフィクションのあいだにあるかもしれない。

人類学も同じだと思うけど、細部というフラグメントを構築していくと全体が見える、という考え方に対するある種の違和感、それ本当？　という単純な疑問がある。いくら細部を構築しても全体は見えない。そもそも全体というのはあるか、という問題も当然ありますが。でも、それこそピンをひと突きすれば人間が死んでしまうような一点、宇宙のヘソのようなものがあるかもしれない、という幻想は常にある。書きたいという願望はその辺にあるだろうと思うんですね。だから、人類学者も当然、フィクショナルなかたちであれ、たとえば宇宙の法則の根幹に関わるようなものを鷲づかみにしてみたい、という願望はあると思う。

今福…まさにそうです。ノンフィクション、人類学、小説とこれまでジャンル分けされてきたライティングの世界で今、同じようなプロセスが起きていると思うんです。リアリティーとか、データの扱いとか、あるいは人間の主体性に対する疑問、言葉の上での交信の努力の問題などですね。

取材者と被取材者の目線

沢木…『荒野のロマネスク』の最後に、ル・クレジオについて書いていらっしゃいますね。あの部分は示唆的で面白かった。

ル・クレジオとおぼしき白人の男がタラスコ高地に現れ、並みの民族学者や人類学者たちと違ってあれこれ質問したりせず、ただひとこと古老に言う。自分を見かけても気に留めないでほしい、と。あとはいつも村の周辺をぶらぶらと歩き、時折り短く美しい言葉を発する。彼のほうから近づいてくることはなかったけれど、逆に彼の存在はタラスコ族の人々に強く意識されるようになる。今福さんは、古老の言葉として、《ほかの白人とは違うどこか謎めいた行動。そしてあの透明な、神々を思わせる言葉。こうして彼は、私たちの心のなかにいつ頃からか、つつましく住みはじめるようになったのでした》という具合に書き留めていらっしゃる。

もしこれが本当にル・クレジオのスタイルだったとしたら、彼は他者と理想的なかたちで関わったような気がするんですね。ただ、ル・クレジオの場合、あのような存在の仕方で、他者の中核となるようなものを手に入れることができたんだろうか、あるいは手に入れること自体はもう断念して、自分がそこのなかに反映したものを見ていけばいいと考えたのだろうか、それが気にならないことはないんです。

今福…ル・クレジオには彼自身のパナマとメキシコのインディオとの関わりについて書いた『悪魔祓い』（岩波文庫）という著書があります。彼は自分の身体をフィルターとして見たインディオ世界を、それこそ直覚的な感情の揺れを含めて見事に提示している。自分自身のなかにあるインディオ性の発見についても言及しています。

ところが彼に会って話をしたとき、あの作品は自分にとっては失敗作で、あまり思い出したくないと言う。そのとき、彼のやっていた仕事はインディオの神話の翻訳で、以前とは違うかたちでインディオとの接触の仕方を考えていて、スタンスがもう明らかに違うわけです。

人類学者の古典的パターンで言うと、かつてはたとえば南米のジャングルへ入って、インディオと接触して博士論文を書こうとした人もいた。長くいれば当然、その社会の一番奥深い精神的な核心にどんどん近づいていく。稀ですが、なかには現地の人間と結婚して、秘儀社会の内部へ参入していく者もいる。さらに人類学者としてそれまで記録したいっさいの資料を捨てて、その社会のメンバーになることもある。この場合、捨てることによって別のかたちで何かを手に入れているんだと思います。

だから先ほど沢木さんがおっしゃった「中核となるものを手に入れられるのか」という点に関して言うと、人類学的な経験のなかでは、手に入れる方法というのは究極的にはその二つしかない。自分がその社会のメンバーになってしまうことで入手するか、あるいは最終的に身を引き離して自分の言語で何かを提示し、それによって手に入れるのか。ちょっと大袈裟に言えば、世界というのはある種の文化的・言語的な充満性のなかでしか入手できないと思うんです。

沢木…文化人類学もそうですが、取材者と被取材者がいるとすると、取材者はいったん被取材者のテリトリーに入って、そして出てくる。あちらの圏内で手に入れたものを、こちら側の世界に開示するでしょう。その往復が言わば作品になるわけですね。

今福さんの本の最後に、ル・クレジオを見ている一人の老人の印象が語られていますね。それはすごく重要だと思ったんです。つまり、文化人類学やノンフィクションを相対化する一つの方法として、取材者・被取材者の両方の目線を二つ併置することで、ある意味で何かに近づくという感じがするんです。

今福…ル・クレジオ、老人、そしてそれを書いているぼく、という三つの目と声、それを交錯状態に置いてみたいという思いはあったんです。

沢木…たとえばある人類学者がどこかの社会へ入っていって何かを書いたとする、その一方で被取材者は彼をどのように位置づけて見ていたか、その視線を獲得できれば広がりのあるものになるだろう。そういう方法論はあり得ないんでしょうか。

今福…それが実はあるんです。まだ稀なケースなんですが、ニューギニアのカルリ族をもう一五年ぐらい調査しているスティーヴン・フェルドという人がいます。アメリカ人類学界のスターの一人といってもいいかもしれません。日本では『鳥になった少年』という本が出版されていますが、これはカルリ族の音の世界を徹底してエスノグラフィックに記述・分析したものです。彼自身、トロンボーンでフリージャズを吹いたりもする多才な人で、彼の著書の献辞には「セロニアス・モンクに捧げる」と書いてあるほどです（笑）。その本は面白いけれど、記述のスタイルという点から言えばそれほど冒険的なものではない。しかし本を書いた後、彼はまたカルリ族のところへ戻って、今度はカルリ語で自分の本の内容を説明するんです。カルリ族はそこで当然、批判をする。お前の言っていることは違うと。何がどう違うのか、フェルドはそれを徹底的に取材した上で、『鳥になった少年』を書きかえる可能性を模索しているんです。

沢木…おそらく解体されるわけですね。

今福…そうです。『鳥になった少年』という本はプロセスとしての枠組みでしかなく、ひょっとしたら彼は一生そういう対話を続けていって、一〇年おきぐらいに次々に違うバージョンを出していこうという考えがあるのかもしれない。

沢木…それは進化ではなく、変化と考えていいんですよね。たとえば一〇回目の変化も、それはそれで過程が全部含まれていて面白いと思う。

今福…これは書かれたものの持っている最終性の問題だと思うんです。本という生産物としては、一応完結した世界に収まってしまいますが、それも中途のプロダクトでしかない、という考え方もとり得るわけですね。

言葉による〈理解〉の限界性

沢木…しかし、フェルドがいくらカルリ語を習得しても限界があるかもしれない。異国の言葉を操って何かを尋ね、答えを得るという作業の問題ですが、たとえばぼくも外国の人と深い話をするときには通訳を交えて話すことがある。しかし、そこで得た答えはどういうレベルの言葉なんだろう、という気がする。

インタヴューで得られる答えには、当人が知っていることをしゃべってくれる言葉と、当人が意識していない言葉の二つの相がある。たとえばぼくが今福さんに日本語でインタヴューする場合は、その二つの相を知覚できる。当人が知らないことまで引き出す言葉を自分が操れる自信がある、ということですね。インタヴューという不思議な形態を通して出てきた言葉、というのを識別できる。しかし外国語を操りながら、言葉の二つの相を知覚するというのは絶望的なまでの言語能力を必要とするのではないか、と思うんですよね。

もちろん文化人類学者のなかには言語能力の点で天才的な人もいっぱいいるでしょう。しかしそれでもやはり彼らが知っていることしか聞き出せないんじゃないか。被取材者自身が意識していないことまで引き出せる能力、ないしはそれを知覚できる能力はあるのか、ぼくには疑問なんです。学問としてはそのレヴェルでかまわない、という言い方もあるかもしれない。しかし仮に原始的生活をしている人たちにも、本人が知覚していない言葉のレヴェルも当然あるだろうと思うんですね。

今福…基本的に言えば、無意識の部分をロジカルな世界へ引きずり出すというのは、精神分析的な作業だと思います。インタヴューという手法は西洋の稠密なロジカル世界、言語世界のなかで鍛え上げられてきたものですしね。

沢木…ぼくの言ったのはもっと素朴な意味でね、たとえば自分が話しているときも、こんなことしゃべってと自分で突然驚くことがあるじゃないですか。取材者としても、あ、相手は今思いもよらないことをしゃべって自分で驚いている、とわかる瞬間がある。しかし外国語を介して話しているときには、少なくともぼくにはそういう経験がない。これはもちろん言語能力の問題でもあります。

意外性を引き出す鍵として、交わし合う言葉のなかに非常に練られた表現や、微妙なニュアンスが必要なときもあるでしょう。人類学者は異国語を操りながら、そんな地点まで辿り着けるものだろうか、と思うわけです。

今福…精神分析と言ったのはかなり大雑把に網を張る意味で使ったのですが、たとえば恋人や夫婦のあいだにある愛や感情のもつれ、そこでやりとりされる言葉、あるいは不整合も、同じレヴェルのことだと思う。大まかに言ってしまえばフロイト的世界ですね。表面的言葉の意味性で互いに探り合っていくような。

ぼくはよく、人間の日常的な相互作用のなかにはフロイト的世界とマルクス的世界があるのではないか、と考えることがあります。人間の深層意識やそれを言語表現に回収していく世界がある一方で、明確な物理的な存在として見えてくる世界というものがある。

たとえば、いわゆる未開社会と言われてきたような世界は、われわれがロジカルにしか回収できないものを、言語以外のストレートな回路で表示できる、さまざまな手段を持っています。アメリカ・インディアンが自分の感情を一番厳密に表現したいと思ったら、言葉なんてまったく不要なわけで、それは火を焚いて踊るというかたちかもしれない。

沢木…よくわかりますね、それは。

今福…だから人類学者が現地の言葉を操ったとしても、絶対に限界はある。それでもなおかつやるというのは、世界には非言語的な媒体が無数に転がっていると逆にわかっているからですね。言葉ですくい取れるのは、世界のほんの一部でしかないと。たとえば人類学者がなぜあれほどまでアフリカの瓢箪にこだわり続けているかといえば、そこに言語表現では不可能な何かがあるからです。

沢木…しかし、それを理解していく道筋としては、やはり言葉に頼らざるを得ないわけですよね。

今福…もちろんそうですね。

沢木…たとえばアメリカ・インディアンが火を焚いて踊る。観察する側が何によってそれを了解していくかというと、当たり前ながら言葉によるわけですね。その言葉の意外性みたいなものは、もちろん説明できる言語で伝達可能なんでしょうが、しかし今福さんがおっしゃったように、言葉で語れない何かが向こう側の世界にある。その何かを引き出すことができなければ、向こう側には到達できないですよね。

今福…だから、フェルドが自分の著作をカルリ語で説明するときにも多くの困難があるんですね。たとえば「構造」とか「反映」といった言葉はカルリ語のなかにはないから、別の、より物質的な言葉を使って対応せざるを得ない。熱帯雨林のなかを流れる水のかたちや動きを示すカルリ語などです。そこに翻訳というかたちで無数のフィルターがかかってしまう。だから、それは彼の本をカルリ語で説明しているのではなくて、もう一つの新しい作業なんでしょうね。しかし何かトランスレートされるものがあるはずだと信じなければ、できないと思う。

言語・非言語のあらゆる媒体を使ってトランスレートしても、こぼれ落ちるものは多いでしょう。しかし最終的にそこに残り得る理解のかたちはあるだろうと……。これは信仰みたいなものだと思います。

沢木…その信仰はそう間違ってはいないんだろうな。きっとあるんだろうね。

今福…ぼくはそれを信じようとしているんです。人間は比喩的意味でのある共通言語を持っているんじゃないか、と。ぼくのクレオール語に対する関心もまさにそこにつながってくるんですが、二つ以上の言語が接触しあって出てくる一種のごた混ぜ言語にも、人間が理解というものを作り上げるプロセスの共通性が見てとれるんですね。それは言語からさらに文化の問題に応用できると思う。つまり人が何かを見て感じて、理解したものを自分のなかに受け止めていくというプロセス自体、すべての人間に共有できるものではないか。だからこそ、翻訳という行為も成立するわけですね。

新たなテクストの可能性

沢木…何かの契機があって、二者が互いを理解しようという意思があったとしますね。あるいはなくてもいいんだけど、そのときに双方が理解できる幅は確実にあるんだろう。当然、理解できない幅もあるわけですけどね。そこで、「にもかかわらず理解できる」と考えるか、「にもかかわらず理解できない」と考えるか、どちらを選ぶかによって分かれてくるんだろうと思うんですね。今福さんの文化人類学に対する関心も、言わばその中間に浮いているわけでしょう。

　ぼくがノンフィクションというジャンルで感じているのは、「にもかかわらず理解できる」部分が確実にあることはわかる、しかし「にもかかわらず理解できない」部分の大きさに最近は圧倒される思いなんですね。

　先ほどのマルクス的・フロイト的世界の分け方は面白かったんですが、ノンフィクションの分野でも、たとえばある会社の興隆と没落といったテーマで書こうとすれば、事実として書ける部分は確かにあります。ある経緯で一つの企業が生まれ、そこで役割を担った個々人のレヴェルの話も書けるでしょう。しかし彼らを支えている内面の部分、内面の定義もまた難しいけれど、とりあえず内面と言ってしまえば、それを書けない限りは、企業の建物なども空虚なものにしか見えない。

　しかし、だからといって「にもかかわらず理解できない」ほうへ身を寄せていってすべてを放り投げることもできないと、ぼくも宙ぶらりんのところにあるんですね。じゃもう小説を書けばいいじゃないか、という簡単な話でもない。もちろんフィクショナルなものを書くことはあるだろうけれど、それでは問題の解決にはならないと思うんですね。だから逆に、今福さんがそこをどうやって突破していくのか見せてもらいたい（笑）。

今福…たぶんそれは最終的にどうにも解決のない道というか、そのプロセス自体をずっと続けていくしかないのでしょうね。

　先ほどのマルクス対フロイトの図式で言えば、近代小説は人間の心理的構造とか葛藤を稠密に描いていくことででき上がってきたわけで、マルクス的世界をカッコに入れてきたと思うんです。つまり単純に言ってしまえば、小説に経済とか政治といった世界を入れることは非常に無粋なことである、と。バルザックなどは、小説に政治を持ちこむのはコンサートでピストルをぶっ放すようなものだ、と言っている。近代小説の美学としてマルクス的世界はたぶんに排除されてきたわけです。むろん例外はありますが。でもノンフィクションというジャンルは、それに対する一つの挑戦というか、アンチテーゼとしてあり得ると思います。

　新しい小説やテクストの可能性を考えたとき、ぼくが最近面白いなと思っているのは、エスニック文学なんです。たとえばアメリカのヒスパニック系、アフリカ系といったマイノリティーは近代小説のルールとは全然違う発想で小説を書いている。つまりフロイト的世界に対する過剰な思い入れとか、マルクス的世界を排除しようといった発想から自由だということです。それはアメリカ合衆国という非常に強い権力の網目のなかで、アフリカ系であれ、ヒスパニック系であれ、アジア系であれ、自己の社会的存在自体が持っている政治性、言ってしまえばどうしようもないマルクス性、それが小説言語を生みだす基盤になってしまうわけです。
ある種の越境者の文学みたいなものですね。特定の文化や場所に安住できるような帰属性を永遠に持てないような人々が、自らの苛烈な政治性に立って書く小説は、マルクス対フロイトの図式を超えた、あるいは統合した世界の言葉になってきている。そこには小説とノンフィクションの境目がないんです。

沢木…よくわかります。その存在が体現している政治性、社会性というのが一瞬にして自分の問題に返ってきちゃうわけですね。ところが日本でそれをやれば、やはりコンサートでピストルをぶっ放すことになってしまうのか——どうお考えになります？

今福…そこは、むしろ沢木さんにうかがいたいところです。たとえばアメリカの多数派である白人層は、自分の日常の生存の問題として、そういう危機感を突きつけていない。日本人も基本的には似たようなぬるま湯社会にいるわけです。
それが特徴的に現れているのは、日本人の諸外国に対するボランティア意識ですね。たとえばクルド難民の問題が出てくると、日本から学生を中心にどっと奉仕活動に赴く。そこで彼らはある強いリアリティー意識や生きがいを持てるわけです。あるいは自分の置かれている社会的立場だとか政治性を、そういう経験のなかでしか——「しか」と言ってしまえば——つかみとれない状況にある。彼らが日本に帰ってくると、世界にはこんな貧困があるんだ、日本人も目を開くべきだ、と急に説教的な態度になってしまう人もいる。一見正論に思えるけれど、ぼくは論点は別のところにあると思うんです。それは文明社会に住む人間がもはやそういうところにしかリアリティーを見出せないという、ある意味で非常に非政治的な現実に生きる者のメンタリティーを示している。少なくとも、そういう自覚を持つべきだろうと思うんですね。ボランティア行為によって救われているのは貧しい難民たちではなく、実は自分たち日本人のほうかもしれない、という自覚です。

トラベローグの生命力

沢木…単純に言って、ぼくはここの場所からどこかの場所へ行くことは基本的にはいいことだと思います。行くことと行かないことのどっちを選ぶかといえば、行ったほうがいいと考えます。一方に留まり続けることの凄味みたいなものはあるとしても、なおかつ、とりあえずは行ったほうがいいと思う。

しかし、ここから出ていくという行為はあくまで個人的な行為だと思うんです。絶対に、個人的行為は普遍化できないし、する必要もない。勝手に行って勝手に帰ってくるんだから。ぞんざいな言葉づかいをすれば、行ったとしてもわかったようなことは言わない、というのがぼくの考え方の根幹にあるんですね。

もう少し具体的に言うと、ノンフィクションを書くという作業を続けていくうちに、どこかでぼくの強い病気のような固定観念が出てきたのは、やっぱり異国の人はわからない、ということなんです。わからないということを前提にするより仕方がない。

日本人の書いた紀行文を読むと、大きく二つのパターンに分けられる。一つは、異国は理解できるのだと考える紀行文。もう一つは、異国というのはわからないと考える紀行文。そこには濃淡があって、中間みたいなものもあるわけですが。戦後に生み出された紀行文の流れで言えば、たとえば小田実《まこと》さんの『何でも見てやろう』という本は、異国は理解できるのではないか、異国の人とはコミュニケートできるのではないか、という考えに裏付けられた著作だと思うんですね。

その対極にあるのは吉行淳之介の『湿った空乾いた空』という本で、彼はMという女性と一緒に日本からアメリカへ渡って、ヨーロッパへ行って、帰ってくる。旅行はしているけど、ここには異国は全然出てこないんです。車を借りてドライブしたり、パリのピガールに行ったり、ニューヨークのハーレムに行ったりはするんだけど、結局はMという女性の密室が移行していくだけなんですね。しかし、異国を理解しようとかしたいとかは毛ほども思っていない、というか、端《はな》から考えていないために、その文章はほとんど腐らないというか、一〇〇万年でも生きられる文章になっている。

たとえば、ぼくもよくは読んでいないんだけれども、大宅壮一が昔「裏街道シリーズ」というタイトルで世界の旅行記をいっぱい書きましたが、それは情報と呼ばれるものを含めて言葉が腐っているわけですね。それに対して、『何でも見てやろう』が今日もまだ生命力を持っているとすれば、それは彼が理解したことや了解したことではなく、理解したいという彼の情熱だけが生きているからなんです。理解したいという情熱はたぶん持続するし、本物なんでしょう。だけど理解できたと思ったようなことはみんな腐っていく。

ぼくも理解したいという情熱を放棄しているわけじゃない。でも基本的には理解できないものだ、と考えてきたんですね。だから、どこかへ行って何かを理解できたとしているようなもの言いを見たり聞いたりすると、よく言うよ、というかね。

今福…異国は理解できるという前提で書かれたトラヴェローグがあるというお話でしたが、それは「わかる」ということがむしろわかっていないケースがほとんどかもしれません。

たとえば、レヴィ＝ストロースは一九五五年に『悲しき熱帯』を書いていて、これは文化人類学的に言っても最もクラシカルな旅行記とされている。けれどあれはたぶん、インディオ世界の知恵は現代人の論理では結局はわからないということを徹底して書いた本だと思うんです。『悲しき熱帯』が持っている何とも言えないペシミズム。

沢木…そう、不思議だね。ぼくにはあれが人類学の本とは思えない。

今福…極端に言ってしまえば、自分が石器時代の人間にならなければわからない、というような、現代に生きている人間にとっての理解の不可能性に関わるペシミズムですよね。でも、理解の糸をまったく断念しているかというと、そうではない。逆に、最も本質的なペシミズムのなかからしか、理解の糸が存在しているという信念も出てこないだろうという気がする。

「夢」というキーワード

沢木…異国に対する接近の仕方には、一つには理解という軸があると思うんだけど、もう一つ夢という軸があるような気がするんです。異国に対して夢を見る。ということは、実際にその国に行ったときに、自分の夢と現実とのあいだに落差ができてしまうということでもあるわけです。その落差、乖離をどうするかということになる。たとえば、三島由紀夫の『アポロの杯《さかずき》』では、ブラジルでもギリシアでも、最終的には自分が夢見たものしか見ようとしていない。それ以外のものは存在しないものとして通り過ぎてしまう。ところが井上靖の一連の西域物になると、自分の目の前に現れた現実を前にして、むしろそれに夢を添わせようとするんですね。どちらがいいとか悪いとかの問題ではなく、一人の人間にとって異国というのは、すでにそこに辿り着く前から存在しているものでもあるということなんでしょうね。

今福…旅する現実が水平の座標軸を構成しているとすれば、おそらく夢見という軸は縦に立てられると思うんですよ。今まで、夢と現実は一つのリアリティーのなかでは交差しない二つの領域としてあって、まさにそれがフロイト的世界の構造を作ってきた。

旅というのは常に覚醒の言語としてしか書かれてこなかった、と思うんです。ぼくが今、『中央公論』に連載している滞在記というか旅日記は、一種のパラレルワールドと言いますか、〈夢見られた世界〉は〈覚醒した世界〉と同じ分量と厚みを持って存在しているのかもしれない、という予感があってのことなんです。

はじめのほうでも触れましたが、ぼくが現在意識的に接触を試みている人たち、亡命者や移民といった、本質的に境界を越えて「出てしまった」人たちの心には〈夢見られた世界〉が埋め込まれていて、むしろその世界でしか自分たちの経験を描き出せないのではないか、と思えるほどです。あるいは、永遠に実現され得ない夢のもとに自分の人生を考えている、と言ってもいいんですが。

たとえばブラジルという国。この国は広大だし資源も豊かだし、二一世紀はブラジルの世紀だと以前からよく言われてきたけれども、現実はちっとも良くならない。でも不思議なことに、豊かさを享受することからはほど遠い状況にあってもみんな非常に明るくて、将来にたいして夢や希望を持っているわけです。ブラジルには「サウダージ」Saudadeという言葉があって、翻訳が難しい言葉なんですが、ある種の希望がみなぎっている懐かしさ、憧れとでも言いますか。

沢木…寂しさは含まれていないの？

今福…それも含まれていますが、ふつうぼくらは過去の何かに対して「なつかしい」と言うけれど、「サウダージ」は何か永遠に先送りされている一つの夢に対する「なつかしさ」の感情でもあるんですね。

未来を夢見ることのなかに現実を生成させてゆく、そういう生存のかたちが二〇世紀終わりのこの時期になって鮮明に出てきている。自分の人生を一つの〈夢見られた現実〉として見ていくかたち——そうなると、まさに今まで覚醒した世界の物語としてしか書かれてこなかった自分の物語、あるいは旅の物語を、「覚醒」の言語ではなく、「夢」という形式で語り得るんではないか……ぼく自身も今、それを試みようとしているところなのです。

1995 沼野充義との対話

ポリローグの都市

一九八〇年代半ば以降の思想・建築・都市・写真・美術・メディア等をめぐる先鋭的な批評をリードした雑誌『ＧＳ』『InterCommunication』『10＋1』等の仕掛け人だった編集者、荻原富雄氏との交流は、私の一九八〇年代末から一九九〇年代の仕事に大きな影を落としている。これらのすべての媒体に私は論考やエッセイを寄稿することになったが、それらの多くは私のいくつかの著書に組み込まれ、それぞれの本のメッセージを形成する重要な核となった。拙著のなかでは『荒野のロマネスク』（一九八九）、『スポーツの汀』（一九九七）、『移動溶液』（一九九八）、『ここではない場所』（二〇〇一）といった著作のなかにその刻印を見ることができる。ロシア文学者の沼野充義氏とのこの対話は、荻原氏率いるメディア・デザイン研究所の編集になる都市・建築系批評誌『10＋1』（ＩＮＡＸ）の第四号（一九九五、特集＝ダブルバインド・シティ）に掲載されたものである。沼野氏は、八〇年代末の『屋根の上のバイリンガル』（筑摩書房）で鮮烈に登場したあと矢継ぎ早にロシア・ポーランド文学に関する意欲的な著作を上梓し、この対話の時点では『モスクワ―ペテルブルグ縦横記』（岩波書店）なる魅力的な二都物語をちょうど刊行したところだった。この対話では「現代都市」という世界的現象を、求心的というよりも拡散的な運動として、異種混淆と多言語の側から、さらには都市的統合をゆるがす隠された共同性の発露の側からとらえてみることが意図されていた。この年の始めに起こった神戸での震災（阪神・淡路大震災）によって露呈した都市的景観の「開放」と「閉鎖」をめぐる都市のダブルバインドが、背後にある問題意識を形成していた。沼野氏とは他にもいくつもの対話を行っている。初期のものでは、作家安部公房の死の直後に行われた「クレオール文学の創成」（『ユリイカ』一九九四年八月、特集＝安部公房）

や、アメリカ文学者生井英考氏も交えた鼎談「移動のエクリチュール」(『イマーゴ』一九九二年五月、特集＝クルマの心理学)などが記憶に残る。また沼野氏とは、短篇作品のアンソロジーとして『世界文学のフロンティア』全六巻(岩波書店、一九九六―一九九七)を四方田犬彦氏も加えた三人で共同編集するなど、「世界文学」という概念に依りながら文学作品を脱国籍的・脱国語的にとらえてゆくあらたな視点をともに拓いてきた同志でもあった。

PROFILE

沼野充義　一九五四年生。ロシア・ポーランド文学研究者、批評家。著書に『永遠の一駅手前』『徹夜の塊』『ユートピア文学論』『チェーホフ』など。

居住空間の棲み分けとバイリンガル状況

沼野充義…個人的な体験から話しますと、ぼくはロシアや東欧が専門なのですがなぜか最初はアメリカに留学しました。その時体験したことで言いますと、たとえば、ニューヨークのダウンタウンから外れたちょっと危なそうなところで店に入ったりすると、店主とその息子はスラヴ系の言語で話していて、客とはひどく訛りの強い英語で応対しているわけです。それで、ああニューヨークっていうのはこういうところなんだなと感じました。その時、話している言葉は何語なのか訊いてみたわけですが、ふらっとやってきた東洋人がいきなりそれは何語だと訊くので向こうはひどくびっくりして（笑）。当然ですが、ふつうニューヨークでは、そういうことにあまり興味を示さない。それはクロアチア語だったのですが、いろいろな移民が来ているのだなあというのが実感としてありました。あるいは、ニューヨークでは、地下鉄に乗って座っているだけでいろいろな言葉が聴こえてきますよね。

今福龍太…そう。あれは、トリップというか不思議な感じになりますね。自分が動くにつれて次から次へといろいろな言葉が聴こえてくる。普段は単一の言葉の意味性のなかにいることが多いわけですが、都市の雑踏や市場に出てゆくと一気に多言語の渦に巻き込まれ、多少とも知っている外国語が入ってくると、それを理解しようとしてこちらの意味のシステムのスイッチがどんどん切替わっていき、わからない言葉が増えてきてそれをも放棄せざるを得なくなる。そうすると音だけが聴こえてくるトリップ感覚のようなものがあります。さまざまなアジア系移民が急激に増えたロサンゼルスもそうですね。

沼野…シカゴもいろいろな新移民が入ってきていて、たとえば、ポーランド系の人が一〇〇万人いる。だからシカゴは、ワルシャワに次ぐ世界で二番目に大きいポーランド人の街だと言われています。かつてニューヨークは、さまざまな言語的・文化的バックグラウンドを持った人が融け合いぶつかり合うという意味で、メルティング・ポットと言われました。ただ、メルティング・ポットというのは、文化的にちょっとハイブラウな世界では成り立つのかもしれないけれど、ふつうの移民が居住空間を確定していくといった場合、異なった民族どうしはそう簡単には交わらない。社会学でもメルティング・ポットじゃなくてサラダ・ボウルだと言いますね。ある塊があって、それらは融け合ったりはせずにごちゃごちゃになって入っているというイメージです。

先ほどシカゴでは一〇〇万人ポーランド系がいると言

いましたが、そのコミュニティのなかでは当然ポーランド語が一番強い言葉になっています。しかし、面白いことにシカゴにある大きなポーランド博物館は、ポーランド人のコミュニティからはかなり離れたところにあるのです。これは、アメリカにはよくあるパターンで、昔はそこがポーランド系コミュニティの中心だったのですが、その後プエルトリコとか黒人とかアメリカのヒエラルキーで言えば低い人々がそのあたりに入ってきて、ポーランド人の居住区は郊外にずれていったわけです。都市の棲み分けですね。だから、ポーランド人の住んでいる地域とプエルトリコ系住民の住んでいる地域はかならずしも混じり合わない。

今福…ぼくの知っている例ではマイアミで、移民の入ってくる順序によって同じようなことが起こっている。南西部の八番街の五〇ブロック位がリトル・ハバナと言われて、両側が亡命キューバ人の住んでいる町になっています。あそこもキューバ人だけで一〇〇万人位いますから。キューバの人口が一〇〇〇万として一〇人に一人は移って来たことになります。ところがここ一〇年、やはりリトル・ハバナが非キューバ化しているのです。エルサルバドルやニカラグアから新たな移民が流入している。同じ中米のヒスパニック勢力でスペイン語はしゃべるけれども、食習慣・生活習慣、言葉のイントネーションもかなり違います。それがリトル・ハバナを侵食して店を出したりしています。いままでキューバ料理店しかなかったようなところに、ニカラグア料理店が入り込んだりして、マイアミ全体が非キューバ化しているのが顕著になってきている。ハイチからの難民も多いのですが、ただこれはリトル・ハバナとは全然違う地区にリトル・ハイチという街をつくっています。

沼野…ハイチの人は、クレオール的な言葉ですか。

今福…そうですね。フランス語系のクレオール語です。でもそういうハイチ難民が、リトル・ハバナのレストランでも働いています。それがはっきりしてきたのは、ここ七、八年ですね。

もう一つ、どんな勢力が今どの街に入ってきているかを、わりと手っ取り早く知る方法の一つが、タクシーの運転手を誰がやっているかを見ることかもしれません。移民のかなり初期的な職業分野です。

沼野…日本は道路が複雑だし、法的規制もあるので外国人は簡単にはタクシーの運転手になれないと思いますが、アメリカでは亡命ロシア人がいかにしてタクシー運転手になったかというような体験談の本も出ているくらいで、それを読むと非常にいい加減です。ほとんどペーパードライバーで運転もしたことがないような奴が、カンニングをして試験を通っている。一応地理の試験もありますが、マンハッタンなんて縦横になっているから、地理を知らなくても大丈夫です。東京ではちょっと考えられない。パリは、ニューヨークよりは地理が少し複雑な気がするのですが、ロシア革命の直後に四〇万から五〇万の亡命者が入って、かなりの人がタクシーの運転手になっています。それがしばらくたつと生活が落ちついてきて、それなりにインテリの人はもっと自分にあった職業に移っていくのです。

今福…ジム・ジャームッシュに世界中の深夜タクシーを題材にした『ナイト・オン・ザ・プラネット』というオムニバス映画がありました。とくに興味を引かれたシーンはニューヨークの部分ですね。それは、運転手と客との言語的コミュニケーションのずれから、深夜のニューヨークのタクシー空間という場の面白さをうまく描いていました。

沼野…誰が何語をきちんと喋れるのかというのは、微妙な問題がありますね。ニューヨークのタクシー運転手だとほとんどまともな英語を話す奴がいない。フィフス・アヴェニューというところをファイヴ・アヴェニューとか言って、それがふつうの英語だと思っている、と昔アメリカ人がぼやいていたのを覚えています。それからロシア人の運転手のなかの悪い奴が、たとえば、空港からの客をぼってやろうとしてわざと回り道をする。どうせはじめて街に来た奴だしロシア語はわからないだろうと思って、会社と無線で今カモが来たから遠回りして二〇ドル余分にとってやるんだと言うようなことをロシア語でやり取りしてる。ところがその客が実はロシア人で、大喧嘩になったとか(笑)。だから、ニューヨークでは言葉が通じる通じないの話が本当に面白い。

今福…日本でも、名古屋のような都市にこういったマルチリンガルな状況が生まれつつあります。休日に名古屋駅にいったりすると、最低でも七、八カ国の国籍の人々が、郊外から情報交換の場として駅前に集まってきている。そして、コロンビア人やイラン人が、明らかに偽造のテレホンカードを売っていたりする。しかし、コロンビア人たちにこっちからスペイン語で話しかけると、向こうは非常に警戒して、押し黙ってしまう。つまり、日本のようなモノリンガル社会においてある例外的な言語を所有するということは、あえて言えば一つのシークレット・コミュニティを維持していることなんだという感覚が彼らにある。彼らのなかでスペイン語はジャーゴンとして使える。ところが、日本人のなかでその言葉との通路をもった人間がいると彼らは非常に警戒して、そのシークレット・コミュニティが破られると感じるのでしょう。

沼野…通じないことを前提としたある種のコミュニケー

ションがある。

今福…そう、だから通じる通じないという境界がはっきりしている方がいい。かなり危ないこともしているのでしょうが、彼らはそのあいだを渡り歩きながらビジネスをするわけです。だからそのあいだを破る変な人間が出現すると警戒する。親近感を示すどころか、スペイン語も喋れないふりをする（笑）。彼らが話せる言語というのは、わずかな英語と日本語、母語としてのスペイン語です。だからスペイン語を話せなくさせてしまうと喋れる言葉がなくなってしまう。英語と日本語とスペイン語の混じったピジンみたいな言葉をぼくに話しはじめる。それは面白い言語状況です。

沼野…警戒されるという話では、ぼくも似たような体験があります。さっきマイアミのリトル・ハバナの話がありましたが、ニューヨーク郊外にも俗にリトル・オデッサと言われているところがあります。ブルックリンの南端のコニー・アイランドの隣のブライトン・ビーチというところに、七〇年代後半ぐらいからソ連のユダヤ系の人が大量に入ってきて、しかもオデッサ出身の人が多いのでそう呼ばれています。最新の移民のコミュニティとして、しかもロシア語しか話せないというアメリカでも特異な地域なのですが、やはり好奇心からそこには何度も足を運んでみました。そこでもレストランに入って、ウェイターや支配人のおじさんやおばさんにロシア語で話しかけるとものすごく警戒される。ひょっとしてソ連のスパイではないかと思われたり、アジア系の人はソ連にも多いですからどういう素性なのかと疑われる。非常にはっきりと、私は日本人であってロシアが好きで、ロシア語を勉強しているのだとくどくど言わないと打ち解けてくれない。一般のアメリカ人の客も少しは来るような場所なのですが、彼らにはロシア語がわかるわけがないということが最初から前提としてある。

ただ、今福さんが先ほどコミュニティの変遷ということを話されましたが、そのリトル・オデッサというところも、七〇年代後半の時点では、看板にしても、ソーセージがグラム幾らかというやり取りも全部ロシア語だったのが、数年たって行くと、ロシア語の率が減って英語がかなり混じるようになっていました。一つには出世というか、生活の安定した人がもう少しよいところへ移っていったということもあるし、言語的に英語にある程度同化したということもあるし、そのプロセスが店の看板に出ているのがとても面白い。

今福…ここまでで重要なテーマがいくつも出ていると思うのですが、大雑把に整理してしまうと、都市と言語の関係のありように違う様式がある。一つは移民というムーヴメントによって都市における多言語状況が成立したとしても、その言語が個々の言語共同体によって完結していて、英語などの共通言語の橋渡しが最低限しかない、ゲットー化していて個々の違う言語が固まって併存している状況。これはもっとも非コミュニケーション的なマルチリンガルのあり方です。けれども、わずかな時間のあいだに、アメリカで言えば共通言語の英語とのあいだの橋渡しがどんどんできて、ある種擬似的なバイリンガル状態になってくる。ビジネスの言葉にしても、英語とロシア語が同時に使われるようになる。それは最初の固有言語の完結的な状況とは大分違っている。都市における言語的なサウンドスケープとして、個々の言語が完結的に存在している間を自分が移動していくというケースと、一人の人間のなかに二つとか三つの複数の言語があって、その人間が場合によって違う言葉を繰り出してくるのに直面する、というのは経験の質として違うわけですね。さらにそういう状況が数十年位続いていくと一人の人間が完全にバイリンガルな状況になっていく。たとえば、アメリカなら南西部に数世代に渡って住んでいるヒスパニック系の人間は、英語とスペイン語の両方を行き来しながら話すことができる。これはバイリンガルともちょっと違って、ぼくはよくインターリンガルと言うのですが、そのあいだを交通することによって意味を生み出す。それも一つの言語だと言えますが、二つの固有言語のあいだを行ったり来たりすることによってしか、言語的なコミュニケーションのかたちが存在しないような、かなりクレオール的なものに近いケースです。

だから都市における多言語的状況の経験というのは、どのレヴェルを見るかによってずいぶん違っていて、時間的にも変わるだろうけれど、かならずしも移民してからの時間の経過だけがファクターというわけでもない。その辺が難しいですね。

沼野…バイリンガリズムの問題で一つ大きいのは、言語の社会的な地位の問題があると思います。アメリカの場合は昔はなんといっても英語だけだったのが、最近ではスペイン語もかなり強くなってきていて、英語が社会的にナンバーワンであるとは言い難くなってきています。以前は、アメリカに入っていった新移民にとって、マイナーな自分のネイティヴな言葉では出世できないとか、英語が社会的に強いということがあった。その場合のバイリンガルとは、圧倒的にマイナーなネイティヴに対して、圧倒的に強い英語があるという構図です。専門家はこれを垂直バイリンガルと言っています。それに対して、二つの言語がほぼ同じプレステージを持っている、たとえばカナダ人におけるフランス語と英語のような場合を水平的バイリンガルと呼びます。やはり国全体としてみると、アメリカは英語が強いという垂直的バイリンガルの状況が支配的だったと思います。ユダヤ人もたくさん移民してきていますが、イディッシュ語なんか世のなかでほとんど何の役にも立たないですから、自分たちのあいだではイディッシュ語を喋っていても社会生活をする場合には英語を身につけるしかないので、英語にどんどん同化してきます。ぼくの感じではどうも都市のなかのわりとインテレクチャルなレヴェルでは、そういった垂直的な力が崩れるというか、英語を喋ってもフランス語を喋ってもスペイン語を喋ってもお互いに水平的に通じ合う場ができる可能性があるのではないでしょうか。

ただその場合、複数の言語が共存しているとは言っても、言語間の関係の質は場合によってかなり違います。言語グループがお互いに理解し合っていないという場合もあるし、お互いの言語をお互いによく知っている場合もある。コミュニティの歴史的な背景によってかなり違ってきます。たとえば大都市ではないのでよい例かどうかわからないのですが、最近ぼくはリトアニアに凝っていて、首都のビリニュスに二度ほど行っています。あの街は歴史的に複雑な背景を持っていて、街のなかでは今でもロシア語とポーランド語とリトアニア語が大体均等に使われています。そしてその三つができる人がかなり多い。ぼくも驚いたのですが、郵便局なんかでもこちらがロシア語で話しかければロシア語、ポーランド語ならポーランド語で返ってきます。リトアニア人に訊くと、そういう公共的な窓口などの職員はお客が話しかけた言葉で返事をすることが義務付けられているというか、それがエチケットになっているというのです。しかし、今リトアニア自体、ポーランド人とリトアニア人のあいだの一種の確執というか対立関係が出てきているので、理想的な共存状態ではないのですが、長い時間をかけてできているコミュニティだから、日常会話の簡単なレヴェルだったら三つどれでも使えるということが成り立っています。

ただ、ニューヨークなんかを見ていると、さっきのロシア人の例もありましたが、「こいつらには俺たちのことはわからないだろう」という前提のもとに成り立っているような共存もありますね。

今福…そのビリニュスの例で、どの言語で問いかけられてもすっとその言語で反応するというのは、かなり本能的にやられているのですか。

沼野…本能というか、法律ではないけれどある種の決まり事なんだと言っていました、公共機関の場合ですが。

今福…公共機関は、ほぼトリリンガルに対応できるようになっている。

沼野…というか、環境からしてあそこに育つと、それくらいのレヴェルでは使える人が多いのです。

今福…そういうところでないと、そうはならないでしょうね。歴史的な深いいきさつのなかで作られてきたトリリンガルな環境というのがあるからですね。

沼野…人口構成の問題もあります。三つがほぼ均衡というか、ビリニュスの場合で言うと、歴史的にはポーランド文化が強く、今は人口ではリトアニア人が多くなっています。ロシア人は二割位しかいないのですが、なんといっても旧ソ連の最大の公用語ですからロシア語の影響も強い。それぞれに違ったバックグラウンドを持った言語の力がほぼ拮抗しているのです。

今福…それは、世界的にもかなり例外的な場所ですね。

沼野…珍しいかもしれません。大抵は、先ほどのような社会的な地位の高低とか、プレステージの違い、背景にある経済力の違いとかいろいろなことがあって、ある言語が別の言語を駆逐していくようなことがある。たとえば、イディッシュ語なんてもう死にかけていますけれど。

今福…何十年前になるかちょっとわからないけれど、ビリニュスでイディッシュ語の勢力が強かった時代もあるわけですよね。

沼野…ビリニュスは、戦前は北方のエルサレムと言われていて、人口の四〇パーセント以上がユダヤ人で、非常に大きなユダヤ人居住区がありました。ビリニュス出身のロシア人の作家がいて、彼のビリニュスを舞台にした短編小説を読むと、ユダヤ人が日曜に床屋に集まって雑談をしている。それがイディッシュ語、ロシア語、リトアニア語、ポーランド語の四つの混合言語だと言うんです。だからあの辺のユダヤ人は、必要に応じてそれを混ぜて使うことができたという状況があったのです。

アメリカの場合、たとえばニューヨークを見ると表面的には多言語が共存している一方で、忘れてならないのは、英語を話す、つまりバイリンガルでないアメリカ人というのは世界的にも日本人と並んで外国語がもっとも不得意な国民であるということですね。それは英語以外を喋らなくて済んでしまうモノリンガル民族という面もかなり強いということだと思います。これは、一つのコインの両面のように、片方ではモノリンガルな英語使用者がかなりたくさんいて、片方では多言語性を抱え込んでいる国だという気がします。どうでしょう、ぼくの今言ったモノリンガル性というのは、誇張しているでしょうか（笑）。アメリカ人なんかでは、ときどきそういうことを言う人がいるんですけれど。

ヴェンダース『リスボン物語』の多言語性

今福…逆に言えば、英語が内在的にはモノリンガル的で世界語であるという条件に立って完結していたからこそ、そこから外的な要因によって多言語状況が出てきたということもある。英語保持者が、もっと自らを内在的にマルチリンガルにしていれば、世界における多言語状況の出現の仕方はずいぶん違ったわけで、むしろある特定の言葉が非常に強くモノリンガル的であったために、アメリカにおける多言語都市が出てきたとも言えるでしょう。

ちょっと話をずらしてしまうかもしれませんが、ぼくが多言語ということで本当に面白いと思うのは、かならずしも文化的なバックグラウンドとかとつながらない部分なんです。もちろん、都市とか移民とかいうなかで特定の言語のバックグラウンドを持った人間が移動してくることで、ある場所にその言語文化が浸透してゆくという言われ方があり、今まではその話をずっとしていました。しかし、ぼくが都市における多言語ということで面白いと思っているのは「単に多言語である」という状況なのです。わかりにくい言い方かもしれませんが、たとえば文化的背景として西アフリカ系だからフランス語を話している、といったことではないのです。

なぜそんなことを考えているのか一つの例をあげると、つい先週、『リスボン物語』という新しい映画のプレミア上映で来日したヴィム・ヴェンダースと対談をしました。この映画の舞台はリスボンで、これはヴェンダースのなかでも『夢の涯てまでも』でも『ことの次第』でもちらっと出しただけで、きちんとリスボンを撮っていなかったという思いがあるようです。まず、リスボン自体が、かならずしも多言語都市ではないのですが、ある種の迷宮都市というか人間に彷徨を誘うようなところがあって、かなりヴェンダース的な街だと思います。その街を舞台に、最初はリスボンのドキュメンタリーを撮ることをリスボン市から頼まれて、それが単なるドキュメンタリーでなく、リスボンのドキュメンタリーを撮ろうとしているある映画作家の話を撮る、という映画に変わっていったようです。ストーリーは別にしてぼくが非常に面白いと思ったのは、相変わらずヴェンダースの映画だから、前の『夢の涯てまでも』ほどではありませんが、非常に多言語的なのです。リスボンでドキュメンタリーを撮っている映画監督が、主人公のドイツ人の録音技師をベルリンから音を付けるために呼びつけるというところから話が始まります。録音技師は、車で国境を越えてやってくるのですが、なかなかたどり着けない。ベルリンからリスボンまでやってくるのに、障害になるのはもう国境ではない。パスポートのチェックは一カ所もなくて、国境の建物が無人化しているところをただ車は通り抜ける。逆に国境のところでパンクしてしまうと、無人化しているので誰も助けを呼べないで立ち往生してしまう、それでリスボンに行くまで時間がかかるというのが導入部です。主人公のセリフはドイツ語なのですが、途中ずっとラジオをつけているので、いろいろな言葉が入ってくる。フランス語やスペイン語やポルトガル語が、非常にスピーディーにかぶさってきて快調な出だしです。

その主人公の録音技師が、リスボンに着いてみると、映画監督は非常に古い木製のカメラで撮った映像だけを残して失踪していて、その監督を捜し歩くのが全体の物語です。その監督が、下町の場末の貧しい子供たちと付き合っていたことがわかって彼らからいろいろ話を聞き出す。するとその子供たちがみんな一人一台ハンディカムを持っていて、これもその監督から言われて撮っているのだとか言う。その子供たちとのあいだで「Do you speak English?」という会話があって、子供たちが全員英語を話せる。ドイツからやってきた録音技師が、リスボンの下町で子供たちと英語で会話する、そういう不思議な感じで話が進んでいく。これはもうリアリズムではないと思うのです。ポルトガルの下町のせいぜい六、七歳の子供があんなに上手に英語を話すわけはないので、それは映画的な虚構です。ただそれは、よくハリウッドの映画で「英語を話せるはずのない外国人が英語を話している」という、字幕の代わりに吹き替えるように英語を話しているような感覚とは違います。それがぼくの言う「単に多言語である」ということで、ヨーロッパやリスボンにおける無国籍的な感覚を背景にして、ヴェンダース自身が無国籍性のようなものをずっと撮り続けてきているという背景もあって、リスボンという特定の土地においても、英語・ドイツ語・ポルトガル語という三つの言語のあいだをわたりながら物語を進める。だからここで英語は、かならずしもその背後に文化的バックグラウンドによる理由付けをする必要が無いようなかたちで導入されている、という趣きがあります。ちょっとわかっていただけるかどうかわかりませんけれど。それが「単に多言語である」ということであって、ぼくは今、都市におけるそうした無根拠に多言語的な感覚が非常に面白いと思います。

沼野…それは、文化的な根っこであるとかそういう重しを切り離して、ある種の自由度というか浮力を獲得するというやり方でしょうね。

今福…逆に、そこに文化的な理由を付けない方がむしろ面白いわけです。

沼野…単に英語をしゃべるというときは、英語がつまり言わば固有の根を失ったかたちである種リンガ・フランカと化して通用しているから可能なのかな、とも思ったのですが。

今福…映画の外から理屈付ければそうなるかもしれませんが、そういう風にとるのではなくて、ぼくはそれが英語でなくてもよいと思うのです。たまたま英語である、と。それが天使の言葉であった、というようなことと同じことです。English と言ったときに、その英語そのものの持つ、たとえばイギリスであるとかのルーツはすでに消えている。同時に英語が社会的な意味でリンガ・フランカになりつつあるという説明すら要らないのではないか。とりあえず、ここでの英語はECの通貨としてのエキュぐらいの感覚で考えてもいいのではないでしょうか。

ヴェンダースの映画にこだわった話になってしまうかもしれませんが、ポルトガルについてからはポルトガル語が主体になってきて、詩人のフェルナンド・ペソアがかなり引用されたりして重要な役割を果たします。ペソア自身も英語とポルトガル語で詩を書いていた人ですから、バイリンガリズムがあるのです。そして彼は、まさに誰でもない(＝nobody＝pessoa)というかたちで生きることで、誰でもあり得るという可能性をかなり初期に問いかけていた面白い詩人だと思います。ペソアは三人の別の詩人を創造して、それぞれにバイオグラフィを与え、違う語法・手法で創作をし、さらに自分がペソアとしてリカルド・レイスという別の自分の悪口を酒場で言ったりしている。単にペンネームで幾つか別の詩を書いたというのでは全然ない。自分のなかにある最初からの多人格性というか、自己自体が分裂している状況を四人の詩人によって示し、ペソア自身もその四人のうちの一人に過ぎない、という感じで詩を作っていた人です。そこには匿名性によって存在するという、現代の都市におけるアクチュアルな存在に非常に近いものがある。ぼくはヴェンダースに、映画のなかで使われている札束はもしかして一〇〇クルゼイロ札ではないかと訊いたのです。というのは、一〇〇クルゼイロ札には、フェルナンド・ペソアの肖像が付いている、そのぐらい国民的詩人なんです。ある意味で、ペソアの生き方自体が非常に貨幣的な、自己をゼロ記号にしてしまうようなところがある。一〇〇クルゼイロ札にペソアの肖像画が付いていることは、非常に象徴的に思われます。それがサーキュレイトして、ポルトガルの人間にとって、貨幣としてペソアが普遍的に存在してしまっているということはアイロニカルかもしれないけれど、ペソア自身の夢が実現されているのかもしれないとも思える。ヴェンダースは五〇〇〇クルゼイロ札だと言っていましたが、その理由はもうインフレがひどくて一〇〇クルゼイロでは札束がこんなになっちゃうらしくて(笑)。だから、それはペソアではなかったのですが、もしあの紙幣にペソアが付いて全ポルトガルをサーキュレイトしているというイメージがあったら、ずいぶんスリリングではないでしょうか。ヴェンダースに訊いたら、笑っていましたけれど。貨幣性という問題と言語は非常に強く関係しているような気がします。まさにサーキュレイト（流通）するということで。

貨幣の移動、言語の移動

沼野…あえて違う視点を出してみますが、それはやっぱりかなり都会的なものでないのかという気がします。これは以前に今福さんともお話したことがあるのですが、一方では固有の民族の文化的伝統とか歴史の根を切り離して——現代音楽とか文化にあるように——俗な言い方をすれば表層を移動していくようなあり方はありますが、一方で最近の世界情勢を見ていると、新たなかたちの民族やナショナルなものの根っこの噴出のようなことがあるわけです。たとえば今のユーゴの情勢を見ていても簡単には説明できないし、あるいは旧ソ連のなかでの戦争のようなことが起こっていることもあります。そこで民族的な根を再び求めようということが強く出てきている。先ほどのビリニュスのなかでも、リトアニア人はロシア語を嫌い始めています。つまりロシア語というのは、旧ソ連の国際共通語だったので、それを排除して不自然なまでに自分の母語にこだわっている。ベラルーシなどはもっとひどくて、あそこでは知的な活動は全部ロシア語化してしまっているので、ベラルーシのインテリというのは、言語的にはロシア人と同じなんですが、わざわざベラルーシ語で話そうとか本を書こうという人工的な試みまでしている。ここで言いたいのは、貨幣的にまったく交換可能な「単なる多言語」という状況は、確かに面白いと思うのですが、やはりたとえばある移民が、自分の固有の文化とか歴史を持って移民先の国に入っていく、その場合、外国語の知識を習得して覚えるというのはかなりお金も時間もかかる社会的に特権的なものなんです。たとえばスペイン語しかできない人がアメリカへ移民して社会に受け入れられないから必死で英語を勉強するという場合に、英語がうまくなるかならないかというのは、金と時間の余裕があるかないかにかなりかかわってくる。文化的根っことか社会的条件とかを切り離したかたちで、言わば真空のなかで言語を論じるのは、難しい側面もあるのではないでしょうか。今福さんの言う「単なる多言語」というのは、聞いていて非常に面白いと思って、大体の意味はつかめたと思うのですが。

今福…もちろん、そうではない部分が強く噴出している言語も、確かにありますね。言語の生き残り方というのが、かなりはっきりと分かれてきていると思います。通貨性を増していくかたちでその言語が、英語なら英語の固有性や歴史性と違う、そういったものから切れた英語になる。たぶん英語はもうそうなりつつあるでしょう。そういう風に匿名性のなかで生きていくかたちもあるでしょうし、民族語のなかには今沼野さんの言われたようなものもあるだろうし。この問題は言葉に限らず、調停できませんね。

沼野…両方の力がいつも働いているでしょう。あと、通貨と言語が同じようにサーキュレイトしていくというお話がありましたが。

今福…言語と通貨を結びつけるときのイメージというのは、説明が難しい。沼野さんは先ほどシカゴの話をされましたが、シカゴは、社会学的なゲットー研究などで都市研究が始まった地でもありますし、最初からそういう空間的な民族的棲み分けのようなモザイクが都市を構成している例でした。そういう場では表面的な問題としてビジネスというのがあります。それは新参入者である移民の生活の必要性として、街路に出てビジネスをするということがある。街路的に見えるもの聴こえるものとしての言語の問題です。そこで表面的に見えるのが、さっき沼野さんが言われた言語と言語のあいだをどのようにわたっていくかによってある種コミュニケーションができ、それが同時にビジネスにもなっていく。だからどこに自言語の境界線を引いて、どこからを他言語のテリトリーだとみなして、そのあいだをどのようなかたちでコミュニケーションするのかが、生産、商品を含めたある経済的な活動領域をつくったわけでしょう。言語と言語のあいだの差異、違いをわたることが、利益なり余剰なりコミュニケーションなりを生み出した。サーキュレイトすることで何かを生産するということにおいて、それが非常に貨幣的なところだと思います。だから、匿名の存在になって、ということだけに強調点があるわけではありません。

たとえば、以前ヨーロッパで行く先を決めずに旅行していたことがあるのですが、オーストリアからドイツに入って駅で両替して通貨を替える。マルクを持ってたいして使わないままに、ドイツもつまらないとアムステルダムに行ってしまう。またそこで通貨を交換するけれど、アムステルダムもなんか人の愛想が悪いから逃げちゃえといって、ろくに使わないでベルギーに行ってしまう。そこでまた通貨を換える。そこでベルギーも刺戟が少ないからやっぱりパリが一番いいといって、その日の夕方にパリに戻ってまた両替する。お金は使わないのだけれど、移動することで通貨だけ換えていくと、四、五回換えていくことで価値はどんどん目減りしてたった一日で持ち金が六割ぐらいになってしまう。それは奇妙に不条理なことで、何も買っていない、ただ通貨を交換したことで、最終的に所持金が六割ぐらいに減少してしまう。

ところが言語を通貨として見立てて言語の差異をわたっていく限り、そういう経済的な無駄は出てこない。だから通貨として言語は、ある無国籍な条件を考えた場合に面白い通貨となり得るのではないか。変な言い方ですが、目減りしないんです。

ところで先ほど沼野さんが言われた、言語習得にかかる時間とか努力というものも非常に重要なことですが、その時の言語というのは非常に強く創造的な伝達言語、クリエイティヴなものも含めて言われているのだと思います。ところが今、キューバからタイヤのチューブに乗っかって海峡をわたってきた人が、三年もするとわれわれより見事な英語を一見使う。しかしそれは、表層的なビジネスにおいて流通している非常に特別な枠組みだけを持った英語で、それはもう非常に見事に習得します。

沼野…やっぱり生活の必要に迫られてやるというのは強いから。

今福…そうです。しかし、移民に限らずアメリカのごく一般的な大衆を考えると、ロウアーミドル位の人たちが普段から話しているのはそのレヴェルだけであって、少し知的な——高尚という意味ではありませんが——話をしようとすると、むしろわれわれの言っていることが全然通じないとか、それに対する語彙を持ち合わせていないことがある。アメリカ人ですらそうですから、ましてや二、三年で英語を習得したキューバからの難民はまずそういうところに入っていけません。英語というのは、英語の伝達表現能力のごくごく一部のところで一つの世界を持っている。それはビジネスの英語です。それも別の意味で言語の通貨性という、数字と貨幣単位の世界に限定されていて、その時に周囲に広がる必要性というのが、今、バイリンガルやトリリンガルを生み出す必要性だといえるのでしょう。そうするとますます新しいかたちで出てくる表層的な経済活動のようなもののなかで、言語がサーキュレイトしていく現象を見ていくと面白い。たとえば、マイアミのリトル・ハバナにいるキューバ人も、もちろん物の売り買いをドルで行うのですが、彼らは二〇ドルを、ふつうなら「トウェンティ・ダラーズ」というところをスペイン語で「ベインテ・ペソス」と言っています。通貨単位はドルなんですが、もとのペソ・センタボをそのまま使っている。通貨単位もそういうかたちで相互乗り入れをしているのです。

沼野…亡命ロシア人の本を読んでいても、アメリカで暮らしているのに「これは二〇ルーブルもする」とか書いてある。それは本当はドルなんです、めんどうくさいからルーブルと言っている（笑）。

今福…めんどうくさいというか、そういう符丁になってしまっている。だから通貨でまずそういうことが起こっていて、それから物の理解とか飲んだり食べたりというところで交換されていくときに、都市的なバイリンガルという状況が起きる。

沼野…ただ、さっき貨幣とのたとえで今福さんが見事に言われた、言語の場合目減りしないということですが、やはり目減りする部分もあるのではないかと思ったのです。たとえば通貨を交換していくように、ある言語圏から別の言語圏へ切り替わっていくと、これは言語間の翻訳の問題になってくる。やはり、ある言語で一〇〇だったことが一〇〇のまま伝わることはない。これが英語でよく言われる lost in translation というやつで、翻訳というのは基本的にかなり目減りさせてしまう。それを補うためには二倍くらいの量と時間をかけて言わなければいけない。そういう問題があって、アメリカのチカーノとか、バイリンガル的あるいはインターリンガル的な人があることをしゃべっている時に、英語で話していたけれど、これはスペイン語でないと言いにくいと言葉が自然に切り替わってしまうことがある。これは翻訳不可能なもの、お金で言えば交換できないような部分が、言語ではどこかでひっかかってしまって、場合によってはそういうことがあるからフリクションが生まれてくるのではないかという気がします。

今福…まさにそうだと思います。古い――と言うと語弊がありますが――翻訳というパラダイムで言う限り、かならず失われるものがある。だから、たぶんぼくが言う言語の交通というニュアンスは、翻訳のパラダイムとは違う。それが何かはまだわからないし、そういう行為が言語的にできているのかどうかもわかりませんけれども。しかし、もっと日常的なレヴェルでたとえば日本語で表現できないものを、英語なら英語を使って非常にたやすく伝えてしまえるという部分がある。それは外国語だから、母語でないからできるという身軽さでしょうか、ぼく自身そういう恩恵をずいぶん外国語に感じています。日本語だったらけっして言えるはずがないことを、平気で言えてしまう。あるいは特定言語が持っている感情的なレトリック、日本語では伝えられないけれどその言葉なら伝えられるということもある。だからかならずしも変換によって失われていくだけではないですね。

沼野…獲得されるものが大きいというのはあります。

今福…むしろ、獲得されたり失われたりというよりは、チャンネルが切り替わっているという感覚です。

沼野…それが厳密にイクイヴァレントなものであるかというのは疑わしい。別のものになっている可能性が高いですね。

今福…別のものでしょうね。

沼野…通貨の交換であれば、たとえば一ドルが八〇円とか、これはイクイヴァレントなものです。

今福…イクイヴァレントがあって、金本位制のようなものが背後にあるから目減りしてしまうのでしょう。ただ言語の場合はそういうことがないでしょう、絶対的な基準がない。

沼野…根っこがなくてただの言語として表層を浮遊して存在しているような言語どうしであれば、イクイヴァレントな交換というのもかなり可能になってくる気がします。そこが都市のメカニズムではないのかなと。それが現在の多言語的状況の新しい可能性かもしれない。

しかし、ロマン派的な文学的感覚で言うと、国民精神の体現者としての作家がいて、その作家が使う言語こそがその国民の精神をもっともよく表すとか、そういった感覚で考えていると、言語というのは絶対交換できないものなんです。それが日常的に交換されている現実をつくり出している都市というのは、むしろ非常に面白い現象ではないでしょうか。

さっきの言い方でいうと、忠実な翻訳ということを考えると、一〇〇パーセント・イクイヴァレントなものを別の言語で生み出すということになるのですが、それは原理的に不可能です。だからある言語で書かれたことを、別の言語の文脈のなかに移したことによって別の意味を創出する。翻訳というか言語を交換する人はその辺まで踏み込んでいかないと意味がないのではないかと思います。たんに忠実な翻訳は原理的に成り立たないでしょう。

「国語」からの距離あるいは多言語の可能性

沼野…ここでちょっとモスクワの話をしようと思います。ペレストロイカのあと、ロシアはずいぶん変わって、モスクワの街の表情もだいぶ変わってきています。旧ソ連という国自体ずいぶん多民族的な国ですが、モスクワにどんどんあやしげな人たちが流入して街で商売をしていたりする。コーカサス系の人が多いし、チェチェン・マフィアという有名なのもいて、モスクワの街頭はかなり多言語的な面白い状況になっている。ただ、現在の状況を見ている限り、言語の社会的力関係でロシア語が圧倒的に強いので、コーカサスとかアルメニアとかそういうところから来て商売をしている人たちはロシア語は結構うまい。これは子供の頃からロシア語の環境に晒されているからで、訛りはひどく強いが自然には話せます。街頭でもいろいろぶつかり合いがあって、よく生粋のロシア人とのあいだで喧嘩しています。このあいだ目撃したのはコーカサス人とおぼしき人がロシア人の商売人に詰め寄って口論していました。ものすごく訛りが強いので、聞き取れた部分では「おまえの友達のロシア人が、俺のことをロシア語を下手だといっただろう、どこが下手だか言ってみろ」とか言っている。ところがそのロシア語がめちゃくちゃ下手というか、本当に発音が悪い（笑）。ただ、そういうロシア語を使っている人たちが、ロシア人に詰め寄るぐらいの関係ができているという不思議な社会です。それはある意味で、ロシア語が、ロシア人の文化とか伝統的な根を持った言語とは違うレヴェルで通用してきているということだと思います。周辺国がロシアから独立したことによってロシア語離れも一方ではあります。アルメニアとかジョージアでは民族意識が高まっていてロシア語を排除しようという動きが強い。しかしいずれにしろロシアを好きだ嫌いだという次元とは違う次元でロシア語が機能していて、英語に似た意味合いを持ってきている。

ロシア語は、公的に公用語という規定ではありませんが、現実的には公用語でした。しかし現在は各国が独立して、ロシア以外の国は、言語法というような法律をそれぞれつくりはじめています。エストニアとかバルト三国なんかは、市民権というか国籍を与える国籍法というのが問題になっています。たとえば、エストニアに長年住んでいるエストニア人がエストニア国籍をもらえるのは当たり前ですが、二〇年ぐらい前に労働移民として入ったロシア人がどういう条件を満たせばエストニアの国籍を取れるのかというと、そこにエストニア語の能力が条件として入ってくる。しかしエストニア語を話せないロシア人はたくさんいます。エストニアに行ってもエストニア語を勉強する気は全然ないですからね。ロシア語だけで暮らしていても問題はなかったのですが、今度は少しはエストニア語をできないと国籍がもらえない。にもかかわらず、勉強しようにも学校もない。旧ソ連圏では言語関係の問題はそういうかたちで出ています。これは都市の問題というより国家間の問題です。

そういう問題のある一方で、日本は世界的に見ても、非常に例外的なほどモノリンガルな国家と言うべきだと思います。

今福…日本語自体が、日本語でないものをかなり強く排除する。特に近代の国語のイデオロギーはかなり強くあります。外国人の書いた日本語についても、日本語の側からの判定というのは非常に厳しいものがあって、ちょっとおかしい日本語だと「原文ノママ」と書いたりして、これは外国人が書いたのですよ、とあえて言ったりしていた。そうでなければ、新聞とか公共のメディアに出す場合はかならず書き直しや編集が入っていた。最近はずいぶん変わってきたようですが、ドメニコ・ラガナさんとか先駆者の人たちはずいぶん苦労したようです。日本社会の課題は、これから新しい日本語表現が、非日本人のなかから翻訳ではなくて直に出てくる、その時の多様性のある日本語をどのくらい従来の国語という概念を超えて受容していけるかというところだと思います。英語、特にアメリカ語は、あきらかにその試練を一つ通過していて、それによって英語というものに対する把握の仕方がずいぶんフレキシブルになっている。日常においても文学表現においても、言語態として外形的には英語というのがずいぶん緩やかになった。それが今のアメリカにおける多言語状況と同時に、英語の普遍的な流通状況の両方を生み出していて、英語という世界に入っていきやすい。

日本語でそういう状況がすぐに起きるとは思えないのですが、非日本人による日本語表現の幅が、今の純正日本語からどのくらい距離を持ってつくられるのかによって、国家と日本語との関係が変わり得る。別の言い方をすると、われわれはどのくらい異形の日本語を許容できるのか。これはリービ英雄さんのような古典文学に造詣の深い人が、端正な日本語で書いていっても容易に変わるものではなく、むしろある意味で日本語表現の歴史の外にいた移民労働者のような人々が日本に定住し、日本語という媒体を使って小説なり詩なりを書いていくといった新しいタイプの日本語表現がどのくらい出てくるかによると思います。それがわれわれの言う従来の国語とどのくらい距離があるか、われわれがそれを日本語として認定できるか、相変わらずそこに、純正日本語のイデオロギーを持ち込むのか、というのがありますね。言語的な許容能力を拡大していくことで、国家と日本語の関係というのは、少しずつずれていくでしょう。

だいたい日本は、特に近代以降、方言や国なまりなど、豊穣な言語が流通する空間を狭めていくことで、国語というイデオロギーがメディアなどによって共有されてできあがってきました。国語教育だけでなく、新聞とか雑誌とかにおいても均質化してきた日本語のなかで、日本語はどんどん一元化していく。しかしかつては間違いなく、もっとはるかに柔軟な日本語が使われていたはずです。

沼野…それはそうですね。たとえば、一番硬化してしまってどうしようもない法律の言葉、刑法の序文なんかは昔の言葉のままで誰が読んでも全然意味がわからないような奇怪な言葉を使っている。ようやく変えるという話もありますが、変えるにしても法律の言葉というのは、なんであんな変な言い方をするのか前から不思議です。どの国でも日常語とはかなり違う言葉ではありますが、現在の日本で、ふつうの人が見るとお経のようにしか感じられない明治時代の言葉を使うというのは、日本語の実際の柔軟さやキャパシティを無視して、ある種特権的な知の体系としてその範囲のなかに日本語を押し込めているという感じがしますね。

今福…いま見ると逆にあの刑法の文章が新鮮に見えたりしますね(笑)。そのぐらい、われわれの現在の日常の言葉が、メディアに流れる本当に通俗的な日本語によって形成されている。われわれの日常言語もほとんどそれを踏襲していて、非常にやせ細っています。それから言うと、刑法の文章はすばらしい、こんな面白い日本語があったのかと逆説的に言うことすら可能です。もちろん、法律の文章というのは、一つの権威ということで日本語を包囲していくなかでできあがったものでしょうし、実際そこには言語の持つ強い政治性があり、犠牲者もたくさんいたわけですが。

沼野…特に書き言葉とか書かれた文字というのは、ヨーロッパでも、それを使えるのは権力者であったり、あるいは教会の僧侶であるという特別のものでした。今、ふと思ったのはスターリン時代のロシアで、一方では非常に厳しい検閲があって、書かれた言葉に対しては権力が全面的に統制していた。一言でも変な誤植があったらそれで首が飛んでしまうような状況があったのに対して、話し言葉の領域では一口噺とかアネクドートと呼ばれるジャンルがその時期に非常に栄えている。それはある意味では命にかかわるようなことなんですが、口頭で政治的なジョークを言うわけです。非常に豊穣なアネクドート文化というのが権力に対抗して出てくる。今はどうなんでしょう、書かれた言葉そのものが持つ政治性とか権力性というのは相変わらず残っているのではないでしょうか。日本や世界を見ていても、完全な自由というのはいずれにせよ表現にはあり得ないのではないでしょうか。

今福…アネクドート文化のようなものができるには、非常に強い権威的な政治言語というのが存在しなければならない、だからこそアンチテーゼとしてアネクドートが栄える。権威的で非人格的な言語に対する、人間的でパロディックな言葉がそれに対抗するという構造でしょう。今、どこでアネクドート文化が栄えているかと見れば、だいたいそれは独裁政権下の全体主義的な国家です。

沼野…だから最近のロシアは、アネクドートがすっかり少なくなってしまった。

今福…ぼくもそれは、カストロのキューバとか、七〇年代だったらチリとかで強く感じました。非常にはっきり出てきますね。

沼野…先ほどビリニュスでもイディッシュ語が消えかけていると言いましたが、アメリカのユダヤ人でも二世ぐらいになってくると英語の方が圧倒的に強いので、勉強して何とか保持するというレヴェルに落ちていますね。その次の世代になるとほとんどできない。ぼくはアメリカでイディッシュ語学校に通っていたことがあって、結構ユダヤ人との付き合いがあった。たとえば、フィリップ・ロスの『さよならコロンバス』という青春小説があります。そのなかでユダヤ人の実業家が自分の娘のことを、あいつはユダヤ人のくせに何とかっていうイディッシュ語の言葉もわからないんだと言って嘆いたりする。要するにイディッシュ語力が、そういうレヴェルになってしまっている。ただ、逆に今の若い世代のなかでは、意識的に文化遺産として勉強し直そうという人も出てきています。ぼくがイディッシュ語学校に通っていても、来ているのは若い人たちだけで、圧倒的に女性が多かった。おじいちゃんが家でちょっと喋っていたとか、自分たちの文化だからということで。一度その勉強グループで、ユダヤ人の老人ホームのようなところを訪問したこともありまして、そこでは、現役でイディッシュ語を使う人たちがいましたが、そういう人はめっきり減っています。

作家で言いますと、数年前にアイザック・シンガーが亡くなりましたが、彼がイディッシュ語で書いていた最後の最大の作家でしょう。今でもイディッシュ語で書いている人はいますけれど、世界的な名声を持っているという人はいないですね。ただユダヤ系の人たちが持ち込んだイディッシュ語は、語彙的にはずいぶん米口語に入ってきています。

今福…ぼくなんかが多言語状況としてスリリングな光景だなと思うのは、たとえばアイザック・シンガーが、晩年にマイアミ・ビーチの老人ホームにいたのですが、そこでアルバイトで亡命キューバ人に英語を教えていたのです。イディッシュ語作家のシンガーがリゾート都市の老人ホームでキューバ人に英語を教える、ぼくはそういうシーンがなんか非常に好きなんです。そこにはオーセンティシティというものが言語に対して介在する余地がないでしょう。誰もオーソリティを英語に対して持ち得ない人間が、そこで英語という世界においてつながっている。多言語状況のなかの可能性のシーンの一つだと思います。ましてやそれがシンガーだったということを含めて。

沼野…なかなか日本では、ありそうもない状況ですね。日本では言語を教えるのが公的な機関であることが多くて、大学とかを見ていてもかなり硬直した枠組みです。

今福…言語を教える機関自体がまだオープンになっていないからでしょう。

沼野…一つには、言語は規範的な文法を教えなければいけないというのがまだ非常に強くある。テレビやラジオの語学講座でも、最近こそ、下手な日本人なんだけれど英語を喋っていてこうすれば通じるんだ、といったノリで少しはやっていますが、昔はそういうのすらほとんどなかった。講師のまわりは全部ネイティヴ・スピーカーでかためて、完璧なものしか出さなかった。外国人の使う日本語に対する許容度というのもまったく同じ問題で、日本の大学が閉鎖的で外国人の研究者を受け入れ難いしくみになっているのも、一つは外国人が日本語でちゃんと講義できるのかとか、そういう疑念が背景にあると思います。多少変な日本語でも、しっかりした数学者になら数学を習いたいというような鷹揚さに欠けているというか。アメリカの大学というのは一流大学であればあるほど、変な英語の人のオンパレードで（笑）、留学したら英語がおかしくなるんじゃないか。

今福…コロキアルな場に出したら英語を話せるのかなというような人が教えていたりしますね。

沼野…おかしかったのは、ぼくがアメリカに最初に行ったときに親しくなったソ連からのユダヤ系の亡命者の若い男の子で、数学がよくできてハーバードの大学院ですぐ博士号をとってしまったのですが、彼の話を聞いたら、一四、五歳のときに亡命してアメリカに来てコロンビア大学に入った。で、そのころは英語もよくできなかったのが、数学の授業に出たら日本人の先生で発音がすごく悪くてLとRの区別ができない人だったのでもう大変だったということです。その彼が今ではアメリカで教えているわけですから。こういうぼくも、二年間アメリカの大学でティーチング・アシスタントとしてロシア文学を教えていましたので、これもかなり変な教員でしたけれど（笑）。

今福…大学に入ってきていよいよロシア語を習おうと思ったら、教師が日本人だというのは……。

沼野…いや、ぼくは語学ではなかったから。ロシア文学の授業です。ただやっぱりそこでオーセンティシティを期待してくる学生たちに、がっかりされちゃうということはある。ロシア文学を下手な英語でもロシア人が教えてくれるのなら納得するのですが、日本人ですとね。

今福…でもそこでがっかりされてしまうというのが一般的にいって日本人の研究者の海外における限界かもしれませんね。結局日本がらみの話でないと役に立たないと思われている。日本とかかわりのない領域で可能性を開いている人文・社会学系の学者はとても少ないのではないでしょうか。英語がむしろ上手すぎるのでは？　かえって英語のできない方が権威があったりして……。

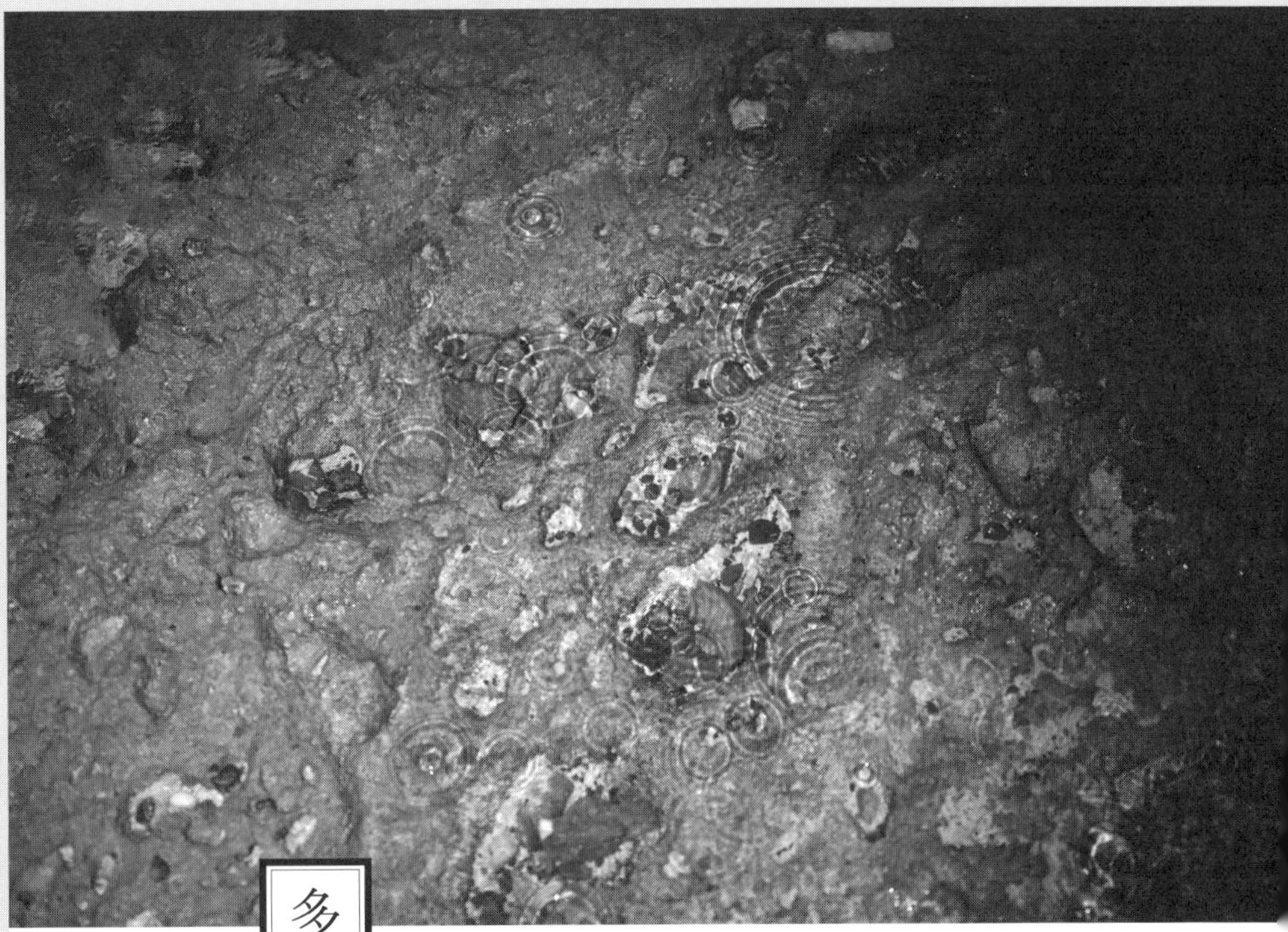

ゆらめく境界あるいは
トラヴェローグをめぐって
——汀にて

多木浩二＋上野俊哉との対話

1997

この鼎談は、雑誌『10＋1』の第八号（一九九七、特集＝トラヴェローグ、トライブ、トランスレーション――渚にて）の巻頭に、特集の見取り図を理論的に俯瞰する目的で行われた討議をまとめたものである。社会思想史家の上野俊哉氏と私が共同でこの特集号の企画編集に当たり、そこで発想した「旅・部族・翻訳」という相互連関するテーマを議論するために、哲学者の多木浩二氏に声をかけてこの鼎談が成立した。討議でも少し触れられているように、この雑誌特集では、イギリスの作家ブルース・チャトウィンの「ノマドという可能性」、カリブ系作家キャリル・フィリップスの「ヨーロッパ族」、ルーマニア亡命詩人アンドレイ・コドレスクの「ぼくの生涯の余白に」、キューバ系アーティスト、ココ・フスコの「ミランダの日記」、セルビアの建築家ボグダン・ボグダノヴィッチの「都市と死」、クロアチアの作家ドゥブラフカ・ウグレシチの「バルカン・ブルース」など、いずれも自己をめぐる状況省察的・ミクロ政治学的な内容を持つ批評エッセイを翻訳紹介していた。それらを受けて、この討議で導入された思考の特権的なトポスが「水際」である。多木氏は辻堂の東海岸に住み、上野氏はかつて大船に住み、私は辻堂の西海岸で育つという、三者に共通して縁のある「湘南」という土地（渚）の感触、その象徴性とそこでのトライバルな布置を導きの糸として、水際（すなわちゆらめく境界）をめぐる議論を具体と抽象の往復運動のなかで展開することによって、反大陸的で非属領的な新しい「地図」を浮上させてみたいという意図が私たちにはあった。多木氏は、この鼎談の前年に開催されたワタリウム美術館での写真展《歴史の天使》の図録に詩的な序文を寄せていたが、そこにはこうあった。「眠り込んだ地図のなかで、世界はもともと大きな海である。私たちが船を乗り入れ、波に揉まれ、ときにはうっとりとその甘い香りを嗅ぐ海。地図に示された都市はその島々。この地図のなかにひろがるのは砂漠であるかもしれないのだ。船のかわりにラクダで乗り入ればいい。島々はいつも動いている……」。私たち三人はこんな時空間のたゆたいのなかで、都市の廃墟の像がかき消されたその先に現れる未知の渚の記憶を呼び出そうとしていた。

PROFILE

多木浩二　一九二八年生、二〇一一年没。哲学者。著書に『生きられた家』『天皇の肖像』『雑学者の夢』『映像の歴史哲学』など。

上野俊哉　一九六二年生。社会思想史家・批評家。著書に『アーバン・トライバル・スタディーズ』『思想の不良たち』『四つのエコロジー』など。

今福龍太…本号の特集テーマの一つに「トラヴェローグ（旅行記）」という言葉があがっているわけですが、もちろんこれは、たんに紀行的なテクストという意味ではないことは当然です。現代のトラヴェローグが不可避に映しだす「旅」という文化モードの変容を受けとめながら、その彼方に見え隠れする新しい世界像を思想的に捉え直すことができればと思います。もう一つのテーマとして、同時に「部族＝トライブ」という概念を喚起しようという意図もあります。いうまでもなくそれは、エッセンシャリズム的な理解におけるネイティヴ＝土着性としての部族概念の政治性を批判的に解体したうえで、別種の文化的共同性の在りかを指し示すために戦略的に採用されようとしている概念としてのトライブです。

あらたにノン・エッセンシャルな含意をもった「部族」という言葉を立てることで、特定の人間集団と特定の地域空間をローカルなものとして結んでいく旧来の（空間的な）ローカリゼーションの方法論から離れ、現代社会においてトライバルな文化ネットワークを発想したときに、何がそのトライブを結び付けているのかを探る試みでもあります。大陸的イデオロギーに対峙する「アーキペラゴ（群島）」という感覚のなかで捉えられる、もう一つの空間性の認識、あるいは時間的なるものの連絡、関係性の認識のなかではじめて、ここで考えようとするトライブというものが浮上してくる。『ヨーロッパ族』*The European Tribe* というキャリル・フィリップスの本が重要である理由もそこにあります。キャリル・フィリップスはカリブ海のセント・キッツ島出身の黒人でディアスポラのカリビアンです。イギリスで育ち、オックスフォードで純粋にブリティッシュな教育を受けています。この『ヨーロッパ族』という本は一種のトラヴェローグとして構成されていますが、そこで彼は自らのヨーロッパ性をカリビアン・ディアスポラという歴史的な経験のなかからどうやって立ち上げていくのかという思索を、一九八〇年代半ばにヨーロッパをぐるりと一回りしながら言葉にしてゆく。ヨーロッパを支配してきたイデオロギーが大きく変わっていこうとする時期であり、イギリスのなかにも同じような問題があったと思います。現在のイギリスにおけるカルチュラル・スタディーズの思想的基盤でもありますが、離散の帰結として、またハイブリッドな都市文化の産物として姿をあらわした文化的にはノン・エッセンシャルな「ブラック・ブリティッシュ」というものを戦略的な「本質」概念として認定することで、資本主義文化の根底的な批判を行おうとする。この流れでスチュアート・ホールが「新しいエスニシティ」を書いたのが八九年、ポール・ギルロイの『ユニオンジャックには黒がない』の初版が出たのは八七年です。

黒人キューバ系アメリカ人批評家ココ・フスコによる、黒人系のイギリス自主制作映画についてのポレミックな論文「ブラック・アヴァンギャルド?」も八八年に出て、「黒人性」というものを起源のアフリカに固定化することで逆に「白人」を特権的中心の位置に温存させる政治学への問い直しがあらためて強く語られたわけです。そのとき、黒人性の意識のなかで自らの引き受けるヨーロッパというものをトライブというかたちで結び付けていく根拠、論理がどこにあるのかと問うことが、ここでの問題の焦点でしょう。トラヴェローグとして書かれたフィリップスのこの本の指向性は、カルチュラル・スタディーズの思想的核心と深く切り結んでいると思われます。

トライブという意識が、性・階級・エスニシティ・言語といった指標間を自由に横断するようにして形成されてくる人間の主体性の上に立った、ある集団性、帰属性、共同性をめぐる新しい意識のあり方だとすれば、「アーキペラゴ」というのは、それらを整理するための認識の場です。文化政治のローカス(場)をどこに採り当てるかというかたちで出てくる問題。このように成立しつつあるトライブが、同じようにして成立しつつあるトポスとしての群島にどう結びついていくのか。われわれは、どういう群島を発見し、問題にし、そこにどういうトライブを見出すのか。大まかに言えば、ここでのテーマはそういうものだといえるでしょう。都市というものもアーキペラゴ的な感覚のなかで再配置できるものである。これは、多木さんが『都市の政治学』(岩波新書)のなかですでに出された視点です。また、都市と一見かけ離れたところで、ブルース・チャトウィンのように意識的にポストコロニアリティを生きようとするトラヴェラーが、ノマディズムという概念によりながら早くから考えていた問題ともどこかで繋がってくる。それともう一つ、アンダーグラウンド、つまり地下世界への想像力ですね。都市批判、あるいはアーキペラゴ的な感覚のなかで「地下」という問題系をダイナミックに転換させてみることはできるのではないか。ほかの場所で多木さんとも少し話をしましたが、都市直下型の地震があったときに、地震が示す地殻変動性というものをもっと違ったかたちで文化的な問題系に接続していくやり方があると思うんです。それは、宗教集団の無差別テロのターゲットとしての地下鉄であり、バルカンの地下政治のネットワークであり、さらに言えば最近のラテンアメリカの叛乱者の思想とも結びついている。そこでアンダーグラウンドという地勢概念をもう一度検証できるのではと思っています。とりあえず、空間のホリゾンタルなイメージから入って、最後に群島のヴィジョンを垂直的な軸へと展開し、そこから最後にトータルな多島海としてふたたび群島の問題に戻ってくればいいのではないか。以上のような文脈のなかで、多木さんや上野さんと面白い話ができるとすればどのあたりから始めたらいいのか。やや唐突に思われるかも知れませんが、ぼくはそれをまず、湘南から始めようと思います。湘南はそれを論じるのに特権的かどうか疑問もありますけれど、東京郊外の、いわゆる散文的な郊外性のなかにありながら、同時に東京人にとっての非日常的な別荘地でもあった。別荘地の山岳的なものが軽井沢であり、海岸的なものが湘南であるというような感じもあるでしょうけれど、それが一挙に郊外住宅化して、通勤圏に入ってくる。それで極めて散文的で世俗的な都市郊外のなかに組み入れられてきたわけですね。しかし、それが本来もっていた海岸性の部分に着目する、すなわちそれが一つの「水際」として存在しているという点、これを思想的な手掛かりにして、湘南を世界のほかの海岸や浜辺というローカスへ繋げていくことはできると思うんです。エミール・クストリッツァのフィルム『アンダーグラウンド』の最後のシーンが見事に示していたように、水際はアーキペラゴ的世界を浮上させるための出発点となる文化地勢であると考えられるからです。とりあえずこの場の三人が共通して土地勘のある湘南という場所から始めて、そこから議論を自由に展開してみるのはどうでしょうか。

湘南から

上野俊哉…水際というのは面白いですよね。

今福…水際といえば、「ネットサーフ」という言い方をよくしますよね。あれは、たぶんインターネットのホームページが、一つの波みたいなものとして見立てられて、その波をいくつも乗り越えていくということでしょう。その言葉の起源はさておいて、面白いのは、サーフィンは水際でやるものなんです。

最初から海岸性のようなものがあって、水と陸のせめぎ合う部分、中間的な部分に波がたつわけです。そして、その波を越えるのがサーフィンです。これはたまたま言葉遊び的な話かもしれないけれど、インターネットをイメージするときのメタファーとして、水際のスポーツが出てくるというのははたして偶然なのだろうか、ということです。デジタルな情報のネットワーク世界に対するわれわれの無意識の感受性が、必然的に水際という中間的なトポグラフィを呼び出したと考えることはできないだろうか。やはり水際的なものとインターネットはどこかで通底しているとも考えられますね。もちろん、湘南の海岸とサーフィンの関係というのは本質的なものではなくて、まさに現代のサブカルチャーが生み出したわけですけれど、湘南はまさにそれが生まれる場所だった。日本のなかではやはり特別な場所ですよね。

上野：群島とかトライブとか水際という概念から入るのもいいのですが、概念から入ってしまうと、われわれがそれぞれの文脈から使おうとしてるアーキペラゴやアルシペルという言葉も、あっという間にノマド論の廉価版、社会科学版として使われはじめているという現状が日本にあって、もう少しぼくらは慎重に考えてもいいのではないかという気がします。慎重に考えるということは、なにも抽象的に考えるということではなくて、身近なところに意外と群島やトライブや沿岸の理論的な深み、議論の射程になるようなものがあるのではないかというねらいで、湘南から話をしようということですね。

ぼくは去年の春に初めてブライトンに行ってきたんですが、あそこはロンドンから列車で五〇分ぐらいです。まさに湘南電車で東京から藤沢辺りに行く、あるいは新宿から小田急で行く感じに近いと思うんです。ぼくが行った理由というのは、非常にミーハーで、かつてモッズ（モダーンズ）と言われる、スクーターに乗って、きちっとしたネクタイを締めてお洒落して、薬をやりまくって、ザ・フーのロックを聴くトライブと、もう一つトライアンフに皮ジャンで、ロカビリーやロックンロールを聴くアメリカン・ロッカーズと言われるトライブが、違う音楽を聴く、違う感覚のトライブをもった暴走族同士、集まっては喧嘩する場所で、それについての映画がある。ですから、ぼくにとってブライトンはサブカルチャーの聖地という感じがあって、大袈裟に言えば、聖地参りをしに行ったわけです。また一方には真面目な動機もあって、カルチュラル・スタディーズという言葉が突然、日本では去年以降ずいぶん使われはしたのですが、実際の生活との重なりというのがどうも希薄な導入のされ方をしている感じがぼくにはありました。運動や思想と結びついていないのではないか、イギリスの左翼政治と結びついていないのではないかということ以前に、もっと生活の、たとえばどんな音楽を聴いて、どんなスクーターやバイクに乗って、どんな人の集まり方をして、どんな喧嘩をしたかという肌ざわりとは無関係なところにいる動向が気になっているんです。

ディック・ヘブディッジが『サブカルチャー』のなかで、ロッカーズとモッズの対立のことをトライブの問題として文化研究の枠組みのなかで扱っているのですが、ブライトンは、サブカルチャーの側からも、カルチュラル・スタディーズの側からも、やはり聖地めいた場所になっている。今まで近かったのにどうして行かなかったんだろうと思いつつ、電車に乗って行ってみたんです。駅から出てずっと丘の坂を降りていくと、きれいな海が見えてきて——これは映画にも出てくるんですが——すごく大きな桟橋がありまして、もう完全に江ノ島なわけです。そのなかに屋台の食べ物屋であるとか、ちょうど海の家を想起できるようなものがある。街全体も完全なリゾート都市で、海沿いにはずうっとホテルが並んでいて、まさに一三四号線を彷彿とさせる。おまけにイギリスの王家の避暑地があって、そこにアラビア風のもの凄く悪趣味なラブホテルみたいなロイヤル・パビリオンがあります。その俗っぽさのなかに湘南を思い出して、似てるなあと感じました。湘南といってもぼくの体験のなかでもいろいろな層、エリアがあるのですが、ぼくは大船という海の見えない湘南にいて、大学の頃、よく葉山の一色とか御用邸のあたりに車で行きました。御用邸の警官を背にして、海を目の前に、岩場で本を読んだりして。そこでわかるのは、大船と辻堂、あるいは葉山と逗子のあいだにも、たんに土地柄が違うという以上に、文化や微妙なトライブの差があるということです。水際の文化にも沿岸の文化にもあるトライブがあって、それだからこそ、「群島」という言葉が大事になってくる。「群島」という言葉はもとの海、多島海というグローバルで普遍的な意味をもつと同時に、一方で非常にローカルな、「ひょっこりひょうたん島」のように個別に動いていて勝手にばらばらになっていくような両方の側面をもっている。もちろんトライブもそういった言い方にも使われますし、世界中が一つのトライブになるという言い方にも使われますし、すべてがモザイクのトライブになってばらばらになっていくという考え方もある。もう一度、具体的なところから湘南のなかにある微妙なズレのようなものを考えてみると、その土地柄にそれぞれメディア化された不良少年のイメージというか、それぞれのキャラクターみたいなものがある。まさにコロニアルな格好で、逗子の葉山に週末だけ現れる東京の金持ちのドラ息子の不良少年の行為を小説にすることで、それこそ芥川賞をとる。それが文学としてだけではなくて、文化としてパワフルな力となって映画やそれ以外の現象にのびていく。のみならず、日本のサブカルチャーのなかで「族」という言葉がやたらと使われるような状況がありますが、太陽族はその最初の一撃でもあった。しかし、なにも石原裕次郎や長門裕之だけが湘南のトライブを代表していたわけではなくて、一方で辻堂より向こうには若大将という奴もいた。裕次郎や赤木圭一郎の映画の場合、親には内緒で観ていたところがあるとすれば、若大将の映画は堂々と観られたかもしれない。これは土地柄とはまた違う、土地に付随する人間の振る舞いの違いのようなところがありますね。さらに悪のりして言えば、ぼくの住んでいた大船には松竹撮影所という、シミュレーションとスペクタクルの一大殿堂があって、日本の映画産業にとって今でも——今はほとんどテーマパークですが——非常に大きな力をもっている。あそこで制作していたのは、まさに寅さんであって、流浪者である彼は、幻の柴又を大船という土地において背負って、いつでも故郷の柴又に戻るという振る舞いをもったまま日本中を遍歴するわけです。寅さんがディアスポラだと言っているわけではないのですが、ディアスポラということを日本の場面で考えてみたいとぼくは思っています。たんにデラシネということではなく、日本人がエッセンシャルなものやネイティヴなものとつねに切り離されているということと、寅さんのような映画がつくられ、誰ももはやもっていない故郷のようなものを一方で柴又に繋留しながら、彼はテキヤとして日本中を移動し、どこの町にもあるお祭りを金太郎飴みたいに切り取っていく。さらに、悪のりついでに言えば、映画や小説だけではなく、サザンオールスターズや山下洋輔といったトライブも湘南という限られた水際のなかにあって、挙げ句の果てに、湘南ナンバーの車を苦労して獲得するような（笑）、日本独特の現象がある。アイヌや在日といった問題があるにもかかわらず、日本人は、日常的には、民族やネイティヴなもの、あるいはトライブ間の内戦などのエスニック・コンフリクトなどとは無関係なところで生きている。ただ、それゆえにというか、にもかかわらずというか、たかだか車のナンバーに対してもの凄いトライブ性を求めるわけですね。群島や沿岸と言ったときに、『ユリシーズ』や『オデュッセイア』やロビンソンや『モービィ・ディック』やヘミングウェイのような、これまで文化のなかで問われてきた漂流や沿岸性文化といったものが問題になることはもちろんなのですが、なぜそうした概念が必要となるのかというときに、もう少し世俗的なレヴェルから始めてみる意義はあると思うんです。

多木浩二…私の実感から言いましょう。私が、湘南に住むようになったのはかなりの歳になってからなので、上野さんがおっしゃったようなトライブの差異を実感したことはあまりなかったですね。同じ水際と言ってもずいぶん違う水際があります。私の生まれは神戸の東端、芦屋と接する近くなのですが、その頃は埋め立てもまったくされていなかったので、まさに水際に戯れて遊んでいたわけです。ところが、そのときの水際と湘南の水際はまったく違う。なぜ違うのだろうと湘南の水際を歩きながら考えていると、神戸の場合は大阪湾の内湾で、水際といっても水の方が海そのものにあまり開かれた感じをもっていないんです。湘南に来てからもう三〇年以上経ちますが、そこでは、海が無限に広がっているのが見えていて、そのごくわずかな陸との境目に自分はいるんだという感じがするわけです。これは子供の頃、大阪湾で泳いだりボートに乗って遊んだときにはあまり感じなかった。広大な海と陸の境目というものを実感できるんです。しかも、水際のその揺れる面白さ——今福さんが以前私との対談のなかで「ポエティック・アキュラシー」と非常に明快におっしゃった厳密性でいうと、水際は「揺れる」んです。そういった水際を感じるのは湘南に来てからのことで、大阪湾の場合、広がりはないし、途方もない広さと自分が立っている砂とのあいだに境界の感覚があまりないんです。たしかに群島といえば、瀬戸内海の群島がある。しかし、群島なのだけれどやはりそれを感じません。それに加えて、高度成長期以後、いつのまにか埋め立てられ、埠頭になったりして神戸の海岸は完全になくなったという認識が作用しているかもしれません。ですから、私にとって湘南の面白さというのは、水際というものを発見させてくれたことだったと。それは、境界線とはいったい何かということの認識でもあったわけで、あれだけ広がりがないと痛感できないことなんです。

今福…ひとこと口を挟ませていただくと、ぼくはその広がりがふつうの感覚としてあった人間です。物心ついたらそこに辻堂の海があって、外洋にいきなり開けている。そこでは、海岸線が一日で何十メートルも動いて、場所によっては五十メートルくらい遠浅の海岸があっというまに現れたりしたわけで、その浅瀬で雑魚や貝やクラゲを捕まえた子供時代の鮮烈な記憶があります。ぼくはそのころ、海岸線のズレ、揺れを当然のように見ていたわけです。考えてみると不思議なのですが、地形図上の海岸線というのは満潮時における海と陸との境、いわゆる汀線《ていせん》をとるのでしょうが、地図上ではこれがつねに実線として描かれているわけです。しかし実際には一日のうちに大きな汀線の移動がある。そうなると日本列島の海岸線は、実はつねに数メートル、あるいは数十メートルの誤差のなかで揺れているわけなんです。

多木…そう、動いている。

今福…ですから、海岸線の「揺れ」の感覚というのは、多木さんやぼくにとっては受け容れられやすいんですね。国境線を奇妙な揺れを含んだものとして想像するということは、日々の経験からしても腑に落ちることなんです。多木さんがおっしゃったように、たしかに湘南はそういう感覚を喚起させる、開放的な場です。

多木…そうです。そのため私が子供のときに経験していた大阪湾の海岸と全然イメージが違う。大阪湾にももちろん干満はありますけれど、外洋に開けているところで境界が揺れるという感覚を初めてもったのは、やはり湘南海岸です。

今福…干潮のときは、江ノ島も陸と繋がって橋の下を歩いて渡れます。

波の言葉、汀の言葉――サーフィンとゴルフ

多木…境界線は揺れ動くものだという感覚は、私にとって、湘南が最初の経験でしょうね。それに加えて、最近のことだけれど、サーファーがたくさん来るようになった。先ほど、ネットサーフのことをおっしゃったけれど、サーフィンというのは一つの面白いメタファーに見えてくるわけです。一つは海岸が揺れることとも関係するけれど、波がたって崩れるということは水際でしか起こらない。それを捕まえるスポーツとしてサーフィンというものが生まれてきたわけですが、この波のたつ様を見ていると、それこそ「海はたえまなくふたたびはじまる」といったヴァレリーではないけれど、言葉に見えてくる。何を言っているのかわからないけれど、そこで絶え間なく言葉が喋られている。サーファーたちは意識していないかもしれないけれど、彼らにとっては海、あるいは世界が喋る言葉をどうやって捕まえるかということが本質のところにあると思うんです。世界がざわめいて、語っていることを捕まえることができれば、サーフィンができる、あるいはそんな言葉に捕まえられたとき、サーフィンが成立する、と。そう考えているうちに、インターネットが出てきて「ネットサーフ」という言葉が生まれたのだけれど、インターネットは世界のざわめきです。そのざわめきを何らかのかたちで捕まえて、乗っかることがメタファーとしてのサーフィンの意味ではないだろうか。そもそも言葉というのは、境界に生じるものなんです。以前、今福さんと対話したときに、最後のところで「アーキペラゴ」という話になりましたが（多木浩二＋今福龍太『知のケーススタディ』新書館、一九九六）、それもやはり言語の問題だったわけです。言語が無限に分節し、世界がざわめくようになった状態が、アーキペラゴなのだと。自分の足を使うのか、船に乗るのかはわかりませんが、言語をあるひとまとまりずつ、ディスクールにつくりあげていくというアーキペラゴの旅というものがあるわけで、それはアーキペラゴをつくることでものだったのだろうというところまでこの前の対談では考えていました。今福さんの提案でアーキペラゴという切り口でやったために、非常にうまく話を開いて終わることができた。

今福…サーフィンというスポーツの哲学的・思想的な位相をお話いただきました。汀におけるざわめきが波としてサーファーによって感知されているという指摘は刺激的ですね。「ネットサーフ」という言葉が誰によってど

こからどういうかたちで出てきたのかわかりませんが、現代の水際での問題意識を集約している気がします。現代世界の無意識のようなものをその表現のなかに感じる。もう一つ、スコットランドのリンクスと呼ばれる海岸性の砂地で形成されてきたゴルフ。これもまさに、波打ち際のスポーツです。汀の海側がサーファーの領分だとすれば、陸側の、砂地と海岸植物が点在するだけの非常に中間的な場所でつくられたスポーツがゴルフです。リンクスというのは塩分を含む砂が起伏をもって砂丘状に広がる荒れ果てた海岸で、基本的には羊の放牧ぐらいにしか使えない土地だった。そしてその羊飼いが土地を読みながら生活する身振りをゴルフはスポーツとして模倣することによって成立したわけです。今でもブリティッシュ・オープンはそういうリンクスのコースだけを使って行われていますね。ある種の狩猟・遊牧民的な——海と陸の中間地点みたいなところで羊を追ったり、兎を捕まえたりといった——身体性をもとに、風とか砂とか水によってつくられる汀の地勢をどう読むかという感覚がスポーツの形式のなかで模倣されている。そこにゴルフというものの成立が、言い換えれば原‐ゴルフの身振りがあると思うんです。多木さんの今のお話に接続させれば、もしかしたらサーフィンは、ゴルフのあり方を海側に転換すると生まれるものかもしれないと思いました。逆に言えば、現代社会のざわめきをサーフィンが受けとめているのなら、そのざわめきを海岸線を境にして陸の側に折り畳んだときに、ゴルフというものがつかもうとしていたもう一つのあるざわめき——それは一九世紀以前のヨーロッパにおける言葉だったかもしれません——を想定することができるかも知れない。その言葉とは、汀、水際性のなかで人間と土地とのローカルで有機的な仕組みとしてつくられてきた感受性を表わす言語であり、風やいろいろなところから飛んでくる飛来物や水しぶきといったものを感知する詩的な言葉に繋がっている可能性がある。だからゴルフには、たんにリンクスという中間的な地勢と気象を読むというだけではなくて、それがさしだす世界の言葉とか、それが漂着する汀を読むという行為が隠されていたのかもしれないですね。

多木…それは面白いですね。

今福…以前からゴルフについては考えているんです。そして、原‐ゴルフみたいなものを発掘しながら、その先に何があるのか考えてみたい。いま、多木さんのサーフィンのお話をうかがっていて海岸線で折り畳んでみたくなったんですけれども。

多木…なるほど。

今福…いまゴルフは関心がスコアに集約されてしまっているわけです。しかし、ゴルフの本質には、リンクスという陸でも海でもない中間的な場をどう走破して、身体的に読みこんでいくかという技術があった。現在のゴルフコースに設けられたバンカーやウォーターハザードは、いうまでもなく、砂と水がつくるリンクスの地勢が記号化されて残ったものだと考えていいと思います。それが、抽象的なスコアを競う形式に還元されてしまい、さらにある種の階級性を獲得してエリートスポーツとして、二〇世紀のアメリカで完成されていくわけです。いまの一般のゴルフ観はそこから出来上がってしまっている。しかし、もう一回ゴルフの原型に戻してみると、スコットランドやウェールズのリンクスの……。

多木…そうですね。違うところが出てくるんですね。

今福…湘南海岸には茅ヶ崎ゴルフ場という小さいゴルフ場があります。九ホールで、もはや小さすぎて企業の接待ゴルフなどには相手にされないような素朴なコースなんですが、昔から住んでいる地元の人はみんなそこのメンバーで、ぼくの親戚の伯父さんもそこの会員でした。それで小さいころからよくそこに連れていかれて、コースを一緒に廻ったり、クラブハウスで食事したりしました。当時は今と違って非常に閑散とした半農半漁の土地ですからほかに何もない。ぼくの育った辻堂は、葉山などとはまた別のトライブのところで、ゴルフ場のクラブハウスというのは昭和三〇年はじめ頃には、唯一、湘南ローカルな感覚として、洗練された何かと結びつくものとしてありました。芝生とか、洋食レストランとか床のオイルの匂いやなんかも含めてです。サーフィンとゴルフはそんな連想のなかで、ぼくのなかでは隣り合っているんです。だからいま思えば、辻堂から茅ヶ崎にかけてかつて広がっていた広大な砂丘も、一種のリンクスだったんですね。リンクは繋ぐという意味でもあり、スコットランド語では軽快に移動するという意味でもあります。アーキペラゴ的感性は、ここにすべてあるような気もしますね。

多木…話を遮るようですが、さっきの水際の話にもう少しつけ加えておきましょう。境界を通して両方が浸透しあうのを、私はよく感じてきました。昔、リバプールの都市を解説した本があって、著者名も題名も忘れてしまいましたが、港の物質的テクスチュアが都市に浸透するという話でした。これは港町独特のもので、さほど珍しいことじゃないといってしまえばそれまでですが、メルヴィルのなかで冒頭の部分ほど見事に海が陸に入りこんであらゆる物を修辞的に変形することを描いた人はありません。埋め立てをして海を消していくのはその反対の例です。

今福…なるほど。さて、トライブに話を戻すと、葉山には太陽族があって、しばらくすると海岸の沿道にかみなり族が現れて、その後暴走族となり、八〇年代のサーフィン族と、やはりいろんな部族が現れて、族という表現自体も湘南を舞台に入れ代わり立ち代わり出てきていますね。

上野…族というのは移り変わるだけではなくて、つねに複数の族が共存しているわけで、共存しているということは選別性の関係ではなくて、ある種、陣地性の関係です。つまり、相手がここまできたら、自分はここまで退くというように、それはちょうど海の水が満ちたり、引いたりするようにある種の文化的なヘゲモニーがお互いのグループ、コミュニティのあいだに生じるわけです。だから、水際とか沿岸というものを境界のゆらめきや言葉の分節関係として捉えることとトライブを考えることは、矛盾しないと思います。トライブというのはかならずしも大衆文化だけじゃない。旧ユーゴでは、もともとあった宗教や食べ物や音楽や服やダンスのいろんな組合せが変わることによって、民族というものが立ち上げられたわけです。しかし、それは土地にも血にもなんら根拠のないものかもしれない。むしろ、つねに境界線というのは動いている。動いているがゆえに激しく固定もしたい。そこから悲劇的な事件も起こるという構造になっているのではないか。この場合、ぼくらが言っている「ゆらめく境界」というのは、両義性や通過儀礼の場において現れるようなリミナルなものではない。トライブも若い奴らがはしかのように罹って、いつか大人になるというようなリミナリティではないし、あるいはこのトライブがすたれて次のトライブが出てくるというようなものでもないんです。

たとえば、映画『さらば青春の光』*Quadrophenia* に登場するモッズの男の子は、もともと昼間はちゃんと勤め人をやって夜だけ不良になるといった、個人のなかに二つのトライブをもった人間なんです。フルタイムの不良ではなくて、どちらかというとパートタイムの不良。昼間は言うことをきくけど、夜はぶっとばす。つまり、トライブのヘゲモニー関係が、一個人のなかにもある。その彼がそういった生活に幻滅して自殺を考え結局はとどまるというのがその映画のラストなんです。これをふつうに観てしまうと、通過儀礼になってしまう。ようするにある時期のトライブもはしかみたいなもので、そこを通って大人になるんだというふうに読めてしまうのですが、ぼくはそうじゃなくてそこにも境界のゆらめき、分節関係のゆらめきというものがあって、それを観ることのほうが、モッズとロッカーズの喧嘩を描いた映画や音楽が、はからずも提起しているものをつかまえられるのではないかという気がするんです。

サーフィンと境界のゆらめきで思い出すのは、コッポラの『地獄の黙示録』でワルキューレが鳴って、ヘリコプターで攻めていくとき、騎兵隊気取りの隊長がサーフィンをやろうとするシーンですね。「ここでするんですか。ここはゲリラの村ですよ」。「当たり前だ、ここでやるんだ。あそこの波を見てみろ、あの波じゃなきゃサーフィンはできないんだ」。サーフィンをやるために彼はまさにトライバルなものの虐殺を行うわけですね。そのとき彼が使った兵器がヘリコプターであったということがぼくはたいへん示唆的だと思うんです。しかもこの映画の原作はコンラッドの『闇の奥』です。サーフィンと境界のゆらめきや分節関係のうごめきのようなものとの関わりを前提としたうえで、ヘリコプターはそこに、さらに船でも陸戦でもない別の境界をもち込んでいるということができるのではないかと思うんです。カール・シュミットはもちろんコッポラの映画を観ていないけれど、『パルチザンの理論』のなかではっきりと、限定されない、枠づけされない空間で戦う人をパルチザンだと定義しています。だから、海賊であろうと、南米のゲリラであろうと、ベトコンであろうとパルチザンである。新しいラウムをつくりだす、いうなれば陸が動いているという状況をつねにつくりだす人間がパルチザンであるという恐るべき定義を彼はしている。その『パルチザンの理論』の終わりのほうで、これまでのラウムの秩序をつくったのは海のテクノロジーだけれども、これからはヘリコプターであるとか、それは宇宙空間にまで到達するだろうという予言的なことを言っています。それは彼が限定されない空間をどう発見するかということ、つまり、人間が動いているのではなく、陸が動き、境界がゆらめくということに対する感受性をもっていたということですね。

今福…海岸が空間の階層秩序のなかで、一つの位置を与えられている場合、それは非常に伝統的なものですね。たとえば海岸をめぐる戦争は、船に乗って接近し、上陸するというノルマンディー作戦のようなかたちで遂行されていたわけです。しかしコッポラはいきなり上空からヘリコプターを乗りつけることで、海岸というものがもっている水平的な階層の流れのなかでの位置付けを崩してしまう。その平面的秩序の攪乱とざわめきの波の上を、米兵のサーフボードが軽快に滑ってゆくわけです。ベトナム戦争をサーフィンというかたちで描くことは、ベトナム戦争自体の遂行のなかで、従来の戦争の空間的な階層性をあきらかに覆すような力学がそこで生まれたという事実を見事に示していることになります。

上野…何も考えないでそういうことが出ているというのはすごいですね。

トライブというイデオロギーの発生

今福…ところで、部族の文化的な統合性は、古くは言語や民族性がつくっていたのだけれどもそれは崩壊し、それに代わって、都市などのデラシネ的なもののなかから生まれてくるサブジャンルとしてのサブカルチャーがあるとふつう語られるわけですが、ぼくは必ずしもそうじゃないと思うんです。先ほど、上野さんもバルカンの例で示唆したように、むしろ、もともと部族というのはそういったサブカルチャー的なテイストみたいなものの集合体としてつくられていた可能性も否定できないと思います。たとえば、アメリカ・インディアンの部族意識はどういうものだったのか、これはなんら検証されていません。ナバホ族であろうがチェロキー族であろうが、最初から自明のものとして、共同体的、あるいは民族集団の系譜的な関係のなかでとらえられてきたけれども、そういう規定の仕方にはやはりほころびがいくつもあるんです。最初からどの部族にも所属しないで、ふらふらと放浪していたインディアンの話は、実はいくらでもあります。それは、彼らの神話や伝承のなかにもある。

そうすると、何々族という固定的な部族的分節化から逸脱するような存在を締め出し、隠蔽するフィクショナルな枠組みとして、擬制的に部族意識がつくられていった面もあるのかもしれない。あるいは外部の西洋の人間が、何族というかたちでカテゴライズしていくときにトライブというイデオロギーが発動される。

上野…特にツチ族とフツ族という話は典型的ですよね。

今福…それはもう文比の完全なインベンションですね。

上野…しかも、科学がそれを背負ったわけだから。

今福…この問題は重要です。まさにサブカルチャーと言われているもののなかに、本源的な文化生成の根拠を発想する可能性があるかも知れない。つまり、ここでいう、サブカルチャーの意味でのトライバリズムのほうが最初にある。そう考えたほうがもしかしたら、人間を繋いでいたまさに基本的な「リンク」の存在を可視化できる可能性がある。

カルロス・カスタネダの描いた呪術師ドン・ファンはヤキ族だとされているけれども、ドン・ファン・シリーズの最初の本が出たときから、それは嘘だというふうに人類学者の側から批判が出ていたんです。つまり、ヤキ族の習慣をなに一つドンファンは代表していないと。たまたま Yaqui Way of Knowledge という副題をともなって出版されたから、逆に、これは全然ヤキ族でもなんでもないと叩かれたわけです。しかし、それは最初からカスタネダにとっては当然のことだったんですね。ドン・フアンはどういうインディオとして描かれているかということ、まさに放浪するインディオなんです。彼はヤキ族出身かもしれないけれど、小さいときからヤキのコミュニティを出てしまっている。メキシコからアリゾナの辺りを放浪している人間として描かれている。そしてまったく違うメキシコのインディオ文化の文脈のなかで、ユカタン戦争――二〇世紀初頭のメキシコの農民戦争の一つ――に参加して、マヤ族の一員として戦ったりしている。それはある意味でオーウェルやヘミングウェイがスペイン内戦にかかわっていくような非常に近代的な身振りでもあります。それに対して、ドン・ファンにヤキ族のオーセンティシティがないと言って批判するのははじめから無意味です。放浪するインディオがある徒党性のようなものをもって――ネットワークということですが――それがカスタネダの言う戦士のサークルを形成していて、そこにヤキ族でも何でもないカスタネダが入っていくのです。カスタネダは最初はヤキ族の民族植物学をやろうとして行ったのかもしれないけれど、そこは古典的な意味でのトライバルな文化現象が成立しないもう一つのネットワークです。放浪者のネットワークとでも言いますか、トラベリング・インディアン、あるいはワンダリング・ネイティヴ。

上野…路上のネイティヴ。

今福…トラベリング・インディアンというのは、ひょっとしたら、一つのトライブとしてずっとあった可能性があるんです。最近そういう視点からの研究もでてきた。つまり、部族意識がどういうふうに維持されてきたのかを伝統社会において見てみると、かならずしもある部族文化が一つの地域に根ざしてきたことによるとは限らない。これはジェイムズ・クリフォードがコリン・ギャロウェイのアベナキ・インディアン研究に拠りながら論じていることですけれど、むしろ、つねに移動あるいは離散、さらに混交しつづけることでトライバル・コンシャスネスが保たれていった可能性もある。そうなるとます、トライブとは何かという問題に対して、そこにエッセンシャルな定住性や本源性を見つけ出すという方法よりも、現代社会のサブカルチャー的なトライブの問題を掘り下げてゆくやり方のほうが、かえって古典的な意味でのトライブの成り立ちまで包摂できる可能性がある。

多木…なるほど、いまのトライブの話はものすごく面白いですね。

今福…湘南におけるトライブはかならずしも逗子がどう、辻堂がどう、あるいは茅ヶ崎はどうだというように単純ではないですね。ローカリティを横断するようなすごく入り交じったものがあって、葉山族と辻堂族とが対立していてテリトリアルな奪取という関係のなかにそれがあったというわけではない。湘南の部族的オーセンティシティはどこにもない。たまたま石原裕次郎という記号は葉山というテリトリーのなかで生まれてきたけれど、茅ヶ崎には若大将がいて微妙な差異をつくりだしていた。彼が経営に乗り出して失敗したパシフィック・ホテル茅ヶ崎もぼくらの小さい頃には特別な空間としてありました。茅ヶ崎ゴルフ場の隣に廃墟のようにして残っていますが、あれはいつもホテルとホテルならざるもののあいだを漂流しているような奇妙な空間でした。なかがプールになったり、ボウリング場になったり、家具の展示場になったり……。

上野…消費社会の変化に対応させるような。

今福…ええ、なんとか対応させながらも、しかし結局のところ加山雄三にとっては資本主義的なお荷物になってしまったわけです。そして、桑田佳祐のような人が、若大将とは違ったかたちで「茅ヶ崎性」を受け継いでいく。だから、湘南はローカルなトライブがモザイク状に至るところに点在していて、ある特定の風景、地域との関係づけとともに、地域横断的なネットワークのなかでの不断の移動や越境も操り返されている。

上野…そういった最も極限的なところに追い込まれたトライブに反応しているのが東京なのであって、植民地と宗主国の文化や人間関係と見事に対応している（笑）。

棄教者と難破者

多木…別に異議があるわけではないんですが、トライブというのは、トポグラフィックに対立しているのでしょうか。このトポグラフィックも実はメンタルなものです。ネーションにしろ、もっとローカルな地域にしろ、部族意識とはいったい何なのかということをいまのトライブの話は根本的に突き詰めている気がします。カリブ海では、地域ごとのトライブというものはあるのでしょうか？　それとも、初めから混淆していた？

今福…海を介して拡散していたはずです。共同体意識があったとしても、島単位で存在したわけではなく、そのトライブが島のどちら側のショアに位置しているかといったことの方が大きかった気がします。どんなに小さな島であっても、あるトライブが島の西側に属しているのであれば、隣の島の東側の海岸と強い関係をもつでしょう。ぼくらは、島ごとに部族があって、島同士で対立していたというイメージをもってしまいがちですが、むしろ対立は一つの島の内部において存在した可能性もある。その意味では島と島のあいだの海にこそ共同体の繋がりがあったとも言えます。イスパニョーラ島西部（現在のハイチ）とキューバ島の東部（オリエンテ地方）の深い関係などがいい例でしょう。

多木…これは厳密に調べたわけではないのですが、南太平洋の島々でも同じような状態だったと思われます。島のあいだの交通は、現在われわれが想像するよりもはるかに自在に行われていました。けれども、その交通のなかである地域での部族を結びつけるために何があったのかということは、何を読んでもはっきりしない。いったい何がまとめていたのでしょう。王様や首長はいるようでいないし、そもそも一人いたのか二人いたのかわからない。ヨーロッパからの航海者たちが南太平洋の島々に漂着して、几帳面に記述しようとしますね。そのとき、共同体についての記述ができないわけですね。急に曖昧になる。見た目の風俗・習慣・たとえば性的な習慣に関しては書ける。ところが、部族とは何だったのかということになると、まったく記述が見あたらないわけです。航海者たちはトライブ以前のところでトライブに接したんです。この接触をどう読むか。私は航海記を読みながらその辺に一つの標識をおいているのです。

今福…ある意味では厳格なトライバリズムから逸脱して書かれたものにこそ、人類学の可能性があったと思うんです。フィールドワークにもとづく二〇世紀人類学の嚆矢とされるマリノフスキーの『西太平洋の遠洋航海者』とラドクリフ＝ブラウンの『アンダマン島人』はともに一九二二年に刊行されているわけですが、よく考えると、どちらもいわゆる閉鎖的・自己充足的な小部族のコミュニティ・スタディではありません。メラネシアやインド洋上の群島を舞台にした、たぶんに文化交通的なヴィジョンが隠されている。マリノフスキーの論じるトロブリアンド島人について言えば、多木さんも言われたように、部族・亜氏族・トーテム氏族・部落・村・地区といった共同体をくくるカテゴリーが入り乱れて、かならずしもそのあいだの整合性が明確に定義されているとは言いがたい。まったくアーキペラゴ的な世界を対象としているわけですから当然ですが。ですから、もう一度、人類学をマリノフスキーからアーキペラゴに向けてつくり直すことができるのです。

上野…以前『10＋1』でもとりあげましたが、ハキム・ベイという人が、カリブ海における外部の問題を歴史的に追っています。デフォーが偽名で書いた海賊本を参照しつつ彼が言っているのは、キリスト教からムスリムに改宗することによってその地に居ついてしまう連中とか、インディアンと一緒に暮らすことによって部族をつくるような連中が存在するのだということです。先ほど、部族はどこから来たのかとか、部族から部族へと渡り歩く連中の方がむしろ本質的な部族なのではないかといった話が出ましたが、ハキム・ベイはそれに近いことを言っているんです。どういうことかと言いますと、共同体や部族が形成されていく際に、他方にはつねに移動している連中がいます。しかし、共同体にとって移動するということは共同体を裏切ることです。キリスト教徒であれば棄教者になること、逆に、ネイティヴにとってはキリスト教的なものを受け入れるということが裏切りになるわけです。つまり、お互いにヘレティックな、異教的な存在になるということこそが裏切ること（移動すること）であると彼は言っている。ベイは、海賊や航海者や、場合によってはメルヴィルのような人まで導入してカリブの歴史を説明しているんですが、そこで示唆的なのはC・R・L・ジェイムズの『*Mariners, Renegades, and Castaways*』という本のタイトルですね。

今福…メルヴィルの『白鯨』の一節からジェイムズが引用して使ったその「水夫、棄教者、難破者」というタイトルは喚起力があります。Renegadesは「背教者」とも訳せますね。これら三者はすべて、ある意味で大陸的・定住的な文明を裏切った者たちです。エイハブ船長の人間的・自然的秩序への根底的な「叛乱」の意味が、まさにこの三者のなかに凝縮されているとジェイムズは考えているようです。そしてまさにそれゆえのメルヴィルの現代性ですね。余談ですが、デフォーの海賊本はジョンソン船長という偽名で書かれたわけですが、ジェイムズもこの同じジョンソンという筆名を使って彼のスターリニズムと国家資本主義への批判を発表しているという事実は、偶然とは思えません。海賊、あるいは背教者、難破者の身振りへの強い傾斜を感じます。

上野…ですから、難破することや裏切ること、自分の信じていたものを捨てることというのは、共同体の形成にとって本質的なことなのであって、共同体を壊すものではないわけですね。かつてロビンソンが新教の家に生まれながらも、父親の教えを守らずに、航海に出て、難破して、キリスト教徒に戻ったという、いわゆる大塚史学のグランド・ストーリーと、それは実はフィクションであって、ロビンソンほど無駄なことをやった人間はいないという岩尾龍太郎説がありましたが、ぼくはどちらからアプローチしても面白いと思うんです。つまり、ある共同体がロビンソン的な人間類型をもつためには、裏切りと棄教が必要であると。そうなると、今福さんがおっしゃったような、移動するトライブこそ本質だという話をさらに掘り下げることができるのではないかと思います。移動ということは、空間的な移動だけではなく、信仰や信条や理論のレベルも含むのではないか。

今福…Renegadesとは、ある徒党性から脱するということですよね。ですからメルヴィルの非帰属的な群島性をジェイムズはこの本で読もうとしているわけです。船乗りのなかには荒くれ者もいて、なかには裏切り者もいる、ということではなく、海を渡るという行為のなかに彼は最初から脱党性を見ていたんですね。ですから、船があるときにアクシデントによって漂流して難破するということではなくて、航海とは本来、難破することであり、党派性を離脱することなのだというふうにも読めるでしょう。

多木…人間は陸地に住むものだと言われてきたわけですが、そうではない。主として海で暮らす人間と、主として陸で暮らす人間とのあいだには、感受性に非常に大きな差がある。その点を踏まえてこそ、初めて人間における群島性、あるいは群島性における人間の成立といった問題が出てくるわけですね。海を渡るということの比喩として、よく大陸におけるノマド性といった話が出てきますが、この概念は語られすぎてしまって、なかなか使いづらいところがある。特に建築家が言う場合には要注意です。たんに定住性を奪われているということで使っていますからね。しかし、いずれにせよ海を渡ることの感受性というのは、実は隣接性、メトミニックな関係をもたないんです。陸地での境界、棲み分けとは隣接性なんです。だから、海にいるような感受性のトロープが問題になってくるのは確かだと思うんです。

今福…海岸や水際は、都市的・帝国的なメンタリティによって搾取されることによって、リゾートという意味を付与されるわけですよね。湘南海岸もそうしたプロセスのなかで、五〇年くらいかけて見事にリゾート化され、郊外化されていくうちに、アーキペラゴに連なる水際性が隠されていった部分はあるでしょう。同じプロセスが、たとえばフロリダのキーウェスト辺りでも起こっていると思うんです。藤沢市がマイアミ・ビーチと——海岸リゾートという共通点のためでしょうが——姉妹提携していますが、もっと精神史的なことを言うと、マイアミからキーウェストにかけての海岸一帯もニューヨークのようなアメリカ東部の都市文化との関係において、同じように帝国的な力によって徐々に収奪されていくことによって、一つのツーリスティックなトポスへとつくり替えられている。最近、ヘミングウェイの全短編集が新訳でまとまって新潮文庫から出ていますが、あらためて読み直してみると、彼はパリからキーウェストに移ってきて、そこを拠点にしてアフリカへサファリに出掛けたりスペイン内戦を取材したりしていたことがわかります。バハマやキーウェストのロコ（ローカル）のことを今でも「コンク」Conchと呼んでいますが、これはリゾート化される以前にこの海域に移住して定着した白人系の人々のアイデンティティを示す呼称です。「コンク」はほら貝のことで、キーウェストの古い住民には海民的な共同体の意識があって、ヘミングウェイが移ってきた当時もまだそれが強く残っていたんですね。彼が通いつめていた「スロッピー・ジョーズ」というバーのオーナーだったジョー・ラッセルという男は——まさにコンクなのですが——船をつかった密輸で生計を立てているんです。キューバとキーウェストのあいだのわずか百数十キロの海峡を往来し、その差異を利用することによって生きているような連中が、キーウェストにはたくさんたむろしていたらしい。コンクというのは、基本的にそうやって生計をたてていたわけです。それから、難破船が出るともう大変だったらしいですね。あの辺りはハリケーンが頻繁に襲いますから、よく船が座礁するのですが、嵐がおさまるやいなやコンクは自家用船で乗りつけていって、積荷を片っ端から奪い去っていくんです。ほとんど海賊のような行動ですが、キーウェストというのはそういった連中が集まっていた場所です。ヘミングウェイはそのことを題材に「嵐の後」という短編を書いていて、なかなか面白い読み物です。彼自身らしき主人公が、嵐の後の真夜中に沖へ船を出すんですが、ハバナの港に入る直前に嵐に襲われて流されてメキシコ湾岸のほうで座礁した定期客船がそこに沈んでいる。彼は潜っていって調べようとするのですが道具がないのでうまく船のなかに進入できない。そこで、翌日道具を持って再び来てみると、もうコンクの連中たちが一足先に船を爆破して金目のものはすべて奪い去った後だった。面白いことに、小説ではその連中はギリシア系の移民になっているんですね。ギリシア系の連中がキーウェストに縄張りをもっていて、しかも海賊まがいのことをしている。二〇世紀のカリブ海に、地中海古典世界の記号であるギリシアが登場するのも示唆的ですね。ともかくそうしたコンクというトライブのテリトリーに、一九世紀の末になって鉄道が敷かれることによって、一気にマイアミやキーウェストがブルジョア階級の観光地となってゆく。都市から来た人間がコロニーをつくっていくという現象が起こって、たとえばドス・パソスのような人がヘミングウェイを呼びよせたりすることで、作家のコロニーができるわけです。ですから、もともと海賊的なネットワークというのは外を、つまり海の方を向いていたのですが、それがニューヨークなどから押し寄せてくる鉄道による大陸的な包囲網のなかで、飼い慣らされ、収奪されていくという構造がここにもある。この首都と海洋リゾートの空間的な配置というのは、東京と湘南の関係にもあてはまるでしょう。

多木…それはあります。

消すこと、あるいは新たなカルトグラフィへ

上野…先ほど、多木さんは、「ノマド」という言葉が使いづらくなってきているとおっしゃいましたが、危険だと思うのは、海上交通の歴史に目を向ければ、陸の歴史とは違ったものが見えるはずだという単純な読み方ですね。ブローデルを使って、陸がダメなら海があるだろうと。そこまで単純ではないにせよ、ロマンティックな格好で「エグザイル」にせよ「ノマド」にせよ、運動や戦争の主体がたてられてしまっていることに変わりはないでしょう。そうではなくむしろ、難破や挫折の側からの視点の方が文学においては普遍的だったのではないかという気がします。『テンペスト』にせよ、『ユリシーズ』にせよ、『オデュッセイア』にせよ、好きで漂着するわけではない。漂流して知らぬ間にたどり着いた場所で、自分がこれまでやってきたことを変えるのか、変えないのかという問いがたてられるわけですね。群島とトライブという問題がそこで絶えず問われてきたように思うんです。

多木…陸で積み重ねてきた知の形式をそのまま海に投影して読みとればいいだろうという見方は、明らかに違うでしょうね。あらゆる概念を同一のものに、あるいは単純に対立させる、ということではどうしても限界がある。もし境界があるのなら、そのままの状態をまず認めなくてはならないでしょう。

上野…カール・シュミットは『陸と海と』のなかでリヴァイアサンとビヒモス（海の怪物と陸の怪物）と言っていて、リヴァイアサン優位を語っていますが、タイトルにあくまでも「陸と海と」と冠しているあたりが、やはりしっかりしているなと思いますね。

多木…まずその二つがあって、その対立のなかで、「言葉のざわめき」と言いますか、世界が呟いているのが見える場所があるのだと。それを掴まえることのできる場所を「アーキペラゴ」と言ってもいい。われわれが言葉を使うのではなく、言葉の方がわれわれを捉えるのだ——そしてそのときに初めて、人間になり、あるいは外部になるのだ、ということですね。

今福…それはトライブの話と本質的なところで繋がっている感じがします。

多木…言語のざわめきをどう組織化し、またそれがざわめきにどう戻るかでトライブの問題を論ずるべきでしょうね。

上野…「ざわめき」というのはミシェル・セールも言ってますよね。たしかにセールもあまりに世俗化されすぎているきらいがあるのですが、彼の言っていることはそ

う馬鹿にできないと思うんです。そこで、多木さんのおっしゃる「ざわめき」とは何でしょう。もう一つ、「アーキペラゴ」というのは「コンステレーション（星座）」ということとも関係があるのではないかということです。意味を投げかけて意味を読み取るという記号の操作によって星座を見るという視点。まさにベンヤミンは、特殊な関係のあり方を示すさいに「コンステレーション」ということを言っているのですが、これは構造やアレゴリーの側からの方法ではないと思うんです。むしろ逆に、群島や部族といった具体性をはらんだ言葉の方から「コンステレーション」の側に膨らみをもたすことができるのではないか、という点を訊きたいのですが。

多木…「ざわめき」に関して言うと、もともとセールは海軍士官になろうとしていました。まず初めにざわめきありという彼の視点は、そのあたりと関係する気がします。彼の「ざわめき」というのは、非常に原初的な状態を指している。この点を踏まえてセールを読む必要があるでしょう。「コンステレーション」というのは、たとえば大陸と海の二項が対立するということではなく、ほかにいくつもの項があって、それらが頭のなかで地図的な配置をとるということですね。ですから「トポグラフィ」と言ってもいいかもしれない。頭のなかでトポグラフィができあがれば、フィジカルな大陸や海とは違った意味を再構成することができるわけです。それは、世界そのものを生み出していく能力であるかもしれない。私が最近、気になっているのは地理学ですが、最も優れた地理学書は文学の側から出ているのかもしれません。というのは文学空間はもともと意味あるトポグラフィからなっているので、その文学空間を通して世界が読まれる――そういったところにある地理学の可能性のなかで、水際における「ざわめき」の問題も、トライブの問題も捉えられるのではないかと思います。

今福…たしかにそういった傾向はありますね。地図という言葉にこだわるのならば、それは「地図の更新」と言った方がいいかもしれません。マップとヒストリーは、近代というシステムのなかで見事なまでに癒着して、構築されていった概念ですね。ジェイムズ・クリフォードの「map-history」という言い方は典型的で、マップとヒストリーをハイフンで繋いで一つの概念として批判的に捉える。それらは同じものなのだ、と。近代の大陸的なイデオロギーが空間的な想像力のなかで展開されれば地図として視覚化されるわけですし、時間的な物語性のなかで組織化されればヒストリー（歴史）になるわけですね。ですから、ヒストリーをつき崩して新たな展開をするためには、新しいマップが書けなくてはどうしようもない。「アーキペラゴ」という言葉を導入しながらわれわれが考えているのは、おそらくそうした局面でしょう。コンステレーションという用語の戦略性もこのあたりにあります。「コンステレーション」というときの私たちの想像力は、地上的な比喩ではもはや掬いきれないほどに地上の知はマップ的観念によって支配されているという認識に立って、新たなマップの配置を宇宙空間に並行世界として再構成しようとするものだと言えるでしょう。

上野…ハキム（・ベイ）もさかんに、『T.A.Z.』のことを「一対一マップ」あるいは「一分の一マップ」であるという言い方をしています。かつて状況主義者がやったことが心理地理学《サイコジオグラフィ》であるなら、自分のやっていることは「サイコトポグラフィ」であると。

多木…たしかに古くからメンタル・マップだとかメンタル・トポグラフィというものはあったけれども、アメリカのプラグマティックな都市学者たちは、それをたんなる経験の現象学という枠組みの次元で片付けてしまったわけですね。ですから地図といったものをもう一度、知の領域に引っ張ってくることが、現在可能な地図の更新であり、トポグラフィの読み直し方だと思うんです。

上野…たしかに、日本のある時期の記号論的な文芸批評というのも、どの小説にどの土地が記述されているかということを扱いはしたので、比喩の場所としての「トポス」という言い方はしたけれども、空間がどう変容するかというトポグラフィとしての「トポス」には触れていない。

多木…「トポス」という言葉をせいぜい修辞学的な意味に固定してしまうわけですね。地図のリニューアルといったものは、どこにでもあるはずでしょう。ほとんどの旅行記は地図的なもので、それはわれわれがイメージするような近代的な地図とはまったく違うものです。私はイタロ・カルヴィーノ論を書こうとしていますが、カルヴィーノは地図をつくりつつ、そこを旅していきます。そういった地図をつくることによって、世界が迷路というのはおそらく——これはアンダーグラウンドの問題と繋がるのですが——マップはいくら重なってもいい、折り返してもいいということでしょう。そうなると世界はラビリンスになる。私自身、七〇年代に一枚の紙を都市に見たて、それをある原則で折っていき、あとで広げてみると、思いがけない関係、ラビリンスが生まれる、というのをやってみています。その方が地図なんだ、といったことがあります。アンダーグラウンドもそのなかに包含されてしまうのです。

今福…そうですね。地図の累積的な積み重ねがいくらでも可能であるということを踏まえて初めて、アンダーグラウンドといったものが問題になってくるわけで、たんに地下にあるのではない。問題は、どの地図の層に焦点を合わせるかということですね。
多木…言語では記述できないようなかたちで、あらゆるものが折り返されていくときに初めて、迷宮がでてくるんです。迷宮こそ、われわれの住んでいる世界なのであって、「アーキペラゴ」もその一つのアスペクトなのだと考える必要があると思います。
今福…地下も、因習的な意味では、地上の支配的なものに対するアンチテーゼ——つまり「アングラ」ですね——にすぎないわけで、七〇年代まではそれ以上のものではなかった。ある体制の表と裏なら、いずれにしても同じ一枚岩であるにすぎないわけです。
それは全体主義的な力によって抑圧されて地下に潜るケースでも、基本的に同じでしょう。表にいた人間が地下に潜る、つまりたんに反転するということです。そういったアンダーグラウンドが何も喚起しないことは言うまでもないでしょう。そうではなくて、多木さんがおっしゃったような襞として無限に折り畳まれているような状態のなかで、どの地下を掘り出すのかということが肝要なんですね。もちろん、ある一つの地下は襞を取り込んでいて、ほかの地下と何重にも繋がっている。そこにもう一つの、天上ではなく地下のコンステレーションがあるわけで、文化の多層的なネットワークの投影が見てとれると思うのですが。
多木…そうですね。それこそ文化そのものの構造でしょう。
今福…結局、それが新しい地図なのではないかという気がします。つまり、平面性のなかでいくらかたちを変えていってもダメなのであって、垂直的《ヴァーティカル》・三次元的な座標を、われわれの二次元的な地図にうつすことによって初めて、いくつもの複雑な位相が繋がって次代のマップが立ち上がるのだと思います。
多木…それを文学がやって、学問がやらない（笑）。
今福…「トラヴェローグ」というものは——文学的と言ったら語弊があるかもしれませんが——手紙や日記やエッセイや小説といったあらゆる形式を取り込みながら、一つの風景としての地図を描いていく方法でもあるわけです。それは、従来のアカデミックな論文とはまったく違った指向性をもっている。
多木…もう一つ重要なこととして、水際においては、痕跡を消すということが起こってくるわけですね。私たちが水際を歩くとその足跡は、水が上ってくると消されてしまいます。ラビリンスという新しい地図を考えるさいにも、「消す」という行為が入ってくると思うんです。そうなると絶え間なく地図は動いていくであろうし、変わっていくだろう。この地図を消すという作業を考えなくてはならないでしょう。

上野…フーコーの『言葉と物』における有名な「人間」の消滅という箇所では、「波打ち際の砂のように」と言っているだけで、人間が消えてしまうということは一言も書いていないわけですね。つまり、砂の上に書いたり消されたりするように、つねに書き直しがされるということを彼はおそらく言っているのでしょう。

多木…実は私がいま「消す」といったとき、フーコーの『言葉と物』の最後のフレーズを念頭に置いていました。あのフレーズは誤読されていきます。新しい地図は絶え間なく消される。しかし同時に書き込まれていく、ということですね。

上野…砂が音を立てるという……。まさに「ざわめき」ですね。ですから、原初的な海の形態を記述するのではなくて、地図の書き換えを行っていくという作業は、ぼくも重要だと思いますね。

多木…永遠に残りつづける記憶をわれわれが求めているのかというと果たして疑問であって、おそらく一方では忘却を求めているわけですよね。新たな記憶のために痕跡を消す。

今福…中世史が、たとえば瀬戸内海の海民についての資料や古文書をひっくり返して、海洋的文化交通の歴史を文字による痕跡として定着させるというのは、その意味では古い地図の欠落を単に埋めているだけなのかもしれません。痕跡のないところから歴史をつくるという考えをもたなければ、つまり、前提としてつねに解消される歴史を想定しなければ、新しい地図は描けないはずです。アナログ的な史料としての文字は、紙が火で焼かれさえしなければ、累積的に残っていってしまうわけで、だからこそそこに、一つの歴史を構築しようという意志がはたらいてしまう。消され、忘却されたものからどのようにして歴史を救い出すか……。

上野…「消す」とか「忘却する」といったことは、何か悪いイメージがつきまとっていますが、われわれがここで言おうとしている「消す」なり、「亡却する」なりを質的なレヴェルで一般的な観念から弁別する作業が要請されてくるような気がします。倫理的な弁別というのはあまりに簡単ですが、ぼくはそれは論理的にもやはり可能なのではと思うんです。たとえば、フロイトが無意識を考えたときに想定していたことは、まさに「亡却する」ことにほかならないわけですね。

多木…世界のカルトグラフィはつねに「消す」とか「忘却する」といったかたちでしかありえないということは、何度でも確認しておくべきことでしょうね。これを私たちは「パリンプセスト」と呼んでいます。中世写本の羊皮紙は一度書いたものを消して、その上にまた書くので、下から完全に消えていないものが見えてくるのです。カルトグラフィだってパリンプセストなんです。これは現代美術のなかにも例がありまして、ラウシェンバーグというのは若い頃かなり無茶苦茶な奴だったのですが、彼はデ・クーニングからもらったデッサンを消しゴムで消して、それを自分の作品にしてしまうわけですよね。そのときに、ぼくは新しいパリンプセストとしてのカルトグラフィというものを痛感したような気がします。ただ、こういった話は実証の世界ではもちだしにくいところがありますね。

今福…ゆらめく水際の話からはじめて、再び波が砂の上の痕跡を消してすべてを端緒に引き戻す地点まで私たちはたどり着いたようです。汀、群島、地下、さらに星座といった地勢的な概念によりながら考えてゆくべき思想的テーマが、近代の歴史や論理が形成されてきた意識の構造そのものを飛躍的に更新させてゆく方向に開かれていることが、はっきり確認できたのではないでしょうか。海の叛乱者の知恵を充分に活用しながら、私たちはしかし、まだしばらくのあいだ、言説の陸地を航海する果敢な水夫としての批判を継続してゆくべきなのでしょう。

西谷修との対話

1997

クレオール，
デジタル・ライティング，
トランスレーション

この対話は、季刊誌『InterCommunication』二一号（一九九七）に掲載されたものであり、この号の特集は「情報社会の未来形」と題されていた。一九九七年といえば、いまでは想像がつかないかもしれないが、日本ではアナログ回線によるダイアルアップ方式での個人向けインターネット接続がようやく普及しはじめた時期であり、ブロードバンドによるネットへの常時接続は一般にはいまだ実現されていなかった。そのようななかで、本対話にもあるように、私は、当時の平凡社編集部の古谷祐司氏の提案によっていち早く開設された「カフェ・クレオール」というウェブ・フォーラムの「店主《マスター》」に就任し、新たな書字システムを創発するかに見えたインターネットというデジタル空間で「書くこと」の意味と可能性について、実践的に考えようとしていた。一方で、そうした技術的な革新とは別の次元で、カリブ海を一つの発火点とする「クレオール」思想が示唆する、西欧的「歴史」言説の根源的な書き換えという問題がこの時期に浮上してきていた。フランス文学・思想を専門とする西谷修氏は、この両方の視点を受け止めながら対話する相手としてもっともふさわしい存在に思われた。氏はこの時期、『不死のワンダーランド』（青土社、一九九〇）や『戦争論』（岩波書店、一九九五）によって、「存在」や「死」をめぐる西欧の認識論の由来を批判的に分析しながら、ヨーロッパの歴史的産物とし生み出された「世界」なるものの限界を見極めようとする刺激的な仕事を展開する一方で、カリブ海マルティニックのパトリック・シャモワゾーとラファエル・コンフィアンによる画期的なエッセイ集『クレオールとは何か』（平凡社、一九九五）も翻訳紹介されていた。対話では、そうした二人の同時代的な関心事が交錯しながら語られているが、いま読むと、デジタル・ライティングの開く未来にたいして私自身はかなり楽天的だったことがわかる。書字空間じたいは多元的に開かれつつも、「書くこと」があくまで書き手の主体的行為として維持されてゆくことがここではまだ信じられていたとすれば、いまや常時接続はおろか、ネット上の「情報」や「サービス」がＡＩ化されたクラウドコンピューティングによって双方向に瞬時にやり取りされる状況のなかで、「書くこと」はほとんど匿名化され、自動化され、あるいは何者かによって代補されてしまったと言えるだろう。書くことがつねにその時代が直面する認識論的窮地との闘いであるとすれば、いまキーボードを叩く指先が無自覚であることは許されないはずである。

PROFILE

西谷修　一九五〇年生。哲学者。著書に『不死のワンダーランド』『理性の探求』『アメリカ　異形の制度空間』など。

デジタル表現の神話と比喩力

今福龍太…昨年秋に、平凡社を中心に歴史関連の出版社が共同でオープン・ジャパン・ワールド（ＯＪＷ）というインターネットのホームページを開設したとき、ぼくのところに、多くの出版社のホームページは基本的には自社出版物の広告や刊行書目の目録に限られているけれども、自分たちはインターネットというメディアを、広告媒体という枠を超えて創造的に考えてみたいという相談があったんです。具体的には、異文化接触という視点を盛り込んだ「カフェ・クレオール」というサイトのマスターをやらないか（笑）、という依頼だったのですが、まあ、ヴァーチャルなカフェ・マスターなら悪くないと思って引き受けたんです。

西谷修…似合っていますね（笑）。

今福…しかし、マニフェスト的な文章を出して立ち上げてはみたものの、忙しくて野ざらしサイトのままでしばらくアップデートできずにいました。最近ようやく、慶應義塾大学の環境情報学部の学生や院生たちの協力もあってデザイン面でもリニューアルを果たし、やや大袈裟なんですが、「新しいデジタル・ライティングの時代へ向けて」というサブタイトルを掲げて、本格的に開店したわけです。エッセイや書評・日記の連載、さらに対話とかシンポジウムの記録の掲載を含めて月一回程度は更新したいなと思っているんです。

西谷…「デジタル・ライティング」についてはどのように考えているんですか。

今福…「カフェ・クレオール」は、単にわれわれの書字装置、記述装置がアナログのペンや紙からデジタル・メディアになったという技術的な面を追求しようというのではなくて、デジタルな表現のインターフェイスがつくり出す新しいリアリティ、あるいは神話や比喩能力、造話作用の一つの実験場でもありたいと思っているわけです。そして、それにともなってどういう批評言語や思想的課題が出てくるかを取り扱ってみたいという意味を込めて「デジタル・ライティングの時代へ」としたわけです。同時に、デジタルなインターフェイス自体のあり方と、それが導き出す何らかの表現のインターフェイスの現場が、ここずっとぼくが「クレオール」を手がかりにして考えている存在論でもあり方法論でもあるものとどこかでクロスするかもしれないという予感があって始めたわけです。しかし、どのようなかたちでそれらがクロスするのかという確固たる見通しはまだありませんし、それをつなげていく論理もそう簡単には見えないと思います。デジタルな書字空間の暴走が従来のエクリチュールの破壊につながってゆく危険性ももちろんありえます。いずれにしても、変化はロジカルな構造ではなく、むしろそのつど瞬間的に生まれては消えるようなかたちのものとして、つかみ取られるような何かかもしれない。ともかくデジタル・ライティングの浸透によって、書くということ、表現するということの構造そのものは大きく変わっていく可能性があるでしょう。それはまた、学問と、詩のような文学的な創造行為との、新しい接触面がどこにあるのかということとも関係していると思うんです。

ヨーロッパ中心主義とは異なる見方と知識

西谷…直接関係があるかどうかわかりませんが、以前、平凡社から、Windows 3.1 の CD-ROM 版百科事典を高い値段で買いました。これは、検索も通りいっぺんで画像もないし、あまり使い手があるとは言えないんです。その後フランスの『ユニヴェルサリス』という百科事典の CD-ROM 版を買ったら、こちらの方がはるかに使い勝手がいい。『ユニヴェルサリス』は、一年後にさらにヴァージョン・アップした改訂版が出て、しかも海賊版が出ていたお陰で値段が半額になった(笑)。だから日本では八万円ぐらいで買えると思います。最初の書籍版が平凡社より格段に安かったんですが、まあその話は置くとして、ぼくは平凡社の編集者に話したんです。平凡社の百科事典は日本ではスタンダードになっている。また、アジアにおける日本の文化的位置とくに近代化のプロセスを考えると、経済力それに知的情報をとりまく政治社会状況からしても、文化的な情報の集積はたぶんアジアでは日本が一番だろう。だからそれを生かして平凡社は、アジア関連の項目や世界に関するさまざまな情報を、アジアのいろいろな人たちと共同で執筆して、日本語版、韓国語版、中国語版……、さらにその英語ヴァージョンの百科事典を作って、CD-ROM 付きで出版したらどうか、と。そうすると『ブリタニカ』でも『アメリカーナ』でも『ユニヴェルサリス』でもなく、ヨーロッパの百科事典的視点とは違った、うまくすれば中国の百科事典の伝統も取り込んだ、「大東亜百科事典」ができるのではないか。こういうことができるのは平凡社だけだよ、と。

今福…反語的な意味合いも込めて「大東亜百科事典」と言われているんだと思いますが、近代の百科事典という概念は、植民地主義による世界的知見の開示と強い連動をもって、西欧という唯一の中心からのパースペクティヴによってわれわれの世界の事象を網羅的に見ていくイデオロギー装置であったことは言うまでもないわけですね。日本の百科事典も、古くは中国の類書的な編纂方法を取り入れたり、説話のような独自の文体と叙述形式によって一種の事典的なものを作り上げる伝統があったわけですが、現代になると、平凡社の百科事典をはじめほとんどの近代的事典はおそらくは西洋的な百科事典の思想を借用しているのであって、そういう意味ではアジアの百科事典的思想というのはかならずしも開発されてはいません。いま、東洋的というかアジア的なイデオロギーについてはなかなか本質主義的には語りにくいのですが、あえて言えば、日本と西欧における植民地主義の展開の大きな違いは、西欧植民地主義は良くも悪くも、博物館、百科事典あるいはオリンピックといった、文化表象や展示システムをめぐる強固な言説体系を作り上げた。もちろんそれはある意味では暴力装置でもあったわけですが。しかし、日本の東アジアにおける植民地主義はそうしたものを、東アジアの文化的なコンテクストにおいておそらく全然つくれていません。それは政治的な、あるいは軍事的なオキュペーションの問題にほとんど限定されているわけで、そこが決定的に違うところです。日本のものは博物館の概念にしても、百科事典の思想にしても、全部西欧植民地主義の借り物でしょう。

西谷…そうですね。これだけの経済力をもちながら、日本にはアジアの北から南までを覆う博物館なり何かがあるかといったら全然ない。もちろん、あったらそれも困りものですけど。美術館にしても西洋からバブルの頃集めてきた絵ぐらいしかないわけですからね。かつて姜尚中さんといっしょだったときに、彼が、「もし大東亜共栄圏に一パーセントの真実があったとしたら」というような発言をしたことがあるんです。「真実がある」なんてことはこちらはとても言えないから、さすがにえっと思いましたが、要するに「大東亜云々」というのはわれわれにとっては、戦前の、あるいは日本の植民地主義のイデオロギーでしかないけれども、植民地支配の結果として、日本に生まれて日本語で育った姜尚中が、何にもよらずに自分の存在を肯定しようとすると、植民地支配の作りだした広域性は逆に彼らの存在によって担われていることになる。ところが戦後の日本はこの列島内に閉じこもる一方で、内では「在日」と言われるような存在をマークつきにし続けてきたから、その広域性を捨てて頬かむりしているわけです。そこを姜さんなどは、別の視点から逆転させながらとらえるということなのですね。彼らの存在こそ、「大東亜共栄圏」の構想が、それを企画した者の意図とはまったく違ったかたちで生み出したものである。言い換えれば、それこそ移動と交流の歴史の不可避の結果としてあるということではないか。それが、「大東亜共栄圏に一パーセントの真実が……」という発言になったんだと思います。

そういう視点に立てば、平凡社が資産を積極的に使って、広域的な知の再編成をやることには大きな意味があると思う。近代ヨーロッパのエンサイクロペディア（百科事典）は、まず地球儀をつくってそこに世界地図を描き、各種の情報を収集蓄積して、それを自らの知的規範に従ってまとめるという作業で、西欧の世界化の運動と不可分ですね。しかし、アジアの場合には、西洋的百科事典の伝統をくみ取った上で、ヨーロッパという中心が世界を把握するという視点とは違った見方と知識の集積の仕方があるんじゃないでしょうか。

今福…ぼくも同じようなことを考えていて、最近出た『*The Dictionary of Global Culture*』（New York: Knopf, 1997）は事典としてはやや小ぶりだけれど視点が非常に面白い。これはエントリーが一二〇〇項目程度、記述も簡潔で、エンサイクロペディアとは言わないでディクショナリーと言っています。編集している二人はどちらもハーヴァードのアフロ・アメリカン研究の教授で、特にヘンリー・ルイス・ゲイツJr.は日本でもよく知られた論客です。一言で言えば、非西洋世界がこれまでどういう文化的な達成を世界に対して行ってきたか、ということに力点を置いた世界文化事典なんですが、その魅力はやはり具体的な項目とその連携の妙にあります。これを見ていて面白いと思ったのは、たとえば一番最初のAの「アバクワ」Abakwaという項目は、ぼく自身がこれまでもかかわってきたキューバにおけるアフロ系の一種の宗教的秘密結社のことで、音楽と踊りによって憑依して精霊を呼び出すという宗教的実践をベースにつくられたものです。こうした宗教的シンクレティズムの例は、ほかにもクレオール圏においてはハイチのヴードゥーとかブラジルのカンドンブレとかいろいろなヴァージョンがあって、これらはすべてアフリカ系の憑霊宗教のカリブ・アメリカ大陸的な一つの再解釈《リインタープリテーション》になっているわけですね。一方、Zの一番最後を見ると「ザディコ」zydecoの項目がある。これもまたぼくがテキサスに二年半ほどいたときに少し調査したこともあるアフロ・ケイジャン系の音楽です。テキサスの東部とルイジアナは、フレンチ・クレオールとアフリカ系の奴隷と、ハイチから一八～一九世紀にかけて入ってきたアフロ・カリブ系の人たちの三者による一種の混合文化の地帯ですね。ケイジャンはフレンチ系のもので、それにアフロが入っていって「ザディコ」が生まれたと言われています。「ザディコ」の語源は「レ・ザリコ・ソン・パ・サレ」Les haricots sont pas salésというクレオール語に由来するらしい。「レ・ザリコ」というのはインゲン豆で、「インゲン豆に塩がしてない」というフレンチ・クレオールの「レ・ザリコ」が「ザディコ」になったと言われていますが、そういうものが一番最後に載っている。偶然かもしれませんが、ぼくがかかわってきた「アバクワ」と「ザディコ」が最初と最後にあって、まさにその両者のあいだにおいて世界を俯瞰しようとしているような辞書ですね。

これはかなりスリリングなことではないかと思います。個々のエントリーを読んでいく限りはそれ自体で完結した項目ですから、グローバルな感覚やクレオールな感覚は出てきません。ところが現在の世界の文化を、アルファベット順というある意味で無作為なやり方で並べてあるために、エントリーの隣同士のつながりや、最初と最後というような組み合わせから不思議な世界が立ち上がってくるんです。ぼくは編集によってこんな見事なことができるのかという感じで驚いた。大きな百科事典の場合には、体系的、網羅的なものになってくると、エントリーのあいだの空白をイマジネーションによってつないでゆく飛躍的なジャンプがしにくくなってくるでしょう。このディクショナリーはアメリカでの編集ですが、アメリカには世界中のあらゆる人間が集まっていますから、そういう意味であらゆるディアスポラの人間が、自分が関心をもつテーマについて書くという編集のかたちを採ったんじゃないでしょうか。西谷さんが東アジア百科事典というイメージにおいて言われたことは、ぼくがこの世界文化事典を読みながら直感していたことにかなり近いんじゃないか。それはもっとヴォリュームの大きなものになるかもしれないけれど、西洋近代のつくり上げてきた網羅性とは違う、その一つが「大東亜百科事典」ということなのかもしれないですね。

所有と帰属を解消する仕掛け

西谷…その辞書はまさしく本なんだけれど、ランダムなアクセスが可能だという意味では、百科事典にはもともとデジタル的なところがあるでしょう。「カフェ・クレオール」で「デジタル・ライティング」をと言うときには、ただコンピューターとメールでテキストの受け渡しをするということではなくて、いま言ったようなかたちで知のネットワーク作りといったことも視野に入ってくるわけですね。

今福…そうだと思います。と同時にこれはやや話が逸れるかもしれないですが、物書きや学者たちのホームページを開くと、大体自分の書いたものをデジタル化して公開しています。本に書いたり雑誌に載せたりしたものをカタログ化して、それを一部あるいは全部載せて自由に参照できますよと、一見非常に革命的で、開かれた言説の回路のように見える。けれども、じつは強い所有性のイデオロギーによって捕獲されているように思うんです。

自分の生産した言説がデジタルな領域に投げ出されたときにさえ、いまだそれに対する強い所有関係というか帰属関係が前提となっているわけです。そもそもホームページの「ホーム」という言い方が気に入らない。「ホームレス・ページ」というふうにならないものかと（笑）。インターネットという多方向で即時的な交通が実現されるネットワーク上に「ホーム（家）」という定住的概念をもち込むのは、矛盾だと思うんです。だから、自己の所有物としてのテクストの自己管理と閲覧提供というカモフラージュのもとで、むしろ文字に対する所有は強まっていると思う。「カフェ・クレオール」をやるアイディアはそういうものではなくて、まったく自由なフォーラムとして、さまざまな表現がそこに流れ込んできてはまた消えていくようなイメージをもっているんです。カリブ海の砂浜のメタファーはここでも有効で、ぼくは最近「汀にて（オン・ザ・ビーチ）」という言葉にあらためてこだわっているのですが、そこで考えているのは、波打ち際の砂の上に書かれた文字が、波が打ち寄せて引いていくと消えてしまうように、一回性のなかで強度のある表現がなされ、波打ち際の変化によってそれが消えていくというような、言説とそれが存在する空間・時間との流動的関係についてです。

カリブ海の作家やクレオールの思想家の日常的な感覚のなかには、そういう波打ち際的な感覚があります。エメ・セゼールなんかはそういう感覚を「コンディシオン・マングローヴ」と呼んでいますね。マングローヴはまさに森なのか海なのかわからない、非常に中間的な状況のなかで、絶えずある確定的なものがそのつど消されては端緒にもどっていくという場の特性をもっています。そういう意味で、「デジタル・ライティング」は、表現というものに対する強固な所有関係とか帰属関係を解消していく仕掛けになりうるのではないかとも思うんです。しかし現実的には、書かれたものの永続性は一種のオーラとして機能していますよね。宮沢賢治のようなクレオール的な作家に対しても、自筆原稿と出版されたものの細かな異同が問題にされているように、テクストを確定する作業は、相変わらず書かれたもののオーラへの信仰の上に立って行われています。でも、たとえば、たまたまぼくは、安部公房が死の直前まで書いていた仕事場のワープロのファイルに残された文章を見る機会があったんです。そこには、彼が最後に打ち込んだ文字が点滅していたわけですが、それを見た人間がほんの少しカーソルを動かしたり、バックスペースを打つとかデリート・キーを押すと、それだけでそのテクストは消えたり改変されてしまうわけです。

西谷…危ないね、やってもいいけれど（笑）。

今福…そういう誘惑には駆られましたね。それはすごく奇妙な感覚なんですね。これまで、作家の原稿がもっている本原性、オリジナリティは、崩されないものとしてあったわけです。安部公房を一人の作家とみなすときにもテクストの本原性への信仰は強くあると思うんです。しかし表現者のもつ本原性というものは、じつは宙吊りになっているのではないか。いや単に原稿だけでなく、思想とか表現がもっている本原性そのものも宙吊りになっているのではないか。そういう考えが、点滅するカーソルを見たときに一気に了解されてきた。それはちょっと恐い感じがしたんです。デジタルというのは、書かれたものが永遠に蓄積しうる、原理的には無限に貯蔵可能なメディアであるように見えるにもかかわらず、逆の意味で、デジタルな表現が文明社会が文字言語というかたちで作り上げてきた存在論というか認識論を無という端緒に戻す力をも持っている可能性がある。そのことを直感的に感じました。安部公房のクレオールにたいする関心は、それとも関係しているかもしれない。

西谷…ただ安部公房は満州に生まれて戦後北海道に帰り、上京し——という意味では移動のなかに生活があった人なわけですね。故郷・起源というものが喪失したものとしてしかない。もちろん原理的に故郷は喪失としてしか構想されないと思いますが、安部公房の場合にはそのことが実際に生きられてしまって、まさに植民地的状況で——この場合は植民する側ですが——生まれ、その故郷を失って「祖国」に帰ると、その「祖国」は異邦である、という具合に絵に描いたようにクレオール的だから、その意味では彼がクレオール的なものに惹かれるのはわかります。しかし、その一方で、言語に関しては、人間の言語生成能力にある根源的な普遍性を想定する、デレク・ビッカートンの論議にかなり幻想をもっていましたね。

今福…ええ、ビッカートン理論を基本的には受け容れていたと思います。

西谷…そうすると、安部公房的なクレオールのとらえ方は、われわれの生活のレヴェルでの多元性、われわれ自身が多元的な存在たりうる可能性というものを、再びある普遍の理想のなかに引き戻してしまうんじゃないかという危惧を感じるのです。「私に起源があり、そこに発する形成の歴史があって、それが私のアイデンティティである」というかたちで「単一的な統合として私」というんじゃなくて、まったくさまざまな要素の集積として、あるいは極端に言えば、いまの「私」というのも次の時間の波が現れると消えていく、そしてまた新たな文様を織りあげるといった、自分自身が多元的でありうることを典型的に示してくれるのがクレオールの功徳だと思いますが、一言語の不可能な状態から生じてくるいくつものクレオール言語が、それぞれ構造的に似ているということから、先天的な、つまりは遺伝子に還元されるような言語形成能力を文構造形成能力のようなかたちで抽出してくると、多様性を超えた普遍性をもう一段抽象的なところに設定するようなことになって、クレオール自体がもつ魅力を解消してしまうことになるんじゃないか、ということです。

今福…「私」というものがかかえている多元的な経路の可能性に対する安部公房の想像力は、確かにあまりクレオール的な混交性をもったものとは言えなかったかもしれません。言語を一つの大きな統合装置として発動される、近代の「世界構想力」のようなもの、それをあえて「歴史」と言ってもよいけれど、そこからの断絶という意識が安部公房には非常に強い。その意識は、ビッカートンのクレオール言語論、いわゆるバイオプログラム仮説を文化論的に読み変えると、ローカルな文化の崩壊の涯てである再生、生成を手に入れるということになる。文化そのものの生成の現場への帰還は、ある意味で個別文化（とりわけ西欧文化）のそれまでの経路だとか歴史性を断つところから生まれるわけです。だからその破壊と再生の力を、安部公房は西欧的な「普遍」概念を相対化する契機として捉えたのではないか。安部公房自身は、歴史のもつ精神と身体への抑圧から徹底的に身を引き離そうとする強いポテンシャルをもっていた。それが彼に小説を書かせてきた原動力でもある。だから、文化接触による、歴史からの決定的な断絶を見通させるビッカートン理論に安部公房が惹かれていくのはよくわかるのです。

脱歴史的・非コミュニケーション的動き

西谷…いまのお話から、クレオールのコミュニケーションということにつなげて考えてみたいんですが、クレオールのコミュニケーションの基本形態は、横の共時的なコミュニケーションにせよ、縦の通時的なコミュニケーションにせよ、オーラルですね。オーラルな言葉と書く言葉はどこが違うかというと、書かれた言葉のもつ永続性でしょう。これはエドゥアール・グリッサンも言っているけれど、ヨーロッパは書く文化だから蓄積されて永遠性をもってきた。では書くというのはどういうことかというと、ある人が「今日はどこかで何かがあった」という話をしたとすると、それを誰かが、「とてつもないことが昨日あった」と書き記す。そしてそれは、書かれた言語を理解する人がいれば、その現場を知らなくとも、また、語った人やその出来事に何の関係もない人も、時間と場所に拘束されずに読むことができるわけです。そればかりかその文字を理解する人が死に絶えたとしても、シャンポリオンのような人が出てきて読み解くかもしれない。そういう意味では書かれたものはほかの状況的要素に依存しない自立的な永続性をもっている。そして、おそらく「存在」という概念はそこから出てきたんじゃないかと思うんです。

物と言葉をつなぐ繋辞がまさしく存在 être なわけで、これはこういうこと「です」というのは、いま言われたことが事実だという断定の言葉でしょう。では語られたことと、この「です（である）」で結ばれた方は、ラカン的にいえば、ル・レエル le réel、「現実」ということになるけれど、いったん書くということが成立してしまうと、ル・レエルの現実ではなくて、この書かれたものが設定するなにかが現実だということになる。そこで「存在」ということがはっきり成立する。書かれたものが存在であり、永続し、書いた人が死んでいなくなってもなお持続しうるというところで初めて不易の存在という概念が成立するとする。ところがオーラルの場合は、そういうことが成立しない。基本的には生きた話す人がいて、生きた聞く人がいないと話にならないわけです。石に向かって話していても、もちろんそれも楽しみにはなるけれど（笑）、オーラルの意義はそこにはない。いま自分が話す、そして生きた聞く人がいる、そして語られることはその場で完遂されていく。その場は、複数的に生きられるいま、ということですね。

今福…文字に定着されることで「存在」という概念が生まれたという発想は刺激的ですね。クレオールと文字言語との大きな違いは、その時点で話され、空気が振動しそれを聞き取って終わる一回性と永続性なのだと言われましたが、その一回性みたいなものは人間と人間がいて、まさにフェイス・トゥ・フェイスでしか成立しないものなのかもしれないですね。けれど、それはある意味では一種の純粋なモデル・ケースというか、ユートピアだと思うんです。だからいまわれわれがクレオール論で考える必要があるのは、もちろんそういう理念的なクレオール状態の再現でもなければ回帰でもなく、再生でもない。安部公房はどちらかというとユートピア・モデルとしての再生ということを考えたかもしれないけど、そうではなくて、現実にはクレオールという問題は、あらゆる政治的・歴史的な葛藤のなかで、常に政治的な闘争の現場としてしかないわけです。実際クレオール的な言語接触と混合ということであっても、英語であれフランス語であれ、それはすでに文字言語化された体系性をもった言葉がクレオール社会のなかで支配的に振る舞いながら、そこに非文字言語が介入・接合してゆくことでつくられていくわけでしょう。だから純粋にオーラルな言語、アメリカ・インディアンやオーストラリアのアボリジニの言葉とは、やっぱり違う。そこには常にリテラシーの哲学とか骨格というものが、すでに英語系クレオールにせよフランス語系クレオールにせよ完全に入り込んでいて、それがもう一度オーラルな現場で混ざるわけです。

そういう意味で言うと、さっきのような結晶化された、空気の震動として伝わって消えていく、というモデルには回帰できない政治性みたいなもののなかでクレオールを考えていかなければならない。そうすると人間に話しかけなければ意味がない、石に向かって話しかけたのでは意味がないと言われたけれど、むしろクレオール的な闘争の現場というのは、場合によってはそこに人がいない、石や木しかいないようなところでそれに対してモノローグのような声をかけ続けるという脱歴史的・非コミュニケーション的動きも含んでいたのであって、むしろその方が強かったかもしれないですね。

西谷：ラファエル・コンフィアンとパトリック・シャモワゾーが書いた『クレオール文学』*Lettres Créoles*（邦訳『クレオールとは何か』）のなかに、いま指摘されたことに関係する材料がたくさん出てきますが、たしかにそういうところがすごく刺激的でした。あの本を訳そうとしたきっかけというのは、要するにクレオールという概念のなかに、あるいはカリブ海、あるいはコロニアリズムの問題のなかに、本当に石に聞く、というような場面が取り込まれて接合されることの目の覚めるような驚きですね。それが歴史のパースペクティヴも変えてしまう。冒頭近くに出てくるインディアンの話は、岩に刻まれた簡単な図案の語り直しなわけですね。

今福：比喩的に言えば、そういう対話の繰り返しが、クレオールという意識のうちにむしろつくられなければならないんだと思いますね。石に向かって話すと同時に石から言葉を聞き出すこと。そういう実践もある。無生物から言葉を引きずり出してくる、それはある意味では人間のコミュニケーションが抑圧する言葉が発生する現場、それをもう一回暴き出すということでしょう。たとえば日本だと柳田国男が「東北文学の研究」などにおいて、あるいはアメリカやヨーロッパでは、アフリカとかインディアンのオーラル・カルチャーを分析するなかで、オーラル・ポエトリーとかオーラル・リテラチャーという呼び名で、口承的な言語表現の世界を、文学などの、まさに文字言語の文化が作り上げてきた概念に横滑りさせる。そしてそれは文字言語の表現行為に対する強いアンチ・テーゼであるとして位置づけられる。これはある意味ではオーラルな言葉の存在のあり方を抑圧して文芸というテクスチュアルな形式に回収していくやり方ですね。だからぼくはオーラル・リテラチャーという言い方に対しては、ずっと一定の留保をもっているわけで、たとえばクレオール語で書くとか、そういうのもみな同じ罠に落ち入ってしまうわけです。最近、西成彦さんが『森のゲリラ　宮沢賢治』（岩波書店、一九九七）という本をまとめましたが、それによれば賢治がやってきたことも、じつはそのことと関係しているように思われます。

宮沢賢治が物語の枠組みのなかにいつも使うのが「この話は風から聞きました」といった、無生物とのコミュニケーションというか言語的なインターフェイスです。柳田国男だったら、佐々木喜善から聞いたという人間的なコミュニケーションのかたちとして着地させるはずのオーラルな文化を、宮沢賢治は石とか風とか、そういう無生物とのインターフェイスに起こった事柄として書いている。「鹿踊りのはじまり」は典型的ですね。「ざあざあ吹いていた風が、だんだん人のことばに聞こえ、やがてそれは、いま北上の山のほうや、野原に行われていた鹿踊りの、ほんとうの精神を語りました」というところから始まって、また最後にもう一度しつこいぐらいに「わたくしはこのはなしをすきとおった秋の風から聞いたのです」と繰り返す。それはなぜかというと、人間のコミュニケーションとか歴史とか、言語認識論みたいなものが隠蔽する、ある表現空間の発生の現場、その秘密みたいなものは、人間同士のコミュニケーションの枠組みからは取り出せないからです。だからそれを取り出すためには、風なり石なりから不意に聞いたという枠組みを設定しなければいけなかったのではないか。西さんのこの本はそういう意味で非常に面白かった。それはいま話しているクレオール的な表現の発生のかたちに非常に近いものではないかなと思うんですけど。

西谷…宮沢賢治が、風や無生物と云々というのは二つあって、一つは、彼のヴィジョンは深くコスミックであって、ドゥルーズ＝ガタリが「器官なき身体《コール・サン・ゾルガン》」は地球《ガイア》だと言っているんですが、宮沢賢治のミネラルはガイアとしてのコール・サン・ゾルガンみたいな次元に広がっているんだと思うんです。言い換えれば、風とか何かが語るというのは、無機物が語るというよりも、個人が発案し、はんこを押して「これは俺がつくった」というようなものではない、もっと根の深い共同の語り、個を超えているからこそある、真実であるか、虚偽であるか、あるいはでっち上げなのかということを問いえない、そういう語りとしての表現なのではないかと思うんです。

今福…所有から解放するということはまさにそのことだと思います。その仕掛けをどうやってつくるかというときに、ああいうミネラルなり風なりといった無生物が登場してくる。それはまた、他人の聞き書きというかたちで書く柳田国男や、オスカー・ルイス的なかたちのフォーク・カルチャーなりオーラル・カルチャーという文字的定着化の文脈から逃れるための仕掛けでもある。賢治がこうした枠組みをとり入れているのは、相当戦略的な物語の作法なんだろうと思います。

西谷…風に聞いて、それで動物とコミュニケーションができるためにはかならず怪我したり失神したりしなければならないよね。そのあたりはじつにびっくりするような周到な書き方になっている。

反復という身体回路がもつ政治的なメカニズム

今福…そうですね、そこでトランス状態みたいなものさえ出てくる。動物的な身体領域にすうっと入っていくような感覚が常にあるわけでしょう。だから反復という話をすると、たとえば『記憶の場所《レ・リュ・ド・メモワール》』(一九八四―一九九二)のなかでピエール・ノラがやった仕事をみると、西欧では、身体的な反復において文化的同一性が常に維持されていくという中世・ルネサンス期までの記憶のあり方に対して、近代になってモニュメントとか記号とか文字とか映像とかいったさまざまな要素が介在して、イメージ的・視覚的な表象物によって記憶が創造され、その蓄積が集合的な歴史の捏造につながり、それをイメージを媒介にしながら想起する回路ができ上がった、と言っています。ふつう「反復」のかたちというのは、われわれが人類学的な現場でかかわってくるとすれば、物語という形式よりは、むしろダンスとか音楽とか祭りとかいう広い意味での文化的身体パフォーマンスとして意識されているんですが、そういう身体表現的な記憶のチャンネルというのが、一気に単一的な視覚のフィギュールによって、文字というかたちで固定化・記録化されていくわけです。

　それに対して、港千尋さんの『記憶――「創造」と「想起」の力』(講談社、一九九六)という本を読むと、反復という身体的な記憶のあり方が、ヴィジュアルなものを媒介にして、想起という単線的な記憶のイデオロギーにとって変わられたという流れとは違う新しい視点を導入していますね。そこには想起という問題がはらむ反復性、身体性について書かれてあって非常に示唆的です。いま反復という問題を提示するのなら、限られたオーラルな文化やフォーク・カルチャーが、近代的なメディアに細々と対抗しながらかろうじて文化的反復の身体技能を維持している現場の発掘よりは、むしろ新しい身体的反復の概念を、当然デジタルなものも含めて考えてゆく方がはるかに面白いとぼくも思います。そのあたりはどうですか。われわれのもっている身体的な反復性をデジタルな社会領域のどこに接続できるか。

西谷…クレオールのなかにある重要な反復と、港さんが「想起」ということで扱っていることは別に違うことではなくて、記憶の現勢化《アクチュアライゼーション》、としての語りとか、あるいは踊りでもいいけれど、踊りはまさに体を使っての記憶のアクチュアライゼーションなわけで、そのプロセスはたとえ自分の記憶のアクチュアライゼーションだとしても無意識のプロセスでしょう。それと社会化されているプロセスであって、だからこそそれは意識してなされるのではない。あの本は、むしろそれが個人の、一人一人の芸術家とか写真家とかのなかで、自分のものではないんだけれども、反復されてしまう、その無意識の作用の露頭のようなところを追っているんだと思うんですが。だからむしろクレオール的でない社会のなかで、無意識的なものの露頭、ある表現行為のなかに、その行為を保証しながらふっと現れてくるものを、「記憶」というタームでもう一度掘り起こそうとしているんじゃないでしょうか。

今福…そのメカニズム自体を意識化しようとしているわけでしょう。民俗社会においてはそのプロセスが無意識化されていると同時に、そのプロセスを考えることも始めから放棄されている。

西谷…それは社会化されているとも言えますね。

今福…そうですね。それについては非自覚的であるからこそ、ある意味では反復が有効なものとして文化的同一性を保持することができた。われわれはそういう自律的な民俗文化の状況を取り戻すことはできないわけで、常にそういう無意識や、隠されることによって反復のメカニズムに現れてくる得体の知れない力、自分とは思えない力が自分のなかに想起されたり、それが反復されたりするときの、まさにインターフェイスみたいなもの、それを自覚化していく作業というものが、現代の写真だったり芸術家の行為だったりするわけですね。だからいま反復という概念が立てられるとするなら、その反復という身体回路がもつ政治的なメカニズムみたいなものを、自覚化するというか意識化するときに出てくるんでしょうね。

クレオール的翻訳概念

今福…最後に、トランスレーションという概念・方法論について少し話しておきたいのですが、聖書の翻訳というかたちで、西洋における「翻訳」のイデオロギーは本格的に成立します。その流れのなかで、一九世紀初頭にゲーテは「世界文学」Weltliteratur というかたちで、近代ヨーロッパの共通文化を言語的に結んだ普遍的精神領域を想定します。その世界観では、フランス語、英語、ドイツ語などの個別的な言語体系のあいだに翻訳による橋が渡され、そこで国民国家、国民言語、国民文学、といったナショナルなカテゴリーの補完原理として「世界文学」が成立するとみなされた。言語は相互に意味論的対応をもって交換可能だという考えが基本にあったからこそ、ゲーテはシェイクスピアを読むことができたわけですね。そこにおいて文学の世界的な精神共同体のようなイメージも生まれたわけです。翻訳というイデオロギーはそれをある意味でずっと強化しながらくるわけです。しかし、『*The Dictionary of Global Culture*』のような辞書が可能になった状況のなかで、トランスレーションという問題はどのような場に引きずり出されるのかということにぼくは関心があります。言語的な翻訳を考えた場合には、それは意味論上における等価的な交換関係ではもうありえないわけです。もちろん翻訳は、意味における伝達性を一〇〇パーセント保証したかたちでなされるのではなく、いろいろなものが欠落していくわけだし、改竄されていくプロセスでもある。しかし、欠落や変容はあるけれども、エッセンスはそこにあるという信頼があるから翻訳は成立している。けれどぼくはいまの状況のなかでは、そういうナイーヴな翻訳モデルは破産したのではないかと考えているんです。

最近興味をもっている二言語や多言語的なテクストだと、単一言語への翻訳の可能性自体がほとんどなくなる。つまり一対一の言語的対応において意味を置換するというかたちでの翻訳は成立しない。もともと複数言語のあいだの交通のなかからしか、テクストの政治文化的意味が現れてこないわけですから。著者が置かれた社会条件のなかでの言語的越境や逸脱のテンションこそが、テクストのメッセージの核心となる。さらに言えば、それはかならずしも複数言語混在のテクストである必要もなくて、むしろグリッサンなどが言うところの「クレオールなテクスト」であればいい。それは、一見英語だけで書かれているかもしれないし、フランス語のなかで文法的にはとりあえず完結しているかもしれないし、あるいは英語・日本語混じりで書かれているかもしれないけれど、そうしたなかで現れるマルチリンガリズムやバイリンガリズムのポリティックスは、単独の言語生産の領域のなかに、すでに翻訳という問題が予め含まれてしまっているという点にあるわけですね。だからマルチリンガルな作家は、戦術・技法としてマルチリンガルを選択したのではなく、自分の必然的な表現が外見的にはマルチリンガルになってしまうというわけです。たとえばスペイン語と英語を使いながら書くチカーノ（メキシコ系アメリカ人）たちは、技術的にやろうとしているわけではなく、ある意味で、グリッサンに言わせれば、「自然のポエティックス」みたいなものが出てくる必然的な表現方法のなかに、すでに二言語、三言語が混入してしまう。そういう事態は、ある意味ではトランスレーションのプロセスそのものの紛争を記述しているといってもいいわけです。とすると、こうしたテクストを日本語という一言語に翻訳するのはある意味で根源的な矛盾をはらんでいるわけで、だからクレオール的な表現を考えたときに、翻訳という概念にも新たな内実を注ぎ込む必要があると思うんです。翻訳をずいぶんとされている西谷さんに、そこを伺っておきたいと思います。

翻訳における化学反応

西谷…いや、それについてはたいしたことは言えないんです。翻訳をやりながら翻訳論の方はあまり考えたことはないから。ただ自分なりの言語感覚だけが頼りで、元のテクストの息づかいとかリズムとか、そのインパクトだとかを自分の日本語だったらこう言うなという感じで訳しているだけです。だから表現にはけっこう気を使っているけれど、まあ、翻訳論なんてあてにしていないというか、ヨーロッパの翻訳論なんてあまり真に受けないですね。なぜかと言うと、あれはユダヤ・キリスト一神教のなかの話でしょう。誰でも物を書けるようになったのは大体ルネサンス以降の話で、それまでは聖書にすべてが書いてあるから誰もが物を書くなんて必要はなかった。そう考えると、翻訳については近代の状況を考えていれば大体間に合う。もちろんギリシア語からラテン語への翻訳はあったけど、それは聖書の歴史のなかに全部入っている。聖書は——もちろん旧約のことだけれど——最初ヘブライ語で書かれていました。それがヘレニズムの時代になって、いわば国際標準語で読めた方がいいというので、七〇人訳聖書ができる。つまりアレクサンドリアにみんな集まってギリシア語に直したわけです。一方新約聖書の方は最初からギリシア語で書かれているでしょう。言ってみればキリスト教が普遍宗教として万人のものになるためには、一民族のヘブライ語から離脱して共通語にならなければならなかったわけです。それからローマ帝国でキリスト教が国教になった段階では、ローマ・カトリックがラテン語で布教する。ローマ教会は東方教会に対してそのラテン語をアイデンティティの軸にしますね。五世紀にはヒエロニムスによるラテン語訳、いわゆる「ウルガータ聖書」ができて、そのときには、神の言葉に最も近いのはギリシア語か、ヘブライ語か、あるいはラテン語かといろいろと論争があったらしい。これは事後的に見て言えることなんだけれども、なぜローマ・カトリックが圧倒的に力をもったか、世界に拡大する勢力圏をつくりえたか、それには教義上の問題やら何やらいろいろ理由があるだろうけれど、この言語的離脱、つまりヘブライ語からギリシア語、ギリシア語からラテン語というかたちで、二重に起源からの離脱を果たしたということが大きいのではないかと思います。それによって神の言葉は完全にポータブルなしがらみのない器に盛られたわけです。ともかく、神の言葉と諸言語があるヨーロッパでの翻訳の問題というのは、基本的にはその圏内でのことだと思うんです。

日本語ではヨーロッパのものを翻訳するにあたって、明治初期の二〇、三〇年のあいだにそのための言葉を作ったわけですね。はじめは翻訳しようにもそのための言語がない。だからまず翻訳できるように道具一式を作った。自由とか社会とか主体とか法律とかね。恋愛とかいう言葉もそうだし、文の構成もヨーロッパ的な文法を念頭に置いて補完するようになりますね。でも文学作品の翻訳はたいへんですよ。フランス語の翻訳文みたいな文体の小説が出てくると、フランス語には訳しやすいわけですが、けれども一般的に文学作品、特に詩なんかは、翻訳ということを語ること自体がすでに問題であって、じゃあ翻訳できるものは何かといえば、これは共通の意味内容があるもの、つまり社会科学、人文科学、自然科学、いわゆるサイエンスということになるけれど、それは一九世紀にヨーロッパが確立したディスクールなんですね。いま言ったようにそのコピーを日本語もつくったから、その限りでは置き換えはできる。しかし、本当に書き言葉が生成する現場である作品というのは、特に系統の離れた言語の場合、どうやって翻訳できるのかということはほとんど誰論してもしょうがないんじゃないかと思います。翻訳者がその場になるしかない。パルタージュ（分割＝分有）という言葉を言ってしまえば、二つの言語が一人の翻訳者を共有する。その訳者は二つの言語を生きるわけで、その言語感覚を通して化学反応みたいに——あえて錬金術とは言わないけれど——一方のものが他方のものになる。そう思って訳すしかない。ところが、クレオール的な状況だと、もうそれもできない。いま思い浮かべていたのは、フランスのピエール・ギヨタですけれども……。

今福…あれは翻訳できないですね。

西谷…できないでしょう。ギヨタの場合、フランス語が北アフリカの言葉などと——これは戦争という契機があって——混じりあって崩壊しちゃっているような言語で書くわけですが、フランス人でも読めなくて、作者自身が一〇年後にフランス語訳という別の作品を出したりしている。最近『売淫』という作品の一部が訳されました。日本語の訳者は、標準的なフランス語とギヨタが使うアルジェリアの言葉との関係は、植民地関係だからということで韓国語を使ったりして工夫をしているけれども、これはまあ似たようなものですよということを提示するだけでしょう。それはもう翻訳じゃない。というのもフランス語とアラブ語の干渉とかもつれとかは訳すわけにはいかないから。

今福…日本語訳の試みはギヨタのテクストにたいする一つの批評行為にしかならない。

西谷…そうですね。だから文学作品の場合には、基本的にある確定された意味内容があってどうのというよりも、それぞれの人間がもつ現実とのかかわりのなかで、ほかの言語で書かれたものをどうやって言語的に消化していくかだと思うんです。そしてそのときに食べる方も食べたら変容するということですね。なにかを自分の言語中に取り込んだら自分の言語も変わっていく。

今福…いま翻訳が成立するとしたらそこしかないでしょう。つまり先ほど言われたのはまさにその通りで、ユダヤ・キリスト教的な言語観、原言語みたいなものへの連続性は切れたんだけれども、そこに戻りうるんだというノスタルジックな言語観のもとで、翻訳が保証されてきた。言語的に置換されても、最終的にはエッセンスが残るんだと考えるのも、言語的プロトタイプ、つまり原言語への信仰によるわけですね。

西谷…神がいなくなった後には、理性があるからね。

今福…言語間の関係が最終的には保証されていくということで、原言語の枠組みをそのつど作り出しながら支えてきた。おっしゃるように、日本ではただ西洋的な言語の連続性のなかにわれわれを接続する仕掛けとして、明治期の翻訳文体の創造がなされたわけですね。それがあったから翻訳という行為が可能になっていく。だから言語のなかにすでに存在している原言語的なものへのノスタルジーがあって、それはすでに日本語であろうと西洋語であろうと変わらない、と言った方がいいかもしれませんね。翻訳の技術的な導入によって、翻訳に隠された言語イデオロギーそのものが日本語に侵入した。その意味でも、あらかじめ疎外された「国語」というかたちでしか日本語の歴史を想定することができない、とイ・ヨンスクさんが論じているのは正しいですね。

翻訳者の徹底した批判的視点

西谷…それと、原言語とかいう抽象的な観念ではなくて、言語というのは、この言葉を通してひとがある現実とのかかわりをもって生活を組織しているわけで、その現実とのかかわりの組織にはいろいろな脈動、リズムがあったりそれが干渉したりするわけです。言語のそのような側面をできるだけ近づけてみるというか、近づけられるかたちで消化していくというか、そういうことが、いわゆる抽象的な意味のレヴェルとは別に考えられると思う。実際いくつかの言語を通っていくとき、ある原理的なものが想定されるからそれぞれの言語に訳しても同じものというのではなくて、そういう干渉の連鎖としてしか――この言語とこの言葉の連鎖は別の言語と言語との連鎖とは違うわけで――つながりはありえないんじゃないか。そのうえ、その連鎖が単線的ではなく、絡み合うわけです。そしてクレオール的なものというのはこれがまた別の徹底的にポータブルというか、逆説的にも場所に根づかない、たとえばどこにも帰属しない英語とか、どこにも帰属しないフランス語とか、フランス語は帰属させようとして躍起になっているけれど、そういうかたちで、いままでのナショナルな言葉を変えていくものとしてあるんじゃないでしょうか。

今福…言語のもっている歴史、あるいは「国語」を解体していく力みたいなもの。

西谷…それは翻訳する必要がないんだよね。

今福…必要性というかたちで問いを立てなくてもよいと思うんです。すでに翻訳という政治的なメカニズムが、言語表現を行う現場にあるような気がするんですね。ある固有の自立的な特定言語にヤスリをかけるみたいな、そういうかたちでしか真摯な表現行為はもはやありえないわけで、国語という枠組みを解体するということにもなるでしょうし、いろいろなヤスリのかけ方はあると思いますが、すでに翻訳という行為に介入することでしか作家にせよ誰にせよ、物を書くということは不可能かもしれない。先ほどの普遍言語の話に戻ると、結局原言語、神の言葉というものとの関係のなかで、西洋語が一方で普遍言語というものをプラクティカルな意味も含めて一八世紀頃からたくさん作り出し、さらに普遍言語や人工言語、つまりエスペラントみたいなものとは違うかたちで、二〇世紀はコンピューターを介してある種の人工知能というかたちでの、言語的なプロトタイプを志向したわけですね。しかしそれは連続的な動きとしてとらえることができると思うんです。なぜコンピューターのようなものが発明されたのかというと、ユダヤ・キリスト教の言語意識史の流れの尖端部分において、普遍言語への回帰の欲望が人工知能の創造というかたちで出現したと考えるとわかりやすい。それは、バベル以前の言語ユートピアを指向する考え方に支えられたある種の言語テクノロジーの進化形ですよね。

いまコンピューターによる実用に近い翻訳ソフトが出てきましたけれど、これはどういうメカニズムになっているかというと、英語を日本語に変える場合も、直接は変えないわけです。いったん英語をコンピューターが扱う一種の媒介言語に置換して、それをもう一度日本語に置換する。つまり、翻訳ソフトのメカニズムは、中間にある種の普遍言語を想定してやっているわけで、だからこそ英語をいったん中立言語に直してそれを日本語にしたり韓国語にしたりできるわけです。翻訳への信仰ってそういうことでしょう。つまり英語が直接日本語になる、という信仰ではないんですよ。英語がある言語になり、そのある言語が日本語になる。だから日本語も一つの原言語になりうるという信仰、英語も一つの原言語になりうるという信仰、それは人間が言葉を話し、相互に「理解」可能であるということに関するある種の普遍性にたいする信仰かもしれない。言語自体がもっているあるプロトタイプに置換できるという信仰があるから翻訳が成立しているし、コンピューターはまさにそれをなぞっているわけです。だからいくら翻訳能力(語彙の置換能力)が正確になろうとも問題は同じことでしょう。

おそらく新しく立てうるトランスレーションというパラダイムは、そういうプロトタイプとしての普遍言語を中間項として介入させるものではなくて、すでにテクストの成立する現場で複雑な言語がじかに衝突しあう、そうした状況から導かれた「翻訳」の政治学的プロセスを直視するものとなるはずです。まさにクレオールは、言語が複雑なかたちで並び立ち、闘い合い、せめぎあう、というプロセスによって生まれたものですから。そういうなかで、翻訳はある非常に強い批判行為としての性格をもたざるをえなくなっている。だから翻訳者がその批判性に介入せずに、無色透明な中立の媒介者として言語の橋渡しをするということは、もはや不可能ですね。翻訳者はある意味では徹底して批判的な視点をあるテクストに対して導入しうる人間であり、あるいはそれを導入することによってしか翻訳は成立しない。ギヨタの翻訳はまさにそういうかたちでしか成立しえない。ヘテログロッシアのプロセスによりながら多言語的に書く作家のテクストを翻訳するとしたら、それは批評行為にならざるを得ない。だからまさに翻訳自体がクリティックになっている。それは表現者の内部の問題にもなってきているのではないでしょうか。

インターネットのクレオール化

西谷…状況としては、多様な言語を使える人間が増えたということもありますね。これだけ交流が多ければ当然そうなるわけだけど、そうするともちろん書き手も多言語的になる。その一方で翻訳も加速される。

先日、パリのブック・フェアに奥泉光さんや松浦理英子さんとかの若手作家たちと一緒に行って、翻訳に関する討論会に参加したんですが、会場から、「現代の日本の作家はナショナリズム意識が薄いと言われているがどう思うか」という質問が出たんです。それに対しては、「しばらく前までの日本の作家はすべて原理的にナショナリストである。なぜかと言えば、作品は日本語という言語環境で書かれているし、フランスなどと違って、日本の場合一般的にその外に読者が想定できないから。また、外部に出会うと、こんどは自分が日本語環境のなかにいるということを自覚せざるをえないから、あるいはそのなかに無自覚に浸かっているから、いずれにせよナショナルでしかありえない」と答えたんです。しかしおそらくいまの人たちは違いますね。たとえば奥泉光や松浦理英子の作品は同時代的に翻訳されています。そうすると、否応なしに、自分の作品が外国語で読まれていることを意識せざるをえない。そして意識するしないにかかわらず、実際にそういう感覚で書いているでしょう。そうするとそのこと自体が作家と書くことのかかわりを変えていくと思うんです。その人が外国語を話せるか否かにかかわらず、常にほかの言語で読まれるかもしれない、あるいはこのいまの日本語はさまざまな言語に取り巻かれているんだ、自足した領域ではないんだ、ということを、まともな作家は意識して書いていると思うんですね。

今福…大江健三郎の翻訳調文体は、この作家固有のスタイルとして位置づけることもできますが、その次の、われわれの世代の作家だったら意図的に自著を翻訳するかのような言語意識をすでに集合的なものとしてもっていますね。まさに創作そのものが翻訳をはらんでいるというのは、ある意味では現代文学の流通形態にも見合っている。つまりそれは、自分の作品が翻訳されて別の言語のヴァージョンとして流通することをあらかじめ想定するのとたぶん同じことですから。

西谷…生活環境として、日本語だけで成り立つ生活環境はもうないわけです、自分が実際に日本語だけで生活しているか否かにかかわらずですね。大衆的に読まれる作家というのは日本のなかで安心して読みうるものを書かないと読者が増えないわけだから、逆に言うと、創造的なものを書こうとする人であれば、そういう潜在的なマルチリンガルな状況を意識しているんじゃないかと思います。

今福…そのマルチリンガルな状態を、インターネットの方に戻して語れば、「カフェ・クレオール」という多言語環境のサイトを実現しようとしたときに、困ったことに、言語的な表記上の制約が出てきてしまったのです。つまりいまのブラウザの性質からいって、文字コードの設定は基本的には欧米（ラテン文字）、日本語、中国語、ハングル、ギリシア語、キリル文字といった個別言語文化圏のなかで完結しているわけです。当然、日本語環境で表示する場合ロシア語だとかは文字化けしますし、アクセントやウムラウトがついているだけで文字化けしてフランス語もドイツ語も読めなくなってしまうということが起こる。少しずつ改良されてきていますが、複数言語間を同一環境上で渡り歩くという、アナログ空間ではごくふつうの言語行為を、まだコンピューターは完全にはコントロールできない。つまり完璧にマルチリンガルな環境を一つのブラウザ上で実現することはまだできないんですね。これはもちろん近い将来変わっていく問題ではありますが、意外にそういうところで、たとえば本だったら簡単にできるはずの一〇言語混在の表現が、インターネットではやりにくい。だから、ぼく自身が最初から「カフェ・クレオール」をマルチリンガルにしたかったという意図は、いま巷で言われている「国際性」と同じレヴェルで多言語にしたいというのとはまったく違うわけです。言語がもっている固有言語内のモノリンガルな完結性のイデオロギーを解体するための装置としてマルチリンガルにしたい。つまりいまのバイリンガルという概念は、二言語の完璧な使用ということでしょう。これは「完璧な」というところが問題であって個々の言語の完結性、操作性に完全に習熟していることが基本的な条件です。だから非常にモノリンガルなイデオロギーが、通俗的なバイリンガルの考え方を覆い尽くしてしまっている。それはバイリンガルでもトリリンガルな考えでもなくて、きわめてモノリンガルな考えで、単一言語内の完結性とその操作の完璧性を温存した上での多言語並置、という問題設定です。

そうではなくてぼくが考えたいのは、一つの言語の枠組みを完結的に考えること自体を解体したところに出現する、錯綜した政治的言語意識の提示です。それがマルチリンガルであるということのアクチュアルな意味です。ところがそういうサイトを構築することは技術的にも難しくて、また理解もされにくい。いまだにインターネットのサイトは英語至上主義という言い方をされるけど、それとは別の意味で、モノリンガルのイデオロギーが強く浸透している。だからそれは奇妙な矛盾なんです。それはネット上のサイトをホームページと呼ぶこととよく似ている。定住性、ナショナリズムの隠されたイデオロギーはここにも顔をのぞかせている。ナショナリティとか、家であるとか、国語であるとかいった、本質主義的な原理が無数にインターネット空間を覆っているとすれば、その環境は、擬似的な意味ではクレオールに見えますが、全然クレオール化していないのかもしれません。

西谷…まず、あらゆるホームページをホームレスにしなければならないわけですね（笑）。

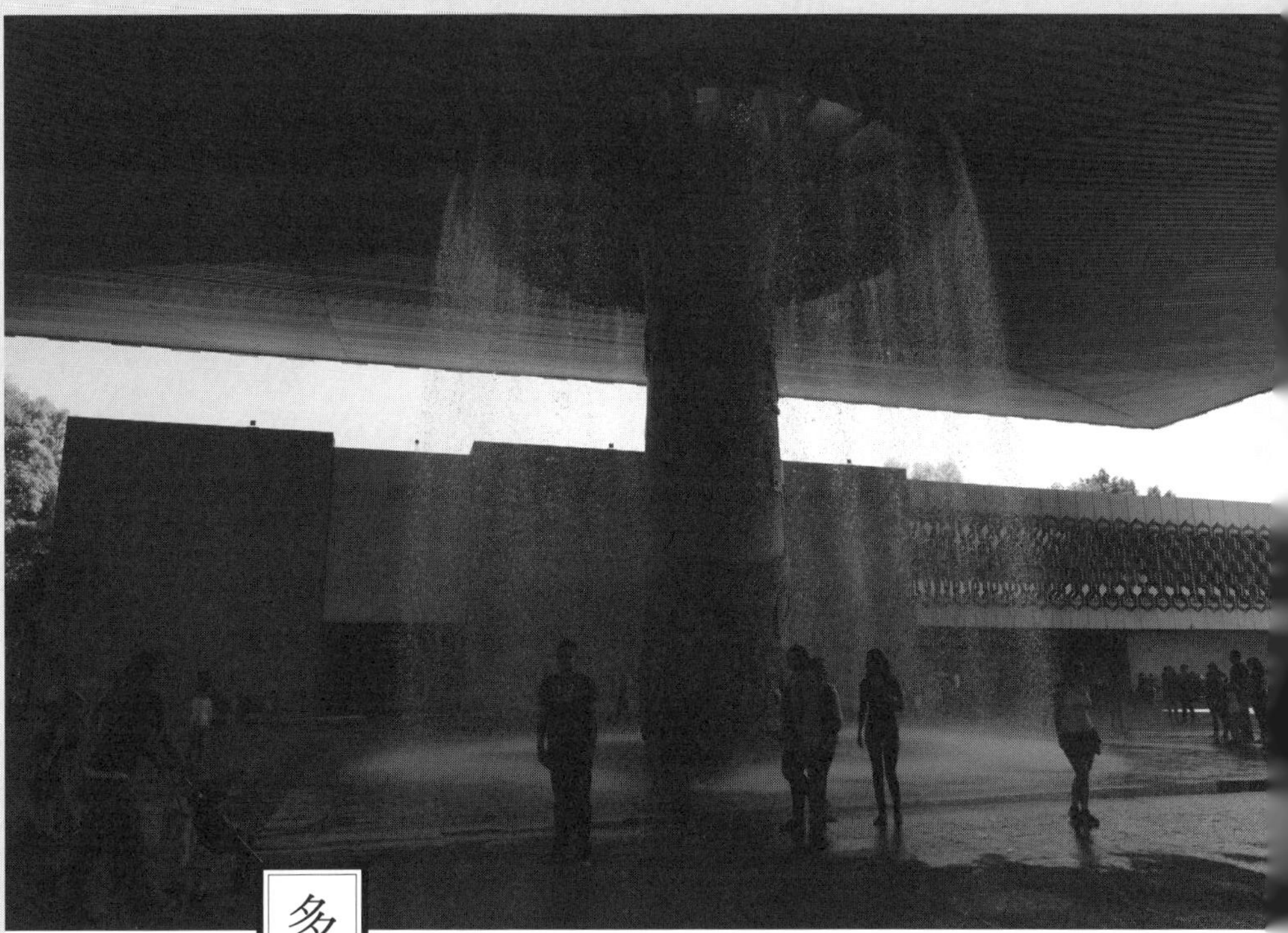

多木浩二との対話

1998

ラテンアメリカのモデルニスモ

一九九八年の四月から八月にかけて、東京のワタリウム美術館で「カーロとリベラの家――ファン・オゴルマンの建築」と題された展覧会が開催された。二〇世紀のメキシコ美術をそれぞれの立場で代表するフリーダ・カーロとディエゴ・リベラは一九二九年に結婚し、二人のアトリエ兼住居の新築を当時二六歳だった新進の建築家ファン・オゴルマンに依頼する。建物は一九三二年に完成したが、いまもメキシコシティーのサン・アンヘル地区に建つこの家は、メキシコ壁画運動に連なったリベラやのちのオゴルマンの強烈で野蛮ともいえる地域主義的なスタイルとはかけ離れた、きわめて機能主義的に洗練された近代建築であった。小さなブリッジで結ばれた、赤と青の二棟の家。修復されたのを機にこの家を現地で見た建築家伊東豊雄氏の新鮮な驚きと、その話を聞いた多木浩二氏のモダニズムの造形をめぐるあらたな関心とが、この特異な展覧会を実現させるきっかけとなった。模型や家具や写真による家の再現、カーロやリベラのドローイング作品や日用品の展示、そして廃墟を思わせる後期オゴルマンの建築作品や絵画作品の写真が並べられた空間は刺戟的であった。この展覧会の開催期間中に、私は多木浩二氏とともに「メキシコのモダニズムを考える」というテーマで公開レクチャー＋対談をワタリウム美術館において行っているが、本篇はそれより前に名古屋で行われた、雑誌特集のための対話である。掲載誌はこの展覧会を特集した建築誌『ＳＤ』の一九九八年五月号であり、編集部（当時）の寺田真理子さんが媒介してくれた。私自身が一九八〇年代の前半にメキシコシティーに二年ほど滞在し、サン・アンヘル地区の近くに住み、ペドレガル地区の溶岩地帯にあるオゴルマンの奇怪な自邸の周辺をよく歩き回っていたことが、ここでメキシコの「近代」と呼ばれるものの屈折について語るときの経験的な裏付けをもたらしてくれた。メキシコの「モデルニスモ」に隠された矛盾と背理を、オゴルマンという一人の特異な建築家・画家の仕事のなかに透視した多木氏の鋭敏な直感に促されて、私もまた、あの混血の土地で感じた、インディオの遺産を内なる他者として生きながらヨーロッパという外来の近代に自己を接合するほかなかったメキシコ人たちの、内部分裂の痛みの感触をあざやかに思い出していた。

PROFILE

多木浩二　一九二八年生、二〇一一年没。哲学者。著書に『都市の政治学』『建築・夢の軌跡』『もし世界の声が聴こえたら』など。

ラテンアメリカを起源とするモデルニスモ

今福龍太…今回、あらためて「モダニズム」という問題をメキシコの近代文化のなかでさまざまな方向から話してみるにあたって、フアン・オゴルマンから考えていくというのは、非常に正しい入口だと思います。今までは壁画運動のメイン・ストリームから、メキシコの一九二〇、三〇年代以降の文化的なモダニズムの問題を考えるのが一般的でした。けれども、オゴルマンから入っていくと、おそらくはメキシコにおけるモダニズムという問題が持っているさまざまな矛盾や謎といったものをわれわれもじかに取り扱わざるを得なくなってくる。オゴルマンの自殺をみてもわかるように、やはりモダニズムにさらされた芸術家としての彼のなかにどうしようもなく大きな矛盾とねじれのようなものがあって、それが彼の個人としての人生においても、象徴的なかたちではたらいたように思われます。今日の話もオゴルマンを総括したり、メキシコのモダニズムを壁画運動まで総括することはとてもできませんけれども、オゴルマンという入口から入ったときに何とぶつかって、どんな問いと出会うかといった感じで断片的にお話ししたいと思っています。

多木浩二…そうですね。私はオゴルマンが〈カーロとリベラの家〉をつくったことから、メキシコのモダニズムの不思議な混在ぶりに刺激を受けました。一体、これは何だろうか、と思ったのです。私にとってメキシコの芸術は壁画運動だったのです。日本でのメキシコ美術の紹介はかなり早く、一九五〇年代の初めに展覧会がありました。そこでディエゴ・リベラ、シケイロス、オロスコといった人々の芸術を知ったのが初めてです。その時代の日本は戦後間もないころで、まだ貧しく、社会主義への期待に生きていましたから、革命後のメキシコの芸術にはかなり興味を引かれました。オゴルマンについては壁画運動の第二世代という認識くらいでした。やがて私の場合は、メキシコの話は忘れてしまっていたんですが、一九三〇年代についての関心を抱き始めたときに、再び、メキシコ絵画が視野に入ってきました。リベラのニューヨークのRCAビルの壁画で、ロックフェラーと揉めたことなどもそのときから資料をもとにして調べてみる気になったのです。

今回、オゴルマン、リベラ、カーロの関係を知ったのは、伊東豊雄さんから〈カーロとリベラの家〉の写真を見せられ、その建築家がオゴルマンだったことがきっかけです**【図1・2】**。そのとき私の頭のなかは、何という矛盾か、とメキシコ・モダニズムの複雑さで一杯になったのです。それから俄勉強で、エドワード・バーリアンの本やプランポリーニの本を拾い読みしたり、ホセ・バスコンセロスやアルフォンソ・カソの哲学的思想を理解するという慌ただしいことになってしまったのですが、

図１　メキシコ市南部のサン・アンヘル地区にある青く塗られたカーロの家（オゴルマン設計）

図２　メキシコ市南部のサン・アンヘル地区にある赤く塗られたリベラの家の外階段（オゴルマン設計）

一番役に立ったのはオクタビオ・パスという詩人です。別の原稿で書いているように（『ＳＤ』一九九八年五月号、八八—九一頁）、彼ら三人の芸術家の違いがメキシコのモダニズムを代表するような気がしています。オゴルマンの近代建築がそのまま継続して、メキシコの近代化を進めていれば、それはそれで問題は起きなかったでしょう。しかしオゴルマン自身がそうはいかなかった。完全に挫折します。だから、とにかくこうした諸現象を把握する何らかの枠組みが必要になりますね。

文化的近代化と社会的・経済的近代化

今福…今日は大きい枠組みとして、メキシコにおけるモダニズム（スペイン語では「モデルニスモ」）という概念そのものを語るときの構えみたいなものを考えてみました。ラテンアメリカ全般にたいして言えることですが、モダニズムは二つの方向から考えざるを得なくて、一つは言うまでもなく西洋のある一つの芸術運動、芸術の一つのモードとしての捉え方ですね。それがメキシコにどういう影響を与えたか、あるいはメキシコにどう伝わったか、あるいはさらにそれが世界にどう広がっていったかという見方が一つあります。一方、ラテンアメリカ側から見ますと、実はこの「モデルニスモ」という概念は、

そもそもラテンアメリカでは一九世紀末に成立して、それがスペイン経由でヨーロッパに広まったという経緯があります。だから、少なくとも一つの思想運動としてのモデルニスモは、すでに一九世紀末から中米、ラテンアメリカを起源として生まれていたということは、まずどうしても押さえておきたいと思います。その上で、特にシュルレアリスムのアーティストや詩人によって、ラテンアメリカという場が彼らの美学のなかの非常に特権的な場として発見されていくなかで、西洋のモダニズムは、エキゾチズムを外部からのエネルギー源として近代の前衛運動のなかで突き進んでいく。こうしてモダニズムは、シュルレアリストを媒介としてメキシコに還流していって、そこで西洋側がメキシコにたいして持つ、一つの非常に喚起的なイメージというものを提供する。それと同時に、シュルレアリストたちによって、今度はメキシコ人たちが自分たちの無意識を揺り起こされたのです。

それともう一つ考えたいのは、ラテンアメリカにおけるモダニズムという概念の立て方が持っている問題として、いわゆる文化的モダニズムという、芸術運動の文脈で語られる問題と、いわゆるソーシャル・モダニゼーションというか、社会的・経済的な近代化の問題がやはりメキシコやラテンアメリカにおいては非常に乖離しているということです。つまり、モダニズムという運動を語る場において、社会的な近代化というものは徹底して遅れているわけです。つねにそのモダンあるいはモダニゼーションという問題は、現在のメキシコにおいても社会的・経済的に言えば、まだ近代化のプロセスの途上にあるという規定しかできない。そのなかで、文化モダニズムの問題だけが突出して芸術家やあるいはエリートのなかで語られてきているという側面もある。そうするとモダンあるいはモダニゼーションという概念そのものが非常に矛盾に満ちた言葉になっていく。場合によっては、それは階級であるとかそうしたある種の特権性を意味してしまうわけです。社会的な近代化を達成していないにも関わらず、芸術運動におけるモダニズムという問題が一人歩きしていった。今日はそういう動き、枠組みをも考えに入れなければいけないと思っています。

多木…その問題の枠組みで話を進めましょう。そのなかでまず一九世紀のモデルニスモの問題から入っていきましょう。

今福…この「モデルニスモ」を最初に言ったのは、ニカラグアのルベン・ダリーオという詩人ですが、彼が一八八五年頃に初めてこの「モデルニスモ」という概念を、当時の文学的な動きとか、あるいは彼自身の詩的な、前衛的な方法論を指す言葉として使っています。彼が『アスール(青)』という詩集のなかで、「モデルニスモ」と呼んだものは、異なった文学的、あるいは想像力のモードが混在している状態、混合体としての作品でした。ヨーロッパ的なさまざまな表現のモードやレトリック、それと非ヨーロッパ的な、つまりラテンアメリカにおけるプレ・コロンビア的なものが混在したもの。さらに、植民地以降の混血性みたいなものを指していた。つまり、彼はラテンアメリカの汎大陸的な複合文化性に根ざした、ある新しい文化論の宣言をしようとしていたのです。

ダリーオとほぼ同時代の人で、ホセ・マルティという キューバの重要な詩人・思想家が、一八九一年に『ヌエストラ・アメリカ』という重要な論文のなかで、「われわれのアメリカ」、つまり自分たちにとってのアメリカ大陸全体の歴史や文化をどう規定するかということを書いている。マルティは、コロニアルな状況のなかで生まれたこともあって、多民族的、多人種的、トランス・カルチュラルな社会建設の必要性を感じていた。つまり、自分の表現をもたない「アメリカ」はどのようにコロニアルな状態から立ち上がるのか、どういう「アメリカ」を建設するのかを考えようとしたのです。この場合の「アメリカ」がキューバも含む中南米の精神共同体を指すことはいうまでもありません。

ダリーオやマルティに共通する考え方は、人種民族間のエッセンシャルな規定が存在する限り、そこにかならず敵対心とか対立関係というものが生まれてくる。そういうものを根元的に解消して、ある種アメリカ大陸自体が人種的、民族的な混合体としてあるわけですから、そういうもののなかでの調和というものを達成するにはどうするかということです。このことは、二〇世紀末のポストコロニアリズムの思想のなかにあるマルチカルチュラリズム的な多文化主義の基本的な考え方の枠組みが、一〇〇年前の時点ですでにあったことを意味します。もう一つ一〇〇年前と言えば、アメリカ・スペイン戦争が終わった年ですね。ちょうど今年が一九九八年で、米西戦争から一〇〇年になります。つまりそれまでのカリブ海のスペイン植民地というのがなくなって、キューバは最終的に独立するんですが、しかしそれはある意味でアメリカ合衆国というもう一つの新しい主人の出現だったわけです。ですから、マルティは一方でスペインから独立するにあたって、今度はアメリカ合衆国という新しい巨大な国家とどのような関係を結び、どう自立するかという問題について考えることになりました。ルベン・ダリーオのようなニカラグア人にとっても、巨大な新しい、まさにポストコロニアルな状況のなかでの帝国主義的なスーパー・パワーとして、アメリカ合衆国というものがちょうど出現してくる。そうすると非常にアメリカ合衆国的なモダニゼーションとしての「近代」というものに対する強い批判性が、モデルニスモ自体のなかに存在していることになるわけです。したがって、この地のモデルニスモはラテンアメリカ社会が持っている多文化性、混血性を志向していくことになりました。

一八九〇年代のバルセロナに、このラテンアメリカのモデルニスモという概念自体が、ルベン・ダリーオがバルセロナに行くことで移植されていきます。ダリーオがカタルーニャ文化を背負うバルセロナで、非常に大きい影響を与え始めるわけですね。そして、モデルニスモという概念が流用されていった先が、ガウディの建築だった。それからピカソの絵画、さらに当時バルセロナやパリを拠点としていたリベラもそうです。この頃からリベラの仕事自体もモデルニスモという枠で捉えていくような視点が出てきます。ガウディもピカソも非常にヘテロジーニアスな作風によって、いろんな意味で衝撃を与えていた。そういったなかで、あらゆる素材、あらゆる建築や造形のモードの混合体として、非常にヘテロジーニアスな造形、感覚を指向し、そういうものがモデルニスモという概念と合体していく。その後、「モデルニスモ」は今われわれがヨーロッパの「モダニズム」と呼んでいるような、ある全体的な芸術運動自体を指すような言葉、西洋の前衛的な芸術運動へと概念的に少しずつ移行していく。そしてさらに、バルセロナからフランスへと広がっていく。

シュルレアリスムにみるモデルニスモ

多木…今の一九世紀のラテンアメリカの「モデルニスモ」、今福さんはルベン・ダリーオを例に引かれたのですが、非常にダイナミックなモダニズムの世界的視野が見えてきますね。

私は、政治的なものと近代化とが関係しているという、メキシコ史からいうと当たり前のことですが、それも指摘はしておいた方がいいと思います。それがディアスの時代のシエンティフィコですね。フランスのコントの影響での実証主義的科学主義ですね。これは政治的な抑圧と繋がっていて、それが革命後もポリテクニコに残っていきますね。オゴルマンの機能主義にも通じていくと思っています。これは言い過ぎかもしれないですが、少なくともバスコンセロス的ではない。今福さんがラテンアメリカからモデルニスモを説明されたので、今度はヨーロッパ側ではどうだったかをそれとの対比で述べてみましょう。ヨーロッパのモダニズムも二つの無関係な系列をもっています。一つは非常に還元的、リダクティブな傾向を持っている。その「リダクティビズム」というのが合理主義と結びついて、それがヨーロッパのモダニズムの一つの形態をなしていたわけですね。これは思想的にはデカルト以来かなり早くからあったと言ってもいいような流れが一つあって、ある意味でイデオロギーを形成する可能性を持った部分だったわけですね。ヨーロッパのモダニズムというのは、ハイブリッドな状態で断片化されていてイデオロギー化ができないラテンアメリカと違って、かなり最初から普遍的にイデオロギー化する方向があった。ところがもう一つの要素というのは、合理化できない極めて非合理的なもの、それがヨーロッパのモダニズムのもう一つの起源にあって、それがフロイトの流れだと思うんですね。そのフロイトが出てくるのも一九世紀の終わりですね。フロイトは全然別の文脈から出てきたんだけれども、ヨーロッパにあった「モダニズム」というものの、非常にリダクティブでイデオロギー化しやすいものと、無意識で夢に近いもの、ファンタスティックというものと、二つの混在した状態がヨーロッパのモダニズムというものを形成していく。そこへ一九世紀の終わりに、今福さんがおっしゃったラテンアメリカ的な「モデルニスモ」の刺激が入り込んできたときに、今までなかった別のモダニズムの形態が登場する。それが一番はっきり現れるのはシュルレアリスムです。そのシュルレアリスムが、今度はラテンアメリカの人たちを一方で発見、他方で刺激するに至るという流れが、一九世紀のラテンアメリカ的「モデルニスモ」とヨーロッパとのあいだの関係を構成しているんじゃないかという気がするんです。

今福……一九三〇年代、あるいは四〇年代くらいになって、たとえばアンドレ・ブルトンらシュルレアリストたちによって、ラテンアメリカが特別な、特権的な場として再発見されていくというのは、たぶん突如として起こったことではなくて、明らかに再発見されるべくして再発見されている。あらかじめシュルレアリスムが持っていた何かが、場合によってはラテンアメリカの一部であったかもしれないわけです。そういう意味ではシュルレアリスムはラテンアメリカに戻ってきたという、非常に複雑な相互関係のなかで、シュルレアリスムとメキシコにおけるファンタスティックというものを考えなければいけないんでしょうね。メキシコで言えば特に一九三〇年代で、まさにオゴルマンの建築が本格的につくられていった頃です。一九二〇年代の後半から三〇年代にシュルレアリストたちのメキシコ詣でが一番頂点に達するし、それと同時にそれにあおられるようにして、メキシコ居住の画家や、詩人たちの内部からシュルレアリスムへの自覚的な関心が高まっていく。若きオクタビオ・パスもそうした一人でしょう。そうしたなか、一九三六年にアントナン・アルトーがメキシコにやって来て、彼自身が考えるある非常に原初的な、インディオのプレ・コロンビア的な原型的な調和や美学を、マリア・イスキエルドのようなインディオ系の画家を通じて発見する。アルトーはほかのメキシコの絵画芸術に関して、「ヨーロッパのコピーだ」としてほとんど何も新しいものを見出すことがなかった。そしてブルトンが、二年後の一九三八年にやって来るわけです。これは非常に重要な事件なんですけれども、ブルトンはメキシコでフリーダ・カーロを見出すわけです。カーロのような人物が存在し、その人物があのような絵を描いていること自体がいわばシュルレアリストにとっては奇蹟のようなことであって、「メキシコにはすでにシュルレアリスムというものが存在していたんだ」とブルトンに言わせるようなことになってしまった。ブルトンはカーロを発見することによって、シュルレアリスムとメキシコの一つの重要な局面を見出していると思うんです。一方で、アルトーが、カーロではなくイスキエルドをシュルレアリスム美学の外部に発見したということ、これもまたもう一つのシュルレアリスムとメキシコの関係のなかの異端的な側面であって、この二つは相容れない。ブルトンとアルトー自体の離反を、カーロとイスキエルドの違いが見事に示している。

メキシコにおける「外国人」性

今福…イスキエルドはタラスコ族出身のインディオ女性で、タラスコの民族衣装を着てメキシコシティーの芸術家のサロンに出入りしていた。カーロも同じように、インディオの民族衣装を着て絵を描いたりするわけです。だから外見上非常に幻想的な画風を持った二人の女性が、インディオ的な、メキシコの土着的なものをアピールするような格好をして絵を描いている。これは表面的には非常に共通したものに見えますが、実は相当違うものがそこにはあって、カーロ自身はもとをたどればドイツ系のユダヤ人の家系ですね。カーロという「K」で始まる姓は、メキシコでは完全な「外国人」性を示してしまう。このメキシコにおける「外国人」性という問題は二〇世紀においても非常に重要だと思うんです。

ラテンアメリカの歴史のなかで、先住民インディオ、それからメスティーソ、つまり混血、それからクリオーリョという新大陸生まれの白人、それからイベリア半島から移住してきた白人（ペニンスラール）という四種類の民族類型はつねにあるわけです。それは時代のなかで変遷してきたというだけではなくて、アクチュアルな文脈で言えば、人間類型としてインディオなのか混血《メスティーソ》なのか、白人系メキシコ人なのか、外国人なのかという四通りの類型ですよね。これは現在まで通じて非常に根強くメキシコにおいて残っています。それはかならずしも生物学的な本質主義からだけではなくて、一種の記号性としても非常に強く働いているわけです。「インディオ」性という記号性を持っているのか、「メスティーソ」性という記号性のなかで成立しているのか、それとも「外国人」性なのか。カーロの場合はもちろん、自己意識という意味ではメキシコ人なんですけれども、しかし、彼女にはやはり非常に強い、記号としての「外国人」性というものがあるわけです。イスキエルドの場合は、芸術家として確立したといっても、インディオという記号性は非常に強いものがある。ブルトンにとっては、ある意味でカーロに惹かれるということは、非常に必然的なことだと思うんです。これはいわば、「外国人」性を具現化する人物によってつくり上げられたメキシコの土着性みたいなものが、エキゾチックなものというかたちで再構築されたものを見出すという、これ自体シュルレアリスムの持っている、一つの霊感の構図ですからね。

多木…それは異質性というもの、本当のヨーロッパ人との異質性、その発展じゃないかと思います。やはりカーロの絵は、ヨーロッパ人でも描ける絵なんですよ。民族的な理屈もありますけど。でもたとえば背骨が折れた絵を描いている。これはギリシアの円柱なんですよね。ですから、ものすごく西洋的な伝統を持っている。

今福…そうですね。それはさっきの民族衣装一つとっても、カーロの場合のメキシコ・インディオ女性の民族衣装というのは、彼女の美学的な、一種のモードとしての民族衣装。ところがイスキエルドの民族衣装はおそらくそうではなくて、ある意味では普段着なわけですよね。同じように見えても、たぶんシュルレアリスムのなかにも両方に向かう部分というのがあったと思うし、メキシコにおける幻想芸術と呼ばれているものも非常に複雑な複合体であって、それは一つのファンタスティック・アートというかたちで、表現のモードとして括るのは難しいと思います。画家オゴルマンの幻想性というのも、その意味で複雑なんですけれど、明らかにオゴルマンという姓、オゴルマンというのはアイルランド系の姓で、オゴルマンの「外国人」性というのはメキシコ二〇世紀においても突出していたと思うんですね。外見もそうですけど。

メキシコ革命のアクチュアルな意味

多木…そのオゴルマンの「外国人」性ですが、これはメキシコの現実にとっての他者性ですね。かなり異質なものを含んだ他者性。メキシコはこうした他者性を飲み込んでいるものだと思います。いろいろ考えましたが、それはメキシコにとっての問題よりも、当のオゴルマンに撥ねかえったのですね。しかし一九二〇年代から三〇年代にはメキシコの知識人たちにしてみれば、遅れた近代化を何とかしなければならないという気持ちが強かったのですね。それがオゴルマンをして、メキシコで最初のル・コルビュジエ的建築を生み出す。彼は最初にル・コルビュジエの『建築をめざして』を読むわけですよね。それによって彼は建築が社会を変えるだろうという希望を持ったんですね。ですから、近代社会の遅れというものに対する当時の彼自身のイデオロギーがそこにあったんだという気がするんですよ。メキシコ革命は一九一〇年に始まり、オゴルマンがそういうことを考え始めたのが二〇年代の終わりですね。そのあいだに何も変わらないとなると、メキシコ革命とは一体何だったのかということになる。その辺りについては、オクタビオ・パスの『孤独の迷宮』のなかで、メキシコ革命の特徴というものはイデオロギーがないことで、「レボリューション」じゃなくて「リボルト」だという言い方をしている。あるいはメキシコ人に言わせると、メキシコ革命というのは今でも続いているんだと。つまり革命というのは、フランス革命のようにスパッと旧制度を廃棄してしまう革命とは違ったもので、違ったものだったからメキシコ革命はなかなか社会の近代化という方向に進めない。リベラたちは確かにマルクス主義を唱えたし、一応コミュニストではあったけれども、本当にリベラがマルクスをちゃんと読んで思想を持ったかはわからないですね。今まで、芸術家のパフォーマンス、ある意味では芸術家リベラの一つの思想的な状況に対する位置づけのあるモードぐらいのかたちで彼は処理されていたのではないでしょうか。メキシコの場合、共産主義自体のイデオロギーが奇妙なかたちで飛び火しては、それが少なくとも社会主義や共産主義が生まれた文脈とは違うかたちで動いてしまうような、そういう風土でもあったわけですね。トロツキーが亡命してくること自体も不思議なことであったし、これを今度はスターリンの追っ手が追い詰めて最終的にトロツキーを暗殺するというようなことも歴史に残ってますし、その前には反トロツキスト・キャンペーンみたいなものもアメリカからメキシコにずっと流れてきて、トロツキーのいるメキシコに対してスターリニズム、プロパガンダみたいなものが席巻していく。そのなかで共産党はあっち行ったりこっち行ったりする。リベラもそんな動きのなかで共産党に入党するわけです。

今福…ぼくは一九八二年に最初にメキシコに行ったとき、インステルヘンテスという通りに面したアパートに下宿したんですけれど、このインステルヘンテス（叛乱）通りにしても、レボルシオン（革命）通りにしても、レフォルマ（改革）通りにしても、そういう主要な通りに革命や社会改革的なスローガンのような名前がついているということに、初めはびっくりしたわけです。「革命」という概念自体が決して過去のものになっていなくて、メキシコ人のなかにつねにアクチュアルな、現在の問題としてあって、それが通りの名前や、独立記念日であるとか、革命記念日とかいった政治儀礼として、日々人々に向けて喚起され続けている。西洋的な政治理念としての革命は、制度の改変を意味しています。ところがメキシコでは、革命という概念はかならずしも旧制度に代わって新しい制度を構築して、古いものが新しいものにとって代わるというものではない。別の意味合いが与えられている。与えられざるを得ないわけですよね。それをオクタビオ・パスはスペイン語で「レブエルタ」、つまり英語で言えば「リボルト」ですが、つまり非常に混沌とした騒乱という言い方で捉えようとした。イデオロギー的な基盤がないわけですね。だから「レベリオン／反乱」は地下で準備されるけれども、「レブエルタ／騒乱」は下町の貧民街で起こる、というようなことをパスは言っています。しかも、この「レブエルタ」という言葉には、「回帰」という意味もあります。

多木…レボリューションという言葉も実はそうなんですがね。

今福…そうです。ですからパスは、レボリューションという概念自体が本来持っていた回帰という意味論を引き出そうとした。つまり未来へ向けての政治思想はつねに制度の改変、これは歴史の進歩主義みたいなものに立った上で制度を改変していくというかたちですが、その西洋化されてしまった革命という語彙の政治性をもう一度、回帰的な時間性のなかに置き戻そうとしたのです。実際メキシコ革命というのは、まさに多木さんが言われるように、イデオロギー的な基盤を持った革命ではなかったわけで、言ってみれば農民反乱が同時多発的にいろんな所で起こっている。それがある時点で、一種のシンクロニシティみたいなものを持ちましたけれど、決してまとまった思想的連帯を持っていたわけではない。しかも党とか組織みたいなものもないということは、同時期のロシア革命とは決定的に違うわけです。そこには政治的プログラムがない。むしろエミリアーノ・サパタが終始言っていたのは、土地の共同所有という形態への回帰です。これはつまり、植民地において完全に奪い去られたプレ・コロンビア的な土地の共同所有形態、これをメキシコの農民にもう一度取り返すという運動だったのです。それは決して新しい社会組織をつくり出すという革命ではなくて、まさに先住民の土着性に回帰するということです。だとすれば、メキシコにおいて革命というものがつねに現在形であり得るというのは当たっていて、どこかでメキシコの文化、社会構造のすべてを、ある意味では原初的な構造に引き戻すという衝動が強くありますね。それがある限り、レボリューションというものは、人々の日常の生活意識のなかでもつねに現在形のものとしてあり得るのかもしれません。

多木…それが西洋の場合でも、芸術に限って言うと、つねに芸術は原初に戻ることだという自覚が出てくるわけですね。それはシュルレアリスムのようなかたちで戻るだけでなくて、いろいろな戻り方があるけれど、やはり、一回ごとに一番最初に戻るというのは芸術の行為だけなんです。これがメキシコでつねに現在形であると同時に、われわれの場合もそれはいつでも現在形として持っているんですね。今日、一番最初の問題提起にあったルベン・ダリーオの考えたことの面白さである。なぜ今、一九世紀のラテンアメリカにあった「モデルニスモ」を考え直す必要があるかというと、「ハイブリディティ」という問題がポストコロニアルになってようやく問題化されているけれども、実はダリーオの時点でこの問題は始まっていたんじゃないかと思うからです。日常生活から芸術、思想そのものの「ハイブリディティ」ということをまず考えなければならない。

ただ、オゴルマンは一九二〇年代にル・コルビュジエを読んだときには、社会の近代化ということは建築によって可能だと思った時期が確実にあった。少なくともそこから一〇年近くやってみた。でもそこに彼はつねにある矛盾を感じながらやっていた。この〈カーロとリベラの家〉を見て、外壁にすごくメキシコ的な色が塗ってあるとか、建築の形態そのものとしては外形的にはすごくル・コルビュジエ的な傾向がある。けれども、内装の写真を見ながらぼくがやはり思うのは、インテリアがル・コルビュジエと違う。これは、安っぽく言えばファンタスティックになっちゃうけれども、ファンタスティックというよりも、もう少し感情が動いている世界なんです。たぶん、近代建築は人間の必要のためにやったわけですね。必要と感情とのあいだの矛盾を、オゴルマンはすでに近代建築をつくっている途中から内在したまま持ってきたんですね。それがついに耐えきれなくなるのが、一九三七年頃なんです。そこまでは少なくとも表面的には社会の近代化は、建築の近代化によって可能だと、信じようとしてきた。でもそうではなかった。

壁画運動の政治性

今福…そうですね。壁画運動にも同じようなことが言えるような気がします。これは当時の文部大臣であったホセ・バスコンセロスとも関係しています。確かに彼は非常に強力な思想的リーダーで、彼によって壁画運動というものが起こるんですが、しかし彼が二、三年後にあっさりと文部大臣をやめた以降、壁画運動の理念はかなり形式的なかたちで継続されていく。そのために壁画運動と芸術家の社会参加という問題が、ずいぶん安易に結びついていった部分もあると思うんです。けれども、おそらく壁画運動というかたちで結実するしないは別として、特にリベラの持っている可能性は、バスコンセロス以後の壁画運動と社会との結びつきを遥かに超えるものがあったと思うし、リベラの作品をその形態だけ、壁画性というものだけにとらわれて、つねに社会的な文脈でそれを解釈していくことは、逆に言うとリベラへの評価を狭めていく可能性がある。オゴルマンに起こったこととはちょっと違うかもしれませんけど、ぼくには壁画運動もある時点で非常に形骸化していく部分があって、それはリベラではなく、シケイロスにかなりはっきり出てきているとと思うんです。形骸化というかある意味でイデオロギー化していく。政治的なイデオロギーのなかである公共性としての意味を徹底して持たされていくような側面というのは、非常にはっきりシケイロスにあるような気がします。

多木…シケイロスの方がリベラよりも矛盾はないですよね。リベラは社会的には主題を描いているとかなんとか言いながら、彼の描く壁画のなかでぼくが一番注目するのは、女性像で、それがかなり重要な役割をするわけです。そこでまた思い出すのがオクタビオ・パスですが、パスは「女性」について、女性は認識の道具ではなく認識そのものだ、と言っています。

今福…壁画というメディア自体の持つ最低限のミニマムな公共性、壁画の場合それ自体、民衆芸術の基本ですけれど、リベラはどこかでそれを裏切りますね。たとえばRCAの壁画のプロジェクトで、リベラが描くべき壁画の絵の内容は公共的性格のなかで決定されるはずですが、ところが彼はそこに当時最もアメリカにとって問題のあるはずのレーニンとかトロツキーといった人物の顔をあっさりと描いてしまう。これは壁画作家の公共性への身振りとしては奇妙なわけですね。彼はかならずしも壁面というメディアのなかで彼の創造というものを完結させない、というかはみ出してしまっているわけです。リベラの女性像についても同じことがいえると思います。結局、壁画という場に彼の描くものがうまく収まり切らないわけですね。

多木…今おっしゃったように、壁画ということに対しての彼のある種の裏切りというのはいろんな所で見られる。

これは同感なんですけど、同時に壁画運動がかならずしも社会主義運動と結びつけて考えるべきものではないんだというふうな気もするんですね。というのは、一つはアメリカで成立した壁画というのは、アメリカ資本によって初めて成立するという要素がすごくある。資本がすでに入り込んでいたから、彼らが共産主義者であるにもかかわらず、アメリカに行ってとても多くのコミッション・ワークができたんですね。そのコミッション・ワークをしながら、結局はロックフェラーというものとオードリッチという二つの財閥の結合したものに金をもらってあれを描いた。それもやはり彼自身の裏切りというか、それに対する違反行為もあると同時に、壁画運動自体がそんなに純粋に社会主義運動というんじゃなくて、ものすごく複雑なメキシコとアメリカとの政治・経済的な関係の複雑さのなかに内包されながら生まれた。だから、図像学的にそれだけを読みとってというのはちょっとできないと思うんですよ。

クリオーリョとしてのオゴルマン

多木…オゴルマンのところに話を戻すと、彼は西洋的なというよりもル・コルビュジエ的な、あるいはバウハウス的な近代主義でなんとかメキシコも社会改革まで行かないかと思っていたんです。けれども、それは自らの矛盾であったと考え、やがてそれを放棄して絵を描き始める。この時代の絵もメキシコ的というよりヨーロッパ的幻想です。ぼくは、オゴルマンはどこかにかなりヨーロッパ的な部分を持ったメキシコ人であったのではないかと思うんです。というのは、最後の家が非常に不思議なメキシコ的な幻想に見えるんだけれども、実はその背後に「ヴィテルボのボマルツォの庭園」の影響があると彼自身、言っているわけですから、これは完全にヨーロッパ的マニエリスムの伝統を介して、プレ・コロンビア的なイメージに近づくんですね。あえて言いますとオゴルマンの出自はともかく、クリオーリョ的要素がかなりあるという気がするんです。そうすると、メスティーソがナショナル・アイデンティティの基盤になっていったときに、彼自身はずっとそれを矛盾として抱えたままだったのではないでしょうか。だから絵描きになってシュルレアリスティックな絵を描き、そしてそのシュルレアリスムも今言ったボマルツォみたいなところからさらにボッシュのようなものにまで行ってしまうというところに、どこかクリオーリョ的な要素を感じるんですよ。そうすると、彼はメスティーソの世界に生きながら、クリオーリョとして存在するという矛盾があったんではないか。それが彼をしてどこか追い詰める部分があって、晩年に暮らしたような幻想的な住居をつくることになる【図3】。こういうものをつくること自体、やはりむちゃくちゃで矛盾をはらんでいるように思いますが、そういうなかで彼は死んでいく。一見すると、メキシコ的に見えるんですけどメキシコ的じゃない。

図3　住居およびスタジオだったオゴルマン設計のサン・ヘロニモ街の家

今福…そうですね。その辺がメキシコの幻想芸術の面白いというか重要なところで、一つ一つ見ていくと、メキシコ人によって本当に描かれたと思われるようなものってわりと少ないところがあるんですね。幻想絵画の中心にいた、たとえばレオノーラ・キャリントンにしてもレメディオス・バロにしても外国人です。オゴルマンの絵もメキシコにやってきたヨーロッパのシュルレアリストが描いたって言われると一番ぴたっとくるような絵です。そうしてみると、もともとメキシコの幻想絵画そのものがそういう特質を持っていて、それを一番典型的に凝縮して、その矛盾とある意味で闘わざるを得なかったのがオゴルマンなのかもしれない。それは絵画だけではなくて建築とか彫刻とか、そういうものを統合するようなヴィジョンがあったと思うんです。そういうなかで、ますますそういう矛盾の凝縮性というのはオゴルマンによって高まったのかもしれない。

多木…その辺りが一種の廃墟のようなものにつながると思います。オゴルマンのやっているのは廃墟なんですよ。この廃墟の無残さというのはずっと貫かれていくのであって、結局は建築へ回帰しない。一見すると建築を放棄した後、再び大学の図書館で建築に回帰しているように見えるけれども、それからプレ・コロンビア的なスタイルへ戻ったのかとも見られているけど、ぼくはそうじゃないと思う。建築には回帰しなかった。結局はイマジネーションの世界だけで生きることにした。したんだけれども、そのイマジネーションというのは廃墟だった。

今福…そうですね。あの最後のサン・ヘロニモ街の家、彼の自邸ですね。あれは建築というよりは絵画ですね。それも廃墟画。建築に帰っていったという感じはしない。それをあえて、彼はフランク・ロイド・ライトを持ち出してオーガニック・アーキテクチャーというふうに言ったりしていますが。

多木…オゴルマンは自分のなかにル・コルビュジエがいて、ル・コルビュジエと出会ったということは実は自分にとって不幸だった。もしライトに最初に出会ってたらと言っていますが、本当はそうじゃない。ライトはもっと軽やかですよ。帝国ホテルもそうだったけど重力から浮いているんですよね。ところがオゴルマンは結局はグロッタ〔ヨーロッパ古代庭園の人工洞窟。聖所であり冥界の入口〕なんですよ。ボッシュというのはグロッタの画家ですからね。そういうグロッタのなかで生きようとしたら、自分で命を絶つということがいつか来ても不思議はないという気はしますね。だからものすごい矛盾だったんだろうと。今から省みて、たとえば歴史というのは廃墟であり瓦礫であるというのと、実際に瓦礫のなかに住でいるというのとは、相当違いますね。彼は瓦礫のなかに住んでしまったんですよ。

今福…先ほど多木さんが言われたように、クリオーリョ性みたいなもの、あるいはクリオーリョという場合にはどうしても植民地時代の概念になっていくので、あえてそれはメキシコにおける「ストレンジネス」、つまり「外国人」性と言ってもいいかもしれない。また二〇世紀のこの時代のメキシコの幻想芸術自体が持っている、ストレンジネスというか外国人性というもののいわば典型みたいなかたちで、オゴルマンもその矛盾を一手に引き受けたという、そういうところもあるかもしれない。

多木…そうですね。そういうところが最初のル・コルビュジエだったところも含めて、メキシコが持っていた問題性というのはむしろ彼のなかに見えてくるということなんですよね。

メキシコのモダニズム、ナショナリズム

今福…最初にぼくが直感的に、オゴルマンを入口とすることで、メキシコのモダニズムをめぐって、今までなかったある部分が見えてくる可能性があるんじゃないかと言ったのもそのことです。オゴルマンのジレンマや矛盾の軌跡をたどることで、結局それはオゴルマン本人の問題を超えてメキシコのモダニズムそのものの問題になっ

てくる可能性はありますね。別な見方をすると、メキシコにおけるモダニティというもの自体がある仮面のようなものとして機能していって、エリートあるいは国家装置がそういう仮面をつけることで、モダニティという幻想をつくりあげた。それは確かにメキシコにおけるエリート文化を建設していく具体的な貢献をしたし、壁画運動もその一つだったと思います。結果としてメキシコの仮面のようなものとしてつけられたモダニティは、インディオや農民という現実の非常に大きい領域をほとんど除外していたわけですよね。やはり今メキシコのモダニティの問題を考えるとき、国家のなかで起こっているアンダーグラウンドな叛乱、あるいはもしかしたらそれも「レブエルタ」（叛乱＝回帰）の一つの形態かもしれませんけど、そういうものを見たときに、一方で「メキシコ」性というものが外へ向かって離散していく形態も同時に見ていかないと、このモダニティの問題を本当に考えることができなくなってしまう可能性がある。それで重要だと思うのは、壁画運動自体の系譜が今どこに見られるかというと、メキシコ国内にはあまりないわけですね。今、一番力強い壁画運動の系譜は、カリフォルニアのチカーノ（メキシコ系アメリカ人）によるパブリック・アートにあるわけです。

よく考えてみると、オクタビオ・パスが一九四〇年代から五〇年代ぐらいの頃に「メキシコ人のアイデンティティは何か」ということを考えたときに、最初に彼が出発点としたのは、カリフォルニアにいるメキシコ人でした。メキシコという国家の外に疎外されてしまったメキシコ人たちの持つ、非常に矛盾に満ちた自己意識を探究することで、「メキシコ人」性の本質に迫ろうとしたのが、彼の『孤独の迷宮』という本です。そこでは、ロサンゼルスなどで「パチューコ」と呼ばれていたアウトローのメキシコ系の若者たちの考察からメキシコ性の本質をめぐる議論に入っていった。だからメキシコとは、つねに自らを問うときに外部性みたいなものと自らとの関係というもののなかでしか語れない、表現できないという、そういう不思議な逆説というか矛盾をあらかじめ抱え込んでいるところがある。結局、その問題とメキシコの近代というのは最後までつながっているような気がするんです。

多木…そのくせに、メキシコというナショナリズムというかナショナリティ、というのも言い方はどうかと思いますが、それはかなり強いですね。たとえばわれわれが日本でナショナリズムというのは、悪い意味ではあっても良い意味でのナショナリズムというのはないですからね。まったく根がないわけです。

今福…メキシコという国民あるいは国家の姿を、あらゆる装置によって日々想起させるような仕組みというのは無数にあって、それはまずメキシコに行って驚くことですね。一方で、外に出たメキシコ人、アメリカに定住している労働者階級のメキシコ人の多くは、故郷に家族がいるかいないかというプライベートな状況のいかんにかかわらず、どこにいてもメキシコのことを考え続けているわけです。そういう非常に強いナショナリズムがあって、メキシコは豊かになるべきだというふうに考えているし、祖国メキシコのために何かしてやりたいと思っているわけですね。それはわれわれに言わせると、何か非常に不思議な愛郷心、パトリオティズムであって、「外国人」性や外部性みたいなものを取り込んでも成立するような、そういう非常に柔軟なものなんですね。たぶん征服以後のなかで起こった、五〇〇年におよぶ植民と混血化の歴史のある種の遺産でしょうね。そうでなければ、オゴルマンの「外国人」性というものは、彼に対するそんなに強い矛盾として働かなかったと思うんです。だけれども、それが矛盾として働くという裏には、「メキシコ」性に対する非常に歴史的なある必然的なつながりというんですか、それはあらゆる芸術家のなかにあるんですね。近代建築自体が持っているイディオムというものを、建物から見てきたときにはうまく機能していかないところがあって、たぶん建築家であるということに非常に大きな矛盾があるのではないでしょうか。それは作家であるよりはるかに複雑なのではないでしょうか。

多木…ほかのラテンアメリカにおける近代建築を比較すると、ものすごいものがあります。たとえばブラジル。オスカー・ニーマイヤーというル・コルビュジエの弟子がブラジリアという新都市をつくったり。高層建築は日本よりもラテンアメリカの方がはるかに早いですからね。

今福…逆に言えば、非常に天才的なかたちで近代の機能主義をラテンアメリカに移植してくるような人たちは、実は能力のある人が多い。彼等は、オゴルマンのような矛盾に直面することなくやれたのかもしれません。同時代のもう一人のメキシコ人の建築家であるルイス・バラガンなどは、色やデザインに対して、土着的なものは取り入れますけど、おそらくそれほど大きな矛盾はないように思います。

巽孝之との対話

1998

「複数のアメリカ」像を掘り起こす

雑誌『世界』編集部の依頼で、アメリカ文学者の巽孝之氏とのあいだで行われた対話である。掲載は『世界』一九九八年七月号、この号の特集は「アメリカ——本当に強いのか」であった。ソ連崩壊と冷戦の終焉からほぼ一〇年が経とうとしていたこの時期、軍事力においてアメリカに拮抗する勢力はどこにもなく、アメリカは唯一のスーパーパワーとして世界を席巻しているように見えた。とりわけ、従来の政治的・軍事的な覇権だけでなく、経済・金融・情報・IT産業の分野でのアメリカの一極支配の構図がこの時期には大きくクローズアップされていた。グローバリゼーションという標語は、アメリカ的な技術やビジネス・システムが一元的に世界を覆うという意味で、ほとんどアメリカナイゼーションと同義の概念として受け止められてもいた。私たちの対話は、そうした「強いアメリカ」観なるものへの表層的な理解に異議を唱え、「アメリカ」という歴史的概念をUSA（アメリカ合衆国）による独占状態から開放することによって、北米も含む「アメリカス」が長いあいだ内包してきた多様性、混血性、雑種性と、それにもとづく文化的寛容性の可能性を救い出そうという視点で行われたものである。同時代の著作である巽氏の『ニュー・アメリカニズム』（一九九五）と私の『クレオール主義』（一九九一）との興味深い接点を探ることも隠れた主題だった。米西戦争におけるアメリカの勝利とともにその覇権的拡張政策がエスカレートしていった一八九八年という歴史的節目の年からちょうど一〇〇年後に、私たちは、二〇世紀を席巻することになった国家主義と人種主義という分断と支配のイデオロギーを根底から問い直そうとした。対話でも触れたグアドループ出身の黒人作家マリーズ・コンデは、この対話のすぐあとに来日し、札幌大学で「すばらしい新世界——グローバル・ヴィレッジで書く」と題して講演した。

そこで彼女は、「グローバリゼーション」を多様性を欠いたアメリカ一辺倒の世界イメージではなく、世界中に離散して生きる黒人たちの想像力をつなぐことによって既存の国家や言語の境界を乗り越えてゆく運動に与えられた名前として読み換えようとした。この、難破者たちに向けて発せられたシェイクスピア『テンペスト』のミランダによる「すばらしい新世界」というせりふは、その後あらたな意味のもとによみがえったであろうか。トランプのアメリカという「いま」を受け止めながら、私の憂患は深い。

PROFILE

巽孝之　一九五五年生。アメリカ文学研究者、批評家。著書に『プログレッシヴ・ロックの哲学』『盗まれた廃墟』『パラノイドの帝国』など。

巽孝之…アメリカが独立した一八世紀末から二〇世紀末現在までの二〇〇年あまりの期間に、民主主義国家という近代最大の発明品であるソフトウェアは耐久年数を全うしてしまい、いまはこのソフトを国際的かつ多文化的にどのようにリメイクしていくのかという段階にさしかかっていると思います。その結果、八九年に冷戦構造が崩壊して以降、全地球的にアメリカナイゼーション＝高度資本主義化されたという議論がある一方で、仮に全部がそうなってしまったのなら、もはやアメリカも存在しないのではないかという議論も必然的に出てきている。

こうした「強いアメリカ」像はとても強力なのですが、同時に時間軸上でも地理上でも、そこから確実に外れるものがあります。時間軸上では、民主主義国家アメリカの出発以後だけが「アメリカ」なのかという問題。スペイン系やイギリス系以前に、スカンジナビア系のアメリカもある。それらを考えると、独立革命以前にも現在まで連なる伏線はさまざまにあって、独立革命や一七七六年の「独立宣言」はそれまで多様に蠢いていた無数の言説が一気に収束点を迎えた「カオスの縁」edge of chaos のようなものだったんじゃないでしょうか。

では、そうした複数のアメリカ像、つまりアメリカス Americas という概念をどう考えればいいのか。今福さんが『ちくま』で「シェイクスピアとアメリカス」という連載を始められましたが（『ちくま』No.326（一九九八）から九回にわたって連載。のち、最初の三回分が「交差するアリエルとキャリバン」と題して改稿ののち『クレオール主義　パルティータⅠ』（水声社、二〇一七）に収録。続く四回分が「混血文化の対位法」と題して改稿ののち『わたしたちは難破者である』（河出書房新社、二〇一五）に収録）、私もじつは、もう一度コロンブスのアメリカ到達の時代と共振しているシェイクスピアを連動させて、現在のディアスポラ的な意味合いを含めた多様なるアメリカ像を検討することが必要だと思っています。

今福龍太…たぶんそれが、いまアメリカを考えるときの一番大きな枠組みでしょうね。いまからちょうど一〇〇年前の一八九八年という年は、狭義のアメリカニズムを考える場合にも、また西半球全体におよぶ全アメリカにたいして、アメリカ合衆国が強大なその二〇世紀的存在を確立したことについて論ずる場合でも、画期的な年です。まず、スペイン植民地だったキューバの独立戦争にアメリカが介入して四月二〇日に米西戦争が勃発し、合衆国はまもなくスペインに勝ち、代わってキューバの実質的な支配を始めたのがこの年です。米西戦争はキューバ以外にもプエルトリコやフィリピン、グアムといったスペイン海外植民地のアメリカ領化という結果をも生みますし、実はハワイ併合もこの年の七月です。フィリピンのアメリカ軍を支援する拠点として、ハワイの軍事的戦略性が再認識され、これをたちどころに併合してしまった。つまり一八九八年は、南北アメリカ大陸全域と太平洋にかけて、アメリカの帝国的プレゼンスが政治的な現実として確立した象徴的な年だったことになります。

また、この一八九八年という年は、ほかにも幾つか気になることがあります。たとえば、一九世紀末の鉄道の開通によって、本格的に合衆国東部の金持ちがリゾートとして開発するかたちでフロリダの都市化が進み、マイアミという都市がつくられたのがこの年です。一九二〇〜三〇年代には一つのブームになってリゾートホテルや金持ちの別荘が数多く建てられました。けれどもマイアミという町の意味は二〇世紀を通じて大きく変化してきました。現代のイメージには北米と南米を結ぶ金融センターという側面もありますが、特に五〇〜六〇年代、キューバの革命以降は、亡命者都市です。キューバからの流入は、六〇年代以降しばらくは革命によって不利益を被った知識人階級の亡命者がほとんどだったわけですが、八〇年代以降はむしろ非常に貧しく教育水準も低い人々が、小舟かバスのタイヤで漂流しながら難民としてやって来る。中米やハイチからも大量の亡命者や難民がやってきました。それによって、マイアミという場所のステータスが、麻薬犯罪も含めて非常に混沌とした多民族的なイメージに変わってきた。そういうマイアミの一〇〇年間の軌跡は、二〇世紀のアメリカの歴史そのものを凝縮して示しているようなところもあると思います。

われわれが今いるところはそういう地点です。このタイミングで「アメリカとは何か」と考えることには重要な意味があるのではないでしょうか。

コロンブス再考

巽…私も最近一〇〇年ぐらい前の世紀転換期アメリカを考え直す機会がありました。この時期はアメリカ文学史では、暗めで「金と欲望の文学」のようなものがたくさん書かれた自然主義時代、ということになっています。ただし、いま気になっているのは文学史の教科書にはほとんど出てこない作品で、それはフィラデルフィアの法律家ジョン・ルーサー・ロングが一八九七年に発表した小説『マダム・バタフライ』なんです。この小説にプッチーニが手を加えてできあがったのが、オペラ『蝶々夫人』です。『蝶々夫人』というのは、実はアメリカ文学なんですよ。そのモデルはグラバー邸の夫人ツルだったという事実も最近明らかにされています。

またこの時期は、たとえばオー・ヘンリーの短編小説に何の注釈もない英語表記で〝ｋｉｍｏｎｏ〟と出てくるように、ジャポニズムの時代でもありました。ただ、そのジャポニズムが内包しているものはとても複雑ですね。日清・日露の両戦争の時期でしたから、日本的なものが着物を含めてファッションとして流通する一方で、激しい黄色人種支配への恐怖《イエロー・ペリル》感もあるわけです。一八九〇年代に多く書かれて人気を呼んだ未来戦争小説などは、反日感情と親日感情がないまぜになっていた変な時代性を感じさせます。当時のアメリカは、アジア人のみならず黒人とロシア人、つまり白人以外は全部こわいという感じで、イエロー・ペリルが表していたものは実のところ人種差別意識すべてだったんですね。

それから一〇〇年経ったいま何が行われているかというと、今後のアメリカ文学史ではかならず拾われることになる劇作家だと思いますが、デイヴィット・ヘンリー・ウォンという、『蝶々夫人』のパロディ『M・バタフライ』を書いた人がいます。『M・バタフライ』は一九八六年の作品ですが、ウォンはそのあと九二年にフィリップ・グラスとの共作で、コロンブスのアメリカ到達五〇〇年記念のオペラ『大航海』*The Voyage* を書いてリンカーン・センターで上演しました。私は九六年の再演時に観ています。ウォンは中国系アメリカ人ですが、その彼が五〇〇年前をふりかえり、大航海時代には自分がアメリカならぬアジアに到達したと信じていたコロンブスを題材にしてオペラを書くという発想がまず面白い。

しかも『大航海』は、時間軸をわざとめちゃくちゃにしてるんです。プロローグではホーキング博士を模したと思われる一人の車椅子の天才科学者が、時間と空間の謎の真相を発見しようと試みている。コロンブスの時代ももちろん舞台になるのですが、それと全く同時に、宇宙船に乗っている宇宙飛行士たちが未知の生命体に出会えないかと、未知の惑星を求めて宇宙の大航海に出たりもするんですね。かなり大仕掛けのリブレットで、視覚的にも楽しませるものでした。

コロンブスはアメリカを新大陸だとは認識していなかったわけですが、のちにラス・カサス神父によって紹介されたコロンブスの『航海誌』を読むと、キリストにたいする信仰の表明、いわゆる「回心体験記《コンヴァージョン・ナラティヴ》」の形式で記されていることがわかります。コロンブスは、今でいうアメリカン・ドリームに匹敵するなにかとてつもない妄想を持っていた。そして、彼の妄想を現実化してくれる書き手としてラス・カサス神父がいたことが、いちばん重要なことだと思います。コロンブスの生原稿というのは残っていませんが、ラス・カサスがアメリゴ・ベスプッチを弾劾してコロンブスを持ち上げたので彼の名は後世に残った。アメリゴはアメリカを初めて新大陸として認識したので、だから「アメリカ」という名前がついた。コロンブスが亡くなったのは一五〇六年で、翌一五〇七年にヨーロッパで出た地図に「アメリカ」と最初に記されたために、これはアメリゴが謀略家でコロンブスが死ぬのを見計らって自分の名前を売ったのではないかという邪推を招くのですが、私は逆にアメリゴのほうが不当に評価されてきたという感じがします。アメリゴの不運は、ラス・カサス神父に相当する提灯持ちに恵まれず、手紙しか残っていないということでしょう。コロンブスはアジアに到着したと信じて疑わなかったんだから、アメリカを「発見」したと言っていいのかどうか。

今福…コロンブスによってアメリカが本来そうではないものとして「発見」されてしまったという矛盾は、この五〇〇年のアメリカが常に実体と表象のあいだを揺れ動きながら、つかみどころのないものとしてあり続けたということと大きく関わっていると思います。

コロンブスの出自が、どうやら中世期にスペインを追われたマラーノの系統であろうという説が有力になってきていることから、今度はコロンブスのユダヤ性も問題になってくる。コロンブスがまさにスペインを出帆した一四九二年八月三日を期限として、ユダヤ追放令が出ています。この年は、カトリック教徒がイスラムを駆逐し、悲願だったレコンキスタという強制改宗運動を完成させると同時に、ユダヤ人を追放した年、第二のディアスポラがイベリアのユダヤ人を襲った年です。この同時性は、明らかに関係があったものと考えられていますし、ヨーロッパにおける近代のディアスポラが自覚的なユダヤ人だけではなくて、文化的な運動のようなものとして動いていたと考えたとき、コロンブスの動きはそれに不思議に共振するところがある。

「錯誤」で成り立つアメリカ

今福…巽さんの『ニュー・アメリカニズム』(初版青土社、一九九五)を今回読み直してみたのですが、あらためて私の『クレオール主義』(初版青土社、一九九一)と見事に表裏をなしていると思いました。巽さんが「アメリカニズム」と呼んでいる、種々のアメリカン・ナラティブの底に一貫して流れている「単一のアメリカ」へのあくなき欲望と、「多様なアメリカ」を抑圧する言説の暴力。それについて徹底して批判的な検討をされているのにたいして、私はむしろラテンアメリカの側から、北米という存在に対峙するものとして、「複数のアメリカ」のヴィジョンを『クレオール主義』として書いた。

巽さんはセイラムの魔女狩りの話から始めていますね。この六月に来日するマリーズ・コンデという西インド諸島グアドループ生まれの黒人の女性作家がいます。彼女はフランスに留学した後にアフリカへ渡り、フランス語教師として暮らすのですが、アフリカにいる黒人系西インド人という彼女自身の存在自体がアフリカでは文脈を欠いていたため、アフリカから決定的に疎外されてしまう。そこでまたパリに戻って小説を書き始める。そのあと今はアメリカ合衆国とグアドループを往復しながらフランス語で小説を書いているのですが、そのコンデが『わたしはティチューバ——セイラムの黒人魔女』（新水社、一九九八）で一七世紀ニューイングランドの魔女狩り事件と現代カリブ海世界とのつながりを再発見してゆく。

巽…あの作品はショックでした。この三〇〇年という時間を一気に超えてしまうという意味で。

今福…もともとアメリカはそういう時間錯誤《アナクロニズム》と、コロンブスによるものも含めたさまざまな空間錯誤とによって、つくられ更新され続けてきたものです。そうした多様なアメリカの表象可能性が先ほど言った一〇〇年ぐらい前に確立されたアメリカ合衆国の政治経済的プレゼンスによって抑圧され、結局二〇世紀初頭にセオドア・ルーズベルトがアメリカの覇権を完成する「アメリカニズム」によって「アメリカ」を再定義することで、それ以外の多様なアメリカは一般的なところからは見えなくさせられていった。

こうして、日本だけに限らず、「アメリカ」という概念がほとんど自動的にアメリカ合衆国（USA）というものと等号で結ばれてしまうような感覚が、ごく一般的な考え方を覆い尽くしていくことになったわけです。特に最もナイーヴにその「単一のアメリカ」というイデオロギーを非歴史的に受容してしまったのが日本かもしれません。

　われわれの目からは見えにくくなっているそのアメリカの複数性（「アメリカス」）は、私の立場から言うと、とくにラテン的なアメリカというかたちで五〇〇年の歴史を貫いて常に存在してきました。一九世紀末から二〇世紀初期の時期にはキューバのホセ・マルティとかウルグアイのホセ・エンリケ・ロドーといったラテンアメリカの知識人によってこのことは思想的にも再確認されています。一八九一年に、ホセ・マルティはスペイン語で「われわれ《ヌエストラ》のアメリカ」Nuestra América と言ったわけですが、それはつまりわれわれのものではない覇権主義的アメリカがもう一方にあるということです。

　さらにいえば、汎アメリカ、つまり北米のアングロ的なアメリカも含めた西半球全体を覆い尽くす「アメリカ」という多様な統合体にたいするビジョンが、「アメリカス」という考え方のなかにはあった。この一〇〇年ぐらいに同時並行して起こっている、北米におけるマルチ・カルチュラリズムやポスト・コロニアリズムというかたちで持続的に考えられてきた多様なアメリカの姿を再確認しようという試みと、ラテンアメリカ側からのアメリカス再確認の動きという、この二つの流れは理論的な方向性や戦略において違いはあるにしても、最終的には同じ方向を向いていると思います。

巽…そうですね。アメリカは絶えず空間や時間を錯誤することでのみ成り立っているのではないかという認識を前提にしたいですね。

　ちなみに、時間錯誤のことを「アナクロニズム」と言いますが、私は『ニュー・アメリカニズム』で、どうしても「空間錯誤」という単語がほしかった。ところがなかなか見つからないので、造語の天才である友人の映画監督デイヴィッド・ブレアに相談したら、「場所はローカス locus だから『アナロキズム』analocism でいいだろう」と言うので、新しくつくっちゃったんです。

　マリーズ・コンデは『わたしはティチューバ』のなかでは彼女自身のディアスポラ性をうまく使って、自由に想像力を展開させている。あの作品でいちばん優れている点は、カリブからアメリカ西海岸におよぶ現在の文化的脈絡から本来一七世紀東海岸の事件であるセイラムの魔女狩りを徹底的に書き換えたところと、アナクロニズムでもあると同時にアナロキズムであるというところでしょう。

　セイラムの魔女狩りは、ヨーロッパ的な魔女概念では説明できない点が多いのですが、特に説明が難しいのがティチューバのヒーリング効果です。ティチューバの行ったことは純粋に治癒行為です。それが一つの文化的異物として、いわばカウンターカルチャーとしてセイラムの少女たちのなかに蔓延したのを煙たく思ってピューリタン側が敢えて抑圧したのだ、と説明するのが最もわかりやすいのですが、それは西海岸ないしカリブの目で見て初めて説明できることなんですね。

今福…ティチューバの魔術と言われているものは伝統社会に広く存在する民間医療の一種の体系です。コップに水を入れて生卵をそこに割り入れて病の兆候を見るというもので、これは私もメキシコなどの民間治療《フォーク・メディスン》の現場でごく一般的に行われている基本的な方法として体験したことがありますし、おそらく汎アメリカ的な民俗治療の体系です。近代化した現在でも、近代医学への信頼と決して衝突することなく、ごくふつうに民衆の感覚のなかには両者が共存し得るものとして存在します。大学で医学の博士号をとった医者が、日中の病院では西洋医学の医師をしているんだけれど、土日には田舎の家の庭先の掘っ建て小屋で民間治療院も開いていて、そこにやって来る人間もいる。医者の方にもその二つを同時にやっていることにたいする矛盾はないし、患者の方も時は病院にも行くし、時にはフォーク・ドクターにかかりに行く。だからティチューバの「魔術」とされているものをコンデが史料を通じて読み直したとき、おそらくほとんど自然に、これは「魔女」というような問題じゃないはずだと直観的にわかったと思いますね。ここに、アメリカが内部に抱え込んでいる民俗・文化的多様性を、外部にいたと思われるようなカリビアンの女性作家が発見してしまう、という面白さがある。

巽…コンデの前にも一人、アン・ペトリーがティチューバで一作書いていますが、彼女も黒人です。黒人の女性でないと扱えない素材なんだとは思うんです。白人の歴史家や文学者がセイラムの魔女狩りを語るとティチューバのところの扱いがあまりに小さくなるので、この存在がこんなに重いものだったとは、私自身も一〇年程前まであまり実感できなかった。「単一のアメリカ」というイメージから外れた部分をクローズアップすることが、いかに重要かを示す例ですよね。

サバイバルへの意志

巽…以上の文脈に鑑みると、日本人になかなか伝わりにくい多民族国家アメリカの倫理として、先ほど触れた宗教文化内部のヒーリングの機能と、もう一つ多文化社会内部のサバイバルへの意志が浮かび上がってきます。

　たとえば、伝統的なピューリタンのレトリックのなかに、「エレミアの嘆き」があります。これは個人の問題も共同体全体に敷衍して考えるようなシステムで、その結果、植民地の共同体をできるだけ拡大して強力にしていこうとする。悔い改めるのは個人だけではなく共同体全体だ、というわけです。そのため仮に誰かが死んでも、個人の死はできるだけ小さく扱おうとする時代が一七世紀から一八世紀にかけて続きました。一七世紀にはお墓さえあまりつくらない傾向があったんです。いずれにせよ悔いあらためて神々しい丘の上の都市《シティ・アポン・ア・ヒル》を建設すること、それが決して丘の上の腐敗都市《ソドム》にならないようにすることが至上命令でした。

　最近の例としては、一九八六年にスペースシャトルのチャレンジャー号の事故のときに、当時のロナルド・レーガン大統領が使っていたレトリックが挙げられるでしょう。日系を含む七名の乗組員全員が全米の注視のなか、目の前で爆死したというショッキングな事件ですが、それにたいして「アメリカのためにこの死を無駄にしない」と言明することで、個人の問題を国家の問題へ、少しねじかえるわけです。それで二年後にスペースシャトル計画が再開するときには、リック・ホーク司令官がレーガンのその演説を継承するかたちで「チャレンジャー号の悲劇はあったが、まさにそういう犠牲者を踏まえてアメリカはまた新たな未来に向けて足を踏み出す」といった内容の演説を展開する。かくして植民地時代以来のアメリカは、個人の死の問題を国家の問題へと自動的に再回収するレトリックを自然化してきました。

これは、ピューリタンが富国強兵のため編み出した非常に合理的な修辞体系だと思いますが、その枠内でたちまち抑圧されてしまうのが、個人の癒しに関する諸問題です。日本に入ってくる「アメリカ」というのは「強い国家アメリカ」だから、自動的に「弱い国家アメリカ」の部分は見ない。ヒーリングというと日本人も新興宗教めいて「気持ち悪い」と言う人が多いんですが、まさに癒されるべき部分を抑圧するレトリックがアメリカニズムを推進してきたのは間違いない。ティチューバに代表される事件は、まさにそういう隙間を突くようにして起こったものです。個人的な癒しの体系が一つの文化になって、西海岸で魔女というと「癒す人」にならざるを得ないという構図が、東海岸の国家中心主義では捉えきれない。

こうした個人的ヒーリングの問題が、個人的サバイバルの問題につながってきます。たとえば、これもマリーズ・コンデが非常にうまく抽出していることですが、セイラムの魔女狩りの裁判記録に当たると、ティチューバは裁判で嘘をついたりしているんです。日本のような家父長制社会では「生き恥をさらすくらいなら腹をかっさばいて死んだほうがましだ」という切腹的発想があったりもしますし、アメリカでも「聖書に誓って」という宣誓で裁判が始まることに象徴されるように、「神に嘘つくくらいならば死んだほうがましだ」と考える発想は根強い。しかし混血黒人女性奴隷であるティチューバはそう考えない。嘘をつくのはサバイバルのためだから当然だし、その方が大事だと考える。

それと同じ発想は、バーバラ・チェイス＝リボウがジェファソン大統領の愛人だった混血黒人女性奴隷サリーを主役にした『サリー・ヘミングス』（一九七九）や続篇『大統領の娘』（一九九四）のヒロインたちなどにも見られます。そこには混血の本質的な問題としてパッシング・フォー・ホワイト（"passing for White"）――混血だと肌の色が少し薄くなって白人として通用してしまうということ――が前提としてある。白人として通るのは好都合だし、サリー・ヘミングスの娘の代になると、色が白いので白人の上流の学校に行けるようになるわけですが、ただし自分の出自がバレるのがこわいという恐怖心に苛まれる。そのあたりの心理が非常にうまく書かれています。

今福…体制との関係で最終的な目標に抵抗を置くのか、順応を置くのかということで違ってきますね。全面的に抵抗してしまうと、黒人奴隷なんかは殺されてしまうから、それではサバイバルにならない。奴隷がサバイバルするためには、ある部分順応し、相手のフレームを利用していくしかなかったわけですね。だから二〇世紀になってカリブ・ラテンアメリカの黒人系知識人によって特別のシンボルとなった、シェイクスピアの『テンペスト』に出てくる奴隷キャリバンに読みかえられた植民地の「逃亡奴隷」という存在は、サバイバルの身体技術を五〇〇年かけて精密につくっていった一つの生存戦略のプロトタイプだと言えます。アメリカという場において出現している種々の表現の実験は、そうした逃亡奴隷的サバイバル術のようなものを実現するための試みと考えることも可能ですね。

WASPの視線をめぐって

今福…もう一つ、『ニュー・アメリカニズム』でも一つのテーマになっている、捕囚体験記《キャプティヴィティ・ナラティヴ》としての『ポカホンタス』の話をしたいと思います。去年、アナハイムのディズニーランドに行ったら、『ポカホンタス』の舞台を演っていたんです。ディズニーランドが立地するロサンゼルスの南の郊外の中心的な人口は、ヒスパニックやアジア系の労働者階級ですから、ディズニーランド内の主たる働き手も、間違いなくそういう貧しい労働者たちです。一人一人の役者の顔を見れば、彼ら彼女らがヒスパニック系やアジア系だということはすぐにわかる。題材がポカホンタスで、植民初期に白人が接触したインディアンですから、当然ブロンドの白人にやらせるわけにいかないということもあるでしょう。鬘をつけたり、顔を塗ったりする必要のない、要するに褐色の役者を使って行われているわけです。ただ面白いことに、ポカホンタス役の女性はインディアン娘のなかではひときわ白いんです。白人の観衆にとってのヒロインとの自己同一化の容易さが一つの理由でしょう。また、ポカホンタスをめぐるさまざまな歴史的な事実を含めて、彼女がインディアンの白人化願望という動きを象徴する存在として、ほかのインディアン女性役の役者よりも白い肌をもった女性に演じさせるという演出には、巧みな色《カラー》の政治学が働いているともいえます。

　ただ私が感じたのは、とにかくその舞台に登場するインディアンも、イギリス人も、実は全員がディズニー社に使い捨てられるようにして搾取されているアジア系、ヒスパニック系の無名の人々だということです。インディオ系メキシコ人の混血娘が演ずるポカホンタスと恋に落ちるのが、もしかしたらエルサルバドル人亡命者の息子が演じているキャプテン・ジョン・スミスだったりする。このことはアメリカの五〇〇年の征服史を見たときに、非常に皮肉な現実だと思います。「単一のアメリカ」の、ハイテクノロジーや物質主義、金融電子大国の先端性を象徴するかたちでいまディズニーランドというハイパーリアリティが成立しているとすると、もちろん表面的にはまだその「単一なアメリカ」というものをさらに強化するようなかたちで機能する部分もあるかもしれませんが、一方でそうしたものは「多文化的なアメリカ」という文脈では、もう明らかに意味を混沌化させられている。ディズニーランドのようなテーマパークや美術館や博物館など、帝国主義的なまなざしを現在のテクノロジーが受け止めたときに生まれる多くの文化制度が、「単一のアメリカ」というメッセージをすでに持てなくなってしまった。

なぜなら、ディズニーランドの『ポカホンタス』は象徴的な例ですが、それを観ている側ももう白人が中心じゃないからです。つまりWASPの観衆がそれを観ているのではなく、そこにいるのはほとんどアジア系やヒスパニックだったり、あるいは中南米からの旅行者や日本からの観光客であったりする。日本からの観光客はWASPの視点を疑似的につくることが可能かもしれませんが、ディズニーランドの主たる観客はおよそそういう視点をつくれないような人々が中心になってしまっている。これは、ディズニーのイデオロギーが文化的にはすでに破産しているとも言えますよね。

ディズニーは二〇世紀を通じて中南米にたいして、アメリカを「USA」としてまなざすイデオロギーの基本になるようなものをつくり上げてきたとも言える。とくにそれは南米で顕著に起こって、それを左翼系知識人は七〇年代以降強く批判してきました。その中心人物の一人が『ドナルド・ダックを読む』(一九七二)を書いたアリエル・ドルフマンというチリからの亡命作家です。そこで連想されるのが一九〇〇年、ウルグアイのホセ・エンリケ・ロドーが、物欲と帝国的な拡張主義によって特徴づけられる北米性にたいして、南米の精神性と呼べるものを、『テンペスト』の妖精アリエルという形象によって自分たちのアメリカとして擁護する『アリエル』という著作を出したことです。「アリエル」という名は、北米にたいする南米の精神的優位を示す符丁となった。そして同じ「アリエル」という名前をつけられたユダヤの家系をもつ南米出自の子供が一九七〇年代になって、ディズニーというイデオロギーの持つ粗暴性を糾弾していく。その流れが、現代で言えばメキシコなどの

「不法入国者」を含むラテン・ヒスパニックのアメリカ人がディズニー的な形象にたいしてセンシティブに反応することにつながるのでしょう。

ただ、アリエルを中南米の側に見立てる図式は、二〇世紀の半ば過ぎに大きく変化しました。先ほどもちょっと示唆したように、いまや中南米の文化的可能性は、カリブ海の知識人が六〇年代以降援用しはじめたキャリバンという奴隷が持っている自律的で創造的な可能性のほうに引きつけて考えられています。だから中南米のラテンアメリカ性を受け止めるシェイクスピア的な形象は、アリエルからキャリバンへと一八〇度転回した。でもそれでアリエルが否定されているのではなく、アメリカ合衆国を象徴していた怪物キャリバンが、自分たち自身の抑圧的な歴史形成を象徴する特権的なシンボルに突如として変わったということですが。

ハリウッド・イデオロギーの破綻

巽…キャリバンのメタファーはストウ夫人なども継承していますし、最近の『テンペスト』のリメイクでは、ピーター・グリーナウェイの映画『プロスペローの本』みたいに完全にパンクっぽく演出される。キャリバンというのは黒人であれ、インディオであれ、パンクであれ、その時代を代表するアウトローとして表象されていくわけですね。

その意味では、ポカホンタス伝説のもとになったキャプテン・ジョン・スミスの著作も『テンペスト』と同じころです。結局、『ポカホンタス』を観るということは、とりもなおさずWASPを中心としたアメリカ人の立場をシミュレーションするということですね。ディズニーは観る者を即席的に「名誉白人」に仕立てあげ、またそれを心地よく思わない限りアメリカを体験したことにならないという脅迫観念を植えつける装置を発明したんじゃないでしょうか。

今福…そうですね。ディズニーランドにお金を払って「パスポート」をもらって入るということは、擬似的にアメリカを自分のなかに移植するということだとも言えます。ただ、それは、かつての文化帝国主義批判が問題化したようなかたちでのナイーヴなアメリカナイゼーションではなくて、はるかにもっと遊戯的で、場合によっては自覚的であるかもしれません。そこがおそらく、ディズニーランドのイデオロギーが一見そうした表象システムを継続的に再生産しているかのように見えていて、実はどこかで基本的な枠組みを無化されてしまっているという部分でもあると思う。それはまだどっちに行くかわからないところがあります。ディズニーはディズニーで常にそうしたディズニー的イデオロギーの無化を避けるためのさまざまな戦略を次々に打ち出してきているし、これからもそうでしょう。ただ、それを享受する側が今後どういう変わり身を見せるのか。そのやりとりと確執は非常に面白いと思います。

巽…最近の映画でディズニー的なイデオロギーをヒネってみせたものとしては、いま上映中のポール・バーホーベン監督の『スターシップ・トゥルーパーズ』が白眉でしょう。あれはロバート・A・ハインラインの『宇宙の戦士』(一九五九)という右翼SFとも評される小説が原作ですが、映画はそれにたいしてかなり皮肉を込めて演出されていることがよくわかる。映画中、虫の大群として出てくるエイリアンを機動歩兵がどんどん倒すんですが、キャラクターの一人が「死んだエイリアンは、いいエイリアンだ」と言うんですよ。これは「死んだインディアンは、いいインディアンだ」というアメリカ人なら誰でもわかるパッセージの反復ですから、ハリウッド映画がエイリアンをずっとWASP以外のインディアンや黒人として表象してきたという文化史そのものを、バーホーベンが非アメリカ人としてえぐっているわけですね。また、映画の最初と最後は、今日もエイリアンと戦う勇敢な機動歩兵たちの活躍を礼賛するような映像、いわば、ファシズム宣伝映画のような枠組みでつくられている。だから単純に観ると映画自体が右翼的な感じがしますが、最初にそういう宣伝映画の一コマから始まって、最後もその宣伝映画で終わるということは、この映画は「アメリカのなかではインディアンを虐殺することは正しい、と未だに信じているかもしれないWASP」を観客の主体としてほとんど嘲笑的に想定しているのでしょう。バーホーベンがWASPのヴィジョンを肯定しているわけがないから、「こういう映画を喜んで観るのがWASPだ、これが楽しめるなら君もWASPになれる」という言外のアイロニーを匂わせつつ、意地悪く終わっている感じがするのです。

先ほどの『ポカホンタス』の問題でもそうですが、ハリウッド映画を観るときには観る者をアメリカ人に仕立て上げてしまう表象システムをいかに測定していくかというのが批評的な課題です。つくり手が複合的な意図をもってつくっている場合もかなり多いですから。

今福…それはハリウッドの歴史そのものにかかわる問題だと思いますね。ハリウッドがどういう悪役や他者を映像として造型して、二項対立の図式によってアメリカ性を自己確認していったか。ハリウッドでは、最初からそういうシステムのもとに、それが西部劇のインディアンになり、黒人になり、さらにはヒスパニックが悪役になってくる。大体、アメリカ合衆国にとってのより新しい他者のほうが後になって悪役になるんです。ヒスパニック系といっても、二〇～三〇年代ぐらいまでは地理的に近いメキシコ人が悪役です。それがアメリカの映画産業を囲む条件が変わってきて、ヨーロッパが戦争中でハリウッド映画がかけられなくなってくると、メキシコが大市場になる。そうするとあまりメキシコ人を悪役には使えなくなってくる。それでアルゼンチンのガウチョみたいな人物をもってきたり、とハリウッドによる他者の造型が変わっていく。

そういう意味でハリウッドの歴史というのは、女性の場合だったらロマンスによって独占する対象、男性だったら暴力によって撃退する他者、といったように北米的な所有の方法によってイメージを占有してしまうという状況を常につくり続けてきた。

ただ、現実にあるイデオロギー装置として無意識に機能していった時期は終わって、おそらくここ二〇～三〇年のハリウッド映画の大きな変容は、そういうプロセス自体が、映画を観ている観衆の視線を自動的にある一つのレヴェルまで引き戻して再構成するための、自動装置のように形式化してきたことでしょう。予算だけは徹底して投入できるようになっていますから、見かけだけはますますパワフルになっていますが、イデオロギー的生産物としては明らかに空回りし始めているところがあるような気がします。

巽…そうした、ハリウッド的なものに批判的な精神を持ちながら、かつエンターテインメントとしても成功している点では、『アンダーグラウンド』（一九九五）のエミール・クストリッツァ監督は見事ですね。地上の終戦を知らされないままに地下で銃器をつくりつづける人々が、久々に地上に出てみたら、そこでは戦争英雄を礼賛する伝記映画をつくっている。地下も虚構ならば地上に出ても虚構のセットのど真んなかだったという、まさにラリィ・マキャフリイのいう「書割舞台《リアリティ・スタジオ》」を地で行く設定でした。仮にあの地上の世界をアメリカ的なものだと考えると、反アメリカ的な地下の世界《アンダー・グラウンド》があちらこちらに通じているところが面白い。ヨーロッパ各都市に物理的に延びているばかりか、何と死後の世界まで延びている。あれは世界をすべて書割の映画スタジオにしてしまうアメリカ的、ハリウッド的なシステムというものにたいして、強い批判的メッセージを送ろうとしている作品でしょう。

今福…そういう意味では、『アンダーグラヴンド』は現代におけるアナクロニズムとアナロキズムの可能性を示す最高の映画ですね。旧ユーゴスラヴィアの内戦という過酷な現実が、その個別性を超えたアンダーグラウンドな想像力によって、世界のいかなるほかの現実と接続され得るのか。あの映画のなかにあるアメリカニズムというのは何だろうと考えてしまう。

猛獣が街に溢れるというイメージ

巽…ちょうど前後して、『アンダーグラウンド』のなかの一つの表現があちこちで同時多発しましたね。あの映画の前半、空襲の結果、動物園が壊れて街に猛獣がドッと溢れ出てくるというイメージを私は非常に重視しているんですが、スティーヴ・エリクソンの『Xのアーチ』（一九九三）にそっくりのシーンがあるんです。ベルリン市内を猛獣が徘徊している。原文では「ランニング・ワイルド」（"running wild"）――動物が野放しになっているイメージなんですけれど。さらに、猛獣が怒濤のように街中を駆けめぐるロビン・ウィリアムズ主演の『JUMANJI』（一九九六）という映画もあった。類似のイメージが頻発するのを見ると、これは何か時代の症候群なのかなと思うんですね。七〇年代ぐらいまでは、フーコー的に言えば「国家は巨大な精神病院だ」という考え方があって、たとえば映画『カッコーの巣の上で』（原作一九六二）では、精神病患者ならぬ自由な個人すら閉じ込める制度としての国家が痛烈に皮肉られていましたが、今は、国家のなかの動物園からさまざまな猛獣がいつ檻を破って出てくるかわからないような時代の到来の予感が表現されているように思います。

今福…それはほんとうに面白いですね。植民地主義を推進してきた国家の写し絵としてつくられた動物園という閉鎖的な見世物空間が破壊され、あるいは何らかのかたちで綻びて、その塀を破って野性をどこかに保持した動物が巷に溢れてきてしまうという想像力。それは、まさにアメリカにおいていま起こっていることではないですか。

巽…そうですね。その「動物」が何を意味するかというのは各人の解釈に任されているわけですが。たとえば『アンダーグラウンド』で象が二階まで鼻を伸ばして靴を奪ってしまうシーンなんか、ユーモラスで面白い。動物が地上に蔓延していると同時に、地下ではいわゆる地下の径路が一種ネットワークをつくっている。どこにつながっているかわからないけれど、とにかく地上の国家ではない。まさに自主的にディアスポラを選択した人々がさまざまなかたちで、いままでにないネットワークを張りめぐらし、死後の世界では獣たちと入り乱れている。

　あのイメージで私が連想したのは、一九七二年にロバート・ジョーンズというアメリカ作家が書いた『ブラッド・スポーツ』という小説です。これがまたマジック・リアリズムの傑作なんですが、中国から流れているハヤサンパという大きな川がウィスコンシン州を通ってミシシッピー川に流れ込んでいるという、それこそアナロキズムというか、異様な地理感覚なんです。しかもその川ではさまざまなものがとれて、ユニコーンや（化石哺乳類の）マストドンも獲れたりする。実は『アンダーグラウンド』を観て初めて、ひょっとするとジョーンズという作家は、この奇妙な地理環境を創り出すことで六〇年代的な反体制精神のようなものを小説で表現しようとしていたのかな、と実感したんです。

その意味では、いまアメリカとともにアメリカニズムを造り替える作業や実験がいわゆる非アメリカ的なところから、それこそ地下ネットワークのなかで進行しているという点で、私たちはとても重要な時代に立ち合っている気がするのです。

今福…そうですね。最初に言われた「アメリカ」というソフトウェアがもしあるとすれば、それを新たに批判的にヴァージョン・アップして、それが機能する空間や場といったものをわれわれがどのように創造できるか、あるいはそれらを創造するためのわれわれの思考が作動するフレームや場をどのようにつくるか。それが、アメリカにたいする現在の非常に重要な視点になってくるのではないでしょうか。

高橋悠治との対話

2000

音楽の時間

作曲家＝ピアニスト高橋悠治氏が、ベルリンやニューヨークでの前衛的な音楽活動から帰国してまもない一九七四年頃から、私は彼の東京でのコンサートには欠かさず通う少し暗い「追っかけ」青年となった。通り一遍の意味の充満を嫌い、虚無へと傾く衝動があの暗さの根源にはあった。六八年は、すでに過去の挫折の記憶として性急に歴史化されようとしており、経済成長の恩恵を隠れみのにした社会制度の隠微な抑圧が日増しに強く感じられるようになってきた若者にとって、ニヒリズムは都合のいい避難所だった。大仰な「演奏会」という共同幻想に背を向け、行き場を失って悶々と内向した意識にとって、「現代音楽」というエッジの利いた新しいムーヴメントは、伝統を負った「音楽」を堅苦しい形式から解放し、別の文化、別の社会性と音楽とを接続しようとする、静かな冒険と挑発の空気を発散していた。解りやすいことには価値はなかった。解らないこと、すぐには解けない問いの連鎖だけが、あの頃のほとんど唯一の希望といえた。暗い顔の私たちだったが、その目の奥はなにかを求めて輝き、額は熱を持っていた。柴田南雄、武満徹、一柳慧、林光、松平頼暁、湯浅譲二、三善晃、近藤譲、高橋悠治……。こんな名前が、その「現代音楽」というエッジに交差するように登場し、それぞれの個性を自在に発揮していた。すこし遠くからケージ、ブーレーズ、クセナキス、尹伊桑、マセダといった先駆者たちの声や技法が鳴り響き、さらに遙かな彼方からバッハやシューマン、ブゾーニ、サティらのこれまで知らなかった響きも聴こえていた。そんななか、高橋悠治氏はもっとも若くもっとも挑発的で、しかも不思議にももっとも冷静で思弁的であった。歴史の奔流にもっとも果敢に棹さし、その流れのなかで誰よりも孤独に見えた。小さなホールか画廊のような空間での演奏の後、楽屋の入り口あたりでしばらく待っていれば、ピアニストは必ず私たちのまえにふらりと姿を見せた。使い込まれた楽譜を片手に、回りを取り囲んだ若者たちと一緒にボソボソとしばし話し込んだ。取りすましたところは微塵もなく、演奏と同じようにそっけなく、話題はあちこちに飛び、とってつけたような結論もなかった。だが議論は異様に真剣だった。言葉が意味しうる限界の地点で、つねに言葉が大胆かつ繊細に選択されていた。この対話にあるような、沈黙と無音を本来的にはらんだ箴言のような鋭利なことばが、とりわけ耳に残った。それから四半世紀がたって、この邂逅が実現した。これは、早稲田大学の学生（当時）吉田大助君と、同大学で講師をされていた批評家の平井玄氏の媒介により、二〇〇〇年一一月二七日に早稲田大学の教室で大勢の学生・聴衆とともに行われた対話である。その後文字起こしされ、高橋悠治氏、八巻美恵氏らの制作するウェブサイト「水牛」（suigyu.com）に掲載された。

PROFILE

高橋悠治　一九三八年生。作曲家、ピアニスト。著書に『音楽の反方法論序説』『音の静寂　静寂の音』『きっかけの音楽』など。

六つのパルティータへ

今福龍太…どうしましょう（笑）。
高橋悠治…そうねえ（笑）。
今福…今回は「音楽の時間」という題で高橋悠治さんとの早稲田大学での公開対話の話があって、ぼくは二つ返事で引き受けたんですけれど、対話のやり方としてただ壇上に二人で上がって話をし合うというよりは、なにかもう少し仕掛けがあってもいいかな、と最初に依頼を受けた時に考えました。あまり綿密に高橋悠治さんと事前の相談をしたわけではありませんが、なんとなく、舞台にいろんな再生装置を置いて、いろんな音源を持ちよって、だけどそれについて話すんではなくて、対話と対話のあいだに、ピリオドやコンマを刻む感じで、音を少し鳴らしながら話をすればリズムが生まれるんじゃないか。そのことだけお互いに確認して、どんな音を持ってくるかとかはあらかじめ決めずに、今日いきなりここで話をする、ということになったわけなんです……（笑）。

それでは、ぼくのほうからちょっと対話の導入めいた話をしましょうか。高橋さんにとってはやや居心地が悪いかもしれませんが、多少昔なつかしい話も含めて（笑）。意図するかしないかにかかわらず、少なくとも回顧的な視点を持って語らざるを得ないいきさつがぼくにはあるのです。というのは、ちょうどここにいらっしゃる学生の皆さんはだいたい二〇歳前後の方が多いと思うのですが、ぼく自身がその頃、高橋悠治さんの、なんというか「追っかけ」というと少し恥ずかしいですが、しかし正真正銘の「追っかけ」としてほとんどのコンサートに行ってた一人なんです。当時はそういう人間というのは限られていて、高橋さんのどのコンサートに行っても同じ若者たちが、今思えば同じ顔がほとんどいたという感じでした。
高橋…今も同じですね（笑）。
今福…そうですか。やはり今もそういう人たちが、もちろん世代は変わったかもしれないけれど、やっぱり高橋さんの周りにはいて、つねに別種の世界を共有しているといった趣があると思うんです。……それにしても「高橋さん」とは言いにくいんですよね、やはり「悠治さん」ですね。当時われわれの前にいたのはユウジ・タカハシというとてつもない膂力をもったピアニストだった。そのことは確かにもう二〇数年前の出来事で、ただそれから数年して、悠治さんがバッハとかシューマンとかドビュッシーとかそういう西欧のクラシカルなレパートリーを公衆の前で弾くパフォーマンスをやめ、水牛楽団によってアジアの民衆音楽を取り上げ、表現形式としてもそれまでとは違う社会的な、あるいは政治的な意味をかなり強く帯びたパフォーマンスをされていった頃、ぼくはメキシコにでかけました。それから長いあいだ日本に戻ってこなかった。ですから、水牛楽団を始められて数年後ぐらいから、ぼくはある意味で悠治さんがやられていったことに関しては、リアルタイムで見るという経験からいったん切れてしまったわけです。それまでの、都会での生の演奏の場から、そして自分と悠治さんの音楽との関係を測量していた時期から、いきなりメキシコのインディオの太鼓と笛だけの素朴な音楽文化の世界に入っていった。ワイルドな土地で自分なりに音と身体性の問題を探求してゆくことになってしまった。でもどこかに、悠治さんの音楽によって刺激された精神が、そういうフィールドでもうごめいていたような気がします。考えてみれば七〇年代後半の悠治さんのコンサートというのは――今もそうなのかもしれませんけど――、高いステージの上で、聴衆と別れて演奏するという大掛かりなものではなく、こじんまりしたギャラリーのようなワンフロアの空間にピアノをおいて、その周りを車座になって聴衆が取り囲んでいるというようなコンサートがほとんどでした。悠治さんが放射する、熱とか呼吸などといったものが直接伝わるような空間で聞いていたんです。演奏者と聴衆が、「音楽」という近代制度のなかで完全に弁別されるシステムからどこかはずれた、身体的な親近性や相互作用が維持された場で音が鳴っている、という感覚が強くありました。その意味では、インディオの祭りの音楽の場に意外に近かったのかもしれません。ともあれ、悠治さんの音楽表現の現場からは遠く離れてしまった十数年が経ち、こうして今日お会いして公開の場で対話することになったわけです。今日のために「青空文庫」という、インターネット上にテキストがいろいろ置いてある電子図書館のサイトにある悠治さんの「音楽の反方法論序説」という文章を通して読んできました。これは悠治さん自身は単行本にはしないという考えのもとに、インターネット上にテキストデータだけを置いています。それにしても、これはかなりの量ですね。ダウンロードしてふつうに印刷すると七、八〇ページにもなるテキストなんですが、ぼくはそれを二段組で読みやすくレイアウトして読むうちに、強くひきこまれてしまった。『インターコミュニケーション』という雑誌に五年間連載されたもので、この雑誌にはぼくも何回か書いたことがあるので、悠治さんの文章のかなりのものは一度目を通してたはずなんですけど、これだけまとまったかたちで読んで、正直に言って驚きました。これはとてつもないテキストだな、と直感しました。今日は、キューバのルンバのパーカッションや、先日死んだポール・ボウルズのメキシコ音楽の影響のあるピアノ曲や、素朴なメキシコ湾岸地方のソンの合奏などをかけようかと思って考えてはきましたが、ある意味でこのようなジャンル的に聴けてしまう音源をかけることがまったく場違いなような、非常に本質的な言葉だけで構成された「音楽の反方法論序説」のメッセージは、特別に強烈でかつアクチュアルでした。ですから今日は、半分はレトロモードですが、もう半分は違います。「音楽の反方法論序説」を読んでぼくがすごく感じたのは、これがある意味で現在の高橋悠治という音楽家の本質的な思考の一つの断面であるとすれば、この文章から受けるぼく自身の印象は、やはり二五年ほど前に悠治さんのコンサートで受け取っていた何か非常に突き詰められた、エッセンシャルな方法論への指向性と同じものだということなんです。つまり二五年前の悠治さんのコンサートも、それは単なる音楽じゃなかったということです。では、それは何なのか？　ぼくはそのことを常に突きつけられながらひたすら演奏会に足を運んでいた記憶があります。そしてその問いかけにたいする非常に明快で深い教えの一つを、「音楽の反方法論序説」は与えてくれたような気がします。

高橋…まあ、そういう風にいわれても何と言ったらいいのかわからないですけどもね（笑）。えー、まあ昔はピアニストだったし、今も時々ピアニストですけど……。だけど、こういうことをしてきた、ああいうこともしてきた、ということの半分ぐらいは忘れていて、あまり首尾一貫していないかもしれないけど、どうですかね……。なんか音を鳴らして、そのあいだに次に言うことを考えるっていうのは（笑）。

今福…でしたらまず、ピアニスト高橋悠治のバッハの「レコード」をかけましょうか。

高橋…いいですよ。昔の名前で出ています（笑）。

今福…ここに集まった若い方々にとっては、悠治さんが七〇年代の半ば頃、バッハの特異な演奏者・解釈者として、非常にユニークなポジションにいたことは、音楽史の講義では聞いているかもしれません。当時はこのDENNONのTCMレコーディングというもので登場した悠治さんのバッハ・シリーズが鮮烈でした。録音のプロセスとしては、当時としてはおそらく最初のデジタル録音で、悠治さんがバッハを鮮烈なやり方で弾かれていた。もちろんコンサートでもそうでした。日生劇場でのゴルトベルク変奏曲のコンサートの印象がとりわけ強烈です。バッハのレコードは数多く出てるんですが、ぼくが一番刺戟された録音をすこしかけます。たしかにパルティータのなかの第六番です。六つのパルティータはヴィルトゥオーゾによる名演がたくさんあります。グールドも全曲やっているし、ワイセンベルクも全曲やっている。グールドの四番は素晴らしい。ワイセンベルクの五番のスピードにもしびれた。けれどもぼくは、六番は悠治さんが弾いたものしか聴けない。それほどに緊迫したスリリングな演奏です。ピアノによって「時間」というもの自体が変形操作されているような不思議な演奏です。

音楽の空間

高橋…(音楽を聴きながら) 今福さんあれでしょ、コンサート行ったりあまりしないでしょ。

今福…しないです。わかりますか?

高橋…やっぱりコンサートというのは嫌ですかね。

今福…ええ。二〇数年前の自分のことを考えると、コンサートという場の意味に関してまだナイーヴに考えていた、と思うんです。悠治さんの演奏会に通いながら、同時に上野の東京文化会館のような場所に平気で入っていってクラシックのコンサートという場に昔は行けたというこ と自体が不思議議です。いつからそうなったかは一概には言えないのですが、悠治さんのコンサートは最初から音楽をするという行為を、どこかで客体化する視線があった気がします。たしかにかたちの上ではコンサートという一つの社会的な形式がとりあえずあって、それしかあまり選択肢がないというなかで、ピアノを弾いたり……。でも水牛楽団になると、形態としてはコンサートとはだいぶ違うものになったわけですね。

高橋…水牛楽団の場合はね、コンサートっていうのはしたけど、主には集会に行って、そこで一曲か二曲かやりますよ、というかたちでしたからね、それはいる人も違うし、場もぜんぜん違うわけです。だから、今、そういう場がなくなってしまうと、やはり音楽をやるためには、CDを作るか、コンサートをやるかしかない。コンサートをやる場所というのは、ほかのことがあまりできない場所だから、しょうがないな、と思いながらやっているわけです。けれども一方で、こうした場所でもやれることはほかに何かあるかもしれない。そういったことが一つある。それから、そこから違う条件のつけ方というのもありうるんじゃないか。そういったことも考えていますね。だから、水牛楽団をやめてから、コンサートという演奏形態でやり、ライヴハウスという場でもしばらくやりましたね。即興で、いろんな人とセッションをやる。五、六年はやったかな。それはすぐに飽きてしまったけれど。みんな、「この人はこれをやるだろう」と思うことをやるんですよね(笑)。なんだまたこれか、と思われるのも嫌なので、いつも違う人とやらなければならない。これは一種の「消費」でしょうね。それと、ライヴハウスは暗い場所なのよ、地下だから。なんか息苦しいなあという感じます。こういう所に来るお客さんというのは、盛り上がらないと許さない、みたいな感じがひしひしとあってね。こちらは盛り上がるのが嫌なものだから（笑）。ということになると、コンサートだけが残った。だんだんと、もういいや、という感じになってきますね。何か新しい空間というのはないもんでしょうかね（笑）。

今福…「音楽をする」ということが、ある空間とある時間を使うものであるとすれば、どこに公共の空間と時間との接続をはかるか、という問題がかならず出てきます。原理的にはできないことはないかもしれないけれど、それを完全に拒絶することはなかなか難しい。それはグレン・グールドがやったように、単にコンサートをボイコットし、スタジオに篭る、ということとは違う。スタジオでレコードやCDを作ることだけに専念しても、レコード自体がパブリックな商品としての流通を前提としているわけです。それは相変わらず公共の時間や空間に音楽を接続する通路の別の作り方でしかないわけです。むしろ音楽における公共性という問題をミニマムなところまで突き詰めていった時に、何が音楽を作るものと音楽とのあいだに残るのか。そんなところにまで、悠治さんは来てしまったという気がします。これは非常に本質的な問いですね。それは、単に音楽と公共的な場所や時間の関係を削ぎ落としていく、ということではありません。音と音の作り手のあいだのミニマムな関係、その地点からもう一度、公共的な表現の場を新しい音楽的通路として創造したい、というのも悠治さんのなかであるのでしょうか。コンサート以外に何かイメージはありますか。

高橋…うーん。

今福…「音楽の反方法論序説」を読むと、今の悠治さんの重要な関心の一つが、自分の手と楽器とのあいだの、極小の関係にあるように思うんです。それは、ある意味では自分と楽器があれば作ることができる世界です。ではそのなかで音楽というのものが自律しうるのか。そこには音楽と権力の問題もあります。楽器というのは社会のなかにヒエラルキーが生まれ、社会が権力化すると同時に大きい音を出すようになっていき、楽器そのものも大型化していった。小泉文夫さんが和琴《わごん》から現在の琴への変遷を辿りながら、そう説得的に論じていましたね。大きい音を出すというのは、自分以外の人間にも音が聞こえるということです。コンサートホールやオペラハウスは、音の権力的な拡張性を、舞台上の演奏者と聴衆を結ぶ階層的な空間構造として、さらに可視化したものでもあるわけですね。ですから、自分に聞こえれば充分だったというのが楽器のミニマムな原形であるとすれば、それはある意味で公共的な社会空間を必要としないようなものであった。そう言えるのでしょうか。

高橋…自分と楽器がありますね。その関係は事柄の半分でしかないんです。手がある。楽器がある。それで成り立つかというと、それだけではない。たとえば、アジアのどこかで誰かが一人で笛を吹いている、という場合も、環境というものがあるわけです。それと無関係ではありません。そういう環境が、今ここにはない。では、まったく閉じたものか。そういうことはないですよね。先端としての手があり、それから身体があり、そして楽器がある。楽器というのは外側にある一つの世界の先端です。手という先端と楽器という先端同士が触れ合っている。けれども、身体というものも世界のなかにあるし、世界というものも身体のなかにある。そういった関係がある限り、手と楽器の接触だけで閉じてしまうというのも問題で、そこにはやはり何か見落としているものがある。一見ミニマムな話のようだけど、これはマキシマムな話でもある。

今福…そうですね。ある意味でマキシマムに到達するためには、そこまでミニマムに関係を切り詰めていかないと、かえって外側の環境という世界に開いていかないんでしょうね。一方、コンサートという歴史的に制度化された場において、ピアノと自分の手の先端に意識を集中しているというような、いわゆるヴィルトゥオーゾのように閉じていくと、外の環境を含む全てが閉じていく。陶酔的なマニエリスムの世界ですよね。そうではないかたちで、楽器と指の関係のなかからマキシマムな全体性の世界が開いていく可能性がありうると思う。「音楽の反方法論序説」には非常に喚起的な言葉がたくさんあります。「装飾の先端に内面の変化を読み取ろうとする」とある。先端部分には、具体的に触れ合うインターフェイスがあるのです。先端の動きには、もっとも深い内面で起こっている変化のようなものが示されている。あるいは、それを取り出すために先端部分に注意を集中する。そういうことでしょうか。

高橋…たとえば、池に月が映っている、とよく言うでしょ。水の表面が穏やかな時は、水の底までを見通せますね。と同時に、月が映っている時、それは水の表面なのです。外側であり、内側であるのだけど。月というのは外側の、非常に遠いところにあるものかもしれないけれど、もしかすると水の底にあるのかもしれない。それは同じようなことなのです。表面というのはどちら側の表面とも言えるでしょう。それから、内側はどちらで、外側はどちらか、ということもあまり関係がない。そういう広がりを持ったものを、ただ一枚の膜の上に反映している。そういうものですよね。

今福…池の表面が穏やかになると、月が非常にはっきり映ります。月と地上との距離が池のなかにある月の深度として、逆にはっきり見えますよね。それは鏡のようになっているわけですから。

高橋…ええ。

今福…けれど、表面が揺れると、その深度は一瞬のうちに消え、ただ光の揺らめきだけが波の表面にうつろう。表層の動きを小さくすればするほど、内面にある動きがはっきり見えてくる。というふうにも悠治さんは書かれていて、それが非常に面白い関係だと思うんです。そこで、もうバッハを弾かれてる時から悠治さんは、テンポという要素を変化させながら、そうした問題を考えようとしてきた。近代のピアノ奏法というのは指の動きをできるだけスムースに均質に使うことによって必要なテンポを実現し、それが超絶技巧の曲であればあるほど運指の合理性によって、早いテンポを達成する、という思想があり、曲もそうした考え方によって書かれてきました。ところが悠治さんは、このテンポという根幹の概念をめぐって、さまざまな実験を繰り返しながら、指の動きをぎりぎりまで極小のところまで抑えて、曲自体のバランスが崩れる寸前のところまでテンポを変えたり止めたりしながらバッハを弾かれたことがあった。ぼくもその当時はまだ良く分からなかったのですが、今になると、それによって何かある内面の動きのようなものが、はっきりと聞こえていたのではないか、という気もするのです。こうしたことは、「クラシック音楽」、あるいはその突出形態としての「現代音楽」というジャンルのなかで、コンサートという形態にもとりあえず乗っかりながら、悠治さんが一貫して考えてこられたことだと思うんです。いま言われた、池に映る月の比喩は喚起的ですね。表面の動きと内面とが連動し、表層が深層で起こっている動きや流れを表す……。おそらくいま悠治さんが一番関心を持たれているのが、この深層のところにあり、動いているものだと思うのです。それは、音楽と言ってしまったり、あるいは音がここにあります、と言った時には、ふっと消えてしまうようなもの。そうじゃないですか(笑)。

高橋…ええ。だから、音という何かものがあるのではなくて、それは一つのプロセスに過ぎない、というのは考えます。一つの音だけを見ない、というようなことも考えますね。どういう次元で取ってみても、一つの音だけを取ったりしても、この瞬間にこれが音だ、とかね、ここにある、とか言えるようなことじゃないから。一つの音というのではなくて、流れていく、流れのここでというようなことがないところで、頼りになる何物もなくて、ではどうするか、ということになってくるでしょう。これでいい、なんだかよくわからない、というようなものでないと駄目、と言ってては変だけどね（笑）。けれど、結局はずっとそういう所にいるわけです。何かを新しくやるたびに、こんなことができるのか、とやってみると、しばらくはこれでよかったんだ、と思えるときがある。けれどもそれはまたすぐに消えていくわけよね。

今福…これでよかったんだ、と思える時、その記憶はその都度やはりあるんですね。

高橋…まあ、その時は間に合ったっていうようなことでしょうね。

反方法論によるバッハ

今福…ああ、間に合ってた（笑）。たとえば、いますこし聞いたバッハの演奏の頃は、やはりバッハという媒体を使いながらそれをやろうとしていて、ある手応えがあったのですか？

高橋…その頃バッハを弾いてて、ですか？　それはまあ、何かあったのでしょうね、わからないけどね。いま同じ曲を弾くとしても、同じようにはできないと思います。その頃は、いまよりはるかに素直にやっていたなあ、という気はする。

今福…ああ、かつての方が。

高橋…ええ。素直というか、まだスピードがあるというかね。

今福…個人的にはそのあたりのことをぜひ聞きたいです。いまやらないかもしれない、おそらくやらないのでしょうけれど、やったとしたら、その時のイメージというのはあるのですか？

高橋…バッハのですか？　やらない、ということはないですよ。

今福…やるかもしれない？

高橋…確実にやると思いますね。今年はバッハの没後二五〇年だから、頼まれるということは絶対にあるんです（笑）。

今福…頼まれれば断らずにやるんですね。

高橋…それはね、きっかけですからね。それをやりつつ、何か違うものをやる、と。そういうことで、職業は成り立っているんです。

今福…その場合、いまの時点でバッハにたいするイメージというとどんなものなのでしょう……。たとえば、昔の演奏はまだスピードがあった、といまおっしゃいましたが、現在のイメージではどうなのですか？

高橋…うーん。いまのイメージというのは、テンポというものはない、リズムというものもない……。リズムもないというのはちょっと言い過ぎかな。だから、何かこう、外側で規制している原理みたいなものを全て取り払った時に、どのようになるか、ということです。外側で規制しているもの、つまりヨーロッパの近代精神みたいなもの、格子のある空間とかね。全てが座標軸の上の点を繋げていけばできるような、そういう時間であり空間である、といったことではなくて……。これは同じことなのですが、音階や調性、区切られたもの、測られるもの、そういう尺度を立て、それで測られるものを作り出していくということではないんです。過ぎていく音がある、その瞬間の彩りみたいなもの、それが移り変わっていく、それを身体の内側からの感覚で……。でもそれは、作る、とは言えないだろうな……。

今福…それはピアノでも可能なことなんですね。あいかわらずピアノで。

高橋…それはね、チェンバロを弾こうと何で弾こうと、「近代化」した感覚というものは変わらないんです。ピアノだからできる、できない、ということとはすこし違う面があるんですよね。ヨーロッパの音楽家にとってのこの二五〇年間は、自分の持っている近代精神をバッハを一つの鏡として投影していたわけです。そこを反対側から見るとどうなるのか。そこには、近代になるために捨ててきたイデオロギーがまだ残っている。そちら側から見ていくことによって、逆におそらく展望が開けるかもしれない。その展望というのは、アジアのいろいろな音楽です。たとえば、フィリピンでホセ・マセダがやっているような、アジアの村々の音楽を見直し、そこから何か全く別なものの展望を切り開く、といったことです。最近は日本の伝統楽器を使いながら、何が開けていくのか、ということも考えてきたわけです。それが最近一〇年やってきたことです。

けれども、これはすごく危ない仕事でね。伝統というものは学ばないと分からないんですよ。身体で学ばないと分からない。ただ単に音を聞くとか、西洋の楽器でなぞってみるとか、楽譜になったものを見てみても、操作できる何か、ということでしか分からないんです。ところが、うまく弾けないにしろ、伝統楽器を実際に触ってみると、そこから出てくるある種の展望はまったく別のものなのです。もちろん、伝統自体はどんどん変化していくものだし、近代化もしていきます。伝統を引き継ぐ人たちであっても、すでに忘れてしまっているものもある。だから、一見するとネジを逆に巻いていくような、あるいはほどいていくようなことを一度通さないと、伝統が何百年もかけて完成したものに囚われ、ますます狭くなっていくという感じがします。つまり、名人芸のようなことと反対側を行く、という感じね。慣れてきたものを全て一旦逆にしてみる。

今福…「反方法論」と言われているのはそういうことで

すね。
高橋…そういうこともありますね。
今福…いまのお話を聞いていて、いくつか非常に本質的な問いが浮かびました。一つはバッハに関してです。いまおっしゃったような感覚を実現する時、外形的に西洋音楽を規定してきたさまざまな要素を一つ一つある意味で切り捨てていきそちらに到達していく、という弾き方があると思うのです。もう一つは、一番内奥にある、ゆらゆらした技法のようなものを、バッハを通じて直に掴み取る。そういう弾き方もありうる……。悠治さんのイメージとして、いまバッハを弾く場合に、それはどちらの方法になるのか、あるいはそのどちらでもないのか。
高橋…削り取っていく、というのはどういう意味なのですか?
今福…つまり一種の批判行為として、古典的な音楽という制度や構造を規定しているあらゆる外形的な要素・組成を無化してみる、ということでしょうか。テンポはない、リズムもないと先ほどおっしゃっていましたが、そうすると当然ピッチというものもある意味ではどうでもよくなる。そこには、ただ音色《おんしょく》という外形を規定しえない問題が残りますよね。これは当初からおそらく悠治さんがバッハにおいてもこだわってきた問題だと思います。西洋音楽が外形的に規定してきた規則性や形式性をある意味で批判的に解釈し、それを切り捨てるというのは現実の音楽の演奏行為としてどのようにやるのかは、ぼくは全くイメージが湧かないのですが、ともかく何らかの方法で消去していくことで、核心に到達する。あるいは近づくというやり方ですね。
　それから、伝統社会の世界観には、ある意味で核心にある宇宙の存在をじかに名指したり、感知したり、あるいはそれを掴み出したりする、非常に直接的な思考テクニックがあると思うのです。夢見であるとか、トランスであるとか、あるいは神話を媒介にしたものでもいいのですが。それは緻密な身体技法であると同時に思考の技法でもあると思う。むしろそうしたプリミティヴな身体方法論に近づくイメージが悠治さんのなかにあるのか。そういうことがバッハを演奏する行為を通じてできるんではないか、そう悠治さんは考えておられるのか。それともそれはある種の演奏という形式を借りたなかで、夾雑物に見える要素を一つ一つ取り除いていく批評行為としてしかできない、というふうに考えておられるのか。
高橋…その二つは、そんなに異なるものではないと思います。切り落としていく、ということを批評行為と捉えるならば、それはやはり分析的な、知性的な、批判ですね。実際に切り落とすには、身体的あるいは動きそのもの、つまり動いている時に、動いているものをどう感じるのかということなのです。結果から言えば、それは切り落としていると見える。ただそれは知的な、知性による批評ではない、ということですね。それから、一番本質的なものと言っても、それは思考によって捕まえられるものではないのです。両方は近い。それが、バッハを演奏することで可能かと言われると、ある程度は可能だけど、所詮ヨーロッパ音楽であり、そういう運命を背負っていますからね。それをどうするか。オーバーだけどね（笑）。だから、それだけやっていてもやはり物足りないし、違うことも同時にやっていくわけでしょ。

今福…バッハは悠治さんがイメージされている人間と楽器のあいだに通じている技法的な身体関係というような感覚を持っていて、バッハを演奏することによってそのことを現在において引き出す、と悠治さんは考えているのでしょうか。そうだとすれば、それがバッハのある種の個性なのか。バッハだからこそ楽器とのあいだの身体性のようなものをより強く引き出す可能性があるのでしょうか。あるいは、バッハの音楽のなかにそういうものの痕跡を悠治さんが認められているということになるのか。または、それはどんな音楽のなかからでも自分の演奏行為を通じて引き出せる、とお考えなのか。

高橋…それは比較の問題ですけどね。バッハは、ほかの音楽よりもこういう事に適している、と言うことはできるかもしれません。それは、どのあたりで比較をするかによるわけで、そういうことを不用意に言うと、やはりバッハは偉大であった、ということになるわけですよ（笑）。だから、そういったことはあんまり言いたくない（笑）。

今福…ただバッハの現代的な意味をそういうかたちで定位するならば、それはこれまでの音楽史的なバッハ評価とはずいぶん違うと思うのです。それは別に偉大さでなくてもいいわけです。バッハのアクチュアルな可能性です。

高橋…あの時期の音楽は、前から来るものがある、それから後から振り返られていくものがある、それがちょうどぶつかる波の頂点みたいなものなのです。その時代によって生まれた地点が、バッハであり、アインシュタインであり、ライプニッツであり、それらが違う側面から見ることを可能にするいくつかの結び目である、というふうに言えばいいかな。

今福…悠治さんは、「音楽の反方法論序説」のなかで「音色の数学」というようなことを言われていますね。この「音色の数学」ということばは、近代西洋音楽が数学化できなかったものの秘儀的な構造を見事に言い当てている気がするんです。西洋音楽において、ある数学的な構造というものが、ピッチとか、テンポとか、リズムとか、調性といったかたちで作られ、研ぎ澄まされてきた。バッハはある意味でそういった数学性において、もっとも構造的な緻密さや豊かさや快楽を実現した。対位法にしてもそうですけど、ある意味その数学美の頂点にあるような音楽だと思われているわけです。けれども同時に、悠治さんが「音色の数学」と言われた時に、それは音色の問題でもあるし、それを引き出す身体の問題でもあるし、そしてそれらが統合されたある種の作法の問題でもある。それらは全て、いままでの近代音楽のなかでは少なくとも数学的な構造性を持ったものとして構築できなかった部分ですよね。しかし、音色の数学というのはあるはずだし、それがあるとすればそれは確率論の反対、つまり反確率論のような姿を取るものかもしれない。そう悠治さんは書かれていますね。ある意味で、音楽の数学的構造をもっとも完璧なかたちで提示したと思われているバッハのなかに、ある意味で反数学を見出すような何かがあるのか。それはもっと根源的に言えば、バッハの固有性というよりも音楽という行為のなかで人間が考え、行ってきたこと、元を辿ると数学的な論理を生み出す原点となったもののなかに、実は全く反対の何かを生み出す端緒もあった、と考えてもよいのでしょうか。音楽という場ではないけれども、ぼく自身は人間の身体とか身体の技術とか作法の問題を、近代の分析的な論理とは別のプリミティヴな社会における全体論的な思考形態やそれに関わる憑依的・陶酔的・浸透的身体性の問題などを通して考えてきたのです。その問題と非常に繋がっている気がする。肉体が、論理を生みだす流れと逆行して、身体が存在する端緒の世界に入ってゆく、ということです。

高橋…そういう時もありました。しかし、これはね、一つの批判なんですよ。そうなるとね。ある種の典型だと見られているものに対して、逆の視点を切り開くことでそこから出て行くということです。これは、ヨーロッパ音楽に対する批判である、というふうに言えるのです。でも、批判にとどまるということは、批判という知性の働きかけ方においてヨーロッパ的にとどまるということです。だから、話はこれくらいにして、音楽でもかけましょうか（笑）。

音楽と身体

高橋…この音楽は、「アグンガン」Agungan という曲です。これがマセダの音楽を聴いた一番始めです。これはね、一九六六年にマニラで東西音楽会議というのがありまして、その時がこの曲の初演だったんだな。マルコスが大統領になった年だったんですよ。それで、イメルダ・マルコスが、マニラの文化会館に世界中から音楽家と音楽学者を呼び集めて、東西音楽会議を行い、そこに呼ばれたわけです。そうしたら、空港からパトカーに先導されて大歓迎だったんです（笑）。西洋音楽もあるし、あちこちの伝統音楽もあるなかで、マセダがフィリピン大学の学生を集めて、オーケストラの編成を使ったのがこの作品なんですね。「アグンガン」というのは、ゴングの集合体という意味でね、ゴングが六〇個ぐらいあるんです。これには非常に驚きました。打楽器のオーケストラは、今までのヨーロッパの現代音楽では、とにかくうるさい音楽でした。ゴングが六〇個あれば、すごくやかましいに決まっている。力のデモンストレーションみたいな……。これが、この曲の第一印象です。今テープで聞くとかならずしも同じふうに思えないかもしれないけれど、風がね、ざわめいているような、そういうふうに聞こえたんですね。熱帯雨林の雰囲気というかね、西洋音楽とは全く違うものがここにある、という気がしましたね。それが初めての出会いです。その一〇年後の一九七六年頃からマセダの論文なんかを訳して、一冊の本にまとめたわけです（ホセ・マセダ『ドローンとメロディ――東南アジアの音楽思想』新宿書房、一九八九）。このように聞こえたものが、どんな考えで作られているかというのが分かり始めたのが、ちょうど一〇年後です。エネルギーがある、ということが、決して暴力的な表現ではない、という感じがすごくしているんです。

今福…つまり、西洋音楽において、楽器に対峙した身体が力を行使して音を出すというのは、ある種の暴力的な行為である、ということですか？

高橋…それはありますね。外部にある楽器を征服するのが名人である、みたいな感じがあるわけです。それを見せることで、今度は聴衆を征服する（笑）。それがヴィルトゥオーゾのやることだからね。

今福…こういう音楽には、楽器と身体のあいだの非常に相互浸透的な関係が直感的に感じ取れますね。それがあったからこそ、楽器音を風のざわめきのように感じられたわけでしょう。この感覚の発見を、悠治さんはその後の音楽活動に、どのようなプロセスとして取り込まれていったんでしょう。けっして従順な西洋音楽の実践者ではなかった演奏家としての身体の組成みたいなものを、さらに徹底して壊していくプロセスというようなものがあったのではないでしょうか……。「音楽の反方法論序説」のなかで、ピアノ奏法を近代スポーツにたとえている部分がありますね。これはとても面白かったです。結局、音の相互平等性・均質性を前提としてそれを数学的に構築し操作していくというのが近代のピアノ奏法であるとすれば、近代スポーツというのも同じような人間身体の均質化を前提として成立したものです。近代スポーツという制度も人間の身体がある種規格化された、均質で平準なもの、要するに動き回ることのできるコマみたいなものである、と想定することから始まったわけです。近代スポーツのなかでもサッカーやラグビーのような集団競技は、選手の身体の記号的抽象化によってフォーメーションを考え、戦術を考え、人間の身体というのはリプレイすることができる、条件に応じてリセットできる、そういう規格化されたものとして想定しました。ピアノ技法でいえば、ヴィルトゥオーゾは人間の規格化された身体に投下されるピアノ操作技術の熟練の度合いによって決定される。近代スポーツもそういった技術観を持っているので、球なら球の操作技術に関して普遍的な訓練法、すなわち万人に均等に効力を持ったある訓練法というものが開発されていきます。それは当然、人間の身体がある均質性を持った受容体であるという前提がなければ成立しない発想ですよね。悠治さんも言われたように、観客を最終的にヴィルトゥオーゾによって魅了するというコンサートやレコーディングによる一種の最終目的は、近代スポーツにあてはめればちょうど勝利という感覚によって対応するようなものになる。ぼくもスポーツの側からまったく同じことを考えていたところがあるんです。音が均質なものでないと同じように、人間の身体というものもあらゆる差異と揺らぎを固有に持って、その都度その都度ある種の生成と消滅のあわいみたいなところでしか存在しないという感覚です。

　サッカーのプレーを見てぼく自身が何に興奮するかというと、ある意味でトレーニングを受けた、規格化された身体の最上の状態が、あるプレーによって表現されているからではなく、そういうものから逆行するような、ある種の不具性、身体の異形性の発露みたいなかたちで、規格化された健康で健在な身体というような神話が砕かれてしまうようなプレーにたいして、非常に強い興奮があるんです。近代スポーツ競技という形式性のなかに囲い込まれてしまった今のサッカーというものを、もう少し違う場の、違う運動体として救い出せないだろうか。そういう発想が、ぼく自身の中南米の経験から生まれてきました。ブラジルのガリンシャやアルゼンチンのマラドーナ、あるいはコロンビアのバルデラマなど、ぼくの考える素晴らしいプレーヤーというのはどこかに不具性のようなものを抱え込んでるところがあって、それは何なのか、ということです。音楽する身体ということを考えるときにも、ここには何かアナロジーがあるんではないでしょうか。

集合性による音楽

高橋…そういうことについては、いろいろ面白いことがあると思います。たとえば腰にダメージを受ける、しかし痛みが出てるのは別の場所で、これを治すのはさらにまた別の場所であるとか。整体などに行くと、そういったことがままあります。それを楽器と手の例で言うと、中国に古琴と言われている七弦琴がありますね。孔子が弾いていたというくらい古いものです。非常に小さい音で、人に聞かせるというよりは、一人で弾くためか、せいぜい同好の士を二、三人集めて部屋のなかで演奏するものです。弾く時に、一番気をつけるべきことは何か。まず、足を正しい場所に置く、ということなんです。身体全体が連携している。楽器に触れている手を動かすのは、反対側の足の親指かもしれないし、あるいは左側の腰かもしれない。いずれにせよ手の先から遠いところから発している一つのエネルギーの流れがあるのです。それを塞き止めないようにすれば、大きなエネルギーが、一つの指の先端に現れてくる。ところが、指だけで楽器を弾くとなると、力でいくよりないわけですね。けれども指はこんなにも小さいでしょう。どうしようもない。さて、どういうふうに身体全体をコーディネートして、この指の先端にエネルギーを集中するか。指の運動を徐々にゆっくりにしていく。動きが小さくなればなるほど、ほかの部分の動きが見えてくる。そうすると、先端の指の動きも正しくなっていく。その後、動きを速くしたとしても、身体全体が動くようになっているのです。それが訓練と言うものです。速くしていくことで訓練するのではなくて、遅くし、小さくしていく。それこそ腰を痛めた時みたいに、ゆっくり動くことによって、痛みと痛みのあいだをすり抜けられるようになってくる。これこそが、動きを理解する、ということなのです。不完全で、弱く、取るに足らないものから逃げないで、そこで働く。それからもう一つは、一人は一人ではなく、何人もの人とつながっているので、一人で完結してはいけない、ということです。むしろ、何かができないということが、大切になる。サッカーもそうかもしれないけどね。マセダの音楽は、大勢の人が自発的に作り上げていく。一人一人は一つのことしかしていない。けれども、それが数十人集まると、非常に複雑なものが、固定されないで流動していく。

今福…集団の動きのなかで作動しているものは、非常に強い原理だと思うんです。ある意味では個人の能力を十全に発揮するという目的以上に強く働いている原理でしょうね。そうするとそういう原理が強く出た時には、個人のある種の表現力というのが一見したところ弱くなったり、あるいは乱れたりというふうに見えることも多い。またサッカーの話になってしまうのですが、フランス・ワールドカップの決勝戦、フランス対ブラジルの時のブラジルチームは非常に動きがぎこちなかった。特にエースストライカーであるロナウドの不調が決定的にブラジルの敗因でした。三対〇という王者ブラジルとしては情けない試合をした。けれども、ぼくはこの試合を非常に感動しながら見ていたんです。なぜなら、本来はもっとも身体能力が高いはずのロナウドが、ある種の不具性というものを、どうしようもなく見せてしまったのです。もちろん、彼は実際に体調不良でした。注射か何かを打って、無理矢理出場していた。逆に、そのことによって近代スポーツのイデオロギーのなかで、本来動かなければならない訓練を受けた身体性を、一切裏切るような混乱した脆弱な身体が、そこに露出してしまった。しかもその不具性が、ブラジルチーム全員に伝染してしまっていたことが、何よりも感動的でした。少なくとも、そのようにぼくには見えました。つまり、ワールドカップ決勝戦において、ブラジルはもはや勝ち負けの原理ではなく、ロナウドというエースストライカーが体現してしまったある種の不具性という、スポーツよりも根源にある、人間の運動原理の一端を抱え込み、その始末に戸惑いながら混沌としたままグラウンドを闇雲に走り回っていた……。ブラジルは無様なサッカーをしたわけではなく、ワールドカップの決勝戦という近代スポーツの競技的形式の頂点の場で、そういう原型的な身体のありようをあらわにさらけ出してしまった。そうしたブラジルチームのなかにこそ、ぎりぎりの可能性が残されているのではないか。そのことが感動的だったのです。身体がある表現に向けて使われていく原理というものがある。サッカーにおいても、それは既に近代化された競技としてある方向性を持たされてしまった。選手は、それに対応しながらトレーニングを受け、能力や技量を高めていく。そうしたプロのスポーツマンのなかにも、あるとき、より集合的でプリミティヴな身体原理によって自分の身体が支配されてしまう契機がまだ隠されている。これは、いま悠治さんがおっしゃったこととどこかで繋がっている気がします。

もう一つマセダの音をかけませんか。

日本という場所の不幸

高橋……これは銅鑼と竹の音楽です。これね、二年ぐらい前に京都で初演した曲なんですね。その時は、雅楽の竜笛があり、コントラファゴットがあり、それからサロンやグンデルというガムラン楽器もあり、竹の楽器が入って、コーラスもあった。

異なる系列のヨーロッパの楽器とアジアの楽器が一緒になって、それぞれの音でそれぞれのメロディーをやっているわけね。それでいて、不自然でなく、ただ調和しているわけではないけど、平和な感じがする。こうした点は、ヨーロッパ音楽に欠けている最大のものかも知れない。

今福…それは、悠治さんのなかでは「アジア」というかたちで捉えている、とお感じなのか。それとも、西洋の音楽表現に対峙する別種の音楽原理が働いている場所ということで、アジアという地理的区分にこだわらず感じていらっしゃることなのか。

高橋…うん、それはね、ヨーロッパ対アジアみたいな図式じゃないと思いますよ。われわれがここにいて、周りにある物を使って表現するときに、ある種のモデルが日本のどこかにあるかもしれない。フィリピンだったら、村にあるかもしれない。そういうものが生きている場所がある。頭のなかで考えた社会組織や音楽組織などのなかにはないことは確かですけどね。だからと言ってアジア的なものとしてそれを押し出すという意味ではないです。さまざまな異質なものがそのままでどうしたら理解し合えるか、ということが現代の大きな問題でしょう。国家が存在すると別な国家と争う。民族が存在すると別の民族と争う。宗教が存在すると別の宗教と争う。それらを、ある種の普遍のなかに統合する、ということでは解決できないんですよね。それではやはり全てを均質化していく。それでもって全てが平等という具合にはいかない。全て不完全なままで、ズレながら一緒にやっていくところに、骨と骨のズレた間を擦り抜けていくような道があるかもしれない。

今福…ここにあるのは極端にローカライズされた部族音楽というものではないですね。いわゆる「部族音楽」とか「民族音楽」というかたちでジャンル化されて聴かれてきたものは、あきらかに非西欧的、あるいは反西欧的な音楽性の文脈で受け取られ、そのことによって逆に西洋音楽が自らの限界を超出するためのたぶんに幻想的なインスピレーション源としてみなされてきました。けれど、フィリピンという土地はアジアのなかでも特別にさまざまな力がその上を通過していったところです。もともと多部族的な島嶼の集合体であるところに、スペインが来て、アメリカが来て、日本が来て、というように植民地主義的な力が複雑に働き、さまざまな文化交通が生じた。そういうなかで、異質なものが民衆的でヴァナキュラーなレヴェルにおいて矛盾なく共存している、という特性が生まれてきましたよね。これはとても刺激的なかたちの一つのように思えます。唯一の原理や規範に従うことからすり抜けて、その時その時に偶然のように生起する混乱なき渾沌に身を任せる。ところが日本のような場合は、西洋近代音楽という外生の規範を無批判に明治期に受け入れたわけですね。そして教育という「国民化」の訓練場においてそれを徹底してドメスティケートしていく。一方でそれにたいする均衡の保証として純粋日本伝統音楽というもう一つの幻想を対極に作って、その二者の非常に図式的な渡り合いのなかでしか、音楽を創造したり、受容したりする場が与えられなかった。そういう不幸があるような気がするんですよね。

高橋…でもね、日本の近代化というのは、明治に始まったことではないみたいですよ。やはり江戸期ぐらいから、そういう素質が充分にあった。全国統一し、ある種の経済体制を持ち、そしてすべてを上からコントロールしていく。だから江戸期の芸能というのは、歌舞伎はこれをやりなさい、能はこうしなさい、というように与えられた場所でやってきたわけですよね。きれいに整理され、これはこちら向き、あれはあちら向き、商人はこれ、侍はあれ。明治時代になり西洋をどう受け入れるかというのは、やはりそういうことと無関係ではないと思います。江戸というものが、何だかよいようにこの頃は言われるけれど、いろいろな側面があるのです。

今福…なるほど。ある意味で時代の権力が芸能や文化を巧みに援助しながら、文化的な活動の場の渾沌とした自発性をコントロールしてゆく。現代的に言えば文化行政や企業メセナじゃないですけど、そういう組織的な力が巧みに民衆文化の操作をする。そういう状況が江戸にあったということかな。江戸礼賛の歴史家は民衆文化が豊かに花開いた時代だということを強調してきたけれど、かならずしもそうではない……。

高橋…両面あるということですよね。だからやはり日本のなかで何かしようとするのは、非常に難しいと思うんです。それで今、日本の現代音楽なんていう狭い場所でもね、クラシックというのも狭い場所だけどね。どこを見ても、非常に画一的でしょ。みんな同じことをやろうとしているわけです。それはある種のモデルがどこか外にあって、それをいかに演じるか。一人いれば間に合うようなことを、みんなで一斉にやっている。そういう意味では、日本のなかで何か新しいことをやろうとするのは、非常に難しいという感じはしていますね。そこへいくと、東南アジアは非常に混沌としたところがある。はるかに多様な文化がある。特に島のほうはね。島は小さいし、開いているし、弱いと言えば弱いけれど、そういうなかから出てくるもののほうが、示唆する力は大きい気がするな。

音楽をやる、ということが目的化している、ということにも問題がある。人が集まり、そこで音楽をやる、というのが逆転してるところに、最初から問題があるのです。生活から離れた特別な場所を設定し、そこでバッハのような音楽をやる、ということになってしまう。ですから、音楽には限界がある、というところから始めないと駄目、という気もしているんです。水牛楽団は、タイのカラワンというグループの歌を、日本語に訳してやることから考えついたかたちでした。日本の政治運動や労働運動のそれまでの組織は、八〇年代には壊滅していったわけだから、やることもそこで終わってしまった。その後で、コンサートの世界でいろいろなことをやり、即興をやり、コンピューターをやり、伝統楽器をやり、ピアノも弾いているわけです。カラワンも解散した。解散はしたんだけど、五年にいっぺんぐらい集まったりはする。この前日本に来て、神奈川の南林間にあるイーサン食堂というところの二階で二〇人ぐらい集まって聴いたんですけど、やはりこういうやり方はなかなかよいと思いました。それは先ほどから言っているような、反技術ということ、それから人が集まる場所に音楽があるということ、それも音楽を聴くために来る人のためではなく。そういうことが、まだできるのではないか、と思いますね。

音楽家という職業

今福…与えられた場としてではなく、ものすごく自発的に自由に、誰が来ても不思議ではないようなかたちで、ある「場所」が存在する。あるいはそのことによって即興的に「場所」が生まれる。そうした時に、そこにたまたま音楽があり、たまたま音楽家が出て来て演奏したり、ということですね。食べ物と音楽が同じ親密さの位相にある。いずれにしろ、アジアもそうですし、ぼくが知っているラテンアメリカもそうなのですが、職業というものの社会的な含意や位置づけがまったく違うのではないか、という気がするのです。たとえば「音楽家」という職業がどういうふうに人々のあいだに生きているかと言えば、まさにいま悠治さんが言われたような、人々が親密に集まってくるような場にふと現れて、ひとしきり密度の濃い音楽をやるような人のことですよね。それがある意味で音楽家という職業の原意であって、たとえコンサートホールで演奏しても、レコードを出していても、彼ら自身の音楽する自己意識の源泉は全てそうした日常の場にある。音楽家という職業がその特殊能力による権威によって、彼らを民衆から差異化するというのではなく、民衆のなかに存在するための一つの生存様式が、すなわち音楽家という職業なのです。ところがわれわれの制度化された社会のなかの職業というものは、差異化し、弁別し、それぞれの領域においての権威づけを行うための社会的指標のようなものですよね。そして今や日本における音楽家というのは、たとえば五日間で一〇〇万人動員できるとかできないとか、そういうかたちで価値づけられる顔の見えない、数字的なポピュラリティーのなかで生きている。しかもその潜在的な動員可能性が、たとえば国家権力によって節操なく利用され、このあいだの即位一〇周年式典のような催しの時に、まさに人を集められるというだけの理由のために、音楽家があっさりと皇室の行事に招待され、人々はその音楽家たちを見るために天皇の住み処へ寄り集まっていく。今や音楽はそういう動員可能性みたいな部分のみで意味づけられ、権力に利用されているわけです。これは、ある意味では音楽にとっての決定的な屈辱だと思うんですよ。

高橋…権力が音楽を利用する、とも言えるのですが、それではその音楽そのものはいったい何なのか。ミラン・クンデラが書いていたのを思い出したんです。チェコの大統領のフサークがポップ歌手を記念式典に呼ぶ話です。やはりポピュラリティーを持つということは、そういう人に呼ばれなくても、そこにもうすでに権力構造があるんですね。そういう自覚がないのは、ミュージシャンです（笑）。

今福…資本主義社会のなかで経済化された「ミュージシャン」という職業意識が、まさにその自覚をなくさせている。だから音楽家というふうにして社会の方から職業化されてしまった人たちは、すでに自発的に人々のなかに音楽家でいられる可能性を摘まれてしまった人々かもしれない。これは学者もそうかもしれない。ある意味で、ミュージシャンに限ったことではないですね……。

高橋…カラワンという歌を聴いたことがないでしょうから、かけてみますか。カラワンというのはキャラバンという意味なんです。

今福…このグループのメンバーは実際に、定住的ではないわけですか。

高橋…タイに行ったときに一度ついて歩いたことがありました。ミニバスみたいなもので全国を移動するわけです。それぞれ別々のところにいて、別々なことはやっているけれど、定職というようなものもない。それでやっていけるから、いいんだよね（笑）。

昔、ハン・スーインという人の小説で、シアヌーク時代のカンボジアの話があってね。みんなが田植えしているところに、シアヌークがヘリコプターでやってきて、一株植えて去っていく（笑）。みんなが一株ずつ植えている、その時に、畦道のほうで、音楽をやっているのね。そういうものなんですよ、ミュージシャンというのは。田植えに加わったりはしない、たぶん定住もしていない。けれども、そういう時に来てね。人は田植えしている、自分たちは一緒に音楽をやっている。

今福…音楽家という職業なり、あるいは音楽という行為が、ある社会のなかで一つの公共的な意味や役割をしっかりと持ちながら、自然なかたちで存在していくような可能性を、この日本という場で悠治さんは、少しでも作り出したいと考えていらっしゃいますか？

高橋…うーん。作り出したいというかね……。

今福…あるいはそれに近づく、そうしていろんな場を作り出そうと試みる、一通りじゃなくても……それにきっと一通りではないだろうし、一通りである必要もない……。

高橋…別にそういう使命感はないし、どうしてもこれをやらなきゃいけないということはない。音楽なんていうのは、一つの行為に過ぎないんだから。それでも、できることはある。従うべきモデルとかはありえない。だけど、これがあるんだったら、もうすこし違うのもありうる、そういうふうにしていけばよいわけですね。伝統楽器を使っていても、どういうふうに人が集まって音楽をするか、どういうふうに楽器を扱うか、身体との関係はどうなっているか。それから可能なら、どういう場所で、どんなふうに音楽をやるか。……水牛楽団でやっていた頃のようにストレートなかたちではないけど、現実社会の問題と無関係に音楽はできない。ある種のかかわりね、そういうファクターがもうすこしあったほうがよいかな、という気もするね。

島田雅彦との対話

2001

聖と俗——錯誤としての歴史

二〇〇〇年の三月からおよそ半年間、私はブラジル、サンパウロに滞在し、サンパウロ大学日本文化研究所大学院の客員教授として講義を持った。テーマは「日本語文学の臨界」であり、講義の主眼は、植民地文学・在日文学・沖縄文学といった日本語による日本文学の臨界域への考察に加えて、日系アメリカ人作家による見かけ上は英語文学の領土における領域侵犯的な表現までをも扱うことによって、近代日本の歴史自体がつねに「外部」との接触にさらされ、さまざまな他者を含み込んでいた事実を伝えることにあった。従来の規範的な「日本文学」のナショナルな枠組みを解体するような内容に、ブラジルの学生たち（日系ブラジル人が多くを占めていた）はかなりのショックを受けたようだった。ブラジル滞在中「イメージと暴力」というテーマの国際シンポジウムに招かれた私は、「戦後日本の写真と暴力」と題して、写真家東松照明による戦後の長崎の原爆遺物の写真をめぐって発表した。スライド上映された浦上天主堂の天使像やマリア像の瓦礫の写真を見たブラジルの聴衆は、原爆被災地としてのよく知られた「ナガサキ」のイメージの彼方に、数百年さかのぼる、自分たちと同じポルトガル宣教師による布教活動の、異なった顛末が存在していることを初めて知って深く心打たれたようだった。ブラジルから帰国すると、島田雅彦氏の新作小説『彗星の住人』と『フランシスコ・X』が私を待っていたかのように刊行された。『彗星の住人』の物語の発端は一九世紀末の長崎に設定されている。四〇〇年以上前、ポルトガル宣教師の来航によって外部との接触をはたしたこの港町は、鎖国後も唯一の開かれた港としてオランダ・中国交易によって栄え、日本でも例外的な文化・民族混淆の風土を維持しつづけてきた町だった。島田氏はそこに想像力の奇想を得て、一八九四年、長崎に寄港した軍艦に乗っていたアメリカ海軍士官ピンカートンと芸者蝶々の恋の悲劇的結末として残された一人の混血児を、二〇世紀の引き金を引く者として創造する。異国趣味のオペラが誇張した「日本」へのロマンティシズムから離脱し、蝶々夫人とピンカートンの呪われた恋を文化混淆的な二〇世紀ヴィジョンを生みだす母胎として夢想したのである。さらに『フランシスコ・X』は、この混淆の歴史像を近代初期の聖と俗、宗教と経済の共犯的な関係性においてとらえ直す作品として私の思考を刺戟した。二〇〇一年春、iMode と呼ばれた携帯電話によるIP接続サービスの普及によって、誰もがウェブページとメール情報が行き交う液晶画面を黙って見つめるだけになってしまった日本の公共空間の不穏な沈黙を横目に見ながら、私たちはあえて饒舌に、賑わしく、多言語・多文化的喧騒に包まれた長崎を思いながら、壮大な時間錯誤・空間錯誤からはじまる歴史の可能性について語り合った。この対話は雑誌『群像』二〇〇一年年六月号に掲載された。

PROFILE

島田雅彦　一九六一年生。小説家。著書に『彼岸先生』『退廃姉妹』『カオスの娘』『虚人の星』など。

歴史における混淆

今福龍太…去年、ブラジルで島田さんとニアミスして以来、ぼくの現実の旅の径路と島田さんの小説がやけに重なる気がするんです。一一月に東松照明さんの「長崎マンダラ」という写真展を見るために長崎に行ったのですが、ちょうど依頼された書評の締め切りだったもので、刊行前の『彗星の住人』のゲラを持っていったんです。現地で読み始めたら、『彗星の住人』という小説では、なんと長崎が物語の重要な発端として描かれていて、不思議な符号を感じました。

この長崎行きには、もう一つ思うところがあったんです。ぼくは去年のサンパウロのあるシンポジウムで、東松さんの写真をおもな素材にして原爆以後の日本の戦後写真についてしゃべりました。日本の戦後は、原爆のあの「きのこ雲」の映像を一つの視覚的オブセッションとして始まった。つまり、あれは空からの視点で撮られたきのこ雲で、徹底的にアメリカの視線なわけです。アメリカ軍の飛行機の上からしか見られないあのきのこ雲の映像を日本人がオブセッションとして受け入れたところで、戦後の日本人の抑圧的な映像感覚が始まった。ぼくはシンポジウムで、日本の戦後写真がそれをどう乗り越えようとしたかという視点から話したんです。そのことを長崎で確かめたいという気もあったんです。

そういう心理のなかで『彗星の住人』を読むと、これは結局二〇世紀の日本の歴史を、日本とアメリカの複雑な歴史的いきさつ、そのなかには無数の偶然がはらまれているわけですけれども、そのなかから描き出そうとする小説だとわかる。すると、その発端に長崎が描かれているのは、単に蝶々夫人と出逢うアメリカの海軍士官ピンカートンが長崎港に上陸したという歴史的な事実にもとづくというだけでなく、日本と外部とが接触しつづける長崎が何か非常に象徴的な場としてあるんじゃないか、と思ったわけです。島田さんは『彗星の住人』で長崎という場所を、外界との継続的な接触があり、文化混淆やハイブリッドが起こる特別の場所として描きながら、長崎が特異であること以上に、日本の歴史のなかの異種混淆的傾向を凝縮して示す場所としてイメージした気がしたんです。ポルトガルありオランダあり中国あり、不思議な混淆の空気がある。

それが『フランシスコ・X』において四〇〇年引き戻されて、長崎だけがかならずしも舞台じゃないですけれども、日本が南西部を起点として外部に開かれた四〇〇年という時間を提示しているわけです。だから、『彗星の住人』と『フランシスコ・X』は、片や二〇世紀、片やある意味で中世的な西洋世界が近代に変わっていくときに起こる幾つかの大きな宗教的な動きと帝国主義、資本主義の世界的展開のなか、一〇〇年の射程と四〇〇年ぐらいの射程のなかで、同じ関心が二つに変奏されて出てきたんだなということをあらためて感じました。

ブラジルもポルトガルの植民地で、一六世紀前半にアジアに向けて宣教師が出ていったときにアメリカ大陸に向けても同じような動きがあったわけです。その二つの帰結は、初期にイエズス会が布教の中心という意味でも非常によく似ているんですが、ブラジルにおいてポルトガルを通じて日本を想像するというのは、非常に歴史的な深みを持つイマジネーションを刺激することです。のちに長崎などで切支丹弾圧という問題が起こり、ポルトガル宣教師を含め悲劇的な帰結を迎える。これがブラジル人が経験してきたカトリック化の歴史といかに違うかは、ブラジルでは知られていない。「原爆の長崎」は知られていますけど、「切支丹弾圧の長崎」という歴史を知っているブラジル人は非常に少ないわけで、先の私のシンポジウムでの講演はブラジル人に驚きを喚起し、彼らが感じたショックや驚きがぼくにまたはね返ってきたというところもあったんです。

また、この三月には広州に行ったんです。広州を目の前にしてザビエルはそこに縁がなく入り込めずに死んだわけですが、広東人の跋扈する東シナ海の様子はザビエルにとっても非常に重要であって、いまでも広東の港には不思議な活気がある。さらに今朝まで滞在していた奄美は一六〇九年、琉球の支配から島津の支配に変わって、大和側と琉球側の双方に引きずられ不思議な中間地帯を形成した場所で、ザビエルの物語はこれと一〇〇年と違わない時期の物語ですね。名瀬の書店で『鹿児島のザビエル』という本を見つけたりもしました。

このように、ここ一年ぐらいのぼく自身の現実の旅の移動の軌跡は、島田さんがある歴史を浮上させている場所と不思議に重なっている。

島田雅彦…今福さんの旅先で待ち伏せしているつもりはなかったんですけどね（笑）。今福さんは、クレオール文化の渦中に飛び込み、自らクレオール化するような研究活動をされてきたと思いますけど、一六世紀の日本人は、キリスト教への入信や重商主義とのかかわりという契機を通して、まさに今福さんが各地で見てこられたような混淆文化を体現してたと思うんです。それを日本人のラテン化と言ってよければ、それが最初に行われた一六世紀という時代に関心が及んだわけです。直接のきっかけは、ザビエル来日四五〇周年のおととし、鹿児島でザビエルのことを戯曲にするのを引き受けたことですが。

今福…その時点で既にザビエルへの関心があったわけで

すね。

島田…ええ。経済状況に対する文学的、小説的なかかわりを余りしたことがなかったんですが、グローバリズムの先兵たらんとしながら、遅れている日本という図式が、はっきりいって不愉快だったんです。無論、村上龍氏みたいにネット・ベンチャーやITの最前線に物書きがジャーナリスティックにかかわるというのも手だけど、どこかでアンチ・グローバリズムの可能性について考えたかったんです。資本主義をただ容認するだけの立場だったら、欲望の赴くままにやればいいんだから、もう何も考えなくていいわけです。でも、その欲望にバイアスをかけるのがマゾヒストの本分だから（笑）、負け惜しみであっても、文学サイドから何らかのアンチ・グローバリズムの態度表明をしたいと思っていたんです。

そのときに、ふと一六世紀の大航海時代のことに思い至った。この時代、世界周回航路が切り開かれて、それまでばらばらだった地球の大陸が一つの市場としてまとめられ、初めて世界経済が成立した。そのときと現在は似ている気がしたわけです。ネットの世界は人工的につくった新たな市場で、その市場は一気に拡大し、世界市場になりました。これと同じように、それまで存在すら疑われていた新大陸の発見や全く別世界と思われていたアジア航路の発見で市場が一気に拡大した大航海時代との関連について考えよう。そうすれば、グローバリズムの前身である重商主義への対抗の方法のヒントが得られるのではないかというのが最初の出発点です。

ただ、それまで手がけたことのなかった歴史小説にひとたび手を染めてみると、今まで興奮しながら読んできた司馬遼太郎などの歴史小説に違和感を感じざるを得なかった。無論、司馬遼太郎亡き後の歴史小説を司馬のエピゴーネンのように書こうという気はさらさらなかったし、歴史記述において、小説家としてもっと果敢に問題提起できるのではないかという野心もあったわけです。

扱う時代が一六世紀になったときに、まず、これまでの大航海時代、戦国時代の歴史小説に目を通してみると、いわゆる宣教師物、南蛮物というのがジャンルとしてあるようでした。ところが日本人の作家の手になると、なぜかくもカトリック物になってしまうのか。無論、教徒としての信仰告白と聖人の伝記的再現が幸福な一致を見るのならば、文句ありません。ただ、先行の作家たちの視点から残酷にも抜け落ちているものがあると思い至った。それで最初のきっかけとつながるわけです。つまり、経済です。

日本の近世初期を切り開いたという鉄砲伝来も、思想上の大きな出来事だったキリスト教伝来も、すべて世界経済の流れのなかの一つの出来事にすぎない。それらターニング・ポイントの出来事すべてが世界市場の成立と切っても切れないわけで、その経済を俯瞰する視点がなければ、その時代のことを書くことはできないと思ったわけです。それがカトリックとは全く縁のない私がザビエルとかかわり得た唯一の接点です。ただ、調べられる資料はかなり量がありますが、やはり聖人ということもあってか、随分教会に守られているなとも思いましたね。

今福…完璧にそうでしょうね。

島田…一番精密な伝記的事実はそういうところにしかないんですけど、そこをどう踏み越えて経済の視点から見るかというところが、ある意味で一番やりがいのあるところでした。

もう一つだけつけ加えておくと、東京にいると、何か外国がみんな情報化されて一つのモードになってしか入ってこない。ファッションも風俗も、コギャルもガングロも、全部一度無毒化されて東京バージョンのパッケージングがされて、それをコンビニで買って身につける。そんな気がずっとしていて、ダイレクトにラテンならラテンと向かい合う契機は、東京にはあり得ないんです。エセ外国人を演じるステージ、いわばコスプレのステージとしての東京しかなくて、サブカルチャーは全部その原則で進んでいると思うんです。

ところが、一転、アジアやブラジル、あるいは国内でも沖縄、九州、逆に北海道、新潟に行ってみたりすると、生の異国文化が織り込まれたローカルがあるという思いがずっとしていました。

それで、まず東京の視点を外したところから、日本の異文化接触の現在形を考えてみるのも価値があるなと考えていました。

今福…外部や異物が生々しく露出しているのは、まさに島田さんが言ったところであり、東京のサブカルチャー的な異文化、ハイブリッドへの信仰は、ある種の記号性のなかで成立しているにすぎなくて、生々しさは感じられないですね。逆にいうと、生々しさが感じられない記号であるからこそ、東京のなかでこれだけのスピードと過剰な組み合わせでまざり合い、混乱と混沌を謳歌することもできる。でも、本当にリアルな異物に触れられることはないですね。ところで、生の露出したものとの接触という意味で言えば、マカオのザビエル教会に安置されているザビエルの右腕は見たんですか。

島田…いや、右腕がちょうど出張中でね。『フランシスコ・X』を書いている時期にマカオとマラッカに行く機会があったのですが、行って書くのと書いてから行くのとで大分印象が違っていたでしょうね。書いてから行ったものですから、すべて自分のなかで地理感覚が結びついたんです。先に行っていたら、現在の雑多なものに目が行ってしまったでしょう。

ぶっきらぼうな現場と歴史小説

今福…『フランシスコ・X』の強い印象は、史実を比較的ぶっきらぼうに投げ出して、いわゆる司馬遼太郎的な感情移入とか登場人物の内面を深く掘り下げていく部分は、非常に禁欲しているという点です。ある意味では歴史書の記述を非常に上手に要約したというふうに読める部分もたくさんある。歴史の教科書にない部分は、経済的な展開とその対極にある信仰や魂の領域の問題を対照させる眼差しが常にあることで、これが非常に独特な歴史小説のスタイルをつくっているように思いました。

かえって史実をぶっきらぼうに投げ出しているところは、小説家として歴史に取り組むときの新しい視点かもしれません。感情的にディテールを膨らますのが歴史小説だという思い込みがこれまで強くあったと思うんだけど、そうせずに、いい意味で図式が見事にでき上がっていて、その図式のなかで歴史をもう一度語り直す。歴史の抽象性が生命をもって動き始める。その図式はわれわれのアクチュアルな歴史観を刺激するような非常にスリリングなものです。

島田…歴史記述はもっとぶっきらぼうなものですよ。

今福…即物的で、静謐ですね。長崎の浦上の駅から山の方に少し上ったところに薄暗い外国人墓地があるんですが、あの辺は行かれましたか。

島田…行きました。

今福…あそこにユダヤ人の墓地が二カ所ぐらい、キリスト教徒のセクションとはちょっと違うところに囲われてありましたね。

島田…ええ。

今福…墓石のヘブライ文字ですぐわかるわけですけど、長崎にある異文化混淆性がユダヤ人というかたちで突きつけられて、異様な感じがしました。あまりに静謐で、饒舌な言葉を拒絶するものがありますね。

島田…実際に異文化が混淆している場所は、実に静かでぶっきらぼうなんです。その対比で言うと、東京は何て狂騒的なんだろう。それは混淆していないからです。つまり、東京に住んでいる日本人だけが主役で、それ以外は全部脇役。主役がすべてを演じる世界だから、異物に向き合うことはない。だから、コスプレのように盛り上がるんです。

小説の記述に当てはめて言うと、登場人物の心理がわりと動いて感情が表に出る記述は、異物に対する違和感なんです。つまり、それを受け入れないという態度を、同じ日本の読者に共有させようとしているにすぎないんですね。われわれ日本人はこういう生活に慣れ親しんできたのでこんなものに出会うと閉口する、と自分の感覚で語る。説得力を持ち読者の共感を得やすいんだけれども、そこには何の出会いもなく単なる優雅な排除です。自分のハビトスを確認しているにすぎないんです。

どんな人だって違う文化や世界や食習慣やらを持っている人と最初に出くわしたときにはショックですが、そのショックを与える相手は目の前にいるわけで、すぐ慣れなければいけないわけです。そこで一々立ちどまって違和感を確認し合う暇はない。習うより慣れなきゃいけない世界、それが現実の世界で、そういう出会いの現場は、それゆえにぶっきらぼうであるし、静かなんです。

今福…コスプレ的な狂騒は、極めて保守的な自己防衛が働くなかで、遊びとして演ずることができる。けれど本当に複数の文化がさまざまにぶつかり合い闘い合っている現場では、戦略的に偽装し自分を別なものに見せ、自分のアイデンティティを何通りにも変容させながら乗り切っていく必要がある。狂騒とは正反対で極めて覚醒していて、自分を偽装していく瞬時の判断力と能力、非常に深い思考が必要なわけです。

『フランシスコ・X』で非常に面白いと思うのは、ザビエル自身が、バスク人としてスペイン中央に対するある種の異端的な距離を既に抱え込んでいる。それ以前においてバスク人のイグナチオ・デ・ロヨラもいるわけです。イエズス会のなかに既にそういう異人性、ストレンジネスがあった上で、カトリック本流の宣教師団のお墨付きをもらって外へ出ていく。ここにもう一つの偽装があるわけです。もともとバスク人は、「日本語の祖先はバスク語だ」とかいった人もいましたけれども（笑）、イベリア半島においてどこにも帰属がない言葉を持つ人々で、バスク人の名前はすぐにわかってしまう。そして島田さんがザビエルの対極に設定する人物イサークは改宗したユダヤ人、マラーノとしてディアスポラ、漂泊の境涯のなかに入って、ザビエルとつかず離れずの関係を保っていく。この二人の人物の相互関係を軸に語られているところが、ザビエルの語り方として全く新しい。両者は非常に共犯的ですね。

島田…互いに鏡像の関係ですね。ただし、これは自分じゃない、と思い込みながら、鏡の前に立っている。

今福…それは相当意図的にお互い自己偽装しながら、ある部分では戦略的に共犯し合いながら、ザビエルがイサークになり得た可能性、イサークがザビエルになり得た可能性、あるいはなり得なかった可能性、相互置換の可能性、そういうものを常に語りのなかにはらませながらザビエルを語る。そこは非常にスリリングです。

現実に駆動させて、今の世界をつくっていったわけですね。

島田…世界をかき混ぜて、新しい時代を作り、それに対抗する保守革命もひき起こした原動力だった。

今福…そういう経済性というものの一つのモデルとしてイサークがいる。しかし、ザビエルのような宣教師は、プロテスタンティズムのような資本主義原理になっていく精神原理に対する強い宗教的対抗意識のなかで、宗教が世俗的な倫理に変容することを頑なに拒んで、徹底して永遠なり、絶対なりを求めようとする。近代のグローバリゼーションで否定されてしまった原理ですけれども、それにしがみついたかたちで最初の布教のモチベーションが起ったわけでしょうね。しかし、こういうユダヤ人の商人を周りに置いて、それがあるところではザビエルという主人公を乗っ取ってしまう。あるいは、ザビエル自身が自分をマラーノのユダヤ人のある種の経済至上主義的な発想のなかに突き落としてしまうような瞬間が幾つもあるわけです。

島田…でも、ユダヤ人の動きは、資料にはほとんどない。歴史記述は結局、自己栄光化の呪縛から逃れていないから、ザビエルのような聖人は、カトリックの歴史観のなかで、後から英雄として位置づけられるんです。でも、同時期にもっと巧みに器用に重商主義を生きた商人たち

ユダヤ人と世界経済の誕生

島田…今までも一貫して、影響のなかから最も都合のいい自我が形成されていくプロセスを、小説のなかで書いてきたつもりなので、私が書いたからこうなったのか、あるいは逆に、彼らがそういう現実を生きていたから私の考え方と合致したのか、どっちとも言えますが、確かに一六世紀の一時代のことを見ていくと、その人がその社会に認知された一つのキャラクターを永遠に生き続けるなんていうことはほとんど不可能です。

特にヨーロッパを離れて、アフリカに行き、インドに行き、マラッカに行き、最後は日本まで来てしまうような商人や宣教師たちにとっては、ヨーロッパを引きずって、ヨーロッパそのものを持っていくことがすべての災いになったわけで、その点においては、自分が身を置く異郷では随時微妙な調整を行い続けていかなければならなかった。まさにその努力の蓄積が異文化コミュニケーションの歴史なんですね。それを最も器用に効率よく行い得たのはだれかという話になると、これは恐らく一六世紀大航海時代における英雄になるんでしょうが、これが実はユダヤ人だったのではないかと思い至ったんです。

今福…それが結局、資本主義、重商主義の一つの理念を

の歴史は全部消えますね。
ぼくが教えを啓かれたのは、ヨーロッパの最近の歴史研究です。プルーストとかアナール派の総師のブローデルとか、あの辺がカトリックの宣教師たちの偉業というような歴史記述と全く違うところで、個々の物流を追いかけるとか名もない農夫なり商人なりの歴史を立ち上がらせるとか、そういう歴史記述の方法をとったわけですが、そのなかからしか、マラーノとかユダヤ人商人の活躍は立ち上がってこない。彼らは公式の歴史から最初に抹殺される人たちですから。最近の歴史記述を信じれば、ヨーロッパからアジアにやってきた商人の大半がユダヤ人だったろうというわけです。

今福…一九三五年、サンパウロ大学が創設された直後、レヴィ゠ストロースは若い社会学教師としてブラジルに行き、内陸に入ってインディオの研究をする。そして、レヴィ゠ストロースという人類学者が誕生する。同じときにフランスから派遣されたのがフェルナン・ブローデルだった。二人はサンパウロで結構つき合っているんです。このブラジル体験のインパクトがのちにブローデルを地中海世界の研究に導いた。このことは余り語られていません。
ところで、ブラジルにも植民地時代の初期に多くのユダヤ人が入っているんですよ。スペインから追放されてポルトガルに逃げた後で、ポルトガル植民地としてのブラジルに多くのユダヤ人、マラーノたちが渡っている。実はこの辺もブラジルあたりの歴史記述からは欠落している部分。ユダヤ人は非常に面白い動きをしていて、ユダヤ人として行動しているとは限らない。

島田…だって、宣教師のなかにもユダヤ人がいるんだから。しかも、最も教条主義的だったりする。

今福…そうそう。ブラジルでもたとえば、プランテーションの圧政に苦しめられた黒人奴隷たちがポルトガルの農園主に反乱を起こして、農園主を殺したりして内陸に逃げ込み、逃亡奴隷の黒人村をつくったというケースがたくさんあった。その逃亡奴隷の共同体は集合的にキロンボと呼ばれますが、一番有名な集落がパルマーレス。アフリカのヨルバ的な宗教や民俗伝統が残り、権力側と長いあいだ闘った。なかなか排除できなくて、駆逐するのに一〇〇年ちかくもかかった有名な黒人共同体です。しかしそうした共同体には、罪人としてポルトガル社会からつま弾きされたポルトガルの田舎出身の貧しい人間とか流れ者のユダヤ人が結構いたらしい。そのユダヤ人のほとんどがマラーノです。実はマラーノが黒人の逃亡奴隷の集落のなかにかなり入り込んで共同生活をし、外界とのいろいろなコネクションをつけていたことが少しずつわかってきているんです。

こうしてみると、ポルトガル植民地といっても、東回りでインド経由で東アジアにやってきたケースと西回りでアメリカ大陸に行ったケースとのあいだに色々と符合するものがあって、ぼく自身、島田さんが東アジアを舞台にして想像力を広げながら書いている物語を読むと、アメリカにおける植民地時代の隠れた大きな構造を読んでいるかのように思えてしまう。その点が非常に刺激的で、歴史小説は決して歴史理論を提示する必要はないわけですが、この小説には歴史学や思想史ではできない歴史理論のようなものが、小説というかたちで非常にコンパクトに示されている。こういう奇想と想像力の助けを借りて、中南米からも新鮮でアクチュアルな歴史像を引きずり出すことができるな、と思いました。

破壊か布教かの選択

今福…コロンブス新大陸発見の二年後、一四九四年に、ポルトガルとスペインが世界を領有するための協定、トルデシリャス条約を結びます。これはむちゃくちゃな条約ですね。

島田…そうですね。先に行った者が自分のものにできる。

今福…地球が丸いと想定されていなかったから、世界を西と東に分けて一緒に領有しましょうという条約です。しかし地球は丸いので、東西に分かれて進出していったはずの両者はいずれどこかで出会って、とてつもない本質的矛盾が露呈する。去年、ブラジル発見五〇〇年祭で、トルデシリャス条約のオリジナル文書がサンパウロの美術館に展示されていましたけど、それを見て思いました。実際、約三〇年後にアジアのモルッカで両国はぶつかっちゃったわけです。このスペインとポルトガルとの確執は日本にもいろいろなかたちで影響を及ぼし、この小説にも反映されていますね。信長、秀吉、家康といった戦国大名の微妙なミクロポリティクスのなかにもその二者の勢力の矛盾が反映されている。

島田…坂口安吾も早くから気づいていたことですが、ザビエルがいたころ、まだ日本人はそのことを深くは認識していません。九州地方の何人かの領主が認識していた程度ですけれども、世界経済という概念を持ち得たのは信長が最初でしょう。秀吉はもっと侵略主義的で、スペイン、ポルトガルと同じ役目を日本も負えると考えた拡張主義者ですね。家康はもっと合理的で、政教分離の原則でも貿易は全然ＯＫ、経済原理だけで世界を支配できると考えた、恐らく最初の男ですね。日本の近世の主な枠組みを全部つくっていったわけです。

これを『国盗り物語』のコンテキストで見たら、企業論理と同じになってしまう。この会社のなかでどの派閥に属してどう生き残るかというような自民党的、企業的論理でしか話は進まないけど、もうちょっと大きく業界や経済全体の繁栄、外交的なものをも含めて見るという視点を持つと、急に変わるわけです。ただ、この戦国三武将のとらえ方は相変わらずサラリーマン的パターン化が進行していて、この見方から変わらなきゃいけない。

今福…三つの性格に還元されているけど、およそそういうものじゃないですよね。この小説の最後の部分はエピローグ的な部分かもしれないんですが、信長、秀吉、家康の三者をこういうふうに並べて語るときに、特に信長にかかわる語り方が、ぼくには非常におもしろかった。一つのエピソードが出てきますね。信長がカトリックに傾くときに、石仏の頭を全部削り取るとか、仏教の権威に対する破壊的な衝動を見せる。カトリック勢力は後で裏切られてしまうんですけど、信長は俗と聖が非常に複雑なかたちで絡み合っている世界、魂の世界と経済の世界が実は複雑に入り交じり絡み合ったある原理を見通していた、そういうエピソードにぼくなんかには読めるわけです。

島田…ヨーロッパでも、信長ほどの合理主義者は珍しいですね。

今福…アフガニスタンのタリバンの遺跡破壊行為が取り沙汰されていますが、そこで実は何が闘われているのか、誰もわかっていないんじゃないかという気がするんです。ほとんど文化財保護とか、そういう話しかないわけです。

島田…平山郁夫的コンテキストですね。

今福…ええ。歴史遺産を破壊する野蛮な宗教集団という指摘しかない。しかし、ぼくはあそこには現代的な意味での精神と魂の強烈な闘い、聖と世俗を徹底してのみ込んだ闘いがある気がするんです。タリバンやイスラム原理主義の背景は詳しくないけれども、宗教的な動機だけではない。もっと世俗的な動機や政治的なネットワークが背後に当然あるでしょう。そのうえで、遺跡として聖別された宗教図像への現代人のナイーヴなまなざしが暴力的に批判されている。そもそも仏教遺跡などの聖なる遺物や遺跡は常に何者かによって破壊・加工されてきた。そういう変容力を受け続けてきたものが宗教遺跡なんです。

島田…タリバンの場合は、テロ活動をも含む資金を提供しているのは武器商人で、完璧に一つの経済メカニズムのなかに入っているんですね。反米を旗印にし続けるということは、資金提供者の経済的な利害に基づいているわけだから、テロもまた経済原理によってかなり左右されているわけです。

今福…もちろん経済原理があるけれども、少なくともタリバンの理念的主張、ある種の聖性の主張でもあるわけです。偶像崇拝に対する宗教的な抵抗と拒否が、経済的な利害関係に合体する。それが仏像破壊として生じているわけでしょう。

島田…宗教は資本主義の対抗軸ではなく、むしろ、資本主義を補完する市場である。

今福…そこにはすごくテンションの高い無数の闘いがある。恐らく仏教にかかわる遺跡なんて、そういう経済原理も含み込んださまざまな闘いの現場で、常に改変と破壊を経てきている。だから、遺跡というのは、ある意味でわれわれの近代的な資本主義がその都度つくり上げてきている人工物です。

島田…まさに宗教というのは、資本主義と何らかの相互作用を起こしたときに初めて世界化してきたわけで、それが一六世紀の面白いところなんです。これを単に宣教師たちの崇高な偉業としてだけとらえていたら全く意味がない。

今福…文化財保護を言う人たちの非常に一面的なディスクールです。遺跡は結晶化された過去を保存しているというイリュージョンがある。だけど、その都度その都度、われわれがどの過去を再現したいかという政治学によって、かたちの上で修復され遺跡として固定化される。所詮、どの過去を幻視したいか、というわれわれの想像力の投影物でしょう。

島田…結局、教会も石仏も、ある経済システムを維持するための信用の象徴なんです。ある観念を共有している者同士のなかで初めて信用がつくられ、そのあいだでは貸し借りが組織的に行われて、借り倒し、貸し倒しも起きなくなる。経済が信用システムを打ち立てたときにすべてうまくいくという考えにのっとっていると思うんです。だから、異教徒の地域に行って経済の営みをする場合は、略奪するか、自分の地域では既に宗教的コンセンサスを得て成立している市場をもうちょっと組織的に拡大するかしかない。略奪し破壊し尽くすか、布教して同じ土俵を受け入れさせるか、二者択一しかないわけです。

それを一番破壊的にお互い行ったのが、キリスト教とイスラム教だったかもしれません。一六世紀には宣教師たちもわかっているから、イスラム教が浸透していないところに新天地を求めた。パシフィックの共通理念、共通信仰をもたらしておいたら、後は経済信用システムを構築するのはたやすい。全部資本主義と連動しているわけです。

個別のネットワークから金融システムへ

今福…聖俗を含み込んだ闘いとして、中世から近代に移っていく歴史を読み直し、現代までつなげるという発想のなかで、宗教的な布教という問題を経済性の原理のなかで読むというのは非常にスリリングですが、島田さんは決して経済原理至上主義ではないと思うんです。今はブローデルなんかも誤解されていて、世界資本主義の展開を経済という視点から説明するときの方法論的よりどころとして単純化してとらえている人も多いですけど。むしろほんとうの問題は、今のわれわれのコミュニケーションの原理として君臨している資本主義なり金なりの原理をどう乗り越えるかでしょう。

島田…そこに、まさに国家という軸が入ってくると思うんです。いろいろあこぎなことをやったり、新しいことをやったりして稼いだ富をどこに蓄積するか。その蓄積の単位の問題なんです。国王陛下の国庫に入れるか、ローマ法王に使い道をあおぐか、あるいは領主が支配する地方にキープするのか……そういう問題ですね。つまり、その富を分配する主体をどこに置くかという問題にすべてはね返ってくる。

一六世紀あたりは、国家自体の萌芽があると同時に、後に近代国民国家となるものの萌芽でもある。いわば異物や異教徒、他者は排除せよという狭義の帝国の論理が、レコンキスタ直後のスペインで、全国民をカトリック教徒にすることが国家を強大にすることだという理念のもと、ユダヤ人の排撃が始まるわけです。そういうかたちでの国家の萌芽です。一方、迫害を受けて追放されたユダヤ人たちは、一つには、自分たちのネットワークを世界中に拡充し、ため込んだ資産を自分たちの身を守る財産として活用し始める。ここに後々の金融システムに当たるものの萌芽があるわけです。

大航海時代も、スペイン、ポルトガルの専横の時代から、後にオランダ、イギリスへ覇権が移っていくプロセスがあります。でも、そのときに、海外市場で荒稼ぎした資本が結局どこの帰属になったかという資本の流れを見ていくと、とても単純なんです。金融資本というかたちでプールされていたユダヤ人の資本が流れていく先に繁栄があるわけです。それは今日のアメリカにおいてもそうです。

中国人にしてもそうです。アジアにおける交易の実際の担い手たちはほとんど密貿易商人たちです。あの当時、ちょうど明から清へ移りかわる端境期で権力構造も揺らいでいたけど、特に広東、福建あたりの海洋の人々は、北京中心の内陸の大きな中国帝国のなかでもかなり差別された人々です。その人々が中国の王朝とは別の、生き残りのためのネットワークをつくっていたわけで、結局南蛮商人たちもその既存のネットワークに便乗したにすぎない。インドにはインド商人たちのネットワークがあった。アラブとのつながりもあったということで、商人たちは独自のネットワークそのものを財産として、そしてまた富が還流する一つのローカル経済のシステムとして構築していたわけです。

そこに破壊者のようにしてポルトガルやスペイン、日本が来たりするわけです。権威を持って。一元的にまとめよう、一つの政治体制のもとに、複数の経済システムをまとめようとするのが後のグローバリズム、そしてその当時の重商主義の最終的な目標だった。だけど、ひとたび単一の政治システムのなかに複数の経済システムを取り込んでしまうと、差異が消滅するから途端に交易がストップしてしまう。だから、密貿易商人たちが暗躍する時代のままに、ローカルの経済だけが孤島のように、しかし激しい行き来のあるネットワークの状態でぽつんぽつんとある状態が一番よかったのかもしれない。

フレキシブルなことの可能性

今福…今のお話は、広東人や福建人のアウトローたちが東シナ海を中心にやっていた密貿易をポルトガル人や日本人が入ってきて侵害し、その密貿易システムのフレキシビリティーが抑圧されて、その可能性が断たれたという視点ですね。

島田…そうです。

今福…とすれば、近代においてユダヤ人的な動きを一番見せているのはある意味で華僑だと思うんです。ナショナリズムの求心的力学から切れて、経済的な原理を最大限に利用しながら、自分たちの生活圏と文化圏と経済圏とを非常に複雑に組み合わせて世界中に展開し、結果として、生存のための公共圏としてのチャイニーズ・ワールドを見事に世界大に広げて、華人というアイデンティティをゆるがすことなく生きている。

特に最近言われているのは、ディアスポラ的な現代のチャイニーズ、華僑のなかにあるフレキシブル・シチズンシップという概念です。これはイギリスやアメリカの中国系のディアスポラの学者が最近言い出している言葉ですけど、要するに、市民権自体を非常に可変的なものとしてとらえて、たとえばアメリカに住んでいても、自分の子供をどこで教育するか、どこで投資するか、どこに住むか、それらは別々に全く自由に選択可能な行為としてある。だから、子供の教育はアメリカ、投資は東南アジア、そしてカナダに住む、とかね。

島田…子供が三人いたら、全部違う地域で教育したりする。

今福…そうそう。それで、自分はカリフォルニアの空港の近くに住んでいて、どこでも行けるようにしておく。そういう人物の持っている国籍性、シチズンシップに対する感覚は極めて可変的で、どこの市民権を持つかということが、自分の世俗的な目的を達成するために利用できるかできないかという唯一の指標によって決まってくるわけです。

国籍とか市民権は、これまでは政治が管轄する領域だと思われていました。国民を政治的に定義してきたし、国家の法秩序の限界を決めていたわけです。政治的決定の枠組みにあったはずの市民権なり国籍の問題が、今や経済原理のなかで確定されるような領域に大きく変わりつつあって、それを最も巧みに利用しているのがチャイニーズです。その人たちは主に広東とか福建の出身者で、中世から近世に密貿易のなかで、島田さんが言われた、中国の中央の力から外に向けてはみ出していった人々の末裔に当たります。そのエネルギーが現在のグローバリゼーションのなかで新しいサバイバル・ストラテジーをつくり出している。

島田…もう一つのグローバリゼーションと言っていいですね。アメリカ主導のものは国家の保護を前提としているから、特許なり国家がつくったネットワークなりを保護し、私営企業も法的な保護を与えることによって生き延びさせようという感じですね。日本はもっと保護主義的です。それに比べると、法的には当該の国家に属する華僑たちの海外の企業は人的ネットワークを一つの柱にしているので、経済の繁栄は、特にテクノロジーとか技能を要する産業においては、頭脳流出、人材流出が問題となってくる。要するに、資本も大事だけど、その資本を効率よく集め得るような人材の流れが今後の経済のイニシアチブの地図を決めてしまうわけです。

これで困るのは、経済をあくまでも国家単位で考えている人々であって、あらゆるところにネットワークを張りめぐらしている者は、どの地域にも保険をかけている。また、頭脳流出にも多少の恣意、自分たちに都合のいいことをもたらすことができるわけです。蛇頭の暗躍は、国家と別に移民や人的な流通をある程度コントロールし得る一つの組織だと考えれば、重商主義時代にポルトガル人によるアジアの交易ネットワークをつくったユダヤ人たちの持っている網の目と似ているとも言えるわけです。

今福…そのときの経済金融状況のなかで、どこからどこに人を流すと、一番差異によって儲け、余剰が得られるかというのは本当に数年ごとに変わっていくわけです。蛇頭なんて、そういう情報、経験を恐らく最も蓄積していて、その時点でどこからどこに人間を動かすのが最も金になるか、それだけを考えていますね。中国と日本を結んでいた蛇頭が突然東ヨーロッパに行って、新しくトルコとどこかを結んでやり始めるかもしれないし、突然南米に行ってペルー辺りの海岸で上陸させた中国人をはるばるアメリカに密入国させる可能性だってあるわけです。

島田…物流もそうだったんです。東シナ海に停泊している船にはアワビが積んであって、そのアワビが一番高く売れるところを電話でやりとりして捜し、決まったらそこに持っていく。かつての香港はそうしていたわけです。香港、マカオの繁栄は、大国の単一の政治システムの埒外にあったがゆえなんです。

国家の時代の崩壊

今福…そういう東シナ海の海賊システムを国家原理が押しつぶしていく動きが近代にある一方で、華僑がそうした政治空間を経済的な操作性の方に転換しようとする動きを国家原理がさらにまた利用して、いま国家の出入国管理の方針も、極めて経済的な効果というものを基準にしたものに変わりつつあるわけです。国家原理は、柔軟な国籍を想定する華僑によって一見崩されかけているように見えるけれども、逆に国家は、出入国管理をいじることで、国益にかなう人間をよりたくさん入れ、国益にかなわない人間は国境から遮断する技術をさらに開発していくでしょう。そこにまた国家をめぐるせめぎ合いがあるわけです。

島田…もう一度宗教の時代が来ないとも限らないわけです。国家の理念というのは、近代以後、ある意味、とても強烈な求心力を持ったと思います。近代以後の帝国主義はまさに国家の原理と切っても切れないところがありましたからね。国を守るとか国のためとか、宗教にとってかわって大衆の意識を集める一つの強力な装置だったけど、その国家自体がもう機能していないのだから、国家を超えた別のきずなをつくり出す別の原理が求められるとすれば、もう一度宗教の時代が来てもおかしくない。実際タリバンのようなものは、ある意味で世界的な組織たり得て、イスラム原理主義は国境を越えた伝播力を持っています。同じような動きがキリスト教の世界にも出てくるだろうし、儒教的な世界のなかに出てくるかもしれません。まさに資本あるいは国家に対抗するもう一つの原則が生まれるのです。コミュニズムもアイテムのなかに入ってくるかもしれない。

現実に今、国家単位の経済がつくられ、それが前提になっているところで生じているのが為替の問題です。昔は金とか銀とかいう単一の価値形態で全世界的に労働力なり商品なりを語ることができたけれども、今は通貨が変われば、同じ労働技術と体力を要する労働をやったとしても、国家別に大きな賃金格差が出る。それゆえに得をする賃金の高い先進諸国という構造ができていて、それが基本的に貧富の差をつくっている。また、その貧富の差があるがゆえに多くの差異を生み出し、世界経済として全体的に回転しているという現状だけれども、そういう国家とか通貨の枠組みを飛び越える瞬間に、従来の国家経済そのものが破壊される糸口も残されているともいえるわけです。

話は全然変わるけど、ぼくは冷戦時代のソ連のルーブルというお金が大好きで、今もノスタルジーを持っているんですけど、今はルーブルもふつうのお金になってしまった。ところが、あのルーブルというのは不思議なものです。ソ連時代は実質は二重通貨制ですから、ドルとかマルクとか円が強かった。しかし、ルーブルだけでも暮らせるんです。もちろんルーブルだけで暮らす場合には独特のテクニックが要る。ルーブルというのは子供銀行のドルに近いので、貨幣を媒介としない奇妙な価値交換が行われていたわけです。余りにも素朴な世界だけれども、人の善意とか友愛とか一般経済では計れない指標があったんです。

今福…当時のルーブルは、完全に資本主義的なシステムのなかに取り込まれない何かを残していたんですね。ぼくも八〇年代初期のキューバなど経済封鎖のかなり厳しい社会主義国のなかで、通貨がどのようにあり得るか、嫌というほど知らされましたね。交換メディアとしての通貨を超えた、貨幣の感情的内実、まさにペソだけで暮らすためのあらゆる生存の技術が要るんです。

島田…生存の技術がエモーションとか信仰とか思想とかに非常にかかわってきて、キューバンペソは友愛とか義理とか人情とか一般経済で計れない別の価値を伴っていた。それらをもし全部別の単位で換算してみるならば、これは普遍経済の領域です。経済学は銀行を介した通貨の交換で成立するシステムにすぎない。ところが経済指標を持たない友愛とか義理人情とかいう領域まで広げた途端、普遍経済になってしまって従来の経済理論は通用しなくなる。

今福…そうですね。キューバでもよく言われていたのは、ソシアリスモ（社会主義）ではなくてソシオリスモ（仲間主義）。ソシオというのは友だちのことで、キューバにおける社会主義の経済原理の根幹にこの相互扶助的な友愛主義がなければ、ペソだけで生活することもできないわけです。今回モスクワに行った島田さんは、ルーブルがまるでドルのように流通しているのを見て、たぶん違和感を持ったと思うんです。

島田…ルーブルはふつうの通貨になってしまった。未だ現金中心経済というところはロシアらしいのですが。

今福…今のキューバも、ドルがペソと同時に流通してしまっていますが。かつてドルとペソは一般人は容易には替えられなかったんですけど、ドル所持の自由化を数年前にしたからペソとドルが同じ社会のなかで流通するようになった。ペソ生活に固定化される圧力が弱まって、仲間主義の精緻なネットワークも崩れ、人心が荒れつつある……。だから、今のキューバの金の取引を見ていると、同じような違和感、失望感がぼくにもあるわけです。

一方、キューバの隣にあるプエルトリコは、同じような歴史を経てきた国なんだけど、一八九八年にアメリカ領になった。アメリカに組み込まれてドルが流通していったわけです。プエルトリコに行ったときにぼくが不思議に思ったのは、キューバと全く瓜二つ、ラテンアメリカやカリブ海のスペイン語圏と全く同じようなメンタリティーと、奴隷とプランテーションの歴史を共有している島なんですが、そこにドルが平然と流通していることの奇異でした。生活圏のなかには、ある種の友愛とか感情的な交換がまだまだ残されているにもかかわらず、表面的な経済行為がすべてドルによって行われていることの不思議さ。中南米でいうと、パナマもそうです。パナマの場合は独立国でありながら米ドルとまったく等価の通貨バルボアが使われている。そういう通貨が持ちうる感情の構造を媒介にした想像力はぼくも非常に面白いと思うんです。

島田…ザビエルがいみじくも語っていることのなかで、これが彼が残した書簡のなかで一番面白いところだと思うんだけど、結局、商人たちとのつき合いなしには布教もままならない。商人たちも商取引を行うためには各港に宣教師がいなければ話にならないということで、持ちつ持たれつを前提としていたんです。だから、儲かった金をまた商売に投資するんじゃなくて、とりあえず商品を無償でばらまいて、かわりに信者になって信仰を広めるという布教に貢献することによって返してもらう。いわば交易によって生じた利潤を信仰のために投資するということです。

今福…もう一度友愛の原理で今の経済圏を囲い込むということですね。

島田…そうです。だから、いろいろ具体的な事業も含まれていた。西洋医術、これはほとんどユダヤ人がもたらしたものですけれども、施療院で病人を治すとか、貧しい人に宿舎を提供し食料を与えるという慈善事業を展開するとか。それで信者を増やす。そうすれば、もっと多くの利得を生むだろうという考え方です。信仰のための信仰という隘路に入っていったカトリックにとっては、ある意味で非常に現実的な、一つの経済原則に基づいた路線だった。でも、それはザビエルとその後継者だった数人の有能な宣教師しか思いつかなかった方法で、その後イエズス会の伝統から完全に消えます。

今福…その辺のディテールの描写、経済主義と宗教、医術や物理学のような新しい合理主義的な領域のイデオロギーと思想とのせめぎ合いなども、非常に面白かったですね。

セレンディピティーと歴史

今福…ぼくがブラジルにいたとき発見五〇〇年祭で沸いていたわけですけど、一五〇〇年という年にブラジルを発見したポルトガルの航海者のカブラルも、ザビエルより四十数年前に同じルート、バスコ・ダ・ガマが開拓したインド航路をたどって胡椒貿易をやりにインドに行く予定だったわけです。そのころはなるべくアフリカの沿岸に近いところを通る方が安全なんですけど、無風地帯が多くて時間がかかるということで、カブラルは西へ大回りして貿易風に乗ろうとしたわけです。ところが、大回りし過ぎちゃって……。

島田…そんなに大回りしたの（笑）。

今福…そう。それでブラジルにひっかかっちゃったわけです。だから、カブラルのブラジル発見はとてつもない偶然がつくった出来事で、ブラジルはそういう不思議な偶然によってポルトガル領になるわけです。カブラルもブラジルを目当てにして出ていったわけじゃない。ポルトガルも胡椒貿易の方で莫大な利益を得ていましたから、インドの方にばかり目が行っていて、植民の初期はブラジルなんか余り関心がないんです。せいぜいパウ・ブラジルという赤い染料をとる木が沿岸に生えていて、これに多少価値があるかなと思っていたくらいなんです。

島田…そうみたいですね。

今福…しかし、カブラルが西に回り込み過ぎたという不思議な出来事でブラジルが発見されてしまったわけです。これが大きく世界の構造自体を動かす。最近ウンベルト・エーコが『セレンディピティーズ』（一九九八）という本を書いています。「セレンディピティー」というのはセイロン起源のセレンディポーの伝説から来た言葉で、予期せぬ偶然の発見が非常に意義のある何かをもたらしていくというようなときに使うわけですが、不思議なことに、特にラテンアメリカなんかはこのセレンディピティーの原理というのが強く働いているわけです。コロンブスの場合でも、全くの錯誤のもたらす偶然の発見で、これは近代の歴史を動かしていくある種の偶然の原理なんだけれども、必然的な因果が作用して世界の歴史が動いていったというよりは、ある部分で全くの誤解なり錯誤に基づく偶然がとてつもなく重要なものをつくり出していった。そういうことはとりわけコロンブスとカブラルが象徴的で、それ以後もさまざまなかたちで偶然が働いていたと思うんです。『フランシスコ・X』以上にそういう問題を展開したのが、たぶん『彗星の住人』だと思うんです。『彗星の住人』は歴史小説じゃないかもしれないけれども、歴史というものをどこかで駆動させる装置として、結局、人間の恋愛感情なり人間の出会いがもたらす偶然がある。その偶然を運命として受け入れて、歴史が回転する。それで二〇世紀史を書き直そうという一つの試みだと思う。この試みはまだ続いているんですよね。

島田…やっているんですけどね。

今福…偶然というものの果たす歴史的な必然、偶然を必然に転化していくようなかに、歴史の内実があるという想像力を、ぼくは島田さんの最近の仕事にすごく強く感じるんです。今後、島田さんが小説という形式のなかでどういうかたちで歴史とつき合っていくのか非常に興味があるし、そのなかでセレンディピティーの果たす役割とか、その辺を聞きたいんですけど。

島田…一人の作家の頭のなかでクリエイトできる偶然なんて、しょせんたかが知れているんですよ。だから、そこは謙虚でいたいと思いますね。

今福…ただ、史実のなかに既に内蔵されている無数の偶然があるでしょう。それをどういうふうに浮上させるかというのは、ぼくは小説のできる一番面白い領域だと思うんです。

島田…無論そうだと思います。歴史小説は従来の書き方をすれば、関係の史料を読み込み、うまく交通整理するだけでそこそこのものはできる。ところが歴史は、歴史記述者であれ歴史小説家であれ、いつも御用史学に取り込まれやすい。その人自身の思考の偶発性とか、偶発性に任せることのできる自由な思考が、絶対的に必要だと思うんです。史料を小まめに当たる忍耐力があれば歴史小説は書けるなんて思っている人がいたとするならば、それは一番歴史小説に向かない人で、歴史小説というのは、むしろすべて直観から始まる。歴史記述においてもそうだといってもよいのではないか。そう言ったとしても網野善彦は怒らないだろうと思うんですね。

新しい歴史小説の可能性

今福…ぼくが言いたかったのは、もし島田さんが歴史小説でこの手法を継続されていくとすれば、歴史を想像するときの島田的奇想が新しい歴史観を生み出す源泉になる可能性がある、ということです。歴史のなかに奇想を組み込むというのは、歴史から離れるということではなく、歴史自体がはらんでいるセレンディピティーがわれわれに奇想を要請していることに鋭く反応することだと思うんです。
　つまり、カブラルによるブラジル発見などの偶然は、われわれにいろいろな奇想を促す。五〇〇年前にカブラルがそのままアジアに行っていたら、カブラル的なるものは日本と出会っていた。しかし、それがブラジルになることによって、ポルトガルがブラジルという巨大なテリトリーを得るわけです。そして、そのブラジルというテリトリーに一〇〇年前、今度は日本の沖縄とか鹿児島、熊本、山口とか、切支丹とも結構ゆかりの深いような地域から多くの移民が出ていったわけです。日本人が二〇世紀初め、既にカトリック国になったブラジルで、ポルトガル人や黒人を含めたブラジル的な社会構造のなかで、いわばカブラルの帰結と四百数十年後に対面する。五〇〇年前にあり得たカブラルとの歴史的遭遇は、四百数十年間引き延ばされ、日系人がブラジルでカブラル的なるものの帰結としてそれに出会う。
　そういう偶然がつくった歴史は、もう一度われわれにいろいろな奇想を要請する。だから歴史の内実としてあるセレンディピティーの原理は、小説家に対して、歴史を奇想として展開する自由を要求していると思うんです。
島田…全くそのとおりだと思うし、歴史小説は小説のジャンルとしてまだまだ発展の余地があって、その可能性は全然使われていないんです。司馬遼太郎も妙に国民作家みたいになってしまってますが、司馬遼太郎が工夫して弱小の日本を盛り上げようとした功績は大いに認めていいと思うし、彼が明治維新の志士たちの若者の未熟な精神や渇望をとらえて青春小説のように表現したら、それが後々の日本の礎になったみたいなこともある。
今福…経済成長はあの人のおかげだったかもしれない。
島田…そう。物語的展開をしたわけですし、それにみんな熱狂したわけです。ところが今、世のなかがここまで衰退して経済がゼロ成長に近くなった。でも、相変わらず圧倒的に豊かなんです。今は第三世界じゃないんだから、成長しなくたっていいじゃないか。同じような第三世界的な歴史のとらえ方、英雄待望論を繰り返さなくたっていいじゃないか。もう第三世界じゃないんだから、英雄は要らない。そうしたら、歴史を国民鼓舞の道具にするんじゃなくて初めて市民の側に取り戻し、国家の歴史観の矛盾などを細かく指摘して趣味的にかかわったっていいわけです。個々の市民が歴史に絡んじゃおうじゃないか。あるいは歴史教育の現場にも踏み込んでいって、今まで歴史が、歴史家とそれを教科書として認可する文部省とのあいだだけの領域だったとするならば、それをもっと規制緩和して、一人一人の親が、子供に無批判にこんな教科書を読ませたらあかんということで教科書の批判をするとか、そういうかたちで歴史に絡むこともあっていい。一方的に啓蒙的に与えられた歴史を読んで興奮するんじゃなくて、自分たちが書いて興奮する、自分たちが発見して興奮するという領域まで、歴史はカジュアルにならなきゃいけないと思う。

今福…それは別な言い方をすれば、ある意味で歴史の密貿易化みたいなものですね（笑）。重商主義的な原理を離れて、歴史が流通する原理を密貿易化していこうということでしょう。非経済主義的視点で書かれた歴史小説、つまり徹底して心情主義的、精神主義的に書かれた歴史小説が、結果として、七〇年代、八〇年代、経済に貢献した。それが破綻したとすれば、今や徹底的に経済主義化された社会認識を核にして歴史小説を書くことが、この破綻した社会の新しいエネルギーになり得るのかもしれませんね。

島田…司馬遼太郎の役割はもう終わったんですよ。小説というのは、確かに何でもありという状況を好んで栄えるジャンルです。八〇年代は、テクノロジーの新規なものが矢継ぎ早に出てくる時期だったから、SF的想像力が何でもありで結構盛り上がった。ところが九〇年代になると、テクノロジーはすべて現実化しつつあり、かわりに、現実の社会、特に犯罪において、何でもありの現実が露呈してしまった。それゆえに、じゃあ社会を扱おうということで、ミステリーで、変態とか殺人犯みたいな世界が描かれるようになるわけです。この世のなかをネガティブに変えてやろうという英雄たちにやりたい放題させるというシチュエーションが好まれて、しかし、それに対する正義を守らなければいけないというかたちでミステリーがはやったんだと思う。でも、異常者の列伝に終始したミステリーのブームももはや出尽くした。『ハンニバル』でレクターももう一度出てきたし、もういいだろう（笑）。今さら異常者でもないだろうということで、次に何でもありな世界は歴史なんです。

今福…だとすれば、ぼくは、島田さんによるある種の歴史的奇想をもっと読みたい。

島田…始まったばっかりなんですけどね。

今福…『フランシスコ・X』が一つの始まりだとすると、「ザビエルの右手」というのも面白い。島田さんも最初に書いているけど、バスク人の民族スポーツであるペロータの右手として始まる。

島田…痛いらしいですよ、あれ。

今福…そのペロータの身体技法を担った右腕が、祈る右腕になってゆき、最後にそれが切断されて一つの聖人のシンボルになり、さらにいくつかに分けられた骨があちこちに送られて祀られる。たとえば「あるバスク人の右腕」なんていうテーマも、奇想をもっともっと込めることができると思うんです。

島田…右腕だけで五〇枚の短篇ができる。

今福…そう。それはわれわれにたいしても無限の歴史的奇想を促すものになると思う。

島田…全くそうですね。でも、ザビエルの右手にはちょっと奇形があるなんてことを教えてくれたのは、日体大の先生なんですよ。

今福…それが、スポーツの関係からっていうのは、とても面白いですね。

山口昌男との対話

2001

「アフリカ」を探して

当時札幌大学の学長だった文化人類学者山口昌男氏との、この和やかな空気のもとでの対話が行われたのは二〇〇一年一月二五日の昼過ぎから夕方までの五〜六時間ほど。場所は札幌大学の「学長室ギャラリー」と呼ばれていた開放的な画廊空間だった。大きなテーブルの上にポータブル・レコード・プレーヤーとバーデン・パウエルのLPレコードを持ち込み、さらに山口氏所蔵のナイジェリアの銅製のエシュ像と、私の持っていたブラジルのブリキ造りのエシュ像を向かい合わせに置いて対話は始まった。この頃、私はブラジル・サンパウロ大学での半年間の講義を終えて帰国し、懸案だった『山口昌男著作集』全五巻（今福龍太編・解説、筑摩書房、二〇〇二―二〇〇三）の編集作業に本格的に取り組もうとしていた。その五巻本とは、それぞれ「知」「始原」「道化」「アフリカ」「周縁」と名づけられていたが、これは私自身が一九七八年に山口氏の門を叩いてから二十数年間の刺激と学びの核心的テーマを総括するとともに、その新たな展開可能性を次世代の好学の士へと受け渡すために選ばれた枠組みだった。なかでも「アフリカ」という主題は、私自身の山口氏の著作との最初の出会いが『アフリカの神話的世界』（一九七一）であったこともあり、またその後の私自身がカリブ海やブラジルにおいて新世界に移住した「アフリカ」なるものの豊かさに覚醒していたこととも相俟って、著作集編集に向けての思想的な構えをつくるためにどうしても著者に確認し、また深めておきたい主題であった。数人の学生たちも含めた親密な聞き手を傍らに意識して行われた寛いだ対話は、話題の尽きないものとなった。山口氏が「夜中になってもいいから、これ続けよう！」と興奮しながら何度も言われたことが懐かしく思い出される。この長大な対話の記録は、はじめ不定期刊行の冊子『山口文庫通信』に数度に分けて掲載され、補訂を経て大冊の『山口昌男ラビリンス』（国書刊行会、二〇〇三）の巻頭に収録された。今回は、その初出稿をもとに分量削減のため大幅な編集・改訂を行ったが、いまだに柔らかい語り口が残っているのは上記のような経緯のためである。山口氏とは公の場でさまざまな機会に対話を行ったが、なかでも本篇と、沖縄および沖永良部島をともに訪ねた旅を振り返りながら石狩河口で行われた対話「ユリシーズ　波立つところ」（『山口昌男山脈』第三号、国書刊行会、二〇〇三）が想い出深い。

PROFILE

山口昌男　一九三一年生、二〇一三年没。文化人類学者。著書に『アフリカの神話的世界』『本の神話学』『道化の民俗学』『「敗者」の精神史』など。

アフリカのモードで

今福龍太…今年中に『山口昌男著作集』の刊行のスタートを切りたいということで、いよいよ本格的な編集作業がはじまりました。二年ほど前から筑摩書房編集部の間宮幹彦氏と相談してきたんですが、ぼくのブラジル行きで不在期間もあって一時期編集作業がストップしていました。けれど、ようやく外形が決まって、盛り込むエレメントも決まって、イントロダクションを書くべき時期になりました。そこで、山口先生からじっくりお話を聞く機会をつくりたいと思っていました。これまでいろんな機会に先生とは話をしたり、公の場でもシンポジウムや対話もしてきましたが、山口先生の仕事そのものについての、ちょっと改まった対話はこれまでなかったと思います。そこで「山口昌男にとってのアフリカとは何か」というテーマで今日は話したいのですが、これは五巻本で予定している著作集のなかに「アフリカ」という巻がありまして、そこに先生のアフリカにかかわる論文を入れて、ぼくなりに山口昌男にとってのアフリカとは何か、という問題意識をその巻に込めたいと考えているからです。

けれどもそれは単にアフリカを題材とした論文を収録する、地理的な意味でのアフリカを扱ったものだけをまとめるということになるとは限らない。むしろ山口先生にとってのアフリカは、あきらかに一般のアフリカニストが地理的・文化的実体としてイメージしているアフリカとは違っているわけですね。そういうかたちで地域的限定を受けたアフリカではない。あるいは実体化されたアフリカというサイズを遥かに超えている。アフリカニストとしてスタートした山口先生であっても、最初からアフリカというものをカバーする想像力は、実体的なサイズを超えていたのではないか。だから、今日のテーマは「山口昌男にとってのアフリカとは何か」ですが、山口先生の知的な出発点についてもいろいろ話を伺いたいし、それから同時に、先生の仕事の最重要のキーワードの一つは「始原」だと思うんですが、アフリカというのは当然、この始原というイメージと非常に深く重なっている。アフリカとは山口昌男の始原でもあるのかもしれない……。だから今日は山口先生にとってアフリカとは何かという、山口先生の出発点についての問いであると同時に、始原そのものにたいする問いですね。現在にも常に反映し、反復している始原という世界を探ることでもある。非常に本質的なテーマだろうと思っています。

そこで、対話のはじまりをアフリカ・モードにするために、一枚のレコードをかけようと思います。先生は

『アフリカの神話的世界』（一九七一）の最終章をブラジルのギタリスト、バーデン・パウエルの話からはじめていますね。「『第三世界』の神話」という最後の章にある、「エシュの哀歌」というバーデン・パウエルの歌を聴いた話です。一九七〇年、つまり先生が『アフリカの神話的世界』を書いていた時期ですが、東京にバーデン・パウエルがやって来てコンサートを開いた。先生は行かれたんですね。

山口昌男…いや、ぼくは行ってないんです。ただ、向こうに行っていた女の子で、当時知り合いだった人が呼んで来たと聞きました。

今福…ともかくバーデン・パウエルは一九七〇年に初来日して、『オス・アフロ・サンバ』というレコードが評判になり、山口先生はこれを聴かれたんだと思うんですが、そこに「エシュの哀歌」という歌が入っていた。いうまでもなく、アフリカからブラジルへ渡ってきたトリックスター神、エシュ＝エレグバについての曲です。エシュの持つ、傷ついた世界への治癒の力を賛えた曲ですが、山口先生はこれに反応している。今日持ってきたもう一枚のレコードは、バーデン・パウエルがリオのサンタ・ローザ劇場で一九六六年に行ったコンサートのライブ版です。ここに「ビリンバウ」という曲があります。アフリカ系の武術というか格闘技であるカポエイラの背景で演奏されるビリンバウという、一種の弓のような楽器で、共鳴具として瓢箪がついています。その音色と調子をまねてバーデン・パウエルがギターでアレンジして作った名曲ですね。

山口…ビリンバウはのちにサンパウロのマーケットで買ったことがある。買ったのをブラジルで忘れてきちゃった。

今福…まずはこれらの曲で一九七〇年に戻って、更にアフリカの空気を、それもたんなるアフリカではなくて、海をへだてた文化交通のなかに投げ出されて変容したアフリカの空気をこの対話の場につくりだせればと思いました。

出発点としてのアフリカ

さて、まず先生が単著として最初に刊行された『アフリカの神話的世界』は書き下ろしの新書ですね。これは前の年ぐらいに集中して書かれたんですか？

山口…集中してたかどうかはわからないけれど……。

今福…でも新書はそういう書き方をしなければ書けないんじゃないんですかね。

山口…大塚信一君（岩波書店元社長）がね、新書編集部に廻ったんだよ。だから、君が各部署に行くごとに一冊だけ協力する、というようなことで新書に廻ったのなら新書に書こうということで書いたのね。幻の修士論文「アフリカ王制研究序説」（約五〇〇枚）でこつこつ蒐集した資料が基になって一気に書き上げることができた。

今福…これ自体が非常に戦略的に書かれている本だと思います。全体の章立てを見るだけでも、かなりの体系性を持ったシナリオがあって、それで一気に集中して書かれたような印象があるんですが。

山口…ナンテールに行く前にこの原稿を渡して日本を出たわけです。ちょうど構造理論というのが射程に入っているときに、神話としてのトリックスターをテーマの中心に据えることによってそういうふうな問題性が構造的に活力を帯びてくるから、いくつかの方法で見てみると一つの神話が違って見えるということを実験的に記述してみようということではあったわけね。

今福…これは一見いわゆるアフリカ本のような顔をしてはいるんですね。アフリカの地図も入っていますし。けれど、いま聴いたバーデン・パウエルもそうですが、大西洋を渡ったアフリカの大きな変容の姿というものもこの本の射程に入ってます。それからいわゆる構造論的な分析の方法論が縦横に活用されている。もちろんこの本の刊行以前に先生は『道化の民俗学』（新潮社、一九七五）のテクストを雑誌『文学』に連載されているわけですね。そのなかに「アフリカ文化と道化」という章がすでにあるわけですから、『アフリカの神話的世界』は当然この問題関心の展開だと思うんですが。

山口…うん、自分では常にそう書いています。

今福…そうなんですが、つまりそういうアフリカという地域を扱いながら、記述はアフリカを越えて、アメリカやカリブ海、あるいは構造論や象徴人類学の理論的視点へとダイナミックに接続されてゆく……。

山口…なんといっても、調査の後ですからね。

今福…そうですね、そのアフリカ調査との関係も後で聞きたいんですけれど。ともかく、先生にとっての出発の著作がどんなふうなイメージとしてあるのかということを伺いたかったんです。やはりこの七一年の『アフリカの神話的世界』、そして『人類学的思考』『本の神話学』という三冊が半年ぐらいのあいだにたて続けに出ているわけで、このときの先生は、いまの言葉で言えば「ブレイク」しているわけですよね（笑）。このときの感覚というのは、本をさっそうと出してもう日本からあっさりと消えてナンテールに行かれてしまった、という感じですか。

山口…えーとね、ぼくの場合は、基本的に生まれ育ちからいってこの世界の関節を外すという関心がなんとなくあるから、それはもうＤＮＡにかかわる問題で親父そのものだね。とにかく人をからかうのが好きで、戦争中バスのなかで警官からかってね、飛び降りて逃げて追いかけられたというくらいの人間なんです。だから、このあいだ、鳥取県に行ってね、米子市立図書館の司書で大野秀さんという人がぼくの本を過去三〇年間読み続けてきたと。そういう人が結構この頃姿を現すんだよね。それでその人がね、「大正時代に出版されたフォークロアの雑誌に先生のお父さんの生まれたという鳥取県倉吉大原郷の昔話が書いてありましたけどね、先生のダジャレのくだらなさ、それが先祖伝来だということがわかりました」と言うから見せてもらったら、採集された大正時代の話に、おじいさんとおばあさんがいたと、おじいさんは酒盛りしようというので酒を探しに行った、おばあさんは菜を探しに行った、両方とも帰ってきたら酒も手に入らず菜も手に入らない、おじいさんが言った「なさけない（菜・酒無い）」と。このくだらなさはなんとなく先生のダジャレのくだらなさの遺伝子的な構造そのものを表しているような感じがすると。そんな山口研究なんてやってもらわなくていいよ、と言ったことがあって。親父が基本的にダジャレの人間であったのね。

　それが大学のときでも、メイン・カレントには入らないという癖になってずっとやってきたわけね。卒論ではいま流行りの平安時代の陰陽師に非常に近い大江匡房《おおえのまさふさ》をやった。ぼくは転換期っていうのが大好きだからね、「その時歴史は動いた」という感じです。記録荘園券契《きろくしょうえんけんけい》所《じょ》というような、後三条天皇の側にいてアドバイザーやってたわけだから、もう大江匡房自体がトリックスター学者であったわけね。トリックスターにして人類学者の先祖。『狐媚記《こびき》』で狐信仰のこと書いたりね、『洛陽田楽記』ではカーニバルのことを書いたり。だから日本におけるエスノグラフィックな文章の最初の書き手ということは言えるわけね。で、貴族としては人をからかってばかりいた。からかいすぎて白河天皇に嫌われて宮廷に出て来れなくなっちゃった。要するにいまの言葉で言うとほとんど道化的な知識人だったのね。ぼくが一番関心があったのは『今昔物語集』の本朝之部だからね。どちらかというと『源氏物語』より『今昔物語集』、芝居でも能より狂言、それで長いあいだやってきたから。日本史の付近にいながらメイン・カレントとは考えられない、そういうところがあった。

　それで、卒論ではその頃の天皇制で、実証主義でもないマルクス主義でもない、天皇を文化の全体として捉えてみたいという気があった。結局、大江匡房というのはちょうど転換期、天皇と上皇という二重性を捉えて、王権の両義的な、言葉はまだその頃使ってなかったけれどね、要するに立法機能とそこからはみ出る機能とがあると感じた。あの頃は国文学者の西郷信綱さんを中心に、イギリスのマルキストのジョージ・トムソンの『アエスキュロスとアテネ市民』とか、ギリシア悲劇のはじまりのような研究だったし。それが非常に面白い上に、そのなかで使われていた人類学の本が非常に面白かったんで、それで人類学そのものに惹かれちゃって。結局は大学院に行って、都立大学の大学院で岡正雄の指導の下でとにかく徹底的に読もうとした。それで、そのときにフロベニウスの『アフリカは而して語る』*Und Afrika Sprach*（英訳は*The Voice of Africa*, London, 1913）とか、『アフリカ文化史』（*Kulturgeschichte Afrikas*, Zurich, 1933）とか、そういうものを読まされたわけですね。それで、そのなかに『パイデウマ』（*Paideuma*, München, 1921）も入っていて、それを三〇年忘れていてね、このあいだ、今福君のおかげで突然、立ち返ってきたというのが可笑しかったね。

それで、結局、アフリカに行くことになって……。

アフリカ行きの経緯

今福…ちょっと待ってください、そのアフリカに行くというのはどういう話だったんですか？

山口…そもそもね、麻布の教師になってね、二年のブランクがあってそのあいだにまたいきさつがありますけど、東大国文学科の大学院をトリックで落とされたというね（笑）。脇道行ったほうが面白い話たくさんあるけれど、なるべく脇道に行かないようにしましょう。

大学院は東京都立大学に行って、はじめはシベリアをやろうと思ってロシア語を勉強したり、シベリアのエスノグラフィーのロシア語の版が、山口文庫にはまだ一冊か二冊あると思うんだけどね、そういうものをとにかく心がけていたんだけれども、結局、麻布中・高校で「日本史」を教えることになった。その後ＩＣＵの助手の頃、助教授にしてやるけどキリスト教徒になれと言われた。それでここは大学だと思っていたのだけど教会だったのなら、いてもしょうがないと言ってＩＣＵを辞めて、イバダン大学の講師の募集を知って応募した。都立大学の修士論文はアフリカの王権について書いたんですが（前述「アフリカ王制研究序説」一九六〇）、そのときに浮上してきたのが、王権の対抗物としてのトリックスター。この神話的道化のイメージが、比較文化論をやっていると出てくる。これは面白いと。そんな頃、友人が『タイムズ・リテラリー・サプリメント』かなんかの求人広告にイバダン大学の講師の口があるのを見つけて、これで行ったらどうだってサジェストしてくれたんです。

今福…なるほど、そうするとそれはもう全く世界に開かれたポストだったんですね。

山口…そう。世界に向けた求人広告でしたからね。それでまたトリックがあるけどね、そのとき最後に残ったのが三人だった。アメリカ人が一人、イギリス人が一人、日本人が一人。ポストはロックフェラー財団提供のポストだった。それでアメリカ人が取ったらね、ロックフェラーだからアメリカ人が取ったと言われる。イギリス人が取ったら、ロックフェラーの金なのにアメリカではなくてイギリスにやったと言われてしまう。そうすると第三者の日本人にやっておくのがいいということになった。書いてある限りではこいつは利口そうなやつだ、と。喋らせなかったのが向こうの運の尽きでね。ふつうは呼んでインタヴューするんだけどね、日本からだと遠いから一回面接に呼んでも下手して落ちると大変な損害になるからと入れてしまった。入れてからインタヴューしたら、かけ離れた人物が来ちゃったのね。英語が全然喋れないのであきれはてたという。家内が一緒に来たけど、家内のほうが先に英語がうまくなっちゃった。というふうなことでいついちゃった。レイモンド・アプソープという社会人類学者の同僚が後で言ったのだけど、「たぶんマサオはそのうちノイローゼになるだろうといつも教室の外から聴いていた。はじめは両方とも手振り足振りで、ナイジェリア英語訛りと日本語で怒鳴り合うような様子だったけれど、山口の場合は黒板にマンガを書いてこれだこれだと説明しているうちに山口の言っていることが学生にわかるようになった。それでノイローゼにならずに二年間（一九六三―一九六五年）いちゃった」というわけです。

そのとき、ジュクン族の調査を夏休みにはじめた。そうすると王の対極にある、王権と道化のテーマ、というのが神話的なレヴェルでトリックスターとして出てきて、それを比較研究するという問題が見えてきた。ただ、このテーマはすでに王権と両義性というかたちで一九六三年頃、構造主義以前のオランダ構造論のロ ヘルとかP・スズキ、ルーティヒ（アフリカのヘレロ族）の論文を読んでいるとき予測できてたんだね。

今福…ナイジェリアのイバダン大学の社会学の講師というかたちで行かれたんですね。

山口…うん。そうそう。

今福…そこでの講義はどのようなテーマでやっていたんですか。

山口…もうずうずうしくね、まず西アフリカ民族誌っていうのやってたの、それからアフリカの伝統的政治組織。これはアフリカ全域について喋ってた。

今福…そうするとはじめてアフリカに行った人間がいきなりそれをやってたわけですね、アフリカ人の学生に向けて。

山口…そう。アジア人による西アフリカ民族誌。それもオリエントから来たオリエンタリズムに基づく民族誌(笑)。

今福…そこで問題にしたいのは、アフリカにおけるディシプリンとしての人類学が抱える問題についてです。このことは先生も書かれていましたね。『人類学的思考』のなかの、本多勝一の人類学批判に対する応答というかたちで書かれた文章(「調査する者の眼――人類学批判の批判」一九七〇)のなかで、当時のアフリカにおける人類学のポジションについて、非常に重要なことを書かれています(初版には未収録。七九年刊行の新編から収録された)。山口先生がアフリカで出会った歴史学や人類学や社会学が置かれていた状況というのは非常に重要だと思っているので、最初にちょっとしんどいテーマかもしれないけれど、ここからクリアしていきたいんです。

たとえば本多勝一的な、ああいう非常に心情左翼的な、つまり弱者に肩入れして人類学の帝国主義性なり植民地主義性をたたくというやり方は、いまだにほとんど同じようなかたちでくりかえされていますね……。

山口…カルチュラルスタディーズなんていって、アメリカではＣＣＡＳ(The Committee of Concerned Asian Scholars)という学会(アジア問題を真剣に考える学者集団)があって、その影響にあった人たちが中心のようですね。

今福…ある意味でかたちはもう少し複雑になってますけれどね。

山口…新しい派閥主義だと思うのです。

今福…だから状況としては変わってないと思うんです。むしろ、社会科学や人文科学は中立を装った倫理主義みたいなものに陥って……。

山口…それで知的ヨーロッパ従属がますます強くなっている。左翼関係の従属を通してというね。

今福…ますますそうした形式的な倫理主義のなかに自閉してきている部分もあると思うんですね、社会科学全体が。

山口…昨日の夜中一時半、一緒に私の家で飲んでいるときに、勇崎君(札幌大学山口昌男ゼミ学生)のお父さん(勇崎哲史氏、写真家)が突如としてハッスルして、「大体、吉本隆明というのはそういう若者をおだてただけの人間だから、好きじゃないよ」と怒鳴りだしたよ。一緒に飲んでいた秋山祐徳太子がスイマセン、スイマセンって言うから、「おまえ関係ないじゃないか」って勇崎(父)が喚いていた(笑)。

今福…吉本隆明は少し前に『アフリカ的段階について』(春秋社、一九九八)という本を出しましたが、山口先生と吉本隆明の大きなスタンスの違いは、アフリカを素材に同じようなことを想像するにしても、吉本さんの場合はヘーゲルの『哲学講義』のなかのプレ・アジアというところからアフリカの問題に入るわけです。それをヘーゲルのなかでかならずしも脚光を浴びなかった可能性としてのアフリカ、と読み替えていく。つまりヘーゲルというある意味で権威的世界思想というものを作り上げた人間のロジックを転倒させるというかたちで、アフリカに母型としてのオリジナリティを与え直す。これはなぜ吉本隆明がある種のポピュラリティを持ち、山口先生のアフリカへのアプローチがつねにマージナルなところに位置づけられてきたかということの核心にあるポイントで、二人の見事な戦略の違いですね。大思想を批判的に援用しながら、人類史におけるアフリカ的段階、という大きな問題設定をしてゆく。

ところが山口先生の場合は、そういう大思想に依拠しながらアフリカの問題に接近していくというスタンスとは、はじめから無縁だったと思うんです。

山口…ぼくはね、マックス・ウェーバーが結構アフリカについて触れて書いてるっていうことはアフリカ研究に携わっていた時期には感じていたわけです。しかし、その頃はむしろ、ドイツの民族学者ディートリヒ・ヴェスターマンが三〇年代にアフリカの問題を文化的にヒエラルキーの問題として論じたり、フロベニウスがパイデウマについて論じていることのほうが面白かった。

今福…イギリスのアフリカ研究のなかではかなり問題にされてきたところですね。ともかく、イバダンに先生が行かれて社会学講師になった。ここで思い出すのは、たとえばレヴィ＝ストロースが二七歳のときに、人類学をやりたくなって、サンパウロ大学講師の職を引き受けて、ブラジルに行ったわけですが、そのときも彼は社会学の講師として行っているわけです。

山口…ぼくは一九七〇年頃、ナンテールで教えてる頃ね、ブラジルから来たある人類学者が、サンパウロ大学で社会学の客員教授を求めてるって。オレ行くぞって言ったら、日本人が行ったらがっかりするよ（笑）、断られるよ、というわけで、人類学のダリウス・ミヨー〔ポール・クローデルのブラジル大使就任とともに秘書としてブラジルに滞在した作曲家〕になり損ねた。

今福…そもそもサンパウロ大学はフランスのアカデミーによって創設された機関で、長らくコント流のフランス実証主義一辺倒でした。それでも、フランスから若くして行って、フランスの規範的アカデミアを逸脱するような学者がブラジル経験のなかから生まれているという意味では、制度としてはなかなか面白かったと思います。一九三〇年代のレヴィ＝ストロースもそうですが、ほかにもロジェ・バスティードのような人類学者とか。

山口…少し前の一九一七年頃にはダリウス・ミヨーが大使館関係でブラジルに行っててね、そのなかから「屋根の上の牡牛」（一九一九）のような傑作バレエ音楽が生まれてくる。

今福…クローデルからミヨーの繋がりはフランスとブラジルを結ぶ面白い線の一つですね。そこにヴィラ＝ロボスのようなフランス派のブラジル人作曲家がからんでくる……。ともかく、山口先生がアフリカで社会学の講座を教えたということが何を象徴しているかについてもう少し考えてみましょう。

人類学というポジション

今福…まず、ポスト植民地のアフリカでは、国家のナショナリズムを支える制度として歴史学が厳然としてある。これは近代の新興国家における教育の理念としてはどこでもそうだと思うんですね。植民地主義の後のナショナリズムのなかで、そこに学的な根拠を与えていくとき、かならず歴史学が制度的な学問として形成されるわけです。山口先生も日本において国史あるいは国文学という制度のなかで、歴史学とナショナリズムの関係をかなり深いところまで意識的に問題化していたと思うんですね。その上で人類学に移られて、アフリカに行く。そうするとアフリカでは当然、歴史学がそういう意味では制度の学として君臨していたわけですよね。

で、自分は人類学者というかたちで来ているけれども、現実には社会学を教えるということになっている。このズレ、これについても山口先生は意味づけていて、要するに人類学というのはアフリカ研究においてはさっき言ったナショナリズムの制度化っていう部分とうまく噛み合わないわけですね。部族社会の研究をしているわけですから。いわゆる国家としてのナショナリスティックな欲望のなかで、部族の伝統的な要素というのは否定的に扱われるわけです。当然、人類学はある意味でナショナリズム熱とは噛み合わない。そこで代りに社会学というのが登場するわけですよね。社会学というふうに人類学をずらすと、これは明らかに都市社会とか文明社会の研究として人類学より歓迎される。だから山口先生は歴史学のなかで制度的な学問とナショナリズムの関係を問題化した後で人類学に移ってアフリカに行くけれども、人類学から社会学へのズレみたいなものも経験して、学的な制度としての人類学のポジションというものが、旧植民地社会において非常に政治的な関係のなかに投げ込まれているということを、現実にイバダンで体験されたと思うんです。

そのことが本多勝一に対する「調査する者の眼」とい

う文章のなかにすごくはっきり書かれている。そうすると、ナイーヴな人類学批判というのは、非常に複雑な政治関係のなかで人類学という学問がもたされているポジションを経験している山口先生にとっては、あまりにも素朴で安直すぎる批判に聞こえることは当然なわけです。

人類学という制度が置かれているこの政治的ポジションをまずアフリカのイバダン大学で、山口先生が意識されたということはぼくは非常に重要だと思うんです。つまり、それは単純にフィールドワークして人類学の民族誌を書いて、そこからある理論を抽出してアフリカニストとして人類学のキャリアを作るという流れに決してならないと思うんですね、そういう学問制度の構築にまつわる政治的な経験をした場合。そのあたりはいかがでしょうか。

山口…その場合、社会学は社会学科のなかに入っていたわけであってね、ぼく自身が社会学的な方法で教えることとは別にないわけなんですよね。

今福…レヴィ＝ストロースだってそうだと思います。社会学の講師だけれど、内容は違ったと思う。

山口…イバダンにアメリカの学者たちが来て、実証論的社会学を無理矢理押しつけたりしているのをぼくは横目で見ているけれども、そんなことをやったってしょうがないから、やっぱり象徴的価値があるものに集中していこうということになると、神話における王権の問題が出てきたので、これをテーマにやっていった。

イバダン大学の社会学にはもう一人、その当時誰がいたかということが問題でね。ラルフ・ヒンメルストランドというスウェーデン人でアメリカの実証論的訓練をうけた社会学者がいて、これがぼくを徹底的にいじめたわけです。非実証的な人類学なんかいまだに得意になってやっていると。別に得意になってやっているわけじゃない、肩身の狭い思いをしてやっている（笑）。

そいつは何でも数量化すりゃいい、数量化すりゃいいというふうに叫んだからね、それで数量化の社会学というのは大嫌いでバカにするようになったわけですね。数量化ではできないものが世のなかにはあるというね。そのとき以来、社会学者をバカにする癖がついたんだよね（笑）。で、ぼく自身は王権と兎の問題をやっているうちに、それは中心化と周縁化の問題であるということで、コスモスが出現するような方法でなければ、現実にうっかり迫っちゃいけないというね、そういう……。

今福…そこですね。現実に対する接近の仕方における、不用意な政治性への警戒心……。

山口…そこで、その前後から、カール・ポランニーの『古代帝国における貿易と市場』（*Trade and Market in the Early Empires*, The Free Press, 1957）という西アフリカのダホメの奴隷貿易とヨーロッパの近世の貿易を取り上げた研究、これは非常に面白いなあ、と思っていたわけです。それで、カール・ポランニーのものをずっと注意して読んでいて、アフリカから日本に帰ってきてみたら日本では栗本慎一郎がさかんにポランニーは面白い、と騒いでいた。たしかに、カール・ポランニーも面白いけれど、その兄貴のマイケル・ポランニーがね、エドワード・シルズにたいする献呈論文集のなかに「政治における中心と周縁」という論文を書いていて、その問題は極めて面白いとぼくは思った。

政治の内面化について

今福…いまぼくはまだ先生にとっての「アフリカ」にこだわっているんですが、その後先生は日本に戻られて、六九、七〇、七一年の著作ブレイクがあるんですが、本が出た七一年頃にはナンテールへ行かれて、パリにいて、ある意味で山口先生は読書界の狂騒のなかにはいないわけですよね。それで翌年また日本に戻られるけれど、数年して今度はインドネシアに行ってしまうんですよ。そうするとこれでもう、ある意味で山口先生の実体的なアフリカとの接触は切れてしまうんです。だからこれは、ナイーヴなアフリカニストに言わせれば、山口はアフリカニストからあっさりフィールドを変えたということになるかもしれない。ですがそこで起こっていたのは、じつはフィールドを宗旨替えするというようなこととは全く別の出来事だったとぼくは思っています。とにかく七四年ですね、インドネシアに行かれたのは。それで七五年ぐらいに戻られたのかな。そのへんからそろそろ山口先生の周りにぼくの影がちらつきだすわけです。ぼくは七六年に先生とはじめて会いましたけれど、その頃には山口先生はすでに今度は中南米のほうに視点を移されているわけです。それで、七七年にコレヒオ・デ・メヒコの客員教授としてメキシコに行かれる。

山口…そう、七七年。

今福…メキシコに一年行かれて、それから七九年にはペルーに行かれて、ペルーのカトリック大学で教える。

山口…そこでペルーとの関連が出てくるわけですね。

今福…そうですね。ぼくはその頃もう、お宅に訪ねたり研究会に参加したりと、山口先生とは定期的に会っていましたが、だいたい一回会うと半年分ぐらいのエネルギーは注入されるんで、あんまりしばしば会う必要もないんです。一回会ってゆっくり話すと半年ぐらいは会わなくて済む。示唆された本を次々と読んでゆくのに半年はかかる。そういう関係でしたね。もちろん、書庫を自由に見せていただいて、好きなだけ本を借り出せたのは特権でしたけれど。で、ぼく自身がその後しばらくしてメキシコに行くわけです。

ところで山口先生の学問のスタイルに関して、それを知識社会学的に論じたり、あるいはその政治性のあり方を分析したりといった作業はまったく行われていませんが、実はぼく自身、山口先生と付き合いながら受け取ったメッセージの一番大きいものはそこなんです。つまり学者として、ある特定の学問を選択して、ある学的な環境のなかで、自分のポジションをいかにつくり、その方法論的なオリジナリティをどのようにして持続させるかということ……。言いかえれば、フィールドをやってても、人類学というディシプリン自体の境界線、そこに張られているいろんな政治学的な偏差というか、そういうものにどれだけ敏感かということが、人類学をナイーヴに制度として信奉して、アカデミーのなかでそれを素朴かつ無戦略に続けていけるかどうかということの境目になると思うんです。ぼくが一番学んだのはそういったスタイルです。山口先生が、知識を制度化されたディシプリンに囲い込んで自閉しないスタイルを常に発散していた。

それはやはり最初のアフリカで、アフリカというまさに現実の場において、人文社会科学が置かれた非常に政治的なポジションの複雑な関係について強烈な体験をさせられた。それとかかわっていると思うんですね。その意味でも、山口先生の人類学はコロニアル、そしてポストコロニアルなアフリカというものをより深いところで内面化していると思うんです。

六八年の彷徨

今福…このあたりをさらに展開してみると、山口先生にとってのアフリカやフィールドの問題は、直接的な政治の問題にも深くかかわっていると思うんです。現実にナイジェリアに行かれてるわけですけど、そこでは言うまでもなく、ビアフラ内戦のようなかたちで政治化された問題がまさに血を吹いていた……。で、先生は直接それに思想的に介入しているわけではないけれども、そういう問題への近さを非常に意識しながらものを考えていた。

あるいはルワンダについても、先生が非常に若い頃に長島信弘さんと一緒に書かれた最初期の論文（「王制と首長制」『ニグロ・アフリカの伝統的社会構造』アジア経済研究所、一九六二）で、ルワンダのツチとフツの階級差の問題と王制の問題が非常に深くかかわっているということをすでに指摘されていますが、これが結局いまのルワンダ内戦に直結してる問題ですよね。だからこれは、決して単なる時事的な問題ではないということです。アフリカの王制のかなり根本的な構造にかかわっている問題だと指摘されていた。

それから、インドネシアに行ってもチモールという政治的な混乱の場所に、偶然なのか行かれて……。

山口…行った先々で紛争を仕掛けて（笑）。

今福…紛争があのとき起こり、それがいままで……。

山口…エチオピアもそうなっちゃった。

今福…エチオピアも内戦状態に入っていきましたね。さらにメキシコのチアパスでも農民叛乱が起こる……。先生はそういう行くところ行くところ、まあ先生が紛争の火種になっているのかどうか知りませんけど（笑）。

山口…そういう火種がなんかくすぶっているところに引かれていくっていうふしがある。

今福…政治の現前、ある意味で最も皮相な意味での政治の現前というものとも非常に先生はかかわられていると思うんです。いまどういうふうにそういう経験を語られますか。たとえば、ぼくが山口先生の文章でかなり初期に大きな衝撃を受けたのはチモールからの報告なんです。あれは『知の遠近法』の第一回目ですね。

山口…うん。

今福…「地揺れする辺境から」というエッセイ……。

山口…あの文章は次の世代の現地からのメッセージのつもりで書いた。あのときに予感があったわけね。あのときはね、少し高い丘の上の村で祭りがあって、下のほうに住んでいるぼくのアシスタントと通訳やっている人と一緒に行って。それでそいつが一週間、ぼくと帰ってこなかったからね、その奥さん二人（この二人の妻は姉妹だった）は嫉妬してそいつを追っかけ廻したの、われわれの亭主は女ができてどうもわれわれを捨てて山のなかに逃げこんで、一週間も帰ってこなかったとね。そういう騒ぎがあった前後に書いていた文章だからね。朝、ある家に坐っていたら、後ろからそっと近づいてきた犬に足をガブッと齧じられたの。そしたら土地の人が「それは、あなたと話がしたいっていう犬の気持ちの表れだ」と、そのたびに齧られたらこっちはたまらないけど（笑）。

そういう雰囲気のなかで書いているわけね。しかしながら、そういうふうな伝染性がある問題と、その問題を取り上げて『中央公論』にレポートを送る、早川幸彦君（『中央公論』担当編集者）にね。実際にぼくの経験しているところでは、ここは世界の一番もろい部分にね、いまいる感じがするんだと。しかしこれを辺境のことと考えちゃいけない、結局どこの世界も持っている問題が、表面化しやすいからこういうところに出てくるわけでね、いずれ辺境ではなくて中央と言われている部分に、どんどんヨーロッパなどにも転移していく問題ではなかろうかという前提でね。それは結局、日本だってその問題は巻き込まれますよ、というふうな予感があったわけね。
実際、この予感は正しい。現実というのはかたちをちゃんと取っているんじゃなくて、そのときそのときに作り変えられていくものだということを認識しないとね。徴候を見る、シンドロームだな。そういうものを見る力をわれわれは現在、養っていないとね。シンドロームを見る力、現象の背後に現れてくる違ったモデルというものを考える必要がある。そもそも学生紛争にはじまって、それが周りに影響していったということでも、実際にそういう過程をわれわれは知っているわけだ。

今福…確認なんですけど、六八年っていう年、この特別な年に先生はどこにいて何をしておられたんでしたっけ。

山口…一九六八年は、ぼくは、アフリカの調査は六六年からなんだけどね、二度目のアフリカ調査から帰ってきてナンテールにいたわけよ。

今福…六八年五月はパリにいらっしゃったんですね?

山口…三月頃から。

今福…五月革命はパリで目撃されたんですか?

山口…ちょっと待って、ちょっと……。えーっとね、えーっと……。

今福…六六年からアフリカで二度目の調査。

山口…六七年、六八年春、そうなんだ。

今福…六八年春に、パリに居た。

山口…オデオン座へ行くオデオン通りに、"La Pensée Sauvage"という本屋があった。そこへ入っていって主人にね、丸善の信用状を出したわけ。いくらでも本が買える。そこで、ダダダーッと本を積み上げた。ろくにフランス語も喋れない状態でそういうことやると向こうも圧倒されたわけ、これだけの本を短時間に選んでサーッとね、この選び方見てね。こっちはストラテジーだから。演劇的なストラテジー。

で、本屋のオヤジと喋っていたら、そこへダン・スペルベルが入ってきた。オヤジが、この人は日本から来た人類学者で、今まで話したけれどすごく面白い感じの人だって紹介してくれた。スペルベルが外へ行って一緒にコーヒーを飲もうというので出て、向いの喫茶店でコーヒーを飲んで話をした。大変な美男の人気者だからね、女の子が五、六人つぎつぎに来て、彼の頬っぺたにチュッチュッとキスをしていく。オレは何年いてもこういうふうにはなれそうにないなという感じがしたけどね。

そのときは、ジュクン族の象徴的二元論の構造、村の王宮の構造という話からトリックスターにそれが反映して両義的な問題が出てくるというところまで彼に話したら、凄く面白いことをお前やっているな、ということで別れたわけだ。そしたらその日の夜、ド・コッペから電話が来て、明日会おうというので、すぐ近くのレストランで昼飯一緒に食って、やっぱりマサオ面白いということになって、そのときは、試験だったんだけど四人（スペルベル、ド・コッペ、ラトゥシュ、マンジェ）いた。あのとき、お前が面白くなかったらそれまでわれわれに捨てられたと。それで第三回、お祭りやろうというんで、それからまた二日ぐらい後に、サン・ミッシェルの泉のところで待ってろと。坐って待ってたら、ド・コッペがカマボコ型の、兵舎型のあのルノーで来てぼくを拾って、二、三件、パーティやっているところに連れて廻ってるうちに大集団になって、最後にはブルターニュの魔女のことを研究した女性のところに行って、午前三時までわーっと喋ってた。

今福…それが六八年の話ですね？

山口…六八年の春。で、そんな出会いがあって、それがきっかけになってナンテール（パリ第十大学）にも遊びに行った。その頃はすでに学生反乱のはじまりの時期だからね。それで、別れて帰るときに、ナンテールに教えにこないかと。いや、フランス語なんて喋れないからやるわけにいかないって言ったら、フランス語が喋れるか喋れないかは大した問題じゃない、お前はオレたちが聞きたくなるようなメッセージを持っている。それが大事だと。フランス語というのは自分が言いたくないことをいかにうまく隠すかというために発達しているんだから（笑）、だから喋れるかどうかは二の次の話だと。フランス人がこんなにお世辞がうまいとは思わなかったけれど、それじゃ引き受けることにしよう、というふうに言って別れてきたのね。

今福…それで、二年後の七〇年にナンテールへ行かれた……。

山口…次の年、六九年に、エチオピアへ行ったのかな？　翌年エチオピアから戻って、ナンテールに行ったのは年の暮れだった。

周縁部に露出する兆候

今福…だから、やっぱり六八年のパリでの山口先生のそういう人間関係の作り方とか、振る舞いはどこか非政治的ですね。ただ、それは狭い意味での非政治性であって、それが逆にフィールドのあちこちで政治の現前みたいなものに立ち会ってるという部分と非常に面白いコントラストを示しているような気がするんです。政治がある種の文化的な徴候をもって常に周縁部に露出しているということ。その感覚がやっぱり山口先生の持ってる政治的感覚を支えていると思います。最近パリで、外務次官の川島裕さんと会われたという話をこのあいだ聞いたんですけど、そのとき、川島さんにチモール大使をやりたいって、かなり本気で言われたとか……(笑)。

山口…それはこういうことなんだよ。パリのイスラエル大使館で友人の彫刻家ダニ・カラヴァンが友達を呼んで、記念パーティをやってるというので行ったら、川島次官がいたわけ。そのうちに夫人が川島武宜(民法学者)の娘さんだということがわかって、札幌大学には川島武宜の一万数千冊の蔵書を収めた「川島文庫」があるわけで、それですっかり親しみを持って話したわけさ。それで、チモールね。ポール・クローデルが昔、日本に来たように、東チモールが独立した際にはぼくが一番知ってるはずだから、テトゥン語も少しやったし、ポルトガル語も少しやってるし、インドネシア語もやってる。であるから、大使にするといいよと言ったら、大変ありがたい話なんだけど、外務省は今のところそういう小さな独立国には大使を送る予定はないと(笑)。

今福…臨時代理大使とかいって、インドネシア大使が兼任したりするんですよね。

山口…兼任みたいだね。だけど、それでもあきらめないで、また某国の某氏と接触するのでちょっと会いたいと言って、行って会って……。

今福…ぼくが面白いと思うのは、そういうときに山口先生が東チモール大使にしてくれって次官に半分以上本気で言うことの持っている真実についてです。冗談のようでいて、山口先生の政治というものとの接触への欲望っていうか、そういうものを感じる。東チモール大使という山口先生の夢は決して、単なる思いつきじゃない。そういうところで接触するような政治世界こそが、山口人類学における「政治」なんですよね。

ともかく、人類学というのはある種の他者を常に媒介にして、何かを考えようとするわけですけれど、それが自分を計り直す。

山口…いま今福君が言ってることが非常に興味深いのは、逆にね、人類学が紛争の地域のなかへ積極的に出ていかないと言っている人類学者がいたりしますけど、あの理論がまるで空疎なんだよね。それについての、時局解説的な文章を書かなくちゃならないと言ってるだけに聞こえる。ぼくなんてそんなことに関心なくて……。

今福…全くそうですね。それは人類学が一時断罪されたことに対する自己防衛というか、自己正当化の論理として書いているわけでしょう。いまのところ、研究の客観性と紛争の政治性。その対峙の関係しかない。地域紛争に言説的に介入しなければ、人類学は非政治化されてしまうという平板な危機感。ですが、山口先生のように政治というものをもっと複雑な文化的な露出のかたちとしてとらえたとき、これはもうイデオロギーで右、左というように対立している構造そのままの反復とは違うわけですね。チモールもずっとそういうかたちで先生は論じられてきたし、だからいまだにあのチモール論は、三〇年近く前に書かれているにもかかわらず、今のチモールの状況を見事に非政治的な文脈から補完している気がします。

山口…それで非政治的な文脈のなかから、政治的文脈の真っ只中へ入りこんでしまっている、気がついたら。そういうことが多いね。

山口文庫のアルケオロジー

今福…ちょっと政治の話が先行してしまったんですが、アフリカ研究の理論的な消化吸収という前史があった上で先生はアフリカに行かれたということを、いまずっと追いかけてきたわけです。ところでアフリカ王権研究の先駆といえば、フレイザーが山口先生の最初の出発点にあったことは疑いない。フレイザーのいわゆる聖なる王という概念ですね。ですが、もう一人の重要な霊感源となった学者がいる。すでにちょっと触れたレオ・フロベニウスです。先生はフレイザーの話はもういろいろされているから、今日はむしろフロベニウスとその系譜を語る方向に行きたいんです。

山口文庫にもフロベニウスの『アトランティスの神話学』(*Mythologie de l'atlantide*, Paris, 1949) が入っていましたけど、ほかにもおそらく先生が読まれたフロベニウスはたくさんあるはずです。フロベニウスはフレイザーよりむしろ早く、司祭王というか聖なる王の問題を書いてましたよね。

山口…うん。だんだん話が山口文庫のアルケオロジーのほうに向っていますね。

今福…フロベニウスのアフリカ研究におけるもっとも重要な貢献は、王権の深層にある神話的な構造への鋭敏な視点だけではなくて、やはり先生がさっき言われたパイデウマという概念の喚起力にあると思うんです。これは文化という概念に代わる概念としてフロベニウスが立てた用語ですが、これはつまりアフリカ的なものの伝承のされ方とかものの考え方とか、経験のあり方とかいったものを総体的に示しているわけで、西欧的な「文化」という概念では掴まえられない、あるいは「科学」というような方法論では捕えられない、ものを知る知り方のアフリカ的な技法のことですね。だから、アフリカには科学とか文化という概念、つまり文字を媒介にした、論理によって再構成できるような世界とは違う何かがあるということを、フロベニウスが最初に、非常に直感的に提示した。このパイデウマという概念によって喚起されるものが、山口先生にとっての非常に重要なアフリカの一つのかたちだったと思うんですけど、そのへんはいかがですか？

山口…ぼくの場合はガキの頃からこまっしゃくれたところがあるのね。浅田彰はガキの頃からこまっしゃくれてて山口なんてのは高校のときに卒業したなんてね（笑）。『図書館の学校』という雑誌に書いたことだけれど（「図書館との出会い」二〇〇〇年八月号）、中学校三年のときに戦争に負けて、知識人青年が町にゴロゴロしていて貸本屋をやっていた。そのなかで例の『ナソルぺと面』を借りたんだね。和辻哲郎の『面とペルソナ』（一九三七）を持ち主が記帳するときに『ナソルぺと面』と、するする反対書きにした。和辻のなかでも面白いものだと思った。中学三年だから結構、こまっしゃくれていたんだね。そのなかに『アフリカ文化史』が出てきて、フロベニウスってのは面白いなあという感じがあった。それで都立大の大学院で岡正雄に会って、「フロベニウスっていうのは和辻哲郎で読んだけど、面白そうですね」と言ったら、「これ読め、これ読め」といろいろ教えられた。ルーツが早いわけです。

今福…そうですね、中学三年で、フロベニウスを媒介に和辻哲郎がアフリカにおける「教養の均斉」について力説しているのに反応しているわけですから……。

山口…それで、いま七〇代になってもう一回会った。今福君の与えてくれたきっかけでジェローム・ローゼンバーグの民族詩学のアンソロジーを通して。昨年は、あれから札大の私のゼミでも遡ってエズラ・パウンドからずーっとフェノロサまでの関係をつけていくということをやってきた。だから完全に現代人類学が見逃している、そこにあって現象を動かしている精神の構造、そういうものに対する感覚を人類学は失っているから社会学に後れをとる。社会学はそういうことはやらないけど、風俗化した人間のばかばかしさについては徹底的に現象的に追っていて、宮台真司みたいな人物が出てくる。

今福…先生の「失われた世界の復権」という論文ではっきりと示されたヴィジョンは、フロベニウスがアフリカを媒介にしてヨーロッパの近代化の問題を逆照射しようとしたヴィジョンそのものですね。つまりパイデウマのような概念によってある種の直感的な構造、つまり法則性をもとにした機械論的な西洋のロジックとは違うものが、ある種の全体論、ホーリズムとして語られている。ローゼンバーグはこのホーリズム的なヴィジョンと民族詩学とを結びつけて、『全体性の饗宴』（*Symposium of the Whole: A Range of Discourse Toward anEthnopoetics*, Berkeley, 1983）という魅力的なアンソロジーを、人類学者の夫人であるダイアン・ローゼンバーグと共に編んだわけですが、このなかでフロベニウスを再発掘したわけですね。

そのフロベニウスの水脈っていうのは大きく分けて二つあるわけです。フロベニウスのアフリカ的美学から発生したホーリスティックなヴィジョンは、非常に直感的なかたちで一つはアメリカの二〇世紀詩のなかに流れていって、エズラ・パウンド、そしてウィリアム・カーロス・ウィリアムズみたいなところに行き着く。それを更にゲイリー・スナイダーやジェローム・ローゼンバーグのような現代アメリカ詩人が継承するわけですよね。

山口…それでまたぼくもローゼンバーグとは、ニューヨークのリンカーン・センター地下のブック・フェアで、エスノポエティクスの運動のなかにいた連中と話し込んでいるときに、出会っちゃっているというね。君たちの試みているのは現代の人類学が失ってしまった感受性だといった話をした。

今福…不思議な縁ですね。先生と同年生まれのローゼンバーグと、出発点のところですでに一度出会っていたんですね。ローゼンバーグが人類学者のデニス・テッドロックと二人で創刊した『アルチェリンガ』*Alcheringa* という雑誌も、まさに七〇年代のはじめに創刊された、エスノポエティクス運動の拠点でした。この運動の精神は、アルトー、ランボー、イェイツ、エリオット、パウンド、といった西欧のモダニズムの詩の系譜をふまえつつ、ユング、エリアーデ、F・M・コーンフォードあるいはK・ケレーニイ、P・ラディンといった神話・宗教学からの霊感を現代の「聖性」の喚起のために活用しました。山口先生の初期の著作に出現する固有名詞との驚くべき符合がありますね。先ほどの「エスノポエティクス」のアンソロジーでは、後に話題にしたいマックグラシャンも出てきます。更にこの運動に、演劇人類学的な野心に燃えたヴィクター・ターナーやリチャード・シェクナーらが深くかかわり、更にアフロカリビアンのフォークロア研究のエイブラハムズやスウェッド、儀礼研究のマイヤーホフ、ムーア、タンバイア、そしていわゆるプロセッシュアル・アンソロポロジストと呼ばれたダ・マータ（ブラジル・カーニバル研究）、マッカルーン（オリンピック研究）、カッフェラー（スリランカ悪魔払い儀礼研究）ら、山口先生とも深い親交をもつことになるブリリアントな人類学者たちがその外延部を構成していた。この景色を見ると、山口先生のスタートに全く重なった現象として、一方にローゼンバーグがいたことが、深く納得できます。それを、フロベニウスまで遡るホーリズムの感覚がアメリカの詩学の流れのなかで受け継がれていった水脈であると見たとき、今また札幌で、三〇年後に先生とローゼンバーグが邂逅するという出来事は、感慨以上のものがありますね。フロベニウスのアフリカが、この北国にまるで顕現したかのようです。

さてもう一つ、フロベニウスの水脈がどこに流れてゆくかというと、ネグリチュードです。アフリカやアフロカリブのネグリチュードの詩人に非常に深く流れ込んでいって、サンゴールとかセゼールによる、戦後の新しいアフリカ性というものの自立の美学あるいは詩学として花開いてゆく。フロベニウスのある論文集にサンゴールが序文を書いていますが、そのなかで彼は、感情、直感、美、アート、詩、イマージュ、神話、といった概念はアフリカ黒人においてはほとんど同義語であり、パイデウマという言葉が、そうした概念の連続体を受けとめて、人間の統合性にたいする明確なヴィジョンを提示したことを讃えています。アフリカやカリブ海の詩、この流れのなかにシュルレアリスムももちろん非常に深く入ってくるわけで、この話もあとでしたいんですけれど……。

山口…それで面白いのは、新潮社で翻訳が三〇年ぐらい前に出たマリの作家ヤンボ・ウオロゲムの小説『暴力の義務』（岡谷公二訳、一九七〇）の中に「シュロベニウス」というドイツ人民族学者が出てくるんだね。シュロベニウスはアフリカの奥地に入って木彫を買ったり神話を集めたりして「アフリカ精神」の収集にやっきになっている、という突き放した書き方をウオロゲムはしている。外部の人間にアフリカの「文化的自律性」を発見されてしまった現地の知識人の分裂した内面が描かれていて、面白かったのを覚えている。

ともかく、フロベニウスから出てきた二つの流れは、ドイツを見ていても、たとえばフロベニウスの正式の弟子であるヘルマン・バウマンなどもイギリスやフランス、アメリカなんか問題にしないけれどね。このバウマンの『アフリカ諸族の神話における天地創造と原時代』（*Schopfung und Urzeit des Menschen im Mythus der Afrikanischen Volker*, Berlin, 1963）という厚い本、これもあるとき読んでいて、どうやって使うかわからずにね、都立大学の人類学図書室の岡さんの購入したものだけどね。『両性具有』（*Das Doppelte Geschlecht*, Berlin, 1955）も入っている。ということは、両性具有と神話の関係を論じているわけですよ。概念でやっていくのではなくて、ものから文化を浮かび上がらせるというフロベニウスの方法がね、実際歩きながら、発掘しながら出てきたのが『アフリカは而して語る』。これも都立大学で岡さんのリストのなかに入っていたから、それを読んでトリックスター・エシュ神の問題に目覚めていく。

今福…そうですね。『アフリカは而して語る』に続いてフロベニウスが編集した一二巻におよぶ膨大なアフリカ民話・伝説論集である『アトランティス』（*Atlantis*, München, 1921-28）のなかで、図解入りのエシュの変容についての文章がありましたね。西欧のキリスト教宣教師たちが神の救済という概念をヨルバ人たちに教えるときに、ヨルバの神格としてのエシュを悪魔として位置づけたことによって、エシュの解釈が悪魔という西欧中世の宗教学的な概念によって汚染されてきたことを、最初に指摘したのがフロベニウスでした。そして、より両義的でトリックスターとしてのエシュの本質がアフリカ人によってさまざまに表現されていることを民話や彫刻のような造形表現から論じていますね。

山口…エシュがいかに魅力あるかたちからこういうふうな悪魔になっていくかってことも、あの本ではちゃんと分析が書いてある。それからベナンの発掘をやったのもフロベニウスだから、ものをして語らしめるという方法を新たに作り出していたというふうなところがある。だから独墺はシュミットによって代表されると誤解されているんだけれどもフロベニウス・インスティテュートの付近はちょっと違うスタンスを持っていたということが言えると思う。

そのなかからたとえば、原子物理学者のハイゼンベルクの影響で出てきた民族学者のヴィルヘルム・ミュールマンなんかね、『アリオイとママイア』(*Arioi und Mamaia*, Wiesbaden, 1955) という本ではタヒチのリバイタリゼーション・ムーブメント(メシアニズム的・宗教的活性化運動)を取り上げながら、人間が自分を相対化するためにメシア運動をいかに使ったかとか。そういうことを結構、彼らはやったんだけど、英米はほとんど無視したわけね。フランスは後にミュールマンを翻訳したけど(ガリマール社、人間科学叢書)。フランスの人類学者はその時にはもはや消化する能力を失っていたという感じがあるね。

ですから、フロベニウスのゴールデン・マップは、大きく広がっていたのにみんなに見えなかったという時期は相当長く続いた。それを復元したのが、今福君の言うようにローゼンバーグからゲイリー・スナイダーに至る運動だったと今にして言えると思う。

今福…フロベニウスのアフリカ研究を考えるとき、いま先生が言われたイギリス系の優秀であるけれどある意味で凡庸なアフリカニスト系人類学者たちの一群から見て、フロベニウスは異彩を放っていますね。そしてその系統にいるもう一人が、山口先生も「失われた世界の復権」をはじめとして七〇年代のはじめから、アフリカを論じるときに常に言及していた特異な学者ヤンハインツ・ヤーンでしたね。『ムントゥ』(*Muntu: The Outline of Neo-African Culture*, London, 1958. 邦訳『アフリカの魂を求めて』黄寅秀訳、せりか書房、一九七六)という本についてはあちこちで触れられているんですけど、ヤーンというこのドイツ人もアフリカの「もの」から出発した人ですね。文化の物質的な現れを手がかりに、ものから魂の世界、精神世界へ入ってゆくスタンスがレオ・フロベニウスと非常に共通したものをもっている。そして、より重要なのは、フロベニウスの仕事が深い部分でそうであるように、ヤーンの仕事も、アフリカに対して西欧の研究者が捏造・仮託してきた神話の破壊作業になっていることですね。「呪物」(フェティッシュ)といった概念が西欧人の思考のトレードマークにすぎない、と言ったフロベニウスを支持しながら、ヤーンが『ムントゥ』や『新アフリカ文学』でやったのは、更にフロベニウスを超えて、頭脳が西欧化してアフリカの叡知を想像できなくなった黒人知識人たちをも震撼させる、アフリカの知的伝統の復権への作業でした。そしてドイツ人のような白人が、かえってそうしたアフリカ的精神の現代的継承者になりうるというモダニズム的な確信が、ヤーンの言説の背後にあることは、いまの文脈から見ても面白い。つまり、「アフリカ」はかならずしも黒人の占有物ではないということです。

山口…そこから出てきたということを考えたことはなかったけれど、そう言われてみればそうでしょうね。ぼくのいやらしいところはね、そういう現場に大抵いるんだよね(笑)。これはカリブ海のスリナムで調査したとき、調査の形態で昔話集めてるとね、特徴的なのはね、一人が喋るとね、もう一人がそこで「その場所にオレもいた」(笑)って、かならず相槌を打つんだよね。あのときの経験が移っちゃったのかな(笑)。ヤンハインツ・ヤーンがナイジェリアで自分たちのクラブ(ヤーンがナイジェリア・イバダンで二年程やっていた芸術酒場)をやっていて、そのクラブにあるとき行ってね、イビビオ族の踊りを見ていたらね、ヤーンが帽子で投げ銭の金を集めていて金も入れた記憶があるんだよ。後になって、ウォレ・ショインカ(ナイジェリアの劇作家、ノーベル賞受賞)と会ったときにその話をしたら、「ああ、あのときオレもいたんだ」(笑)って。

今福…そこが山口=アルレッキーノの遍在性……(笑)。ともかくアフリカ研究という領域に限ったとしても、正統と異端がはっきり系譜としてあると思うんです。それから、もう一人ちょっと変な異端がいて、これは山口先生の論文のなかには出てこないような気がするんですが、山口文庫で見つけた本の一つにこのロバート・プラント・アームストロングの『源泉——神話と文化の起源』(*Wellspring: On the Myth and Source of Culture*, Berkeley, 1975)がありました。この人も考え方においてヤンハインツ・ヤーンなどと多くの共通性を持っている人だと思うんですが、その源泉にはやはりフロベニウス的感性がある。アームストロングもアフリカの美術、フォークアートから入っていって、審美的人類学の未踏の領域を切り開きかけた人ですけど……。

山口…またここでいやらしいね、イバダンでそいつと仲良かったんだよ（笑）。

今福…そうですか、やっぱりね。アームストロングはそもそもノースウェスタン大学出版局の編集者をしていた非アカデミズム系の学者で、ふつうの人類学者が彼に言及することはほとんどタブー視されている……。一時期、編集者として呼ばれてイバダン大学出版局の客員のディレクターをやっていたはずで、きっとそのときに先生と一緒だったんですね。

山口…それで、二人が合わなかったのはね、彼はね、物凄い同性愛者だったの。

今福…ああ、そうですか。

山口…ぼくはその要素があまりないからね。彼はヨルバ族のエイモス・チュツオーラの『椰子酒呑み』*Palm-Wine Drinkard* という小説のオペラ化したものを書き下ろしたりしてたんだけど、一人の少年をかわいがりすぎてね、研究所の助教授にまでしてしまった。

今福…そこまでは知らなかった。

山口…それがなかで邪魔したり……。

今福…それはありそうな話で……。

山口…それが欠点なんだよ。

今福…残念なことでしたね。でも、アームストロングも、フロベニウスが文化という硬直化した概念に代わるパイデウマという情動的な概念を創り出して考えようとしたのと同じように、「アート」とか「美」という西洋の概念がどうしてもアフリカの物質文化にうまく適合しないといって、「アフェクティング・プレゼンス」Affecting Presence という不思議な用語を創るんですね。アフェクティングっていうのは情動的に、意識に直接影響してくる何か。プレゼンスというのは「もの」のことなんですが、一種の人格的な生きた状態で、単なるオブジェじゃない。だから、プレゼンス、現前というような意味で使っていると思うんですけど……。

山口…古代日本でいえば、古代日本の語幹における「もの」、物部のもの、物の怪のもの、というふうなことになるだろうと思うけどね。

今福…そうですね。そういうものをなんとか引き出そうとする。

山口…だから西欧の人類学自体がコロニアルだからだめだとかいうんじゃなくて、西欧だってそういうものが本来あったにもかかわらずそれを削ぎ落としてね、要するにオブジェクトとしての物に還元した枠内に入るものだけしか取り上げなかったたっていうことが躓きの元だね。

ヴァン・デル・ポストとユング的系譜

今福…そうですね。だからそういうアフリカ学の異端的で非制度的な精神史の系譜のなかに山口先生は深く入り込まれていたと思うんです。そこで、『未開と文明』（平凡社、一九六九）という先生が最初に編集されたアンソロジーのことに話題を移したいのですが。この本は最近復刊されたわけですが、内容的にあまりにも以前とそっくりそのままのかたちで出てしまって……。

山口…しらけちゃった。

今福…確かにもうちょっと工夫して、アクチュアルな文脈を付け加えて編集すれば面白いのに、と思いました。『未開と文明』は、山口先生にとって決定的に重要な「失われた世界の復権」という文章が掲載されたということでももちろん特筆すべき論集なんですが、今日はここに収められた一〇編の論考についてちょっと伺いたいんですね。

山口…ああ、それはいいね。あの復刊で本当にぼくがフラストレーション起こしたのはね、要するにあの本のインパクトばかりじゃなくて、あのときにあの問題を出してそれが今にね、問題を先取りしたということをちゃんと指摘することなしに再刊したということ。

今福…まさに一つの知的エポックを開いた論集の復刊には、そういう編集上の仕掛けが必要ですね。

まず一つぼくが考えているのは、結局、今度の『山口昌男著作集』を編集するということは、ある意味ではあらたな視角で山口アンソロジーを編むということだという点です。網羅的にではなく、あくまで山口先生の文章を精選していくつかのテーマにまとめていきながら、そこに新しい知的な文脈を発見してゆくという作業こそ、まさにアンソロジーの視点です。そしてその山口先生自身が仕事の出発点の一つとしてアンソロジーを編まれているということ、この事実を、ぼくはいまの自分自身の問題として重く受けとめているわけです。そうなると、やはり三〇年ほど前に山口先生が編まれたアンソロジーの精神がどこにあったのか、ということがとても気にかかるんです……。

山口…ぼくは、先日NHK学園のシンポジウムに合わせて作られた冊子を見て、今福君が非常にアンソロジー作るのうまいなあ、と思ってね。今福君がぼくに呼応した部分がね、非常にうまく位置づけられながらアンソロジーを作っている。あれはどこから出てきたのかと思ったらぼくから出てきてるところもあるんだね（笑）。それで最近、松岡正剛の編集文化論みたいな本の解説書きながら思ったんだけれど（『知の編集工学』朝日文庫、二〇〇一）、記号学の世界でもガラクタと蒐集というようなことをこのところ問題にしている。けれども、蒐集という行為の根源的な意味については、ずいぶん前から知らずに自分でやってきてるんだと気がついてね。要するに、まだそのときは問題になっていない問題を集めることによって、後世にインパクトをもたらす体系を作ることができるんだというね。そのとき通用する体系は作らないように努力してきたようなところがあると、自分でも言えるね。

今福…そうですね、体系化される前の、ゆるやかに繋がった問題意識の所在を示すのが最も良質なアンソロジーの思想だと思うんです。だから今度の山口著作集のなかの一つの巻の解説で、ぼくは「アンソロジー」という思想的方法論そのもののことを書こうと思っています。それを中心のテーマに据えて。山口先生のアンソロポロジー（人類学）のずらし方の一つは、駄洒落のようですが、アンソロポロジーをアンソロジーにずらし、変容させる思想とかなり本質的にかかわっていると思うんです。そして山口先生のアンソロジーの思想とは何かを考える非常に重要な素材はやはりこの『未開と文明』です。『未開と文明』の読み方はいろいろとあるでしょう。収録された文章全体の思想的な見取図は「失われた世界の復権」という解説がダイナミックに示しているわけで、それをいま繰り返すよりはむしろ、ちょっと違う視点で、ここに収められた一〇編の選び方にかんする問題意識について伺いたいと思います。

ぼくの関心から言って一番面白いのは、この本は三五〇頁ぐらいの本文があるんですが、そのうちなんと八〇頁、つまりほぼ四分の一に近い分量が一つの文章に当てられているということです。それがローレンス・ヴァン・デル・ポストの『狩猟民の心』*The Heart of the Hunter* という本の一部抜粋です。ぼくはこれがまず、すごく気になるんです。一〇編あるアンソロジーのなかで、全体の四分の一を一編に割り当てるというのはふつうアンソロジーの発想としてはあまりやらないし、やったとすればそれはとてつもなく根幹にあたる論文とか、そういうものをふつう入れると思うんですね。ところが『未開と文明』のラインナップからみても、あるいはアフリカという視点からみても、ヴァン・デル・ポストという作家の位置づけは非常にマージナルだと思うんです。いまでこそ日本でも多少知られるようになって、十数年か前には思索社から数巻の著作集も出たし、坂本龍一が主演した映画で……。

山口…あの大島渚の映画「戦場のメリークリスマス」の原作者がヴァン・デル・ポストだから……（『影の獄にて』）。

今福…ええ、まあそういうこともあって、ヴァン・デル・ポストの名も少しはポピュラーにはなりましたが、でも映画のあとはまた忘れられてしまったところもありますね。この二〇世紀の重要な作家・思索者の全貌は知られずじまいでした。ぼくは何度か自分の文章にもヴァン・デル・ポストが自分にとっての極めて重要な霊感源になったことを書きましたし、山口先生もいろんな場所で書かれているわけですが、その関心の出発点がこの『未開と文明』での例外的なヴァン・デル・ポストの取り扱いだったように思います。

ヴァン・デル・ポストは確かに一般的な定義づけからいえば人類学者ではないし、しかも南アフリカという、山口先生のアフリカとの経験的なかかわりから言えば、ブラック・アフリカからも少しずれた、やや特殊で辺境的なアフリカを背負っている人ですね。南アフリカはボーア系（オランダ系入植者）、イギリス系、アフリカの孤立した部族など、いろんなものが入っていってしかも長いあいだ政治的にはアパルトヘイトの問題があり、アフリカのなかでも突出してプロブレマティックな場所でした。そしてヴァン・デル・ポスト自身もそういう問題に生い立ちを含めてかかわってきている人だから……。

山口…ぼくもヴァン・デル・ポストをあるとき追ってみたら、結構面白いのはスイスに来て、あのエラノス会議〔ユングの思想を基盤としてスイスのアスコナで開かれていた学際的会議〕で講演をしているのね。で、講演のテキストの入った本を大山堂書店〔本郷赤門前の古書店〕で手に入れたことがあるんだけど。

今福…エラノスでヴァン・デル・ポストがやった講演が翻訳されて平凡社のシリーズにいまも入ってますね〔「原始アフリカにおける創造的パターン」『創造の形態学』エラノス叢書10、平凡社、一九九〇〕。

山口…牛山純一さんの映像記録センターがヴァン・デル・ポストが作ったスケープゴートの映画を上映して見せてくれたことがあったの。これはヴァン・デル・ポストの自伝的な映画で、背中に瘤のでる弟を常にスケープゴートにして育ってきたと。自分がインドネシアなんかで受ける責め苦は、むしろその問題に対するある種の自分の責任のとり方の問題になってきている、ということから、人間社会というのはスケープゴートを作りながら自分のアイデンティティを再編しているところがあると。このスケープゴートの問題を正面に据えながら、現代の人類の問題を考えなくてはダメだということを力説しているフィルムがあるんだね。

今福…そのフィルムは観ていませんね。ぼくはアフリカについて撮っているドキュメンタリーはいくつも観ているんですが。ところで、山口先生はある意味で学問的な文献研究というところからアフリカに入ったわけですが、その過程のなかでヴァン・デル・ポストのような思索者がいつどのようにして射程に入ってきたか覚えておられますか。

山口…ヴァン・デル・ポストのいくつかの作品をペリカン・ブックスで読んで、面白いなあと思ったら、佐藤喬《たかし》さんという慶應の先生がね、ヴァン・デル・ポストの『カラハリの失われた世界』を翻訳して出した（『現代世界ノンフィクション全集第9』佐藤佐智子共訳、筑摩書房、一九六六）。それで昔、ヴァン・デル・ポストを日本に連れてきた森勝衛船長という大阪商船の船長の話を知って、えーっと、ウィリアム・プルーマー……。

今福…はい、イギリスの詩人・作家のプルーマーと一緒に若いときに来日したんですね。

山口…ナイジェリアのジョス高原に行って泊まったときに、スイスの人類学者がこれ面白いから読んだほうがいいよと言うんで、ウィリアム・プルーマーの自伝『二重生活』（*Double Lives*, Edinburgh, 1950）を読んで、これは面白いと。ヴァン・デル・ポストと一緒に来て日本に滞在して外国語大学の先生になって、それで森船長のことも書いてある本なんだよね。だから、そのあたりからヴァン・デル・ポストに関心が向いていった。

今福…ああ、そうすると、プルーマーの本を仲立ちにしてヴァン・デル・ポストへの関心が広がったという……。

山口…そういう感じだと今思うんだけどね。

今福…六八年にこの『未開と文明』を編集したときにヴァン・デル・ポストにこれだけのページを割いたっていうのは、山口先生にはかなりの意図があったと思うんですけど？

山口…“The Lost World of The Kalahari”

今福…『カラハリの失われた世界』ですね。

山口…これはもう人類学者の失われた感受性と、自然に対する憧憬の目がね、文化の根源に対する眼だというふうなね、人類学者の記述からどんどんどんどんこぼれてしまうものを拾い上げている。その頃はぼくはまだかわいい少年だったから、すべての事物は風の変形したものだというブッシュマンの言い方に惹かれて、「風立ちぬ」（笑）、つまり「南アの堀辰雄」だって思ったという非常にナイーヴなところを告白するけどね。

今福…その評価には共感しますが、でも、いまのプルーマーの本の話からすれば、ナイジェリアに行って帰ってきた後ですよね、先生がヴァン・デル・ポストの存在を知ったのは。だとすればそんなにナイーヴな少年でもなかったんじゃないですか（笑）。

山口…そうだねえ、めちゃくちゃ、ごちゃまぜということにしておきましょう（笑）。

今福…ともかく、ヴァン・デル・ポストに先生が直感的に感じられたもの、それは『未開と文明』の核心を貫いているもので、それはまた「失われた世界の復権」という論文をも貫いている。山口先生のアフリカというものの原型をつくった「始原」という言葉にはいろんな系譜があると思いますけれど、でもやはりエリアーデ、更に遡ればユングにたどりつく。そしてヴァン・デル・ポストは、アフリカ民族誌のような文章を書いたり、映画を撮ったり、南アフリカに生まれてブッシュマンの乳母に育てられながらボーア系の家庭で英国的な教養を深く身につけ、太平洋戦争のときにはオランダ領東インド（インドネシア）において日本軍の捕虜になったりしましたが、思想家としての核心部分には深いユング的感性がありました。探検家としてニヤサランドを踏破したりして物理的な外的世界に尽きない関心を持っている一方で、現実は夢の反転、夢の夢見に過ぎないというユング的感性を深い自己内面に投影させて思索していた。こうした彼の複雑な世界観にぼく自身も非常に関心を持って、ヴァン・デル・ポストが日本に来たときには講演会に行ったり、映画上映会に行ったり……。

山口…ああ、そうなの。ぼくは日本では会ったことがない。

今福…七〇年代の終わり頃、駒場で由良君美さんがヴァン・デル・ポストを呼んで講演会をやったんです。そして講演が終わった後、聴衆のなかで唯一手を挙げて、じかに英語でヴァン・デル・ポストに質問したことを憶えています。確かそのときは、カレン・ブリクセンのことをヴァン・デル・ポストに聞いたんですよ、いろいろと。たぶん、アウトサイダーとしてアフリカを内面化した人間の系譜について質そうとしたんだと思います。ところが質問の意図が通じなかった（笑）。

山口…違った世界なんだね。

今福…というより、基本的にぼくのブッキッシュな表現に面食らったのかも知れないんですけど。しかもドキュメンタリー作家として知られていたヴァン・デル・ポストが日本で受けてきた質問とまるで違っていたんだと思うんですね、あまりにもマニアックで。ところが由良さんにはぼくのポイントがわかったみたいで助け船を出してくれて、由良さんがぼくの質問を嚙み砕いてもう一回ヴァン・デル・ポストに伝えて、それをヴァン・デル・ポストが解釈していろいろと答えてくれたんです。残念ながら、教室でのやり取りだけで終わってしまったので深い話はできませんでしたが、個人的に話し込んでいれば、彼の内面についてある感触がもてたと思うんですが……。まあ、ともかくそんなことまでするほどヴァン・デル・ポストの著作に一時期ひどくのめりこんだことがありました。

山口…ああ、そこまで。それは知らなかった。

今福…ぼくは『カラハリの失われた世界』とか『内奥への旅』とかいったアフリカをテーマにしたノンフィクションから入っていったんですが、その先で突き当ったのがヴァン・デル・ポストとユングの非常に深い関係です。そこで彼の書いた『ユングとわれらの時代の物語』（*Jung and the Story of Our Time*, Penguin Books, 1978）というタイトルでペンギンから出ていますが、特異なユング論にまで進んで行った。

山口…その頃になったらぼくは全くヴァン・デル・ポスト追ってないから、それは知らないんですよ。

今福…そうですか。でも要するに「始原」という、山口先生がおそらく『未開と文明』を編集されたときに最も強力なキーワードとして採用した用語は、ヴァン・デル・ポストがユングとのかかわりのなかでさかんに使ってきたものでもあったわけですね。もちろんエリアーデも『未開と文明』に入っているわけですけど、そこにヴァン・デル・ポストがあって、そしてマックグラシャンの「野蛮で美しい国」がある……。

山口…ああ、アラン・マックグラシャン。あれもその後、行方不明のイギリスの思想家ね。幻の如く現れて幻の如くその行方がわからないという種類の著者だね。

今福…謎めいた人ですよね。英国陸軍航空隊のパイロットを辞めてユング派の精神分析医としてロンドンで働いていたようですが、書いたものが既存の学問的・著述的ジャンルにうまく収まらない。

山口…彼もユング系だってことはわかるんだけど、その前後は何してたか全然わからないからね。

今福…ええ。だからこの始原的なリアリティをめぐるユング的な影響・投影関係というものを、『未開と文明』は、精神分析の視点からユングを持ち出すのではないかたちで、ユング的な系譜の別の一つの可能性として、捉えていると思うんですよ。だからある意味では学問的な論考がたくさん入っているはずのアンソロジーのなかに、ヴァン・デル・ポストやマックグラシャンという、非常に想像力豊かでクリエイティヴな書き手が、かなりのスペースを占めて入ってきているというのも、理にかなっている……。

シュルレアリスムとアフリカ

今福…さて、異端的アフリカニストについてずっと話してきましたが、話を少し展開して、シュルレアリスムとアフリカの関係について考えてみたいんです。フロベニウス的感性が二〇世紀のシュルレアリスムのほうに流れるきっかけをつくった存在として、マルセル・グリオール、そしてミシェル・レリスがいると思うんですが、こういうフランス系のアフリカニストはイギリス系のアフリカ研究者と全く違う。アフリカに参入していった動機が根本的に違うと思うんですね。いわゆるフレイザー流の理論的な王権研究とも切断されている。一つ重要なのは、グリオールやレリスがアフリカに行ったのは非常に現実的な要請に基づくもので、いわゆるパリのトロカデロの民族誌博物館（のちのミュゼ・ド・ロム）の収集品が必要だったということがありましたね。

一九三一年から三三年まで続いたダカール＝ジブチ調査団というグリオールが団長の調査隊は、トロカデロ民族誌博物館の収集品を集めるという一つの重要な目的からはじまった。アフリカの伝統社会の急激な変化によって消滅や散逸のおそれがあった神像や仮面など、まずアフリカの物質文化を収集しようとしている。社会構造や政治組織の研究といったイギリス系アフリカニストの動機づけと全く違って、アフリカ的なモノの世界を探求し、その収集成果をまずは植民地主義的な「驚異の部屋《ヴンダーカマー》」の発想に根をもったトロカデロ民族誌博物館に収蔵するという目的で行っているわけです。グリオールはその調査隊のリーダーだったのですが、面白いことに、結果としては最もモノの世界から遠いドゴン族の神話に没入してしまった。それぞれの参加者にはもちろん、それぞれの研究目的があったわけですが、調査の形式上は物の収集から入っていったというところが、これらフランス系のアフリカニストたちの面白い出発点だったと思うんです。

当時のアフリカン・アートとシュルレアリスムの関係が、こうしたフランス系の民族学者の動きの背景にあるわけですが、グリオールやレリスみたいなアフリカニストの流れについての先生のお考えを伺いたいんですが？

山口…非常に大きな問題になってきたけどね、矮小化した段階で言ったのは、イギリスのアフリカニストのメアリー・ダグラスが『アフリカ研究雑誌』*Cahiers d'Études Africaines* に書きましたが、イギリスとフランスでは似たような地域を扱っていてもどうしてあんな違ったアフリカ像が出てくるのか。イギリスではマイヤー・フォーテス、ジャック・グッディみたいな親族組織を中心に骨格を描いていくというかたちになったけど、フランスは非常に神話的なものを中心に再現した。このことをメアリー・ダグラスは、映画でいえばプロジェクターとスクリーンに投影された像の違いだというんです。イギリスのアフリカ研究はプロジェクターであって社会のメカニズムは見えるけどその結果、投影された像は見えてない。一方、フランスのは投影された像で、次々と像が出てくるけれど、それがどういうメカニズムによって投影されているのかということがわからない。だから両方が極めて違った原理の上にある、というなかなか鋭い説明をしているわけです。

　で、アフリカに対する、いま今福君が言ったような、まず物という関心はこれは時代的に位置づける必要があるのかもしれない。コレクションが持ち帰られてそれが流行になったきっかけとして、モディリアーニとかピカソとかそういうキュビスムからはじまって、それから今度、バレエ・スエドワ（スウェーデン舞踊団）が、ブレーズ・サンドラールのアフリカ詩のアンソロジーに依って『天地創造』（一九二三）を上演した。ダリウス・ミヨーの作曲で、フェルナン・レジェの舞台だった。

今福…サンドラールの『黒人詞華集』（一九二一）は、今日この対話のために一九二七年の美しい装幀の英語版（*The African Saga*, New York: Payson & Clarke, 1927）を持ってきました。

山口…そういうふうな流れを作っていく。そのアフリカ版オリエンタリズムがディアギレフのオリエンタリズムと繋がった。そこからはじまって今度一人一人が、コレクションの対象になるような物は集めるんだけど、それに参加している人たちは幻想で頭がいっぱいな人間ばかりというね。その典型的な例がモースの学生でグリオールの協力者だったジェルメーヌ・ディーテルラン。『バンバラの宗教』（*Religion Bambara*, Paris, 1951）という本でバンバラ族のことを書いたりしたディーテルランがそれに加わっている。それから、その時代の小説や映画もピエール・ブノアという小説家が書いた『アトランティード』（永井順訳、世界大衆小説全集6、小山書店、一九五五）（*L'atlatide*, 1920）とか、そういうものを中心に多かった。

　それで、それに対して、イギリス人は絶対に、自分の息子が国のために死んだんだって、おくびにも悲しさは出さないでしょ。ところがフランス人は大騒ぎするからね。ディーテルランは、息子がバイオリンの名手になるはずでジャック・ティボーの愛弟子だった。ディーテルランは銀行家の夫人で大変な金持ちだった。ところが息子が夭折しちゃった。嘆きのあまりに身を投じたのが要するにグリオールの人類学だったというね。われわれの人類学だったらそんなものが近寄ってくるなんてありえないけどね。

　ところでこのあいだ、千葉市美術館に「ミニマル・マキシマル」という展覧会を観に行ったら学芸員の藁科英也氏が近寄って来て、一九三〇年代後半にパリの岡本太郎がモースのところにいく数年前に中谷宇吉郎の弟で考古学者の中谷《なかや》治宇二郎《じうじろう》という人がモースの講義を聴講し、フランス語で縄文文化について論文を書いていたということを教えてくれた。

今福……ああ、それはバタイユやレリスがブルトン・サークルから離れてあらたにアートと人類学の感性を繋ごうとして出した雑誌『ドキュマン』*Documents: Archéologie, Beaux-Arts, Ethnographie, Variétés* に載ったものですね〔Jiujiro Nakaya, "Figure Néolithique du Japon" という題で一九三〇年の第二巻第一号に出ている〕。シュルレアリストと民族学・考古学との接触の空気は、パリに留学した若き日本の官学の考古学者も巻き込んでいて、これが戦後の岡本太郎の縄文文化再発見の一つの伏線になっているわけですね。

さて、民族誌的なシュルレアリスムにおけるアフリカのオブジェの意味についてもう少し話したいのですが……。

モノの収集をめぐって

山口……ここで問題になってくるのは、いわゆるモノを求めて人類学者がアフリカに入っていったダカール＝ジブチ調査隊のようなものが出てきた背景なのね。アフリカのオブジェの収集に関しては、非常に早い段階でどこに何が出てくるかということを画商が全部押さえてネットを作ってしまっている。フランスの場合はそういうふうに収集したものをミュゼ・ド・ロムに集めた。ぼくはアフリカの調査の帰りにミュゼ・ド・ロムに寄って三カ月ぐらい出入りをしたことがある。ドラヴィネットという女性の研究部長が物を管理していて、鍵をくれた。人類学者のダニエル・ド・コッペが紹介してくれたから、ルロワ＝グーランを訪ねていったら、彼がドラヴィネット女史に、ムッシュ・ヤマグチはぼくの友人の研究者だから、サポートしていろんな便宜を図ってくれと言ったので、倉庫に入る鍵をくれたの。どういうふうに集められていたか、それがどういうふうに記録されていたか。ぼくは、瓢簞の調査をやってその調査の結果を見せたから、ルロワ＝グーランも大変喜んで、こういう図像認識のパターンを人類学からやったのははじめてではないかといって、彼のやった南シベリアでの論文をくれてね。博物館にも出入り自由になった。

ともかくこうした収集品は、コレクターと博物館を相手にしている商売人が見事に作りあげたルートのなかでしか浮上しないようになっていたんだね。このルートを外れては、そもそもこうした世界に入っていきようがない。そういうふうな過程で作られたのがダカール＝ジブチの収集品であった、という側面もあるのね。だから博物館に陳列されたオブジェの美しさやエネルギーに魅せられてアフリカに憧れているだけではなかなかわからない部分がここにある。

今福…背後にあるそうした収集の市場システムの問題まで含めて、アフリカのオブジェの意味を見極める必要があるということですね。フランスのアフリカを中心とした植民地との関係っていうのはやはり、一筋縄ではいかないものだったと思うんですよ。だから物質的な、マテリアル・カルチャーの体系的な収集という問題にしても、フランス植民地主義の文化的な意味で強靭な部分、単に政治的に植民地化していくというだけじゃない、したたかな文化的側面ですね。異文化を一つのモノの体系的な表象として収集、展示するという。

山口…図形的に吸収するというのはジャーナリズムがやっていてね、一九世紀後半に『プティ・ジュルナル』という週刊誌があった。これは表紙がカラー刷のエッチングで、フランスの進出していく過程を、ダホメならダホメの細部まで描いてどんどん出してるんだよ。ぼくはそのうちの二部か三部持ってるけどね。そういうかたちで物を細部まで引き付けている、憧れではなくて。それを組み込んでいくような、やっぱり一種の世界の再編成みたいなことをやってるんだね。

今福…ミュゼ・ド・ロムの収集品というかたちでフランスに持ち帰られたいろんな物が、現実には人類学的資料として意味付けられて役に立っている側面がもちろんありますけれど、もう一方で非常に多くの芸術家を視覚的に刺激して、それでキュビスムからシュルレアリスムにいたるプリミティヴィズムの感性というものが開花していく。

山口…それで不思議なのは、ベルギーのルーヴェンの美術館は収集品は多いのにそういうふうに芸術家を刺激することにならない。ミュージアム自体をブリュッセルから離れた公園のなかに作っちゃったからね。完璧なコレクションであって、よく整理されているんだけど、人々の想像力をあまり刺激しない。近くにはナポレオンのワーテルローの敗戦のパノラマ的な所があって、みんなそっちのほうに関心を持ってしまう。

今福…アフリカ的オブジェの展示の形式の違いでしょうか。ベルギーはどういうふうになっているんですか。博物館というかたちにならない？

山口…いや、博物館だけれど、むしろ陳列場という性格のほうが強い。

今福…なるほど、ただの陳列場になってしまう。

山口…フランスのミュゼ・ド・ロムはテーマ主義を貫いているからね。いろんな人間に依頼して、「死」について再構成した展示というように……。

今福…そうするとやっぱり本で言えば、羅列するだけのふつうの図書館と山口文庫の違いみたいなものですね。

山口…どっちを誉めすぎになるかわかんないけどね

（笑）。

今福…山口文庫という山口先生の本の収集形式のモデルにヴァールブルク文庫があるわけですが、いまミュゼ・ド・ロムに三カ月も潜り込んでいたなんて話を聞くと、やっぱり先生が物質文化の展示ということを考えてこられた一つの原風景がどこにあるのかが気になりますね。山口先生はアメリカで出た論集『文化を展示する』（*Exhibiting cultures: The Poetics and Politics of Museum Display*, Smithonian Institution, 1991）に論考を寄せていますが、そこではある「モノ」がもともと置かれていた状況から取り出されることによって文化的な関係性に変化をもたらすことを、日本の「見立て」や「風流」、あるいは「造り」といった特異な文化的表象の方法に依りながら論じられていましたね。ところが西欧近代の文脈になると、モノの収集の体系性というか、展示というイデオロギーがあからさまに見えてくる……。

山口…ぼくは展示見てるよりもね、舞台裏たる倉庫のなかに入っていくのが好きで、初期の物は面白くても記録がないとかね。

今福…展示にまだなってないところですね、倉庫の。

山口…そういうようなことも見てね、舞台裏の面白さというのを逆に感じてしまう。

今福…それは重要ですね。展示が一つのシナリオに合わせた仮構的な表象でしかないということは、舞台裏の混乱を見ればすぐわかることですから。それは料理を見てから、料理が調理されるキッチンを見たときの眼差しと似ていますね。ぼくも完成された料理そのものより調理場の渾沌のほうが好きなんです。先生も倉庫にこもって、展示場のイデオロギーを相対化する視線をすでに身につけていた……。

ブルトンとレヴィ＝ストロース

今福…ともかく、そういう人類学的なオブジェが並べられることで、学問の文脈を離れたところでアーティストを刺激していったというのは非常に面白い流れですけれど、ブルトンはその渦中にいた人ですね。ブルトンはまさに、ダカール＝ジブチ調査隊をはじめとしてフランス人類学が良くも悪くも植民地から取り出してきたオブジェを別な文脈に置き替えて、美的なイマジネーションの対象に置き換えていった中心人物ですね。

山口…そのエコーがブルトンを通して瀧口修造にも現れて、終戦間もなく『みづゑ』を瀧口修造が編集して、プリミティヴ・アートみたいな特集をやっていますね。

今福…ええ、まさに日本もそういう流れでアフリカ美術を受けとめていった。最初からそれは人類学的な資料というよりは、フランス経由ですでに審美的に意味づけられたかたちで入ってきた。ただブルトンのようにそれを純粋に美学的な対象として脱人類学化するという傾向には問題もありました。レヴィ＝ストロースもはじめはそうしたシュルレアリストの世界とすごく近しいところにいて、彼のニューヨーク時代の日誌なんかを読むと、エルンストらと一緒になって、ニューヨークのアフリカやオセアニア、北米インディアン美術を扱う骨董屋で珍しい出物を競争するように買っていたらしい。更に美術館が重複している収蔵品の一部を売りに出すという情報があると、先廻りして美術館の保存室に行って品定めし、そこで選んだものが数日後には骨董屋の店先に現れる、というようなこともあった。そしてアメリカから帰ったレヴィ＝ストロースは、一時ミュゼ・ド・ロムの副館長にもなっています。

ところがレヴィ＝ストロースは、のちにブルトンが『呪術的芸術』（一九五七）という重要な本を作ったときに、民族芸術に関してブルトンとの考え方の違いを鮮明に出していますね。ブルトンはこの本のためにいろんな知人に部族の仮面などの写真を送って、どれが最も呪術的か訊ねるというアンケートをやったんですね。レヴィ＝ストロースにもそれが送られて来た。ところがレヴィ＝ストロースはそのやり方に違和感を持ったわけですね。つまり彼にとっては、「呪術的」というのは民族誌的な文脈のないところでとらえられるものではなくて、その背景には非常に重要なエスノグラフィックなコンテクストがある。呪術的とは審美的な指標ではなく、民族学的な指標にほかならない、ということですね。ブルトンが審美的な立場から呪術を再定義しようと強いるのならば、自分としてはこんなアンケートには答えられないと言って、レヴィ＝ストロースはそれをつき返す。ところがブルトンはしつこくレヴィ＝ストロースにもう一回アンケートを送ってきた。そこでレヴィ＝ストロースは、彼の七歳だった息子にやらせようということで、息子が子供の直感でこの仮面は一番呪術的だとかいって面白半分に答えたアンケートをブルトンに送り返した。ブルトンはレヴィ＝ストロースが自分でやらないで息子にやらせたっていうんで、苦々しく思い、だけどレヴィ＝ストロースにやられっぱなしじゃ、というんでその『呪術的芸術』が出たときに、アンケートに協力してくれた人々への謝辞が出るわけですが、そこにレヴィ＝ストロースの息子の名前だけを入れたという（笑）話をレヴィ＝ストロース自身が『遠近の回想』で語っていましたね。

ブルトンのようなアーティストと、レヴィ＝ストロースのような人類学者との部族芸術のオブジェにたいする判断の相違が面白く出ている挿話ではありますね。

山口…レヴィ＝ストロースとラディカルな芸術運動の関係っていうのは面白い。レヴィ＝ストロースがぼくに言ったのは、近代におけるラディカルな芸術運動の発端の一つになったサティの『パラード』（バレエ・リュス、一九一七年初演）がパリで初演されたときの大騒ぎのなかに自分はいたと。そのときに九歳ぐらいで、少年としてね。だからそうした前衛的な芸術が生まれる場に立ち会っていると言うけれども、実験的な映画はたとえば安部公房の『砂の女』までは認められるけど、それ以後は認められないと。そういう保守的なことを言うときもある。ところが、ジャン・プイヨン（フランスの哲学者、人類学雑誌『ロム』の編者）があるときパーティで、レヴィ＝ストロースの絵を見せてくれたの。そうしたら、ほんとにシュルレアリスティックな絵なんだね。何かの塊のなかから無数の手が出ている絵を克明にデッサンしている。これがレヴィ＝ストロースの絵だなんて言われなければ、精神病患者の絵かなと思うかもしれない。レヴィ＝ストロースの絵だよ、と言われてその席にいる人は吃驚《びっくり》した。自分がそれに捉えられるような強い妄想を内側に持っているから、かえってそれに拒絶反応をするということなんだね。

今福…たしかにそうですね。ともかくレヴィ＝ストロースとブルトンは、もともとマルティニックに行く船の上ではじめて出会って、ナチスを逃れてアメリカに同じときに渡っている。そこから二人の交友がはじまっていく。人類学とシュルレアリスムとの深いかかわりを集約する一つの交友関係として、レヴィ＝ストロースとブルトンの蜜月がある。しかし、そこには亀裂も隠されていて、ときにそれが先ほどのような挿話のなかで露呈する。フランスにおける人類学とアートは、そういうふうに非常に複雑な関係のなかでアフリカ芸術とつきあってきたと思うんです。このあたりはほとんど英米の人類学やアフリカニストにおいては表面化しない部分で……。

異人にとってのアフリカ

山口…アフリカについてはむしろ、文学や芸術の領域で面白い例がいくつもある。小説ではたとえば『ミスター・ジョンソン』（*Mister Johnson*, London, 1939）や『馬の口』（*The Horse's Mouth*, London, 1944）を書いたジョイス・ケアリーというアングロ・アイリッシュの作家にはナイジェリア経験があるからね。『ミスター・ジョンソン』は何でもかんでも白人の真似をしたがる優秀なアフリカ人が、最終的には悲劇に終わるという話をいじわるでなく悲劇として書いている作品。それから『馬の口』はそういうふうにたがが一回外れてしまった人間が、イギリス社会で芸術家だったら、どんなふうにボタンのかけ方が違ってくるかということを書いた。そういう人間が一方ではいる。

それから、日本でも上演されたけど、キャリル・チャーチル作の『クラウド・ナイン』*Cloud Nine*（松岡和子訳、劇書房、一九八三）という芝居がある。これがケニアにおける植民地官吏の一家の話で、そのなかにおいて子供はゲイとして育つ。それがイギリス植民地が終わって、ロンドンに帰ってもゲイとしてしか生きていけない。周りに起こる不思議な雰囲気、植民地経験が逆にイギリスのなかにどのくらい深い影を落としているか、ということを描いたなかなか面白い作品なんだね。

それにアフリカに対する恐怖ね、抑圧しながら積もった恐怖がデヴィット・リンチの映画『エレファント・マン』（一九八〇）に現れているでしょ。あの『エレファント・マン』では、母親がアフリカの象に踏みつけられる、それで生まれた息子がエレファント・マンという奇形の子供になってしまったというかたちで、間接的にアフリカを植民地に持った側がいかにその経験によって内側から侵されていったかという暗示が込められた話になっている。

また、カレン・ブリクセンと同じように当時のイギリス植民地の東アフリカで実際に小説を書きはじめたエルスペス・ハクスリーという女流作家はね、『ティカの火炎樹』（*The Flame Trees of Thika: Memories of an African Childfood*, Penguin, 1959）で植民地に住んだ人間の幻想を交えた奇妙な感覚、それから中途半端な宙吊りの感覚を描いている。いろいろ面白い経験はイギリスにもあるんだけれど、そういうものからイギリスの人類学が学んでる気配はあまりない。ぼくはなんとなく面白いから積極的にそういうものを読んでいた時期があるけれど。

今福…カレン・ブリクセン（イサク・ディーネセン）といえば、彼女の本を手に入るかぎり全部集めて、自分のなかに一種のアフリカ幻想みたいなものを掻き立てて、たまたま一九八〇年にケニアに行く機会があって、ナイロビに着いて真っ先に「カレン」という名の郊外の丘に登ったことがありました。この丘がカレン・ブリクセンと夫の大きな屋敷があったところで、いまもカレンという地名がついて残っています。ナイロビでも一番いい地区の一つらしいですけど、いきなりそこに行くっていうんで、なんでそんなところにいきなり行くんだって周りから不審がられたんですけど。

ブリクセンはデンマークですけど、山口先生は『アフリカの神話的世界』を書きつつ、同時にブリクセンとアフリカのことを『本の神話学』で書いているわけです。いま、イギリス系の作家のなかにも同じようなポジションの人がいたという話を聞いたんですけど、西洋人の多様なアフリカ経験ということを山口先生ははじめから追いかけていましたよね。

山口…追いかけるというよりも、なんかこう全身の感覚で受け止めながら楽しんでいたという感じがあるね。

今福…最初から「アフリカ」というものをネイティヴなものとして限定する視点がないんですね。「ネイティヴ」という概念は、人類学にとってはある種のオブセッション、つまり抑圧的な一つのスタートなわけです。アフリカの部族文化というものをネイティヴ・カルチャーとしてまず想定しなければ、人類学はアフリカに参入し、アフリカを問題化できない、という思い込みです。しかし山口先生にとっては、むしろ西洋人によって幻想されたアフリカ自体も、いわばネイティヴなアフリカと共振し、重なり合っている。南アフリカの白人であるヴァン・デル・ポストにも、そうした二重性がありますね。ブッシュマンへのアプローチにしても、ネイティヴな部族文化にたいして彼のなかにはロマン化の動機があるわけでしょう。

山口…うん、だから、特に日本語の翻訳になって出たときにギリシア的な叙述を全部消してしまった。それについてはぼくは批判的に書いたけどね（『カラハリの失われた世界』『人類学的思考』）。

今福…それは翻訳者の側が逆にネイティヴ・カルチャーへの信仰を、翻訳のなかで過剰に読み込むことで、原著の物語性の広がりを規制してしまった例ですね。

山口…だからこんど逆に、ヴェルナー・ヘルツォーク（ドイツの映画監督）のね、『緑のアリが夢みるところ』（一九八四）、ああいう映画を観たときには驚きだったね。ヘルツォークというのは問題が多い人物であるけれど、オーストラリアの原住民が持っている神話的な現実というね、それからそれに対応するようなアリのシンボライゼイションみたいなものを映画で描いて、ウラン鉱の問題と対比しながら作品にした。これはすごく斬新で大胆なことです。それから『カスパー・ハウザーの謎』（一九七四）ね。あれも最後のほうになるともうコンテキストと関係なく、荒れはてた高原みたいな光景をざーっと描いていく。サハラ砂漠の夢のような光景も出てくる……。

今福…エキゾティックな世界に対する陶酔の感覚は一貫してますね、ヘルツォークは。特定の場所が、人間に幻想的な能力を媒介にして力を与えてきたという歴史を、彼はいつも考えているような気がしますね。

山口…そのものの世界を使いながら、何か違った世界を描こうとするところがあって、南アメリカ大陸が舞台の『アギーレ、神の怒り』（一九七二）を見ても、要するにタイタンと言われるような巨人、この世のなかに収まりきらない人間を新大陸の未知の密林環境のなかに置いておくとどうなるかということ。娘と近親相姦してでも世界を支配するような人間を描く。芸術的な切り方がうまい人間で、クラウス・キンスキーみたいな役者を見事に使いこなしてゆく。オペラ劇場を作るために密林からゴムを採取しながら船で山を越えようとするとか（『フィッツカラルド』一九八二）。植民地過程は悪いことだというふうな前提では考えつかないようなイメージの作り方をしていく。それが廃墟に終わっても、幻想に向って突進していくという、このヨーロッパ的なイマジネーションの力にはやっぱり驚きを感じることは確かだね。更に、これら南米を舞台にした映画を撮りながら、主役のキンスキーがロケ中にキレる場面をカメラに撮らせて一本の映画に仕上げる。文脈のなかの天才的俳優の狂気のさまと平時の実に静かな人物の両面を描くようなこともやっています（『キンスキー、我が最愛の敵』一九九九）。

人類学は、そこまで行っているか。近くまで行って遠まきにそういう光景は見ているんだけど、人類学の仕事はそこまで行ってるのが少ない。人類学批判するんだったら、自分も含めてそこまで行く必要があったのかも知れない。

「アフリカ」という関係性

今福…いまお話ししながら、今回、山口著作集によって新たな読者に示したいと思っている一番重要なテーマが出かけていると思うんです。文化的本質主義みたいなものが山口先生の人類学の出発点には希薄で、むしろ常にアフリカならアフリカ文化というものを、西洋のアフリカ幻想であるとか、そういうものも含めて、人間にとっての想像力の可能性として最初から捉えていく……。

山口…どこまで、われわれは挑発できるかという問題であるとともに、ぼくとしてはなんかこう一定の、日本なら日本の生活水準でね、調査しようということはやらないで、とにかく土地の人間と取っ組み合いのけんかでもしながらずーっと歩いていきながら、調査をしていたということは確かなのね。

今福…先生の調査の仕方にもそれははっきり出ていますね。いま、ヘルツォークの『アギーレ』の話などを聞いていて、やや飛躍した連想かもしれませんけど、中南米の植民地における、先住民のような化物ということで、キャリバン、シェイクスピアのキャリバンのことを思い出したんです。つまり、『テンペスト』にあらわれる怪物キャリバンはヨーロッパ人を待ちかまえていた植民地の原住民であるばかりか、むしろヨーロッパ人の異文化に対する情念そのものの怪物性の形象化でもあるのではないか。これはぼく自身が『クレオール主義』（青土社、一九九一）のなかでも少し展開したテーマですが、山口先生は一九六八年の段階でシェイクスピアの『テンペスト』におけるキャリバンのポスト植民地的な含意についてすでに書かれていますね（「失われた世界の復権」）。

山口…ぼくは六〇年代のギュスターヴ・ヤホダという心理学者のガーナについての本でキャリバンの持つ複雑さについて学んだのです（Gustav Jahoda, *White Man: a Study of the Attitudes of Africans to Europeans in Ghana before Independence*, Oxford, 1961）。それに、あの頃はヤン・コットの本を読みながら、そんなこと考えてたんだね。

今福…ヤホダとは思いがけない名前が出ました。西欧近代の精神史において、野蛮人への西欧的幻想が怪物のイメージを生み出す心理的メカニズムについてこのオーストリア出身の心理学者は洞察力にあふれた仕事をしましたね。最近出た、彼の『野蛮人のイメージ』（Gustav Jahoda, *Images of Savages: Ancient Roots of Modern Prejudice in Western Culture*, London: Routledge, 1998）という本がそのことを証明していますが、六〇年代初頭から一貫してこの問題を議論してきたのは彼だけです。直接彼の名に言及する人は多くはありませんが、ヤン・コットのキャリバン観にも大きく影響しているのではないでしょうか。コットでいえば、『ボトム変容』（邦訳『シェイクスピア・カーニヴァル』高山宏訳、平凡社、一九八九）に収録された『嵐』、あるいは繰り返し」という名論文あたりがたぶん山口先生のインスピレーションの源ですね。

山口…ヤン・コットとは非常に深く付き合ったからね。

今福…けれども、世界的に見ると、キャリバン再認識の問題は先生がまさに書かれていた一九六八年が一つの象徴的な年で、この六八年という年はキャリバンがラテン・アメリカで、新しい文脈のなかで浮上してくる最初の年になっています。まずエドワード・カマウ・ブラスウェイトというバルバドスの詩人が詩のなかでシェイクスピアのキャリバンをカリブ海の黒人に読み替えて、戦闘的な詩を書いた年です。ここからキャリバンはカリブ海の黒人奴隷に象徴的に読み替えられながら復活して、七二年にキューバの作家フェルナンデス＝レタマールが『キャリバン』という本を書いて、そこではっきりキャリバンの末裔としてのラテンアメリカの黒人という問題意識が出てくる。

更にもう一つキャリバン復活の文脈を作ったのが、マルティニックの詩人エメ・セゼールがフランス語で書いた『ある嵐』（*Une tempête*, 1969）という戯曲ですね。ここに持ってきたんですけど、これはいうまでもなくシェイクスピアの『テンペスト』の改作です。カリブ海の黒人による書き換えで、キャリバンはまさに黒人奴隷という設定になっている。それからエアリエルはムラートすなわち黒人の混血となっている。もう一つ重要なのがエシュの登場で、もちろんシェイクスピアの原作には出てこないエシュが出てきます。つまり全体として、二〇世紀のアフリカ＝アフロ・カリブ的想像力による『テンペスト』の再話になっているわけです。

こうして、カリブ海の黒人がキャリバンを読み替えていくのが、六九年、七〇年くらいからはじまって、それが大きな波になっていままで続いてきているんです。そうすると、この重要なアフロ・カリブの思想的展開が、山口先生の仕事の本格的なスタートの時期と重なっていることも、偶然とは思えないんです。山口先生が日本において早い時期に、キャリバンの象徴的意味について触れられているというのは驚きなんです。

山口…だからいつも忘れられちゃう。人の口の端に上る頃には、本人も忘れちゃうから（笑）。

今福…セゼールという名前がいま出ましたけれど、それはさっきから話しているように、レオ・フロベニウス的詩学の一つの水脈がカリブ海に流れていって、ネグリチュードの思想に接続されて二〇世紀の植民地主義の政治的位相とダイレクトに接触し、その流れのなかでセゼールのこういうプロジェクトも生まれているわけです。そうすると源は全部同じ精神史的な風景のなかにあるわけで、まさに「アフリカ」とはそういう風景を構成する特権的な関係性そのものですね。

山口…だからそこらへんのことを確かめるためにぼくはカリブ海の調査をやりたくなったわけだね。

今福…そうでしょうね、山口先生がなぜカリブ海に行ったか。それはたんに、アフリカの部族文化の植民地的伝播形態を学問的に追跡するためではなかった。確かに、アフリカでやったトリックスター神話の変容をスリナムで確認するという具体的な研究素材はありましたが、それ以上の意味があった。アメリカ大陸、カリブ海に流れ着いて零落したかにみえる「アフリカ」のなかに、かえってアフリカ的な想像力の新たな変容するエネルギーを見出したいというような衝動があったのではないですか。ある段階から、先生はアフリカという固有の土地への執着を離れて、世界に「アフリカ」を探し求めはじめたのかもしれない。

山口…それで一番いい例はキューバの大衆文化にもなってる、軍神オグンと知恵のいたずら神エシュとの戦いとかね、そういうものは映画やオペレッタ的なものにどんどん書き換えられている。それからブラジルへ行ってもそれは全く同じで、映画『フロール夫人と二人の亭主』

（ブルーノ・バレット監督、一九七六）の話も、結局、民衆の日常的な性愛の世界の背後にじつはエシュとオグンの戦いという民俗がかくされているという話として肉づけられていく。

今福…そうですね、あの傑作映画『フロール夫人と二人の亭主』は、日本ではなんと東京のポルノ上映館で二週間ほど公開されてあっさり消えてしまいましたが、バイーアの民衆の日常的感情と肉体の世界にアフリカ的精霊があれほどまでに強烈な存在感をもって遍在しているというのは見事ですね。だから山口先生のラテン・アメリカ、特にアフロ・アメリカ圏での動きというのはやはり、キューバとかスリナムとかベネズエラとかブラジルとか、そうした地域に特有の文化形態を生み出すアフリカ的母胎、これに対する強い衝迫ですね。

ティンブクトゥへ

山口…とにかくアメリカ民話のリーマス爺やの、兎の昔話なんてのもずーっともう、実はもとを探ればアフリカだっていうんで、アフリカで追っかけて歩いて野兎の話になった。精神の活力そのものがね、こういうところには残っていく。そういうところが面白いと思っていたことは確かだね。それに加えて先ほど、ミュージアムの裏側みたいな話をしたときに思い出していたのは、宮田和樹君を通じて知った……

今福…チャトウィンですね。

山口…そう、ブルース・チャトウィンという作家を知って、面白くてめちゃくちゃチャトウィンを読んだ。チャトウィンは物にたいする執着がものすごくて、それで絵画の売買のオークション会社サザビーズに入っていった。サザビーズで物を扱うことや利ざやを稼ぐことを覚えて、その上で、『サンデー・タイムズ』の書評の担当記者になって、それでそれから流れ出してパタゴニアに行ったり、アフリカのダホメの旧都ウィダへ行ったり。それでそれを作品化する。だから人類学者以上にそういう流動的な想像力を身につけて、それでオーストラリアに行って……。

今福…アボリジニの神話世界と自分の「ノマド理論」を繋げようとした『ソングラインズ』（一九八七。邦訳『ソングライン』芹沢真理子訳、めるくまーる社、一九九四）を書いたわけですね。

山口…ああいうふうな作品になっていって、それで放浪しながらヨーロッパに戻って来て、エイズで死んじゃうというね。ああいうふうな現代的な美しい叙事詩的な作家っていうのは信じられないね。かえってだから人類学者が目指しているところも、作家がずーっとね、行ってさっと消えてしまうという……、そういう生き方に近づく。

今福…そうですね、それはまさにさっきのヘルツォークの話と繋がるわけで、ヘルツォークがチャトウィンの『ウィダの総督』（一九八〇。邦訳、芹沢高志・芹沢真理子訳、めるくまーる社、一九八九）を映画化しましたね（『コブラ・ヴェルデ』一九八八）。さらに『緑のアリが夢みるところ』（一九八四）をヘルツォークがオーストラリアで撮ってるときに、チャトウィンもオーストラリアにいて脚本に協力したりしてヘルツォークと親しくなり、そこでたまたま持っていた『ウィダの総督』を一冊ヘルツォークに渡したことが後の映画化に繋がるわけですね。

山口…ああ、そうか。そういえば、N・シェイクスピアによる伝記『ブルース・チャトウィン』（一九九九）で読んだ気がしますね。チャトウィンの『ウィダの総督』、ダホメの奴隷商人をモデルにして書いたこの小説を『コブラ・ヴェルデ』の題名で映画にもしたわけだ。ぼくはオーストラリアに行ったことはないが、イギリスの人類学者が「夢の道」というこのテーマについて書いたのを一九六〇年代に読んだことがあります。ぼくにとってチャトウィンが「ティンブクトゥへ行った」や『ウィダの総督』の如きアフリカ紀行を書いたことは極めて力強いことのように感じられます。

今福…チャトウィンの「ティンブクトゥへ行った」は短いエッセイですけれど、あらゆる意味で、山口先生にとっての「アフリカ」の位置を現代的に示す文章かもしれませんね。旧フランス領スーダン、現マリ共和国の古都で、サハラ砂漠縦断の隊商貿易とニジェール川の水運による交易で栄えた町ティンブクトゥは、チャトウィンにとってはむしろ伝承がつくりあげた神話的なネヴァーランドとしての幻影都市でした。砂漠の蜃気楼のなかに浮かぶオアシスですね。西欧人にとってのティンブクトゥへの幻想は、「彼はティンブクトゥへ行った」といえば「彼は正気を失った」とか「彼は家族を捨てて消えた」とかいった意味になることからもわかります。チャトウィンはまちがいなく最後にはティンブクトゥへ行ってしまった。そして山口先生にとってのアフリカも、常に実体と幻影と神話のあいだを揺れ動く一つの「可能性」としてあって、それは現実と幻想の両方のティンブクトゥを指向する熱を持っているような気がします。完全に「行ってしまって」はまだ困りますが（笑）。

山口…そのへんのところを人類学がどれくらい引き受けられるかっていうことが、人類学はこれからサバイヴするかどうかに繋がっていくことになると思う。というのは社会学者はいまチャーミングなパフォーマンスをやっているけど、要するにこの世界ではない世界にたいするね、ノスタルジーの感覚というのがないんですよね。だから幻を作った、消えた、それでおしまいという感じが強いのね。
だけど、良質の文化研究のなかで、人類学者はまさにそこを作り出した。フロベニウスからの伝統だと思うけれども。そこをどのくらい継承できるかというところに、人類学が社会学とは全然違うスタイルで世界にたいする迫り方を示す可能性が残されている、誘惑されたりしたりして非常に危険な所の淵を歩んでいるという感覚があるから、ぼくは。いまの人類学は情けないと思うけど、この人類学が滅びたら、また違ったタイプの、はじめからこの世の皮相な現実を問題にしないようなタイプの人類学が現れてくるはずじゃないかという気がするんだよね。

今福…山口先生が考える人類学というものは、ぼくが新たに名づけ直そうとしてる「アフリカ」というものに、繋がってくるような気がします。というか逆に、山口先生にとっての人類学そのものを「アフリカ」とあらためて名づけてもいいとさえぼくは思っているんです。そのくらいアフリカという問題はある種のヴィジョンとして持続的に存在している。
そして、それがやっぱり先生のスタートにすでにあって、それは先生がフィールドとしてアフリカから離れても、ほとんど関係ないわけです。そのアフリカ自体の持続っていうことに関してはね。

山口…エズラ・パウンドが、フロベニウスが「文化」Kultur（Culture）という語を嫌ったのに倣って『文化への案内』（*Guide to Kulchur*, London, 1938）という本を出したのと近い気分ですね。いい位置づけをしてくれて、ありがとう。

今福…長々と話してきましたが、このあたりで形式上の結びとして、先生の本から引用します。『人類学的思考』のなかに、「世界の媒体になるべき人間の復活を人類学は密かに夢みている」っていう文章があるんですよ。

山口…ああ、そんなかっこいいこと言ってるの（笑）。いまは大変堕落してるね、それじゃ（笑）。

今福…これはロマンティックにも聞こえるけれども、これを言うために人類学というものの政治的なポジションをめぐるデリケートな問題を山口先生は徹底的に書いた。それを書いたあとで、「世界の媒体になるべき人間の復活を人類学は秘かに夢みている」んだって宣言するわけです。そうするとこれはロマンティックな宣言文であるどころか、途方もない戦闘的な宣言でもあるわけです。これを、ぼくは山口先生にとっての「アフリカ」の核心を構成する言葉としてもう一度、捉え直したいと考えています。

伊藤俊治との対話

2003

島を渡る――ヴィジュアローグ

二〇〇三年二月九日に、大阪のインターメディウム研究所・IMI大学院スクールの公開講座として行われた美術史家、伊藤俊治氏との対話の記録である。お互いにいくつもの映像を持ち寄り、それを即興的に投影し合いながら交わされた「ヴィジュアル・ダイアローグ」（ヴィジュアローグ）の形式であった。対話内容は文字化され、未定稿のデータとして手元に保管されていたものの、いままでどの媒体にも発表されたことはなかった。今回の初収録にあたって全体に加筆・改稿した。対話の背後には、いうまでもなく二〇〇一年九月一一日のマンハッタン島でのカタストロフィックな出来事とその後のさまざまな余波への思いがある。だがそれだけでなく、フランス人類学の物質文化的遺産を一九三七年以降長らく展示し、ケ・ブランリー博物館への統合によって一つの歴史を終えようとしていたパリの人類博物館《ミュゼ・ド・ロム》における回顧的なマルセル・グリオール展や、ブラジル北東部の黒人宗教に沈潜した特異なフランス人写真家・民族学者ピエール・ヴェルジェの生誕一〇〇年を記念するブラジルでの写真展、さらにはソクーロフの『ドルチェ　優しく』（二〇〇〇）やトリン・ミンハの『第四次元』（二〇〇一）といったこの時期に話題となった映画作品もまた、対話におけるアクチュアルな思考を誘発する素材となっている。詩人・思想家エドゥアール・グリッサンが構想していたマルティニックにおける「群島博物館」のアイディアがこの頃の私たちの共通の刺激となっていたが、西欧的（すなわち唯一の）「歴史」のクロノロジカルな時間性を廃絶し、島渡りのように固有の時間が飛び石伝いに接続されることによって浮上する「群島としての博物館」。それは、南北アメリカ（カリブ海島嶼を含む汎アメリカ）にこれまで生まれたアーティスティックな視点の数々を関係性のもとに接続し、そこから新たなアートを生み出す母胎となるべき未知の実験場のイメージに与えられた名前だった。この対話は、そのイメージに触発された二人が、それぞれの群島的な遍歴のなかで思索してきた軌跡を語り合ったものである。関連する文献として、伊藤氏との往復書簡「群島をめぐる手紙」(『アーキペラゴ・コンセプトブック』インターメディウム研究所・IMI大学院スクール、二〇〇三)がある。

PROFILE

伊藤俊治　一九五三年生。美術史家。著書に『ジオラマ論』『20世紀写真史』『20世紀イメージ考古学』など。

伊藤俊治…島から島へ、イメージからイメージへ渡ってゆく。「ヴィジュアローグ」と銘打ったこの対談はイメージを飛び箱に発話行為を向う側に飛ばし、潜在した経験をたちあがらせようという意図のもとに始まっています。各々が持ちよったイメージをプロジェクションしながら対話を進めてゆくことでかつてない交感の場にしたいと思っています。ぼくの最初のイメージは、アンドレ・マッソンというシュルレアリスムの画家が、彼のコレクションをマルセイユの地中海文化センターで公開した時のものです。マルセイユは、飛行機の航路が開通する前はヨーロッパに行く全ての日本人が経由した場所で、ベンヤミンが『陶酔論』を書いた場所でもあります。ぼくは『バリ島芸術をつくった男――ヴァルター・シュピースの魔術的人生』という本で、マルセイユはアルトーや植民地博覧会のことを書きましたが、マルセイユはアルトー生誕の地でもあり、植民地博覧会が開かれ、シュピースが全面的に協力したプリアタンのバリ舞踏美術が展開された場所でもあります。一九三四年に最後の植民地博覧会がパリで開かれた時にもシュピースが全面的に協力したプリアタンのバリ舞踏集団はマルセイユ経由でパリに入っていきました。一九八三年に、マルセイユで田中泯、川俣正、宇野邦一、田原桂一らと、日本の前衛に関する展覧会を行ったのをきっかけに、しばしばマルセイユを訪れるのですが、そんな時に観たのがアンドレ・マッソンのコレクション展です【図1】。

当時マルセイユの港周辺は観光客など一人もいないような荒廃したスラムが広がっていましたが、実は、地中海文化センターの近くに車を止めて展覧会を観に行っている間に、車ごと荷物を盗まれてしまったことがあります。ちょうどその頃、母が一年半くらいの闘病の末に亡くなり、やっと海外へ出られるようになった時期で、そのあいだに書き溜めていた資料やドキュメントを整理しようとトランクに詰め込んでいて、それを無くしてしまって茫然とした記憶があります。スラム街のなかを何時間もかけて探し回りようやく見つけた時、既にトランクは開け放され、なかにあったさまざまなドキュメントやメモや資料は路上にばらまかれ、ぼくのテキストが風に乗って舞っていた、そういう思い出の場所です。ぼくにとって、マルセイユは、そういう日本とバリ、ヨーロッパが重なりあっているような、複雑に錯綜した場所です。錯誤と言っていいのかもしれません。マルセイユという場所に、ほかの場所や時間の体験が重なりあい、それが自分の想像や思考の一番深いところにはめ込まれていると思うこともあります。

ところで、このアンドレ・マッソンのコレクション展では、通常、西洋のアフリカ展では展示されない呪術のためのオブジェが数多く展示されていました。この写真は【図2】、アフリカの赤道地帯に分布する不思議なオブジェでランダムに打たれたように棘が刺さっていいますが、これは一人の作り手によってではなく、複数の人たちによって作られ、その後、呪術師の手に渡り儀礼を経て変形を加えられながら作られていきます。一種の完成を見ないもの、常に完成途上にある情報の塊であって、共同体の記憶でもあるわけです。ではなぜ、マッソンが、こうしたアフリカのコレクションを行ったのか、それはベンヤミンが『陶酔論』のなかで陶酔の時にしか見えない「房」に言及したのと深い関係性を持っていると考えます。マッソンの絵画はオートマティスムを駆使して、一種の幻覚の力を現実化したものであり、それをバタイユやレリスが始めた『ドキュマン』という雑誌の創刊号でカール・アインシュタインは「神話的な想像への帰還であり、こころの原始状態への回帰である」と言っています。アインシュタインはアフリカ芸術の研究家で、早い時期からアフリカの黒人彫刻について研究をしていた人物ですが、彼が面白いのは、マッソンらの最前衛の芸術家を民族学的な手法で分析し、芸術のアヴァンギャルドと原始的呪術の共通性を示そうとした点です。彼は「野生的で原始的な可能性は、われわれの意識の表層のすぐ背後にあって、現代的な秩序にさまざまにうがたれた亀裂から噴出しようとしている」と言及していますが、そうした意味で、この棘のオブジェは、マッソンの芸術表現や創造力の深い部分を動かしていたのではないでしょうか。

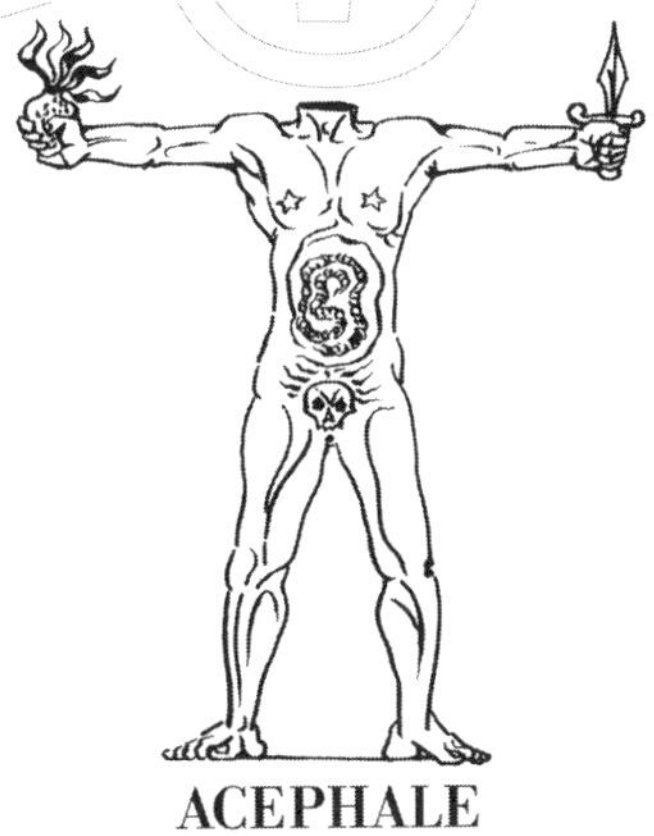

図1　オートマティスムをシュルレアリスムの重要な手法として編み出したアンドレ・マッソン画による，ジョルジュ・バタイユ創刊の『アセファル』表紙（1937）

図2　ンコンデ／ンキシと呼ばれる呪術用人形。粘土や有機物，木，顔料，鉄など共同作業で作り上げられてゆく。アフリカ中部赤道地帯コンゴ川流域で1910年代に制作

今福龍太…ぼくが始めに提示するイメージは、ブラジル・アマゾニアのインディオ、カリプナ族の織物です【図3】。今、伊藤さんからも「房」の話が出ましたが、これは、四隅に小さい房飾りが付いています。しかしカリプナ族はこの現実の「房」以外に象徴の「房」をこの織物に組み込んでいます。四隅の本物の「房」にたいし、織物の中央に飾り付けられた鳥の羽と貝殻、ビーズで出来たものが象徴の「房」です。鳥の羽はアマゾンの野生の力を、貝殻はアマゾンから遠く離れた海への想像力を、そして、ビーズは文明社会を象徴しますが、ここには想像力を三つの物質に投影し、一つの織物の宇宙のなかで統合する意図があります。つまり、異なった場所の異なった産物、異なった時が産み出した異なった事物を、渾沌とした力のままに一つの織物の宇宙のなかに統合してゆく、というような感覚が体現されたものとしてこの織物を見ることができます。さらにここに、もう一つのイメージを並べてみましょう。このイメージは、ぼくが度々訪れている奄美大島の国直《くになお》という集落の白い珊瑚の混ざった砂浜で、一人の少年がその汀の砂のなかに深く手を突っ込んでいる姿をとらえた写真です【図4】。ぼくが「房」というものの在り処を、島の縁である汀に求めながら島づたいに歩いていた時に、たまたま撮ったものです。少年は汀にじっと座って砂に深く手を突っ込み、陸と海の境目の感触を自分の手でまさぐっている、そんな印象を受けます。さらにこの少年の集落に、フクギという木のとても美しい並木がありますが、そこはまるで

図3　ブラジル・アマゾナス州のカリプナ族の織物。羽根，貝殻，ビーズで装飾されている

図4　奄美大島，国直の汀の少年の日焼けした背中にフクギ並木の木漏れ日が重なる（写真：今福龍太）

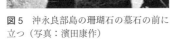

胎内くぐりとでもいうようなとても狭いトンネル状になっています。そこで撮ったもう一枚の写真があります。そのフクギ並木の木漏れ日が写し取られた写真です。その木漏れ日の写真と少年の写真を重ね合わせて見たところ、ちょうど少年の背中に木漏れ日の模様があたって、まるでアマゾンのインディオ少年の彩色された背中の模様のように見えてきたのです。先ほど、伊藤さんが場所の錯誤と言いましたが、ぼくの場合、こんな時にふっとひらめいてくるわけです。カリプナ族の織物の「房」からアマゾニアのインディオの世界像のなかに投影されたいくつもの場所の痕跡について考え、その想像力が、奄美大島で少年が陸と海の中間領域、島の縁の部分、つまり島の「房」にあたる場所で島の動きに自分を重ね合わせようとして砂に深く手を突っ込んでいる姿へと、重なってきたんですね。

図5　沖永良部島の珊瑚石の墓石の前に立つ（写真：濱田康作）

伊藤…つまり、ダブルエクスポージャー（二重露光）ですね。「デジタル合成と呪術」ということで今福さんが以前書いていましたが、な技術を使ってより明確に浮かび上がらせる。合成術は写真の世界ではたくさんおこなわれていますが、しかしそういった合成とは今福さんの写真はちょっと違ったかたちですね。というのも、植島啓司さんが「イマジネーションのサイエンス」という言葉でくり返しおっしゃっていることですが、「あるものがあるものであると同時に別のものでもある」ということが、人の心の根源的な営みに結びついていて、あるものがその座標とともに移動してほかの座標と重なりあう状況をよく表している写真なのではないかと思ったのです。人間はこういう光景を通り過ぎたり、重なりあう座標をわたり歩きながらまた座標を組み変えてゆく、そういう思考の営みを今福さんの写真からは感じ取ることができます。

今福…島を渡っている時には、時として驚くべきことが起こり、それが座標軸がフッと切り替わる瞬間だと思います。島巡りをしている時、ぼくのなかの場所の錯誤の感覚は非常に高まっていて、たとえば最近も自分のありもしない起源やまったく関わりもしない故郷を「発見」

するという経験をしました。その経験に関係したこの写真【図5】は、沖永良部島の「太《ふとり》」さんという家の墓石の前に佇む私自身の影が写り込んだ写真です。奄美群島には、単姓といって一字でできた姓が多く存在するということは、島尾敏雄などの言及からも知っていましたが、訪ねるうちにぼくの名前を構成する四つの文字、「今」「福」「龍」「太」という文字がすべて一字姓として奄美群島にあるということが分かってきました。この事実はぼくの「場所の錯誤《アナロキスム》」の感覚をどんどん高め、自分の想定もしなかった故郷をそこに想像し、その証拠集めを始めてしまったのです。そしてごく最近、沖永良部島のある集落の海に面した墓地で、最後まで痕跡がたどれなかった「太」の姓をついに見つけました。墓地の古い墓石の多くは多孔質の珊瑚で出来ているために表面は摩滅していて、どこにも「太」という文字は見つけられなかったのですが、あきらめて帰ろうとした時、ふと思いついて最も古く美しい珊瑚石《ナバンイシ》の墓石に海水をかけてみたら、石の表面の細かい穴が水分を吸収して「太」の文字が忽然と浮かび上がってきました。この時は実に不思議な感覚で、伊藤さんが今おっしゃられた、違う座標軸が自分の前に姿を現したという感覚を本当に受けたのです。そして、その墓石に自分の影を重ね合わせて写真を撮り、墓石の前でつい合掌してしまいました。島渡りは、ときに自分のなかのありもしない故郷の感覚を、そして先祖に祈るという感覚を与えてくれます。それはまた、想像すらしていなかった十字路に自分が突き当たる感覚でもありました。

伊藤…ぼくは秋田の生まれで、今まで自分の故郷のことなど深く考えたことはなかったのですが、ドイツの建築家ブルーノ・タウトが、日本の民家調査のために何度か秋田を訪れたとき、彼の生まれ育った港町ケーニヒスベルク（現在はロシアのカリーニングラード）と同じ匂いをぼくの生まれた港町の松林を歩きながら感じ、戦慄したという記述を見つけ驚いたことがあります。次の写真は逆に、ぼくがケーニヒスベルクに赴いたときに撮影したものです。ここはドイツの北限で、近くにはリューゲン島というフリードリッヒというロマン主義の画家が印象的な絵画を書き残したことで有名な島がありますが、ぼくはこのリューゲン島やケーニヒスベルクを訪ねながら、何か自分の故郷に近い感覚を覚えました。ぼくの生まれた港町は日本海沿岸で、もともと日本海はユーラシア大陸の内陸湖でありさまざまな人や物が行き交った場所ですが、そういう背景も踏まえ、幻の大陸上のある点と別のある点が響き合っているようなイメージをケーニヒスベルクに行った時に思ったのです。

今福…そのブルーノ・タウトの日本、西洋的な眼がとらえた「日本」のオリエンタリズム的イメージについては、いろいろ言われていますが、われわれは、現在の思想・文化研究の影響下において、そうした「西洋人の眼差しによる日本の姿」というものを基本的に、異国趣味のイデオロギーとして捕らえてしまう傾向が強くあります。けれども、たとえばタウトの見た日本というのは、その枠組みを遥かに超える幻想の領域、単なるオリエンタリズムとしてのディスクールに回収できない幻想的錯誤の力があるように思うのです。アレクサンドル・ソクーロフというロシアの映像作家がいますが、彼は「島」と呼ばれている、日本のどこともわからぬ海辺の村の民俗風習、あるいは奈良の伝統的な生活の姿、そして奄美で島尾ミホに取材した作品を撮っています。いわゆる「日本三部作」として知られる、この『オリエンタル・エレジー』『穏やかな生活』、そして『ドルチェ』には、彼のなかで肥大化した日本幻想というものの驚くべき姿を見て取れます。そこにはもはやオリエンタリズムや西洋人の東洋幻想を遥かに超える幻視力、ある種の聖なる錯誤の力が混入していて、それを単なるオリエンタリズムと言って切り捨ててしまう事はまったくできません。

一方、ソクーロフの日本とはまた違った日本の日常の姿というものを映像作家のトリン・T・ミンハが、昨年"The Forth Dimension"(「第四次元」)というビデオ作品として完成させています。トリン・ミンハは、ベトナム出身の映像作家ですが、現在、拠点を置いているカリフォルニアに至る彼女の経路は、まさに群島的な移動経路であると言えるでしょう。彼女は、ベトナム戦争の途上で亡命するかたちでアメリカに出て行きますが、そのままアメリカに留まらず、フランス、セネガル……と世界各地を転々とします。その過程で、彼女自身も多様なメディアを吸収し、音楽や詩、映像、そして批評も書く、ジャンルを超えた表現者となっていきます。トリン・ミンハの最初の映像作品が、アフリカのセネガルで撮った『ルアッサンブラージュ』(一九八二)です。これは、それまでの人類学や記録映画がアフリカ人の生活形態を描写していた眼差しそのものの、客観主義を隠れみのにした搾取のイデオロギーを暴露し告発する非常にラディカルな作品と言えるでしょう。アフリカ人によるアフリカの映像でも、アフリカを植民地化したヨーロッパ人のアフリカでもない、ベトナム人がアフリカの記録映画を撮るという事自体には正統の文脈も権威も無いわけです。その非文脈化されたポジションを逆手にとって、人類学がどのように科学とエキゾチシズムの両方の眼差しを併用しながら一つの文化を描写していったのかということを問い直していく、非常にスリリングな作品です。そのトリン・ミンハが数年前、お茶の水女子大学で教鞭をとるために半年間、日本に滞在した際、奥飛騨の白川郷や東北の夏祭りなどへの旅を繰り返し、日本の日常生活における儀礼という事をテーマにビデオ作品を制作しました。トリン・ミンハにとって初めてのビデオでの作品です。この作品のなかで、ずっと彼女が問いかけているのは、時間ないし速度ということだと思います。もともと同じフィルム・フッテージを使い、日本を素材にしたフィクションとドキュメンタリーを同時に作る試みでしたが、予算的な関係でしょうか、最終的にはドキュメンタリーとフィクションの中間、形式上ではドキュメンタリーの形式に近いもので落ち着きました。日本社会における儀礼性の問題を、時間ないし速度というキーワードで捕らえ、一方でフィクション、もう一方でクリティカルなドキュメンタリーを作る、そういうアプローチは、非常に刺戟的で面白いと思います。ブルーノ・タウトも、長野から飛騨を通って富山へ抜ける旅をして本を書いていますが、ぼくが彼女を案内した奥飛騨の白川郷は、外国人が日本の伝統的な美を探究する時にかならず通り道になっていた場所です。タウトが一つの代表であるように、日本の伝統的な風景や建築物、工芸品、美術品といったものを西洋的なフィルターでエキゾティックに意味付けた枠組みを超える幻想を生み出し、座標軸の変換の可能性をつくり出していく、日本の伝統美学の発見者という視線とは違う想像力のなかで、違う座標軸にすっと移行していく、そうした視点のもとでトリン・ミンハやソクーロフの映像を見ていくと面白いのではないでしょうか。

伊藤…時間というのはどういう意味ですか？　日本の時間というのがほかの場所のそれとは全然違うということですか？

今福…時計の時間自体が世界的に一つの均質な時間性のなかでの動きをあらわし、それが広い意味で歴史の時間というのを刻む装置にもなっているわけです。そういう日常生活における時間がそのまま歴史を刻む時間と直結している、そうした現実をトリン・ミンハは恐らく解体しようとしているのではないでしょうか。そして、それを解体するためにいきなり歴史批判をするのではなくて、むしろ、日常性における時間のあり方とか速度のあり方、その微妙な作られ方を問い直す事で歴史批判というものが始まるのではないか、という事をたぶん言おうとしているのだと思います。そうした批判的考察が、日本という社会空間への映像的省察として行われたことは重要ですが、ここにはかならずしも日本の「時間」を固有文化の現れとして聖別化しようというような意識はありません。むしろ、日本が、あいまいなままに西欧的な歴史と日常の時間を接合している事実自体を映像として考察しようとしているように見えます。

伊藤…以前、今福さんから、一日に一本しかバスが来ない、それがいつ来るか分からないような状況で、村人たちが、昼御飯を食べたり話をしながらずっとバスを待っているというメキシコでの体験を聞いたことがあります。インドネシアなどに行っている時にも思うのですが、通常、そういう時、ぼくらは時間を無駄にしている、と思いがちですが、実はそこでまったく違う時間が生まれている。いつからか、そこから時間が発生し生まれてきていて、放射状に時間が生成されていくという感覚をぼくらは持てなくなってしまっているのではないかと思いますね。

今福…そうですね。「島を渡る」という今日のテーマをあえて定義するなら、一つの大きな柱になるのは、その時間の生成であると思います。予め想定されている直線上の時間の上を人間が歩くという感覚は、結局、クロノスとしての時間を消費するという感覚であり、それが直線的に経過する「歴史」という意識をも生み出しているわけですが、あえて、島というものの一つの定義をすれば、島では自分の周りの三六〇度どこに向かっても時間が生成し得るという事です。それこそ、われわれの考えている「群島」の一つの可能性であり、島というものをそうした視点から定義し直していくことで、少しずつ群島というヴィジョンの理論的な細部が見えてくるのだと思います。

伊藤…今福さんは、東松照明の写真をまとめた『時の島々』という写真集を編んでいますが、このタイトルに込めたものも重なってきますか?

今福…そうですね。そもそもぼく自身が東松照明の写真と出会うきっかけは、『太陽の鉛筆』(一九七五)という写真集で、それは、前半の三分の二くらいが沖縄の写真で後半の三分の一くらいが東南アジアの写真になっていて、一つの写真集のなかに沖縄編、東南アジア編が並んでいる。沖縄編は全部白黒、東南アジア編で突然カラーになる、という非常に不思議な作られ方をしていました。沖縄編と東南アジア編の冒頭にはそれぞれ地図が掲載されていますが、東松照明はここで沖縄から東南アジアに島伝いに行こうとしたのです。決して、東京から直接バリやサイゴン、マニラに飛ぶのではない。首都を結んで国家の国境線を飛行機で横断するようなやり方では、かえって「構えてしまう」と東松さんは書いていたと思います。彼は一時的に沖縄や宮古島に移住し、まさにその地点からアジア的なグラデーション、群島的なアジアの連続性のヴィジョンを島伝いに追いながら東南アジアへと流れていったわけです。特に八重山のあたりでアンナンという言葉が沢山使われているということを東松さん

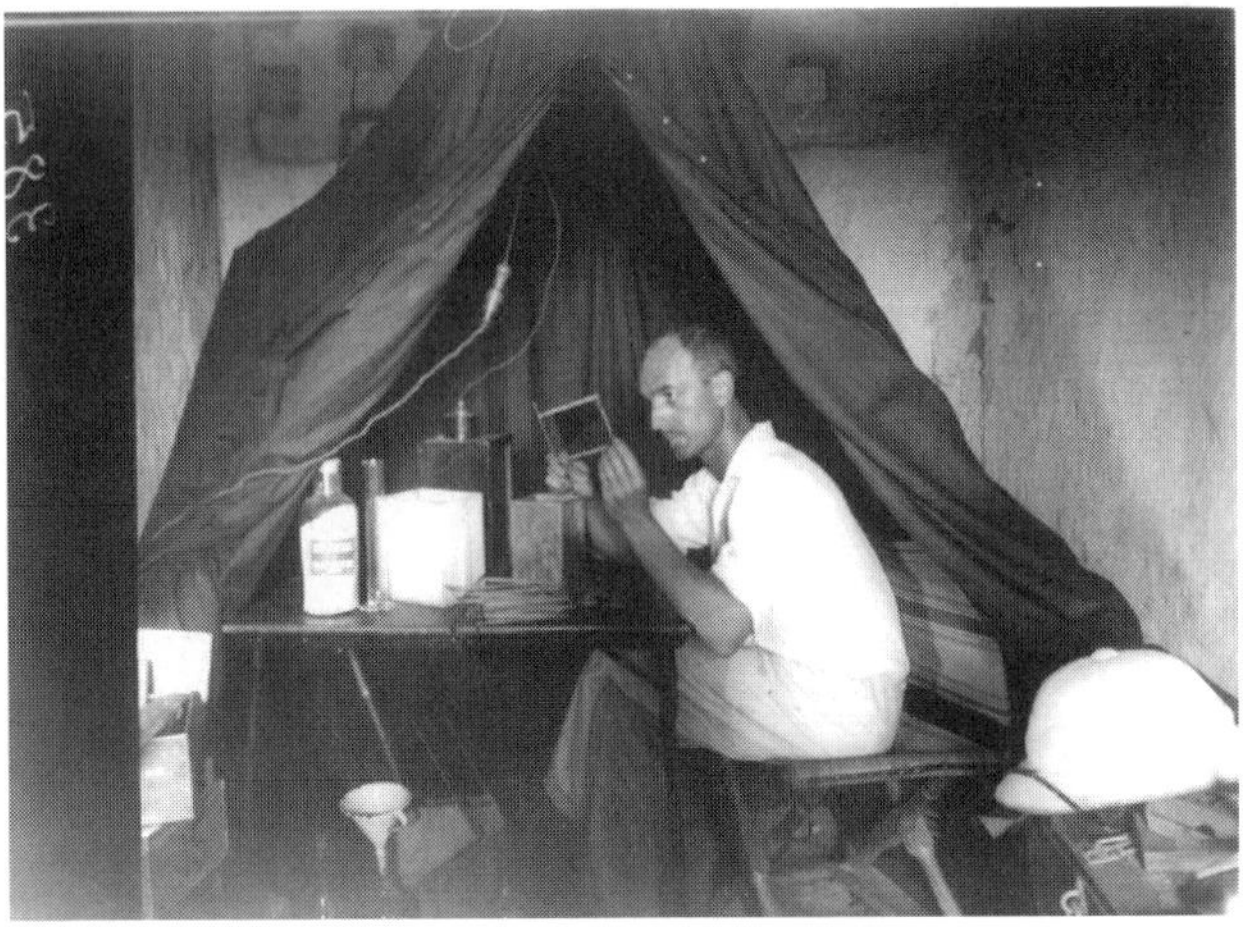

図6　ダカール＝ジブチアフリカ横断調査旅行は，マルセル・グリオールを団長として1931年から1933年まで行われた。映像や音響の重要性を強く認識していたグリオールは自ら撮影録音して資料の充実に努めた。テント内でガラス乾板をチェックするグリオール

が書いています。アンナンとは、琉球時代の複雑な社会システムの末端にあった八重山の農民が、厳しい税金の搾取に耐えられず、「島抜け」といって南に向けて逃亡していく、その島抜けの先、逃亡先の幻想的なユートピアを彼等が表現した言葉です。かつてのベトナムを漢字で「安南」と書いてアンナンと読んだりしますが、そうした具体的な地名としてのアンナンではない。東松さんも、空間的・地理的には確定し得ないトポスのようなものに惹かれ、地理を超えていく事で地理を縛っていた時間や歴史を超えてゆくことの可能性に向けて、沖縄から東南アジアを放浪した。そのやり方から私もまねびながら、よりアクチュアルな状況のなかで、単なる過去の映像の文脈的な凍結ではなく、時間をさまざまに喚起するメディアである写真のその形而上学的な時間の有り様を、歴史批判や歴史によって限定付けられたわれわれの地勢的なイメージ批判のために、探り出してみたい。それが『時の島々』の意図であったのだと思います。だからその意味では、『時の島々』は『太陽の鉛筆』の一つの反響でもあったのでしょう。

伊藤…今、プロジェクションされている次の写真【図6】は、もうすぐ消滅しようとしているパリの人類学博物館で行われたマルセル・グリオール展からのものです。この人類学博物館は、二〇〇四年に、ケーブランリー美術館に統合される予定です。この展覧会では、蒐集物の展示以外に、音響のセクションや、映像のセクションがあり、グリオールらが、二一カ月かけてアフリカ大陸を大西洋から紅海までサハラ砂漠の南の縁沿いを横断し調査をしたダカール＝ジブチ調査時に蒐集した膨大な映像音

響や資料が展示されていました。グリオールが面白いのは、彼は飛行機のパイロットの経験もあり、新しいテクノロジーを積極的に民族誌に導入しようとした点です。一昨年、グリオールのフィルムが日仏センターで上映されましたが、彼は、映像、航空写真、録音と、当時の最先端の記録装置を使って、資料を全体的に蒐集しようとした。ジェイムズ・クリフォードの『文化の窮状』にもグリオール論が書かれていますが、民族誌が資料蒐集のプロセスであるとすれば、蒐集に対してこれだけ丁寧でデリケートな配慮をした人物は珍しいのではないかと思います。次のイメージは、ダカール＝ジブチ調査に同行したミッシェル・レリスが、テントのなかで調査記録をまとめている様子です【図7】。グリオールの師であるマルセル・モースは、「民族誌というのは、激しい大きな海にさまざまな異なる網を投げ入れ、その網のそれぞれにみあった魚を捕らえる作業であって、そのような文化を表象する作業は潜在的に終わりのない作業である」と言っていますが、グリオールはその教えに忠実だった。彼の異文化に対する対応の仕方や、感じとり方、あるいは想像力のあり様などグリオールを見る視点はさまざまあると思いますが、展示空間のなかで、コンテクストを剥がされて死んでいる蒐集品を、写真やスケッチ、記述などといった多くの資料体で取り囲んでやることで息を吹き返えらせる、というやり方、観察や交渉のためにさまざまに用意した網のすくいあげ方は、今見ても興味深いものがあります。

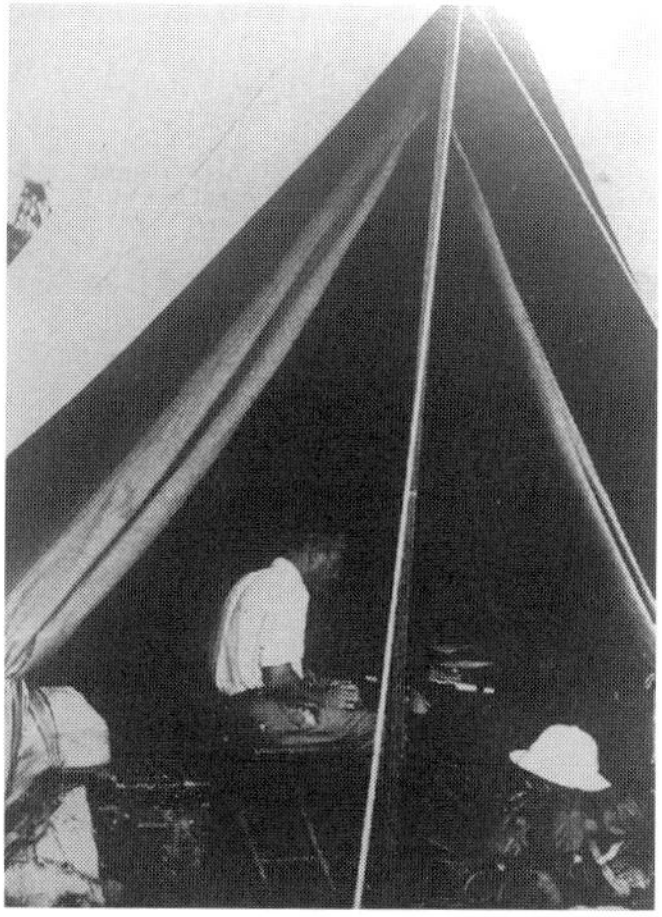

図7　ダカール＝ジブチアフリカ横断調査旅行に記録係として参加し，テント内でタイプを打つミシェル・レリス。『幻のアフリカ』の誕生を告知する印象的な写真

今福…フランスの二〇世紀前半の感性がアフリカにたいして持っていたさまざまなアプローチの見直しは、おそらくこれからますます重要になってくると思います。その中心の一人がマルセル・グリオールですが、グリオールの周辺にいたミシェル・レリスのような人物にも、『幻のアフリカ』（一九三四）という著書のタイトルに現れているように、アフリカの民族誌的な文化に対する実証的・客観的な視線を超えたさまざまな時間と空間の錯誤、アフリカ経験とのあいだで増幅された自己幻覚、自己幻想の傾向を伺うことができます。そうしたものが、

フランスにおけるアフリカにたいするさまざまなアプローチに見られるわけです。たとえば、今のグリオールの蒐集品もモノとして陳列された後しかわれわれは見ていないわけですが、陳列されるべく並んでいない、さまざまなガラクタやモノが収蔵庫なり倉庫に、雑然と散乱している状態の描写を、レヴィ＝ストロースが回想し証言していて、その描写はとても面白い。収蔵庫の渾沌のなかには、そこにある物自体が働きかける力が全く違う文脈のなかで生成される可能性があって、博物館の陳列システムが語りかけるのとは違うチャンネルでわれわれに語りかけるのです。つまり、同じモノであっても違うチャンネルを通じて意味が発せられる可能性があるわけです。フランス的なコロニアリズムのアフリカやカリブ海への進展は、すくなくとも大英帝国的な統治と支配のイデオロギーとは政治力学的にも異なっていて、それが人類学や民族学のような文化的なアプローチにおいて、不思議な相互浸透の契機をつくりだした、という事実は否定できないと思います。

同じフランス人で、やはり、アフリカおよびアフロブラジルに没入していった一人の特異な写真家＝民族学者がいます。ピエール・ヴェルジェという人物で、彼は世代的にグリオールとほとんど変わりませんが、三〇才ぐらいのときに家族全員を交通事故で亡くし、天涯孤独になってしまいます。そこで、彼はカメラを一台ナップサックに突っ込んで、その時々に写真雑誌と契約しながら、ポリネシア、ミクロネシア、日本、中国、ベトナム、そしてインド、アフリカ、と十数年もかけて世界中を放浪しながら写真を撮ります。その後さらに、アメリカ大陸に移って、カルフォルニアからメキシコ、ずっと南下していって、ペルー、ボリビア、アルゼンチン、そして最後にアフロブラジル文化の核心部であるブラジル北東部バイーアに辿り着きます。そこで長いヒッピー的な放浪に終止符をうち、アフロブラジル文化にたいし、映像と人類学的な探究の両方から、本当に情熱的な力を傾倒していくんです。ロジェ・バスティードのようなフランスの民族学では傍系にあるような人物と一緒になって、アフリカとブラジルを、大西洋をまたいで、渡り歩きながらアフロブラジルとその起源であるアフリカの儀礼システムを探究していくんです。そのプロセスのなかで彼自身がアフリカのイファ儀礼の宗教的な司祭になって、ファトゥンビという名前をもらい、そのままピエール・ファトゥンビ・ヴェルジェという名前で民族学的な著作を書いていきます。ヴェルジェの放浪時代からバイーアの黒人文化をモティーフにしたものまで、いくつもの写真集が出ています。ヴェルジェの映像には、初期のポリネシアとかベトナムの映像もあります。タヒチの女性の写真は初期のもので、三〇才の時に出発した彼が、最初に向かったのがタヒチでした。だからそこにいわゆるフランス的な、ゴーギャン的な南島幻想が、まず大きく立ちはだかっていたことは明らかですよね。ところが彼は十数年の島渡り、群島的放浪のなかで、かなり異例なことに、二〇年近く定住地をもたずに、常に島渡りのなかで生きている。彼の十数年の島渡りが、どこかでゴーギャン幻想を乗り越えていく。そしてブラジルのバイーアで、ブラジルに渡ったアフリカと遭遇することで、それまでの物理的な移動が停止し、そこからはむしろ、バイーアの黒人のコミュニティに完全に根を張っていくわけです。そこで彼の新しい意味での群島的な探究というものが始まっていくんだろうと思います。アフリカから群島状に大西洋を渡った黒人たちの文化の伝播と変容をめぐる軌跡への関心です。そのようにして、群島的な探究というものを、物理的な移動と定着の複雑な相関関係のなかで考えていくと面白いと思うのです。二〇〇二年はピエール・ヴェルジェの生誕一〇〇年にあたり、ブラジルで「ピエール・ファトゥンビ・ヴェルジェの旅する視線」という大きな展覧会が催され、同名の写真集も作られました【図8】。これも、フランスがつくったアフリカ、アフロブラジルへの一つの視線ですが、まだ充分に探究されていない部分だと思います。物理的な移動はある時点でストップするが、群島的な探究はそこで止まらない、むしろ物理的移動の如何に拘わらず、深められていく。その秘密を、たとえばマルセル・グリオールのダカール＝ジブチの探検に関して、あるいはピエール・ヴェルジェの特異なアフロブラジルへの沈潜に関して、さらにマルセル・モースの弟子でありながらフランスの中心的なアカデミズムからは疎外されていた非常に重要なアフロ・ブラジリニアリストの宗教社会学者ロジェ・バスティードに関して考えてゆくと大変面白いのではないかと思います。

図8　ブラジルで刊行されたピエール・ヴェルジェの写真集『ピエール・ファトゥンビ・ヴェルジェの旅する視線』(2002)

図9　インゼル・ホンブロイヒ美術館。ドイツのデュッセルドルフ郊外にある27ヘクタールもの広大な森と庭園に赤レンガ展示パビリオンが群島状に点在する。パビリオンはエルヴィン・ヘーリッヒによる歩ける彫刻でもある

伊藤…物理的な移動が止まって、群島的な探究の新しい段階に入っていく、そういう流れが鮮やかに浮かびあがってきますが、次のイメージは、ぼくがヨーロッパへ行くときにいつも立ち寄る特別な島の写真です。インゼルというのはドイツ語で「島」を意味しますが、これは、デュッセルドルフから車で三〇分ほどのホルツハイム近くにある「インゼル・ホンブロイヒ」という、エルフト川の中州のような島で、荒涼とした湿地帯の森が広がり、赤い煉瓦のミニマル・アートのようなパビリオンが点在しています【図9】。パビリオンは徐々に増え、今は二〇個ぐらいあると思います。そこでは、クメールの石像や、中国の仏像、マオリの仮面や、ペルシャの織物、それから、アルプ、シュヴィッタース、イヴ・クライン、フォートリエ、メダルド・ロッソなど、全く相互に関係ない作品が、現代美術と原始美術、東洋美術と西洋美術といった区分なく、一切のキャプションもないまま、混在しているのですが、にもかかわらず、違和感なく、絶妙な調和と共鳴をみせています。そこから、さらに森の奥へ行くと、一九世紀の始めくらいに建てられたロザハウスがあってアフリカのコレクションやクオリティの高い中国の家具が置かれていたり、セザンヌやレンブラントの作品があったり、野外彫刻もあります。全く何もない、白い壁と光と空気だけで、作品は一切おいていない

図10　ワールドトレードセンター崩壊の犠牲となった唯一の報道写真家ビル・ビガートのデジタルカメラに残されていた最後の写真。ビルの崩壊がはじまる瞬間の78秒前に撮影されている

空のパビリオンもある。タイトルも年代もアーティストの名前も施されていないまま、匿名の島の空間のなかで反響し合っているのです。また、この島には展示館のみならず、多くのアトリエがあり、アーティストが島の生活者となり、さまざまな仕事をしています。この周辺は、もともとNATOのミサイル基地でしたが、今は、日本人アーティストの西川勝人さんが、ミサイル格納庫を改造し、アトリエとして制作をしています。アーティストだけではなく、音楽家や民族学者、サイエンティストも島人となって滞在し、一種の精神的な共同体となり、研究を行い、成果をあげています。「ここは美術館なのではなく島なのだ」と言われ、さまざまな人がこの島へ渡ってくる。島全体には、二〇〇種を超える世界中から集められた灌木が植えられ、一年を通してさまざまな表情を見せます。一見、廃墟の如く手入れをしていないようですが、実に丁寧に作られていて、アートだけでなく、さまざまな学びや創造の場が反響しあっている。特別な企画展が行われているわけではないのですが、行く度行く度に、違った顔を見せ、さまざまな思索を深めたり、自分の想像力を膨らますことのできる場所です。「島を渡る」という言葉から思い浮かぶ、一つのユートピア的な美術館だと思います。

今福…今、とても面白い、川の中州にある島の博物館の話をされたので、ぼくも最後に、ニューヨークのハドソン川の河口にある中州であるマンハッタン島について話をします。そこに二本の超高層ビルが立っていたわけです。このビルに民間機が衝突し、炎上し、その崩壊によって、ある一人のプロカメラマンが命を落とします。ボスニア内戦取材などで知られたビル・ビガートというフォトジャーナリストで、彼の撮影していた光学カメラは全部燃え尽きてしまったのですが、デジタルカメラのコンパクトフラッシュメモリが瓦礫のなかから発見され彼が死ぬ直前に撮った写真が救い出されました。デジタルカメラというのは、撮影した時刻がデータに残りますから、この最後の写真の七八秒後に、二つ目のツインビルが崩壊し、彼が還らぬ人となったという、有無を言わせぬ事実が分かってしまうのです【図10】。そういう映像を最後に残して彼は崩壊する瓦礫のなかに巻き込まれました。このワールドトレードセンター跡地再開発計画のコンペ案が二つに絞られたという記事を最近読みました。その一つがダニエル・リベスキントを中心とした案で、いろいろな施設のコンプレックスで、中心にこの場所に起こった出来事自体の記憶の残像を可視化しつつ、記憶と鎮魂の集積体として一つのモニュメントをつくるという発想です。もう一案、これはオフィスビルを中心に、展示空間などを多用しながらより明確にツインタワーの幻影をモニュメント化することで、この場所に起こった記憶をつなぎ止めるという開発構想と言えるでしょう。この二つを見て思ったことは、グラウンド・ゼロないしワールドトレードセンターの跡地、といったある具体的な土地での出来事を、土地に固有の出来事、固有の記憶として、われわれの歴史的時間のなかに固定化し、それを記念碑ないしモニュメントとして再構築する姿勢がこのマンハッタンの現場にあるということです。マンハッタンのまさにローカルな固有の記憶を、そのローカルな固有の記憶の場に封じ込めてゆくことが、癒しになり、再生のエネルギーにもなるという考え方から、なかなか私たちが出られない、という点です〔最終的には、リベスキント案が大幅に修正・変更され、二〇一九年現在、一〇四階建てのフリーダムタワーを中心に七つの超高層ビルと国立の九・一一記念碑博物館で構成される「ワールドトレードセンター・コンプレックス」となっている〕。

リベスキントについていえば、彼自身、ユダヤ人やホロコーストの問題に関して、それを人類の普遍的な経験に繋げてゆくさまざまな仕組みを、その記憶の流動化、流動性を意識しながら、ベルリンのユダヤ博物館などで表現しようとしているわけですから、今回のリベスキント案というのは、単純なモニュメント化とは少し異なった何かを指向しているのかも知れません。しかし、集合的なアメリカ人の意志として、このマンハッタン島のワールドトレードセンター跡地の再開発計画は、出来事の記憶をいわば固定的な島、マンハッタン島という島に封じ込めていって、その歴史的な固有の出来事を固有の記憶として検証しつつ、そこにいわば記念碑としての建造物を立ち上げていく、一つのモニュメンタルな欲望であることから自由になってはいないと思われます。そういう固有の経験を固有の場に固有の記憶として立ち上げる、記念碑的モニュメンタルな記憶の再生ではない、つまり、あらゆる人間に共有可能な記憶術、記憶する作法を、博物館なり、ある場が持つ可能性について考えなければならないと思います。たとえば、沖縄という島それ自体は器でも博物館でもないにもかかわらず、群島的な存在として、沖縄が一種の記憶装置をめぐるネットワークの一つとしてわれわれのなかに浮上している。それは、どこかモニュメンタルなものから離脱しようとしています。沖縄を、相変わらず太平洋戦争における地上戦が行われた場所としてモニュメンタルに歴史化していく視点もありますが、その視点から離れて、まさにマンハッタン島についても同じように考えなければなりません。つまり、単にこのワールドトレードセンターの跡地をどうするかという議論ではなく、こうした出来事が、ニューヨーク・マンハッタン島の経験にとどまらないかたちでわれわれに群島的な繋がりを喚起し、そうした繋がりを浮上させる記憶の回路、記憶術の方法をどのようにして編み出すか、そのことが今われわれに問われているのだと思います。

吉増剛造との対話

2006

反転, 嘔吐, 筒
──『アーキペラゴ』をめぐって

詩人吉増剛造氏とは、現在までに数多くの対話を公の場で行ってきた。記録を参照しつつ数え上げてみたところ、出逢ってから二〇一八年末までのおよそ二八年間で三〇回にものぼっている。それ自体、人と人との関係性のあり方として、稀有なことかもしれない。鮮烈な「謎」の感触をともなった最初の邂逅にはじまる、その後の声と文による継続的な「交信」とでもいうべき思念と心象の交わし合いの過程は、物体のなかでゆっくりと生じる微細な化学変化か、あるいは一地域に長い時間をかけて生ずる「微気象《ミクロクライメイト》」の変動のように、思考や情動の揺れと変転とあらたな生成の機会を私に与えつづけてくれた。途方もなく鋭敏な知覚によって世界の先端と内奥とに同時に触れてゆく手。風聞をも幻聴をも決して聞き逃さない繊細で多方向にひらかれた耳。見えないものの気配を映し出す特異なセンサーを持った網膜。自らが踏む大地の歴史的重層を疼きか痛みのような恩寵として感じとる足先……。そのような特異な身体器官を備えた旅人である吉増氏との継続的な交わりを刺戟として受け止めるなかで、私があらたに発見したものの暗示の深さははかりしれない。たとえば、アメリカ南西部の砂漠地帯を転がる「回転草《タンブルウィード》」。ロシアアザミとも呼ばれるオカヒジキ属の潅木の錯綜した枯れ枝が球体となり、本体から切れて種を飛ばしながら強風で荒野のあちこちを転がってゆく。この暴れる巨大な枯れ草の玉の襲撃をかわしながら、吉増氏と私はそれぞれが運転する車で南西部のインディアン集落を結んでフリーウェイを並んで疾駆したこともあった。土地のスペイン語系の住民は、この草玉を「砂漠の雲」と呼んでいた。また機知ある人々はこれを「砂漠を駆けるダチョウ」とも呼ぶらしかった。草玉も、雲も、ダチョウも、なぜか私にとっては吉増氏の存在感、あるいは氏と私との関係性を言い表わす、卓抜な比喩のように思える。想像力の種を散らし、情念の雨滴を降らせ、希求の埃をあげて疾走するこの不可思議な球体。そんなエキセントリックな回転運動のなかで、私たちの対話はいつも交わされてきたような気がするからである。ここに収録した対話は、二人の奄美群島での道行きを色濃く反映した共著『アーキペラゴ』(岩波書店、二〇〇六)の出版記念イベントとして、二〇〇六年七月三〇日に青山ブックセンター本店で行われたものである。その内容は文字化されて『図書新聞』二七九一号(二〇〇六年九月二三日)に掲載された。この年以後、いわゆる「*gozoCiné*」(ゴーゾー・シネ)と呼ばれることになる、吉増氏による例を見ない強度を持った映像作品のシリーズが数年かけて次々と生まれることになるが、この対話イベントはその嚆矢となる作品「まいまいず井戸 take1」「まいまいず井戸 take2」が公の場で上映されたはじめての機会ともなった。

PROFILE

吉増剛造　一九三九年生。詩人。詩集に『黄金詩篇』『オシリス、石ノ神』『螺旋歌』『花火の家の入口で』『長篇詩　ごろごろ』など。

相互の旅の途上で

今福龍太…吉増さんと最初に出会った日がちょうど一六年前、一九九〇年の七月三一日で、今日は七月三〇日ですから、日付の細かいところにこだわれば、ちょうど今日で一六年のスパイラルのような輪が閉じられるわけです。そんな符合で結ばれた日に、こうして一つのかたちを纏《まと》って刊行された共著『アーキペラゴ』（岩波書店）について二人でお話ができるのをとても嬉しく思っています。一六年前に吉増さんとお会いした時に、これだけ息の長い対話と交信の時間がその後展開されることになるとは、まったく予想していませんでした。それぞれの仕事を続けながら、長い時間をかけた継続的な信号の送り合いのなかで、一冊の本というかたちにすら納まりきらないような関係が生じ、いまだに続いている――この関係を何と呼んでいいのでしょうか……。

初めてお会いしたときの接触の感覚は強く残っています。それはおそらくお互いにあったのでしょう。最初のアレンジメントは当時の「図書新聞」の編集長山本光久さんによるもので、彼の直観のようなものが働いて出逢いの場をもうけてくれたんだと思います。その後の対話の展開を振りかえれば、第三者が設定してくれる公の場所で会う以上に、二人のあいだの機知や即興にまかせて旅の途上でふと交差するようにして会うことの方が多かったかもしれません。この本でも触れられていますが、たとえばニューメキシコ州の半砂漠のなかの町サンタフェで、ある日の朝九時と時間を決めて、ぼくはブラジルから、吉増さんはカリフォルニアからそれぞれ同じ時間と場所を目指して移動してきて、そこで落ち会う。そして一日、荒野のなかのインディアンの集落を竜巻と一緒にさまよう。そうした仕掛けは誰に頼まれたのでもなく、相互の刺激としてやってきました。そうした道行きの一つの果実として、この本ができた。ぼくは明日大阪経由で奄美大島に行くし、吉増さんは一週間後にはブラジルへ行かれるということで、今日のこの遭遇も、相互の旅、移動の途上で起きていて、よく考えれば吉増さんとはいつもそんな感じで出会っては話をしていた気がします。少なくとも私たちの対話は、定住者の日常において起ったことはあまりなかった。つまりそこに現れたお互いが、直前には全然違う場所で、違う言葉、違う空気、違う人間たちのなかにいた。そうした、ついさっきまで浸っていた関係を本来人間の身体は簡単には切り離せないはずですね。しかし東京という場はそれを切り離し、ノーマルで正常な、日常の自分に早く戻さないと物事が進まない。われわれはそういうルーティンの身体、身振りを嫌でも身につけているわけです。ところが私もたぶん吉増さんもその辺が無頓着なものですから、直前に没頭していたもの、かかわっていたことをそのまま引きずりながら接触していることが多い。するとお互いにいろいろ話したり信号の送り合いをしているところに、それぞれ引きずっている糸のようなものが靡《なび》いているのが見えるし、感じられる。その糸にはほつれや糸玉が出来ていて、それが、物語として、そこにいる存在だけでない何かを語っているような気がする。ぼくはいつも吉増さんが引きずっているそういう糸、そこに引っかかっている塵や糸玉や屑、プラスティックや木片を眺めては興奮していたような気がします。最初の対話も、吉増さんがインドのカルカッタから帰った当日でしたね。神保町辺りで、ぼくの『荒野のロマネスク』を片手に抱えて現れた。本の天地と小口の三辺に付箋がびっしりと貼られていて、ひらひらとなびいていました。これを、タゴール詩集の傍らに置いて道中で読んできた、というのが対話の始まりだったと思います。ぼくもまた、未だになかなか定住できない人間ですが、当時も奇抜な色や質感の糸屑をいっぱい身体にひっかけて吉増さんの前に現れたのだろうと思います。

それがどんな風に「群島《アーキペラゴ》」というテーマへと結びついていったのかわかりませんが、「群島」というイメージ、あるいは言葉がかなり具体的な感触を持って吉増さんやぼくの前に現れたのはそれほど古いことではなく、ここ五、六年の思索の展開のなかだったと思います。きっかけとして決定的に大きかったのは、奄美群島という島々と出会って、そこに何か特別で固有の問題を発見したというよりは、自身がブラジルやメキシコやカリブ海を渡り歩きながらまだ言葉にならないまま考え続けてきたことが、奄美群島という別な受け皿、受け止める場を得て、本格的に「群島」という世界ヴィジョンに向けて拓かれたという経緯があります。「群島」とは、まず何より徹底的に具体的な場です。だからぼくにはいつも世界を、具体的・身体的な手触りを持ったものとして感じとりたい、そうしたヴィジョンを常に求める気持ちが強くあります。思想というかたちになる以前の意識や思考がデリケートに立ち上がるときの感触のようなものですが、それを手がかりにして、自分が世界のある場所に新たな居場所を得る。

多かれ少なかれ現代の人間はみなそうだと思いますが、自分が属していると思われている場所にたいする自明な関係をすでに持ち得ない。ふるさと、田舎、native place、いろいろな言い方がありますが、そういう出自の問題だけでなく、ほとんど誰もがどこか別の場所で生まれ、どこかから出てきた人間です。新しく関係を築くことになった場所との付き合いが、かならずしも常にうまくいっているわけではないし、様々な矛盾を抱えている。その場所は土地というかたちで考えなくてもいいわけで、国家のようなもっと抽象的な帰属関係でもいいし、言語、ジェンダーなども、われわれが属すると考えている一つの「場所」です。それらも含めた上で、自分自身が特別にどの場を通じてこの世界に住み着くのか、ということに関してぼくは考え続けてきました。吉増さんとお会いしてからの一六年も、自分自身を世界に住み着かせるやり方、その新しいヴィジョンをひたすら求める道程だったと思います。

そういうなかで吉増さんも、世界におけるすべての詩人のなかでもっとも非定住的な場から詩の言葉を生み出している詩人の一人であることは間違いない。ぼくが最初にお会いしたときに吉増剛造という詩人にたいして持っていた最大の関心もそこにありました。移動のなかで吉増さんが、とりわけ吉増さんの耳が聴いてきた世界の音・言葉が非常に直接的なかたちで詩作品のなかに写し取られる。ぼくも移動をしながらその場でもっとも本質的にものごとを考えようとしていましたが、当時そこにはまだ人類学・民族学といった学的なフレームワークがどこかにはたらいていました。この本を読む読者は、初期の二回くらいの対話は、ぼく自身がまだ民族学的なフィールドに囚われながら話をしていることがわかると思います。ところが冒頭に収められた、去年奄美大島で島を巡礼するように旅しながら、ところどころ立ちどまって対話した記録では、ぼく自身がほとんど職業的・専門領域的なアイデンティティを失っています。それが現在の状況ですが、そのなかで「群島」というような、およそ今まで学問の言葉遣いとして取り上げられることもなかった、学問の枠組みからは生まれてくることのなかったようなヴィジョンが、少しずつ確信をもって見えてきた。それが吉増さんの存在によってさらに強い確信に変わっていった、といってもいいかもしれません。

現実の言語の反転の力に敏感であること

今福…「始原の海」を指すギリシア語から生まれた「アーキペラゴ」には「群島」あるいは「多島海」という意味があります。それ以外に「エーゲ海」という意味もあります。固有名詞としては大文字で書くことでエーゲ海を指します。西欧にとっての原型的《アルカイック》な海としてのエーゲ海、つまりギリシア叙事詩の世界と考えればいいと思います。人間の共同体が都市国家というようなかたちで作られながら、そこに神々や英雄をめぐる神話を背景にした人間の戦いや冒険があり、それが古代ギリシアの叙事的な世界を作っていった。それはエーゲ海という多島海から始まった。そういう意味では人間がものを考え、社会を構成していく原型的な場に「多島海」、「アーキペラゴ」が揺籃の海としてあった、とも言える。ところがそのことをどこかで忘れたまま、近代社会はすべてを大陸的な制度に作り変えてきてしまった。ジェノヴァやベネチアみたいなところで最後の栄華を謳歌した後、海洋的な想像力は、西欧においては潜伏してしまった。ですから「アーキペラゴ」をエーゲ海という固有名詞に戻して考えることも非常に面白いことなのですが、導入としてお話ししておきたいのは、「アーキペラゴ」の残りの二つ、つまり「群島」と「多島海」という意味です。これは一般名詞としての意味ですが、とても面白い対照を作っています。「群島」というと島の連なりのことです。イメージとしては島が点々と海上に連なって並んでいる。日本列島と言っているものも、地図的なイメージのなかでもう一度広く捉えなおしてみれば、アリューシャンから南西諸島、さらに東南アジア、フィリピン、インドネシアまで連なる大きな群島の連続性のイメージとしてあります。つまり海に群れつつ点在している島のイメージが「群島」です。

　ところが、「多島海」というイメージは逆で、文字通り多くの島のある海、ということで、島ではなく海を指している。ちょうどポジとネガの関係になる。地《じ》と柄《がら》、と言ってもいいですが、海と島が「アーキペラゴ」という単語のなかで反転するんです。この反転のイメージ、感触がぼくにとっては非常に刺激的です。島々がたくさん浮かんでいる海、あるいは海の上にたくさん浮かんでいる島々、という、ポジとネガが常に反転しながら一つの言葉のなかに同居している。ある角度から見ると真っ白に浮き出して見えるものが、別の角度から見ると影に沈んで見えるという反転。一つのものが持っている両面性、表裏一体性というとわかりやすいかもしれません。複雑なプリズムを抱え、ほんの僅かな視点のずれでクルッとひっくり返ってしまうような、そういう機敏な現実、世界のありよう、それを感じ取って表す視点や言葉遣いを、私たちはこれまであまり持っていなかったのではないか。

　結局われわれは言葉というものを使いながらものを考えようとしてきたわけですが、そうすると一つの言葉は、常に一つの出自、帰属を持たされる。ある概念、ある言葉が非常に不自由なかたちで土着性というか意味の帰属先を持ってしまう。それを引き離そうとしてきたのが詩人だと思います。ぼく自身も別な方向から、厳格な学問の言葉遣いを不透明で多義的な方向へ向かって引き離そうとしてきた時代もありました。そうした反転をたえず仕掛けるヴィジョンが「アーキペラゴ」という言葉のなかには隠れている。われわれがこれから言葉をもってものを考え、表現していこうとするとき、この反転の力は非常に重要です。

吉増さんの導きですけれども、奄美という群島にぼく自身が出会うことになって、五年ほど前からわれわれの群島的な対話関係が一挙に深いところに踏み込んでいった気がするんです。それはたとえば奄美群島の島々の地形や人間の営みのありよう、あるいは日常の言葉が、今言ったような非常に機敏な反転性を抱えていたということがあったからだと思います。奄美群島の集落はかならず入り江の一番奥にあります。だから入り江があるだけ集落があると考えればいい。内陸には、古い集落は一つもありません。人間はやはり島に住み着くとき、入り江の奥に集落を作った。そこから海を伝って外に出る。陸路ではなく、海が道になっている。これはギリシアのエーゲ海の原型的な人間の交通の関係と同じです。奄美でも沖縄でも、集落のことを「シマ」と言いますけれども、これは今でも縄張りみたいな意味でわれわれの言葉にも残っている言い方です。元々は四方を囲われた区画や領域のことですね。入り江によって周囲を画された集落も一つのシマだった、ということです。つまり一つ一つの浦が一つのシマを持っている。そしてその無数の浦々に一つずつのシマがあり、それが海を介して繋がっている。まさに集落から集落へ移動するということは、シマからシマへ海を伝って移動することになるので、それがシマ（島）と呼ばれている必然的な理由がよくわかります。奄美群島は、その集落の一つ一つが一つの島、island を作っていることが瞬時に了解される場所なんです。しかもそこに反転の契機がかくれている。つまり浦と浦のあいだには当然岬があって、この地形はちょうど裏表の関係になっていることが地図を見ればわかります。つまり岬や半島の形を裏返せばそれが入り江のかたちになる。半島は peninsula と呼ばれていて、insula は島で、pen というのは「ほとんど」という意味の接頭辞なので、「ほとんど島」という意味ですね。日本語でも「半ば島」であると言っているわけですが、半島であったところが海岸線が少しずつ浸食されていって島になったり、逆に島が川から下ってきた土砂が堆積して陸続きになるということもよく起ります。こうした浦と岬によってできた複雑な海岸地帯は、入り江になったり半島になったり、また島になったりというふうに、揺れる輪郭が常に反転を繰り返しながらきた場所です。われわれは抽象的に国家や国境を海岸線を想像しながら確固たる実態をもった境界線であるかのように考えていますが、実は輪郭は常に揺れたり反転したりしながら曖昧で、自在に変わってきたし、これからも変わっていく。地形学的にもそうだし、文化地政学的にもそうです。恐らく小さな集落から始まって大きな国家に至るまで、その輪郭は常に揺れ続けている。「アーキペラゴ」という思想、ヴィジョンがあるとすれば、それはこうした現実や言語の反転の力に敏感であることです。そういう、具体的で微細な感触から、一つの大きな思想的な可能性までを含んで、われわれは対話を続けてきたという気がします。『アーキペラゴ』というこの本に込められた、極小の問題意識ともっともマキシマムな問題意識の関係をお話しできていればいいな、と思います。

砕《くだけ》＝崩《くずれ》＝嘔吐

吉増剛造…今福龍太さんにもまだ見ていただいていないのですが、今日は「佃新報号外版」と名付けて、私製の新聞を、今朝から、綴ってきました（新聞が会場に配られる）。ふつう「洞察力」なんて言い方をしますが、洞察力にもいろんな凹みや入り江があるらしくて、今福さんによって洞察されているらしいことが、私は迷いながら、ここはどう語ろうかと思っていましたことを、龍太先生が触っているようなところがありまして、少しびっくりしていました。まず、申し上げておきますが、芭蕉さんの『奥の細道』のなかの隠蔽されちゃっているような句で「島々や千々に砕けて夏の海」というのがあります。後でも触れますけれども、リービ英雄さんが九・一一の時、学生のときに学んだこの芭蕉の句の英訳、All those islands/ Broken into thousands of pieces/ The summer sea.、これを思い出すということを下地として書かれた小説があります。それを知らなくて、ついこのあいだ『島ノ唄』の取材にいらっしゃった朝日（新聞）の河合眞帆さんからそれを聞かされて、『奥の細道』の松島のあたりをもう一度調べなおしていたところでした。ところで、この「号外」ですが、本当でしたら対話なのですからこういうものを差し出したりしてはいけないという判断が働くはずなのに、これを自然に強行してしまったところに、今福龍太さんの、何と言ったらいいんだろう、洞察力とかキャパシティといったものを超えたような何かがあるんですね。『奥の細道』のなかで隠蔽されてしまっている句「島々や千々に砕けて夏の海」の「砕けて」というと波が砕けてなんですが、この「け」を抜いてみる――そういうテキストもあるんですね――そうしますと「砕て（くだいて）」、小さな波が島に食いつく、というイメージに劇的に反転をする。海に咬みつくのか波が咬み砕くのか、わかりませんが、一瞬にして反転するんですね。この句は俳句的・美学的につまらないからと隠蔽されてしまっているのでしょうが、この「砕」という一字が持っている恐るべき力に着目してこなかった人の目が、これを隠蔽しちゃっているんですね。それに気がついて、さっき、二時頃だなあ、ぼくが大先生として神様みたいに尊敬している尾形仂先生の、ぼくのバイブルの、ボロボロになっている『奥の細道』を急いでみたら、この句は、影もかたちもない……(詳しくさらに読み込みましたら「角川日本古典文庫版」の九九頁に、一行言及がありました、……)。

そうした小さな反転の持っている恐るべき力を、ある非常に大きなところから、美学なり伝統なりによって隠蔽しているということが、こういうところで露出してきたのです。そういうことに名伏しがたい情動とともに気がつきました、これを先ず申し上げて、今日のフリーペーパーを急いで読みます。もう一度音声化するときに変わってくるだろうと思いますが、なるべくもともとの記述に忠実に読むつもりです。

*

おはようございます。入梅が明《あ》けそうで明《あ》けません、この夏の大切な日曜日に、…わたくしどもの『アーキペラゴ』の初湯《うぶゆ》か、初声《はつごえ》のときに、青山ブックセンターに、思い切って(昨日《きのう》の両国の花火のこゝろのように、…)、お運《はこ》び下さいまして、有難うございます。お運びってのいいんだよなあ、英語を引いてみたんだけど〝お運びくださいまして〟なんて英語はないなあ。口火(くちび)あるいは導火線は、導火線というのは、これはディラン・トマスが天才的な着想で言ったフューズや今福さんの筒(つつ)が含意されています。(fuse, tube...channel)。本書の編集担当の樋口良澄氏と、今福龍太氏の、……なんと形容しましょうか、その形容が多岐に渉り、形容しようとする心が上下にバウンドして、仲々にむつかしい。…そう、類《たぐ》い稀《まれ》なる耳のスタジアムの人、…と名付けましょうか、…。いま、心が上下にバウンドして、…のあたりで、この人サッカーやりますからね、サッカー・スタジアムの歓声の幻聴が浮かび、…この全身学者は、サッカーの名手でもあったそうですので、…もう、フットワークとか(勿論「フィールドワーク」などとは決してぃわず、…に)内耳《ないじ》のフィールドの間断のない、波紋、地鳴りが、…この人の心に働いていることを思い、そして、きっと、わたくしのなかの言葉も、まったく、思い切って〝類稀(たぐいまれ)なる耳のスタジアムの人〟という、形容といいますよりも、〝像〟が顕って来ていました、…。おそらく、インカやアステカのあるいはグアテマラの血の〝声〟も、ここ、こういうスタジアム性ですね、……には混じっているのでしょうし、こうして顕（た）って来ました、今福龍太氏の巨きな未来の像の予兆の徴（きざし）に、この名づけ方によってわたくしは満足をしておりますことを、申し上げ、…お二人による口火（くちび）と『ペラゴ』、どうしてかしら、〝アーキ〟を取って『ペラゴ』って言い出していますね、…その成立に至るお話しのトーンを想像しながら、…わたくしは、勿論、対話者でもあるのですが、この書物の少しく奇跡的な成立によって生じました、一六年間こんなこと想像もしていませんでしたけども、どういったらよいのでしょう、…フランツ・カフカの『城』を参照いたしますが、…ぼくは『城』から出られない、『城』に戻っていく、そういう人なんですけれどね、これからはもうカフカばっかり読んで行こうと思いますが、…〝どうしても、それがなくては、生きては行けない空気、…〟その〝空気のようなもの〟が、とうとう、この書物に成立によって、…それを吸い込んだり、少し吐き出したりすることが出来るようになって来たのだ、…という、全く予想もしていませんでした、…〝蘇生〟の口火（くちび）や管（くだ）が、その根や茎（くき）の繁茂への希（ねが）いが、この『書物』の成立によって、思いも掛けずに立ち現われて来た、…ことの、…事後の個的な、…しかし、じつに切実な、今日のレポートなのです。なにかが、溶けはじめて来ていました、…。これをこそ〝多島海性〟というベキなのかも知れません。〝生きるためにどうしても必要な空気〟は、わたくしも引用したことのあります『城』からでしたが、…今日は、別の個処を引いてみようと思います、……。

「Kは、…二三度轉がつて二人の體はクラムの部屋のドアに鈍い音を立ててドスンとぶつかり、さてはこぼれたビールの水溜まりや、床の上を覆つているその他の物のなかに、横たわることとなつた。そこで二人の呼吸がとけ合い、二人の心臓の鼓動が一つになつたまま、何時間も過ぎていつた。が、そのあいだにKは、自分は道に迷つているのだという感情、或は自分より以前にはまだ誰一人来たことのないほど遠い異郷へ足を踏み入れてしまい、この異郷では空気の成分さえも故郷のものとは全く別物で、萬事があまりにも異国調なために窒息してしまうほどであり、……」

　呼吸ができないということの空気感をここで言っています、フランツ・カフカの『城』から、こんなにも長く引きましたのは、カフカが感じていたであろう、〝窒息感《ちつそくかん》〟そして〝嘔吐感〟、何かね、吐き出して食べて吐き出して、お腹が膨れて傷ついて、というものを含んだ嘔吐感に至る発見感（折口信夫）の確認の道筋と、そこでの細かな身体感の発動をみておこうとすることでありましたとともに、わたくしは幼少のころからフランツ・カフカを異常に愛するもの（者）ですから、…もういちど、カフカ読みに戻って行こうとする回心のあらわれでもありました、…。さて、空気のことです。カフカのいう空気は、あり得もしない清浄、透明な空気では、決してないのであって、……まさに、窒息してしまうほどの、そして嘔吐感とともに、〝他の物のなかに横たわる、…〟しかない、…そんなところで、吸ったり吐いたりされる（まるで巨きな咳（せき））のような〝空気感の（異物の）粒子感のようなもの〟……その呼吸なのです。その呼吸でしかないのです。この書物の上梓後のわたくしの自然な覚悟は、気がついたら、そうした〝空気〟を吸いはじめていた…ということでした。これは確実です、…。その〝確実〟を、カフカさんのように、官能的、身体性をもって綴れませんことが残念ですが、…いや、でも、……。いまから、…少しでも、〝類稀なる耳のスタジアムの人〟今福龍太が、眼の筒（つつ）のようなところで、掬（すく）って来てくれましたことを巡ってお話しをさせていただいてから、再（また）わたくしの貧しいでしょうが、決定的な生の穴（あな）の口火（くちび）に戻ってみようと思います。『アーキペラゴ』の表紙に、タイトルかと紛（まぎら）わしい姿で、…これは、秀れたデザインの中島浩氏と樋口良澄氏の手さぐりのこころみだろうと思います、……千々石（ちぢわ）islands…、この〝千々石《ちぢわ》〟は、今福龍太氏が、水俣（みなまた）紀行の途上で👁にした、一瞬のor一駒の、……そう天性の柳田国男の——目とフットワーク発見の確認の徴（しるし）でした、…。どうです、この〝千々石islands〟の綴りと響きとを、よーく舌の上に転がして味をみて、色を試してご覧になると、ほんの少し吐気《はきけ》、…自らの息のなかに、少し嘔吐を感じませんですか、…。おそらく、ここに、うごく芽（め）と芯（しん）があるのだろうと、わたくしは思っています。優れた、フランス文学者である山本光久氏（当時「図書新聞」）の発案によってはじまった。この本の、〝千々石《ちぢわ》＝Chijiwa＝ちゞわ〟を、少しづゝ少しづゝズラして、滑らせるようにして行きたいと思いますが、このじつに幽かな嘔吐というか、舌触りというか、吐き気の生じてくるような香り（感じ）に〝多島海〟は抱かれているのだと、自得、自覚、わたくしはしておりました。『ペラゴ』について『島ノ唄』をめぐって逢いにこられた、旧知の河合眞帆さんが、ヨシマスさん勿論知ってるわよね？　といわれて、リービ英雄氏の『千々にくだけて』（講談社、二〇〇五年七月）に触れましたときの、…知らなかったことへの、…やはり〝嘔吐〟、……これは自分の呼吸の匂いを嗅ぐような感じだった、…刹那の働きについて、少しだけ語らせて下さい。9・11のとき、……、リービ英雄さんは、ちょうど飛行機に乗っておられて、国境が閉鎖されてカナダ辺りで降ろされたらしいんですね。その時にテレビの画面から流れてくる、例の飛び込んでいくシーンを見てだったのでしょう、次のくだりは、…。

「千々《チヾ》にくだけている、と自分の気分をまぎらわせる、そんな日本語を思い浮かべた。島々や、千々にくだけて、夏の海、と芭蕉の松島の句に集中しようとした。手がまた動き出そうとした。エドワードはもう一度「島々や」の文字を必死に想像して、そして、all those islands とさらに頭のなかで響かせてみた。エドワードが二〇年前に、S大学の教授から聞いた、「島々や」の名訳だった。All those islands/ Broken into thousands of pieces/ The summer sea. エドワードは窓に視線をそそぎながら一人で小さな声をもらした。「しまじまや、all those islands!」

千々に　なんと美しいこと、……わたくしは、これを知らなかった。『奥の細道』の「夏草や兵どもが、……」のすぐ前の句……。〃えッと驚いて〃急いでわたくしの聖書《バイブル》、尾形仂先生の『奥の細道』をみるも、そのかげもなし、……。（一行だけ、……）。この句は、それを、ほぼ完全に隠してしまってもよいのだ、と考えたらしい痕跡、……しょうがない、…と、芭蕉全句を調べてみましたら、加藤楸邨さんのなかにこういう風にしてありました。以下、加藤楸邨氏による（ちくま学芸文庫）。

島々や千々に砕（け）て夏の海――「見渡すと、松の生い茂った美しい島々が、天工の妙を刻んだように、夏の海の紺青のなかに砕け散って、まことに見事な眺めだ」の意。～『管菰抄』付録には、「奥州松島にて」と前書きし、中七「千々にくだきて」とある。『芭蕉句選拾遺』は、『蕉翁文集』と同文と見なしうる前文を付して収めるが、中七は「千々にくだきて」とある。『俳諧一串抄』には「千々に砕て」と表記して収める。土芳の所伝により芭蕉作と認められる。島々が夏の海を砕いている、という解釈も成り立たないわけではない。」

ぼくの私的解釈だと、どっちかが、互いに、咬み付いている、咬んでいる、という解釈が成り立つ。ぼくは「砕」という字を使った、芭蕉の沈黙の非常に深い眼差しに感嘆しています。ちょうど『細道』の裏側には、日本海側で月山を詠んだ「雲の峰幾つ崩れて月の山」という句が出てきます。何度も何度もあの薄黒い雲が折り重なって折り重なって、崩れ落ちてきて、月の山が出来たことか、その「崩」の字と、この「砕」というのは、芭蕉の感受性のなかでペアになっている、とぼくは見ます。「荒（あら）」もそうです、…。ここで、どこにお前の言う「嘔吐感」があるのか、と自問自答してみました。

そして、とうとう『アーキペラゴ』以降、私はもうはっきりと、さまざまな違ったものを、波も島も、もう一緒に呼吸して、その嘔吐感を呼吸しながら、呼吸を作っていくことになったのだという自覚の小声を耳にしました。そして、新ロードムービーを、その瞬間にとりはじめていました、……。その新ロードムービーのお披露目です。〝そうさ、志低く、どうでもいい映画をとれ〟（年来の親友のジョナス・メカス）、その声が、恐らく「国文学」には、欠けている、それに気がついて、そこに、根源的な吐気がありました……。そういうふうにわたくしは、自分で納得をしていました。このペーパーに、結論、結語のようなものはありません。先ほど申し上げましたように、齟齬はありましょうが、〝砕《くだけ》〟＝〝崩《くずれ》〟＝嘔吐の非常に深い部分、かたち、香り、匂いへの呼吸感の発見が、『ペラゴ』のあとに発生して来ていましたことを申し上げて、今から七分半くらいずつの「まいまいず井戸　take1」と「まいまいず井戸　take2」をご覧いただいて、一言申し上げて終りにいたします。

　一つは七月七日、七夕の日に参りましたまいまいずの映像です。もう一つは昨日の夕方、羽村（はむら）へ行きましたら、お祭りでごった返していて入れなかった。ですが、何とかもぐりこんでとった、昨日の映像です。

＊

吉増…佃新報の号外号のご説明を少ししておきます。この「メルシュトレームの大渦巻」はハリー・クラークという人の描いた旧版のポー全集の挿し絵です。それに場所がないのでここに貼りましたのは、……アイヌの人たちの聖地ですが、登別のそばの蘭法華《ランポッケ》にあるアフンルパル ahun-ru-par です。「あの世への入り口」という、内臓的な不思議な穴が昔あったのですが、それの写真を――写真自体が大事な資料になっているのですが――貼り付けてみました。そうしましたら、アフンルパルが、ポーのメルシュトレームと話をし始めました。こういう試みは、それこそ龍太先生の言われる反転が、それを、傍（そば）においてみると、いつどこで起こるかわからない、そうしたものの信号であったのかもしれません。大変な喜びは、子供の頃から好きだったエドガー・アラン・ポーの「…a smooth, shining, jet-black wall of water, …」という、ポーにおける、しっとりと重い水の感覚と、奄美、沖縄、あるいはわれわれの始原の水の感覚が、こうして時を経て、地下で、すぐ傍（かたわら）で、交わりはじめた、ということでした。この試み、あるいは、龍太さんの非常な洞察力に沿って、こうしてヴィジョンの獲得が出来はじめてきた。そうするともう枠や柵は、取っ払っちゃってもいい……。もうほんとうに、〝志低くして、どうでもいい映画〟を撮っていけ、…〟そうした瞬間の反転が来てた〟っていうのが、この号外の見出しです。どうぞお持ち帰りください。

向こうからの咬み付き

今福…この二本の映像にはまずびっくりしました。こんなことやっちゃっていいんでしょうか（笑）。『島ノ唄』という、吉増さんの奄美・沖縄での動きを追った正統的なドキュメンタリー映画が公開されるという時に、こんなトンデモナイものを自ら作ってぶつけてしまったら、もう……（笑）。

吉増…うん。でもね。もうね、やみがたいような反転の契機があってさ……。場面の刹那が顕って来てしまった。もちろん、先ほど、今福さんが正確に言われたように、潜在的に、多島海性にしても島と海の関係にしても、どっちがどっちだかわからない。さっきの「砕て」じゃないけど、「咬み付く」と「砕ける」と「ぶつかる」と、正反の宇宙の本質みたいなものを、知ってるということにまた衝迫された、島宇宙ですね。だけど、瞬時にしていろんなことを勉強していて、（早稲田の）堀内先生から言われて突然ハーマン・メルヴィルの『モービィ・ディック』――モービィ・ディックも恐ろしい水の世界ですからね――に接して、突然、又、アラン・ポーに接する。ポーだってあいつ、飲んで呑んで飲み潰れちゃったけれども、本質にあるのはこの恐ろしい水でしょう。それをこちらが生きて悪いことはないわけよね。

もちろん才能がなくてしょうがなくて六十数年生きちゃったけれども、そういう時が立ってくる。そうすると飛躍や飛び越しや何かっていうのは、もう構わねえやっていうことになるよね、……。

今福…それをビデオカメラで、いよいよ自ら作品化してしまうところまできているところに、びっくりして見ていました。傑作ですね。

吉増…それも一六年くらいかかっているのね。ぼくもビデオカメラを持って一五、六年になるし、ジョナス・メカスのようなものも撮りたいと思ってたのに、それも二〇年以上もかかっています。機械との折り合いってそんなに簡単なものじゃないでしょう。機械と馴染んでいって、それが表現に変わる、その契機、そういう瞬間が来るって、そうそう簡単なことじゃないですよね。

今福…その瞬間がいよいよ来たんですね。ぼくは今ものすごく斜めの角度で見ていたものだから、まいまいず井戸に降りていく道がびっくりするほど狭く見えて、人間が横になって平べったくなっていかないと降りられないんじゃないかと思えるくらいでした。そしてあの横田基地の脇の道も、奇妙に狭く感じて、不思議なディメンションでした。

吉増…いま傍にいるからそれに気がつくんですが、樋口良澄さんとの最初の出会いが、横田基地の近くを車で彼の友達の映像作家の金井保弘さんと一緒に映画制作のために通った時でした。その時は意識していなかったけれど、すぐ近くにまいまいず井戸、この柵（さく）の鉄条網の向う、横田基地の下底には、恐らく、洞（ほこら）もウタキもあったろうし、非常に深いものがあるはずなんです。ようやく、そんな当たり前のことを、五〇年、六〇年かけてそのヴィジョンを得ることができた。いかにあの平面と大滑走路みたいに簡単なものが、こんなにも永く人の心を呪縛することか。その、自分自身の感受性のダメさにたいして、大変な嘔吐感が来ましたね。そして嘔吐感そのものが、呼吸を開始したとき、いろんな反転が起きてきた……。

今福…嘔吐感、というふうに言われていますが、それは決してネガティブな意味だけではありませんね。何かが何かと連絡し合い、突き抜けた感触だと思うんです。そうした啓示的な感覚を私たちはついつい晴れ晴れとした聖なるものとしてこれまで語ってきたんでしょうけれど、その感覚はむしろ嘔吐というような、もっと肉体的な苦痛や疼きのような感覚なのかもしれませんね。

吉増…うん。……嘔吐を、即座に、積極的なものに変換したね。

今福…奄美との関わりが少しずつ長くなり、深く入れば入るほど島の精神、霊的な力を感じる肉体の回路がどんどん深いところに入っていくわけです。肉体の内部にある管みたいなものを介して、深いところに島が力を及ぼしてきてる、そういう感じがしていました。昨年徳之島で、闘鶏のために飼っている知人の家のシャモに不用意にちょっかいを出していたら目が合って、シャモの目を通じてビリビリっと背中に電気が走った。これをふつうはぎっくり腰というのかもしれませんが（笑）、ぼくはそれを認めず、島の霊力がシャモの目を通じて、ぼくに新しい攻撃を仕掛けてきたんだ、と受け取った。すでにユタとか、霊力を持った人たちの目は直視しないように、だいぶ訓練を積んできたつもりだったんですがシャモの目だけは、ついつい油断していた。こちらが習熟すればするほど、島はさらに巧みな攻撃を仕掛けてくる。それで歩けなくなり、一カ月寝込みました。その時吉増さんが心配されて家に電話をくれたので、「実は徳之島の霊力にやられてずっと寝込んでいるんです」と言ったら、とっても嬉しそうに「ああ、そうだったの」と言う。ふつうの人は「お大事に」とか「早く回復してください」と言ってくれるんですが、吉増さん一人「ああ、それはしばらくは治らないほうがいいね、その力はしばらく感じていた方がいいね」と嬉しそうに言われた。驚きの反応でしたが、実はぼく自身がそう思っていたんです。なぜかぼくもこれは簡単に治りたくはない、と思っていた。簡単に治ってしまえばぎっくり腰に一週間悩んだ、というだけのことになる。ですが、ぼくはこれが「神事《かみぐとう》」、つまり土地と人間意識の特別な連絡として生じた出来事だと感じていたので、一週間程度では治りたくない、治るものでもない、と思っている。見事に一カ月以上痛みが続き、実は今でも残っています。そうなってくると吉増さんが言うように、その痛みを感じ続けることで突き抜けていくある理解というか、それがようやく訪れたな、という感じがしてきたんです。

吉増…そうね。その通りだ。嘔吐が、そうね。龍太氏は、こういう経験的な痛みにも直通させてるけど、傍で見ていると、この人のなかに働いている世界を見るときの――通路とかパサージュとか言うけれど、そういうものじゃなく――細い細いパイプ、筒と言ったらいいのか、ほつれや糸玉やが、その何かが、連絡線として通じている。そういうものがいろんなところに走っている。たまたまそのシャモの機嫌が悪かったから、痛みが走ったけれど、いろんなところでそうした筒――パイプだったり楽器でもあるけれど――が空中を走っている。この人はそれに向き合って、独（ひと）り、それに対して世界を解除している。だから痛みを感じるんですね。

　驚嘆してね、こいつ天才だと思ったけど、ソクーロフの映画を見たときに、そこは、とんでもないボロ講堂だったので、外の雨の音が聞こえてきていたのね。そのとき「外界の雨の音と、われわれの見ている世界が一本の筒《つつ》によって結ばれていますね」と言った。ああ、こういう感受性の奴だ、と思った。すると瞬間にしてそれを学ぶわけです。こちらが、瞬間にして学んで、いろんなパイプや糸や何かボロ靴下みたいなもの、いろんな違う、溜め込んである、別の池について、あるときバーっとわれわれは言えるようになるわけです。瞬時にしてそれが生き始める瞬間ってある。それが煮え立つようになったとき、それが嘔吐感ですよ。その嘔吐感と一緒に生きないといけないし、そういう立ち方をしないといけない。

今福…今日はこの映画をもって、吉増さんは、いま言われた嘔吐感というものとこれから生きるんだ、と宣言されたんだと思います。これは大変なことで、ぼくらは大変な瞬間を目撃している、と言っていいのではないかと思います。

　先ほど千々石の話をされたので少し付け加えますと、

去年、石牟礼道子さんの全集の解説を書く仕事もあり、水俣ではなく天草に行こうとしたんです。彼女の生まれは水俣ではなく不知火海の対岸の天草にある小さな町です。水俣の問題を不知火の海や天草群島の感触全体のなかで見直して見たいと思って、わざとずらして水俣へは行かず、周辺をまいまいず井戸のようにぐるぐる回った(笑)。

吉増…それが今福龍太だな。

今福…それで立ち寄ったのが島原半島の千々石という村です。「千々」の「石」と書きますが、石は岩ですから「ちぢいわ」と言っていたのが「ちぢわ」と縮まったのでしょう。天草にフェリーで渡るために島原半島の南端まで車で走っていたところ、看板に「千々石」、ひらがなで「ちぢわ」と振ってあった。それで引っかかって車を停めた。海岸は美しくて松林もあり、かつては長崎の人が海水浴にやってきたそうですが、今は水質汚染のためか閑散とした海岸です。ちょうどそこから、それまできれいな砂浜だったのが突然岩の断崖のある海岸になっていき、その岩が海に崩れ落ちている。急にそういう地形に変わる。そこから島原半島の南端まで、海と陸の狭間はごろごろの小さい岩だらけで、まさに千々石という地名通りの地形なんです。そんな海岸線の様子が、柳田国男の『海南小記』の冒頭、九州南部の海岸線を語ったところにも出てくる。島と陸のあいまいな中間地帯について、柳田のほんとうに微細な目で描かれた文章です。陸地がどうして海になるかを読み解いた部分ですが、そのあいだにいろんな段階があると書いている。陸が海に砕けながら次第に「地の島」が陸から切れて「沖の島」になってゆく、と。島そのもののそんな生成のありようをこの千々石でぼく自身も予期せぬ発見として見た。その千々石の話を聞いて吉増さんが「千々石 islands」という混淆語《ピジン》をこの本の隠れた副題として提案されました。表紙をご覧ください、「群島としての世界へ」という公式の副題より字がはるかに大きくデザインされています(笑)。書店が固執した営業的なわかり易い副題にたいする、私たち二人(と隠れた共犯者である樋口さん)の、ささやかな反乱です。

吉増…今度「国文学」で折口信夫特集が出ます。ぼくは柳田さんや折口信夫、南方熊楠が大好きなんですが、今福龍太さんによってとらえられた、柳田さんのじつに細やかな歩行ね、それに耳を澄ましていた、その頃にフッと、民俗学ってあれはロードムービーだなあと気がついた。ロードムービーの魅力で、ぼくは民俗学を見ていた。あっそうか、それじゃあ映像化しちゃえばいいんだ。その契機も、いま『海南小記』や千々石の発見、今福龍太の旅の迂回について話しているあたりで気がついていた。

いま思うとね、……それできっとああいうぼくの映像が始まった。

今福：千々石の地形を見ると、確かにふつうは海が陸を侵食している、と考えるのでしょうが、吉増さんが言われるように反転させれば陸が海に食いついている、という感覚もあるんですね。だから両者の反転、揺れみたいなもののなかでぼくらは見ている。今日の映像におけるウリカー（「降り川」）である「まいまいず井戸」も、不思議な窪地ですね。その窪地は陸ばかりではなく、海にもある、ということを吉増さんのお話を伺ってあらためて思います。魚も水のなかで渦のようなものを感じ取っていて、それはちょうどわれわれが井戸や窪地を感じ取るのと同じ凹凸の感じなんでしょうね。井戸は、底に水があることによってそのひっくり返りが見える。同じように、海が陸に咬み付いているだけでなくて陸も海に咬み付いている、その関係と関わってくる。ところが客観主義を装う学問の言説は人間が風景や場所に一方的に咬み付いて、そこからの発見や理解を記述してきた。でも今の吉増さんの映像は、風景の方が、あるいはまいまいず井戸の空気が吉増さんに咬み付いて来ている部分を描いているように見えます。そして詩人はそれを決して拒まない。こちらが咬み付くアクションと同じだけのアクションが向こうから起こって、向こうからも咬み付きが常にあるんだ、ということが一番ショックですし、その感触が一番強烈です。それが今日潜在的にずっとお話ししてきた反転の問題にも関わっているんだと思います。これまで主体は咬み付く側でしかなかった。研究の主体でも表現の主体でもいいんですが、それは実はつねに外から咬み付かれてもいるんだ、ということを暴いていかないといけなんでしょうね。吉増さんの映像はそういうことの一つの新しい宣言ですね。

港千尋との対話

2011

戦間期
——シモーヌ・ヴェイユ, 愛, 恩寵

二〇〇七年一一月から一二月にかけて、東京・茅場町のギャラリー・マキで私自身の企画による展覧会「ブラジルから遠く離れて　1935/2000」が開催された。クロード・レヴィ＝ストロースの九九歳の誕生日に合わせて始まったそれは、この不世出の人類学者が一九三五年からのブラジル滞在中にサンパウロで撮影した陰影に富む街路のスナップ写真五〇点ほどを複製展示するとともに、二〇〇〇年にサンパウロに半年ほど滞在した私がおなじ地点を探し出して再撮影した写真をそれに併置し、両者を隔てる六五年という年月が一つの可変的な都市空間の風景に刻みつける記憶の綾《あや》について、イマージュを媒介に考えてみようという試みだった。この一年後の二〇〇八年一一月二七日、おなじギャラリーで「世紀の時間を抱いて――レヴィ＝ストロースの百歳の誕生日前夜を祝う会」が開かれ、写真家の港千尋氏と私はくつろいだ公開対話の機会を持った。このとき港氏は、フランスで碩学の晩年の日々を身近に撮影した写真集『レヴィ＝ストロースの庭』（NTT出版）を上梓したばかりであり、私は先述の展示企画の書籍化でもある『サンパウロへのサウダージ』（レヴィ＝ストロースとの共著、みすず書房）を刊行したところであった。私たちは、まさに「一世紀」をまるごと独創的な思索の時として生きた稀有の知性の存在を傍らに感じながら、この「百年」という重層的な時間のスケールをさまざまに測りつつ対話したのだった。そのとき、とりわけ私たちの頭には、一九四三年というはるか昔にこの世を去った思想家シモーヌ・ヴェイユと、対話の時点で百歳の現役学者でもあったレヴィ＝ストロースが、まったくの同時代人であり、パリでもニューヨークでも知己でもあったという事実が、不思議な時間の「捩《ねじ》れ」のようなものとして意識されていた。このレヴィ＝ストロース百歳を祝う対話イベントの場に参加されていたのが、シモーヌ・ヴェイユ研究家の今村純子さんだった。そしてこの出会いをきっかけに、今村さんの熱意とアレンジメントによって、ふたたび港千尋氏と私は、逝去直後だったレヴィ＝ストロースの気配が残ったままのギャラリー・マキという場で、こんどはシモーヌ・ヴェイユをテーマにしてじっくり話し合うことになった。二〇一〇年四月三日のことであり、そのときの公開対話をまとめた記録が本篇である。私はこの日のために、「夜、あるいは『戦間期』」と題した手製の小冊子を作り、そこにヴェイユの『重力と恩寵』をはじめとする著作から、私の内部に閃く予兆のようなものに触れるテクストを抜きだして対話の道標とすることにした。若きヴェイユやレヴィ＝ストロースが生きた「戦間期」という歴史的状況が、いままた私たちのまわりに現出しているかもしれない、という怖れとともに……。この対話は今村純子さんの責任編集で『現代詩手帖』誌特集版として刊行された『シモーヌ・ヴェイユ　詩をもつこと』（思潮社、二〇一一）に掲載された。雑誌はまさに、恩寵から見放されたかに見える東北の災厄を目の当たりにしての刊行となった。本篇はそのときの長い対話原稿を本書のために再編集したものである。

PROFILE

港千尋　一九六〇年生。写真家、批評家。著書に『瞬間の山』『文字の母たち』『レヴィ＝ストロースの庭』『書物の変』など。

今福龍太…『愛の世紀』（二〇〇一）は、ゴダールがちょうど世紀の変わり目に撮った、予兆にあふれた映画で、この作品の直後に九・一一が起きました。ゴダールはその後つづけて『ノートル・ミュズィーク』*Notre musique*（邦題『アワー・ミュージック』）という作品を、九・一一を挟んで一種の続編のようにして撮るわけです。いま見た『愛の世紀』*Eloge de l'amour*（原題『愛の称賛』）の映像のなかにヴェイユの本や肖像が登場するのですが、これはヴェイユについての映画ではもちろんありません。ただ主人公がヴェイユについての「カンタータ」を創っているという設定になっています。主人公の記憶のなかにいるヴェイユを彷彿とさせるような女性が、ちょうどフランスのレジスタンスをめぐる錯綜した歴史の綾織りと不思議なかたちで結び付いています。前半がモノクロームの映像で「現在」、後半は突然カラーになって、そこは二年ほど遡った「過去」という設定です。途方もない、広漠とした海岸の映像がその折り返しの場面に挟まれています。これはブルターニュでしょうか……。

港千尋…しかも海のシーンにはフィルターがかけられているのか、三種類に分解されていて、いきなり色の暴力みたいなものを感じます。

今福…デジタル的な処理でなければ出てこない映像かもしれませんが、ゴダールがこんなふうにデジタル技術を使って色を表現するのを見ると、異様な驚きがありますね。

港…車に乗り込むところの会話は二言、三言でしたけれども、あの二言、三言のなかにゴダール自身のそれまでのフィルモグラフィーがちゃんと入っている。「レミー」というのは『アルファヴィル』（一九六五）に出てきた「レミー・コーション」だし、「ルノー」も、ヴェイユはルノーの工場で働いていますよね。実際にルノーの工場の跡地もこの映画のなかには出てきます。

今福…モノクロの前半で出てきますね。とてもきれいなシーンです。夜の工場跡地に屯する若者たち。

港…そういったことが、言葉の固有名詞のなかに入ってきて……だから、とてもよくできた映画だと思います。でも、これはＤＶＤで見てはじめてわかることだよね（笑）。

今福…いろいろな書物の表紙やタイトル、映画のポスター、そういう非常に細かいところにメッセージが込められていますね。ＤＶＤを何度も止めたり戻したりして、細部を確認しながら見たくなってしまう。ただやはり、なによりもぼくは、このフィルムでのシモーヌ・ヴェイユにたいする接近の仕方にとても惹かれます。それは、研究対象としてでもなく、あるいは映像表現をつうじてヴェイユの生涯なり人物なりに鋭角的に迫ってゆくのでもない。ただ唐突に現れる肖像写真や、何気なく主人公が手にしているヴェイユ選集の青い書物【図1】、その影、その色やかたち、そうしたものがゆっくり語り出そうとする、人間の思考の痕跡や感触のようなもの。それから

図1　ガリマール社刊の1巻本の『ヴェイユ選集』の青い本を主人公が手に取るシーン（ジャン＝リュック・ゴダール監督『愛の世紀』より）

主人公とヴェイユとの淡い関わりをつうじてゴダールが柔らかく差し出そうとする未来のヴィジョン。つまりゴダールのなかに持続的にあるヴェイユやあるいはヴェイユ的な存在——それはジャンヌ・ダルクに遡るかもしれませんが——そういう、自分の信仰に対峙しながら自己犠牲的な生き方を貫いた究極の殉教者、これは狭い意味での宗教的な殉教者じゃなくて、魂の純粋形態としての殉教者、そういうものにたいするゴダールの持続的な関心ですね。ともかく、そういうものがこのわずか一、二分のシーンのなかに凝縮してあるような気がする。ヴェイユの気配を感じながらその傍らでこういう語り方を今日の対談でもできたらいいなと思って、まずこの映像を上映してみることを提案しました。

港…言葉を変えて言うと、ゴダールも読者の立場からヴェイユにアプローチしているのかもしれない。フランスに住んでいるときにシモーヌ・ヴェイユという名前の学校がいろんなところにあることを知ったんです。人の名前を学校の名前にすることがフランスではわりと一般的ですが、そのなかでも高等学校《リセ》にシモーヌ・ヴェイユというのがけっこうあるんです。

今福…シモーヌ・ド・ボーヴォワールは？

港…ボーヴォワールはそんなにないかな（笑）、ないことはないけれどね。あとは学校の教室、たとえば講堂を

シモーヌ・ヴェイユと名づけたりとか。そうやってリセの学生であったらかならず名前は知っている存在なんですね。ヴェイユはそんなふうにごくふつうに読まれている。そのことに最初はちょっと驚いた。たしかに手にとると難しい部分もあるんだけれど、やさしく読めるところもある。とくに『重力と恩寵』はそうだと思います。どんなところに行っても書棚に文庫本が入っていてもおかしくない。ゴダールの場合もそうで、子供のころから読んできていて、もう一度こういうかたちで登場させたってことじゃないかな。もちろん二〇世紀の終わりに、ああいうかたちではっきりと彼女の顔を出したというのは、強いメッセージがあると思います。特にルノーを出したのは、そういう場所としても強い明確なメッセージなんじゃないかな。

小さな恩寵

今福…今日の対話のために昨日からヴェイユのことを考えつづけていました。相変わらずのヴェイユの厳格な思考、あまりにも潔癖で純粋な意識のはたらきに捉われてしまって、いま何も考えられなくなっているんです。ただ、『重力と恩寵』*La Pesanteur et la Grâce* を中心にしてヴェイユの言葉を取り出して小さな冊子を編んできたので、これをときどき読みながら、そのテクストを解釈したりするのではなくて、それらを道しるべのように置きながら、今日の対話を進めていければと思います。

冊子の最初に「恩寵は充たすものである。だが、恩寵をむかえ入れる真空のあるところにしか、はいって行けない。〔……〕まず真空がつくりだされねばならない。真空、暗い夜」という断片がありますが、ヴェイユについて何かやりたいということを二年ほど前に今村純子さんが提案されたとき、ちょうどぼくは『ミニマ・グラシア——歴史と希求』という本を出したところでした。この本のなかに、まさに港さんが言ったように、専門家とか研究者とかいうことではなくて、一読者としてヴェイユを読んだ章があるのです。『ミニマ・グラシア』というタイトルには、非常に複雑な意味を凝縮して込めたつもりです。九・一一以後、六、七年間かけて九・一一以降の世界について考えてきた一つの成果ですが、ぼくの違和感は、九・一一にかんして状況論的なものしかほとんど書かれてこなかったのではないか、ということでした。九・一一以後の世界を考える際に、近視眼的な、状況論的な射程のなかで考えているだけでは駄目なのではないか、と。歴史的な射程でいえば、もっと深く、あるいは直接的にはつながらないようなものと何かをつなげたりする視点、事実の相からだけでない、可能性や希求の相からの歴史への接近。そんなものも必要なのではないかと書き続けた文章で、それを『ミニマ・グラシア』としてまとめたのです。このタイトルは「最小限の恩寵」あるいは「極小の優雅さ」と訳すことができますが、「グラシア」、「グレイス」という言葉は、いろいろな国のいろいろな言葉によって微妙なニュアンスの違いはあっても、基本的には「神の恩寵」という意味で使われることが多い。けれども、宗教的な、キリスト教的な意味論を超えたところで、スペイン語で「グラシアス」gracias って言えば、「ありがとう」の意味ですけれど、もっと日常的な表現になってもいるんですね。そういう「小さな日々の恩寵」というものを考える際、九・一一から突然何か急激に変わったというわけではない。しかし一つの象徴的な出来事として九・一一を見たときに、たとえば、戦争というものが非常に生々しいかたちでわれわれに迫ってきている。戦争をしている場所、していない場所で区別できないような「戦争の遍在」というものが空気のようにあって、そういう日々の感触のなかで大きな事件に対して大きな言葉で語るのではなく、「小さな恩寵」を些細な日常に探し求めて行くような、そういう思考がありうるのではないか。これも一つの「戦間期」の思考のあり方かもしれない。そうした思いから『ミニマ・グラシア』を書いていったわけです。

そこで戦争についてまさに「戦間期」に考えていたシモーヌ・ヴェイユのことが気になってきました。ヴェイユの自己形成期というのがちょうど第一次大戦後にあたるわけで、まさに彼女の思考は「戦間期」に始まり、そして第二次大戦にかけて深化していった。そうしたなかでヴェイユは、「イーリアス、あるいは力の詩篇」という論考で、ギリシア叙事詩のなかの戦争について考えることで、自分がいま身近に接している戦争の状況について考察するという、ある意味で非常にアナクロニックな、つまり時代錯誤ではなくあえて「時間錯誤的」な方法によって戦争について考えるためのアプローチをしたわけです。

九・一一にたいして現代社会が行うようなジャーナリスティックで時評的な言説の位相とはまったく異なる、千数百年の時を遡った戦争について、二〇世紀の戦争に対峙しながらヴェイユは考えた。ぼくはそのことを主題にした「戦争とイーリアス」という文章を『ミニマ・グラシア』のなかに入れました。それもヴェイユ論というだけではなく、前半はヘンリー・デイヴィッド・ソローを扱っています。アメリカの独立戦争の戦場でもあったマサチューセッツ州コンコード郊外の「ウォールデン」池のほとりに掘立小屋を建てて二年ほど自給自足の生活をしたナチュラリストというふうにソローはよく語られますが、実はそのときアメリカ合衆国はメキシコを侵略し、メキシコ・アメリカ戦争を戦っていたんですね。それについての言及は『ウォールデン――森の生活』（一八五四）というナチュラリストの日記のように思われている本のなかに、たくさんではないけれどもところどころ出てくる。その意味で、実は『ウォールデン』もまた「戦間期」に書かれた本なのです。その直後に南北戦争もあったわけで、つまり、メキシコ・アメリカ戦争と南北戦争というアメリカが一九世紀に経験した二つの大きな戦争――一つは侵略戦争で一つは内戦ですが――にはさまれながら、ソローの思索は非常に深く戦争の空気とつながっていた。そのときまたソローも『イーリアス』を援用するのです。とくに『ケープ・コッド』という本のなかにおいてですね。こうして一九世紀の戦間期を生きたソローと、二〇世紀の戦間期を生きたヴェイユが、ともに古代ギリシアの戦争に、近くで起こっていた戦争を考える一つの準拠を求めた。その二つをつなげてぼくはこのエッセイを書いたわけです。この本が出た時に、港さんがすぐに反応してくれて書評を書いてくれました。この本のなりたちにぼくは深い思い入れがあるんですけれど、意外に……。

港…ミニマムな反応しかない？

今福…そう（笑）。ミニマムなんです。べつにマキシマムである必要などまったくないのですが、この状況において、極小世界の優雅さや恩寵を探求しようという感性が非常に限られていることを痛感しました。残念というより、不思議だなと思っているんですけれど。でも港さんはとりわけ敏感に反応してくれました。九・一一以後の世界の変容というと大袈裟ですが、やっぱり映像ですね。九・一一以後に人間の視覚的な意識に起こった大きな変化をぼくらはずっと目撃していったのではないでしょうか。たとえば、アブグレイブ刑務所におけるアメリカ兵による虐待事件（二〇〇四）は、リンチの現場をコンパクトなデジタル写真に撮って家族や友人に送るというかたちで行われた特異なケースでした。戦争状態のなかで、映像に関わるさまざまな行為が異様なかたちでうみだされていく。『ミニマ・グラシア』はこうした出来事も扱っていたので、写真家である港さんにとっても危急のテーマを含んでいたのではないかと思っています。

それから二年ほどして去年の暮に『愛の小さな歴史』という港さんの本が出ました。これは素晴らしい小著ですね。小さいといえば小さい本なのだけれど、それがまさにミニマムな智慧というものの結晶体のように見えた。ほんとうに素晴らしかったので、ぼくもすぐに年頭に新聞で書評しました。ここにヴェイユは直接出てはきませんが、ヴェイユ的な精神も深く込められていて、それを港さんはやはり「小さい」という形容詞によって意識しようとしているのではないか。ぼくは「ミニマ」、「極小」と言ったんですが、『愛の小さな歴史』は「ミクロ・イストリア」という歴史学の言葉を借りながら書いている。だけれども、この「小さいこと」は、やっぱりどこかでつながっている。今日はヴェイユとわれわれのこの二つの本のなかの小さな「イデア」、小さな「精神」をつなぎながら話ができればと思います。

ミクロ・イストワール

港…この『愛の小さな歴史』というタイトルは、書き出してわりとすぐに出てきました。内容を具体的に言うと、一九五九年に公開された『ヒロシマ・モナムール』*Hiroshima mon amour*（邦題『二四時間の情事』）というアラン・レネが監督した映画があって、その映画に主演したエマニュエル・リヴァという女優がそのときに撮った写真が半世紀後に発見された。それで二〇〇八年に広島で、その展覧会をしたんです。そのことを中心にして、写真と映像をどんなふうにぼくらが見てきたのかというのを考えた。このタイトルを決めて書いているときには、やっぱり『ミニマ・グラシア』のことはどこかで頭にありました。それはこのタイトル自体がもつ意味もそうですが、「ミニマ・グラシア」という音の響き——今福さんとはずいぶん長いお付き合いになりますが、そのことも含めて——この言葉が喚起するさまざまな風景があるわけです。「グラシアス」という言葉もそうですが、「ミニマ・グラシア」って呪文じゃないけれども、魔法の言葉のように耳に残る。

今福…スペイン語で「グラシア」っていうと「感謝」とか「恩寵」になるけれど、英語やフランス語だと、「優しさ」とか、「優雅さ」とか、そういう意味も強くあって、しかもその優雅さとは人間のものではない野性的な、動物的な、生物の内在的な、意図を欠いたところに出てくる「柔らかい優雅さ」というような意味論が核にある言葉ですね。

港…言葉を変えると、生命であることがもっている一つの「身振り」のようなものが出てきますね。グレゴリー・ベイトソンが、どうしてもその「グレイス」grace という言葉でしかあらわすことができなかったある概念としてそれを使っています。

今福…そのベイトソンによる「グレイス」をマヤ・デレンが引き取って、ハイチの憑霊宗教における儀礼的ダンスの美的均衡が示す優雅さに展開したといういきさつもありましたね。

港…そうしたことも含めて、『ミニマ・グラシア』の表紙になっているような風景が頭のなかに浮かんできて、本を書いている最中に何度かそれを考えました。

もう一つ、この『ミニマ・グラシア』は「映像論」であり、本格的な「写真論」なんだと思ってぼくは読んだ。写真家としては、ここに書かれた言葉は一つの「グラシア」として受け止め、そして考えなければならないと、とても切実に感じていました。

ちょうど世紀の変わり目あたり、九・一一の直前直後ですが、日本でそのころ何が起きていたかというと、偽装問題とかそういう事件があって、いろんなものを疑ってかかるという風潮がマスメディアを中心に生れていた。言葉そのものが偽装であるような感覚ですよね。そんななかで登場したこの本〔『ミニマ・グラシア』〕の言葉のもつ力、ミニマムなものとして出てきたことの重要性について、それはとても驚きました。

今福：港さんのいう「小さな歴史」すなわち、大文字にならない歴史としての「小さな物語」。この小さいということのなかに秘められているものは非常に注目に値するわけです。ここでの「小さな」という概念はいろいろな展開が可能なのだろうけれども、一つはそれがどこから来たかという点です。直接にはカルロ・ギンズブルグがやってきたような、歴史のなかで九・一一のようなものを政治的な大事件として軍事的、地政学的な大きな出来事として因果関係を論じたりしていくのではない、民衆の日常のミクロポリティクスに分け入るやり方。『チーズとうじ虫――一六世紀の一粉挽屋の世界像』（一九七六）のなかで彼がやったような、庶民の「小さな生」の断面みたいなものに関わる資料を丹念に読み解いていくような方法論ですね。

ぼく自身、一九八二年にメキシコにはじめて行ったとき、マヤ・デレンがハイチに行って「グレイス」という美的状態を探究した軌跡がどこかで自分のなかに意識されていました。ハイチのヴードゥー儀礼の繊細な宇宙のなかに一人のウクライナ移民のアメリカの女性映像作家が入っていった。キャメラを構えたまま、彼女は儀礼や踊りの全体像を客観的に撮るのではなく、トランスに入った信徒たちの動きの優雅さを、非常に断片的な、ミクロな視点でとらえようと対象に迫っていった。やがて自分自身がその宇宙のなかに飲み込まれてゆく。デレンはそのときの意識の均衡状態を、グレゴリー・ベイトソンの「グレイス」という用語でつかまえようとしたのです。

もともとはオルダス・ハクスリーの用語でした。ぼくはメキシコのインディオの聖人祭や踊りに参加しながら、そのことばかり考えていた。このころから小さな「グレイス」の探究がはじまっていたのかもしれません。メキシコのプレペチャ族の住む火山高原にある研究機関「コレヒオ・デ・ミチョアカン」の所長だった歴史家のルイス・ゴンサレスに出会ったのもそのころですが、このゴンサレスこそ、自分の生まれたサン・ホセ・デ・グラシアという村の精緻な民族誌(『宙吊りの村』一九六八)を書いて、その著書を「ミクロ・イストリア」と名づけた最初の人です。ここにもグラシアが符合のようにあらわれますね。

港…「ミクロ・イストリア」はフランス語では「ミクロ・イストワール」、イタリア語では「ミクロ・イストリ」です。その言葉が不思議なことに五〇年代から六〇年代にかけて、それぞれ独立して使われるんです。ギンズブルグ自身そのことに驚いていて、自分たちがイタリアで発刊した歴史学の叢書の一つだと思っていたのに、フランスでもレーモン・クノーが『青い花』(一九六五)という本のなかで使っていたりというように、同時に独立して互いの影響関係なしに生まれていた、と。まさにこれは「ミクロ・イストワール」という言葉の「ミクロ・イストワール」(笑)で、短いけどすごく面白い文章です。ギンズブルグのこの言葉に込めた思いというのは、彼が七〇年代からずっとやってきた『チーズとうじ虫』のような仕事、ほんとうに小さな世界、それはあまりに小さくて誰も手に取ることのないような「古文書」だったり、あるいは「写本」や「手記」のなかからある世界を立ち上げようとする努力です。

もう一つ、「痕跡」ということがある。ギンズブルグは「徴候」、「痕跡」についての本を書いていますが(『神話・寓意・徴候』一九八六)、それは人類学にも芸術にも、非常に広い範囲で影響を与えました。そのなかでシャーロック・ホームズが探偵として使う能力、あるいはフロイトがちょっとした言葉の言い間違いを通して精神を分析する技術、あるいはジョヴァンニ・モレッリというイタリアの美術史家が一九世紀に唱えた絵画の本物と偽物の見分け方の技術——それは主題や色づかいではなく、たとえば耳の描き方とかふつうの人が注目しないような、とても気がつかないような細部や痕跡に注目する。それらに注目して新しい歴史を書き直す努力をするわけです。ですから、この「ミクロ・イストワール」には、いま言った二つのアカデミックな身振りが込められてきた。それが別の大陸でも使われていたわけです。それにはギンズブルグ自身、ほんとうに驚きます。

ぼくはこの本(『愛の小さな歴史』)のなかで、写真というのはもともと小さなものですから、カメラも小さいし、その小さな写真の細部に入っていくことによって、冷戦期に広島やヨーロッパ、アメリカでどんなことが起きていたのかをもう一度描いてみるということをしました。それが「小ささ」ということの具体的な意味です。

> **昼のなかの夜**
>
> **今福**…いま言われたカメラの小ささとか写真の小ささということに関して、港さんの『愛の小さな歴史』の冒頭に、「カメラは手のひらのなかの夜である。箱のかたちをした闇、手のひらにもって運ぶことのできる昼のなかの夜である」という、とても詩的な断片があります。その次の文章もすばらしくて、「小さな箱のなかに、小さな夜が入っている。われわれはカメラを通じて小さな闇、小さな夜を運ぶ」。「昼のなかの夜」というのも非常に示唆的で、「昼と夜」とか「光と闇」というふうにふつう対立的に捉えがちだと思うんですが、カメラを介して光と闇の関係を考えてゆくと、光というのは闇のなかからあらわれてくるものであって、かならずしも対立しているわけではないということが了解されてくる。あるいは、昼のなかに夜も宿っている。さらには夜のなかから昼も生れてくる。陽が昇るというけれど、陽が生まれるという言い方を西洋では使いますね。夜という母胎があって、そこから光や太陽や昼が生まれ出る。互いに互いを含む相互補完的な関係もあるし、どちらかがどちらかを包み込んでいるという関係もあると思います。そうしたものがここで示唆されている。

ゴダールが『愛の世紀』から三年後に撮った、ヴェイユ的なものに関わるもう一本の映画が『ノートル・ミュズィーク』(『われわれの音楽』)という作品です。これは日本では『アワー・ミュージック』となぜか英語の題で公開されましたけれど。今日は、原題どおり『ノートル・ミュズィーク』と呼ぶことにします(ゴダールはここで強烈なアメリカ批判もしているのに、どうしてこんな芸のない英語の題をつけるんでしょうね……)。ともかく、このフィルム『ノートル・ミュズィーク』のなかにも光と夜のことが出てくるんです。今日のこの冊子には「夜、あるいは戦間期」というタイトルをつけてみたんですけれども、今日の対話の隠れた主題は「夜」なのではないか、とぼくは思っています。

『ノートル・ミュズィーク』に二つの断片があるので見てみましょう。先ほどは、シモーヌ・ヴェイユがはっきりと名指しされるかたちで出てきましたけれど、『ノートル・ミュズィーク』では直接には出てこない。ハンナ・アーレントへの言及はありますが。アーレントは、港さんの『愛の小さな歴史』に、とても重要な、『人間の条件』の作者として出てきますね。ともかくフィルムにヴェイユに関する直接的な言及はないんですが、ゴダールのなかにある「シモーヌ・ヴェイユ的なるもの」への強い没入が『ノートル・ミュズィーク』のなかにはずっと流れていて、主人公のオルガという自己犠牲的な女性が最後にエルサレムで自爆するようなしぐさを公衆の面前で見せて、逆に銃殺されて亡くなってしまう。そういう殉教的な最後を遂げる女性にゴダールは非常に惹かれている。『ノートル・ミュズィーク』という作品は、

図2　サラエヴォのボスニア国立図書館の瓦礫のあいだに座ってレサマ・リマの詩の断片を読むフアン・ゴイティソーロ（ジャン＝リュック・ゴダール監督『Notre Musique』より）

作家や詩人など実在の人物が登場して、ゴダールがゴダール自身としても登場して、内戦で廃墟となったサラエヴォの図書館を思索しながら徘徊する。サラエヴォの図書館は、書物という人類の知的な遺産を破壊した戦争の災禍のシンボルみたいな場所です。

港…わたしは実際にそこに足を運びました。わたしが行ったときには包囲されていて近づくことすらできない状態でしたが、すでに完全に廃墟になっていました。

「われわれの音楽」

今福…その廃墟のなかでフアン・ゴイティソーロがサラエヴォ図書館の瓦礫のあいだを動き回りながら詩を読んだりしているんですね。スペインの作家ゴイティソーロは、ボスニア内戦に非常に深く関わった人で、『サラエヴォ・ノート』は名著ですが、ゴイティソーロもまたゴダールと一緒にサラエヴォの会議に呼ばれていると言う設定です。ゴイティソーロが登場するシーンを見てみましょう【図2】。

スペイン語で朗読していたのがフアン・ゴイティソーロですね。「光は不可視なものからあらわれた最初の可視的な獣である」。これはキューバの詩人ホセ・レサマ・リマという、日本では忘却された詩人と言っていい

んですけれど、途方もない言葉の力を持った、二〇世紀スペイン語文学においてスペイン・バロックの修辞的伝統というものをまさに受け継いだ大作家・詩人です。『楽園《パラデイソ》』という迷宮のような小説を書いていて、もうすぐその翻訳も出ると聞いています。先ほど挙げた詩の断片はとても示唆的な一節で、ぼくも『ミニマ・グラシア』のなかで引きました。「光は不可視のものからあらわれた最初の可視的な獣である」。これは謎のような詩句ですが、不可視な闇の世界から光が最初の獣として飛び出してくる、というようなイメージです。さっき言ったように、光は闇の反対物であるというよりは、むしろ闇がそこに存在していたということの証になっているのではないか。光を見ることで光が当たったリアリティを見るのではなく、むしろ、光を見ることで光が飛び出してきた母胎としての闇を見ている。だからこそ闇を見なければいけない。夜を凝視しなければいけない。そういう意味にぼくは捉えました。

　そしてこのフィルムのもう一つの核心的なナレーションがこれです。「映画の原理とは、光のもとに赴きその光で私たちの夜を照らすこと。私たちの音楽を（照らすこと）」。こういったニュアンスで、「Notre nuit, Notre musique」、つまり「夜」と「音楽」という二つの言葉が同格の言葉として併置されているようにぼくは受け止めたのです。ということはゴダールにとって夜は音楽と言い換えられる。これはとても示唆的な表現です。ゴダールがこの映画を「われわれの音楽」と名付けた意味の核心がここにある。『ノートル・ミュズィーク』という映画の表題である言葉がこの映画のなかでどこに出てくるかということについて、ほとんど誰も何も言っていないのではないでしょうか。それはここに出てくるように、「Notre nuit」――「われわれの夜」という言葉の言い換えとして登場するのです。光の源泉としての夜、そして音楽。これはとても大切なことだと思うのです。

港…まず、ファン・ゴイティソーロですが、この映画の撮影時、彼がサラエヴォを訪れるのはおそらく二回目、もしかすると三回目だったかもしれません。というのは、彼を見かけたことは何回かありましたが、きちんと会ったのは一度だけです。彼が最初にサラエヴォに行ったときで、サラエヴォが包囲されて二度目の冬、毎日たくさん人が死んでいるその最中にサラエヴォから帰ってきた。それはストラスブールで開かれていた作家たちの支援活動の会みたいな場所で、夜にゴイティソーロがいまサラエヴォで何が必要かということを報告しました。電気もない、石油もない、すべての補給路を断たれていて、ほんとにわずかなものだけが国連軍によって運び込まれていた。そういう状態のときに、「何が必要か？」と彼に問うと、彼は「紙が必要だ」と答えた。集会に来ていた市民も含めてみんな一瞬耳を疑った。

こういった厳しい状態が一年以上続くなかで、何が市民の正常な意識を支えているかと言えば、それは新聞だったのです。新聞が、電気もないようなところで毎日、毎日発刊できないときには少なくとも週に一度は刷られていた。だから紙が必要だと彼は言うんです。そこでわれわれは紙を買って送りました。次の日には同じ場所にスーザン・ソンタグが来ました。彼女もサラエヴォから帰って来たところでした。サラエヴォで『ゴドーを待ちながら』を上演するための準備に行っていたのです。それで、彼女を囲んだ即席の報告会が開かれた。そのときに経験した「夜のイメージ」がぼくのなかでものすごく強いんです。

ゴダールはその前の作品『フォーエヴァー・モーツァルト』For Ever Mozart（一九九六）で直接にサラエヴォのことを扱っています。実際にサラエヴォでは撮影していないのですが、衆人環視のなかである一つの都市が崩壊していく様子を描いていた。そのタイトルに「モーツァルト」と付けた。なぜモーツァルトなのか。これについても、ほとんど誰も書いていない。モーツァルト論を展開したりするんですが、ほんとうはこの映画を見ていないんじゃないかと思ってしまう。ぼくはまったく別の感想をもっています。ゴダールにとっての「ミュズィーク」はもっと深いものです。「ポピュラー・ミュージック」というような、そういう意味の「ミュージック」ではないんです。われわれの生存にとって何が必要なのか。ミニマムにいちばん必要なものであって、そうやってミニマムなものを必要としている人には光がないんです。電気を切られた永遠の闇を生きなければならないサラエヴォ市民であるとか、パレスチナの人であるとか、そういった世界を前提としてゴダールは「ミュズィーク」と言っている。

音楽と恩寵

今福…「ミュズィーク」というとき、そこに自然に「ミューズ」という言葉をぼくらは聞くわけで、そこに芸術創造の神の名が発音されているわけですよね。ジャンルとして概念化された、いわゆる「音楽」よりはるか以前の、ある意味でとても古代的な精神の発露としての音楽。そしてそれが一つの「恩寵」でもあるのでしょう。たぶんゴダールのいう「ミュズィーク」も、そうしたものを意識していると思います。

港…「ニュイ」nuit と「ミュズィーク」musique という言葉がこの映画のどこに出てくるのか。ほんとうはそこを見なければいけないのに、誰もそのことを言わない。夜と音楽は切り離せないものとしてここに出てきます。それはこの映画のいちばん重要な鍵だと私も思います。

今福…しかもそれが「女性的なるもの」とつながっていますね。あらゆるところで「夜」は「女性的な原理」とつながっているんです。ミューズという神話的女神もいる。いまお話に出たスーザン・ソンタグは『写真論』（一九七七）で、二〇世紀における写真をめぐる一つの決定的な思索を行った後に、湾岸戦争からイラン、イラク、アブグレイブにまでいたる状況のなかで現れたデジタルな写真の遍在という新しい時代を受けて、彼女の写真論をいわばバージョンアップしようとした。ある意味でかつての自分の理論を乗り越える試みをしながら、その途上で亡くなりましたが、若いころのソンタグが一九六三年に鮮烈なヴェイユ論を書いていることは、よく知られています。そのヴェイユ論が収録されている、ソンタグの『反解釈』をここにもってきたんですが、これはソンタグの二八歳のときのデビュー作で、才能がキラキラ輝いている。このヴェイユ論のなかで、ソンタグは自分自身へとつながる精神的な系譜をどこかで意識しながらヴェイユについて書いています。

この最初の批評集にシモーヌ・ヴェイユ論とならんでレヴィ＝ストロース論が入っていることは、今日の対話にとって示唆的です。ヴェイユ論を書いた同じ年に、ソンタグは「英雄としての人類学者」というレヴィ＝ストロース論も書いています。冒頭にもあったように、ヴェイユとレヴィ＝ストロースは学年の上では同級で、フランスの教授資格試験《アグレガシオン》を同時に受けている。

そういう関係にあるヴェイユとレヴィ＝ストロースをソンタグが同じ著書で扱っていることは興味深いですが、このヴェイユ論は短くてたった三ページしかない。そして極端に要約すれば「ヴェイユにはついていけない」ということだけが書いてある（笑）。ヴェイユの読者が何にとまどうかというと、「ここにある精神を自分がまねることはとうていできない」ということです。自分がそれを模倣したり共有したりすることが不可能な精神が、ここにある。それはあまりにも純粋すぎる、あまりにも禁欲的すぎる、あまりにも快楽とか幸福というものに対して拒絶的すぎる。自分自身というものを完全に否定する。逆に自分に対して不断の苦痛や苦悩を押し付けてゆく。政治的な身振りも、気高くはあっても度がはずれて狂信的ですらある。ありとあらゆる要素から言って、ヴェイユという一個の精神に共感するということは難しいし、またその考え方を共有することは不可能である。

ところが不思議なもので、人間とは、自分がまったく同一化できない存在にたいして敬意を払い、それを真摯に受け止めることはできる、とソンタグは書くんですね。こうしたヴェイユの対象化の仕方は非常に面白いと思います。共感したり没入したりすることによって読み取るのではなくて、むしろ「共感できない」、「理解できない」、「とうてい自分と同一化できない」ということにおいて一つの個性にある敬意を払う。そういうふうにしてヴェイユを語っているんです。そして、そのような読みこそ、この世における「ミステリーだ」というのです。宗教的に訳すと、それこそが「秘蹟だ」と言っている。「ミステリーとは客観的な心理の安定的な所有を否定するものだ」。これはつまり、自分が安定的な確固たる真理の所有者である、といったときに、この「ミステリー」は去っていくということですね。大胆な表現ですが、ヴェイユにおいて問題は真理の探究ではない。真理の頑固な保持などと言っているものは、非常に底の浅いものである。「いくらかの(すべてのではない)真理の歪曲、いくらかの(すべてのではない)狂気、いくらかの(すべてのではない)不健康さ、いくらかの(すべてのではない)生の否定は、かえって真理を与えるものであり、正気を生み出すものであり、健康をつくるものであり、生命力を高めるものなのだ」(『反解釈』)。そういうふうにソンタグは書いていています。ヴェイユのなかに真理にたいする混じりけのない純粋性を想定するのではなく、ソンタグは、そこをさらに超越したところで、ヴェイユのミステリーというのはむしろ真理がどこかで歪められ、不健康なところにおちこみ、ある種の狂気によって濁らされたりしているものだと見なしています。そしてそのことが逆に真理を与え、真理を生み出す。不健康さというのは現実的に言ってもそうでしょう。ヴェイユはさまざまな病や身体のトラブルを抱え込んでいましたから。

両側へと傾く秤

港…ぼくがヴェイユを最初に読んだのは、いま今福さんが読んでくれたソンタグの文章を通してです。いまだによくわからないのは、スーザン・ソンタグが「反解釈」という言葉の意味をここでの読みにどの程度込めて書いたのかということです。いま思うのは、この文章を書いていたソンタグは、書くことを通してすでにヴェイユの考え方、ヴェイユのロジックを自家薬籠中のものとしていたんじゃないか。とくにいまの最後の部分なんかはそうだと思います。一つだけ『重力と恩寵』の「不可能なもの」として分類されているいくつかの文章からヴェイユの言葉を引いてみたいと思います。スーザン・ソンタグが言ったように不可能であることをヴェイユがどのように考えているかをよくあらわしている一節です。「人生は不可能である。だが不幸のみがこのことを感じさせてくれる」。このあたりはまだいいんです。そのあとが、「不可能は超自然的なものへと至る門である。この門はただ叩くよりほかはない。これを開けてくれるのは他のものである」。これについて考え出すと、もう何も他にできなくなる。「他のもの」ってなんなんだろう……。「超自然的なものへ」までなら何とかなりますよね。それは「神」と言い換えてもいいのかもしれない。カフカに『掟の門』という小品がありますが、その門を感じさせもするし、ベンヤミンが歴史について書いた文書で「小さな門」(『歴史の概念について』所収)というのがあります。ベンヤミンとヴェイユとソンタグがこの「門を開けてくれるのが他のものである」という考え方において、どこかで結ばれていたんじゃないかということも感じます。

不可能であること、でも、その不可能性によってこそ、不可能なことを読み考えることによってこそ、そこに近づくことができるというスーザン・ソンタグの指摘は、まさしくヴェイユがこの本(『重力と恩寵』)のなかで考えていたことじゃないのかな。読むということは恐ろしい。これはヴェイユを解釈しているのではない。そういう書き方ではないし、そういう英語じゃないです。特に、最後に「some」が続いていくところなんかは、これは解釈してヴェイユ論を書いたものではないと思います。

今福…「mystery」というのは、魂と魂の交感が起こっているとき、それが呼び出しているような言葉かもしれないですね。

港…もう一つだけ、ヴェイユの考え方で面白いなと思うところを挙げると、いまの魂の話ですが、「魂の動きのなかに相容れないものが同時に存在していること。同時に両側へと傾く秤。それが生成であり、小宇宙の実現であり、世界の秩序の模倣である」と。これも短いフレーズですが、非常に複雑なヴェイユの思考を感じさせます。ある矛盾が動いている。それは世界の秩序ではなく、世界の秩序の模倣である、と。ヴェイユという人は、お兄さんはすぐれた数学者で、彼女自身も数学についての文章をいくつも書いています。量子論や相対性理論についても突っ込んだ文章を書いているぐらいですから、数学者になれたかもしれないほど明晰な人です。そういう意味ではレヴィ＝ストロースよりももしかしたら上をいっているかもしれない。

今福…レヴィ＝ストロースは婚姻体系の規則性についての数学的な問いを自分で解けなくて、まさにアンドレ・ヴェイユに助け舟を求めて『親族の基本構造』という処女作を書いているわけですからね。

港…ですから、ヴェイユはそういう人ではありましたが、そういった明晰な数学的な理性をもつ人が、「両側に秤が傾く」というイメージをもつというのはとても興味深い。お兄さんに出した手紙が書簡集になりましたが、これも素晴らしい手紙です。数学についての質問をお兄さんに書き送るんですね。

今福…先ほどの「門を叩く、でも開けるのは他のものだ」とつながるような、不思議な感じをもつ、とても素晴らしい断片を読んでみます。「道を塞ぐ石。その石には身をぶっつける。願望がある程度以上に強くなると、そんな石などもう存在するはずもないかのように。でなければ、自分のほうが立ち去る。自分自身が存在しないかのように」。ふつう道を大きな石が塞いでいれば、障害だから取り除く。ヴェイユの場合は自己破壊的なところがありますから、そこに身をぶつける。殉教的な身振りでしょう。ここまではわかるんですね。わかるといっても、なかなか石に自分の身をぶつけることすらできませんけれど。ところがその次に、願望が強くなるともうそんな石が存在しないかのように身をぶつける。「痛い」ということはどうでもよくなってくるわけですね。そのぐらいの強い内的な何かがあるときには、意識の上では石なんか存在しなくなる。その次がすごいと思うのですが、「でなければ、自分のほうが立ち去る。自分自身が存在しないかのように」。ここまでいくと、ソンタグが言っている「秘蹟」の領域に入ってしまうのでしょう。自分が居るからこそその石が障害になっているわけで、それを自分がぶち破っていかなければ、実存というものの突破はふつうできない。単純に言えばこれがサルトルやボーヴォワールの世界です。ところが、ヴェイユは同じ時代の人間でありながら――ボーヴォワールとはまったく相容れなかったようですけれど――自我とか意志を放擲するように、最終的に石を前にして自分のほうが立ち去る。それはすごく後ろ向きのように見えるけれども、実は、その「立ち去る」というのは自分自身が存在しないから立ち去ってもいいわけです。自分自身がそこに居ないということは、石も存在しないということだから。そうすると先ほどの、自分ではない誰かが門を開いて、いつの間にか導き入れられている、という文章とどこか響きあう。石にぶつかることなく、そこをスーッと透明人間のように通過していつのまにか石という障害を通り抜けている。

港…ヴェイユが単に思想家とは紹介されずに、ある部分では神秘主義者エックハルトに並ぶ現代における神秘思想を展開した人だと言われる所以の一文じゃないでしょうか。

「裁く」ということ

今福…『重力と恩寵』のなかに探してみたら一カ所、ジャンヌ・ダルクのことが出てきます。ヴェイユはジャンヌ・ダルクについてもっと書いていると思うのですが、この断章集のなかでは、この部分がとてもわかりやすいので読んでみます。「ジャンヌ・ダルク。今日、大袈裟なほめ言葉をつらねて彼女のために弁じている人たちは、むかしだったら、ほとんどみながこぞって彼女に死刑の宣告を下したことだろう。それに、彼女を裁いた人たちは、聖女、けがれなき乙女などとして罪に定めたのではなく、魔女、異端者などとして刑に処したのである。まちがった〈読み〉方の原因。世論、さまざまの情念。〔……〕「人を裁くな。」〔……〕裁くこと、透視法《パースペクティヴ》。この意味で、あらゆる裁きは、その裁きを下す人を裁く。裁かないこと。それは、無関心でも、手びかえでもない。それは、超越的な裁きであり、わたしたちには不可能な神の裁きにならうことである」。

『裁かるるジャンヌ』は、ジャンヌの受難のシーンだけを延々と撮った映画ですけれど、まさしく「裁く」ということに関して、ヴェイユもここでジャンヌ・ダルクを引き合いに出しながら語っているんですね。

港…『重力と恩寵』の「読み」が関わる部分ですね。いまのなかにも出てきますが、世論が間違った読み方をするということがなぜ起こったのかというと、そこに「読み」があるからです。これも面白いと思う。「読み」、「裁くこと」。それが「パースペクティヴ」の問題になる。世論とパースペクティヴはしばしば同じ意味で使われますが、こういったかたちでジャンヌ・ダルクが出てくるというのは、ゴダールにとっても重要な一つのソースになっていたんじゃないですかね。ゴダールは、どうやって映画的なパースペクティヴを超えていくかということを考え続けてきたわけですし。

今福…やっぱりどこかで空間が秩序化されていくことによって生まれる「客観的な現実」というもの、それに対するヴェイユの不信というか、乗り越えがここにあると思うんです。時間の乗り越えと表裏一体のものとして、ヴェイユのなかに空間の乗り越えのテーマがある。客観的な現実というものを構成しているパースペクティヴ、そしてクロノロジカルな時間の乗り越え。ちょっと図式的な語り方ではありますが。今日の対話の前半の、ゴダールの映画を断片的に見て、ゴダールについて語りながらヴェイユについて語り、ヴェイユについて語りながらゴダールについて考えるというような、対象を半分ずらしながら考えるやり方がとても面白いと思うんです。ジャンヌ・ダルクという歴史的な人格モデルがヨーロッパの自我意識に強くあって、それがさまざまな状況のなかでつねに呼び出され続けてきました。映画の歴史でいえば、いま触れたドライヤーの『裁かるるジャンヌ』というサイレント・フィルムが一つのシンボルとしてはたらきながら、映画自体がジャンヌについて考え続けるという系譜がつくられてきましたね。それは「受難」とか「殉教」とかいったものとの関わりをめぐる主題によって貫かれています。ジャンヌ・ダルクという、自己犠牲の信念のもとに殉教する一人の女性のモデルがあって、このモデルにゴダールが非常に強く捉えられ続けていることは明らかですね。その系譜のなかに、われわれが見てきたようなハンナ・アーレントやシモーヌ・ヴェイユ、さらにはスーザン・ソンタグがいる。

あっさりとジェンダー的に、男であるドン・キホーテと女であるジャンヌ・ダルクを図式化しなくてもいいのかもしれませんが、モデル化された究極の女性像の一つがジャンヌ・ダルクであるとすれば、男性にとっては理想自我の問題として「ドン・キホーテ的精神」というものが意識されることがある。その興味深い例がまさにレヴィ＝ストロースです。レヴィ＝ストロースの晩年のインタヴュー『違近の回想』（二〇〇一）のなかにはヴェイユとの関わりが語られています。「彼女の剃刀の刃のような考え方にはまったくついていけなかった」というのがレヴィ＝ストロースのヴェイユ評で、これは先ほどのソンタグとまったく一緒ですね（笑）。ですがこれはけっして否定的な表現ではないと思います。ついていけないことによって彼女の存在を受け止める、そんな優しささえ感じる言い回しです。さらに「後になってアメリカ合衆国でもう一度彼女に会いました。〔……〕その時には彼女の方から連絡してきて……」これは亡命後のニューヨークの話ですね。レヴィ＝ストロースもまさに「戦間期」にニューヨークに亡命していたわけですが、ヴェイユも同じころマルセイユからアメリカにやってきました。とにかくヴェイユはヨーロッパに戻ってフランスのために闘いたいという願望が強かった。だからヴェイユの方からレヴィ＝ストロースに連絡をして、彼女のロンドン行きを早く実現するための何かサポートを頼んだのかもしれません。ともかく二人は「大きな建物の前の庭で会いました。それがコロンビア大学の図書館だったか、市立図書館の前だったか、もう覚えていません。石段に座って話しました。われわれの時代の女性知識人には過激な人がまま見かけられるのですが、〔……〕シモーヌ・ヴェイユという人は、その厳しい考え方を、自己破壊に至るまで貫徹した人でした」。短い文章ですが、ぼくはこうしたディテールは結構好きなんですね。こういうすれ違いのような淡い関わりを想像していくことが。図書館の石段に二人が座って、いったいどんなしぐさで何を話したのか。そういうことから想像される関係ってあると思うんですね。すごく親密な二人ではないにもかかわらず、やはり同じ街にいれば声をかけざるを得ないような関係。でも会う場所は屋外の、それもたぶん二人の行きつけの図書館の石段。

港…図書館の前であることは確かですね。どこの図書館かは別として。

ジャンヌ・ダルクとドン・キホーテ

今福…ヴェイユとの淡い関わりについて語っている同じ『遠近の回想』のなかで、レヴィ゠ストロースが「ドン・キホーテ的精神」について突然触れる部分があるんです。「私の著作をつうじて、一種のドン・キホーテ的精神が私のなかに生き続けてきました。〔ドン・キホーテ的精神というのは〕不正を正すことへの、抑圧された者の希望の星たらんとすることへの偏執狂的情熱、というような意味です。私の見るところ、ドン・キホーテ的精神というやつは、本質的には、現在の背後に過去を見つけ出そうという執拗な欲望なのです」。ここは不思議な印象を与える部分です。ドン・キホーテもまた、ある意味でジャンヌ・ダルクに似て、自己犠牲的な衝動がほとんど狂気へと至る人格のモデルです。もちろん二つを厳密に比較していけば多くの違いがありますが、しかし、この二つのよく似たエキセントリックな自我を内に隠しているという点で、レヴィ゠ストロースとシモーヌ・ヴェイユがどこか深いところで結び付いているというような気もするのです。

港…ドライヤーのジャンヌ・ダルクの映画がなぜ衝撃的で、いまだにデジタル・リマスター版が出たりするかというと、一般的なヨーロッパ人にとってのジャンヌ・ダルク像を完全に覆したからだと思います。イメージのレヴェルでもそうで、パリにジャンヌ・ダルク広場というのがあります。ルーヴル美術館とチュイルリー公園のあいだにある小さな広場ですが、馬に乗ったジャンヌ・ダルク像、甲冑を着たオルレアンの少女がそこに立っているわけです。これがヨーロッパ人にとってのジャンヌ・ダルクなんです。騎士としての少女ジャンヌ・ダルク。ところがこの映画には一度もそんなところが出てこない。最初からボロをまとって、火刑を宣告されて泣いている。これは衝撃だったと思います。

この映画のフィルムは非常に数奇な運命を辿っていて、何度も火事にあっているんです。フィルム自体が燃えてしまっているので、いろいろなところから集めて新しくリマスター版を作らなければならなかったぐらい、ある意味でフィルム自体が呪われている（笑）。それ自体ミスティックな話ではありますが。

一方で、キリスト教との関係において、ジャンヌ・ダルクをどう捉えるかというのは解決されていない問題だと思います。たとえばフランスだと極右がジャンヌ・ダルクを顕彰するということをやったりするわけです。聖女ジャンヌの日に集まったりする。他方で、原理主義的なその精神を体現しようという人もいる。その対極にあるのがボロをまとったジャンヌ・ダルクだとぼくは思います。そこにアントナン・アルトーが火刑を宣告しにくるというところも映画史的に見て非常に重要ですが、いずれにしてもドライヤーの映画が示しているのは、ジャンヌ・ダルクは最初から甲冑を着ていたのではなく、甲冑を選び取ったということなんです。たまたま着ていたものであって、実際のジャンヌは裸の人間なんだということ。それをスクリーンを通してはっきりと示した。

ドン・キホーテも、騎士じゃないわけですよね。ある意味でキリスト教とキリスト教を補完するかたちで存在する騎士道物語――そこにはレヴィ＝ストロースも分析したように豊かな世界があるんですが――それをパロディとしてひっくり返す。それもやはり「裸の人間」なんですね。ジャンヌと同じようなボロをまとった人間が甲冑を着るわけです。ですからそういったヨーロッパ的世界をひっくり返す力をもっているのがこの二人であって、そうすると、「現在の背後に過去を見出そうとする執拗な欲望」というのは、単に歴史学者、あるいは人類学者、民俗学者がある現象の背後に遡ってその原因を見出そうとするという意味にとってはいけないと思う。万人が、たとえばフランス国民が信じて疑わないイメージも、一皮むけば「裸の人間」である、と。そういうことも含めて、それを執拗に一生――一〇〇年かけてレヴィ＝ストロースはやりました。その異様な執拗さということです。限られた人にしかできないこと、ジャンヌ・ダルクやドン・キホーテのような狂気の人たちにしかできない精神であり、欲望なんじゃないかな。

アガンベン、ベンヤミン、ヴェイユ

今福…「現在の背後に」というところがとても大事だと思うんですね。歴史学がやっていることは、結局は過去に正史を位置づけるということです。けっして現在の背後に過去を見出そうとしているのではない。むしろ歴史は過去を因果関係のもとに整理して秩序立てていくことで書かれる。現在は過去の帰結にすぎないのであって、現在の背後にアクチュアルなものとして過去はない。そういう意味では、現在の背後に過去を見つけるというのは歴史学の身振りではないわけです。これは現在において起こる過去との生々しい関係性のことですが、それは歴史的な時間に支配されない瞬間的なあらわれのようなものですね。

「裸」ということでいえば、ヴェイユの「イーリアス、あるいは力の詩篇」という文章は『イーリアス』における戦闘と死の悲惨な場面をギリシア語の韻律のまま読んでいるヴェイユの、一つの特異な読解です。そこでヴェイユは「殺す力」ではなくて、「殺さない力」のほうに強く反応しています。「もう一つの力、つまり殺さぬ力。まだ殺していない力。この力はやがて確実に殺す。いや、おそらくは殺す、というよりはいつでも殺しうる人の上に一時停止しているだけだ。この力は人間を石に変える」。ここにも「石」が出てくるので、気をつけたいんですが……。「人間を死なせることによってモノに変形する力。もう一つの力、別様に驚嘆すべき力、すなわちまだ生きている人をモノにしてしまう力が生まれる。彼は生きており、魂をもっている。それでいながら一個のモノなのだ。〔……〕武具を剝がれ、裸にされ〔……〕」ここに出てくるんですね。「甲冑、武具」、と。「刃を向けられた人間は、刺される以前に屍となっている。しかもなお一瞬、彼は考え、行動し、希望する」。結局は裸の剝き出しの存在になった人間が「なお一瞬考え行動し希望し、涙を流し」、そこにヴェイユは敵味方を解消したところであらわれる戦争の、感情的な均衡状態を見て、「戦争の至高の恩寵」というふうに書くんですね。武具を剝がされ裸にされ、そんな状況のなかであらわれる人間の生存の究極の恩寵《グラース》＝優雅さについて考えること。ここにも「グラース＝グラシア」が出てくる。

さらにこれは、ジョルジョ・アガンベンの「剝き出しの生」という発想にもつながりますね。二〇世紀における「ホモ・サケル」のありよう、たとえばナチスの強制収容所でいつでも殺される状態として置かれたユダヤ人たち、あるいはアメリカ国家によるイラクやアフガンの無法の監獄に拘留されたままの人々。アガンベンは、空港の出入国管理法のはざまにある難民や、国籍を失った人間もまた同じような例外状態に置かれているとして、いつでも殺される可能性に留め置かれている状態に含めています。いろいろな現代的な状況に引き合わせて再考されたこの思想は、その原点の一つにアガンベンのヴェイユに対する読みがあったのではないでしょうか。アガンベンの学位論文はヴェイユの政治理論についてでしたね。アガンベンはその後ヴェイユにじかに言及はあまりしていないかもしれませんが、ヴェイユが思考の源泉にあることは間違いないように思います。甲冑や武具を取り払われ、あらゆる衣服を引き剝がされた人間、すなわち「剝き出しの生」、「裸の人間」です。

アガンベンの「ホモ・サケル」の思想のもう一つの源泉がベンヤミンです。アガンベンはベンヤミンについてはたくさん論じています。一九四〇年ごろマルセイユでヴェイユが国外脱出を考えていたとき、ちょうど同じ時期にベンヤミンもアメリカへの亡命を考えていた。そこでクラカウアーと出会って——港さんの『愛の小さな歴史』もそのエピソードに触れていますが——ベンヤミンはそこからピレネー越えをしようとして国境で捕まって服毒自殺をする。そのときベンヤミンが最後まで自分のカバンのなかに入れて肌身離さず持っていたと言われている手稿があって、それが「歴史の概念について」だとされていますね。短いテーゼの集成でできているので「歴史哲学テーゼ」とも呼ばれていますが、その第八テーゼにちょっと注目してみます。

『暴力批判論』というベンヤミンのよく知られたエッセイでは「神話的暴力」と「神的暴力」という二つの暴力のあり様の違いが論じられていますが、ベンヤミンが批判するのは「神話的暴力」です。それは単なる生命に対する、暴力自体のための暴力、血の匂いのする暴力だと言っているんですね。この「単なる生命」という不思議な定義が「剝き出しの生」に非常に近い概念ではないでしょうか。さらにそのことをベンヤミンは「歴史の概念について」で、「非抑圧者の伝統はわたしたちがそのなかに生きている非常事態が例外ではなく、実は通常の状態であることを教える。わたしたちはこの事実に見合った歴史の概念に到達しなければいけない。そのときには真の非常事態が動き出すことがわたしたちの今回の任務となるだろう。それができたときファシズムに対する闘争のわたしたちの陣地は強化されるだろう」と述べている。

これはヴェイユが直面していた政治状況と同じ状態のことを言っているわけです。ナチスのことを想定してもいいと思うんですけれど、ここでいう非常事態はある特権的な為政者が法を停止することによって生まれる例外状態ですよね。ユダヤ人というのはその例外状態に押し込められることで「剝き出しの生」になったわけですけれど、ベンヤミンは実はそれが通常の状態であるということを反対側から、被抑圧者の側から、あるいは敗者の側から歴史のなかに突きつけることをここでやろうとした。この「歴史哲学テーゼ」というのは、そういう意味ではやっぱり予言的です。ベンヤミンが見ることのできなかった戦後の、つまりホロコースト以後の現在から逆に照射されて初めて意味を持つような歴史哲学が、このテーゼにはすでにあらかじめ書き付けられていたと言ってもいいような気がする。それはレヴィ＝ストロースが言う現在の背後に過去を見いだすということと、とてもつながっている気がします。

港…裏表と言ってもいいんじゃないかな。レヴィ＝ストロースはマルセイユから船に乗ってヨーロッパを発つわけですが、同じ船にアンドレ・ブルトンが乗っていたりする。同じ帆のもとに、あらゆる暴力と戦争と神話が凝縮した古代ギリシアの『イーリアス』の舞台である地中海に、まさしくいたわけですからね。そのマルセイユの闇をくぐりぬけてアメリカに行ったりキューバに行ったりした。そこから出てきた一つの引用と固有名詞が、ここで具体的につながりますね。

本の重力

今福…ぼくがとても惹かれたエピソードは一九四〇年の話ですが、捕えられる危険性が迫って、ヴェイユがいつでも逃げ出せる用意をしている状態はまさに例外状態だけれど、それが彼女にとっては日常の状態だったわけです。ぼくらには想像もつかない部分があるけれど、その逃げ出す時にもってゆく背嚢、リュックサックが常に準備してある。これは現実的にもそうだし、比喩的にもそういう精神状態だった。自分が危機的状況のなかで、これだけはもってゆくという必需品ですね。急いで持ち歩くものだからすごく「小さいもの」なんです。「ミニマムなもの」。それだけはリュックに収まるものとして準備していた。その事実にすがる。万能ではないにしても、ギリギリのときにそれにすがることができるような、あるいはそれによって何かを乗り越えていくことができるような一冊の本を、ヴェイユは自分の背嚢のなかにしまっていたわけです。それが、ホメロスの『イーリアス』だった。それは彼女の「イーリアス、あるいは力の詩篇」というエッセイを読むまでもなく、彼女が戦争をどう生き延びようとしていたかがとてもよくわかるエピソードだと思う。

一方で、スペインの国境の町ポルトボウで自殺したベンヤミンのアタッシュケースのなかには「歴史の概念について」の手稿があった。それは同じような意味で生き延びるための必需品・装備品、さらにいえば護符かお守りに近いものですね。こういう本の重みとは、ヴェイユが世俗的な力としてとらえていた物理学的な重力を超えるものです。ゴダールがヴェイユの本をなぜ映画に映し出しているかというと、それはたしかに一見すると本という形態をもったある「オブジェ」objetだけれど、むしろそれは精神・知性を呼び出すインターフェースのようなものに近いからです。ある意味で「呪物」、「物神」

ですね。その時にわれわれが感じる「本の重み」というのは物理学的な重力＝「グラヴィティ」gravity の世界ではとらえられない。何か違うものとしてある。そういう重みを背嚢にしのばせるというエピソードは非常に惹かれるものがあります。ゴダールの映画のなかに登場するあらゆる本もそうですが、こうした書物の重みをキンドルで再現することはありえないと思う。

港…例外状態にある人間にダウンロードは不可能です（笑）。現実的にも比喩的にも。それは非常に重要なことだと思うんですよ。いま「グラヴィティ」という言葉が出てきましたが、物理的な用語としての「グラヴィティ」というのは、たとえばこの本を月にもっていっても重力＝「グラヴィティ」があると言えると思うんだけれども、そこに「プザントゥール」pesanteur はない。つまり「プザントゥール」という言葉をヴェイユが使ったのは、「重力」プラス「何か」なんです。「プザントゥール」にはいろいろな意味がありますが、フランス語だと日常的に「プゼー」peser という言葉を使っていて、「重さを計る」という意味です。それは誰かが計らないと存在しない。「プザントゥール」には計る誰かが必要なんですね。

今福…計るとはある意味で「裁く」ことですね。

港…さっき「裁く」という言葉が出てきましたが、それは「読み」ということでもある。誰かが読み、誰かが計り、そうしないと存在しないもの。ヴェイユは「秤が両方にふれる」という。それは誰かが計っていなきゃいけない。つねに経験がそこに貼りついていて、どの言葉によっていくのか。キンドルではこういう話は絶対にできないよね（笑）。

今福…それがなぜキンドルではできないか、ということを、もっと突き詰めなければいけないのではないかと思う。そうしないと本がほんとうに消えてしまうかもしれない。本を効率性のために電子本に置き換えては絶対にいけないんですよ。あえてアナクロニックに言いたいんですが、「電子本」なるものを本だと言わないほうがいいとぼくは思っています。情報端末ではあるかもしれないけれど、あれは本質的な存在としては書物ではない。ここでヴェイユが言っている「読み」というのは、そういう形態にたいしては成立しない。

港…もう一つは最初に出てきたけれども、シモーヌ・ヴェイユとボーヴォワールが、ほとんど同じ年に生まれながら性格がまったく違うということ。この二人は、実は同じ書店で本を借りて読んでいた。アドリエンヌ・モニエという有名な女性店主がやっていた書店で、そこでは貸本をやっていたんですね。そこに集っていたのがジェイムズ・ジョイスであり、若きシモーヌ・ヴェイユであり、ボーヴォワールもそこで借りていた。記録が残っていてわかるみたいなんですが、ある場所にわざわざ借りにいくわけですから、それってやっぱり感動するんです。たぶん言葉も交わさなかっただろうし、会うこともなかっただろうけれども、同じ本を読んでいた可能性はある。同じ本というのは同じタイトルの本ということではなく、まさに同じ一冊の本です。ある場所に行って同じ本を取って手で繰るという、こういった経験がぼくらの思考にどれだけ重要であるか。ぼくらだってそうじゃないですか。このことをもっと言わなければいけない。誰も言わなくなってしまったけれども……。

本という建築

今福…レヴィ＝ストロースは「ドン・キホーテ的精神が自分を理解する鍵になるだろう」と予言しているわけです。レヴィ＝ストロースには本をめぐる面白いエピソードがあって、『ドン・キホーテ』を彼は一〇歳ぐらいのころ完全に暗誦するぐらい読んでいたんですね。端末に本のテクストを次々と入れ替えて読むのではなくて、一冊の本をひたすら読み続けるという習慣。「プザントゥール」を感じながら。本が体現する「イデア」みたいなものを「重み」として感じているわけです。物理的な何グラムじゃない。だからこそその本を自分のものにできるんですね。そういうふうにしてレヴィ＝ストロースは『ドン・キホーテ』をほとんど暗誦できるほどになった。レヴィ＝ストロースの家にお客さんが来て、レヴィ＝ストロースの父親がお客さんにレヴィ＝ストロース少年の前で任意の文章を読んでもらう。すると一〇歳のレヴィ＝ストロースがその文章の先を続けて暗誦する。そんな遊びをしていたというエピソードが出てきます。本との関わり方がヴェイユやレヴィ＝ストロースの若い時代はそういうものだった。すでに本と身体のこうした結びつきは、過去のものになってしまったという感慨がありますね。

港…そういえばレヴィ＝ストロースの家の書斎には絵がかかっていて、それは画家だったお父さんが描いたものなんですが、小さな子が膝の上で本を読んでもらっているという絵だったと思います。そんなふうにして読んでもらっていたんでしょうね。いまのエピソードにルソー的な伝統を感じる(笑)。ルソーがそうだったんですよね。当時は本が最大の楽しみだったわけで、映画もテレビもないから、食事を終えてから夢中で本を読んでいた。一家全員でずっと読んでいる。家に本が何冊もなかった時代でしょう。

今福…それは「記憶術」の問題になっていきますね。いわゆる「視覚的記憶術」。あるフレーズなり単語なりがこの見開きの書物空間のどの辺にあるかということが視覚的に定着されていないと暗誦という行為はできないと思うんです。それはデジタルな文字データが脳に整然と入っているのではなくて、視覚的な、ビジュアルな、写真的なショットが一ページごとに積み重なっているという感覚でしょうか。だからダウンロードしたデジタルデータをスクロールして読んでいくというような情報の受け止め方とは違います。

港…本というのは一つの建築ですよね。扉があって柱があってという。本という建築空間のなかのどこを自分が歩いたか、それが経験として残る。だからお客さんがパッと読んでも、「あ、ここだな」と頭のなかでそこにすぐに行ける。

今福…たぶんレヴィ＝ストロース少年はあのページのあのあたりをいま暗誦しているという感覚がつねに閃いていたんでしょうね。

『工場日記』とブリコラージュ

今福…ヴェイユ論も入っているソンタグの『反解釈』のレヴィ＝ストロース論のなかに、ボーヴォワールのエピソードが出てくる。ボーヴォワールはレヴィ＝ストロースのことを「執着のない声で無表情に情熱の愚かさを説いていた」っていうふうに回想しているわけです。いかにもレヴィ＝ストロースらしい沈着な感情表現を印象的に捉えてボーヴォワールは書いているんですけれど。一方、ヴェイユについてもボーヴォワールは『娘時代』で書いていて、若いときに学校ですれ違ってボーヴォワールからヴェイユに話しかけると、ヴェイユは「危急の課題はすべての飢えた人間に食料を与えることだ」ってボーヴォワールに言う。ボーヴォワールはそれにむきになって反論して、「そうじゃない、人間が自己存在の意義を見出せるようにすることが最も重要な課題なんだ」って、哲学的にやり返す。そうしたらヴェイユがあきれた顔で、「あなた、一度もお腹を空かせたことなんてないのね」ってボーヴォワールに言ったという、こんなエピソードをボーヴォワールは回想で書いています。ボーヴォワールという同時代の人物は、とってもシャープに、一言でヴェイユとレヴィ＝ストロースの本質をある意味で捉えている。ボーヴォワールにはない特徴を誇張して、彼女自身を正当化するための文脈かもしれませんが、でも自分に対する相対化の視線も入れてちゃんと相手の肖像を精確に描いている気がする。

港…後年、サルトルがノーベル賞の受賞を拒否したときになんて思ったのかな（笑）。ヴェイユがそう言ったということが重要だと思うんです。実際そうだったかどうかは別として。

『工場日記』というのがありまして、さっきゴダールの映画〔『愛の世紀』〕のときにルノーの話が出ましたが、ヴェイユは八カ月間、二つか三つの工場で働いているんですね。その時につけていた日記なんですが、これがほんとうに面白い。『重力と恩寵』や『科学について』を読むと理知的で透徹し、抽象化された思考のヴェイユしか見えてこないんですが、これを読むと日記なので生身のシモーヌ・ヴェイユがどういうひとだったかが見えてくる。

まず、さっき今福さんが言ったように病気がちで体が弱かった。ひどい頭痛持ちですね。工場といってもルノーとかアルスノンという重工業で、一番きつい螺旋旋盤ラインに入って働く。その時の日記なんですが、これは二〇世紀の奇書の一つじゃないかと個人的には思っているぐらい。なぜ面白いかというと、記述がとにかく細かいんです。その記述のほとんどは部品の四一五三九号を作り間違えるとか（笑）、ほとんどが失敗の記録です。これを読むとぼくが工場長だったらこんな人は絶対に雇わない（笑）。不適格です。体力がないし、それからとても不器用です。何度説明を受けても絶対に失敗する。そういう人なんですね。それを包み隠さず全部書いている。もう一つ感動的なのは、「どんな人と会って、その人がどういう人なのか」を正確に書いていることです。下っ端の日雇いみたいな人から工場長まで全部書いてあるんですよ。ところどころにイラストもあって、部品のかたちや溝のかたちや旋盤がなぜうまくいかないかと自分の失敗を機械のせいにしているところもある（笑）。いずれにしてもレヴィ＝ストロースがブラジルに行ってやったのとまったく同じことを彼女はフランスに留まって、しかしナンビクワラの村よりも彼女にとってははるかに遠い、男しか働いていないような工場に行ってそこで日記を書いた。そういう民俗学的記録として読んでいいんじゃないかと思うぐらいです。

今福…『悲しき熱帯』と『工場日記』というのは、一組の産物として読むこともできるのかな。

港…レヴィ＝ストロースが現場で発揮した能力と、ヴェイユが現場で発揮した能力というのは似ていると思うんですよ。

今福…『悲しき熱帯』は、やや美文的なスタイルに隠されているところがあるけれど、たしかに一種の不器用さの記録としても読めると思います。ブラジル奥地のフィールドで悶々と無為の日々を過ごし、銃で狩猟もできず、野性を前にして圧倒されているだけの不器用な文明人。『工場日記』とか「スペイン日記」も同じで、いかにヴェイユが不器用であるか、「労働者の現実」、あるいは「戦争という現実」に対してなんの対処もできなかったかということがそこではひたすら書かれている。そういう意味では、どちらも不器用の記録ですよね。

港…それが「ブリコラージュ」＝「器用仕事」と結びつくところが面白い。まさにブリコラージュの実践なんですよ。「一〇〇個も二〇〇個もオシャカにした」って書いてある。工場に対する偉大なる損失の記録（笑）。螺旋旋盤ラインが完全にオートメーション化する以前のフォーディズムのなかでの稀有な記録、人間と機械のインタラクションの稀有な記録としても読める。貴重な書だと思います。

ル・ピュイという街

港…これは何年か前に出した写真集（港千尋『瞬間の山』インスクリプト、二〇〇一）のなかに入っているものです。フランスの中部にル・ピュイという街がありまして、一九三一年にヴェイユはそこの高等学校に赴任して、はじめて哲学の教職を得ました。このル・ピュイという街はカトリックの聖地の一つで、巡礼の道がはじまる地です。巡礼の道はパリとル・ピュイとアルルとヴェズレーの四つですが、その一つがここを通る。ル・ピュイからサンティアゴ・デ・コンポステーラまで行く。このル・ピュイというのは「Le puy」と書く。言い伝えによると「ピュイ」というのは綴りは違いますけれども、「井戸」のことです。この写真の山のことをピュイと言うらしいんです【図3】。岩でできていて、一番上にサン＝ミッシェル礼拝堂という小さなチャペルがあります。ほんとうに針が立っているという感じです。ヴェイユは間違いなく毎日これを見て生活していました。次の一枚は礼拝堂の写真です【図4】。切り立った急な階段を昇って礼拝堂まで行くんですが、礼拝堂のなかはとても小さくて、溶岩でできている。実はあの岩山は全体が溶岩でできているんです。一帯は死火山がたくさんあるんですが、その一つがこれじゃないかと言われています。溶岩が噴火口に向かっていって、しだいに周りが侵食されて、最後に溶岩だけが残って針みたいなかたちになった。そこをくりぬいて礼拝堂をつくった。自然光で撮ったんですが、とても不思議な光が射し込んでくる。ヴェイユはこのチャペルを遠くから見ていただけではなく、実際にここに行ったと思います。上昇と下降ということをたくさん書きますが、そのイメージはこのル・ピュイのサン＝ミッシェル礼拝堂と結びついているはずで、「上昇することと下降することの垂直線」がここにあるんです。街自体も溶岩の色で真っ黒で、とても不思議なところです。い

図3　港千尋「ル・ピュイ」

図4　港千尋「ル・ピュイ」

までも巡礼者が絶えない。

ここからリヨンの近郊にサン＝テチエンヌという街があるんですが、フランスの鉱山労働者の中心地で労働運動も一番激しかったところです。鉱山の跡がいまでも残っています。石油危機のときには炭鉱が一つ再開されて、比較的最近まで掘っていたところでもあります。ここでヴェイユは労働運動に参加して、工場に行って働き、体を完全に壊し……。一日三フランしか給料がでなくて、ほとんどそれを食事に使わずに本を買っていたというエピソードもありますから、ボーヴォワールからすればついていけない（笑）。

「夜」の出現

港…『ヒロシマ・モナムール』はマルグリット・デュラスがシナリオを書いて、アラン・レネが映画化して、広島とフランスでロケをした映画です。邦題が『二四時間の情事』という変なタイトルになったんですが、平和のための映画を撮影に来ていたフランス人女性が岡田英次演ずる日本人男性との一夜かぎりの情事に身を任せる。そのあいだにフランス人女性は、かつて経験した悲劇を想起してしまう。それは第二次大戦末期に自分の初恋の相手であったナチスのドイツ兵との悲劇的な別れです。

彼女はそのドイツ兵と駆け落ちする約束をしていて、その出発の寸前に恋人が殺されてしまう。そのトラウマが広島で蘇ってしまう、そういうストーリーです。

今福…それはヌヴェールという街の出来事だけれど、ヴェイユも関係ありますね。同じ時期にヴェイユも家族とヌヴェールへ行っているはずで、それも象徴的です。

港…デュラスがなぜヌヴェールを選んだかというのはいろいろな話があります。この映画の後半に、日本人男性とフランス人女性が決定的な別れを前にして夜の広島をずっと歩いていくんです。この歩く場面というのは、女性が初恋の相手を殺されたというトラウマを日本人男性に告白する場面、十数年間、心に秘めていたことを語ってしまった場面の直後です。不思議な夜のシーンで、夜の広島と昼のヌヴェールが交互に、似たようなトラヴェリング〔カメラの横移動〕で出てくる。そこでは「わたし」が「あなた」と言うときの「あなた」がだんだん誰のことだかわからなくなる。恋人なのか、それともいま亡霊のように歩いている日本人男性役の岡田英次なのかわからない。広島駅まで辿り着いて、最後はホテルで終わるんですが、最終的に女性がフランスに帰ってしまうのか留まるのか明かされずに映画は終わります。

今福…「夜の広島と昼のヌヴェール」と言ったけれど、実際はドイツ兵の死を昼夜見守るから昼も夜も一緒になっている。いまのシーンはレヴィ＝ストロースが言う「現在のなかに過去の痕跡を見いだす」ということに結びついている気もします。戦争というのは大事件かもしれないけれど、そのなかで恋人を喪失するっていうのは非常に些細なプライベートな出来事で、それをトラウマにもって広島にやってくる。その些細な経験というイメージがいったん忘却されたようなかたちで沈んで、それが生き延びていたことを広島で知るわけですね。それがまさに過去と現在が、時間軸の制約を超えたところで結び合って浮上するというシーンじゃないかと思います。港さんもそのことを『愛の小さな歴史』で書いているけれど、過去の現前というよりは過去・現在・未来という直線的な時間軸とは違うところで出てくる時間を超えたイメージの現前があって、「夜」につながっている気がしています。それがわれわれの対話の最後のテーマでしょうか。

今回、ぼくが「夜あるいは戦間期」という枠組みを思いついた理由でもあるんですけれど、港さんの『愛の小さな歴史』でオルフェウスとエウリディケの神話の問題が論じられていて、それがぼくにとって刺激的でした。ぼく自身もオルフェウスの問題をずっと考え続けてきているのでいろいろと響き合うところがあるんです。この『ヒロシマ・モナムール』と同じ一九五九年にできた

『黒いオルフェ』という映画があります。ブラジルのリオデジャネイロで撮られたマルセル・カミュ監督の映画です。映画の冒頭に、オルフェウスとエウリディケのレリーフが映し出されます。港さんの『愛の小さな歴史』という本には、映像がないんですね。港さんの本としては珍しくテクストだけで書かれている。これは意図的なことだと思いますが。でも、オルフェウスとエウリディケのレリーフだけが図版として入っているから、そこには特別の意味があると思うんです。

オルフェウスとヴェイユ

港…ギリシア時代に浮き彫りがたくさんつくられたそうなんですね。そのローマ時代のコピーがいくつか残っていて、一番有名なのがルーヴル美術館が所蔵しているオルフェウスの浮き彫りというものです。掲載したのはルーヴルとは別のものだったと思うんですが、いずれにしてもすべて絵画にしろ彫刻にしろレリーフにしろ共通しているのは、「どの瞬間を描くか」と言うことです。その瞬間というのはオルフェウスが冥界の王の条件を破って振り向いてしまった、その振り向いた瞬間です。来ると信じていたエウリディケを、後ろを振り向いて見てしまったその瞬間。言葉を変えれば、眼差しの瞬間を描いている。そこからはオペラにしろ、音楽にしろ、解釈が分かれていく。

今福…オルフェウスの神話はずっと視線の問題として語られてきましたね。ところがオルフェウス自身は、目というよりもむしろ耳、すなわち音楽とより本質的に関わっている。音楽の精神の源泉にいる存在です。そのオルフェウスとオルフェウスの妻、ないし愛人といわれているエウリディケの関係、そこには昼と夜の問題、それから音楽の問題、今日の対談のテーマが全部凝縮されているような気がします。

港…『ヒロシマ・モナムール』と『黒いオルフェ』は同じ年にカンヌ映画祭に出品されて争ったんです。ところが、直前で『ヒロシマ・モナムール』が取り下げられる。というのは、もう冷戦期ですから、アメリカに対する気兼ねがあったんです。アレン・レネでもデュラスでもなく、製作者側がみずから取り下げて批評家特別賞みたいなところに逃げた。それで『黒いオルフェ』がパルムドールをとったというエピソードがあります。

今福…オルフェウスとエウリディケの伝説をブラジルのカーニバルに舞台を移して描き出す冒頭部分から一気にひきこまれます。エキゾティシズムに彩られたカーニバル映画としてふつう見られているんですけれど、でもディテールにはとても素晴らしく、深いシーンがたくさんあるのでぼくは大好きな映画です。

港…風が吹いているんですね。これが重要です。冥界からはかならず風が吹く。

今福…エウリディケの失踪届を求めてオルフェが役所に行くと、書類が風に吹かれてゴミのようにして散っていく場面があります。それで役所の螺旋階段を下りていく。冥界下降を示す象徴的なシーンです。実はヴェイユにとってオルフェウス教は非常に重要なインスピレーションの源泉にあったということを言っておかなくてはいけないですね。ヴェイユの宗教的な志向性から言えば秘教的なものに関わりますが、オルフェウス教については、『ギリシアの泉』のなかに「プラトンにおける神」というエッセイがあって、そのなかでオルフェウス教のことを想起の理論と重ねて書いている。オルフェウス教自体が想起することに関わる非常に秘儀的なヴィジョンをもっている。それにヴェイユはとても惹かれているわけです。「記憶の湖から湧出する冷たい水」、なんていうオルフェウス教の一節がありますが、ヴェイユはそれについてはこう書いています。「想起と記憶という言葉の意味はなにか。比喩にかんしてはつねにそうする必要があるのだが、表象それ自体に注意を向けるなら明白である。わたしがある考えを抱いたとする。二時間が過ぎる。数分間、真空に注意を方向づける。真空に向かってではあるが、それは実在的なものに向かっている。突如として、その考えはそこに在る。〔……〕わたしはこの考えを思い出せなかったにもかかわらず、いま、それを期待通りのものとして、たしかにそれだと認知する。よくあることだが、測りしれない神秘でもある」。これは複雑な想起のメカニズムなんだけれども、いまなぜその考えが自分のところにふっとやってきたか、到来したか、ということに関わる神秘のことです。

瞬間と永遠

港…時間をつかまえることこそが大切だ、と。ある考えが到来するその瞬間、ある考えが頭の闇のなかでつかまえることができたということは、神秘以外のなにものでもない。ブランショもデュラスもその神秘を考えるために一生を費やした。ソンタグによれば、それらすべての作家が暗い時代に生きた作家ですよね。

今福…その瞬間というのが想起がおこるミステリアスな神秘的な瞬間であり、夜の時間であり、港さんは「夜の明証性」という言い方をしていますね。ブランショは「夜の明らかさ」と言っていて、「光と闇」、あるいは「昼と夜」の対立ではなくて、矛盾した言い方だけれど、夜が持っている光です。それが明証性になるんだと思うんですよ。オルフェウスはエウリディケのほう、すなわち第二の夜に向かって降りていく。ブランショは「エウリディケは彼にとって芸術が到達することのできる極点であり、彼女を隠蔽する一つの名前のもとにあって彼女を覆う一枚のヴェールのもとにあって、芸術が、欲望が、死が、夜が、目指すように思われる極度に暗黒の時点なのである。彼女は夜の本質がもう一つの夜として近づいてくる瞬間なのである」と書いています。彼女とはエウリディケです。これはいままでのオルフェウスとエウリディケの常識的な解釈とまったく違うかたちで夜に向かって降りていく。そこで出会う時間や空間は、歴史のパースペクティヴを超えたものですね。

港…現在の背後に過去を探すドン・キホーテですよね。

今福…オルフェウスの扱いは『黒いオルフェ』の原作であるヴィニシウス・ジ・モライスの戯曲だとまったく違っている。われわれがよく知るギリシア神話のオルフェウスは、冥界に降りていってエウリディケを生者の世界に引き戻そうとしますね。けれどもタブーを犯して振り返ってエウリディケを見たために彼女を永遠に失ってしまう。でも、ヴィニシウス・ジ・モライスは冥界に行って冥界の王プルートーに逆に自分の死を懇願しているんです。生きてエウリディケを連れて帰ることを頼むのではなくて、自分を殺してくれって頼むんですね。死という夜のなかでの愛の合体を夢見る。音楽と夜と死ですね。だからまったく違う志向性のなかでオルフェウスの物語を作り直したのがヴィニシウスの戯曲です。

港…プルートーと取引をするわけです。『ヒロシマ・モナムール』のさっきのシーンが冥界に降りてくるかたちになっているのはまさしくその数年前にヒットしたジャン・コクトーの『オルフェ』（一九四九）を見ていたからというのが一つの理由になっています。ジャン・コクトーの『オルフェ』もよく見るとちょっと変なんです。地獄の禁忌を犯してオルフェ役のジャン・マレーに惚れてしまった冥界の女王が罰せられるわけです。罰せられて自己犠牲の元に彼女は死んでいるんだ、けれどもまた死ななきゃならないという罰則のもとにジャン・マレーを救う。でも、ジャン・マレーとしては別のオプションがあって、それはオルフェのほうを殺して冥界で一緒になる、と。これはやはり第二次大戦をくぐったヨーロッパ人が考え出した一つのオプションなんです。特にジャン・コクトー版ではまだまだ廃墟が残っている。『ヒロシマ・モナムール』は、広島の廃墟がほとんど復興したところで撮られたのですが、ジャン・コクトーのほうは戦争の跡の廃墟を歩いている。それは三〇年代の死をくぐり抜けたうえでの解釈でしょうね。

音楽と神話

今福……レヴィ＝ストロースが音楽と神話について『神話論理』の第一巻でこう書いています。「音楽も神話も時間を必要とするのは、あたかも時間を否認するためでしかないような具合である。〔……〕音楽作品は、その内的組織ゆえに、過ぎゆく時間を停止させている。音楽は、時間を、風に吹き上げられるテーブルクロスのように、捕まえ折り返す。だからわれわれは音楽を聴いていると、そして音楽を聴いているあいだ、いわば不死の状態にある」。示唆的な一節です。ここで語られた神話と音楽の近接性・親和性について、実際にレヴィ＝ストロースは『神話論理』という大部の四巻本を音楽として書くことによって語ろうとしました。序曲ではじまって終曲で終わる。なかの章にはアリアやカンタータやフーガといったさまざまな音楽的な表題がついている。そして、それは単に音楽の形式を借りただけではなくて、まさに「ミューズ」というか「オルフェウス」というか、「音楽」というものの精髄を神話とともに語っている本であって、単にジャンル的なミュージックという意味での音楽のことではない。ここでいう本質的な音楽のありようは神話のありようと相同的なもので、それは時間を止めるということ、あるいは宙吊りにするということです。

港……そのあいだだけ不死になるっていうことですね。

今福……生命を個人の所有物としてみなせば、死はかならず到来するわけです。けれどもレヴィ＝ストロースが考えたように、人間の生命というものを連鎖的・集団的なものとみなしたとき、神話はまさに生命の不死を語る形式であるとみなされる。神話には個別的な所有者はいないからです。個別で実在の人物がそこで描写されているわけでもない。だからレヴィ＝ストロースは『神話論理』を最初から最後まで「われわれ」（フランス語の「nous（ヌ）」）を主語にして書いていった。決して叙述の主体としての「わたし」（「je（ジュ）」）という主語を使わなかった。そしてその意図を、第四巻の最後に置かれたフィナーレのなかで説明し、最後についに「わたし」で語りはじめる。自分はこれまで「われわれ」として書いてきたけれど、それは、神話が個人とか主体というものを宙吊りにして語るそのやり方に合わせて「われわれ」という匿名的な主語を使ってきたんだ、と。でも、最後に自分は近代的な一個の主体に還って、この作品を意味づけるために「わたし」として語る。そう書いています。不死と死のはざまで、この本が生まれたことを、こんなふうに宣言しているわけですね。音楽と神話が個人の死というものからときはなたれてあるありようを、彼は不死と呼び、それを「夜」のなかに透視しようとしたんでしょうね。

港…それが「第一の夜」だとすると、「わたしたちの夜」、「わたしたちの時間」、そして「わたしたちが不死であるということ」が「第二の夜」ということになる。それがほとんど同じ時代に発見された。それをシモーヌ・ヴェイユは先取りするかたちで書きとめていた。それ自体が一つの秘蹟でもあるし、ゴダールがそこを敏感に触知して「Notre musique（ノートル・ミュズィーク）」と言った。この「notre」の意味は非常に重いです。二〇世紀の歴史と同じぐらい重い。すべてつながっている。そうやってつながるのが「神話」であり、「夜」なんです。

今福…今日の対話の流れも、主体的な意図やシナリオがあったわけではない。閃きのままに語ることで「夜の明証性」とでもいうべきものがおのずから姿をあらわしたということでしょうか。ヴェイユが『重力と恩寵』で「時間は、暴力をふるう。これこそが、ただ一つの暴力である。時間の暴力は、たましいをひき裂く。その裂け目をとおって、永遠がはいってくる」と書いていますね。こういう断章とレヴィ＝ストロースを並べて読んでも興味深いものが出てくるかもしれません。ここで永遠といっているものが「第二の夜」ですね。それが「愛」ということでもあるし、「小さな恩寵」でもあるかもしれません。

大塚信一との対話

2013

山口昌男が遺したもの

人類学者＝思想家、山口昌男氏の逝去（二〇一三年三月一〇日）を受け、『週刊読書人』二〇一三年四月二六日号において山口氏追悼の意を込めて行われた対話である。岩波書店元社長の大塚信一氏は、いうまでもなく、叢書『文化の現在』（一九八〇～一九八二）や雑誌『へるめす』（一九八四～一九九七）の刊行などをてがけ、山口氏を中心に磯崎新、大江健三郎、大岡信、武満徹、中村雄二郎といった学界・芸術界の独創的知性を結集して、一九七〇年代から九〇年代にかけての日本の書籍界の「知」の革新の運動を演出した編集者である。そのムーヴメントのなかでも、突出した機知と遊戯的なパフォーマンスで異彩を放っていた道化＝ヘルメス的学者、山口昌男。その意味は、山口氏が冥界と地上界と天上界を使者として自在に往還するヘルメス神さながらの自由さを備えていたためであり、十字路の神として既存の時空の秩序を宙吊りにし、異質のものを接触させることによって世界に思いがけない輝きをもたらす批評的方法論を持ち合わせていたからであった。そのような「知のヘルメス＝山口昌男」が示した思想と行動のヴィジョンは、大塚氏にとっても私にとっても、自らの知的な出自への思いとともに語るほかない特別の刺戟であった。この対話には、お互いの山口氏との出逢いの光景への回顧的な語りも含まれてはいるが、私たちがむしろ考えていたのは、二〇年もしないうちに過去へと繰り込まれてしまう現在の日本の知的言説の、前のめりになった節操なき消費主義を前にして、一九七〇年代に開花した山口学のアクチュアルな継承可能性を、いま真剣に議論してみることであった。山口昌男氏は学者・思想家としての批評的・自己風刺的な位置取りを厳しくおのれに課しつづけた。大学の内と外、日本と海外、学問領域の境界、教師と学生の固定的関係といった形式的制度は、彼の行動原理のなかではたえず創造的に

無化された。学ぶことを真摯に求める者であれば誰にたいしても、その知の懐はつねに平等に無条件に開かれた。深く遊ぶことを愉しもうとする者であれば、彼はともに遊ぶ祝祭的な場をたちどころに用意した。民俗文化の示す「有用から出発して効用を超えて無用の域に入り悠々と戯れる」演劇的仕掛けを、社会の活性化を促す「演戯《えんぎ》」的領域としてなにより重視した。政治的に厳格な倫理主義に囚われ、闊達な自由さと快楽を失いかけたかに見える私たちの現在の知と学問にたいし、これらのヴィジョンの持つ未来の可能性は明らかである。本対話は、山口昌男氏の逝去の翌年、ソウルのマウムサンチェクから刊行された氏の主著『文化と両義性』の韓国語版(『문화와 양의성』마음산책、二〇一四)の巻末にも、解説的な付録としていちはやく翻訳されて掲載されている。

PROFILE

大塚信一　一九三九年生。編集者、批評家。著書に『理想の出版を求めて』『山口昌男の手紙』『火の神話学』『中村正義の世界』など。

マルクス主義の呪縛

今福龍太…山口昌男さんが一番活躍していたのは七〇年代だったと言われることが多くて、最近は回顧的に語られることもしばしばでした。しかし、山口昌男の提示した知がそれほど簡単に歴史化されてしまっていいのかどうかは、実は問い直さなければいけないのではないか。これから新たに山口昌男とアクチュアルな問題意識において出会う若い読者がいて欲しいと思いますし、そのことも含めて今日は、新しい世代に橋渡しするような話ができればと思います。

大塚信一…ぼくはもともと編集者ですから、一番興味があるのは、山口昌男のような偉大な思想家がどういう文脈で出てきて、山口理論がどんな影響を与え、そこからどのような人たちが育ってきたかということなんですね。そのなかで三番目の問題については、今福さんのお仕事がまさに実証していると思います。また山口理論についての質の高い解説も、今福さんが随分お書きになっている。ただ一番目の問題については、あまり知られていないことですので、そのことを今日はお話しできればと思っています。

今福…友人や研究者仲間であれば、付き合い方の一つのパターンがありますよね。大塚さんと山口さんはそういう関係を超えていた。もちろん単に著者と編集者という形式的な関係でもなかった。山口さんの学問が生まれ出る源には、「山口文庫」と後に呼ばれるようになった、四万冊とも五万冊とも言われるとてつもない本の蓄積があったわけですが、大塚さんはその書物の森に最初期から入り込まれて、山口文庫の本を次々と読破されていった。まず、そうやって編集者として付き合いはじめられた頃の話を少し伺えますか。

大塚…一九六三年に岩波書店に入社して『思想』の編集部に配属になったんですが、三年目に初めて山口さんに原稿をお願いしたんですね。「文化の中の『知識人』像」という論文で、六六年三月号の一番うしろに掲載しました。なぜ一番うしろに密やかに載せざるを得なかったのか。あの頃はまだマルクス主義の呪縛が大きかった。六〇年代から七〇年代にかけては、『思想』にしても、それまであったマルクス主義の呪縛からどうやって乗り越えるかを、いろんなかたちで試みていたと思います。そういう状況のなかで、山口さんの仕事は、マルクス主義を決定的にぶち壊してしまう力を持っていた。そうした大きなダイナミズムがあった。たとえば「講座派か労農派か」（つまり「二段階革命論か一段階革命論か」）という論争がありましたよね。そんな考え方を、山口さんは自らの腕力で全部引っくり返すという凄さがあるんですが、当時は社会科学の分野だけでなく、あらゆるジャンルにわたって、まだマルクス主義が力を持っていましたから、当然強い批判も予想されたわけです。

今福…戦後の転向の経験が「知識人」イメージの虚構性の再検討へとつながらなかったことへの容赦ない批判をしたわけですからね。山口さんが知の世界に登場してきた時代は、特に歴史学における教条的なマルクス主義の大きな抑圧が空気としてあった。山口さんには深いところで、それに対する強い反発心があったでしょうね。

大塚…そうだと思います。その次が同じ年の一〇月号の「人類学的認識の諸前提」。これは当時の人類学に対する鮮烈な批判が根底にあります。もっともその頃山口さんは、泉靖一氏や梅棹忠夫氏に対して、〝東西の手配師〟などと暴言をはいていたので、当然のことながら黙殺されました。

今福…『思想』に掲載された、どちらの論文も当時の閉塞した思想状況を打ち破る冒険的な挑戦だったと思います。同じ頃に「マルクス主義と人類学」という論文もあって、石田英一郎による先駆的なマルクス主義歴史学批判を文化研究の地平にとりこめていない状況への苛立ちを表明していましたね。この頃の論文、つまり「文化の中の『知識人』像」や「人類学的認識の諸前提」といった初期の、山口さんの思想的なエネルギーが一気にほとばしり出た時期のマニフェスト的論文をまとめて読もうと思っても、それが収録されていた単行本はいまことごとく品切れや絶版になっています。単行本になったモノグラフでさえ、『道化の民俗学』と『文化と両義性』（ともに岩波現代文庫）はかろうじて読めますが、『本の神話学』や『歴史・祝祭・神話』（ともに中公文庫）は長く品切れ状態です〔この対談後、岩波現代文庫で復刊〕。「文化の中の『知識人』像」は、『山口昌男著作集』（全五巻、筑摩書房）の第一巻に収録されていますが、やや高価な本なのでなかなか一般の人の手には渡りづらい。そのこともあって、今度、ちくま学芸文庫で、著作集五巻のなかから精選して一冊のコレクションを編集します。これによって、はじめて六〇年代から七〇年代にかけての山口さんの代表的な本格論考十数篇がコンパクトなかたちで読めるようになります。「文化の中の『知識人』像」は、大塚さんも言われましたけれども、確かに当時の知的環境の閉塞感を突き破る理論的な起爆力があった。けれどももう一つ、あの論文が非常に刺激的なのは、いわゆる客観的な知識人論ではなくて、むしろ自分自身がどういうスタイルでこれから言説の場に介入していくのか、という主体的宣言でもあったからだと思うんです。学問のスタイルとして実証的な厳格さが求められていた時代に、ありえないような知識人像を提示して見せた。人類学が扱ってきた部族社会の知者＝文化英雄のイメージですね。たとえばアフリカにおける知者というのは、書物人じゃなくてオーラルな世界で生きているシャーマンや語り部だったりする。そういう存在のあり様が、現代の文明社会、産業社会のなかでいかに実践できるかを、あの論文で説いていました。「中心と周縁」や「トリックスター」「スケープゴート」など、山口さんが後に展開していった理論的枠組みがありますけれども、山口昌男という知性が真に魅力的だったのは、提示された理論以上に、書き手として、あるいは知識人として持っているスタンスやポジション、スタイルが、現状の学問、もしくは言説が生まれてくる慣習的な場を超越していたところにあると思うんです。そのスタイルが未知の遊戯的・快楽的な空気を発散していた。そういうポジションを引き受けること自体が、言説界では当時はきわめて政治的な選択でもあったと思います。学問理論の内部で狭義の政治性の水準を担保することで満足するのではなく、山口さんは脱‐知識人のポジションとして政治的なスタンスを引き受けたのではないか。知識人や大学という場が学や知を独占していくことに対して、あそこまでラジカルに反乱した人はいなかった。それは六〇年代の最初の論文からはっきりと出ています。

大塚…その通りだと思います。あの論文が発表された後に、林達夫さんの御宅にうかがうと、開口一番、山口さんの話が出てきた。「この筆者は半世紀に一人出るか出ないかの天才だ。大切にしたまえ」と、林さんはたった一本の論文を読んだだけで言ったのです。林達夫さん自身、アカデミズムに属したことはなかった人です。常に自由な知識人としてのあり方を持していた。またどんな場合でも、特定の学問のプロフェッショナルにはならない、軽快なフットワークを保持していくには、絶えずアマチュアでなくちゃならないんだと、ずっと言ってこられて、それを実践した人だった。その林達夫が、山口さんを「天才」だと認めたこと自体に大きな意味があると思うんです。

今福…すごくスリリングな証言ですね。

林達夫と花田清輝

大塚…山口さんが論文で書かれていたことを、林さんは自分の問題として考えていたと思うんですね。ワンダリング・スカラー的なあり方でなければ、本当の知識人としては成り立たないんじゃないかと、強く感じていた。マルクス主義との関係で言えば、林さんはあの時代に「共産主義的人間」を書いて、周りからは非難轟々だったわけですね。しかし一方で、山口さんが切り開いていったようなコスモロジカルな物の見方を持っていた。たとえばヴィダル・ド・ラ・ブラーシュ〔フランスの地理学者〕など、後にブローデルとかアナール学派に繋がるような関心を、林さんは強く持っていて、日本の歴史学者がひと言も触れない時から既に頭のなかにあった。だからこそ山口さんのあの論文に強く引かれたんだと思います。

今福…後に『本の神話学』のなかで林さんについて書かれますけれど、林達夫がやってきたこと、とりわけ林達夫という知識人の単独者としてのポジションの意味が、あの時点の山口さんのなかで深く意識されていたと思います。闊達な精神史的ヴィジョンの守護神としてヘルメスを据える山口さんの発想も、林達夫から来ていますね。直接二人が出会ったのは、いつ頃のことですか。

大塚…『思想』論文発表から間もない頃のことです。それから七〇年代に入ると、林さんを中心に、山口さんや中村雄二郎、大江健三郎、井上ひさしといった方たちに集まってもらい、食事をしながら話をする会合を開くようになりました。

今福…雑誌『へるめす』創刊（一九八四）に繋がっていく仲間たちですね。

大塚…それらの林さんを中心とする座談等を『季刊へるめす』に掲載し、後にまとめて、『林達夫座談集　世界は舞台』（一九八六）という本を作りました。山口さんは、林さんが体現されていたような自由な知識人のあり方を自ら追っていたようなところがありましたね。それから山口さんは若い時に花田清輝の影響を受けているのはよく知られていますが、花田さんにしても林さんに近い自由な知識人でした。

今福…知識人としてのポジショニング、あるいは知識人として生きる新しい方法論を、山口さんは常に考えていたんだと思います。山口さんと知り合った三五年前、彼は一応大学に所属していましたけれども、研究所勤めで、学生とは直接付き合うことがないポジションにいた。だから関わりを持つためには直接飛び込んでいくしかなくて、実際ぼくはいきなり自宅を訪ねていきました。誰にたいしても、わけへだてなく自分を開いてくれる人でしたね。結局山口さんから何を学んだかと言えば、学問理論や視点を越えたところで、物を考える人間として、あるいは知を愛する者としての生存の方法論だった。そのことは、いろんなものを相対化してくれたと思います。その最たるものの一つがディシプリンですね。山口さんは国史学を経て文化人類学の専門教育を受けた人ですが、人類学という狭いディシプリンのなかで物を考えてはいなかった。けれど単に学問領域を越境したというのでもない。そもそも彼の頭脳のなかには、ディシプリナリーな縦割りのイメージがなかったのではないか。逆にそうしたものを作り上げようとしているアカデミズムに対して、非常に挑発的なポジショニングを取り、意識的に突き破ろうとしていった。山口さんはよく言っていました。ディシプリンなんて大学という制度の産物に過ぎない。大学に人類学科があるから人類学が存在しているというだけのことだ、と。政治学だって政治学科があるから存在している。極論のようにも聞こえるけれど、その通りだと思います。結局ディシプリンを最初から相対化してしまえば、たとえば人類学というディシプリンにも、まったく自由に関わっていける。山口さんにとっては一番フットワークがいいのが人類学だったから、とりあえずの拠点にしただけであって、学問を狭いかたちで限定化することはまったく考えなかった。そこが外から見ると「専門がない」というふうに見えてしまう。でもそれは、山口さんのスタイルを本質的に掴まえた言い方ではないわけです。縦割りになったアカデミズムのなかで構築されてきた二〇世紀的な学問制度から、山口さんは圧倒的に自由だったと思います。林達夫にしても、エッセイや書簡のような、非学術的スタイルで思想が語られていたヴォルテールやルソーの一八世紀的な精神と直接繋がっていたわけですしね。それは同時に未来的な思考スタイルでもありうる。今のようにアカデミズムの厳格な言葉だけで思想が語られるのは、歴史的に言えば限定された方法です。そういうことを山口さんはかなり意識的に考えていたと思います。

脱地域的思考

大塚…そうですね。既成のアカデミズムに対する批判には、確かに強烈なものがありました。ただ、言葉を選んで言わなければいけないんですけれど、そうしたアカデミズムにいる優等生に対して、時にはやっかみというか、ルサンチマンがかたちとして現れることもあった。そういうものが全部一体化して、制度化した学問のあり方に対する批判になっていったんだとは思いますけれど。

今福…ぼくにとってもう一つ、山口さんによって徹底的に相対化されたものが学派＝スクールという考え方でした。確かに山口さんは一時期、象徴人類学や構造人類学の学派にかなり近づいたことがあって、日本での代表のように言われたりもしました。けれど流派や学派というのも、一つの公式的なフレームにすぎないわけです。それを多くの大学人が自己同一性の維持のためになかば幻想的に共有しているわけですが、山口さんは学派的フレームに依存して物を書くことはほとんどしなかったのではないか。たとえば「神話システムとしての王権」という本格論文を、一九七二年に雑誌『ディオゲネス』に英語で発表します。これは学派的なフレームに依存しないで、自ら新しい理論的道具立てを創っていきなり海外に向けて発表した、非常に重要な論文です。ここで彼の王権論の独創的な見通しが生まれた。著作集を作った時に英語から翻訳して日本の一般読者にも読めるようにしましたが、これも今度のちくま学芸文庫版コレクションに入れる予定です。一九七三年にパリの『エスプリ』誌にフランス語で書いた「天皇制の神話＝演劇論的構造」も、オリジナルなフレームワークを作って、それをまさに学派を生み出してきた場所である西欧に向けて突きつけた。この論文は欧米でも評判になり、ルネ・ジラールなども自分の本に引用してその独創性を論じている。そういうこともあって、ぼくは山口さんと付き合いながら、流派や学派といった考え方自体を相対化していったところがあります。

さらに同じような意味で、地域という概念も、山口さんによって相対化された。日本の人文社会科学の領域では、きわめて縄張り的な地域主義が根強く存在していますよね。特定の地域の専門家になり、そのなかでまた縦割りのディシプリンによる区別があり、歴史学や人類学や政治学を、それぞれの専門地域でやっていく。でも山口さんはアフリカ研究からスタートしながら、狭義のアフリカニストになることはなかった。著作集の解説にも書きましたが、植民地主義時代に黒人たちが奴隷というかたちでアメリカに渡り、アフリカ的な精神文化や神話がカリブ海やブラジルに移動していきました。こうしてアフリカ自体がディアスポラ的性格を持ったために、アフリカの問題がアフリカ大陸のなかで完結して語りえなくなった。一方で、アフリカの外から異邦人として入り込み、アフリカから知的な糧を吸収していったさまざまな白人もいた。ドイツ人の民族学者レオ・フロベニウスであったり、あるいはイサク・ディーネセン（＝カレン・ブリクセン）がデンマークからアフリカに渡ってその特異なアフリカ的経験を小説にしてゆく。南アフリカのヴァン・デル・ポストのように、ボーア人系の流れを持った作家が部族文化の見事なエスノグラフィーを書く。こうした例を見ると、アフリカは黒人だけの完結した地域として語ることはまったくできない。山口さんは、そういう点でも、アフリカというものをもっと自在な枠組みとして捉えていた。黒人性にも拘っていないし、地域的枠組みからも自由だった。そこから逆にダイナミックな脱地域的思考が生まれたのでしょう。

大塚…ディシプリンの枠組みとかを越えて関心を持つことの重要性を、今の若い人たちには是非知っておいてもらいたいですね。具体的な話を一つ。山口さんに『アフリカの神話的世界』を書いてもらった直後に、臨床心理学の河合隼雄さんと引き合わせたんですね。そうすると二人は初対面なんだけれど、ものすごく意気投合した。たとえばトリックスターについて、ぴたっと話がかみ合うわけです。河合さんは山口さんの本を読んで、「人類学の本だと思えなかった」と言っていたし、山口さんは河合さんの考え方に対して一〇〇パーセント応答する。ジャンルなんてまったく関係ない、これが本当の知のあり方だと、つくづく思いました。もう一つ例をあげると、一九七四年に、ぼくは『図書』(五月号)で、山口さん、河合さん、英文学の由良君美さんに「人文科学の新しい地平」という一八頁の長大な鼎談をやってもらったことがあります。それは二〇世紀後半の新しい知のあり方を見事に示したものでしたが、「面白い、学問の新しい世界が見えてきた」と言ってくれたのは中国文学の大家、吉川幸次郎氏ただ一人でした。

今福…今はアカデミズムのなかの言葉遣いが閉鎖的になっていますね。逆にそうした共通言語さえ使っていれば、お互いの出自がわかるから安心できる。でも河合さんや山口さん、あるいは中村雄二郎さんにしても、閉鎖的な言葉遣いのなかで語り合うことはしなかった。だからこそ本質的な部分で通じ合えた。

知の発展的継承

大塚…山口さんの下の世代への影響について考えるなら、今福さんの『群島–世界論』(二〇〇八)は、山口さんのアフリカにたいする見方を生かしたお仕事ではないかと思うんですね。もうちょっと踏み込んで言えば、『本の神話学』の発展したものとして、ぼくは『群島–世界論』を読みました。もちろん群島論ではあるんですよ。しかし一方で、あれは本に関する書物でもあって、山口さんに近いところがある。

今福…大塚さんにそうおっしゃっていただけると、嬉しいですね。もちろん具体的な島々をイメージしながら書いていますけれど、確かに本の群島のイメージも背後にはありますし、ソルジェニーツィンが「収容所群島」と言うようなときの、二〇世紀における全体主義や暴力の布置の問題を考える試みでもあって、かならずしも現実にある島々の問題だけを扱っているのではない。そういうイデアの島渡りの想像力は、『本の神話学』や『歴史・祝祭・神話』から学んできたことかもしれません。

大塚…『群島–世界論』は本当に面白くて、最後まで興奮して読んだんですが、山口さんの知のあり方を発展的に継承されていると思いました。

今福…たとえば地域としてアフリカの専門家になったとしますよね。そうすると、その地域で何か事が起これば、すぐにコメントを求められたり本の執筆を依頼されたりして、マスメディアで持て囃されるようになる。そういう意味では、言説の市場が「専門家」を作る。学問的情報の需要と供給には相互依存関係があって、一見生産的にも見えるんですが、危ない関係でもあるんですね。知性が商業主義的な生産にやすやすと貢献してしまっていいのか。それこそが山口さんが最初に提示した根本的な問いだった。しかしそれに答えることなく、自分の専門領域のなかに退却しつつ安住して、メディアから要求される言説を縮小再生産的に発信している人が増えている。経済原理のなかで、知識人がすごく狭いところに閉じ込められてしまっているように思います。ぼくが『群島－世界論』を書こうと思った一つの動機は、いくら無謀とか野蛮とか非難されようとも、人類学とか地域研究とか、あるいは文学、歴史学、政治学といった専門性の存在を思考の枠組みから取り払って、すべての問題意識、すべての地域、すべての言語にたいして等しい情熱でもって介入していくことだったんです。

大塚…わかります。

今福…もう一つ、山口さんの著作が発している大きなメッセージがあります。人類学者がかかわってゆくフィールドは、もはや決して静態的な伝統文化のショーケースのような場所ではありません。現実的にさまざまな紛争や混乱も起こっていて、そうした政治的なことはマスメディアにおいて報道されやすい。山口さんの軌跡を見ていると、偶然もあるかもしれませんが、政治的大変動に結構あちこちで遭遇している。たとえば六六年にナイジェリアのジュクン族の調査をはじめた直後、六七年に始まって六八年に危機的な状況を迎えるビアフラの内戦に遭遇する。ところが山口さんはじかに体験したはずのビアフラ内戦については、政治的な出来事としてはまったくと言っていいほど書いていないんですね。けれどもよく読み込んでみると、『アフリカの神話的世界』という七一年の著作の背後には、ビアフラ内戦への山口さんなりの知的応答という側面がおそらくあった。先日イボ族出身の戦闘的詩人だったチヌア・アチェベが亡くなりましたが、ビアフラ内戦へと突き進むきっかけとしてイボ族の叛乱があった。植民地主義的近代国家の対立の枠組みのなかに部族社会が取り込まれ、その利害関係のなかで蹂躙されることによって、部族間の敵対心をかきたてられて、結果として内戦が勃発する。外からの力によってひきおこされたことであり、アフリカの部族社会にとっては不条理なことだった。その問題を山口さんは、アフリカの持つ別種の知的可能性への攻撃であると考えていたのではないでしょうか。そうした視点から『アフリカの神話的世界』は書かれているような気がします。あらためて今、そういう視点で読まれるべきテクストだと思います。あるいは七〇年代後半の山口さんの論文でぼくが飛び抜けて面白いと思うのは、「地揺れする辺境から――チモールからの手紙」です。のちに『知の遠近法』(岩波現代文庫)の冒頭に収録されました。これは、山口さんがフィールドに選んだポルトガル領の東チモールがインドネシア軍による侵攻を受けて、インドネシアの群島をめぐる複雑な植民地状況が、七〇年代なかばになってさらに屈折したかたちでローカライズされていく。そこに山口さんは立ち会っていて、ローカルな人間たちの言葉遣いや身振り、挙動、彼らが読んでいる本や、現地で上映されている映画などについて、ドタバタ喜劇のようなユーモアも交えつつ非常に細かく書き込んでゆく。すると不思議なことに、そうした日常の小さな兆候のなかから、大きな世界の変動が透視されてくる。大きな政治状況の変化を、ローカルな日常的視線から見事に、より精緻にすくい取るという、こういう方法論があるのかと、初めて読んだときに衝撃を受けたことを覚えています。

山口昌男のなかの六八年

大塚…今の話で思い出すのは『山口昌男ラビリンス』(国書刊行会)の今福さんと山口さんとの対談ですね(「『アフリカ』を探して」。本書収録)。一九六八年に山口さんがパリにいた頃の話を、今福さんはなんとか引き出そうとされている。それに対して山口さんはのらりくらりとして、絶対に答えようとしない。逆にそこに彼が受けた六八年五月のインパクトの大きさがわかるんです。

今福…あの時は確かに面白かったですね。六八年を経験した同時代の知識人であれば、パリの五月革命をどう受けとめたかが、自分のなかのアイデンティティの根幹にあってもおかしくない。あえて言えば、後づけに作られた物語であったとしても、一人一人が、そこを起点にして何かを語ろうとする。でも山口さんにはそういう過剰に政治化された意識がないことが、あの対談ではっきりわかりました。山口さんにとっての六八年はパリではなく、むしろビアフラのなかで潜在的に提示された認識論の問題だった。六八年は脱中心化されているんですね。パリでもなく、ヴェトナムでもなく、あるいは安田講堂の攻防でもなく、そうした大きな政治的構図の幻想から自由だった。パリの五月革命の時どこにいたか本当に憶えていないはずはないんですが、それを声高には語らない。忘れたようなふりをする。道化的な知の真骨頂ですね（笑）。

大塚…今のお話と関わって、今福さんが『群島－世界論』と同時期に出された『ミニマ・グラシア』（二〇〇八）という本がありますね。あれが山口さんのことを考える時に、いろんな意味で、一つのいいレファランスになると思うんです。つまり、今おっしゃった六八年の問題、あるいはナイジェリアやチモールの問題も含めて、山口さんは意図的に、いわゆる政治的な発言をしなかったと、ぼくは推測しているんですよ。

今福…ぼくもそう思います。それはかなり戦略的なものだった。おっしゃる通り、『ミニマ・グラシア』は、九・一一という出来事の現実政治的な側面から、山口昌男的なディタッチメントでもっていったん離れたのちに、あらたにこの問題に向き合おうとした本です。政治化された言説のなかに囲い込まれた出来事を振幅が深い歴史意識のなかに置き直すためには、アタッチメント、つまりそれ自体に執着して論評するのではなく、一度ディタッチメントしなければいけない。山口さんの言葉で言えば、異化ですね。そうやって六～七年かけて九・一一以後の経験に寄り添って考えた一つの結果です。

大塚…山口さんは意図的にああいう本は書いていませんよね。それは、今日の話の最初に出てきたことに関わっていて、彼が出発した当時のマルクス主義の呪縛に関係してくることだと思います。あの時代の正統性というのは、マルクス主義にしかなかった。そういうものに依拠した正統性や倫理について語るのはまずいと考えていたんじゃないか。ところが『ミニマ・グラシア』を拝読して、その辺りの問題は考え直さなければいけないと、ぼくは思ったんですね。

対談というフィールド

今福…六〇年代にあったイデオロギーの対立構造は、比較的単純な二項対立関係でした。とりわけ政治の世界はそうであって、表層的な政治の二項対立の構図に巻き込まれないために、どういうふうに考えて書くべきかを、山口さんは戦略的に考えていたと思います。トリックスター的な言動にしても、どちらの対立の図式にも巻き込まれないために、あえて超然とした、対立構造自体をかき回してしまう「知ある愚者」の立場を取った。山口さんは「相互模倣性」ということをよく書かれていましたね。政治的対立の必然の結果として、相互にお互いの権力構造を模倣するようになる。激しく対立すればするほど、自分のあり方が敵に似てしまう。これは政治言語の宿命でもあります。山口さんが親しかったルネ・ジラールが精密に分析した論点でした。そうした相互模倣的な自閉関係からどうやって脱出するかを、山口さんは強く意識していた。それは、大塚さんが言われたように、あらたな「倫理」を現実の平面から切り出していくような仕事には結実しなかった。けれども彼が現実にはやらなかったけれども、やりえた可能性について、残された著作から考えていく必要があると思っています。現代の政治社会の危機的な状況を考えてみると、東西の冷戦構造は崩れたといっても、別のよりミクロな二項対立の構造が再生されてきているような気もします。ビアフラや東チモールの内戦は外から来る対抗的な構図によって起こり、ローカルな場において分子化していった。そこから生まれる政治的言説も文化的言説も、一つの内戦として見ることもできると思うんです。そして九・一一以後、アメリカがどういう場所になってしまったのか。「アメリカ人かテロリストか」という極端な二分法が巷の言論を制圧し、テロリストに対しては戦争をしかけようが暗殺してしまおうが許される。自暴自棄になった敵の無法性を、まさに自らの権力的な無法性として模倣反復し増大する。そういう世界が作り出されようとしています。言説の内戦が今のアメリカに起こっているともいえる。それは日本も同じです。こうした内戦状態のなかでは、どちら側か一方について相手を批判していても、全体の構造はまったく変わらない。そこからどうやって出るか。山口昌男の仕事のなかに、そのヒントはあるはずです。

大塚…大きなヒントがあると思います。実際に今福さんは、山口さんが取ってきた政治的なスタンスを、もう一度方法論として生かしてやっておられる。だからこそ『ミニマ・グラシア』のような本ができるわけだけれども、そのことをもうちょっと一般化していかないと、まずい感じがしますね。

今福…山口さんが語ろうとする立場は、ある意味で非常に無防備であるからこそ強靭なんですね。ディシプリンを守る抑圧がない。大学というような組織的地位を守る必要もない。ほとんどの人間が閉じられた枠組みのなかでしか語りえないとき、この立場は恐ろしいまでに自由です。山口さんの言葉は、ある意味で吹きっさらしの荒野に裸で立って発せられたような言葉だった。ふつうの人は、そこまで覚悟して書いたり語ったりすることはなかなかできませんが、ぼくなりにその覚悟だけは引き受けていこうと思っています。ディシプリンや学問制度を自分の帰属場所や拠点だと思った途端に、自分の言説が縛られてゆく。そのことを山口さんは全身で強く主張していたと思いますね。それを現在の状況でいかなる方法論によって行うかについては、単一の答えはありません。いくつもの試みを同時並行して実践してゆくだけでしょう。

大塚…山口さんは人類学者という姿を身にまといながら、いろんなかたちでフィールドワークをしていたわけですね。その時に、フィールドワークの対象は本であったり、古本屋であったり、世界中の知識人であった。国や民族を越えたレヴェルで、知識人としての共通の語り合いを通して、知のフィールドワークを実践してきた。ぼくが一緒にやってきた『へるめす』に限っても、世界の代表的な知識人と五〇人ぐらい、J・ケージやP・ブルックなどの有名人から無名の若者に至るまで対談をしています。こういう知識人も日本にはいない。

今福…対談という場も、地域を越えた山口さんの最高のフィールドの一つでしたね。関心を持っている刺激的な人間を世界の果てまででも追いかけていって掴まえて話し込む。おっしゃるように、『へるめす』で対談したのは、かならずしも著名人だけではありませんでした。たとえばブラジルの人類学者ジルベルト・ヴェーリョ。あの対談は本当にスリリングでした。あまりに面白かったので、その後ぼくは彼に会いにリオデジャネイロの国立博物館にまで訪ねて行ったことがあります。初対面で山口さんとあんなに言葉がぴたっと合うブラジル人がいた。河合さんの場合もそうだけれど、そうした人は世界中にいたわけですよね。対話というフィールドは、山口さんが、自分とのあいだに一種の「親和力」をもった知性をほとんど本能的に世界に探求していった軌跡そのものですね。

大塚…古本屋との出会いについてもまったく同じことなんです。興味深い古本をたくさん持った古本屋があれば、すぐに仲良くなる。芸術家でも思想家でも、面白いと思えば、有名無名は全然関係ない。

今福…古本屋も一つの有機的生命体みたいなもので、山口さんに言わせれば、古本屋が持っている面白い感性が本を一つの場所に集める。そこには幹や枝葉や葉脈があり、そのなかを精神史という血液が流れているわけです。そうした生命体を山口さんは、ある特定の古本屋に発見する。『へるめす』で対話した人たちのなかから刺激的なものを発見していったプロセスと同じですね。『へるめす』の話が出たので言っておくと、ぼくが初めて論文を寄稿したのが一九八七年六月に出た第一一号で、ここで大塚さんと直接関わりを持ったのですが、自分の文章のことよりも、この号の大きな思い出は、山口さんとイワーノフの長大な対話を翻訳したことです。お互いにとって外国語である奔放な英語の対話のなかに、無数のロシア人記号学者や作家や芸術家の名前が飛び交っていた。インターネットなどもちろんない時代ですから、国会図書館に何日もこもって、ロシア人名に関する細かい訳注を必死になって作った記憶があります。

大塚…山口さんのいいところは、そうやって若い人を紹介してくれるんですよ。決まり文句は、「大塚くん、こういう面白い若者がいるんだよ」だった。今福さんがそうだし、青木保さんは大学院生の時、浅田彰さんには京大の学部生の時に紹介された。

今福…そういう時も、制度的な場所で人間関係を作ることを山口さんは拒否していたから、学閥のなかで、教師と学生という関係において人を売り込んだりすることはまったくなかったですね。逆に、山口さんの関わっている世界にいきなり飛び込んで来て、とにかく勉強好きで本を読むのが好きな若者がいれば、年齢や身分などにかかわらずすぐに気に入って仲間にする。その点ではある意味で無防備ですらあった。本当に分け隔てがない。ここまでの自由さは、ほかの人に感じたことはないですね。山口さんのその部分はあまり知られていないかもしれませんが、そうした態度から学んだものは大きかった。だからぼく自身、大学で学生に教えてはいるけれど、制度の枠組みのなかだけで若い学生たちとの関係を作るのは避けるようにしています。大学の外でやっていることにもどんどん入ってきてもらって、より対等で本質的な関係を結ぶことを心がけている。結局大学での関係というのは、つきつめれば権威を背景にしたある種の契約関係でしかない。学生は授業料を払って授業を受け、こちらは単位を出す。それだけでは豊かな知の継承は生まれない。どこかで無償の贈与関係に入っていきたいんですね。山口さんは、一緒に遊び、謎をかけ、どこにいくかわからない迷路に引き込みながら、まわりの人々に大きな贈りものをもたらしてくれた。その関係性を可能なかぎり引き継いでいきたいと思っています。

大塚…知のあり方に、学問も芸術も垣根がまったくないわけです。そうしたものを取り払ったところで成り立った知であった。それを今福さんが引き継いで、見事なかたちで実践なさっている。でも若い人になればなるほど、学問は学問として考えてしまう。そうすると想像力が貧困になっちゃう。今福さんの御本を読んでいると、どれも人類学の本とも文学評論の本とも政治学の本とも言えないものですね。そこが面白いんです。レヴィ＝ストロースについても実に見事に描いている本があって（『レヴィ＝ストロース　夜と音楽』みすず書房、二〇一一）、これと同じようなかたちで、山口昌男論を是非書いて欲しい。

今福…山口さんの著作を、アクチュアリティのなかでもっと読み直したいという思いはあらためて感じていますし、それも含めて、新しい読者に山口昌男という思想家の存在そのものの独創性を伝えていければと思います。

吉増剛造との対話

2013

多木浩二，深い傾きの人

哲学者・多木浩二氏は、二〇〇三年と二〇〇四年の夏、七五歳の痩躯をすっくと立てて北海道までやって来、当時私が教えていた札幌大学文化学部で「映像文化論」と題するそれぞれ三日間にわたる集中講義を行ってくれた。一年目は映像表象の歴史、二年目は未来派の美学が主たる講義テーマであったが、実際の教室での語りはそのつど厳密な意味での体系性からは逸れてゆき、幼少期の記憶や戦時中の体験、さらには六〇年代末の文化的前衛運動をめぐる同時代的な証言などを織り交ぜた、きわめて個人的な熱を帯びたものとなった。映像とは、物事や歴史の意味を一つに確定させないための、思考の柔軟性と多様性を担保するかけがえのない認識的拠点である、という深いメッセージを、これからこの困難な世界を生きてゆく若者たちにどうしても伝えたい、という熱意が多木氏の語り口から迸り出ているように見えた。この講義の録音をもとに、私が多木氏の没後にまとめた遺著としての講義録が『映像の歴史哲学』（みすず書房、二〇一三）である。吉増剛造氏との公開対話は、この著作の刊行を受けて、二〇一三年八月一一日に青山ブックセンター本店で行われたものである。この対話の背後には、他にもいくつもの「前史」がある。もっとも古い出来事は、一九六八年にさかのぼる、多木氏と吉増氏との最初の出会いである。それは詩人・批評家岡田隆彦氏の自宅でのことで、このときそこでは多木氏、写真家の中平卓馬氏、岡田氏らが創刊した先鋭的写真同人誌『プロヴォーク』と、吉増氏や岡田氏が同人だった詩誌『ドラムカン』の会合が、隣り合う部屋で行われていたのである。静かに体躯を傾かせて沈思する多木氏の姿を、吉増氏はきわめて印象深く記憶していた。この時期、多木氏の思想的な挑発によって際立っていた雑誌『プロヴォーク』に、唯一同人ではない立場から詩を寄稿したのも吉増氏だった（「写真のための挑発断章」『プロヴォーク』第三号、一九六九)。それから長い時が経ち、二人は二〇〇二年一二月の『ユリイカ』誌「特集=ヴァルター・ベンヤミン」の巻頭で対談を行った。両者の声が、第三の聞こえざるベンヤミンの内声に寄り添いながら発せられるような、緊張感ある稀有の対話であった。この時の録音テープ(一〇年ものあいだある理由で個人的に所持していた)から私はいくつかの声の断片をとりだし、ベンヤミンにちなむ映像とともにコラージュ的に編集し、多木氏をめぐって話す吉増氏とのこの対話の機会に上映するための短い映像作品「声の前成」を創った。こうしたいくつもの前史や背景を踏まえた対話で、吉増氏は、私たちがこだわってきた「蟻塚」の話題からふたたび始め、それをたくみにバタイユとヒロシマをめぐる問いへと接続し、多木浩二という思索者の世界認識の根底にある核カタストロフィーの廃墟へと語り進める道筋を示してくれた。この対話は『週刊読書人』二〇一三年九月六日号に掲載されたが、のちに加筆改訂され、「蟻塚を前に歩みを止める――クロード・レヴィ=ストロース」と改題して、吉増剛造著『火の刺繍』(響文社、二〇一八)に別ヴァージョンとして収録されている。

PROFILE

吉増剛造　一九三九年生。詩人。二〇〇八年以後の著書に『表紙 omote-gami』『裸のメモ』『我が詩的自伝――素手で焔をつかみとれ』『怪物君』『火の刺繍』など。

蟻塚が意味するもの

今福龍太…いまご覧いただいた映像は、多木浩二さんの紡がれた言葉にたいするオマージュとして昨年創ったものです【図1】。『もし世界の声が聴こえたら』(青土社、二〇〇二)の冒頭に、歌手メレディス・モンクに捧げられたエッセイがあります。そのテクストを断片的に並べ替え、コラージュして、ブラジルの赤道直下の町ベレンの街路を撮影した映像に合わせ、モンクの「ゴーサム・ララバイ」を音楽に使いました。今年は多木さんが亡くなられて二年になります。六月には、『映像の歴史哲学』(みすず書房、二〇一三)を編集・刊行することができました。この本は、一〇年ほど前、札幌大学で二年つづけて多木さんにやっていただいた集中講義を元に編集されたものです。この記録をまとめるのはぼくにとって大きな宿題でした。多木さんが亡くなられた後の自分自身のさまざまな感慨と多木さんへの学恩とを、編集作業を通して一つのかたちにまとめることができたと思っています。今日は吉増剛造さんと、この本の刊行を受け止めながら話したいと思います。二年前、『レヴィ=ストロース　夜と音楽』(みすず書房、二〇一一)をぼくが出した時に、この同じ場所で吉増さんとお話ししましたね。今回はあの時の余韻を引きずりながら、多木さんとの関わりも含めてお話をうかがえればと思います。

吉増剛造…はい。それでは、『レヴィ=ストロース　夜と音楽』について、まず今福さんに聞いておきたいと思います。これは素晴らしい本でした。『悲しき熱帯』の一番最後の大切なページ、レヴィ=ストロースの内的独白のような声が、今福さんによって、そっと掴まれてね、初めて、ここが、考えられていました。さすがだなと思いました。レヴィ=ストロースは、こう書きます。「けれども私は存在する。おそらく個人としてではなく。なぜなら、こうした観点からすれば、私とは、頭蓋骨という蟻塚のなかに収められた無数の神経細胞から成る一つの別社会と、それに対してロボットのように働く私の肉体とのあいだの闘いにたえず巻き込まれている争点ではなくて何であろうか?」ここを今福さんは、……レヴィ=ストロースが小さな独白の地面をそこにつくっている、あるいはロボットの手とスクリーンを想像しているところなんですよね。そこを耕すようにして、今福さんは文章を書かれていた。一九七四年でしたから、今から四〇年前にわたくしも、初めてブラジルに行った時、何に一番驚いたのかというと、蟻塚でした……。異様なものが林立していることに、仰天をして、別世界を眼前にしているという感じを持った。赫土《あかつち》ですしね。その蟻塚を前にして、レヴィ＝ストロースは、今引用した文章の後に、「歩みを止めること」と書いていました。「そして人間を駆り立てているあの衝動、必要という壁の上に口を開けている亀裂を一つ一つ人間に塞がせ、自らの手で牢獄を閉ざすことによって人間の事業を成就させようとしている、あの衝動を抑えること」。この〝一つ一つ、塞がせ〟が蟻塚を前にしたときのとても丁寧ないい方でした。それが印象に残っていて、その印象が次に、バタイユの思考と出逢うことになりました。バタイユの直観に……といった方が正確なのでしょうね……。最近、吉田裕さんが『バタイユ　聖なるものから現在へ』（名古屋大学出版会、二〇一二）という大著を出されて、そのなかに、バタイユが原爆で破壊された広島のことに触れて、比喩として「まるで知らないうちに壊された白蟻の巣のように」という言い方をしていると、そこを吉田さんが引用をされているんですね。レヴィ＝ストロースが蟻塚のことを書いているのはわかるんだけれども、バタイユが広島の人達と白蟻を対比して考えたのは、一体どういうことなのか。是非ここは龍太氏の意見を聞きたいと思って、昨日急いでファックスを送っていました。

図１　今福龍太による多木浩二氏へのオマージュ映像の１シーン

今福…吉増さんとは、二年前にもここで蟻塚の話をしましたね。そのつづきになりますけれど、ぼくは吉増さんの「*gozoCiné*《ゴーゾー・シネ》」のことを、このところずっと考えてきました。吉増さんの初期の詩集に『頭脳の塔』（青地社、一九七一）がありますが、そこからの想像力もはたらいて、あるときふと、吉増さんは蟻塚に「頭脳の塔」を見たのではないか、と直感したんです。ブラジルの蟻塚は現地のインディオの言葉では「ムルンドゥ」と言って、土盛りのような突起物のことですが、荒野の白蟻は高さ二メートルもの巨大な赤土の塔を作る。それを吉増さんが見たとき、頭脳の塔というイメージが重なった。「*gozoCiné*」という映像プロジェクトは、ある時、人間の体から落下＝離反してしまった頭部、頭脳の塔が、失意のままに己の胴体を探して歩く流浪の旅を描いているのではないか。あるエッセイでそうぼくは書いたことがありました。たとえばブラジルにいるレヴィ＝ストロースが蟻塚のことを書く。あるいはほぼ同時代人のサン＝テグジュペリも蟻塚のことをあちこちで書いています。サン＝テグジュペリにとっての蟻塚は、人間が機械的で全体主義的な組織・社会のなかに取り込まれてしまう、悪夢の未来の象徴としてあった。彼は飛行機に乗って低空飛行でアフリカの上空などを飛んでいる時に、サバンナに林立する蟻塚を見下ろしていたんでしょう。そういう視線で蟻塚を見ている。あるいはル・クレジオ。彼は少年時代にアフリカに一年ほど滞在する機会があって、そこで途方もない蟻塚に出くわすんですね。それをお兄さんと一緒に、なんの理由もなく破壊する。蟻塚をただ破壊する快楽、そのイノセントな残酷さについて、ル・クレジオは『アフリカのひと』（集英社、二〇〇六）のなかで書いています。みなフランス人という偶然ですが、さらにもう一人のフランス人であるバタイユの蟻塚をめぐる暗示的テクストを、今回突きつけられたんですね。二〇世紀の戦争をめぐる彼らの経験や視線のなかに、どのようにして蟻塚が入りこんだのかわかりませんが、バタイユが広島の原爆の犠牲者のことを、「不可解なまま巣を破壊された白蟻」という言い方をしたことは驚きでした。核爆発を被《こうむ》っても、その途方もない規模の破壊とその科学的実体を理解することなく亡くなっていった人達。原爆によって死を被る経験を客体化することができなかった広島の人々。これは動物と同じ、あるいは白蟻と同じである。巣が破壊されても、自らの死を自覚し、捉え返すことができなかったという意味で、バタイユは破壊された巣と白蟻の比喩を使っています。

バタイユの「動物性」

吉増…龍太氏の洞察に沿うようにして、少しだけ付け加えさせて下さい。わたくしは血のように赫《あか》い大地の節《ふし》のようなその塔のまわりを舞うように廻ったCineを制作しようとした。それが初めて飛行物体としての浮かび方と速度だった、……。それによって、これは、夢のなかにも存在したことのない、虚の、……というのか蔭の、……赫《かがや》きの塔だと確信をしたようでした。それを、……たった今気がつきましたが、どなたかどうぞ調べてみて下さい、……ロートレアモンに、この「蟻塚」はあったかどうか、……。外部から見ている人たちは蟻塚をどんなに奇怪なかたちだと思っているのか、内部にいる何万匹の蟻は知らないわけですよね。そういう蟻塚が林立しているところに、人間の力によって、たとえばブラジルには電柱が立ちだすわけだけれども、その前は蟻塚が立っていたんですよ。それは存在として別宇宙なんだ。蟻塚というのは、中国の『詩経』にも「蟻垤《ぎてつ》」という言葉で出てくるんですよ。インドにも蟻塚があったことが記されている古い書物があります。ブラジル、アフリカ、中国、インドに太古の時代から蟻塚があったとすると、人知では計れないような、おそろしいものなんじゃないか。たとえばラスコーの壁画。あれを画いた人達も、遊びで指で岩間の裂け目にそって、線を引いていったら、自然にああいう画になったに違いない。これが、バタイユの直感です、……。ストーンヘンジ、これも蟻塚に似ているけれど、ああいうかたちをどのような考えでもって現出させたのか。ラスコーの壁画やストーンヘンジに繋がるような途方もない何かが、蟻塚にはあると思うんだなあ。バタイユが広島の人達を白蟻に喩えて、「動物性」という言葉を使ったことにはヨーロッパの文化人から批判もあったようだけれども、白蟻の巣というのは、別の知られざる文明の姿でもあり、それが外からの力によって壊されたという直感が働いたんじゃないか。これはたった今ふと考え付いたことでした。

今福…あのバタイユの文章は、広島の住人の死にたいする無自覚の悲劇を語っているかのようにも読めるんですが、意味深いんですね。バタイユはなぜ「動物」という言葉を使ったのか。人間のなかに隠れた聖なるものが出現する端緒にバタイユの「動物性」という概念はある。「塚」という日本語も奥深いですね。「掴む」ことでもあり、「束」と書けば長さや厚みの単位にもなり、刀や筆の「柄」でもある。どこか宗教的でもあり、なんでもない土の盛り上がりでもある。「*gozoCiné*」はまいまいず井戸という、土のへこみ（ちょうど反転された塚）の映像からはじまっていましたね。

吉増…そう、……〝塚も動け、……〟の慟哭も、おそらく、もっともっと深い、……。芭蕉さんの慟哭には、太古の人たちのような感受があるのね。塚というと、われわれはどうしても、自分たちが持つ知識でもって平準化して考えちゃうけれども、塚っていうのはすごいヴィジョンなのね。

今福…レヴィ＝ストロースがコレージュ・ド・フランスで、動物と人間のあいだの社会的非連続について講義したことがあるんですね。『パロール・ドネ』（講談社、二〇〇九）という本のなかに入っていますけれど、個体の死を認知する、自覚することが人間社会と動物社会を分断していると論じています。この辺の考え方がバタイユに近いかもしれませんね。動物社会は、自分の死を、あるいは自分が死すべき運命にあるのを知ることを拒むようなものとして、その社会が存在している。個体の死を運命として知ることを妨げられているからこそ、動物社会は集団として存在している。集団のコロニーとして作られた蟻塚はそこにあり、一方で蟻は個体の死というものを認識しない。逆に言うと、死を客体化し言語化しない動物という存在の証拠物が蟻塚である。人間は死を認識したがために、その対応として人間社会が生まれた。死への距離の取り方の配慮が生まれた。たとえば広島を追悼する、あるいは三・一一の死者を追悼する時の距離感。そこには人間社会独特の死への接近がある。それにたいしてバタイユは、動物の社会が持つ死にたいする「無知」、これを否定的な意味ではなく、もう一つの意識と存在のありようとして、死の「非自覚」の問題と重ね合わせたのではないでしょうか。

吉増…その蟻たちの「無知」と「非自覚」が、外から見ると驚異の「沈黙の言語」として立っていると、わたくしのなかの「眼」がみたらしい……。

途轍もない飛躍と断絶があるのだけれども、どうやらそこに、バタイユも考えようとした「もう一つのヒトの起源」＝「遊び」があったらしい、……。長い時間をかけてその驚異を考えつづけて来て、そう思いました。バタイユの言っている「動物性」という言葉はかなり激しい惹句だけれど、バタイユの「無頭性」とレヴィ＝ストロースの「蟻塚」とが結びついているように思うんですね。皆さん是非『悲しき熱帯』を読んでみてください。彼は蟻塚の前に立ちながら、最後の五行でこんなことを言っています。「(生にとって掛け替えのない解脱の機会、それは――) われわれの種《しゅ》がその蜜蜂の勤労を中断することに耐える僅かの間隙に、われわれの種がかつてあり、引き続きあるものの本質を思考の此岸《しがん》、社会の彼《ひ》岸《がん》に捉えることに存している」。蟻塚について述べ、それに向かって立っている自分の頭脳の元を念頭に置きながら、一番最後には、蜜蜂の話に繋げている。ここがやっぱりレヴィ＝ストロースの知られざる深い思考の密度なんだろうなあ。

今福…最後は蜜蜂の巣箱の話で終わるんですけれど、それはある意味で零落した蟻塚の言い換えであり、人間によって管理＝収奪されてしまった動物の本能を、現代人の無機的な労働になぞらえたのでしょう。レヴィ＝ストロースは『野性の思考』で、頭脳の始原の構造を凝縮して示すモデルである「自然の縮減模型」について説明しています。結局人類は、文明社会を作るプロセスのなかで、自然物の原初の秩序をひたすら破壊し、火の発明からはじめて、最終的には原子力まで、構造というものをひたすら分解・断片化してエントロピー装置としての文明を作りつづけてきてしまった。いいかえれば、蟻塚という一つの精緻な宇宙から離れていったのが人類だと、レヴィ＝ストロースは書いています。蟻塚は彼にとって、野性の秩序を示す縮減模型に見えたのでしょう。

吉増…『悲しき熱帯』の最後をもう少し読んでみますけれども、この呼吸の、……絶えくの仕草といってもよいようなところにわたしたちが嗅ぎとるもの、……それが「沈黙」でもあるのでしょうね。「われわれの作り出したあらゆるものよりも美しい一片の鉱物に見入りながら。百合の花の奥に匂うわれわれの書物よりもさらに学殖豊かな香りのうちに。あるいはまた、ふと心が通い合って、折々一匹の猫とのあいだにも交わすことがある、忍耐と、静穏と、互いの赦しの重い瞬きのうちに」。これで終わるのです。

今福…吉増さんがいま引用されたレヴィ＝ストロースの文章と、バタイユが広島の崩壊と被爆の状況を見て、白蟻の巣になぞらえて言ったことを重ね合わせてみると、複雑な意識が浮かび上がってきますね。科学文明の一つの精華、すなわち反転した縮減模型でもある原爆は、元の自然の構造から徹底的に離れていった結果生じたことであり、人間文明の果てに必然的に現れる宿命であるという意識……。

吉増…それにね、こうして「歩みを止める、……」というレヴィ＝ストロースの言葉に立ちどまって佇むところに、おそらく、その傍に、逆説的だけれども、歩みを止めないものが、あったらしいということでしょう？

多木浩二の広島体験

今福…人類のこれまでの歩みを止める。途轍もない警鐘ですね。人類による蟻塚の破壊がどこまで行き着いたか。その最後の光景として、バタイユは広島の廃墟を見た。それはレヴィ＝ストロースの意識と重なります。ここで話を多木浩二さんに繋げたいんですが、多木さんという存在のなかにも広島という町があるんですね。『映像の歴史哲学』でもそのことが語られています。神戸に生まれ育った多木さんですが、中学卒業がちょうど開戦とぶつかっていた。彼は江田島の海軍兵学校に進学し、そこで敗戦を迎える。広島湾に浮かんでいる江田島は、広島市街地から十数キロしか離れていない。だから彼は至近距離で、原爆投下を経験しているんですね。終戦直後、廃墟になった広島の町を横切るようにして、実家のある神戸に戻る。もちろん神戸も戦火によって焼け野原になっていた。一九九五年の阪神淡路大震災の後、宮本隆司さんが神戸の街を撮影し、その写真集に多木さんは文章を寄せられています（『*Kobe 1995: The Earthquake Revisited*』ベアリン社、二〇〇六）。宮本さんは非常に即物的に神戸の震災と破壊の様子を写していて、都市の物理的な崩壊の姿がそこにはあるんですけれど、多木さんは、見えない記憶や夢、理念までもが廃墟になっている姿をそこに透視するんです。人間は都市というものを、人類知が作り出したすぐれて完全なものとして見なしてきたけれど、どこかで見損なってきたものがある、何か見ることを忘れてきたものがあるのではないか。そう神戸の廃墟の写真を見て多木さんは気づく。それが「見えない都市」というタイトルの文章になっています。もちろん多木さんの記憶のなかには戦前の神戸の町がある。それが戦争で全部潰されてしまった。戦後大分経ってから、多木さんは久しぶりに神戸に行く。けれど自分の故郷だと感じ取れるようなものは何一つ残っていなかった。そこで記憶の不在、あるいは記憶の無効を感じ取り、神戸を後にするんですね。ところが震災後の神戸を再び訪れた時、いわば廃墟となった神戸のなかに、彼の幼少の頃の神戸の影がよぎった、というのです。これは驚くべき出来事ですね。つまり、一つの記憶の都市が、戦争によって崩壊する。そしてそこから「復興」する。その復興した街は、戦前の神戸とは完全に切れた存在だった。ある意味では、蟻塚が完全に壊されたあとに、今度は人工的な塔が作られていたということでしょう。それは多木さんにとって何の意味も持たなかった。けれども震災という自然の力によってもう一回崩壊が起こった時に、初めて戦前の記憶の影がよぎる。だから都市の廃墟の写真を見てわれわれにできることがあるとすれば、それは都市というものを通じて見損なってきたもの、人間が見ようとして見られなかったものをもう一度探りだすことではないか。多木さんは「見えない都市」のなかで、そんなことを書かれています。これは神戸にまつわる話ですが、広島での体験も下地にあるだろうと思います。多木さんは、人間が作り出した都市、あるいは合理性や美を追求してきた歴史にたいして、深い問いかけをしている気がします。

記憶の「前成」

今福…ここで、今日のために作った新しい映像をご覧いただきたいと思います【図2】。二〇〇二年一二月の『ユリイカ』誌のベンヤミン特集号で、多木さんと吉増さんが対話をされました（「言語の閃光を掴まえる」）。そのときの音声テープからお二人の声をコラージュして即興的な映像と合わせ、七分のヴィデオ作品を作りました（ここで、今福による映像作品「声の前成――Hommage à Koji Taki」を上映。以下の引用はその断片）。

＊

多木…ユダヤ系であろうがなかろうがそれはどっちでもよくて……やっぱり言語というものが人間にたいして持っているというよりも……神と人間のあいだにあって、それが人間を貫いている様……そして神に人間も近づけていく様……その言語をいろいろスイッチをして別のものに変えていくような、このスイッチの様が面白いと思うんですね……そこらへんに彼の特異な言語的な才能を感じてしまうんです。

吉増…おそらく神のほっぺたのすれすれのところまでいくようなね……そうした、そうした、そうしたところへ限りなく、限りなく、限りなく接近していって反転してくる運動なんでしょうね。

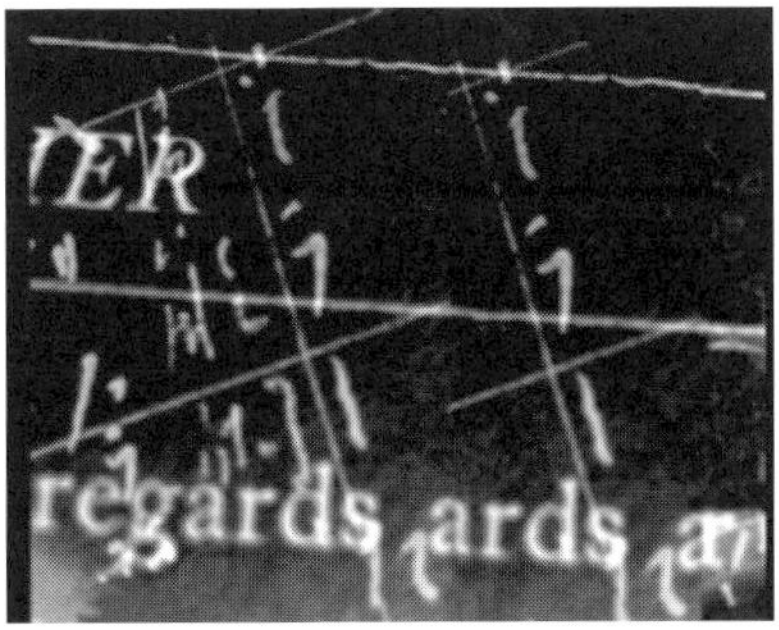

図２　今福龍太による映像作品「声の前成――Hommage à Koji Taki」（2013）の１シーン

＊

吉増…今流れた音声は対話の録音の原テープからのものですよね。ふつうは、自分の声を聴きなおすと恥ずかしいものなんだけれど、逆だった。言い澱みもあるし、余分なことも言ってるじゃないですか。でもこの方が原筆みたいで、はるかに生き生きしている。驚きました。

今福…お二人が対話した元の音声を一〇年前に聞いた時のぼく自身の思い、その記憶を吉増さんに向けての手紙のような「裸のメモ」として、さっきまで赤い万年筆で書いていました。それをここで読みたいと思います。

『ユリイカ』ベンヤミン特集での多木浩二さんとの対話、それを聴き、のちに活字で読んだ私の衝撃から一一年ほどの時が経ちました。テープを聴いたのはソウルへ行く機中でのこと。岡本由希子さん（当時の『ユリイカ』編集長）が私のために急いで送って下さったのですが、今となってみると、岡本さんを通じて、私の奄美＝ソクーロフ＝島尾体験のはじまりに居られた、名瀬市公民館の岡本恵徳先生（岡本由希子さんのご尊父）の面影すら、多木浩二さんの声に重なるようにして顕れてくるのです」。

「私はソウルで、カイコ蛾の繭のなかで未来を夢見ていた蛹（번데기＝ポンデギ）の屋台料理の苦味に耐えながら、ベンヤミンのいう記憶の「前成」（präformen）についてひたすら考えようとしていたのでした」（このお二人の対話のテープを聴いた余韻のなかで、私は「月に近い町《ダルドンネ》にて——繭のなかのベンヤミン」というエッセイを『ユリイカ』の同じ号に書きました。自分にとってもとても大きな転回点の一つになった文章だと思っています）。

「家具に、カーテンに、〈無限のエコー〉としての灰色のチェヴィオット毛織に、虫に、雲に、そしてことばに似ようとした子供（これはベンヤミンのことですけれども）は、歴史という時間の端緒にいたというよりは、むしろ、歴史的経験の歓喜と悲痛とを、言語によらずに、すでに完全に、繭としての自分のなかにつくりあげていたのです。前成とはこれでした」（「前成」とは生物学用語で、胚のなかであらかじめ器官が形成されていることを意味します。ベンヤミンは、人間の大都市の経験というのは、子供のなかに既に歴史的な経験として前成されていると言っています。子供は大都市の歴史経験を自分の知覚のなかで前成し、すべてを知ってしまう。ベンヤミンの幼年時代とは、子供によって前成されたそんな人類の歴史経験でした）。

「私はハングルの妖精の国で、多木さんと吉増さんというオルペウスのくり出す声の糸に導かれながら、一つのありうべき歴史の前成の姿を、自分の記憶の深みに探ろうとしたのです。神のほっぺたに触れんばかりに近づいたあと、イカロスの羽根の蝋は溶け、子供は失墜してゆきました。イカロスの落ちたしぶきは海面に上ったまま。私たちの花々は咲いたまま。対話は中断されたまま。栄光も完成も無もない世界の海底で、多木さんの、吉増さんの声がふるえています。永遠に……」。

「11時02分」の時計

吉増…『ユリイカ』のベンヤミン特集の時は、多木さんはなぜかわたくしをご指名になって、一カ月ぐらいベンヤミン漬けの生活でした。未だにその傷を抱えて生きているところがあります。いろんな学者の文章を読み、ベンヤミンについて考えてきましたけれど、それに対する答えを出さなければいけないと、今も思っています。ところで多木浩二さんと初めてお会いしたのは一九六八年のことでした。その話を少ししておきましょう。わたくしは、岡田隆彦、井上輝夫、鈴木伸治とともに『ドラムカン』という詩の雑誌をやっていました。岡田の家で会合があって話をしていると、隣の部屋でも別の集まりがあった。中平卓馬、森山大道さんらがいて、その中心でじーっと座っていたのが多木浩二さんでした。とても深い「静かな傾き」を持った方だという印象がありました。そこで出会うことができて、今ご覧になった対話があって、ふつうは対話というと、お互い突っ張るようなことを少しはやるんですが、その逆だったのですね。多木さんの場合、眼前の相手に自在にポキッと木を折らせるような感じなんだ。もちろん年上だし、本を深く読んでらっしゃるから、子供が初めて木を折るのを眺めてらっしゃるような、そしてそんなことを感じさせないようにして眺めてられる。そういう人であると感じました。それと多木さんに関連したことでは、東松照明さんが長崎で撮られた、「11時02分」で止まった時計の写真。この写真のことが未だに気になっているんですね。多木さんは東松さんの写真について、こんなことを言っている。「長崎の時計は、ただあの日の11時02分という時間に破壊された都市の象徴的比喩ではない。私は戦慄すべき世界に飲み込まれる。その時起こったこと、核爆発が時間を越えた超越であること。その超越は、核物理学によって物質から引き出されたという認識にまで達する。敗戦までわれわれを支配した天皇の超越性を超えた超越だったのだ」。今読んでみると、ここがポイントであることがわかります。そこまで認識することが受け手・読み手としての責任であり、「超越性を超えた超越」という部分に震撼させられたと同時に、そのことを深く考えさせられたんですね。わたくしには「超越性を超えた超越」を感じる能力がなかったから。しかし、多木さんが指摘されているようなことで果たしていいのだろうか。今福さんがおっしゃったように、多木さんは江田島の海軍兵学校に通い、敗戦の時に原爆が落ちたばかりの広島市内を通って神戸に帰っていかれた。そうした多木浩二さんの、ぎりぎりのコメントとして、東松さんの写真へのコメントがある。でもわたくしはこの「11時02分」の写真は、「下を向く、俯《うつむ》く目」だと思っていたんです。上からの超越した目を象徴するものとしては考えていなかった。わたくしは国民学校一年の時から、「上を見たらいけない」と言われて育ってきました。上には天皇陛下のご真影があるから頭を上げてはならない。「頭を上げちゃいけない、下を向け」と言われていた。そういう経験があり、簡単に言えば、東松さんの写真にたいして「超越」という側面だけから考えていていいのだろうかと、両義的な思考が出てきたわけですね。それで今回、今福さんと多木さんが作られた、この非常に誠実な本『映像の歴史哲学』を深読していったとき、今福さんの介添えが素晴らしいこともあるんだけれど、さっき言ったレヴィ＝ストロースにも似ている、下から現れてくるような、……潜在している「沈黙」に多木さんが触れているように感じられたんですね。最後まで読んでちょっと愕然としていました。「タイタニック号の溺死者について考えなきゃいけない」という多木さんの言葉にも関係があるんだけれども、これが多木浩二という人間が作り上げた「深さの傾き」だと思って、びっくりした箇所がありました。今福さんが「後記」でこう書かれている。「本書の語りが、読者のもっとも深い「生」へと染み渡ってくる強度ある感触として、かならず証明してくれるであろう。西欧文明の揺籃の地である地中海、この始原の多島海の水底へと、多木の遺灰はみずからの意志によって還っていった。その海の、歴史の時間を超えた揺らめく蒼の氾濫のなかに、一人の独創的な「歴史哲学者」の視線は永遠にとどまり、後へつづく私たちの困難に向けて、ひらめく思考の糸口をたえず与えつづけてくれることであろう」。ここで本書は終わってるんですよ。多木さんがいかに「深い傾き」の人であったかということ。それは初めて出会った時から感じていたことでもあったかもしれないけれど、うまく説明できなかった。ベンヤミンについて対話をした時にも、言葉では説明できない「深さの傾き」みたいなものを感じていました。それをこの本によってよく理解することができた気がします。多木さんの遺著から与えられたことを、今度はどういうふうに生かしていくのか。今福さんにひと言お話しいただけますか。

奇妙な塔の映像

今福…溺死者の話について補足しておきます。この本の巻頭に「歴史の天使」という素晴らしい文章を置いたのですが、ベンヤミンの文章と同じぐらいの詩的強度を抱えている。そこで多木さんはこう書かれています。「本当に主題になるのは『歴史』のなかには登場することのない歴史である。巨大な船が沈没する。タイタニック――これは事件だ。人々はそれを歴史に書き込む。しかし難破につづく溺死者のながい漂流――それは歴史の外にある」。札幌大学の講義でも同じことを語られていたんですが、多木さんにとっての歴史は、われわれが通常考えている歴史ではなく、そこに生じる乱丁や落丁、エアポケット、迷路、そうしたものの集積としてあった。タイタニックの難破につづいて生じる溺死者の長い漂流のなかにこそ、多木さんの考える歴史が隠れていた。写真も、そういう断片的な歴史の乱丁や落丁そのものをひたすら記録してきたと、多木さんは言いたかったんだと思います。難破という「事件」を記録するだけの言説には失われていく肉体の欠片も感じられない。溺死者の長い漂流への想像力だけが、歴史にたいして人間の肉体を繋ぎ止めている、ということだと思います。ここから連想することがいくつかあります。一つは吉増さんとも関わりの深いアレクサンドル・ソクーロフの映画『オリエンタル・エレジー』。日本のある海辺の村が舞台で、一人の老人が過去の出来事を回想している。沖で船が沈没して、水死者がたくさん浜に打ち上げられてくる。水死体が山のように積み上げられ、その亡骸の上に一人の狂女が飛び乗って踊りを踊る。吉増さんの言葉で言えば「うたい添える」。踊りながらうたい添えるという感じでしょうか。柳田国男はこういう聖なる道化、狂人のことを「オコ」と呼んでいましたね。さらにヘンリー・デイヴィッド・ソローの『ケープ・コッド』にも溺死者の話が出てきます。ソローが初めてマサチューセッツの半島ケープ・コッドの砂浜に行った時、アイルランドからの客船がボストン沖で嵐にあって難破して、浜には溺死体が散乱していた。浜辺では大工が棺を作り、村人が死体を収めていくんですが、ほとんど無表情で、人間の命が失われたことにたいする悲嘆もなければ痛みもない。人間をゴミ屑のようにして扱っている。嵐が来た後に漁師にとって大事なのは、浜に打ち上げられた海草の方なんです。それを集めることの方が死活問題であり、打ち上げられた人間の肉体は即物的に処理される。そのことをソローは一切の感情抜きに書いています。これこそ歴史の超越性の姿ですね。三番目の連想は宮沢賢治です。彼が初めて海を見たのが一五歳の時で、一九一二年、タイタニック号が沈没した同じ年の、その一カ月後に、三陸の石巻から船に乗って松島をまわった。この経験が投影された『銀河鉄道の夜』には、北の海で氷山と船がぶつかって流れてきた子供たちの姿が書き込まれています。賢治にとっての最初の海、ソローにとっての最初の海、そこにはどちらも溺死体への想像力があった。それがどこかで繋がっているように感じられる。でも賢治は、大西洋で起こったタイタニック号の事件を太平洋に置き換えて書いた。なぜそうしたのかは謎ですが、多木さんが言うように、船の難破は一つの固有性を持った事件だけれども、漂流する溺死者と濡れたトランクの長い列、それは世界の海に普遍的に存在しているわけです。大西洋の出来事は太平洋の出来事に一瞬にして変わり得る。賢治はどこかでそんなイマジネーションを持っていたのかもしれません。ここで最後に、吉増さんが三月に福島に行かれた時の映像を見ながら、お話しいただければと思います。

吉増……これも、龍太さんが語られた「太平洋」の岸辺です、……わたくしの語り方だと、名づけられないうみ、いまだ、その姿を立ちあがらせていないような太洋《うみ》です、……。その福島の浪江町の請戸という所に行きまして、白いビニールをまといながら詩を詠み、映像を作ってきました。ふっと横を見ると、福島第一原発が見え、同時にわたくしの頭のなかには、奇妙な塔のような映像が浮かんできました。あるいは蟻塚を幻視していたような気がしますし、さまざまな塔も空に浮かんできて、それがうまく言語化できなくて、その直後に和合亮一さんと対話をしながら、まるで赤子が見るようにして福島第一原発を見ている目があると、そんな話を和合さんとしました。震災の時、請戸は河口からの津波が入ってきて途方もないことになりました。そこに今年の三月に行った時の映像ですけれど、ここでしか見えないものがあるのだろうなあという思いを抱きました。

　あの場所に歩いて行き、そこに立ち止まらないとダメなんです。わたくしの朗読の声もあそこでしか出せない声だったろうと思います。叫《おら》んでいるような「請戸」の〝う〟は、言語発生のときの〝う〟にも近いようです。これは吉本隆明さんを読みつづけていることにもよるのですが、……。右手に福島第一原発が見えている。筆やペン、ノート、いつも持ち歩いているものを全部並べて映像に収め、身の回りのものすべてに発語させるという、ちょっと気違いじみたことをやっていました。今福さんが言われたけれど、打ち上げられた死体の前で踊るのに、すこーし近いのかな。踊りまではいかないけれど、どうしても、心が承知をしない、納得をしないときに似た仕草、……途方もないことをしている。おそらく無意識の全力なんですよ、これは。名付けられない全力によって、こうやって詩を詠んでいる。今福さんが『書物変身譚』（新潮社）で書いていたけれど、高橋悠治さんが「楽器に接触する瞬間」についておっしゃっていた。ああいうものに似ているのかな。それから今日皆さんに見てもらおうと思って持ってきたんですが、わたくしは一年四カ月かけて、吉本隆明さんの詩を毎日書き写しているんです。それぞれにコメントをつけて、もう二〇〇篇を超えている。全部で四八〇篇あるから、あと一年半ぐらいはかかるでしょう。二六歳から二七歳の時に、吉本さんは毎日詩を書いていたんですが、これがすごいんだなあ。素晴らしいのは、吉本さんは書く前に鉛筆で、線とは言えない、罫とも言えない、大工が墨壺でポンと墨付けするみたいに、そうね、大地に滲《にじ》みか染みを、シャワーのように降らせて、そこに詩を書いていくんだ。傍点も、ふつうの傍点とは違う。原始人が無意識にすっと置くようなものです。詩を書いている意識もない。傍点を打っている意識もない。こういうものが現れる時が大事なんだと思う。高橋悠治さんであれば「楽器に接触する瞬間」、わたくしの言い方で言うと、ある瞬間に右から手が伸びてきてポンと点を打っている。驚異的なのは、二百数篇目で、突然冬が終わりかけるんです。吉本さんは「冬の詩人」だったから、そうすると罫がなくなる。愕然としちゃってね。罫がない、でも罫が向こうから来る光で、下で光ってるように見える。こういうところに触れないとダメなんだなあ。これはもう読むだけで興奮してきちゃうんです。

今福…請戸の瓦礫の前で詩を読む吉増さんの朗読の音《おん》声《じょう》は異様ですね。ですが非日常ではなく、これこそがいま私たちが死守すべき日常性が結晶した声だと思いました。多木さんのいわれる「日常の技芸《クンスト》」だと。

最近小豆島に行って、自分のなかに前成されていた子供時代の記憶を再発見したんです。ぼくの田舎の祖父が尾崎放哉のファンで、むかし遊びに行くと毎日一句ずつ自由律俳句を教えてくれた。子供ですからまだ放哉の「無頼」や「放浪」の意味もわからず聞いていましたけれども、「霜とけ鳥光る」なんていう句に小さいながらに何かを感じていたんでしょう。小豆島は放哉が最後の孤絶の七カ月を過ごした島ですが、彼が住んだ庵の縁側にポツンと座っていたら、なぜか放哉のスピリットが降りてきて、十数句の自由律俳句のようなものができた。それを吉増さんに先日送ったら三句選んでくださった。

吉増…「大松《だいまつ》の蝉しぐれるだけで鉦《かね》たたかぬ」「なつかしい路地に屈《かが》んでいる昔《せき》」「供えるもののない墓　微笑《ほほえ》んでいる」。驚きましたね。素晴らしいと思います。

2015

中村隆之との対話

叛乱者たちが創る世界

本篇は、拙著『ジェロニモたちの方舟』(岩波書店、二〇一五)の刊行を受け、フランス語圏カリブ海文学・思想研究の俊秀、中村隆之氏を聞き手に、『週刊読書人』二〇一五年三月二〇日号のために池袋のとある喫茶室で行われた対話である。新著を一読してすぐにこの対談を企画した『週刊読書人』編集長明石健五氏が、いつものように的確に原稿化してくれた。『ジェロニモたちの方舟』は、集英社編集部の清田央軌氏の熱意ある媒介により、雑誌『すばる』の二〇一一年六月号から三年ほどをかけて断続的に連載した論考から成り立っている。その初回の執筆時期はちょうど三・一一の災厄の直後に重なり、また初回が雑誌掲載された二〇一一年の五月はじめには、パキスタン北部でのアメリカ軍特殊部隊によるウサマ・ビン・ラディン殺害の報が、ビン・ラディンを指すコードネームが「ジェロニモ」であったという事実とともにもたらされた。そもそも「ジェロニモたちの方舟」とは、現代世界を席巻する「アメリカ」という名の厚顔無恥の権力構造に対する原初的な叛乱者たち(=「ジェロニモ」たち)が、破局的洪水から逃れて世界を再生するために海を渡る方舟、という一つのヴィジョンに私が与えたタイトルであったが、それが思いがけなく「津波」と「ジェロニモ暗殺」という事態によって、おどろくべき符合とともに現実に呼び出されたのである。私はこれをたんなる偶然の一致とはとらえず、むしろこの連載を構想していた私の無意識のなかに、すでに出来事の予兆は孕まれていたのだと理解した。その後も、書き継いでゆくごとに、流動する世界は何らかの現実的な波動を私の文章にもたらしつづけた。本対話でもそのことが語られている。カリブ海文学研究の若い学究としての中村隆之氏を知ったのは、一九九〇年代の終わり頃だった。私が企画運営していたウェブ・フォーラム「カフェ・クレオール」のなかで実験的に始めたコーナー「カリブ文学アーカイヴ」に、当時大学院生だった中村氏が率先して執筆してくれたことに端を発する交わりだった。その後まもなく彼は私が主宰する奄美自由大学にも参加し、より深い交流が始まった。彼が研究対象とするマルティニックの詩人エドゥアール・グリッサンは、私自身『クレオール主義』（初版一九九一）執筆以来もっとも豊かな知的霊感を継続的に受けてきた存在だったが、中村氏はグリッサンの評論『フォークナー、ミシシッピ』（インスクリプト、二〇一二）を翻訳し、カリブ海の歴史文化詩学の総覧『カリブ－世界論』（人文書院、二〇一三）を上梓して、この群島的詩人思想家の冒険的な精神を引き継ぐ先頭を歩こうとしていた。『ジェロニモたちの方舟』もまた、グリッサンの知的系譜を強く意識しながら書かれた書物であり、それについて対話する相手として中村氏は誰よりもふさわしかった。ともに愛聴していたマルティニック系黒人ジャック・クルシルのアルバム《叫び声《クラムール》》のジャズ・トランペット、その震える悲歌《ラメント》の記憶が、この対話の背後に音もなく流れていたはずである。

PROFILE

中村隆之　一九七五年生。フランス文学研究者、批評家。著書に『フランス語圏カリブ海文学小史』『カリブ－世界論』『エドゥアール・グリッサン』など。

群島状に並んだ本

中村隆之…今福さんの御著書は以前から読ませていただいていますが、多くの読者が第二の主著と認識している『群島‐世界論』のいわば続篇として、『ジェロニモたちの方舟』の連載が開始されたわけですよね（『すばる』二〇一一年六月号～二〇一四年八月号まで断続連載）。

今福龍太…書きはじめたのは二〇一一年の四月です。雑誌の初回掲載が五月のはじめでした。ちょうど米軍によるビン・ラディンの殺害の報道と重なりました。ビン・ラディンを指す暗号名が「ジェロニモ」だったのはまったくの偶然でしたが、連載のタイトルと現実とがいきなりスタートで符合して、ちょっと驚きました。ですが、一七世紀に遡るインディアン戦争の記憶がアメリカの好戦主義を現在まで引っぱってきたという私の基本認識を裏付ける出来事でもあったわけで、ここで本書を書きついでゆくことにある確信を持ったともいえます。

中村…本というかたちでまとまって読むと、底流に一貫して流れているテーマがより鮮明に見えてくると思います。「〈叛アメリカ〉篇」と副題にあるように、この言葉がキーワードになっている。「序」の部分では、次のように述べられます。「前著『群島‐世界論』（岩波書店、二〇〇八）の記述における、文化行為・文学表現の共時性・詩学的関係性に焦点をあてたやや内省的なスタイルとはちがい、本書では時事的でアクチュアルな出来事をきっかけにして語りはじめるスタイルが貫かれている。国家としてのアメリカの存在を具体的に参照しながら思考する必要性があったからであり、現実政治や社会の「いま」に介入しながら、その問題意識を批評的な実践として、より振幅の大きく深い歴史や想像力の地平に接続していきたいと願ったからである」。まさに今回の本は、国家としてのアメリカが大きな主題をなしています。そのアメリカに、文化的・政治的・軍事的・経済的に侵略されてきた場所の物語ともいえ、そこでアメリカの支配に抗ってきた人々が次々と召喚されていく。詩人の占める位置が圧倒的に大きいわけですが、政治家や学者、写真家の名前も出てきます。アメリカという世界支配のプロジェクトに抗していく人たち、そこに集合面として与えられている名称が「ジェロニモ」という言葉なのだと思います。そうした枠組みから、もう一つの、別の歴史の見方が紡ぎ出されていく。読者は今福さんの語りに導かれながら、さまざまな場所と人に想像力が及んでいく。こんな詩人や作家あるいは思想家がいたのかと、今福さんの著作を通じて知ることになる読者も多いのではないでしょうか。

今福…私は詩についても思想についても、決して歴史的、体系的に読んできたわけではありません。ですから、この本で触れた詩人や思想家、作家が読者にとって未知の人であるとすれば、それはたんなる偶然にすぎません。一般にあまり知られていない人々を取り上げようという意図があったわけでもないですし。けれど、これらの詩人や思想家が私のなかに入ってくるのには、ある偶然と必然とがあります。いたって雑食的な本の読み方をしてくるなかで、専門やジャンルや作者の有名無名にまったくかかわらないところで、ある種の詩人たち、思想家たち、作家たちがなぜか近づいてくる。その理由を考えてみるために彼らにこだわってみる。結果として、あまり知られていない詩人に記述の重要な部分が託されているということが起こります。この本のなかでは、アイ（Ai）というアメリカの混血女性詩人について触れています。日本ではほとんど話題になったことがないかもしれませんが、彼女の書いた「ロバート・オッペンハイマーの信仰告白」（一九八六）という詩には、マンハッタン計画以後のアメリカの核をめぐる無意識のオブセッションにたいする本質的な叛乱が描かれていて、今の私たちに強く訴えかけてくるものがあるはずです。

中村…ご自身で訳されていますが、作品にはいつ出会ったのでしょうか。

今福…随分前のことです。何か気になって彼女のいくつもの詩集を集めておいた。けれど長いあいだ読み続けてきたわけでもなく、そのまま置いてあったんですね。それが今回テニアン島をめぐる寓意について書こうとしたときに、ふっと頭のなかに呼び出されてきたわけです。マンハッタン計画や広島・長崎への原爆投下という歴史的な経緯に触れながら、そうした歴史や直線的な時間軸を飛び越えるように、いろんなものが結びついていく。その一つとしてアイの虚構的なモノローグ詩がつながってきた。連載をはじめたのは東日本大震災が起こった直後でした。私自身ひどい言語喪失に陥り、そこから立ち直ろうとしてようやく書いていった原稿です。だからどうしても自然災害や放射能禍の問題を考えざるを得なかった。そんなとき、スマトラの大地震による津波の後に書かれた、ジャン＝ピエール・デュピュイのカタストロフィー論である『ツナミの小形而上学』が刺戟となってくる。そこに引用されたギュンター・アンダースによるノアの方舟の創造的な寓話が、あたらしい意味をもって迫ってくる。デュピュイはこの本の「ヒロシマ」の章でテニアン島とルソーの関係にもわずかに触れていて、私の思考を促してくれました。テニアン島の問題、広島・長崎の経験は、当然核と放射能に直接関わってきますが、それが三・一一とどこかでつながるはずだと考えをめぐらせていったとき、アイの詩が浮上してきました。ある意味で、それまでは自分のなかにいくつもの本が群島状に並んでいる。一つ一つは遥か彼方にぽつんとあった島影のようなものです。連載をつづけ、物を考え書いていくなかで、散らばっていた本や、そこで展開されている思想・言葉の島影が、自分の新しいヴィジョンに応じて近づいて見えてくるようになった。そんな感覚を持っています。

中村…今福さんのこれまでのお仕事を通して、とりわけ近いところにいる書き手もいますよね。ソローやグリッサン、ベンヤミン、そういった人たちの思考に関しては、今回の本を書く上ではどのような位置づけにあると考えればよいでしょうか。

今福…彼らの思想ももちろんですが、思考や文章を生みだすときの運動性に強く惹かれています。だからたえず読み続けている。そうすると自分が何を考えていても、どんなテーマについて書こうとしても、そこにグリッサンがいるし、ソローやベンヤミンもいるわけです。アカデミックな主題を設定してそれを突き詰めることに、私はそれほど重要性を感じていないのかもしれません。テーマは重要ですが目的ではない。テーマに沿った決着を求めすぎると理論的に自閉してしまうことがある。ソローはアカデミックな書き方に真っ向から対立しながら、誰よりも深い真実に近づいた人です。グリッサンはアカデミックどころか文学的な書き方すらどこかで超越している。ベンヤミンに至っては厳格なアカデミズムから排斥されて大学の職にも就けない人だった。彼らが主題以上に、作家＝思索者としてのスタイルとエシックスを重視したところにも親近感をもちます。この本も「叛アメリカ」というテーマを変奏するなかで自分に近づいてきた風景を描写し、一つの物語として提示する。そこで浮上してくる問題意識や、取り上げるテクストとのあいだに生まれる響き合いを、それぞれの読者に開かれたかたちで考えてもらいたいと思うのです。

中村…今の話につながることで、以前からうかがいたいと思っていたことがあります。『ミニマ・グラシア』（岩波書店、二〇〇八）のなかに次のような一文があります。「ミニマ・グラシアは、〔……〕詩的自由のなかにこそ求められなければならない。今や、世俗的な生の理念は因果律の法則によって呪縛されて未知の膂力を失った」。この「因果律の法則」という言葉が、まさしくアカデミックな書き方というものと結びついてくるのではないか。そうしたあり方に対する根源的な批判が、最近の仕事だけではなく、そもそも出発点からあった。ぼくが非常に刺激を受けた今福さんの文章の一つに「物語としての民族誌　メキシコのル・クレジオ」（『荒野のロマネスク』筑摩書房、一九八九）があります。ある種の批判的民族誌を書くという作業であって、それが今福さんのお仕事の一つの出発点をなしている。

今福…あの文章は、ル・クレジオの声とプレペチャ族のインディオの声と、自分自身が主にアカデミックな本から受けとめてきた断片的なテクスト、その三つを交差させながら書かれたものです。三つの声の響きあいのなかを歩きながら、あのとき自分がメキシコにいることの意味が現れ出てくればいいと思っていました。民族誌の記述における主体（語り手）の中心的位置を溶解させてしまおうという野心もあったかもしれません。

時間錯誤・空間錯誤

中村…今、若い頃のお仕事にまで遡ってしまったのですが、たとえば『ジェロニモたちの方舟』も含めて最近の著作は、随分違う印象を受けます。先ほど引用した『ミニマ・グラシア』、これはアクチュアルな出来事を意識して書かれており、やはりアメリカというものが射程に入っている。そして今回、あらためてアメリカというテーマに取り組まれた。二つの著作のあいだには時間的・状況的変化もあると思いますが、その辺りのことをお聞かせいただけますか。

今福…『ミニマ・グラシア』は二〇〇〇年から〇八年にかけて書かれた文章の集成でした。けれどすべての文章が九・一一という決定的な出来事になんらかのかたちで誘発されて書かれたものです。出来事の前に書かれた一篇のキューバ論も収録してありますが、それもまた、九・一一のあとで読み返せば、あの出来事をすでに予感するような崩壊の感覚において書かれていたものです。あの頃私の頭のなかにあったのは、こういうことだったと思います。二〇〇四年一一月にスーザン・ソンタグが亡くなる。ブッシュ政権の二期目が決定した直後のことです。ソンタグにとっては、また四年間の暗黒のアメリカがはじまる。九・一一以降のブッシュの対応を、アメリカで最も徹底的に批判し続けることができたのはソンタグとチョムスキーだけでした。そのソンタグが志半ばにして亡くなる。それは、ソンタグの批評を介してアメリカと世界の関係性を問い直しつづけてきた私の同時代的な経験として、重く響いてきました。ソンタグが白血病で亡くなる半年ぐらい前に、アブグレイブ刑務所における捕虜虐待事件が明るみに出ます。それを知ったソンタグは最後の本格的なエッセイとなった「写真は私たちだ」を書く。無限に複製されてゆく映像というものの過酷な暴力が、現代の人間の存在そのものを照らし出している、そういう状況のなかで、私は『ミニマ・グラシア』でアメリカをイメージの政治学のなかにおいて考えようとしたのだと思います。けれど、「叛アメリカ」というモティーフはそのときはありませんでした。今度の本では、アメリカというものに真正面から対峙していかなければいけない、自分もそれに向き合わなければいけないという明確な意識があったと思います。けれどもちろんマスメディアにからめとられた政治学者や経済学者がやるようなアプローチではない。地政学的な状況やマクロ経済学の側面を自明の前提として、アメリカというものを国家や制度として設定するつもりはまったくありませんでした。だから、この本では「アメリカ」という言葉がたえず多義的に使われている。一つはアメリカ合衆国という国家そのもの。もう一つは一九世紀の終わりからアメリカ合衆国という国家に最も見事に体現されていったイデオロギー、つまり侵略主義や好戦主義、領土拡張主義、テクノロジーと軍事・政治の癒着、さらには現代のグローバリズムも含めたイデオロギーとしての「アメリカ」です。それは西欧や日本によっても生きられている現在です。さらに、「アメリカ」なる名辞を北の帝国に奪われたまま政治的には零落している南の「アメリカ」を媒介にして、「叛アメリカ」の精神運動を救い出すことはできないだろうかという視点でも「アメリカ」を考えようとした。このような複雑な手続きを経なければ、単に国家「アメリカ」を悪者として捉え、批判して終わることになってしまう。「アメリカ」を批判するのであれば、歴史の深い射程において浮沈を繰り返してきた「アメリカ」なる運動を、最終的には自分自身にも突き刺さる問題として論じていかねばならないと思ったのです。

中村…ぼくらの内側にも「アメリカ」的なるものがありますからね。

今福…われわれはみな「アメリカ」を生きてきたわけです。アメリカに倣い、さまざまなモノやシステムを作りあげてきた。だから「叛アメリカ」というのは、ただアメリカに反対することではない。「アメリカ」なるものの内側にいて、それを生きてきた人間が、自分の歴史的な軌跡も含めて叛《そむ》くということです。そういう意志を強く込めたかったからこそ「叛」という字を使っている。それは単なる対立や反対とは違います。

中村…『ジェロニモたちの方舟』というタイトルと「叛アメリカ」という副題を見て、読者のなかには、豊浦志朗『叛アメリカ史』を思い浮かべる人もいると思います。最終章の最後に出てきますが、それと第一章「アメリカ、大いなるカオスの岸辺」で触れられている「涙の道」の話は、藤永茂『アメリカ・インディアン悲史』とも関連して読めるようにも思います。

今福…それらの本は、やはり六〇年代七〇年代の公民権運動や対抗文化的なパラダイムのなかで書かれていたと思うんです。国家権力によって抑圧された人間としてインディアンを捉えている。アメリカ合衆国という枠組みは崩さずに、そのなかでの抵抗者あるいは反乱者たちの存在を捉えています。私の本の場合、アメリカ合衆国という国家的な領土からは飛び出してしまったところで、原初的叛乱者としての「ジェロニモ」の系譜を追いかけていく。もはや叛乱は、その場所に身を置いて、権力に向かって直接的な戦いを挑んでいくというやり方では、かならずしも実現されないのではないか。今やこの戦いの方法論は、自らを複雑化し屈折させることでしか力を持たない。その力は直接相手をその場で打ち負かすような叙事的なヒロイズムではなく、いろんな迂回路を経て、自己への根源的批評も含み込んではじめて、大きな声や対抗力になっていくのではないか。そのようなものとして「叛アメリカ」を考えようとしたんですね。時間軸でいえば、「ジェロニモ」の系譜にある叛乱者たちが新しく世界に離散していって、それぞれの場所でアクチュアルに戦っているということではかならずしもない。「ジェロニモ」以前にも既にそうした「叛アメリカ」的な身振りは存在しえたかもしれない。あるいはアメリカという空間領土を具体的に意識していなかった人のなかにも、「叛アメリカ」的精神の種子が隠れていた可能性もある。そうやって時間軸や空間軸を超えていく。これは『群島–世界論』を書く時からやってきたことです。そのことを前の本ではアナクロニスム（時間錯誤）とアナロキスム（空間錯誤）という言葉で表わしましたが、この発想を今回も全面的に採用しながら書いています。

中村…ある意味で、今福さんのこの二冊の本は、ある時間の体積（歴史）を非常に意識した本だと思うんですね。もちろん通事的であり共時的でもある。そのどちらの軸もあるわけです。では、そこから実際にどう対象へアプローチするのか。歴史学のようなディシプリンだと、どうしても限界がある。学術的作法では接近できない場所にどのように接近するのか。時間錯誤と空間錯誤という方法論が一つの問題提起をしている気がします。そのときに「詩的自由」の問題が大きいのではないか。そんなことを考えながら読んでいました。

今福…歴史学というディシプリンの内側にいると、アナクロニスムに入っていくことは不可能ですよね。直接的時間軸をきちんと守らないといけない。あるいは地理学の分野にしても、空間的な位置関係を取り払ってアナロキスムに従うことはできない。ディシプリンの内部で時間や空間に対峙している限りは、ここでとられた方法論に入ってゆくことは難しいと思います。だからこれは、ある意味では無謀な試みですね（笑）。ただ、学問そのものが規定されている時空間の境界線を崩してみなければわからないこともあるのではないか。その点では二冊の本を通じて同じ方法論が採用されていると思います。異なるのは、さっきの引用部分で言っているように、今回は国家としてのアメリカの存在を具体的に参照しながら思考すること。現実のポリティクスから思考をはじめてみることです。けれどそれは決して狭い意味での政治のなかで考えるということではない。もちろんわれわれは日々、さまざまなリアルポリティクスの状況のなかで生きていて、それに巻き込まれ、ときに憤慨し、対立したり打ちひしがれたり、傍観したり無視したりを繰り返しています。

歴史の原点にあるもの

今福…けれどそうした日常の態度とは異なった時間と空間の射程のなかで、日々のリアルポリティクスの、現実世界にたいする現れを問い直してみたい。そのためには、まずは国家としてのアメリカを相手にし、その動きを精査しないといけない。歴史の時間軸を、現実のクロノロジカルな流れに則して考えてゆく手続きを放棄することはできませんでした。そこは『群島−世界論』のときよりはっきりと意識しながらやっていたと思います。本書の冒頭をバラク・オバマの話からはじめたのもそのためです。二〇〇九年一月、オバマが大統領に就任する。新しい改革の理念をもった大統領が登場し、しかもその人物が黒人系であった。アメリカが公民権運動以降闘ってきた、一つのゴールがオバマという黒人系アメリカ人の大統領就任によって達成されたかに見えた。それに応えるかのように、就任直後のオバマはかなり大胆な政策提言をしていきました。一つは、キューバのグアンタナモ基地内にある拘留者収容所「キャンプ・デルタ」の閉鎖に関する発言。ここは「テロリスト」として疑わしい人間を隔離し、拷問したりする収容所として機能してきたアメリカの無法施設です。もともと、一八九八年にアメリカがスペインとの戦争に勝利しキューバを属国化したときから、グアンタナモ基地はそうした治外法権的な場所として利用されてきました。この悪名高い収容所をオバマは閉鎖すると言った。当時としては非常に重要な発言だったと思います。そこからこの本は語りはじめられたわけですが、今年一月ぐらいから、ついにアメリカとキューバとの国交正常化交渉がはじまった。四年経ち、この問題は現実味を帯びた話になってきています。

中村…今日の国際情勢を予感させるような感じがあったわけですよね。

今福…実際には、グアンタナモ収容所を閉鎖するプロジェクトそのものが、議会の横やりも入って、未だに実現されてはいません。しかしこの計画の延長線上に、現在の国交正常化交渉があるといっていいと思います。ただ私の視点は、そうしたリアルポリティクスの影で、永遠に匹敵する占領、永遠にひとしい拘束を受けてきた者たちの想像力に寄り添ってみることでした。ところでもう一つ、大統領になったオバマが最初にやったことは何か。それは一八三〇年の「インディアン強制移住法」によって移住させられたチェロキー・ネイションに対する謝罪です。暴力的な強制移住政策から一五〇年以上経って、国家としての公式の謝罪を表明した。オバマが大統領就任直後に行ったこの二つの政策は、どちらも国家による横暴な過去の行為に対する贖罪であると、ふつうなら意味付けられると思います。しかし私はそうした歴史的な認知とは違う方向で考えてみたかった。「インディアン強制移住法」の成立が一八三〇年、キューバとフィリピンを属国化する契機となった米西戦争の終結が一八九八年です。この二つの出来事が現在まで引きずる無意識の記憶を、この本のなかでいう「アメリカ」という運動の始まりとして捉えてみようと思ったんですね。

中村…その着想と論じ方に驚くわけです。たとえばインディアン戦争について、その記憶がのちのアメリカの歴史のなかで、無意識的に反復される。そこを見ていくわけですね。「ジェロニモ」もそうですが、軍事用語には多くのインディアン由来の名前が付けられている。今福さんならではの詩学的アプローチではないかと思います。

今福…代々の戦闘ヘリコプターだけ見ても、アパッチ、シャイアン、カイオワ、コマンチェ、アラパホ、全部インディアンの部族名から取られている。インディアン用語というものが、アメリカ人の無意識のなかに存在し続け、結局は彼らの好戦主義みたいなものを大本で支え続けている。そしてオバマも含めてそのことに誰も気がついていないということです。自分たちの制圧した相手、抑圧した人間、その歴史を記憶の奥底に組み込んで、権力者の側が、被征服者の名を記号化して支配する。アメリカの場合その無意識がとりわけ顕著なのは、インディアンを掃討・制圧して国家を統合することが、自らの歴史をスタートさせる原点にあったからです。反乱者や抵抗者との闘いをつうじて建国の歴史がつくられた、という一種の神話ですね。ですからその始まりの時のメタファーが、後のアメリカのあらゆる動きを支えていかざるを得なかった。まさにビン・ラディンをジェロニモと呼んでしまう感性もここから出てきている。彼らはいまだにインディアン戦争の続きを戦っている。しかもこの本に書きましたが、現在に生きるインディアンの末裔がジェロニモという名前の濫用を非難するのはいいんだけれども、それが本質をとらえた批判になっていない。全米のインディアンたちがどのような抗議の声を発したのか。今やアメリカ・インディアンもアメリカ国民として立派に国家に貢献しながら生きている。にも関わらず、ジェロニモをいまだにアメリカに対する敵として規定し、それをビン・ラディンに重ね合わせるとは、はなはだしい時代錯誤である。そういった論調の抗議でした。けれどもそうではなく、インディアン自身が自分たちはアメリカ人であると主張することによって失われるものがあることを、私は考えてみたかった。だから「アメリカにはジェロニモがいなくなってしまった」と書くほかなかったわけです。今のアメリカのインディアンたちの共同意識のなかには、原初的な叛乱の意志はもうない、と。けれどアメリカ人のなかにもアイのような、オッペンハイマーに自ら憑依してその悪意の最深部にまで降りて行こうとする詩人もいる。あるいはクロード・イーザリーのような人がいる。パイロットの一人として広島に原爆を投下後、テニアン島に戻ってくるときに、自分が犯した行為の途方もない犯罪性にはっきりと気づき、その後罪悪感に苛まれ続けた人物です。祖国に帰って、その非道ゆえに石を投げつけられて刑務所に入れられるならば、まだいい。自分の行った犯罪とのあいだに整合性があるからです。けれどイーザリーは原爆投下のパイロットとして国家から英雄視されてしまった。倫理的に目覚めた者にとって、戦争下での国家的共同幻想によって英雄に仕立て上げられてしまうときの混乱は途轍もないものだと思います。こうしてイーザリーはあえて窃盗を犯し、自ら犯罪者になってようやく安心する。そのイーザリーのなかにあるぎりぎりの傷ついたモラルを、哲学者ギュンター・アンダースが発見し、二人のあいだで往復書簡のやりとりがはじまる。イーザリーはアメリカに対して非常に原初的な叛乱を行った人であった。個人の生涯としてみれば悲劇的な一生だったかもしれないけれど、核カタストロフィーのアクチュアリティに対峙するとき、今もっとも深く受け止めなければいけない人の一人だと思います。

死者たちの蘇り

中村…そうした叛乱者の系譜が辿られていくなかで、日本では東松照明さんを取り上げています。これは東松さんが亡くなられたことがきっかけですか。

今福…そうです。個人的な心情をかき立てる出来事が執筆中にも次々と起こりました。東松さんのように、親しくつきあい、深い示唆を受け続けてきた一人の先人が亡くなり、一方で、すでに死んでいたはずの詩人が人々の記憶の底から蘇る事件もありました。チリでパブロ・ネルーダの遺体が発掘され、検死のやり直しを行う決定が出たときです。記憶の痛点に触れられるような出来事でした。ネルーダのニュースを聞けば、当然チリの一九七三年九月一一日が思い起こされる。九・一一というとアメリカ合衆国の経験としてイメージされていますが、ラテンアメリカのことを知っている人ならば、ピノチェットによる軍事クーデタの日、チリの革命が潰えた日として長く記憶されてきた日付です。ラテンアメリカ全体に大きな衝撃を与えた事件であり、ネルーダの遺体発掘という出来事がこの四〇年の時間を一気に巻き戻すわけです。病死とされていた詩人の、軍政による他殺可能性の検証。それは「時間錯誤」を呼び起こす一つの出来事です。単に歴史を見直し、過去の出来事の意味を書き換えることではない。死因の科学的特定に意味があるのではなく、隠蔽されてきた記憶をふたたび現在の再審に付す機会が与えられたということが重要です。直線状に流れ、堆積し、現在の達成によって過去の意味を正当化される「歴史」という時間意識を崩すところに、時間錯誤の本質がある。そこからチリの問題に踏み込んでいきました。

このとき、ちょうど経済史家の中山智香子さんが『経済ジェノサイド』(平凡社新書、二〇一三)という本を出されて、その冒頭で、新自由主義経済政策が正当化されてゆく一つの起源の光景として、一九七三年のクーデタ以後のチリが論じられていました。なかでも、アンドレ・グンダー・フランクという、今やなかば忘れ去られた経済学者に触れられていたことが私を捕らえました。私はメキシコにいた八〇年代初頭、ラテンアメリカの民衆世界を思考の原点に置いたイリイチやフランクの本を熱心に読んでいたからです。そのときの記憶がふたたび刺激された。フランクはチリのクーデタを革命政府のアドバイザーとして現地で体験している。彼はラテンアメリカの貧しい民衆の側に立って開発経済学の課題を考えるために、シカゴ大学を追放されるようにして、流れ流れてチリにたどりつき、そこで家族を持つことになった。シカゴ大学ではミルトン・フリードマンの学生でした。今の世界を席巻する新自由主義経済理論の牙城です。しかしフランクという放浪の学者のもつ反アカデミーの信念は強烈なんですね。それは私にとってもっとも共感する部分だった。フランクの流亡の生涯をたどり直すなかで、「アカデミックな学問世界における適格性」について書きました。「その適格性とは、大学という権威的な機構のなかで従順かつ効率的に、そして「非-哲学的」(けっして「批判的」にならず)に学ぶことであり、最終的には学問が一体となって奉仕する国家や政財界の利益を、学者として下支えする義務の遂行を無自覚に行なえるかどうかの能力へと還元される」（『ジェロニモたちの方舟』第七章）。これは今のアカデミズムに対する本質的な挑発でもあります。一部にいわゆる御用学者はいるが自分はそうではない、というような逃げ道はない。アカデミズム自体がそもそも反－哲学的な順応主義をエネルギー源にしているという意味です。そういうところに反応してくれる人が一人でもいてくれたらいいと思っています。今日ここにフランクの『エコノミック・ジェノサイド・イン・チリ』（一九七六）という小冊子をもってきましたが、彼はミルトン・フリードマンが主導するシカゴ大学経済学部の「チリ・プログラム」が何を行おうとしているかを当時から見抜いていた。訓練を受けたシカゴ・ボーイズというアメリカの先兵を母国ラテンアメリカにテクノクラートとして送り込み、属国のように支配するためです。彼らによってチリのクーデタ以降の経済的な復興は表面的には成功を収めましたが、実は市民セクターの途方もない犠牲と虐殺に匹敵する抑圧を背後に含んだものだった。成功は単なる数字的なまやかしといっていい。けれどもそれが評価されてフリードマンがノーベル経済学賞をとれば、この政策は世界経済を再生させるスタンダードになってしまう。結果的にレーガノミクス、サッチャリズムと続いて、今や言葉も使いたくないから言いませんが、現在の日本にもまっすぐつながっているものです。フランクは、チリから脱出してヨーロッパにふたたび亡命後、このシステムに対する誰よりも厳格な批判者となった。フランクの、フリードマンに向けての激烈な公開書簡である『エコノミック・ジェノサイド・イン・チリ』はご覧のように粗末な本で、イギリスの小さな書肆から出た自主出版に近いものであり、あまり流通もせず、権威的な場からは黙殺された本だったといっていい。でもここにこそ、今のピケティの本の対極にあって、経済化された世界においてないがしろにされた人間の生の尊厳をつなぎ止めようとする闘いの原動力があると思う。フランクは自分の命を懸け、ある大きなシステムに叛乱していた。そのことが、ネルーダの検死という出来事から次々に浮上する記憶の隠された連鎖として、私に突きつけられてきたわけです。

一八九八年の構図

中村…東松照明さんについてもお聞かせください。素晴らしい章です。

今福…この部分は、ストレートに東松さんへのオマージュと追悼を捧げたかった。そういう個人的な気持ちからはじまってはいるんですが、東松さんは、戦後の日本において、アメリカというものをより重層的なものとして捉えるうえで、大きな示唆を与え続けてきてくれた人だった。そのことを書きたかったんです。

中村…とりわけ鮮烈な印象を与えるのは、最後にある長崎の被爆者の臓器標本瓶の写真とそれに対する考察です。

今福…二〇〇〇年に開かれた「長崎マンダラ」展で初めて展示された写真ですね。これについては東松さんといろいろ話したことがあります。臓器の標本瓶がアメリカから長崎大学に返却されたとき、東松さんはひと瓶ごとに接写するように写真を撮っていったそうです。それが何の意味をもつのかを聞いても、「わからない」と言っていました。「でも写真に撮っておくことで、あとの人間が意味を与えるだろう」と。そして、こうしたコンポジションによって標本瓶全体をある構図のなかで撮影する。これはすごく意図的な写真ですね。英字新聞を床に敷いて、その上に瓶をずらっと並べる。そして斜め上の視点から撮影する。「これは原爆を投下したときのアメリカの視線を再現したものですよね」と訊いても、「距離が違うんです」とはぐらかされてしまった。被爆者の臓器の入ったフォルマリン漬けの瓶を並べて撮ることで何を表現しようとしたのか。チューインガムとチョコレートを米兵にねだる少年としての原風景が東松さんのなかにはあり、そこから占領の戦後を生きてきた。その東松照明のアメリカが、このコンポジションのなかで、自らを突き刺すように、徹底したかたちで問い直されているように私には思えるんですね。自分自身の存在も含めてすべてを問い直し、想像力の限界までいってこの写真が作られている。ただ一方で、こんなことも考えるんですよ。東松さんは米軍基地と原爆に拘り続けて、最後は沖縄で亡くなりましたが、われわれは東松さんの写真を、戦後の米軍基地や沖縄の風土という文脈のなかから見ていくところからまだ抜け出せないでいる。むしろ積極的に、長崎の被爆や沖縄基地、あるいは沖縄の風土を表象する傑出した写真家として権威づけてさえいる。けれど本当にそうだろうか。東松照明さんのなかには、「マンダラ」と彼が呼んだような、歴史の時間性や、地図の空間性を交差させ、シャッフルさせてイメージの固定的帰属を流動化させてゆくような指向性がとても強く存在しているのではないか。だからここでは東松さんの写真を、キューバの戦後写真の流れと対置させながら論じています。キューバは、アメリカの対抗的かつ共犯的なカウンターパートとして、この本全体を通して伏在する通層低音としてある。それと東松さんの戦後の軌跡を重ね合わせて書いたわけです。これも空間錯誤の試みですね。それによってキューバと沖縄の、アメリカの占領地としての相同性をも考えることになる。グアンタナモの基地と今の沖縄基地の問題を考えるときにも大きな示唆を与えるはずです。沖縄の基地問題も「対日本」と「対米」、二つのレヴェルが複雑に絡み合っています。二重の縺れた関係性のなかで格闘しながら沖縄の人々は生きている。そこから矛盾やアポリアも生じてきますが、それを突破するためにたとえば「基地を県外に移設すべきだ」という共通意志がはっきりと今出されているわけです。では、アメリカが沖縄の基地機能をすべてグアム島に移転させれば沖縄の問題は解決されたことになるのか。グアムや、テニアンなど北マリアナ諸島の示す、一六世紀のマゼランにまで遡るコロニアルな寓意については、この本でもかなり徹底的に書きました。そのうえで、繰り返しになりますが、一八九八年の米西戦争の勝利が、アメリカ的な欲望が世界に向けて広がっていく特権的な節目になっているわけですね。そこからプエルトリコ、グアム、フィリピンと旧スペイン植民地が次々とアメリカの手中に収められていった。同時にハワイを併合し、キューバを属国化する。カリブ海と太平洋の島々両方をアメリカが支配する。その歴史的な延長線上の先端に沖縄基地があると考えなければいけない。そうすると沖縄基地をグアムにただ押し戻すことだけでは、本質的には何も変わらない。一八九八年を起点としてはじまった現象を深く見据えた上で、現在のアメリカの軍事基地の配置や領土的欲望を群島的な布置のなかに置いて批判的に検討し、そこから何が新しいヴィジョンとして生まれうるのかを考えなければいけないと思います。最終的には米軍基地を「一八九八年の構図」の圏外に追放しなければいけないのです。

中村…お話をうかがっていてはっきりと見えてきたのは、『ジェロニモたちの方舟』には、あえて語られてはいないけれども、沖縄の基地問題が見据えられているということです。

今福…そうですね。あまり直接触れてはいませんが、実はそのことをひたすら考えながら書いていました。ですから沖縄の人がこの本をどう読んでくれるのか知りたいですね。大陸的な国家原理に対峙しながら自分が「群島-世界」に生きているという感覚をもっとも今自覚的に必要としているのは琉球・奄美群島の人々だと確信するからです。そのときにたとえばエペリ・ハウオファのような太平洋思想家が、群島の意味について語ったことがとても示唆的になります。

中村…今福さんが引用されている「小ささとは心の一状態である」というハウオファの言葉は素晴らしいですよね。一つ一つの島は「小さい」かもしれないけれども、その「小ささ」は決してそこにとどまらないものである。より大きな世界へと開かれている。

今福…その言葉がヒントになると思うんですね。私たちの先入観に対してぐさりと刺さるものがある。逆に言えば、小さい島でしかないという「心の一状態」a state of mind を変えることで現実を変えることができる、ということです。あるいはフィリピン出身の詩人ルイス・フランシアにも教えられることが多い。彼の自伝的著作『魚の目』（二〇〇一）のサブタイトルに付けられた「Personal Archipelago」（私‐群島）という言葉に強く惹かれます。

新しい批評の場

中村…『群島‐世界論』の最後の章が「私という群島」でしたが、それに近いような言葉ですね。

今福…ええ、自己の身体の内部に複雑な文化的構成物としての群島を感じとるような意識です。フランシアはフィリピンで生まれてスペイン的な伝統を受け継ぐ家庭で育った。ただ祖父が米西戦争およびフィリピン・アメリカ戦争に従軍したアメリカ人であり、戦後アメリカに帰還することを拒み、フィリピンに残って現地の人と結婚した。そこにはイーザリーのような贖罪意識があったのかもしれません。そういう経緯もあってフランシアはアメリカ国籍ももっていた。青年になってニューヨークへ移住するんですが、当時はベトナム戦争に徴兵される可能性もあった。ベトナム人はフィリピン人にとっては同胞という意識がある。ところが徴兵されればそのベトナム人に銃を向けることになる。自分はどちらの側に立って戦えばいいのか。これは究極のジレンマです。フィリピンがスペイン植民地時代からの長い時間のなかで歩んできた歴史の帰結です。「時間‐群島」といえばいいのかな。そのことは平面的な世界地図によって表現することはできない。フィリピンの一民衆がアメリカに移住し、ベトナム戦争に米兵として駆り出される。それは歴史と空間のさまざまな屈折が生み出したことであり、そのことを彼は「私‐群島」と呼ぼうとした。フランシアという人は自分の体内に、そうした時間と空間の群島的な縺《もつ》れをもち、それはマゼランがフィリピン諸島を「発見」するときまで遡るかたちで存在するような縺れであった。われわれの歴史意識もそれぐらいの振幅をもつべきなんですね。

中村…「時間‐群島」という言葉はとても印象的です。時間錯誤的な時間が出現していくような可能性を言葉自体がもっている。

今福…そのルイス・フランシアの『魚の目』に触発されて、そこからマーク・トウェインが晩年に書いた「叛アメリカ」的なテクストの再発見へと進んでいきました。

いうまでもなく、トウェインはアメリカ文学の父として知られている。しかし発表当初から一〇〇年近く封印されていた、フィリピンを一方的に侵略するアメリカ帝国主義への過激な批判的言説があったわけです。

中村…引用された文章を読んで驚きました。「わが国がフィリピンを、まるで泥棒が鳥小屋を急襲するように侵略している」と、かなり激しい文言でアメリカという国家を糾弾している。

今福…その部分は、一九九二年になって初めて明らかになったことです。大作家に祭り上げられた神話の影で、彼の群島的な記憶が自己の語りを要請していたのです。同じようなことは一九四〇年代のブラジルにおいてオーソン・ウェルズがやったことについても言える。ラテンアメリカを丸め込もうと「善隣外交」に乗り出したアメリカの先兵として送り出されたウォルト・ディズニーはブラジルに渡り、エキゾティスム丸出しの国策映画を製作する。一方で、同じ善隣外交の時代のオーソン・ウェルズは何をしたのか。ブラジルで彼が撮った未完の『すべて真実』*It's All True* という映画が、彼のアメリカへの「叛乱」を見事に示している。そしてすでにその前にウェルズが撮っていた『市民ケーン』は、ウィリアム・ランドルフ・ハーストという新聞王の話です。米西戦争およびフィリピン・アメリカ戦争に関わる偏向的な報道で一気に発行部数を伸ばした新聞社主です。残虐なスペイン軍というイメージを捏造する報道を無数に書き、愛国心と好戦主義にかられた民衆が勇ましいアメリカ軍と卑劣なスペイン軍の話を貪るように読んだ。ウェルズはそういうイエロージャーナリズムへの本質的な批判をこの映画に込めている。フィリピンとの戦争期にアメリカの新聞において報道が死んでいく姿を描いたといってもいい。それは現在の日本の状況を考える上でも示唆を与えます。日本だってその賭場口まできているわけですから。この点でも、「一八九八年」は現在を照らし出しています。時代はそんなふうにして群島状につながっている。そこにこそ新しい批評の場があるのではないかと信じて書いたのが今回の本であると思います。

伊藤俊治との対話

2016

光源の島——東松照明と南島世界

本対話は、大阪ニコンサロンで開催された「東松照明写真展　光源の島」に合わせ、この展覧会を石川直樹氏とともに共同で企画・監修した伊藤俊治氏とのあいだで行われたトークイベント（二〇一六年六月一八日）の記録であり、本書が初出となる。対話のなかでも触れられているように、写真家東松照明氏（一九三〇―二〇一二）と沖縄との関わりはとりわけ深い。一九六九年に初めて沖縄各地を撮影した後、一九七一年からは沖縄本島や波照間島、さらに宮古島などに長期間滞在し、一九七三年の秋には沖縄から出発してヴェトナム、タイ、マレーシア、シンガポール、インドネシア、フィリピン、台湾と東南アジア各地を回り、これら数年間の成果を日本写真史上不朽の名作『太陽の鉛筆』（一九七五）として刊行した。以降も繰り返し沖縄の島々を訪れ撮影を継続し、晩年の二〇一〇年には長崎から那覇へ居を移して、最後まで撮影への情熱を失うことなく彼の地で生涯を終えている。そんな東松氏の創作の軌跡のなかで、琉球弧の島々は自己の写真表現の方向を決定づけた特別の場所であったといえるだろう。鮮烈なフォト・ドキュメント「太陽の鉛筆」が『カメラ毎日』誌の連載として一九七三年八月号から始まったとき、いまだナイーヴなカメラ少年だった私のなかで「写真」というものの意味はすっかり書き換えられた。それまでは現実を巧みに映像として切りとった一断片にすぎなかった「写真＝ピクチュア」が、突然、果敢な思想行為としての「写真＝フォトグラフィー」へと変貌したからである。映像言語という別種の鮮烈な表現体が、記述言語からは独立して存在していることを私は知った。そして一九七八年三月、二二歳の私は東松写真が誘いかける「沖縄」の不可思議な揺らぎと強度に誘われるようにして、はじめて沖縄本島、宮古、石垣、そして与那国まで、列島の西南端へと連なる島渡りの船旅を敢行する。波立つ海を渡って不可視の国境線にまで至りつき、「日本」なる想像の共同体の姿を、そのもっとも外縁部から突き放して眺めてみようと考えたのである。そのとき、東松氏の眼がとらえた波照間の黝《くろ》い海原の上に浮かぶ一片の白雲の写真は、私という存在の帰属性にかかわる固定的な思い込みを、はるか南の海の彼方へとひとおもいに放擲した。爾来、私自身の「越境」や「クレオール」や「群島」をめぐる思索のなかに、東松写真は原風景として住みつくことになった。そして、私のそのような個人的な思い入れなど知るはずもない東松氏自身から、一冊の写真集を共同で制作しようという突然の依頼を受けたのは、はじまりの島旅からほぼ二〇年後のことである。時と人との不思議な巡り合わせに心動かされつつ編んだのが、『時の島々』（岩波書店、一九九八）である。以後、東松氏とは長崎や沖縄でしばしば親しく語り合う間柄となった。二回りも違う世代の人間にとって、僥倖というほかない。「光源の島」の写真群は、濃淡ある色彩の内部で息づくみずみずしい光への希求に溢れていて、東松氏の眼と心のなかを覗き込むような感慨がある。この対話の相手である伊藤俊治氏もまた、東松氏の写真集『廃園』（パルコ出版、一九八七）の編集をかつて委ねられ、そこですでにこの特異な眼差しを深く内面化する経験を持っていた。対話の端々に、東松写真を思索のバックボーンとして物を書いてきた私たち二人のそれぞれに個人的な思いが滲みだしているとすれば、それはこうした経緯によるものである。

PROFILE

伊藤俊治　一九五三年生。美術史家。著書に『バリ島芸術をつくった男――ヴァルター・シュピースの魔術的人生』『共感のレッスン』（植島啓司との共著）など。

『太陽の鉛筆』から「光源の島」へ

伊藤俊治…東松照明さんの「光源の島」という展覧会が大阪ニコンサロンで始まりました。その開催を記念し、今福さんとともに、東松照明さんの写真世界と島の宇宙を新しい角度から話していければと思います。はじめに少し、この展覧会が開催される経緯について話しておきます。東松さんは一九六九年に初めて沖縄を訪れました。その後、一九七一年を沖縄本島と八重山諸島の果てにある波照間島で過ごし、翌年の一九七二年には沖縄復帰を目撃、その時は一年あまりを那覇で過ごしています。一九七三年に八重山諸島の宮古島に移住し、その年の秋には、台湾、フィリピン、マレーシア、インドネシア等の東南アジアの島々を巡り、『太陽の鉛筆』という日本写真史上の名作を一九七五年に発表しました。ちなみにこの写真集は、二〇一五年暮れ、今福さんとぼくの編集で、新しい写真も加えて二冊本になり『新編　太陽の鉛筆』（赤々舎）として復刊されました。今回の写真展「光源の島」の写真は一九七〇年代から九〇年代はじめにかけて、沖縄の多くの島々で東松さんが撮影したカラーのヴィンテージ・プリントです。これらの写真は、今回ぼくとこの写真展を協同企画した写真家石川直樹さんが宮古島で発見したものです。東松さんは実は二〇〇二年に、宮古島の「うえすやー」というカフェギャラリーで小さな個展を開いています。その時の写真は、宮古島の県会議員で、東松さんを中心にやっていた宮古大学という一種の自由大学的サロンの生徒だった奥平一男さんという方が保管していたものの一部でした。東松さんは、先ほどもいったように一九七三年に宮古島に渡り、この島に長期滞在しています。当時四〇代の前半だった東松さんは、宮古大学というゆるやかな学びの場をつくり、宮古島の若者たちを集めていろんなことを語り合っていたのですが、その時のメンバーが奥平一男さんだった。いろいろと飲み会なんかもやっていたらしいですが、奥平さんは東松さんが酔っぱらって沖縄で一番気に入ったのは太陽だと大声で言ったのを覚えていました。今回石川直樹さんが発見した写真には、一〇八点のオリジナル・カラープリントがありました。写真より大きい、白いアクリル版に糊付され、アクリルの四隅に小さいパイプが取り付けられています。実は発表された時には、その上にもう一枚透明なアクリルボードが付けられていて、アクリル板二枚に写真が挟まれ、写された島々の光と空気を封じ込めるような仕組みになっていました。写真をこのようにアクリルで挟んで展示したのはおそらく東松さんが初めてだと思います。これらのカラープリントは、一九九〇年代の前半に東松さんから奥平さんの宮古島の家に、木箱に梱包されて送られたものだそうです。正確には、写真は一九九二年に新宿のコニカプラザで開催された「南島見聞録——琉球列島」というタイトルのついた展覧会の一部です。このときは、カラー写真とモノクロ写真の両方が展示されていたのですが、そのうちのカラー作品の大半が奥平さんのところへ送られてきた。写真は、当時沖縄では一切発表されておらず、とりわけ長いあいだ住んで愛着の深かった宮古島で、何とかカラー写真だけでもいいから発表したいという想いが東松さんにはあり、それを奥平さんに託したという経緯になっています。一九九〇年代に、奥平さんは宮古島にギャラリーをつくる構想をもっていました。土地を購入して、設計図も書いたりしていたのですけれど、結局実現せずに、東松さんから送られた写真は奥平さんの家の倉庫で眠り続けることになりました。それを宮古島の「うえすやー」という、東松さんが二〇〇二年に展覧会をされた時のカフェギャラリーで石川直樹さんが展覧会をされた時に、奥平さんのところに膨大な東松さんのカラープリントが眠っているという話を聞き、今回再発見に至ったわけです。それを昨年船便で東京に送りまして、赤坂にフォトグラファーズ・ラボラトリーというプロ写真家のプリントラボがあるのですが、そこで修復作業に入りました。というのも、この展覧会の写真は綺麗に仕上がっていますが、実は発見された当初は写真が本当に傷んでいました。ひどいカビ、それから乳剤が剥離してぼろぼろになっている、傷がいっぱいついていたり、パルプが欠損していたり、アクリルに亀裂が入っていたり、ひどく状態が悪くなっていました。プリントを発表当時の状態に近いかたちに戻す必要がありました。段階としてはまずパネルに貼付けられたプリントの表面を、蒸留水でふき、カビを取り除き、スポッティングの作業に入ります。乳剤の剥離があちこちにあったために、通常スポッティングは透明インクをつかいますが、それでは間に合わず、不透明なアクリル絵の具をつかって修正していきます。その後、一点一点に蒸気をあてて表面を馴染ませる蒸着作業を行って、約三、四カ月かけて、東松さんの写真が、二五年前に発表されたように蘇ってきました。ただもう一つ、フレームの問題がその後待ち構えていました。できるだけ、オリジナルに近いかたちで発表したいというぼくらの意向があったので、表側に新しいアクリルを重ね、二枚を余り目立たないネジで止めることを山の手写真製作所に依頼しました。丁寧に仕事をやっていただいて、なかにはビスが抜けたり、アクリルが割れたり、亀裂が入ったりしているところもあったのですが、それも修復して、また四カ月くらいの行程をへて、オリジナルに近い形式が再現されることになりました。「光源の島」というタイトルについてですが、実はいろんな意味合いが孕まれています。まず、島の現在と未来を照らし出す光の源という意味があります。光を放射して、地理的な境界を越えて、島と島を縛りつけている歴史の荊のようなものを超越していく。そういう人間の想像力のありようを浮かび上がらせてみたいという想いをこの言葉に込めました。とくに海と、島と、そこで行われている祭祀の存在が、今回の展覧会ではフォーカスされています。島のまわりに大いなる海があって、その向こうに神々がいて、時を定めて島にやってきては島人の歓待をうけて、再び海の向こうに帰って行く。そうしたサイクルが、島の人々が生きる力を養って、島が島であることの意味を刷新していく。そうした祝祭と生活と自然が溶け合うような特別な位相をこの展覧会によって明確にしたいと、このタイトルをつけました。先ほども話したように、東松さんは一九七五年に『太陽の鉛筆』という写真集を発表しています。そして一九七九年にも沖縄の島々を中心にした『光る風――沖縄』という写真集を出版していますが、この「光源の島」はそれらも踏まえながら、七〇年代、八〇年代、九〇年代初頭まで範囲にいれた写真を中心にしたものになっています。東松さんのファンの方でも見たことがない写真が何点か含まれています。まず初めに、今福さんにこの展覧会を見ての感想から少しお話していただきたいと思います。

ミッシングリンクとしての「光源の島」

今福龍太…伊藤さんからも今話があったように、一九七五年初版の『太陽の鉛筆』、この新編を伊藤さんと一緒に一年以上かけて編集してきて、二〇一五年一二月の半ばに出版に至りました。絶版でほとんど入手不可能になっていた初版の写真集をできるだけオリジナルのかたちで――もちろんプリントは完全に新しくしているのですが――再現するということと同時に、ただ復刊するだけではなくて、今現在、四〇年後にいる私たちがこの『太陽の鉛筆』をどのように受けとめることができるか、というアクチュアルな視点も込めています。一〇〇枚あまりの新しい写真を追加編集して、それを分冊にして「太陽の鉛筆　2015」というかたちで添えています。出版からもう半年ほども経つのですが、この数カ月のあいだに東松さん関係の話を随分としてきました。東京でももうすでに二、三回ほど、伊藤さんとも一度東京でやっています。あと、四国の高松であったり、一番最近は広島ですね、ちょうどオバマ大統領があの歴史的なスピーチをやった翌日から、広島市現代美術館で「東松照明

――長崎」展という三五〇点ほどの非常に大きな展覧会が開かれているのですが、そのオープニングの場でも話をしたり、そうしたことを続けてきました。いずれにしても、これらの機会にいろいろと話をしてきたので、今日はなるべくこれまでしていないような話ができればと思いつつ、でも、この何度もあった機会に、大体のことはお話してしまったという気もあって、いろいろと考えながらここまで来ました。行きがけに新幹線のなかで柳田国男の『海上の道』、日本人の起源を琉球群島に辿り、そして南方から島伝いに原‐日本人が日本列島へと移り住んでいったという一つの仮説を戦後にたてた、非常に重要な本ですけれど、それをあらためて読み返しながら考えていたんですね。『海上の道』が出たのは一九六一年のことですが、この本は、東松さんに非常に大きな影響を与えています。東松さんが意識的に琉球群島での写真撮影を始めたのは、一九六六年沖永良部島に最初に行ったときからです。ちょうど『海上の道』の刊行から五年が経った時ですが、この本のエッセンスを非常に強く東松さんが吸収していたことは、さまざまな点から見て明らかだと思います。東松さんが琉球の島々を見るときの視線には、はじめから、柳田国男によって示唆されたような、さらに南の群島の連なりを展望する視線があったわけです。今回の展覧会「光源の島」は、ある意味ではこれまでの東松照明による琉球群島を初めとする南の島々にたいする視線や関心の欠落部分、一種のミッシングリンクともいえる部分を埋めるような、そういう展覧会だなと思って、まず見ていました。というのも、歴史的に話しますと、東松さんの「太陽の鉛筆」というタイトルでの、沖縄、琉球、八重山、そして先島諸島、さらに東南アジアを含む南の島の撮影作品が、雑誌『カメラ毎日』に登場するのが一九七三年のことですね。そこで初めて、作品としての東松照明における南の島々の映像が、われわれの前に現れてくるわけです。一九七三年の『カメラ毎日』における「太陽の鉛筆」、これはシリーズとして断続的に連載されたもので、最初は「太陽の鉛筆――沖縄編」、そして「太陽の鉛筆――宮古編」、それから「太陽の鉛筆――東南アジア編」というように続いていきました。「太陽の鉛筆」という言葉は、それら全ての地域でのイメージや映像を総括するような大きなタイトルとして雑誌連載時から採用されていたことがわかります。その上にたって、写真集として一九七五年に『カメラ毎日』の別冊として『太陽の鉛筆』が生まれたわけです。今回の「光源の島」の映像のなかには、この初版『太陽の鉛筆』に収められている写真がいくつもあります。

その後東松さんが沖縄の南の島々での映像をどのよ

うに発表してきたかという軌跡を少しだけお話しますと、『太陽の鉛筆』刊行の四年後、七九年に『光る風——沖縄』というかなり大判の箱入りの写真集が登場します。『太陽の鉛筆』以後の琉球群島での東松さんの写真がさらにカラーで展開され、そこに東松さんによるエッセイも添えられている、そういった写真集でした。七九年『光る風』以後、二〇〇二年に「沖縄マンダラ」という大きな展覧会が沖縄で行われるまで、ずっと東松さんにおける南の島々のイメージがどうなっているのか判断をしかねる長い空白がありました。「沖縄マンダラ」展では、写真集は出ませんでしたが、図録が出て、二〇〇二年時点での沖縄・琉球における総括となる映像が登場したわけです。さらに、それからほぼ一〇年後の二〇一一年、亡くなられる前年に那覇で「太陽へのラブレター」という展覧会があり、これが東松さんの生前最後の展覧会となりました。ここでもまた、二〇一一年時点での沖縄映像がわれわれの前にあったわけです。そうすると、一九七九年の『光る風——沖縄』から二〇〇二年の「沖縄マンダラ」のあいだ、写真集としても展示プロジェクトとしても、われわれがかならずしもきちんと歴史的に押さえることのできなかった期間が二〇年以上あったことになります。九二年東京にて、二〇〇点以上の大規模な展示が行われたと言われている「南島見聞録——琉球列島」は、そうした二〇年以上の欠落期間のなかで、東松さんの沖縄、南島イメージの九二年時点における一つの総括として捉えられると思います。その半分ほどが、ここ「光源の島」で再登場した、再発見されたというのは、とても興奮することでした。東松照明の沖縄、八重山、南の島々を媒介とした一つのイメージ、思想、映像思想が、どのように組み替えられ、組み立て直され、そして深められてきたのか、一九六〇年代から亡くなるまでの半世紀もの時にわたる非常に持続的な関心がどのように変遷してきたのか、その九〇年代における一つの総括が、眼の前に現れたということに興奮しました。

故郷・原郷としての南方

今福…さらに、「南島見聞録」というタイトルが付されていたことに、とりわけ考えさせられます。「琉球列島」という副題がついているので、琉球列島や東南アジアというふうに小さなブロックをつくりながら「南島見聞録」という大きなプロジェクト自体を動かしていくようなイメージすら当時はあったのではないかとも思ったりもしました。それは結果的にはまた別な視点に少しずつ変化していったのかもしれませんが——。ともかく「南島見聞録」という言葉がここにあるということ。明らかにマルコ・ポーロの『東方見聞録』が下敷きにあったでしょう。ここには、ヨーロッパから世界を眼差す視点というものがあるわけですが、その一番東の辺境にジパングという島を、半ば幻想、半ば伝聞をもとに想像したのがマルコ・ポーロです。その時代から今や随分時間も経って、世界の姿にたいする少なくとも地図的な正確さというものをわれわれは所有しています。マルコ・ポーロの『東方見聞録』の頃はまだまだ地図的な正確さすらなくて、東アジアの列島、群島域は本当に曖昧な姿形をしていました。しかしその『東方見聞録』から借りるようにして「南島見聞録」という名前をもってくるというのは、東松さんが南の島々の像・イメージを現在の地図的な正確性を超えて——これが写真というものがもっているもう一つの精確性だと思うのですが——もう一度再発見しようというような、そういう冒険的なタイトルにも思えます。「南島」というものは結局、日本人からみて——日本人といってしまうと誤解を与えることもあるのですが——ある種の故郷、原郷としてあるということ。この感覚には表面的なノスタルジーとして一笑に付すことができない非常に深いものがあります。戦前から民俗学者、人類学者たちは日本の神話のさまざまなモデル・原型・構造を研究して、それが台湾であるとか、あるいは太平洋諸島の島々の民族に共有されている神話の類型と非常に近いということを確認していました。さらに稲作儀礼のようなものを調べてみると、さまざまなスタイルのものがありつつも、インドネシア、インドシナ半島の各地、あるいは中国の南部にも、互いに類似した稲作儀礼が存在している。はじめから日本人の原郷としての南島、南の島という意識は、学問的にも重要な着眼点となっていたんですね。しかし、まさに南洋という言い方が象徴するように、日本の軍事的な進出によって、すべて、南洋の問題というのは政治化されてしまうことにもなりました。戦後、日本と南洋の関係を語るときには、常に帝国主義的な、あるいは植民地主義的な視点が介在してしまうことによって、この問題が一時タブーに

波照間島（1979）

なってしまうということがあったわけです。柳田国男が一九六一年に『海上の道』を出版するというのは、ある意味で非常に大胆なものでした。戦争を経てタブー化されていた日本人の南島にたいする非常に深いつながりをもう一度蘇らせて議論の俎上に上げたという意味で、非常に重要な本となったわけです。東松さんもそれに反応した。それは学問的に反応したというよりも、人間の深い集団的な記憶や意識、生命の記憶、身体の記憶を介しての反応、そういったところからおそらく東松さんの南の島に対する原郷の意識が生起したのでしょう。それがこの南の島の探究に結びついて、これらの写真集が生まれていったわけです。

この展示にもある、波照間島のミルクさま、「ムシャーマ」という波照間の祀りに出てくるミロク神です。元々、ベトナムあたりにも、同じような仮面をつかうミロクさまの祀りがあります。その伝播の関連性は指摘されていて、かなり古い時期、一八世紀くらいでしょうか、いわれています。ベトナムからこうしたものが渡ってきたのではないかとベトナムだけではなくて、台湾にも同じような祭祀があります。写真では布袋さんに似た姿をしていますけれども、このようなミロクさまがあちこちに登場するのです。豊饒神、幸いをもたらす神様ですね。八重山、波照間、石垣島や西表島では、いわゆる来訪神です。マレビトともいいますけれど、外部から、海の彼方から富を、幸いを携えてやってくる神様です。沖縄・琉球の人々は、信仰の深いところで、外来の神、外来の幸福、恩寵というものを非常に強く、海の彼方に意識していますが、東松さんのなかの「南方ヴィジョン」にもそうした意識があります。一つの島の土着的な習慣と捉えられるのではなく、つねに南の海の彼方からやってきたもの。沖縄から、奄美、日本列島、連なり続いているこの列島人たちの視線の先というのはみな南の方を向いている。自分たちの生命記憶を辿り直せば、それは南の方へ続いているんだという大きな集合意識、それは国家という近代的な枠組みを遥かに超えたものです。このことについては後で、すこし別な視点からお話しします。まずは「光源の島」を通じて、ミッシングリンクを埋めた九〇年代の東松さんの琉球列島あるいは南方への一つの強い意識が、こういうかたちで生起していたということを確認でき、非常に刺激的だったということを述べておきたいと思います。

言語が消滅する闇で

伊藤…『新編　太陽の鉛筆』に今福さんは長文のテクストを寄せていますけれども、そのなかで、フィリピンのルソン島からバタン諸島を経て、台湾の蘭嶼、緑島といった島々、そして八重山諸島に至る海域は、アジアのなかで言語が消滅の危機に瀕しているホットスポットとなっている地帯だという指摘がなされています。つまり、フィリピンとか台湾とか八重山で話されてきた少数言語が、中国語やタガログ語、日本語といった支配的言語によってだんだん消え失せて使われなくなっているという現状があります。そういった地域が、実は「アンナン」という言葉で漠然と島の人々にイメージされていた地域と重なりあい、それが東松さんの『太陽の鉛筆』に至る新たな旅立ちを挑発していくことになったのではないか、と今福さんは書かれています。「アンナン」というのは「安らかな南」と書きますが、かつてはベトナムを地理的に指していました。八重山のミロクあるいは、ミルク神信仰は、「アンナン」つまりベトナムから伝わってきたという説もあります。しかし、島人たちはこの「アンナン」という言葉から、それより遥かに想像力を広げて、南方そのものへのイメージをもっていた。東松さんの写真を見ていくと、そういった言語消滅地帯の島々で保持されて来た土地言葉やヴァナキュラーな気配をデリケートにすくいとろうという想いが感知されます。実は先日宮古島にいってきたのですが、宮古というのは「ミヤク」といって「人が住んでいる場所」という意味をもっています。一六世紀か一七世紀ぐらいから宮古島の人々は自分たちの島を「ミヤク」と呼ぶようになります。その宮古島方言で謡われた詩歌を「アヤグ」といい、それを用いた掛け合いの踊りがあの有名な「クイチャー」ですが、こうしたアヤグやクイチャーといった言葉が失われると、それとともに存在していたミヤクのさまざまな生活や文化も消え失せて行く。東松さんが東南アジアをまわっている地域を見ると、消えていく言葉をなぞっていくような雰囲気も感じます。東京で石川直樹さんとトークセッションをやった時に、ニコライ・ネフスキーの話をしました。この人はロシア生まれの民俗学者、言語学者で、『海上の道』を書いた柳田国男や折口信夫との交流でも知られている優れた学者ですが、宮古方言や台湾のツォウ語やアイヌ語、一一世紀や一二世紀に話されていた西夏語、そういった言語の研究を緻密に行った人としてよく知られています。同時に宮古島研究のもっとも優れた研究者と言ってもいいと思います。東松さんが長く宮古島に滞在していたところのすぐ傍に漲水《はりみず》御嶽《うたき》という聖地があるのですが、そのそばに、ネフスキー通りという、ネフスキーの名前がついた通りもあって、彼が宮古の人々に長く慕われていた人であることがわかります。そのネフスキーの代表作に『月と不死』という有名な本があります。ネフスキーの死後四〇年たって、平凡

比地（1977）

社東洋文庫から一九七七年に刊行された本ですが、ネフスキーはその本のなかで、宮古島の神話を扱っていて、宮古の神話は古代日本神話のように太陽と月を兄妹とするのとは違って、それは夫婦なんだということを書いています。大昔、妻である月の方が夫である太陽よりも遥かに強く明るい光を放っていたのですが、太陽はそれに嫉妬して、その光を自分に譲るように言いました。しかし月はそれを聞き入れなかった。怒った太陽は、月を後ろから突き落として泥だらけにしてしまったために、それから月はかつての明るい光を失ってしまった。こういう伝承神話が残っています。東松さんは沖縄の島々を撮った理由として、太陽の光が自分にとって特殊な効果を及ぼしたからだと言いましたが、こうした宮古の神話を思わせるように、『太陽の鉛筆』そして今回の「光源の島」には、太陽の輝きとともに、月の、夜の光が重視されている写真も何点か出てきます。冷ややかな、そして感傷的な、死の世界を思わせる月の力に対する眼差しというのは、実は宮古島や沖縄のさまざまな儀礼や祝祭に反映されています。また、月と人間のさまざまな関係があり、たとえばそれは、海の人々に注目されていた潮の満ち引きであり、太陰暦であり、女性の生理との関係であり、人間の本能的な死への共感です。そういったものが、写真をみているうちに、無意識に感知される。東松さんは宮古島に生活していたときの感想として、宮古諸島と沖縄のあいだに境界線があるとすれば、宮古島は沖縄と比べて遥かに死の世界の深みがあるという感想を述べています。今回展覧会を準備するなかで、たとえば、宮古島では、「ウヤガン」という女性だけで行われる夜の祭祀がありますけれど、そういったものも含めて、島の宇宙として包括的に捉えていく眼差しを意識して入れこもうとしました。

今福……いま伊藤さんが言われた、太陽と月との相互関係というか二元論、対立というよりは裏腹の関係ですけれど、これは世界のあらゆる民族の神話、あるいは儀礼において、普遍的にみられるテーマだと思います。生と死、光と影、男と女といった二元論においては、つねに夜の闇、月、女性というものがより自然の本源的なメカニズムに近く、男性の原理、太陽の原理というのは、権力的・政治的な力が生まれたときに脚光を浴びてゆく。それによって、その反対側にある月、女性、闇の世界というものが抑圧されたり、背後に押し隠されたりしていく。そういうことが起こるわけですが、でも光を信仰するということは、つねにある意味では影に対する信仰をその反面に従えているということになります。近代の西洋の啓蒙主義、これはエンライトンメント enlightenment といって、要するに「光をあてる」ということですが、光そのものに知識であるとか知恵を象徴させて、もっぱら光を信仰するかたちに、われわれの近代の人間の理性は組み替えられてしまっています。そして、こうした南の島々に残っている夜の世界、闇の世界に対する深い信仰心をどこかで失ってしまって、夜も真っ暗では怖いので、あるいはいろいろと仕事がしづらいということで、明かりを付けて、照明を付けて、夜闇にも煌々と光を当てながら生きる――。そういう文明を作ってしまったわけですね。しかし、おそらく東松さんがそこへ戻ろうとしたというか、そこへ入って行こうとした世界というのは、夜が夜として非常に強く深く存在している、闇が存在している世界です。あえてそこに人工的に明かりをつけ、光をあてるようなことはしない。闇のなかで人間の命が、持続して行くようなそういう世界です。久高島のイザイホーのときのカミンチュの女性たちが闇から現れてくる素晴らしい写真などが見事な例です。光と影の二分法というのは、対立的にあるというよりは、風景一つ一つのなかに潜在的には同時に組み込まれていて、東松さんの映像はその両方、鏡像とでもいうのか、それをどこまで深く捉えているかということにも関わっている。先ほど伊藤さんの言われた月の世界を彷彿とさせる作品がたくさんあるというのは、おそらくそういう意味ですね。単に夜に撮影された写真があるということではなくて、光というものによって可視化される――それがなければ写真というのは写らないわけですけれども――一方で、写真というのはポジティヴとネガティヴ、白と黒、つまり闇の存在がなければかたちを浮かび上がらせることができない、そういうメカニズムでもあるわけです。写真というメカニズム自体そうした光と闇の二分法、あるいは太陽と月の二分法の世界を、そのまま凝縮している感じもありますよね。東松さんはそうしたことも考えていたのではないでしょうか。

伊藤…さっき今福さんが七〇年代末から八〇年代、そして九〇年代に東松さんがその時代にどういうことを考えていたのか、あまり明らかになっていなかった、ミッシングリンクだ、というお話を伺っていて、本当にそうだなと思いました。この「光源の島」のベースになった「南島見聞録——琉球列島」という展覧会が今から二五年前に開かれたと言いましたけれど、その前後の東松さんの活動を見ていくといくつか面白い点が出てくると思います。東松さんの写真史ではあまり明確に研究されてこなかったことですが、たとえば、一九八六年に東松さんは九死に一生を得たと本人が言うような、生死を彷徨う心臓バイパス手術をしています。そしてその翌年に三度目のバリ島にいき、マジック・マッシュルームのような幻覚キノコを食べ、強烈な体験をしています。東松さんはそれが自分にとって強い印象になっている、ということをぼくに話したことがありました。実は、これに関してはその後九三年に「ニュー・ワールド・マップ」、「ゴールデン・マッシュルーム」というタイトルの展覧会を、INAXギャラリーでやっています。

幻覚体験をした翌八八年には、パルコ出版から、ぼくが編集した『廃園』という写真集を出しています。東松さんはこの年にもバリ島にいき、お葬式を見たり祝祭に参加したりしています。八九年にはパルコギャラリーでぼくが企画した「プラスチックス」という展覧会を開き、一九九〇年には、五度目のバリへ赴き、『さくら・桜・サクラ』という桜の花ばかり日本全国追い求めた、桜へ陶酔してゆくような写真集を、ブレーンセンターから出しました。さらに一九九二年、二〇〇点を越える大規模な、「南島見聞録——琉球列島」という展覧会を東京でやり、一九九三年には「ニュー・ワールド・マップ」、「ゴールデン・マッシュルーム」という東松さんの作品のなかでは異質な作品を発表している。つまり、東松さんは八六年に生死を彷徨う大手術をし、その後回復して五年ほどのあいだに非常にエネルギッシュな活動を展開している。心臓のバイパス手術をした後に東松さんは、房総半島の上総一ノ宮という場所に転居されて、九十九里浜に打ち上げられたプラスチックの残骸を東京という巨大都市の分泌物として撮影して行きます。その写真は、「プラスチックス」展としてパルコギャラリーで展示されました。その時東松さんは、「黄泉の国へ旅立って、現世と来世の境界とされる黄泉比良坂まで行ってきた。一九八七年房総半島の外海に広がる九十九里浜の付け根の街に転居して、外房の海辺を毎日撮り歩いた。黒い砂のキャンバスに世紀末の風景がそこに現れでる。宇宙のマリン・スノーが降り積もる。それは黄泉比良坂で見た来世の風景でもあった」という言葉を挨拶に書いたりもしています。つまり、自分が死の世界に近づいたという実感、常世の世界の実感を何とかイメージに表わそうとしている。東松さんは『太陽の鉛筆』で訪れた東南アジアの島々にはそれ以後ほとんど行ってないのですけれど、この時期バリ島だけは何度もくり返し訪れています。バリ島で幻覚キノコを食べて、まさにコスミックなイメージを体験するわけです。心臓のバイパス手術中、全身麻酔で、意識不明状態になったそうですけど、意識喪失をするのではなくて、夢とも現ともつかない中間領域に漂流していく。意識の武装を解かれたトランス状態のなかから現れてくる原 - イメージのようなものを自分は直感したとおっしゃっていた。そういうイメージに、東松さんがこの時代にこだわっていたことは確かです。実はそれがこの「光源の島」のイメージと重なっている。

東アジアの海を巡る脱国家的共同体

今福…そうですね。インドネシア、バリ島への東松さんのその後の執着というのは特筆すべきものがあります。これは伊藤さんもずっと長くバリ島に関わってこられたので、いずれ本格的に論じてくれるだろうと思っていま す。ちょっと話をずらすと、さっき時期的なミッシングリンクという話をしましたが、今度は地図上の、空間的な、地理的な欠落についてお話したいと思います。これはぼくのなかの謎と言ってもいいのですが、その欠落というのは中国です。柳田国男の『海上の道』が画期的だったのは、日本人の列島への伝来の起源を中国の南部に求めたということです。これは実証的に確定できるものでもないので、いかなる理論も仮説の段階を越えることはできませんが、それでも柳田国男は当時としては十分に実証的な資料等も使いながら、揚子江の河口域、今の浙江省あたりの、稲作民であると同時に海へと出て行った海民にそれを求めたわけです。インドネシアまで行ったかはわかりませんが、フィリピン、ベトナムから、朝鮮半島まで含めて、東アジアの全海域を自在に移動していた人々が「宝貝」を求めて琉球群島を北上して行ったというように、柳田国男は中国の揚子江の河口域をこれら海の民の起源とした仮説を提示したのです。従来は、朝鮮半島経由で稲作が入ってきたと言われていたわけですけれど、その朝鮮半島に移っていったのも元々は中国の揚子江河口域から渡っていった人々なわけです。柳田は中国から直に琉球群島を経て日本列島に伝播したという一つの仮説をつくりました。それを深く読み込んで感化を受けた東松さんが、中国の南東部に関心を持たなかったはずはない。バリ島などのその呪術的な文化にたいする関心が南の方に向いていたということと、もう一つ、中国の南部を結ぶことによって、東アジアから東南アジアの海全体を透視するようなヴィジョンが東松さんのなかにはあったのだと思います。台湾には三度ほど行かれていますが、物理的な機会がなかったということもあって、中国の大陸まで東松さんが行くことはありませんでした。ただ、ぼくは個人的に色々と話をするなかで、中国に行きたいという意志、希望を、長崎に移住された一九九九年以降も東松さんから何度もきいています。ある時には冗談半分本気半分で、自分の祖先は福建の人間だったはずだとかなり確信をもっておっしゃっていました。福建、福州、中国南部の人間が自分の祖先にいるという、そうしたヴィジョンのなかで東松さんは自分自身を取り囲む「意識の海」――あえてここではそう呼びたいと思います――のイメージを持っていた気がするんです。ちょっとここでお話していいことかどうかわかりませんが、一つ今日、うまく機会があれば考えてみたいと思っていたことがあります。「意識の海」とも関わってくるのですが、それは「日本」というものへの究極の問いとでもいうのでしょうか。インドネシアを考える場合でも、バリ島を考える場合でも、あるいは台湾やフィリピンやもちろん琉球にしても、東松さんは、そうした島々を媒介項にして、やはり「日本」にたいして究極の問いを常に投げかけていたような気がするんです。これはある意味では沖縄の人とはただちには共有できない問題意識なので、そこが今、東松さんの写真が沖縄においていろいろと問題化されている根源にある分裂の理由の一つであるかと思います。東松さんが思っていた「日本」への問い、要するに彼は一五才の時、愛知、名古屋で敗戦を迎えて、これが東松さんの私的な原風景となります。それまで大人によって信じ込まされていた全てのシステムの基盤となる「日本」が瓦解するわけですね。そして占領・基地、そうした状況が入って来ます。東松さんの最初の写真のプロジェクトも、占領、そして基地。「日本人」というシリーズもありました。一九五二年に「主権を回復」した日本。国家秩序の側からみれば主権回復・独立といえるのかもしれませんが、視点を南に移せば全くそうではなかったというのは沖縄における基地の状況も含めていま問題化されているところです。少なくとも政治的な状況によって、この占領の問題はまったく過去のものにはなっていないという強い意識がここにあります。つまり、括弧付きの「日本」というものが内実を欠いた虚構なのではないか、フィクションなのではないかということです。国家関係を介在させない、あるいは権力をもった文字とか言語によって支配されるような状況によるのではない、非国家的な――これを群島と言ってもいいのですが——海を媒介とした脱国家的な相互交流、そうした場としての大きな「意識の海」が東松さんのなかにあった。それによって、「日本」を絶えず問い直し、破壊しようとしてきた。こういうことをやった先人が谷川雁という哲学者であり、詩人です。谷川雁には「意識の海のものがたりへ」という八〇年代はじめに書かれた非常に示唆的な文章があります。谷川雁のことを東松さんが触れていないのが不思議なくらい、思想的に通底する文章なのですが、ここで谷川雁は東アジアの海を媒介にした非国家的な人間の交流を再構築する、そういう夢を語っています。谷川雁という人は、水俣に生まれた人ですけれど、「自分」というのは朝鮮半島を統一した新羅によって滅ぼされた高句麗辺りの流民として日本列島の西海岸に流れ着いた集団の一人かもしれない、と想像するのです。六世紀、七世紀くらいの話ですけれど、「倭」と呼ばれた民の古いかたちを辿るとどうもこれは日本列島の西部海域から東アジアの沿岸域全体に広く居住して移動していた非国家的な呪術的共同体らしい。まさに海民の共同体です。谷川は自分もそこからの流れ者の一人だったのかもしれないと考えるのです。新羅によって半島が統一されて、日本の西海岸あたりに逃げるように流れ着いた。ところがその流れ着いた人間が、渡来人によって打ち立てられたヤマトという一つの国家システムのなかに擬制的に組み込まれてしまって、そのなかで自分の帰属意識というものを天皇制国家においてフィクションとしてつくるという矛盾のなかで生きてきた。それを自ら補強しながら生きてきた。そういったことを谷川雁は自ら自己批判を込めて書いたわけです。この天皇制国家というものがフィクションとして最後にあるわけですけれど、そういう幻想に帰依するものとしての列島人の末裔、その自分自身のなかの擬制を相対化するために彼は「意識の海」と言っている。かつての倭とかあるいは蝦夷、彼らもまさに北方に元々住んでいた石器時代からの原－列島人ですが、それがヤマト、渡来人によって征服されてしまう。柳田国男が言っていた列島を北上してきた原－日本人はもしかしたら蝦夷と深く関連していた可能性もあります。そうなると琉球人の大元の人々も蝦夷と、つまりアイヌと系統を共有しているということにもなるわけですけれど、そういうかつての倭をめぐる流民や蝦夷が達成していたかもしれない非国家的な東アジア全体の海の大きな交流・交通の姿というのでしょうか、それを東松照明という人は映像を通じて再浮上させようとしていたのではないだろうかと、そういうところまで考えられないかなと思っています。

空間錯誤《アナロキスム》の想像力

伊藤…東松さんの『太陽の鉛筆』に関して言えば、先ほど今福さんの話にもでましたけれど、戦前の日本の帝国主義的な拡大図をなぞっているのではないかというような批判的言説がなされてきたことも確かで、でももちろん、東松さんは自分で移動している島々の旅が日本軍の勢力図とシンクロしているということを誰よりも深く理解していたと思います。アジア各国の広大な範囲に植民地的拡張の歴史を刻んでいった日本ですけれど、戦後七〇年経った今、再び大陸的なメンタリティーをよびさまし自らのアイデンティティを塗り変えてゆく誤ちを犯そうとしている動きに対し、東松さんはその群島的な逆マップのようなものをつくりだし、そうした愚行を照射しようとした。その逆マップを軸に「日本」「日本人」というものを考えるための視座を提示したように思います。それは、重要な実験的試みとして考えられるべきだと思います。今福さんは、既存の国境とか国家関係によって成立する地理的な秩序をもう一回ずらして、消え去りつつある祭祀のなかでしかもう残っていないような神話を、現実と交差させながら、人間の一番深いところにある場所をもう一回蘇らせていくような、そういう想像力の営みを、「アナロキスム・イマジネーション（空間錯誤の想像力）」と呼ばれて、それをポジティヴに評価することで、われわれの現在を照射できないかということをお書きになっていました。それについて少しお話いただいていいですか？

今福…ええ、アナクロニスムという言葉の方はよく知られていますね。ちょっと否定的にアナクロといわれるように、アナクロニスムというと、うしろ向きの回顧趣味とか時代錯誤という意味で使われています。けれども、大元の意味は、かならずしもネガティヴな意味だけではなくて、ただ単に時間というものが交錯しているということです。別な時代と別な時代が、交錯している。たとえば、時代劇を見ていて突然そこに自動車に乗って大名が現れたらそれはアナクロニスムという仕掛けです。「時代錯誤」というよりも「時代交錯」、違う時代のものが同じ場に共存しているということです。ふつうそういうことをやってはいけないわけですが、さまざまなイマジネーションのなかではそうしたことは可能なわけです。われわれの想像力を飛躍させるために、こうした時間錯誤の方法論はありうるわけですね。同じように、アナクロニスムから流用した、アナロキスムという造語にも喚起力があります。アナクロニスムにおけるクロノスというのが時間をあらわすように、アナロキスムのローカスというのは場所ということです。ですから、それは「場所の錯誤」ということですね。われわれはいまや地球儀というか、地図というものを近代的な測量によってほぼ確定させてしまっているので、モノの位置というのはきちんと地球の座標軸に収まってしまっていて、それを動かすというのは逆に非科学的であり非現実的であると思ってしまっているわけです。けれども、東松さんが、おそらく大東亜共栄圏とも見紛うような脱国境的な地図を自分の頭のなかに「意識の海」としてもう一度描き、そこを軍事的な支配のための場ではなくて、一つの国家関係のなかでがんじがらめになっている、われわれの近代的な地図的想像力、空間的想像力を覆していくための新しいフィールドとして「意識の海」というものを創り上げたのだとすれば、東松さんがやろうとしたことも一つの空間錯誤の方法論であると語りうるのではないでしょうか。アナロキスム、ローカス＝場所をさまざまに大きさを変えたり、位置をずらしたりしながら、本来地図の上では接点をもたないような地点を接触させてみること。先ほど伊藤さんも言われた「アンナン」というキーワード、東松さんにとっても、鍵になる言葉です。八重山などに行くと、いろんな人が「アンナン、アンナン」と言う。「アンナン」から人がやってきてその人が幸をもたらした、というように。先ほどからお話しているミロクもそうですけれど、外来からの来訪神であったり、外からやってくる豊饒な富であったり、そういう話の時にはいつも「アンナン」という場所がイメージされている。けれども、それは地理的にはどこにあったか確定することができない場所です。同時に、沖縄、八重山、あるいは朝鮮半島などにも同じような物語がありますが、それらは楽園の島の神話です。たとえば、波照間島であればパイパティローマ、南波照間と呼ばれる楽園の島。パイパティローマという場所は何処にもなくて、南波照間という島も実際にはないんですけれども、そういう神話がずっと波照間には残っています。ドゥナンと呼ばれていた与那国島にもハイドゥナンという神話の島がある。ハイとかパイとかいうのは南のことです。そういう島は地図上にはないのですが、南の果てに楽園の島として存在する。楽園というのは死者たちが還ってゆく島でもあって、自分たちの祖先がそこで永劫、永遠の生を生きている。そうしたユートピアのイメージが同時に南島のかたちをして像として結ばれる。柳田国男も書いていますが、そうした楽園の島というのは時に水没するんですね。ある時にまた浮上する、そしてまた水没する。そんな風に蜃気楼のような島として神話化されるんです。珊瑚礁の島々ですから、大潮の日になると潮が引いて海中の珊瑚礁が水面に現れるということが年に一回現実に起こります。そういう現実の現象と神話的な伝承が一体化して、パイパティローマとかハイドゥナン、さらにはアンナンといった楽園の島のイメージが生まれていく。こうした人間の想像力は地図によって空間が完全に固定されてしまえば、起こりえないわけです。われわれの言説というのは、非常に科学的な合理性のもとで作られてしまっているので、こうしたアナロキスム、空間錯誤を呼び出す力は徐々に失われています。東松さんの写真を見た時に、それが一体どこの出来事なのか、どこの島の人々なのか表情や姿形では全然わからないという写真がたくさんあります。ぼくはそういうものにとても大きな可能性を感じるんですね。それはわれわれにまさに空間錯誤の潜在的なイメージをもう一度呼び出してくれる。たとえその写真がある島だと地理的にきちんとアイデンティファイされた後でも、われわれのなかに大きな飛躍というか発見の感覚というのはずっと持続して残るのです。東松さんは、初版『太陽の鉛筆』の後半に八〇枚ほどのカラー写真を入れて、そこで沖縄から、フィリピン、インドネシアから、ベトナムから、ありとあらゆる場所の作品を全部シャッフルするようにして同じセクションに全部ばらばらにまとめて――それを後に東松さんは「曼荼羅」と呼んだわけですけれど――場所というものをわれわれの大きな新しいイマジネーションのなかに完全に溶かし込んでしまいました。これも一つのアナロキスムです。われわれはそのアナロキスム的な感覚をもう一度東松さんを通じて再発見し、自分自身のなかにある想像力をさらに鍛えていかなければならないのではないかと思うのです。われわれの地図上に固定されてしまった時間と空間、それは結局は国家関係や既存の歴史に縛られてしまいます。そこから離脱していくための柔軟な地図、アナロキスムによってどんどん変容していける地図を、東松さんの写真を媒介にしてもう一度想像していくことが今われわれに突き付けられている気がします。

歴史を凝視する詩人

伊藤…東松さんは「意識の海」あるいは「地図」という概念にやはりこだわっていたところがありました。「ニュー・ワールド・マップ」という言葉のなかにも、曼荼羅的な想像力によって見る人に新しい地図を、今まで見たこともないような地図を提示しようとしていた意図があるような気がします。あるいは、それは言語になる前の「詩のイメージ」と言ってもいいように思うのです。東松さんを「歴史を凝視する詩人」と形容したことがありますが、詩という言葉は使い方が難しいし、歴史という言葉も何気なく使ってしまいますけれど、戦後七〇年を記録し透視してきた東松さんにとって、この言葉ほど厄介な言葉もなかったように思います。歴史を記述して、それを写真として表象するということはどういうことなのか。歴史記述というのは歴史の内容とみなす事実を想定してそれらを言葉になる以前の現象として捉えて物語化するプロセスである、そのように考えたのですけれど、実はそうではなくて、それを決して物語にならないように制止しておくことではないかと。このプロセスに先立つ、歴史記述の物語以前に存在するような非常に前‐言語的な現象は、異質なカオスの群れといっていいかもしれない。前回東京での今福さんとの『太陽の鉛筆』についての対談では、「ヒストリカル・フィールド」という言葉を使って、東松さんが向き合おうとしたそうした磁場はどういうことなのかを考える手がかりにしようと思いましたが、歴史を記述するというのは、沸々と煮え滾っている混沌とした歴史場を、なんとか制止して、留めて、それに色づけしていくことなわけですね。そしてその行為というのは詩的な言語的行為でもある。その詩的な言語的行為をやろうとすることで、それを記述しようとする者の深層構造が顕わになる。それは、前‐言語状態を生きたものとして写真のなかに流入させていくことであり、イメージと言語に引き裂かれながら、島と島に引き裂かれながらジャンプしていくようなアクロバティックな試みです。そうした詩的な眼差しで、ヒストリカル・フィールド全体のパースペクティヴを次々に描いていかなくてはいけない。それが、写真家、歴史を凝視する詩人として東松照明に背負わされた一種の宿命であったと考えています。東松照明の写真を見ていると、色々なものが刺激されて想像力が別の方向に作動していくようなところがあります。つまり、写真がいわば世界全体のメタファーになっている。更に言えば、東松さんの写真は写真にとって詩というものがいかに大切な意味を持っているか、ということを感知させてくれる。人は通常、そのなかに包み込まれているがために、自分が生きている世界を把握し難い。限定された意識や視野でどうしても世界をとらえてしまう。でも人は詩の言葉やイメージを得て、初めて自分が生きている環境を対象化し、その周りの世界を感知することができる。それまで何気なく感じていた日常とか風景が、その詩を得ることによって、まったく別のものに変換していくわけですね。東松さんのなかにそういった詩のイメージがいくつもある。それはどういうことかということを最近くり返し思っています。なかなか世界のなかに、詩をみつけることはできない。だから生を深く味わうこともできない。無意味なものに囲まれて、無意味なものと始終対応していくと感覚が無感覚になって、詩を救い出すことは難しくなってしまいます。でも写真がもし強い可能性をもっているとしたらそれは、詩をみつけることによって自分の周りが初めて意味のある世界だということを感知し、生きていることに意味を見出すことができる、そのきっかけを与えてくれるんじゃないかということです。東松さんの写真を編集しながら、そう考えていました。写真の本質ということとも重なってきますけれど、たとえば、馬に乗って後ろ向きに自分の家に帰って行くような写真をみて、やはり今までに無いような感情が沸き上がってくる。東松さんの写真には本当にいくつもの時間が同時に流れていることが直感できると思います。それらは名付けようがない無数の時間の流れです。ちょうど自分たちの日常の時間を成立させていた箍《たが》が外れて、封印されてきた時間の井戸のなかを覗き込んでいるような不思議な気持ちに満たされます。時間の重層的な構造と流動を一枚の写真に目撃しているかのような、そういう気持ちにさせる写真が、東松さんの写真にはたくさん見受けられます。一番初めにいったように、時の流れというのは、多様な光と闇の編みようを通して、自分が生きていることの心身を透かし出してくる光源の役目を果たしている。われわれの今生きているこの現代という時間では、時間の意味も概念もまったく変わってしまっている、そういう想いにとらわれることがあります。時間があまりにも早く過ぎてしまって、何かを考えたり感じたりということが、その慌ただしさのなかで不可能になってしまっている。時間を身体化したり内面化したりするためにはどうしても時の幅といったものが必要ですけれど、時間の経験の定着ができない状況がわれわれの周りを覆ってしまっている。だから今という時間だけがせり上がってくる。でも東松さんの写真を見ていると、時間というのは、無数に生成消滅をくり返していろんな方向に放射しているのではないかと、思えてくることがあります。つまり、東松さんの写真の特質というのは、写真を生んだ西洋近代の時間意識とはまったく異なる時間の捉え方だったのではないかと考えられる。現代がどれほど荒廃した時代の空気に晒されているとしても、介入してくる時間のプロセスは、実は、同時に何かがまったく新しく生まれてくる再結晶化のプロセスじゃないか、そういう風に東松さんは思っていたのではないでしょうか。東松さんは沖縄に移住して、車椅子で身動きできなくなっても最後まで写真を撮り続けましたけれど、そうした時間の崩壊と再結晶化のプロセスを最後まで直感していたように思われます。解体する歴史も、再創造される歴史の一コマであることを覚悟して引き受けていらっしゃった。東松さんは膨大な写真を最後まで撮影し続けました。彼の写真には見る人の眼差しを浄化していくような方向性が孕まれていると思っています。今回「光源の島」というタイトルで、七〇枚ほどのカラーのヴィンテージ・プリントをまとめましたが、そのなかで、自分でも新しく東松さんの写真を経験できたなという気がしています。

今福…今の伊藤さんの最後の言葉で、重要な部分は尽くされていると思います。蛇足になるかもしれませんが、少し言葉を添えたいと思います。今、東アジアの海をたとえば想像したときに、そこに大きな、政治的な分断がたくさんあります。中国との関係、北朝鮮や韓国、台湾との関係、領土問題も含めて、国家と国家のいがみ合いや対立関係のなかで、この海が分断されている。中国のとりわけ激しい南シナ海への侵出も含め、覇権的な国家権力の進出が海を分断しているこの時に、東松さんを媒介にした「意識の海」を語ることになったわけですが、果たしてこれはユートピアなのかということです。先ほど水俣の話を、谷川雁という詩人を絡めてしました。谷川雁はなぜ「意識の海」などという表現を、東アジアの脱国家的な関係性を夢想しながら使ったかというと、そもそも水俣という場所には、天草から多くの人が八代海を渡って流れて来ており、それからさらに沖縄の糸満の漁民たちも水俣に流れて来ていた。沖縄との関係もあるわけです。先ほど場所の錯誤や時間の錯誤を一つの想像力の方法論のようにして話しましたが、実はぼくらが住んでいるどの場所も、そうした時間軸や空間軸をいくらでも混ぜ合わせたような歴史を抱え込んでいるかもしれないのです。水俣のような場所もまさにそうでしたし、長崎という東松さんが終の住処と決めて移り住んだ土地もそうでした。その後、東松さんは沖縄に移られましたけれども。しかし、長崎も沖縄も両方とも、東アジアの「意識の海」の縁に接しており、伊藤さんの言われるところの常世の波、ニライの波が常に打ち寄せるのを感じられる場所、そして同時に東アジアの歴史のさまざまなアナロキスム的な経験を受けとめてきた場所です。水俣の話に戻れば、天草や糸満からの移住者がつくった街にチッソという工場ができて、そこから戦前の一九二〇年代に朝鮮半島に進出し、そこで化学工場をつくるわけです。それが東アジアのなかの植民地主義的な構図のなかで動いて行く。太平洋戦争時には水俣工場に朝鮮半島や沖縄の人々が動員される。やがて戦後の一九五〇年代、その組織的な動きが海を汚染し、公害を引き起こす。さまざまな東アジアの「意識の海」のなかの関係性が、近代の政治や軍事によって奪い取られるかたちで歴史が進んできてしまっている。それを写真が深い時間意識の場からふたたび暴き出そうとしている部分もあると思います。

「さみしさ」を思想化すること

今福…最後に「さみしくないか」という主題に触れて、終わりにしたいと思います。東松さんは『太陽の鉛筆』におけるテクストの最初の部分で、「さみしくないか」という八重山に行くとかならず訊かれる一言がある、という話をしています。東松さんは、宮古大学に参加している宮古の若者たちとある雑誌を作っていました。タイプ打ちのとても素朴なガリ版雑誌で、創刊号のタイトルは『すまりゃ』。「すまりゃ」というのは「染人」、これは恋人のことです。お互いにお互いの感情や気持ちが心によって染まっている人、何か自分の気持ちをそこに染めたいと思っている人。とても含蓄のある言葉です。東松さんは、その『すまりゃ』という雑誌に「さみしくないか」という話を、「ラブレター」という題で書いているんですね。『太陽の鉛筆』のテクストの原型です。宮古島へ行ってそこで一人で住んでいると、「さみしくないか」と訊かれる。でもその言葉は彼に対する配慮というだけではなくて、もしかしたら島人が既に感じているある予感、それを自分という外来者に託して語っているのではないかと、そういう意識が東松さんにはあるような気がするんです。なぜ島人が「さみしくないか」と異邦人に訊くかというと、七〇年代というのは、壮年の人々がどんどん島を出て行った時期です。集落の過疎化が顕著な社会的問題としてありました。それを外来者に向かって自分たちの未来の、近い将来訪れるかもしれない不安を先取りするようにして「さみしくないか」と訊いているのではないか、と東松さんは捉えるのです。そうすると、そこにあるのは、単に異邦人としての自分に「君、さみしいんじゃないの、ひもじいんじゃないの？もしお腹が空いているのなら食べていきなさい」という、島人の歓待の気持ちだけではないのではないか、ということです。「さみしくないか」という、個人的でもあり社会的でもある深い心情のなかに、お互いの、共通の、連帯できる地平があるのではないかということです。自分も異邦人として、日本というフィクションから離れて、何かを探そうとしている、ある意味孤独な人間です。一方、その孤独な人間が何かあると思ってやってきた宮古、しかしそこにもある種のさみしさが訪れようとしている。その「さみしさ」という接点において、二者が連帯できるのではないのか。その連帯を求めて、「さみしくないか」ということを突き詰めて行くこと、あるいはその状況を写真において捉え直していくことによって、民俗学者や社会学者がやってきた今までの考察とは違った何かができるのではないか。「さみしさを思想化する」と東松さんは書いていますが、それはそうした連帯のことを言っているのかもしれません。そう捉えると、土着の島人と外来者の関係というのはもっと多様で相互的なものになっていくはずです。「さみしさ」という共通した問題を共有しながら連帯していくそういう地平を東松さんはどこかで探し求めていたのではないのだろうか、という気がします。

伊藤…「さみしさを思想化する」という『太陽の鉛筆』のなかに出てくる印象的な言葉ですけれど、今回の「光源の島」も人間が生きていることを深く考えさせてくれる、多様な視点をもっている写真群だと思います。同時に、はじめにも言いましたが、今福さんと私が編集して、赤々舎から出版された『新編　太陽の鉛筆』、この二冊本のなかにも、同じ思想が流れています。

今福…これは一生対話しつづけることのできる、本当にもの凄い力をもった写真群だとおもいます。

ポスト・トゥルースに抗して

中村隆之＋松田法子との対話

2017

私の五巻本の著作コレクション〈パルティータ〉の第一巻、『クレオール主義　パルティータI』（水声社、二〇一七）の刊行を受けて、『週刊読書人』二〇一七年五月五日号に掲載された鼎談である。四半世紀以上前に初版が出た著作である『クレオール主義』をここで新たに新編として刊行するのには理由があった。青土社版の初版単行本（一九九一）が幸いにも広範な読者に迎えられ、その後増補したちくま学芸文庫版（二〇〇三）も数度の版を重ね、二〇一五年には図版キャプションを刷新した電子（Kindle）版も生まれたが、この時点で「書籍」としての『クレオール主義』は古書を除けば入手できない状態にあった。一方で、オバマ後の保守化したアメリカでは、排外主義的で非倫理的なトランプ政権が二〇一七年の年頭に発足し、『クレオール主義』のヴィジョンが一九八〇年代後半に構想されたときのアメリカ社会において勝ち取られていた思想運動の水準や、ポストコロニアル研究や混淆文化論などの包容力ある学問的成果が、強烈な「逆戻り《バックラッシュ》」の攻撃を浴びるようにして大きな後退を示していた。そのような状況のなかで『クレオール主義』をあらたに編み直し、書籍としてふたたび登場させることは同時代を生きる者としての責務であると私には思われた。旧版の読者だけでなく、あらたな読者、とりわけこれからこの世界を生きてゆくべき若い読者たちが、「世界」が変容してゆく諸相を精緻に認識し、「世界」というプロセスを批判的な意志を込めてあらたに創造してゆくための小さな出発点。それをこの本がふたたび提供できれば、と私は願っていたのである。新進気鋭の若手研究者である中村隆之氏と松田法子さんに対話の相手をしていただき、この、二章を加え図版やキャプションも大幅に刷新して甦った決定版『クレオール主義』のアクチュアリティについて議論したいと考えたのも、そのような背景からである。中村氏はちょうどあらたな世界ヴィジョンをめぐる新著『エドゥアール・グリッサン』（岩波書店、二〇一六）を上梓した後であり、また松田法子さんは、建築史・都市史研究の俊英として、重層的な歴史をかかえた人間の居住空間をめぐって独創的な「場所論」を構想しておられ、そのような両氏が過去に『クレオール主義』からそれぞれ感化を受けて自らの学問を展開されてきたということも私には興味深かった。『クレオール主義』は、ポストコロニアル批評の一翼を担っただけでなく、歴史批判的な文化地理学や景観論的なパースペクティヴをもはらんでいたことを、私はこの鼎談で確かめておきたかったのである。この本のなかに、「ポスト・トゥルース」時代に抵抗する小さな世界からの叛乱の種子が宿されていることの発見もまた、討議の嬉しい副産物であった。

PROFILE

中村隆之　一九七五年生。フランス語圏カリブ海文学研究者。著書に『フランス語圏カリブ海文学小史』『カリブ‐世界論』『エドゥアール・グリッサン』など。
松田法子　一九七八年生。建築史・都市史研究者。著書に『絵はがきの別府』など。

巻き戻された時計

中村隆之…『クレオール主義』の初版は、一九九一年に刊行されていますが、前年の『現代思想』の連載（「文化のヘテロロジー」九〇年一月号—一二月号）が元になっています。連載時は松田さんもぼくも中学生でしたから、リアルタイムでは読んでいません。ただ、一回三〇枚ぐらいの字数で、このテンションと情報量で毎月書きつづけていくには、相当なご苦労があったことは想像できます。

今福龍太…回顧的に語るよりも、できるだけ現在のテーマに繫げて話したいと思いますが、初版刊行から四半世紀が経っているので、あたらしい読者のために最初に少しだけ成立の背景について語ってみましょう。連載の前年、ちょうど日本の大学に職を得たので、夏休みに多少まとまった「軍資金」を持ってアメリカ西海岸に本の買い出しに行きました。今でもよく覚えています。バークレーのテレグラフ街にある書店「モーズ」で新刊書と古書あわせて一〇〇冊近くの本を買った。後にも先にも店頭で一度にこれだけ買ったことはありません。細長いレシートがぼくの身長を超えるぐらいありました（笑）。新しい知的景観に飢えていたんでしょうね。その時に買った本を今日は何冊か持ってきました。エドゥアール・グリッサンやバーバラ・ジョンソン、エドワード・サイードやヘンリー・ルイス・ゲイツ、レナート・ロサルドやジェイムズ・クリフォード、さらにグロリア・アンサルドゥーア、トリン・T・ミンハ、ガヤトリ・スピヴァクといった思想家、批評家、作家たちの主著で、ほとんど八七年から八九年頃にかけて刊行されたものです。ぼくにとっては、こうした書物が響き合いながら示していた世界ヴィジョンが非常に刺戟的に思えたのです。これらの書物の直接的なインパクトが『クレオール主義』を書かせたといってもいい。たとえばグリッサンの『カリブ海のディスクール』はマイケル・ダッシュによる英訳でしたが、これがグリッサンの思想や文化のクレオール主義的なアプローチへの大きな導きになった。八〇年代後半は、ポストコロニアル理論や脱領域の思想の影響下において、人文科学や文学・思想の領域で新しいものが生まれつつある胎動があった。一方で、ぼく自身はメキシコやアメリカの国境地帯、カリブ海の島々を巡るなかで、混血文化や越境の現場を肌で感じていたので、そうした体験と多くの書物からの刺戟とが自分のなかで興味深い共振の現象を起こしていた。同時にアカデミズム内部に閉じた、躾のいい言説に対しては不満があった。そんな時に丁度、青土社編集部（当時）の喜入冬子さんから連載を依頼されたので、学問的な厳密さにだけ照準を合わせるのではなく、人間がいま直面する流動的な文化状況のなかで、生活世界を生きることに関わる希望のヴィジョンのようなものを試論形式で書いてみようと思ったわけです。そのときのキーワードが、まだ日本では馴染みの薄かった「クレオール」でした。

それから長い時間が経ちましたが、今回甦った〈パルティータ〉版の『クレオール主義』は、単なる復刊ではないという気持ちがあります。この三〇年間ぐらいかけて文化の領域で探求され、われわれの知にしっかり組み込まれてきたはずの認識領域が、今や政治の劣化とともに失われつつある。独善と不寛容に逆戻りしたアメリカにもっとも典型的に現れているように、時代の時計が数十年も巻き戻されている。そうした状況では、『クレオール主義』の文化的エシックスが、あらためてクリティカルな意識の拠点を作れる可能性があるのではないか。そんなふうに思ったこともあって、若いお二人とお話ししたいと思ったわけです。

中村…少し個人的な話からはじめたいのですが、ぼくが『クレオール主義』と本格的に向き合ったのは、博士論文を準備している頃だったと思います。もちろんそれ以前から読んでいましたが、一冊の本ときちんと対話し、自分のなかに引き継ぎたいテーマは何かと考えたのはその頃です。そこで大事だなと思ったのは、冒頭に表明されていることとです。「文化におけるノン・エセンシャリズム」という方法論的立場を、明らかにされている。当時流行った言葉でいえば、言語論的転回という認識が、今福さんのなかにあったのだと思います。言葉が現実を指し示すのではなく、言葉こそが現実を構成する。そういう観点から文章をもう一度見直していこうという発想が、『クレオール主義』には色濃くあった。つまり修辞やレトリックの問題にあくまでも拘っていく。そこから、たとえばグリッサンに接近していく。この叙述の仕方に強い影響を受けながら、博士論文を準備しました。また、エメ・セゼールを論じた九章、それにつづく一〇章では「クレオール」という言葉の意味を詳細に論じていく。そして一一章で展開されているグリッサン論。この辺りから一番影響を受けました。

今福…グリッサンに関しては、当時まだ日本ではほとんど語られていませんでしたね。カリブ海のクレオール思想につながる考えを雑種文化の可能性として論じていたのも、海老坂武さん一人だったと思います。

中村…そういう意味でも、『クレオール主義』が開いた地平は凄かったんだろうと、追体験で想像するわけです。これから新たに読む人にとっても、「先見の書」になると思います。どういうことか。今福さんが使われているポストコロニアルやクレオール、ハイブリッドという言葉は、あの頃、かなり新しかったはずです。そういう新たな術語を導入しながら、知的な情熱と興奮に満ちた文体で、本全体が支えられている。なおかつ批評家としてのスタンスに立ち、アカデミズムとは違う知を切り拓こうとされた。また『クレオール主義』も含めて、その後の著作も、膨大な文献がベースにはある。本で触れられた著作の多くが、のちに翻訳されることになります。今福さんはそれらを全部、原書で紹介してくれた。未知の光景を切り拓いていこうとされていたのが、よくわかるんですね。そういう意味で、「先見の書」といったわけです。新たに『クレオール主義』を手にする読者も、同じような気持ちで読めるのではないかと思いますし、今でも大きな潜在力を秘めた本だと感じています。

『言説の喩法』が導きに

今福…確かにここで触れた本が、後に次々と翻訳されていったことは事実です。そのことが『クレオール主義』の先見性を示しているという言い方も可能でしょう。ただ、正直に言ってその流れには矛盾も感じていました。すでに述べたように、八〇年代後半に思想や人文科学の領域でいくつもの刺激的な潮流があった。そしてそれらを横断する、いまだ学問的には言葉を与えられていないヴィジョンに「クレオール」という名を与えてこの本が生まれた。ところがそのなかで未知の星座を構成していた重要な著作群が、一つ一つ、それぞれの学問領域の専門家によって翻訳されていった。それは当然のプロセスではあるのでしょうが、アカデミズムのなかで相応しい研究者が翻訳・紹介し、それぞれの本を専門領域のディシプリンの内部へと着地させていく過程に、ぼくは自分自身の思考のあり方とは逆行するような動きを感じてもいたのです。権威的な囲い込みや専門性を蹴破ることだけをぼくは考えていたので、横断的かつ交差的にいろいろな本や思想を繋げながら、一種の「発見法」としてこの本を書いていった。そのことによって、個々の本が潜在的に持つ思想的地平を押し広げることができるという確信もあった。だから、ここで触れた多くの本がのちに翻訳されていったという事実自体がこの本の先見性であるとは言いたくない部分もあるのです。むしろ、解読の文脈が存在していないところで多くの本を結びつけてゆく、ある種カオティックな状況のなかで書かれたことに意味があったように思うのです。

中村…お気持ちはよくわかりますが、その一方で、新しい翻訳が出ることによって、さまざまな人たちが、『クレオール主義』でしか知らなかった本を読む。逆にまた、翻訳書を読んだ人が、今福さんの本に向かう。そのような関係性が開けたという意味では、よかったと思うわけです。

今福…もちろんそれは大事なことだと思います。もう一つ、中村さんが「言語論的転回」に言及されたのでこの点に応えておきましょう。連載執筆時に決定的な導きとなった書物の一つが、ヘイドン・ホワイトの『言説の喩法』です。一九七八年に出た本ですが、ホワイトにはその前に、まもなく邦訳も出る『メタヒストリー』〔二〇一七年九月に作品社より刊行、岩崎稔監訳〕という圧倒的な著作がありました。ホワイトの一連の著作のインパクトは、人文科学を学んでいる人間にとっては大きなものでした。『言語の喩法』は、言語行為や文化における「トロープ〈喩〉」の問題について深く気づかされる決定的な著作になった。ぼくが連載の初回を、「ネイティヴ」という概念の修辞学的構成を問い直す「場所論」からはじめたのも、ホワイトのこの論集の存在がとても大きい。われわれが特定の土地と向き合うときに、場所を表象する「トロープ」をおさえておかないと、実体と修辞の問題を混同しながら書くことになってしまう。両者をまずきちんと腑分けしておく、あるいは、現実と修辞のあいだにあるダイナミクスとしてクレオールの時空間を捉えていく。こうして、場所論、越境論、混血論、ヴァナキュラー論と、クレオールの問題を踏みながらやっていきました。最低限必要な理論的手続きを踏みながらやっていきました。ホワイトは「歴史」という代わりに「ナラティヴ」といったわけです。「歴史」そのものではなく「歴史叙述」を分析することが歴史家の本分であると。歴史という実体が存在するのではなく、問題は歴史表象のなかに記された過去の物語である。「歴史」というものが構成されてゆく重み、負荷、そこに働いているイデオロギーをどう批判し、乗り越えていくかということを、あの頃からぼくは考えはじめていた。そうしなければ、歴史は単一の過去を偽装的に作り上げる権力になってしまう。グリッサンが「歴史」という語を宙づりにし、意図的に「痕跡」と言い換えていったのも、カリブ海における西欧的・権威的な歴史の支配を払拭するためです。このあたりのことは、いま盛んに言われている「ポスト・トゥルース」の問題とも密接に関わってくる問題ですが、あまり先走らずに、松田さんの『クレオール主義』との出会いもお聞かせいただけますか。

亡命者として

松田法子…私も個人的な話からはじめたいと思います。日本の建築史や都市史を専門としている人間が、どうして『クレオール主義』と関わりを持ったのか。この本の前に、今福さん、多木浩二さん、上野俊哉さんの鼎談「ゆらめく境界あるいはトラヴェローグをめぐって」（『10＋1』No.8、本書所収）を読んだんですね。「汀にて」というサブタイトルにもひかれて、学生のときに古本で買いました。私自身、近代の建築史、都市史をやりながらも、温泉町とか観光とか、それまでのアカデミズムでは研究されていない領域に飛び出してしまったこともあって、路頭に迷っているところでした。自分の研究対象を、建築論や都市論とどう接続すればいいかと悩んでいるときに、手に取ったんだと思います。特にいま、東日本大震災以降は、「汀　み／ぎ／わ」というテーマを掲げて、水際の土地と生活史の探求に取り組んでいますが、先の鼎談は、今から思えばまさに水際をめぐるお話だった。『クレオール主義』もさることながら、こちらでの話題を今読み直しても、まったく古びていない。私がこれから考えたいこととも連続していると、あらためて思いました。まず水際という窓口から今福さんにアクセスし、そこから『クレオール主義』を読んだと記憶します。『クレオール主義』には、「観光」の深部をめぐる考察もありますよね。当時の自分の問題意識から言えば、観光、移動、そして都市論の記述を熱心に読んだと思います。後に、ジョン・アーリの『観光のまなざし』や『場所を消費する』、カレン・カプランの『移動の時代』など、「観光」や「移動」を批評的に掘り下げて話題になった九〇年代の研究書を手にしたとき、あれ、何だかもう読んだことがあるトピックだなという印象を受けたのは、これらの問題にも踏み込んでいた『クレオール主義』の読書体験があったからだと思います。ところで今福さんは、『クレオール主義』初版の執筆時点ではグリッサンの影響がとても大きかったとおっしゃいました。たとえば留学先のアメリカで当時グリッサンはどのように話題になっていたのか、またひかれたきっかけについて、背景を含めて聞いてみたいんですが。

今福…そこも、あまり回顧モードになることを避けつつ、今の自分と四半世紀前の経験・記憶をいったり来たりしながら話したいと思います。グリッサンは政治的な闘いは同時に美学的な闘いでなければならない、と言っているようにぼくは直観したんですね。たとえば現在のトランプの物言いに対して、「ゼノフォビア」とか「セクシズム」という紋切型の個人攻撃の言葉で切り捨てていいのか。アメリカという多民族国家が、非常に長い闘いを経て勝ち取ってきたものがあるわけです。具体的には、たとえば黒人やヒスパニックの人たちの尊厳や自由です。ぼくは最近、ソローについての本を書きましたが（『ヘンリー・ソロー　野生の学舎』みすず書房、二〇一六）、まさにソローは一九世紀の半ばに、奴隷制とメキシコへの侵略戦争に同時に反対した。あの時代、黒人とメキシコ人という二つの大きな民族集団に対する不当な暴力の問題が同時に浮上していたわけです。そこから一〇〇年以上経て、黒人による公民権運動やチカーノ運動を通じてようやく彼らの尊厳と自由が勝ち取られてきた。一九六〇年代半ばから七〇年代前半のことです。ぼくが『クレオール主義』の構想を練りはじめたのが八〇年代半ば過ぎですから、そうした運動の時期から一五年ほどしか経っていない。そのあいだには、ベトナム戦争があり、アメリカは歴史的に大きな挫折を味わい、建国の理念に対する問い直しも行われた。そしてその背後には、政治的な闘争とともに芸術的・美学的な闘いがあった。今の状況を見ていると、そうやって進んできたアメリカの時計が、どこまで巻き戻されたのかを考えざるを得ないんですね。

エドワード・サイードが亡くなって一四年になりますが、これまでわれわれが、人間の生存の移動性・越境性や他者をめぐる寛容性について学んできたとすれば、そこでのエドワード・サイードの影響は決定的だった。『オリエンタリズム』に代表される理論的な著作もインパクトがありましたが、亡命者としての立場から新しい生き方のヴィジョンを説いたいくつものエッセイにぼくは特別の啓示を受けました。なかでもサイードが八四年に書いた「冬の精神」という短いエッセイ。後に『故国喪失についての省察』に収録された文章です。ぼくはこれを、メキシコからアメリカに移ってすぐの時期にリアルタイムで読み、天啓といっていいぐらいの刺戟を受けました。「Exile（亡命者）」というのは、単に政治的な状況としてあるだけではなく、精神的な状況としてあると、ここではっきりとサイードは言った。サイードの場合、もちろん政治的な意味で当事者（亡命者）でもあったけれど、「国家的忠誠心」といった観念に対して批判的な距離を保とうとする人間はすべてが亡命者としての精神を共有できると断言した。彼が「ワールドリネス」Worldliness と呼んだ、日常の生活世界への倫理的・美的な配慮をもって、一人の人間がこの世界でどう存在し、生きていくかということに関する新しい視界をサイードの文章は開いてくれました。このエッセイからの断片を『クレオール主義』は冒頭の章で引用しています。サイードの言葉は、今の時代に生きる誰にとってもいまだ本質的な問いを投げかけています。

グリッサンとセゼール

松田…「亡命者」という概念は、後の「難破者」というテーマにも繋がってくるのでしょうか。

今福…まさしくそうです。サイードに示唆されながらずっと「亡命者」の問題を考えてきて、最近ではそれを家郷や言語から切り離された「難破者」と言い換えながらさらに深めようとしているところです。サイードは元々、「亡命者」のモラルの問題をアドルノの思想から受け継ぎました。アドルノは「自分の家にいながらアットホームと感じないこと、これが現代世界に生きるわれわれのモラルの基本である」と言った。つまり自分の国で市民権を持って生きている人間だとしても、そこでぬくぬくとくつろいで(アットホーム)生きているわけにはいかない。どこにいてもアットホームではないと感じることから人間のモラルが生まれる。それが現代社会であるとアドルノは言ったわけです。亡命者や難民、あるいは国内におけるマイノリティにたいする共感や理解は、家でぬくぬく暮らしていたのでは決して生まれない。サイードは亡命者としての大きな政治的な葛藤を通してこうした倫理的地点にたどり着いた。あえて言えば、この亡命者の深い悲嘆に立ったオプティミズムから、ぼくは大きな勇気を与えられました。サイードはこんなことも言っています。社会における想像力や寛容さの供給量は本質的に少ない。影響力のある人間が誰かを敵対視し、「奴らは敵だ」と言いつづければそれはたやすく事実化してしまう。だから耐えざる努力によって、想像力や寛容さの社会的供給量を高めていかなければならない。これは、グリッサンの言う美的・詩的要求としての「高度必需」の考えにとても近いと思います。松田さんの最初の質問にごく短く答えておくと、テキサス大学でマルティニックからの留学生と知り合ったのですが、彼がことあるごとにグリッサンのことを熱っぽく話していた。一九八四年ぐらいのことだったと思いますが、その留学生と議論するなかでグリッサンという詩人・思想家の大きさを知った。さらにそこから遡って、グリッサンの先人であるエメ・セゼールのことが気になってくる。『クレオール主義』には、セゼールも大きな影響を与えています。初版のあとがきも、ぼくがもっとも共感するセゼールのある詩句の象徴的な引用からはじまっていました。

中村…あのあとがきは一番好きな箇所です。本当に素晴らしいですよね。あれを読めば、この本が何を伝えようとしているのか、エッセンスがわかる。『クレオール主義』は、基本的にはポエティックスだと思っていますが、それが一番凝縮しているところだと思います。今福さんは、一つの詩学を打ち立てようとされたのではないか。今福さんの書くものは、評論とも試論ともいえるけれども、ずっとエッセイという形式に拘りつづけてこられた。そこに書き手としての思想的な構えがあるのではないか。

今福…「どんな人生にも北と南があり、東と西がある」というセゼールの言葉を引いたとき、とりわけ強調したかったのは、ぼくらの知があまりにも歴史化され過ぎてしまっているということでした。すべてを西欧的構成物としての単一の歴史の下で捉える発想です。それをもっと空間的想像力とか場所の感覚に開いていきたい。歴史をすべての方位に向けて空間化・景観化したいということです。セゼールやグリッサンは、まさにそれをやった人たちだとぼくははじめから考えていました。

松田…そのことに絡めてうかがいます。本論のなかでも、景観や風景のことに触れてらっしゃいますよね。過去を、読み取れないほど変容し、荒廃してしまった景観のなかで、記憶を見つけだす答え、思想としてのクレオーリズムは「森」にあるとも表明されています。

今福…「森の言語、曙光の言語」の章の最後の部分ですね。グリッサンが『カリブ海のディスクール』のなかで「景観の言語」について書いているのが示唆的でした。今回の版でさらに引用をつけ加えた部分ですが、グリッサンは「西欧の文学的想像力は、空間的にいえば泉と牧草地のまわりで形成されてきた」と書いている。「泉と牧草地」というのは、西欧の言語の出自をあらわす卓抜な比喩です。一方、カリブ海の人間にとっての「景観の言語は、なによりもまず森の言語だ」と。そこでの小説言語は「もつれた縒り紐」であるともいう。ぼくはこの言葉を受けて、思想としてのクレオール主義の棲息地は森にほかならない、と書きました。ここでいう森やマングローヴ林は、生命の生成と死のインターフェイスであり、生命の混沌とした多様性がそこに凝縮されている。草原のように見晴らしがいいわけではない。視覚的な理解が通用しない場所です。目で見えるものだけではなく、聴覚や嗅覚や触覚など多感覚的な共感力を育てないと、森のリアリティは掴めないということです。

越境的・対位法的思考

松田…話をうかがっていて感じましたが、『クレオール主義』に流れ込む思想が生まれてきた島、マルティニックなどでは景観の政治性が異常に際立っているのでしょうね。サトウキビ畑とマングローヴに分かたれてしまった景観。わたくしは行ったことがありませんが、そこに投影されている歴史が重い。

今福…景観に刻印され堆積した記憶を、ぼくらは感じとっている。マングローヴにせよ、海岸に突き出した岩山《モルヌ》にせよ、逃亡奴隷の境遇と切り離せない場所です。沖縄などに行くと風景に歴史がかなり露出していることに気づきますね。でも、日本の都市にしても郊外にしても散文的な土地では、歴史が後景に退きすべてが平板化している。その背後にあるものを松田さんは発掘しようとされている。

松田…ええ。土地に降り積もった時間の層に分け入り、そこに記されたさまざまな徴を読みとっていきます。

中村…グリッサンは、マルティニックの風景のなかに、時間を読み取ろうとした。そして空間の歴史化をずっと考えていたわけですよね。たとえばサトウキビ畑の風景のうちに奴隷制以来脈々と続く、人々の労働の時間を読みとる。歴史叙述というかたちでは歴史が存在しないマルティニック社会のなかで、どうやって自分たちの経験を語り継ぐ言葉を持てるのか。彼は作家として書ける立場にあり、その歴史を小説で表現するときに、風景から読み取ろうとした。そういうスタンスだったと思います。

今福…中村さんの言いたいことはよくわかります。ただ、むしろぼくは逆の道筋で考えたいんです。ヨーロッパにおいては、すべての空間や地理や風景の記憶を階層化して歴史化した。そういう西欧的な歴史化の圧力を突破するために、グリッサンは歴史を空間・景観に開いていった。それは大文字の「歴史」ではなくてか細い「痕跡《トラース》」を探す営みです。その点では、グリッサンにとっての「イストワール」は、歴史ではなく物語にほかなりません。だから歴史の空間化という言い方がわかりにくければ、歴史を景観に開いて物語化しようとした、と言い換えてもいいかもしれません。

松田…今福さんご自身も、歴史という言葉を使われるときには常に相当慎重ですよね。

今福…ホワイトやグリッサンに学んだのであれば、歴史が時の連続体としてそこに自明に存在しているかのように語ることだけは避けたいと思ってきました。『クレオール主義』という本に対しては、初版刊行以後、それが非歴史的・非政治的であり、現実政治の状況にたいしてオプティミスティックすぎるという批判が多方面からありました。八〇年代後半から「ポジショナリティ」という言葉が盛んに使われるようになったわけですね。言説の発信主体が、どの時代にどういう歴史状況、民族性、ジェンダー編成のなかで存在し発話しているかを立論の根拠として厳しく問う。そこでは、歴史的・社会的マイノリティとしての自分のポジションを明確に引き受けることで、ある言説の正統性が保証された。そんな言説の歴史化や、ポジショナリティの規定の窮屈さに逆らって、サイードのいう「亡命者」として、ぼくは越境的・対位法的に考えようとした。『クレオール主義』の成立の最後の段階における重要なアクターとなったトリン・ミンハも、同じような意識を共有していたと思います。彼女は母国ベトナムのことを語るという自らの正統的なポジションから飛びだして、あえてアフリカについて代弁・表象しようとした。しかし、なぜアジアの人間がアフリカのことを語るのか。ポジショナリティの理論が依拠するアイデンティティの政治学からでは、そうした越境は説明することが困難なのです。

中村…お話をうかがっていて、『クレオール主義』に流れる思想の一貫性が、はっきりと示された感じがします。つまり「亡命者」という精神的境位に自分を置くということ。そして、絶えずポジショナリティをずらしていく。そこから批評行為を立ち上げていくのが、今福さんのスタイルである。本を読んでいても強く感じることですけれども、文化的な正統性や本質性と戦っていく。ぼくにとって『クレオール主義』は、「文化の政治」を実践する本という位置づけにあります。当時は、学問も強い制度を持ち、権威的であった。そういうアカデミズムのあり方と格闘しながら、これまでになかった新しいものを立ち上げていく。それが今福さんのお仕事であった。

今福…そう読んでくださるのは嬉しいですね。

中村…「文化の政治」といっても、これが社会運動に直接繋がっていくわけではない。グリッサンがいうような、イマジネール（想像域）の領域で働きかける力を持っているのだと思います。今福さんの本を読むことによって、自分たちのなかにある感受性の見直しが迫られる。それが『クレオール主義』の魅力であり、今の時代に読む意味も、そこにあるのだと思います。九〇年代に議論されていたテーマではあるけれど、再度前面に浮上してきている問題がある。今福さんが最初におっしゃったように、排外主義が非常に強くなり、社会が退行している。人々が紡ぐ言葉も貧しくなってしまった。そのような状況の中、二六年前に出されたこの本が問いかけるものは大きいと思います。

松田…今福さんが連載を書かれていたのが一九九〇年ですが、その前年に、ラファエル・コンフィアン、パトリック・シャモワゾーらによる『クレオール礼賛』の原書が刊行されているのですよね。マルティニック生まれの若い人たちが、セゼールやグリッサンを乗り越え、継承していくというカリブ海地域での重要な動きと、今福さんのお仕事が、ほぼ同時発生的に生まれていたことに驚きます。

今福…『クレオール礼賛』は、自分の本を書いた後に知ることになったのですが、グリッサンがいうような意味で、横断的に地下水脈で繋がっているものがあるのだと思いました。セゼールやグリッサンの思想を自分なりに受けとめながら「知的亡命者」になるしかないと考えていた。そのセゼールからグリッサンに至る道を、知らず知らず同世代のシャモワゾーやコンフィアンと共有していたわけです。

中村…松田さんが『クレオール礼賛』に触れてくれたので、一つ言っておくと、この本のもう一人の著者ジャン・ベルナベが、最近亡くなりました（二〇一七年四月一二日）。その数日後、こうしてクレオールについて話していることに、何か不思議な縁を感じます。そもそもの話をうかがいますが、連載時のタイトルから、単行本時に『クレオール主義』と変えられたのには、何か強い思いがあったのでしょうか。

今福…本文にも「クレオール主義」という言葉は何度も登場しますので、宣言としての意識ははじめからあったと思います。植民地主義が産んだ「クレオール語」という現象を、文化の混血化の可能性をめぐる議論として展開したいという意図です。そうした意識が、現実的に本のタイトルを付けるときに強くはたらいたのでしょう。その後も、クレオール性の問題をさらに突き詰めて考えていって、今もぼくのなかではその問題は終わっていません。ただ、一つの用語や概念をひたすら自己反復したくないという気持ちもあるので、新しい方向性やヴィジョンを牽引する別のキーワードも必要となります。そこに「群島」という概念も出てきた。そして今現在は、「ハーフ・ブリード（混血）」という言葉に神話的な可能性を求めようとしています。クレオールという言葉はなるべく使わないようにしていた時期もありましたが、もうそれほど拘ることはないのかもしれませんね。一つの概念が持っている学的な用語としての新しさや古さを超えたところで、クレオールを受け止め、クレオールを生きるべき現実の状況が出現しつつあるのではないか。四半世紀経ってみると、この言葉が消費されて薄っぺらなものになってしまったという感覚はありません。これからはむしろ、こうした概念に対峙するわれわれの言語意識の感覚を、さらに研ぎ澄ませていかなければならない。ぼくが今やっている仕事が、まさにそういうものです。「ハーフ・ブリード」は、一九世紀までアメリカの歴史において「あいのこ」を示す侮蔑語だった。だから自分から「ハーフ・ブリード」を名乗ることはありえなかった。他称に限定された言葉だったのです。ところが二〇世紀に入ってそこに修辞的な力が備わるようになり、自称として戦略的に使っていく可能性が生まれてきた。『クレオール主義』でもしばしば触れた、チカーナの批評家グロリア・アンサルドゥーアがその点においてもっとも自覚的でした。そして今後、この言葉がさらなる変容を遂げ、たとえば人間の未来のヴィジョンを語る神話力をもった言葉として使われるようになったらどうなるのか。これがいまのぼくの大きな関心事であり、それを次の著作になるはずの『ハーフ・ブリード』（河出書房新社より二〇一七年一〇月に刊行〕のなかで徹底して考えようとしています。これは、ほとんど自分自身の知的自伝のような本でもあり、『クレオール主義』以後の自らの意識の混血化の過程を、クレオールな他者たちとの関わりのなかで語り直したものです。

ポスト・トゥルース時代の真実

中村…最後に、今福さんが言及されていた「ポスト・トゥルース」の話をしたいのですが、ここ数年で、「フィクションと現実」という問題系が随分進んだという気がしています。つまり一九七〇年代までは、フィクションはフィクションであり、事実は事実であるという明確な二分法があった。だから事実として認められるものが歴史要素になり、それ以外は物語であるとされた。そのことを、ヘイドン・ホワイトは七八年に出した本で批判したわけです。今はバーチャルな世界が一般化してきて、「現実」と「フィクション」の関係がよくわからなくなってきている。そうなったとき、どういう言葉を紡いでいけばいいのか。これは、ぼくにも切実な課題です。今福さんもグリッサンも、あえて「現実」と「フィクション」を混ぜ合わせて書いていく。そのほうが読み物として面白いし、そうした書き方にこそ大きな可能性を感じます。しかし、現在は、そういう時代の反作用であるかのように、嘘であろうがなんであろうが、言ったもの勝ちだ、という風潮が強まっている。嘘をついたとして、それが一年後に真実ではないと判明しても、もう手遅れです。あまりにも情報量が多く、人は極度に忘れやすくなってしまっている。だから権力者も、嘘を言うことに悪びれない。戦略的に嘘をつく。そういうあり方に対して、どうやって抗っていけばいいのか。自分のなかに答えがあるわけではありませんが……。

今福…重要な問題ですね。昨年、OED（オックスフォード英語辞典）が「今年の一語」に「ポスト・トゥルース」を選んで話題になりましたけれど、前年と比べて二〇〇〇倍の使用頻度になったそうです。おそらくブレグジットやトランプ大統領の誕生が、その背景にある。OEDでは「ポスト・トゥルース」は次のように定義されています。「客観的な事実よりも、感情や敵意を煽るだけの公的な虚言の方が、世論の形成により影響を持つような状況」。「ポスト・ファクチュアル・デモクラシー」といえば、まさにトランプ的なものであり、「事実無根の民主主義」のことです。事実ではない、あるいは実現不可能なことを、大衆受けする主張として掲げて、選挙に勝利したり大衆の支持を得たりする。どんな虚言を弄しても、それが検証・批判されることなく、いつの間にか既成事実化されてしまう。そういうごまかしですね。いまの日本も同じ状況にあります。この問題について考えるとき、やはりヘイドン・ホワイトの議論を参照すべきでしょう。ホワイトが教えてくれたことは何だったのか。事実や実体、あるいは歴史的過去、そういうものは、つねに政治的で詩学的なプロセスを含んだ表象であるということです。われわれはこうした議論から、事実や真実というもの自体の「不透明な厚み」について学んだ。それは、真実や事実は存在しないという議論ではまったくなかった。

事実や真実といわれているものは、さまざまな揺れと厚みを持って構築されているという、まさにそういう「事実」を学んだわけです。それが、われわれがものを考えるための重要な根拠となった。ファクトというものが持つさまざまな変容可能性、あるいはそのレトリカルな存在のあり方を、きちんと認知できるかどうかが重要だったわけです。そのことによって、事実というものの力が衰えたのではありません。むしろ事実というものに、より強い力が与えられたのだと思います。「ポスト・トゥルース」の現象を見ていて情けないと思うのは、われわれの社会が学びとったはずのことが、まったくなかったかの状態に差し戻されてしまったということです。客観的な事実、唯一の事実なるものを捏造し、その痩せ細った事実への感覚が、さらに嘘を自分にとっての事実であると開き直る態度を助長する。だから「ポスト・トゥルース」というのは、「事実なんていうものはない」という時代が到来したということではなくて、あらゆる人間が「これが自分にとっての絶対的な事実である」と主張し合っている状態を示しているだけのことです。完全にホワイトの議論以前に戻ってしまった。事実ではないものが、事実が痩せ細れば、欺瞞がはびこる。事実ではないものが、嘘やごまかしとしてたくさん出てくるのは、われわれの、事実や真実というものの不透明さや厚みへの信頼が失われてしまったからなのです。私たちの思想には、根拠が必要です。それは決して実証的な事実を根拠にするという意味ではない。事実が持っているポエティックな側面と政治的な側面を深く認知し、それを議論の根拠にしなければいけない。「ポスト・ファクチュアル・デモクラシー」には根拠がありません。トランプ政治や安倍政治が持っている無根拠さに、われわれは耐えられない。そういうことを含めて、もう一度今の状況を問い直すための種子が、すでに八〇年代に『クレオール主義』を書くときに播かれていた。四半世紀前に気づかれていた問題は、未だにアクチュアルな問題としてわれわれの傍らにある。だからこそ、若い人たちがこの本から汲み取ってくれるものはあるはずだ。そういう思いが、今回の新版には強く込められています。

中村…たとえば「越境」や「混血」であったり、現存の政治性を揺るがしていく批評的な言語が、今福さんの本にはたくさん含まれていたわけですよね。私たちは、そうした言葉から刺激を受けて、ものを考えていった。でも二六年経って、時代が一巡してしまったのか、そのような言葉が若い人たちに届きにくくなっている。この状況で、『クレオール主義』が復刊されるのは、新しい読者が言葉に出会うために、非常に重要な意味があると思います。読書や外国文学を学ぶという行為は、そもそも「亡命者の精神」に深く関わることです。ぼく自身、この本を読むことで、そのことを確認しなおす機会になった。そんな感覚を抱いています。

松田…自分の仕事に引きつければ、先ほど話に出た「歴史の空間化」とはどういうふうになされてきたものなのか、あらためて考えなおさせられました。それと、今回の〈パルティータ〉版『クレオール主義』のあとがきに書かれた「小さな世界」という言葉に強くひかれたということを、最後に言っておきたいと思います。常に「小さな世界」から出発していく。これがキーワードだと思っています。

今福…権力者が「大きな世界」を維持するためには、嘘を真実だと言いくるめる政治が必要になってくるわけですね。正当化のためのすり替えの技術が必要となる。まさに国家というものがそうです。「小さな世界」という言葉を使ったのは、それに抵抗するという意味を込めてのことです。「小さな世界」を生きるためには、国家的集約化の狡知は必要ない。小さな世界にこそ、いくつもの真実が並び立っている。そこには、多様な真実のありようを求めていく人々の日々の努力がある。それが小さな世界を小さいままに練り上げてゆく。決して大きくなろうとはしない。今回初めて、「小さな世界」と言ってみたんです。そのような考えは以前から持っていたけれど、あとがきを書いているときに自然と出てきたんですね。そこに反応してくださってとても嬉しいですね。簡単な言葉だけれど、四半世紀の思い入れが詰まった言葉かもしれません。

人名索引

ア行

カ行

サ行

タ行

ナ行

ハ行

マ行

ヤ行

ラ行

ワ行

著者について——

今福龍太（いまふくりゅうた）　文化人類学者・批評家。奄美自由大学主宰。主な著書に、『ミニマ・グラシア』（岩波書店、二〇〇八年）、『レヴィ＝ストロース　夜と音楽』（みすず書房、二〇一一年）、『書物変身譚』（新潮社、二〇一四年）、『ジェロニモたちの方舟』（岩波書店、二〇一五年）、『ヘンリー・ソロー　野生の学舎』（みすず書房、二〇一六年）、『クレオール主義（パルティータⅠ）』『群島－世界論（パルティータⅡ）』『隠すことの叡智（パルティータⅢ）』『ボーダー・クロニクルズ（パルティータⅣ）』『ないものがある世界（パルティータⅤ）』（いずれも水声社、二〇一七年）、『ハーフ・ブリード』（河出書房新社、二〇一七年）、『ブラジル映画史講義』（現代企画室、二〇一八年）など。近刊予定に『原－写真論』（赤々舎）などがある。

装幀――――――西山孝司
カバー装画――――Rubens Matuck, *Sem título*, 1995.
本表紙・章扉写真――渋谷敦志

小さな夜をこえて

二〇一九年三月二五日第一版第一刷印刷　二〇一九年四月二〇日第一版第一刷発行

著者――今福龍太

発行者――鈴木宏

発行所――株式会社水声社

東京都文京区小石川二―七―五　郵便番号一一二―〇〇〇二

電話〇三―三八一八―六〇四〇　ＦＡＸ〇三―三八一八―二四三七

［編集部］横浜市港北区新吉田東一―七七―一七　郵便番号二二三―〇〇五八

電話〇四五―七一七―五三五六　ＦＡＸ〇四五―七一七―五三五七

郵便振替〇〇一八〇―四―六五四一〇〇

URL : http://www.suiseisha.net

印刷・製本――ディグ

ISBN978-4-8010-0390-3